KB175516

낭만의 경계선

낭만의 경계선

ⓒ조부경 2014

초판1쇄 인쇄   2014년 11월 20일
초판1쇄 발행   2014년 11월 24일

지은이   조부경

펴낸이   박대일
편집   이문영 · 임유리 · 신지연
교정   정우진
마케팅   송재진
표지디자인   이매진

펴낸곳   파란미디어
출판등록   2004년 9월 14일 제313-2004-00214호

주소   121-897 서울시 마포구 성지1길 32-36 (합정동)
전화   02. 3141. 5589(영업부) 070. 4616. 2012(편집부)
팩스   02. 3141. 5590
전자우편   paranbook@gmail.com
카페   http://cafe.naver.com/paranmedia
트위터   @paranmedia

ISBN   978-89-6371-175-1(03810)

낭만의 경계선

조부경 장편소설

파란

Houlmates.

Soulmates.

안녕하세요.
감사합니다.

조바비 씀.

쓰레기와 캔 커피   9

은수: 고개를 들었다   43

나의 목숨이 위태롭다   60

기방: 침묵의 2년   101

내가 아는 당신이 달라졌을 때   124

은수: 안대를 벗었다   166

도약   183

기방: 성장의 계기   231

관계의 정의   250

은수: 돌파구가 되었다   300

contents

고민의 근원   319

기범: 빈자리 채우기   365

드디어 시한폭탄이 터졌다   383

은수: 자기소개서   422

나의 길   445

기범: 인간관계   506

우리의 길   517

에필로그: 낭만의 경계선   542

작가의 말   554

쓰레기와 캔 커피

사랑은 절대 감정으로 시작되어서는 안 된다.
논리로 시작하고 '합의로 끝나야 한다.
— 오스카 와일드

신입생의 패기는 파마로부터 시작한다. 수험표를 이용해 30퍼센트 할인을 받은 기본 펌! 갈색으로 염색한 머리! 당시 대세였던 튀는 색상의 스키니 바지! 케이블 텔레비전 프로에서는 20×× S/S 테마는 비비드 컬러, 그 대표적인 예로 바이브런트 레드와 상큼한 레몬의 믹스 앤 매치 어쩌고저쩌고가 있다고 했다. 텔레비전에서 논하는 패션에는 모두 일리가 있다고 철석같이 믿었던 시절이었다.

온갖 신상 아이템을 장착하곤 새내기 배움터인 새터로 향하는 나의 발걸음은 경쾌했다. 그 경쾌함을 이어 나가려고 나는 새터 장기자랑에서 좀 오래되긴 했어도 개그콘서트의 인기 코너였던 〈사랑의 카운슬러〉에서 남자 친구에게 집착하는 변태 여자 친구 강유미 흉내로 우승했다. 정신을 차렸을 때는, 벌써 늦었다. 우승 포상으로 컵라면과 막걸리를 받았지만, 이미 무너져 버린 내 이미지와 교환할 만한 상품적 가치는 지니지 못했다.

잊힐 듯 말 듯 잊히지 않는 강유미 퍼포먼스는 끊임없이 내 인생에 흉터를 남겼고, 그 덕에 나는 대학 생활 내내 당시 유행했던 강유미의 명대사 "짓궂군요!"를 본뜬 '꾼녀'라는 별칭을 얻게 됐다. 아, 질기고도 질긴 새터의 악몽이시여! 짓궂꾼녀!

대학생 된 지가 고작 어제 같은데, 어느덧 내일이면 4학년 1학기 개강일이다.

1학년을 새내기라 부른다면 2학년은 헌내기요, 3학년은 보듬내기며 4학년은 쓰레기라고들 부른다지. 그래, 난 쓰레기다. 이제 곧 학교에서 폐기처분되어 험하고도 고독한 사회로 방출되는 불운한 여인이다! 학교가 부르짖는다. 너 이제 좀 나가라! 캠퍼스 좁다! 여기까지 생각이 미치니 휴학해 시간을 벌고 싶은 욕구가 위태롭게 끓어오르지만, 빠덜께서 날 가만두실 리가 없지. 요즘 넘쳐나는 헬리콥터 마더를 능가하는 우리 집 빠덜의 위력은 실로 대단하니. 할 수 없는 휴학 꿈꿔서 뭐하랴. 오늘이 어제 같고 어제가 내일 같을 틀에 박힌 대학 생활을 영위하려면 정신 차리고 묵묵히 앞으로 정진할밖에!

❀

개강 첫날의 첫 교시는 오후 2시에 시작했다. 그 덕에 동기들과 점심을 함께하기로 했는데, 점심 약속 시간보다 30분 일찍 도착하고 말았다. 며칠 전부터 읽고자 했던 책을 열람실에서 펴 볼 요량으로 내 지정석으로 향했다. 고작 1년 남짓 사용했지만, 도서관에는 내 마음대로 내 지정석이라고 부르는 자리가 있었다. 미녀나 미남이 학교 도서관에서 같은 자리에 계속 앉으면 학교 커뮤니티 사이트에 '중도[1] ××녀' '과도[2] ××남' 같은 호칭을 얻고는 하는데, 보통 ××에는 연예인 이름이 들어갔다. 우리 과에는 유독 저런 식의 유명세를 탄 사람이 많았는데 하나같이 나와는 안 친하거나 거의 안면이 없었다.

어쨌든 같은 자리에 항상 앉다 보면 제법 얼굴이 익은 사람이 많아진다. 설마 개강 첫날인데 안면만 있는 그들이 도서관 지박령地縛靈[3]처럼 열람실에서 사경을 헤매고 있을까 생각했지만, 설마가 사람 잡는다고 내 자리 빼고는 모두 착석 상태였다. 자리에 앉아 펼친 책은 헬레나 노르베리-호지의 《오래된 미래》. 지난 3년간 전공만 파고들었던 무식이 여실히 드러나는구나. 지루하다. 아직 겨울의 기운이 채 가시지 않은 3월 초에도 도서관의 열기는 뜨겁다. 그 열기와 함께 지쳐 썩어 가는 학생들의 피폐한 면면이 안쓰럽다.

도서관 밖에서는 신난 웃음소리가 들려온다. 신입생들이겠지. 학교 응원가를 열창하며 난리도 보통 난리가 아니다. '축제

---

1 중앙 도서관.

2 과학 도서관.

3 특정한 장소에 묶여 있거나, 세상에 남아 있는 귀신을 일컫는 말.

기간도 아닌데 개강 초부터 뭐하는 짓들이야.'라고 생각했지만 이내 생각을 바꿨다. 나도 새내기 때는 저랬지. 꿈녀라 불리며 열심히 활약했지. 망할. 좋겠다. 휴대폰을 확인하니 아직 10분이 채 지나지 않았다. 화장실도 한 번 갔다 오고, 텀블러에 따뜻한 물 좀 받아 와야겠다고 생각했다. 나의 평범한 하루는 이렇듯 평범하게 흘러가고 있었다. 내 책상에 놓인 낯선 물체를 발견하기 전까지는.

내 두 눈을 믿을 수가 없었다. 입꼬리가 볼썽사납게 씰룩여서 예의상 한 손으로 입을 막았다. 자리에 놓인 물체를 들어 보았다. 따뜻한 캔 커피였다. 나한테 주는 걸까? 말도 안 돼! 하지만 아무리 봐도 내 자리에 놓여 있는걸! 누구지? 조심스럽게 주변을 살피니 그제야 앞자리의 남자가 책만 놓고 사라졌다는 사실을 깨달았다. 헉! 지난 1년간 마주 보고 앉았던, 구레나룻을 목까지 기른 엘비스 오빠가 설마 나를……? 에씨! 엘비스 오빠라도 그게 어디냐? 이유 모를 승리감에 도취될 즈음, 갑자기 휴대폰이 진동했다.

맏언니 학교 왔다. 서관 1층으로 와!

흥분으로 뿌옇게 흐려졌던 시야에 어렵게 '맏언니'라는 단어가 들어왔다. 잊고 있던 별명이 뇌리를 스치기가 무섭게 입이 떡 벌어졌다. 김기범! 군대 간 사이 부모님이 이혼하는 바람에 심적 타격을 입어 잠수 탔던, 우리들의 언니, 기범이가 드디어 제대했구나. 나는 허둥지둥 가방을 싸며 캔 커피를 한 손에 들었다. 쪽지라도 하나 붙어 있었음 참 좋았을 텐데. 아, 맞다! 쪽지! 나는 예의 바른 여인이 되려고 포스트잇을 하나 뜯어 '감사히 잘 먹겠습니다. 오빠, 열공[4]하세요! *^^*'라고 꾹꾹 눌러 쓴 뒤 앞자리에 잘 보이도록 놓았다. 덤으로 내 폰 번호까지 적었다. 구레나룻이 많이 길긴 하지만 얼굴이 다가 아니잖아! 성실히 공부하는 모습이 괜찮았어. 나도 이제 모쏠[5] 인생 청산할 때도 됐고 말이야! 열람실 밖으로 걸음을 재촉하며 저 쪽지를 발견할 엘비스 오빠의 모습을 상상했다. 곧 내게 문자를 주겠지? 그 순간, 자아도취에 빠져 미처 주변을 살피지 못한 내 어깨에 누군가 "쿵" 부딪혔다. 설마 엘비스 오빠일까 싶어 고개를 들어 피해자를 살폈지만 애석하게도 피해자는 차원이 다른 생물체였다. 남자의 얼굴을 살피며 나도 모르게 속으로 생각했다. 저 사람은 '과도 무슨 남男'일까?

"죄송합니다."

하지만 나는 싱거운 사과로 그와의 인연을 잘라 냈다. 무슨 남이든 알게 뭐야. 어차피 나랑 어깨나 부딪힐 인연인데. 지난 3년 동안의 대학 생활은 나와 접점 없을 허무한 인연을 꿰뚫어 볼 안목을 만들기에 충분한 시간이었다. 나는 쓸데없는 생각을 접고 2년간 못 본 기범이를 향해 걸음을 재촉했다.

---

4 열심히 공부.

5 모태 솔로 ; 한 번도 애인을 사귀지 못한 사람.

✽

2년 만에 사람이 이렇게 달라질 수도 있다는 걸 기범이를 보고 처음 깨달았다. 아직 군인 티를 벗지 못한 머리를 가리려고 야구 모자를 푹 눌러쓴 그가 오묘한 미소를 지으며 한 손을 들었다.

"왔냐?"

익숙하지만 익숙하지 않은, 중심이 잡힌 목소리. 그제야 그와 함께 있던 애들이 돌아보며 나를 반겼다. 낯선 기범이의 모습에 쉽게 다가가지 못하고 친구들 틈에 껴 멀뚱멀뚱 그를 바라보았다. 계단에 걸터앉은 그의 무릎이 우뚝 솟아 있다. 난 억지로 입을 놀렸다.

"이야, 너 오랜만이다."

태연한 척하려 애쓴 티가 역력한, 어색한 인사를 날리고 나는 곧바로 후회했다. 남자애들은 참 늦게까지도 크는구나. 새터 때 〈사랑의 카운슬러〉에서 내 파트너 유세윤 역할을 하던 게 엊그제 같은데. 기범이가 쑥스럽다는 듯 웃었다.

"이제 복학해야지, 뭐."

"수강 신청은 잘했어?"

"수요일에 8교시까지야."

"망했네."

우리 학교에 8교시가 있는 줄도 몰랐다.

"우리 점심 먹을 건데, 같이 가자."

나와 같은 수능 학원 출신이라 인연이 오래된 정민이의 제안에 기범이는 고개를 저었다.

"3, 4교시도 강의라."

"무슨 강의랬지?"

"교양이야."

"첫 강의는 빼."

이럴 땐 참 단호한 정민이. 단호박인 줄 알았네. 3, 4교시를 함께 제치기로 한 친구들이 이구동성으로 기범이를 설득하기 시작했다. 그사이 난 퍽 쾌활한 듯 보이는 기범이를 관찰했다. 쟤, 지금은 괜찮은 걸까?

원래 기범이는 남자 친구보다 여자 친구가 더 많은 아이였다. 섬세하고 다정해서, 상대방의 염색체에 Y가 들어가기만 해도 얼어 버리는 여중-여고의 악몽을 겪은 동기도 그와는 쉽게 친해졌다. 여자 동기에게 어머니가 판매하는 화장품의 샘플들을 나눠 주는 일이 그의 취미였다. 양 볼에 사춘기의 흔적이 남아 있는, 순수한 눈망울을 한 친구였다.

그래서 1학년 여름방학에 기범이가 소개팅으로 첫 여자 친구를 사귀게 되었을 때, 기범이의 성정체성을 의심하고 있던 동기들은 그 소식을 쉬이 믿지 못했다. 결국 군대 가기 3주 전 그는 여친과 파경을 맞이했고, 바람난 여자 친구를 원망하며 입대 전날까지 사발에 소주를 연신 들이켰다. 어깨를 다독여 주는 우리에게 "너희밖에 없다."라며 꺼이꺼이 울었다.

그랬던 놈이 군대 간 이후로 슬며시 잠적해 버려 당황스러웠는데, 반년이 지나서야 그의 부모님이 이혼했다는 소식을 건너 건너 들었다. 직접 들은 소식이 아니니 아는 체할 수도 없어 연락하지 않았다. 그러고 1년 반이 더 지나더니 어느새 그는 제대하고 복학했다.

"꾼녀, 나 보니까 설레냐? 왜 말이 없어?"

도대체 지난 2년 동안 무슨 일이 있었던 걸까? 능글맞은 농담이 경악스럽다.

"맏언니님, 왜 이러세요."

내 볼멘소리에 그가 낄낄댔다. 혜영이가 때맞춰 선심을 썼다.

"너 먹고 싶은 거 먹자!"

"아, 학식[6] 먹고 싶다."

그가 결국 강의를 째고 점심 초대에 응했다는 설렘이 스치기도 전에 울린 청천벽력 같은 소리에 우리는 충격에 휩싸였다.

"널 죽일 테다."

정민이 이를 갈자 그가 찡긋거리고 웃으며 앞장섰다.

"학교가 너무 바뀌어 뭐가 뭔지 몰라서……. 너희가 아무거나 골라. 가자!"

긴 다리로 휘적휘적 앞서 가는 녀석의 뒷모습을 멍하니 바라보던 친구들이 그의 뒤를 따르기 시작했다. 그 와중에 정민이가 내 옆구리를 쿡쿡 찌르며 속삭였다.

---

6 학생 식당 밥.

"쟤 변했지?"

난 기범이 덕분에 도서관에서의 커피 사건을 완전히 잊어버리고 말았다.

✳

엘비스 오빠에게서는 결국 전화도 문자도 오지 않았다. 안타까웠다. 나는 당신의 구레나룻에게 기회를 주었는데! 덕분에 나는 한동안 고민아 지정석 근처에도 가지 못했다. 그렇게 도서관 캔 커피 사건이 기억 저편으로 사라질 동안 나는 예전 맏언니와 현재 기범이 사이에 존재하는 수많은 차이를 눈치챘다. 그는 전처럼 손뼉을 치며 웃지도 않았고, 새로 나온 신상 메이크업에 관해서도 알지 못했다. 새처럼 가볍던 목소리도 이제는 목울대를 낮게 울리었다. 군대는 도대체 어떤 곳이기에 사람을 이리도 바꿔 놓을 수 있는 건지, 나는 점점 그 2년의 세월 동안 벌어진 일들이 궁금해졌다.

알고 보니 기범이와 나는 겹치는 과목이 두 개 있었다. 2학년 주제에 왜 4학년이 듣는 과목을 듣고 있는 건진 잘 모르겠지만 어쨌든 내게는 희소식이었다. 기범이와 함께 듣는 강의 중 하나는 중간고사와 기말고사를 팀 발표로 대체한다고 했다. 팀플이 가뭄에 콩 나듯 생기는 이공계인 우리는 문과생은 치를 떠는 팀플을 온몸으로 즐겼다. 4월 초입의 수요일, 강의 마치기 10분 전 교수님이 중대 발표를 했다.

"발표 주제 일곱 가지 있으니 알아서 네 명씩 조 짜 봐."

옆에 앉은 기범이를 힐끔 쳐다보고 주변에 앉은 사람들을 살폈다. 한 달 동안 (일주일에 한 번)×(4주)=네 번밖에 보지 못한 사람들이라 누가 누군지 모르겠다. 벌써 끼리끼리 조가 정해졌고 기범이가 앞에 앉은 여학생을 포섭하는 데 성공했다. 이제 한 명만 더 있으면 되는데.

"자, 그럼 다 정해진 거야?"

교수님의 말에 우리는 당황했다. 우리는 아직 넷, 정사각형을 이루지 못했는데! 교수님이 수강자 명단을 살펴더니 말했다.

"차은수가 안 왔네. 조장들은 나가기 전에 여기 종이에 조원들 이름 적어 내고, 고민아네 조는 차은수 번호 받아 가."

"네!"

조원들이 정해지자 가위바위보로 일사분란하게 발표 주제가 정해졌다. 우리는 《네이처Nature》에 실린 발효 관련 미생물에 관한 논문을 리뷰하게 되었다.

"그래, 그럼 오늘은 여기서 끝냅시다!"

"감사합니다!"

다른 학우들과 함께 이구동성으로 교수님께 인사하고 나와 기범이는 김지영이라는 학생과 번호를 교환하고는 조교에게서 결석생의 번호를 받았다. 조장을 맡게 된 내가 결석생에게 문자로 연락을 취하게 됐다. 아직 강의가 끝나지 않은 정민이를 기다리며 기범이와 나는 강의실 옆 휴게실에 자리를 잡았다. 슬슬 축제 기간이 다가와 신입생들은 주점이다 뭐다 시끌벅적

말이 많았다. 쓰레기 학년이 된 나는 새내기를 한 명도 알지 못해서 잠자코 있었지만 기범이는 아니었다.

"나 군대 가 있을 때 친한 후배 한 명도 못 만든 게 말이 되냐?"

"한 학번 아래는 좀 아는데 그 이하는 나도 무리지."

"뭐, 어차피 주점 가 봐야 애들 파전에 또 잔디 뜯어 넣고 있겠지. 그럼, 오랜만에 우리끼리 마시자."

"그래! 단체 문자 돌린다."

그때, 휴게실 문이 빼꼼 열리며, 호랑이도 제 말하면 찾아온다더니, 일 년 후배가 우리를 발견하고는 반갑게 인사했다.

"엇! 선배님, 안녕하세요!"

"효은아, 오랜만이다!"

효은이는 정민이와 학번 뒷자리가 같은 '뻔후배'로, 이렇게 마주칠 때면 반갑게 인사 나누고 안부 물을 사이는 됐다. 그 애가 힐끔 기범이를 보더니 서둘러 캔 음료 자판기로 걸어가 동전을 집어넣었다.

"선배님, 뭐 드실래요?"

"어유, 아니야."

얘가 평소에 이렇게 적극적으로 나를 보필하던 아이가 아닌데. 나는 기범이에게 효은이를 소개해 주었다.

"정민이 뻔후배야."

"안녕하세요!"

쪼그리고 앉아 캔 세 개를 꺼내 든 효은이가 우리 손에 캔을 하나씩 쥐여 주었다.

"고마워요."

"고마워, 잘 마실게! 아, 나중에 강의 같이 듣게 될지 모르니까 잘 부탁해. 앤 김기범이야."

"기범 선배님 혹시 안영택 교수님 세포생물학 듣지 않으세요?"

기범이 강의실에서 본 효은이를 떠올릴 동안 그 애가 조잘댔다.

"저도 그 강의 듣거든요. 매일 앞자리에 앉으시죠?"

기범이 "하하" 웃자 효은이 장단을 맞추며 생글생글 웃었다.

"선배님 저희 사이에서 되게 유명하세요."

"응?"

당사자인 기범이는 머쓱하게 웃고 말았는데 도리어 내가 놀라 반문하고 말았다. 효은이가 이제는 대놓고 시선을 기범이에게 고정한 채 내게 말했다.

"잘생기셨다고. 서관남이라고 불러요."

"서관남?"

"강의 다 서관에서 듣지 않으세요?"

두 눈이 휘둥그레져서 기범이를 바라보니 그가 멋쩍다는 듯 볼을 긁적였다.

"앞으로 동관에서도 강의 좀 들어야 하나."

와, 김기범 너 제법 능숙하다! 이런 상황이 익숙한 척 너스레를 다 떨고 말이야! 혼란에 빠진 나를 버려두고 효은이는 울리는 휴대폰 덕에 볼일이 생각난 듯 서둘러 휴게실 밖으로 걸음을 옮겼다. 그 와중에도 기범이에게 당부를 잊지 않았다.

"나중에 강의실서 뵈면 인사 드릴게요. 꼭 받아 주셔야 해요."

폭풍같이 몰아친 효은이가 사라지고, 나는 가늘어진 눈을 하고 기범이를 흘겨보았다. 캔을 따다 말고 내 따가운 시선을 눈치챈 그가 고개를 들었다.

"왜?"

군대 갔다 오면 건강해져 온다는 얘기는 들었지만, 어쩜 넌 그 여드름 피부까지 말끔하게 닦고 제대했니?

"……피부 관리 비법 좀 알려줄래."

"삼시 세끼 꼬박꼬박 채소 잘 먹어라."

전 같으면 화장솜에 촉촉이 적신 짭테라, 보라색 병, 갈색 병, 흰색 병, 뭔 병 해 가며 화장품 강의를 늘어놓았을 놈이 '채소'로 그 비법을 일축해 버린다. 하지만 두고 봐. 네 성격상 자랑하고 싶어서 안달이 날 테니 술만 조금 들어가면 나한테 다 털어놓게 돼 있으니까. 굶주린 하이에나처럼 기범이의 미용 비법을 알아내려고 비열한 웃음을 흘렸지만, 알코올의 도움을 받아 김기범의 미용 비결을 밝히겠다는 나의 작전은 결국 수포로 돌아갔다.

의전[7]을 준비하는 동기들을 제외하면 남는 친구가 몇 되지도 않았지만 그나마도 과외다, 가족 외식이다, 팀플이다 해서 모두 불참 통보를 내고 말았다. 마지막까지 정민이에게 매달리

---

7 의학전문대학원.

다 결국 실패하고 지하철역까지 배웅해 주고 나니 힘이 쭉 빠졌다. 결국 학교 주변에서 자취를 하는 김기범과 나, 둘만 남게 되었다.

길바닥에 흩뿌려진 노끈과 포스터가 새내기 주점의 시작을 알리고 있었다. 이 와자지껄한 학교 행사 속에서 우리 쓰레기들만 왕따 아닌 왕따를 당하고 있구나. 참으로 애석하도다. 그와 나는 집으로 향했다. 기범이와 나의 자취방 가는 길은 치킨집을 사이에 두고 나뉘었다. 그가 갑자기 고개를 숙여 땅을 보고 걷던 나와 눈을 맞췄다. 깜짝 놀라 걸음을 멈추자 그가 또 서글서글한 두 눈을 찡긋거렸다.

"술 땡기지? 가자."

"우리만?"

그러고 보니 얘랑 단 둘이서 술을 마신 기억이 없다. 그리 친했던 새내기 때도 늘 다른 친구들과 함께였다.

"응, 너랑 나랑."

얘가 이런 표정도 지을 줄 알았나? 1학년 땐 팔짱을 껴도 설레지 않았는데……. 전에 안 짓던 표정을 짓는 데는 이유가 있을 텐데 도대체 무슨 꿍꿍이지? 의심의 눈초리를 그에게 돌렸다가 반짝이는 그의 눈동자에 괜히 화들짝 놀라 홱 고개를 돌려 버리고 말았다.

"그래! 가자!"

기범이의 얼굴을 제대로 바라볼 수가 없었다. 안 돼! 정신 차려! 고민아! 앤 기범이야! 다른 누구도 아닌 맏언니! 화장품 판매원 뺨치는 메이크업의 고수, 김기범이라고! 이 기회로 우리 사이에 있었던 시간의 벽을 깨는 게 중요해!

술이란 좋다. 2년 동안 연락이 끊겼던 친구의 속사정을 듣기에는 더욱이 완벽한 핑계거리! 잠수 탔던 그 시간 동안 무슨 일이 있었던 게 분명해. 그 이유를 알아야 한다.

※

여자의 제안에 분위기 있는 바에 간 남녀는 어색하게 구석진 테이블에 자리를 잡는다. 조명은 노랗지만 비추는 면적이 작고 힘이 약해 전체적으로 어둡다. 앉은 의자는 동그란 스툴이고 둘 사이에는 동그랗고 좁은 나무 탁자가 있다. 은은한 음악에 남자가 고개를 까닥이며 음을 탔다. 병맥주 하나에 애플 마티니. 남자가 기본 안주로 나온 프레즐을 깨작이며 씹었다. 모르는 사람을 마주한 듯한 낯선 설렘이 그들을 감싼다.

여자: (무심한 척) 불어 봐. 그간 무슨 일이 있었는지.
남자: (딴청을 피우며) 무슨 일?
여자: 2년이라고. 2년. 2년 잠수 탔으면 이유가 있을 거 아냐?
남자: 군대 갔다 왔잖아.
여자: 휴가도 안 나왔어?
남자: 왜? 연락 안 해서 삐쳤어?
남자의 돌직구에 여자는 당황한다. 그녀의 얼굴이 취기가 아닌 다른 감정으로 달아오른다.

여자: 다들 걱정했어, 너.

남자: (신경 쓰지 않는다는 듯 어깨를 으쓱할 뿐 말이 없다.)

여자: (짧은 침묵 후 칵테일 잔에 입술을 대며 중얼거린다.) 네가 괜찮다면야 다행이지만.

서운함이 묻어나는 목소리를 눈치챈 남자가 싱긋 웃으며 그녀에게 바짝 상체를 당겼다.

남자: 안 괜찮으면 어떻게 해 줄 건데?

여자: (동그래진 눈으로) 응?

남자는 순식간에 여자의 손목을 잡아당긴다. 여자의 상체가 그를 향해 조여든다.

남자: (낮은 목소리로) 뭐 해 줄 거냐고.

여자: (당황하며) 왜, 왜 그래……?

남자: (속삭이듯) 내 마음 몰라서 그래?

여자는 숨 쉬는 걸 잊고 멍하니 그를 바라본다. 남자의 넓은 어깨와 딱 맞는 셔츠에서 느껴지는 남자의 향기가 아찔하다. 갑자기 배경음악이 바뀐다.

아임 투 섹시 포 마이 셔츠, 투 섹시 포 마이 셔츠, 투 섹시 댓 잇 헡츠.

〈I'm Too Sexy〉 - Right Said Fred

남자가 그녀의 손에서 칵테일 잔을 빼앗아 테이블에 내려놓으며 더 바짝 그녀를 향해 상체를 기울인다. 야구 잠바 소매 아래로 슬며시 드러난 손목. 반쯤 일어선 그의 모습에 당황한 그녀가 움찔하자 남자가 그녀의 팔을 잡는다. 그의 얼굴이 키스할 듯 가까이 여자에게 다가온다. 여자는 정신을 잃을 것만 같다.

"야, 꾼녀. 뭘 멍 때려?"

정신이 번쩍 들었다. 치킨을 눈앞에 두고 잠시 내가 실성을 했나 보다. 순식간에 머리를 훑고 지나간 비상한 시나리오가 눈앞에서 어른거려 양 볼이 화끈 달아올랐다. 그가 나를 빤히 바라보더니 가방 앞주머니에서 무언가를 주섬주섬 꺼내 주었다. 웬 면봉.

"눈 밑에 마스카라."

손거울까지 내 손에 쥐여 주면서 뿌듯하게 웃는 저 면상을 두고 저런 상상을 하다니. 고맙지도 않은 그의 배려에 눈을 흘기며 그가 건네준 스킨 샘플에 면봉을 적셔 눈 밑에 번진 마스카라를 닦아 냈다. 시끄러운 치킨집의 음악 소리. 이효리의 옛 솔로 앨범이 재생 중이다. 친구가 남자 친구로 변할지도 모른다는 걱정은 연예인 걱정 다음으로 쓸모없는 걱정인 것을! 때맞추어 이효리가 내게 당부한다. 고민아!

고민, 고민 하지 마, 긴!
〈U Go Girl〉 - 이효리

"건배!"

무작정 맥주를 벌컥벌컥 들이키자 기범이가 입을 떡 벌렸다. 새삼스레, 뭘 봐?

"야, 소주 안 시키냐? 소맥 말자."

"나 너 책임 안 진다."

"책임은 무슨. 너나 빨리 마셔. 너 취할 순간만 기다렸다가 네 비밀 다 털어 버릴 테니까."

"네가 더 빨리 갈 것 같은데."

기범이가 걱정스럽게 말했고 그의 예감은 정확히 적중했다. 정확히 한 시간 뒤, 나는 "너 왜 그동안 연락이 없었어어어?" 하며 손가락을 공중에 흔들어 댔다. 쓸데없는 말로 시간을 소비하며 치느님과 곁들여진 맥주잔을 네 번 비우고 나니 더 이상 음식 들어갈 공간이 없어졌다. 술이 찬 배는 이성을 밀어내고 난 어느새 촉촉이 젖은 감성으로 그를 마주했다. 기범이가 어깨를 으쓱하며 맥주에 어느새 거의 바닥을 드러낸 소주를 마저 말았다.

"군대 갔잖아."

"비겁한 변명입니다! 휴가 있잖아, 휴가!"

"나 인기 많아, 왜 이래."

어떻게 만날 사람이 너무 많아 우리한테 연락할 시간이 없다는 말도 안 되는 뻥을 치냐! 남자가 연락이 안 될 때는 셋 중 하나랬어. 옥중, 상중, 병중. 너는 옥에 있었던 거냐? 어라, 이건 애인 사이에나 나오는 말이었던 것 같은데……. 그를 흘겨보며 다이어트의 마지막 양심, 튀긴 치킨의 퍽퍽살을 뜯었다.

"얼마나 인기가 많으시기에 과 애들을 다 버려? 네 소식 우리도 박동주한테 들은 거 알아?"

동주는 그리 친하지 않은 동기다. 기범이가 놀란 듯 되물었다.

"박동주가 그걸 어떻게 알아?"

"네가 말한 거 아니야?"

"고등학교 동창들밖에 모를 텐데. 그렇게 세상이 좁나."

"고등학교 동창들한테는 말해 주고 우리한테는 안 말해 줬다고?"

"걔들은 부모님끼리 아니까."

"네가 언제부터 고등학교 동창을 챙겼다고. 너무한 거 아니냐?"

진심을 담고 싶지 않은 말에 진심이 담기어 목소리가 낮아졌다. 기범이도 그것을 알아차렸는지 들고 있던 맥주잔을 테이블에 내려놓았다. 하긴. 겨우 1년이다. 새터 때부터 시작된 인연은 마지막 반 MT에서 끝이 났고 그 이후로 2년 동안 이놈의 목소리조차 듣지 못했다. 고작 1년이라 부를 수 있는 그 짧은 시간 동안 나는 처음으로 제대로 사귀어 본 남자 사람 친구[8]인 그에게 많은 정을 주었는데, 그는 그리하지 못했던 건가? 도대체 남자들(기범이가 순100퍼센트 남자인지는 잘 모르겠지만)에게 우정이란 뭐야? 여자들은(적어도 나한테는) 자주 만나는 것도 우정의 일부라고! 치킨집 사장이 틀어 놓은 건 이효리의 옛 앨범이 아니었나 보다. 그냥 이효리가 부른 노래 메들리지.

---

8 성별이 남자인 친구.

이효리가 또 부른다.

날 바라봐, 네가 사랑했던 친구로서 좋아했던 나를.
〈그네〉 - 이효리

그런데 그놈 입에서 나온 말은 새삼 나를 놀라게 하였다.

"너도 연락 안 했잖아."

그가 나를 힐긋 보더니 맥주잔을 비웠다. 나는 서둘러 그의 잔을 채워 주며 말을 더듬었다.

"네가 힘들 때 함부로 연락하고 싶지 않았어."

"힘들 때 연락하는 게 친구 아냐?"

원망이 서린 목소리에 나도 함께 발끈했다. 왜 날 나쁜 사람 만들어? 너도 날 친구로 생각했으면 먼저 고민 상담을 해 왔겠지! 하지만 기범이의 낮은 목소리에 왠지 말싸움을 붙였다가는 사이가 틀어질 것 같은 예감으로 숨을 삼켰다. 취해서 사리분별이 어렵지만, 한가지만은 확실하다. 먼저 용기 내 다가가지 못한 내 잘못도 있잖아. 맥주잔에 차갑게 맺힌 이슬이 잔을 따라 흐르고 내 뒷목으로도 갑자기 식은땀이 흐른다는 착각이 인다.

"너 걱정 많이 했어. 다들. 정말이야."

지금에라도 지난 2년간 무슨 일이 있었는지, 부모님이 어떻게 이혼하게 된 건지 묻는 게 옳을까? 하지만 그리 물었다가, 지금에서야 뒷북치지 말라며 도리어 토라지는 건 아닐지. 기범이와 다시 친구가 되려면 뭘 해야 하지? 혼란스러움을 틈타 입술이 제멋대로 움직였다.

"미안."

기범이는 미동조차 하지 않았다. 그저 살짝 힘이 들어간 두 눈으로 나를 바라보고 있을 뿐이다. 그 시선이 나를 옭아맨다. 어쩌면 그의 말이 맞을지도 모른다. 나는 그를 소중한 친구라고 생각하지 않았을지도 모른다. 부모님의 이혼 같은 중대사를 위로하며 덩달아 소모하게 될 피로한 감정들이 싫었을 수도 있다. 기범이에게 연락하지 않았던 그 2년이란 세월 동안 그에 대해 무얼 생각했지? 그가 자신이 마시던 맥주잔을 내게 들이밀었다. 내 것은 비어 있고 그의 것은 나로 인해 가득 채워져 있었다.

"그럼 너……."

하지만 그가 뭐라 말을 꺼내기도 전에 내 방정맞은 입이 벌어졌다.

"딸꾹."

그가 하던 말을 멈추고 나를 오묘한 표정으로 바라보았다.

"딸꾹."

민망해져 두 손으로 입을 막고 숨을 참았지만 닫힌 입술 사이로 계속 "딸꾹, 딸꾹, 딸꾹……." 으아악! 왜 하필 지금! 귀 끝까지 열기가 번져 나가는데 갑자기 그가 자리에서 벌떡 일어서더니 고함쳤다.

"왁!"

"꺄악!"

주위의 시선들이 우리에게 꽂혔다. 기범이가 승리에 도취한 사람처럼 미소를 지으며 착석했다. 비명과 동시에 딸꾹질을 떠나보낸 난 가슴을 쓸어내리며 그를 쏘아보았다.

"왜 갑자기 소리를 질러?"

"성공했잖아!"

저럴 땐 2년 전과 다를 바가 없어. 미친 것 같아. 맥주잔을 한 번에 비운 그가 일어났다.

"이만 가자."

나도 모르게 "벌써?"라고 물으려다 벽에 걸린 디지털시계를 바라보았다.

24:04

헉! 언제 시간이 이렇게? 계산대로 성큼성큼 걸어가는 그의 뒤를 따라 가방을 뒤지며 지갑을 꺼냈다. 하지만 내가 "얼마나?" 묻기도 전에 그가 카드를 긁으며 말했다.

"나중에 네가 사."

나랑 또 둘이서 술 마시고 싶다고? 나는 서둘러 고개를 끄덕였다. 오늘은 사과를 했으니 그때는 꼭 지난 2년 동안 일어났던 일들을 물어봐야겠구나. 늦은 감이 있지만. 치킨집 앞에서 헤어진 우리는 각자 집으로 돌아갔다. 머릿속이 복잡했다.

❀

산업미생물학 중간고사 대체 발표를 위해 5조는 학교 지하에 위치한 커피숍에 모였다. 아직 도착하지 않은, 신비주의를 철저히 유지해 주시는 차은수 씨를 기다리며 우리 셋은 논문을 뒤척이며 각자 역할을 분담했다. 가장 하기 싫은 발표를 김기범에게 하사했고 지영이에게는 PPT(파워포인트) 제작을 부탁했다. 미생물에 관련된 외부 자료 수집은 내가 하기로 했으니, 지각생 차은수에게는 무얼 시키면 좋을까. 그때, 내 폰이 울렸다. 액정에 뜨는 이름 석 자에 기범이도 지영이도 하던 일을 멈추고 나를 바라보았다.

"네, 어디 계세요?"

— 커피숍 도착했는데요. 어디 앉아 있죠?

자리에서 일어나 문 쪽을 살피자, 기다란 인영이 나를 발견하고 성큼성큼 다가왔다. 엇, 저 사람…… 나도 모르게 아는 척을 하려다 정신을 차리곤 자리에 앉았다. 캔 커피 사건 당일 열람실에서 어깨를 부딪친 남자다. 인연이 아님을 직감했어도, 내가 저런 얼굴을 기억 못 할 리가 없지. 아몬드형 눈 끄트머리가 고양이처럼 삐죽 올라가 어딘가 냉랭해 보이는 인상이다. 저 사람도 피부가 백옥처럼 뽀얗구나. 요즘 남자들은 다들 피부 관리를 어디서 받는 건지, 원. 그런데 늦은 주제에 나를 바라보는 그의 시선이 영 곱지 않다.

"죄송합니다."

단정한 사과마저 기범이와 지영이에게만 건넨다. 실은 한동안 차은수와 연락이 되지 않아 조교님께 그의 행방을 물었다. 조교가 직접 나를 대신해 그에게 문자를 넣었고, 그는 내게서 문자를 받은 적이 없다고 했단다. 이상했지만 기계적 결함이겠거니 하고 깊이 생각하지 않았는데, 지금 보니 그가 일부러 나를 골탕 먹이려 했던 건가 싶을 정도로 무례하다.

나는 내색하지 않고 자리에 앉으며 간단한 자기소개를 제안했다. 지영이는 1년 후배로 생명과학부이고, 차은수는 2년 선배로 생명공학부라고 했다. 최근에 집안에 일이 생겨서 연속으로 두 번 강의를 빠졌지만 절대 발표에 차질 없을 거라고 그는 정중히 말했다. 결국 인성이야 어찌 됐든 모두 같은 학점을 받게 되는 발표에 한 명이 농땡이를 부리면 보기에 심히 적절치 못한 유혈 사태가 발생할 수 있으니 그 다짐을 꼭 지키길 바랐다.

나는 그에게 미생물의 다른 활용 사례들을 조사해 달라고 부탁했다. 꼬박꼬박 답하는 그의 목소리는 예의 발랐는데도, 그가 나를 바라보는 시선에서 묘한 악의가 느껴졌다. 내가 예민한 걸까? 우리는 정확한 역할 분배와 목표일을 정한 뒤 해산했다. 자기 할 일이 끝나기가 무섭게 사라지는 차은수의 뒷모습을 바라보며 난 기범이의 옆구리를 툭툭 쳤다.

"저 사람 이상하지."

"어?"

모서리를 돌아 시야 밖으로 단정한 코트 자락이 바람결에 휘날리며 그와 함께 갔다.

"나를 싫어하는 거 같아."

"왜?"

'맞아'가 나와야 하는데 왜 '왜'가 나오니! 홱 하고 기범이를 바라보자 그가 어깨를 습관적으로 으쓱했다.

"모르겠는데."

차은수의 눈빛 따위를 운운하며 더 따지고 들다가는 나만 이상한 사람 되겠지.

"아님 말고."

"왜?"

더 묻지 말고 그냥 넘어가 줬으면 좋겠는데 기범이가 눈을 반짝이며 내게 바짝 다가와 붙었다. 나는 김기범이 항상 하는 대로 어깨를 크게 한 번 으쓱하고 몸을 돌려 그의 곁을 벗어났다. 개강 첫날 어깨를 부딪치고 이제는 같이 조별 발표를 준비하게 된 사이. 그 선에서 끝날 사이다. 저렇게 비싼 척 유세를 부리는 사람들은 소소한 조별 모임에서의 인간관계에 연연하지 않는다. 자발적인 아싸[9]에 가깝지. 그래서 불과 며칠 뒤 그를 의외의 장소에서 다시 마주하게 될지 꿈에도 몰랐다.

❋

다가오는 중간고사를 준비하려고 도서관을 찾았다. 의전 준비를 하는 친구들이 이곳을 떠도는 지박령에 편승해 있었

---

9 아웃사이더 ; 교내 사회생활에 자발적으로 참여하지 않는 사람.

다. 소위 게임 속 NPC[10]라고 볼 수도 있지. 그들은 늘 같은 곳에 앉아 내가 스쳐 지나갈 때면 같은 반응을 보여 준다. 눈과 입술을 동그랗게 하고서 '너 저녁 언제 먹어?'라고 속삭이곤 한다. 공부할 땐 밥 먹는 게 유일한 낙이다. 어쨌든 도서관 열람실에서 같은 자리를 꾸준히 차지하기란 굉장히 어려운 일이다. 아침 6시 반까지는 와야 자리를 맡을 둥 말 둥 한 척박한 현실. 자취하는 나는 먼 곳에서 통학하는 이들보다 유리한 조건에 있다. 꿉꿉한 아침의 열람실은 전날 밤을 새운 학생들의 체취로 가득 차 있었다. 익숙한 자리에 앉았지만 익숙한 얼굴들은 아직 도착하지 않았다. 엘비스 오빠도. 난 그의 부재에 안도했다.

그러나 그 안도도 잠시, 스케줄러를 꺼내 학습 시간표를 짜는데 앞 의자가 움직였다. 드디어 왔군! 진정해! 동요하는 마음을 다스리며 용기 있게 고개를 들었으나, 앞자리의 남자는 더 이상 엘비스가 아니었다. 예상치 못한 사람의 등장에 티가 나게 움찔하고 말았다. 으, 으아니…… 엘비스 오빠가 그사이에 차은수로 성형했나? 이게 어떻게 된 거지?

얼떨결에 고개를 끄덕이며 인사를 건네니 나와 눈을 마주친 그가 자리에 앉다 말고 덩달아 멈춰 섰다. 새하얀 얼굴에 치켜 올라간 눈동자는 의아함을 담았지만 동시에 싸늘해진다. 그가

---

10 Non Player Character ; 게임 안에서 플레이어가 조종할 수 없는 캐릭터. 게임을 진행하는 데 도움을 주는 역할을 한다.

목례하더니 찜찜한 표정으로 자리에 앉았다. 나도 역시 공부에 착수했지만 영 기분이 좋지 않다. 내가 당신을 본 거라고는 개강 때 어깨 부딪쳤을 때밖에 없는데, 도대체 나한테 무슨 억하심정이야? 앞자리 남자가 갑자기 자리에서 일어섰다. 그에 반응하지 않으려고 시선을 글자 위에 고정시켰지만, 남자의 희고 기다란 손가락이 내 공책 위를 두드렸다. 깜짝 놀라 그를 올려다보자 그가 손짓으로 조용히 내게 말했다.

"잠시 얘기 좀 해요."

음…… 왜요……? 꽃미남의 지령이니 헬렐레 따를 법도 한데 겁부터 난다. 그가 나를 굳이 밖으로 부를 만한 이유는 다음과 같은 세 가지 시나리오로 정리해 볼 수 있다.

#1 진상 중 진상 시나리오

남자와 민아가 열람실 밖 복도로 나선다.

민아: 무슨 일이죠?

남자: 아는 사람이 주변에 있으면 공부가 안되는데, 다른 자리로 비켜 줄 수 있으세요?

민아: 네가 도서관 전세 냈니? 네가 비키렴.

#2 학구파 시나리오

남자와 민아가 열람실 밖 복도로 나선다.

민아: 무슨 일이죠?

남자: 발표 맡은 거에 궁금한 게 있는데요. 이 자료가 신빙성은 떨어지

는데 퀄리티는 좋은 것 같거든요. 활용해 보고 싶은데 어쩌고저쩌고…….

민아: (동경의 눈빛을 보내며) 우왕, 저희 이번 발표 A+ 받을 것 같아요!

#3 기적의 시나리오

남자와 민아가 열람실 밖 복도로 나선다.

민아: 무슨 일이죠?

남자: 같은 조원인데 이것도 인연인 것 같네요. 커피 마시러 가요.

민아: 네?

남자: 이런 말 하면 부담스러우시겠지만……. 민아 씨가 제 첫사랑이랑 닮아서요. 하하하!

민아: (얼굴을 붉히며) 오모닝! 아이참, 선배님도! 까르르르!

그들의 주변에 흩날리는 난데없는 꽃잎을 보며 도서관 지박령들은 소리 없이 흐르는 감동의 눈물을 옷고름으로 닦아야만 했다……. 솔로 부대 만세!

남자가 내 손목을 잡아끈 것도 아닌데 어느새 내 몸은 그를 따라 질질 끌려가고 있었다. 열람실을 벗어나 복도에 선 그가 계단의 구석진 곳으로 걸어갔다. 팔짱을 낀 그의 표정으로 보아 좋은 말이 흘러나올 것 같지는 않았고 그 이유를 몰랐기에 더 불안했다.

"저……."

영문을 파악하려고 먼저 입을 열었지만 남자가 나보다 더 빨랐다.

"이쯤에서 그만하세요."

"네?"

"모를 줄 알았어요?"

"뭘요?"

"저 스토킹 하는 거 말이에요."

"네?"

이게 무슨 귀신 씻나락 까먹는 소리야.

"스토킹이라니 무슨 말씀이세요?"

'#3 기적의 시나리오'의 뺨을 열 대는 후려칠 정도로 황당한 흐름에 어이가 지붕을 뚫고 지평선 너머로 사라질 것 같았다. 남자는 여전히 풀리지 않은 얼굴을 하고 눈을 내리깔며 나를 똑바로 주시했다. 이 사람 뭐야?

"제 휴대폰에 번호 바꿔서 문자하고, 제 차에 립스틱으로 낙서하고. 아니, 저번에 제 캔 커피는 왜 훔쳐간 거예요?"

"뭐, 뭘 훔쳐요?"

다른 이상한 헛소리는 그렇다 치더라도 마지막 질문에 가슴이 철렁 내려앉았다.

"같이 경찰서 가고 싶어요?"

"아, 잠깐! 잠깐만요!"

혼란스러운 머리가 순식간에 정리됐다. 저 사람은 지금 어떤 사람으로부터 스토킹을 당하고 있는데 그 망할 캔 커피 하나 때문에 나를 의심하고 있었단 말이야? 쪽지에 적은 번호를 스토커의 것으로 생각해 차단해 놓아서 내가 보낸 조별 공지

문자를 받지 못한 거고, 그 때문에 나를 쭉 의심하고 있었단 말이지!

"지금 번지수 잘못 짚으셨어요! 저 범인 아니에요!"

"그 쪽지 제가 증거로 잘 갖고 있어요."

"그 쪽지 제가 쓴 거 맞긴 맞는데요……. 아, 오해예요. 저는 그 커피를 다른 분이 저한테 주신 줄 알았어요. 선배님 건지 몰랐다고요. 제, 제 자리에 있었단 말이에요……!"

여기까지 말이 나오니 민망해서 땅속에 굴을 파 다음 학기까지 몸을 숨기고 싶다. 캔 커피 하나 때문에 때아닌 동면에 들어가야 하나……. 지금 와 생각해 보니 그 커피가 정말로 내 책상에 있었던 건지 긴가민가하다. 헌팅을 향한 그릇된 갈망이 나를 여기까지 끌고 왔단 말인가! 남자가 여전히 팔짱을 풀지 않고 뻐딱하게 나를 바라보았다.

"정말 제가 아니라니까요! 다른 번호들 통신사에 조회해 보셨어요?"

"명의가 다 다른 번호라 추적할 수가 없답니다. 훔친 폰이라고요."

"저, 정말요? 세상에. 완전 지능범이네! 아, 아무튼 저는 그런 스토커 절대 아니에요!"

그에게 내 지갑을 보여 주었다.

"같이 편의점 가시죠! 지금 캔 커피 변상할게요!"

그 의심만 지워 준다면 700원짜리 캔 커피 변상에 응해도 널 쪼다라고 부르지 않으리라. 하지만 남자는 고개를 끄덕이는 대신 깊게 한숨만 내쉬었다.

"됐습니다."

"변상하겠다니까요!"

"괜찮다고요."

나의 제안을 차갑게 자른 그가 나를 무심히 바라보며 말했다.

"오해라면 사과할게요. 최근 신경 거슬리는 일이 많아서요."

사과 같지도 않은 사과에 "빠직" 하고 혈관이 이마에 십자 모양을 그릴 것 같지만, 착각하고 캔 커피를 훔쳐간 게 너무 창피해서 꾹꾹 분노를 삼켰다.

"저는 범인 아니니까, 범인 꼭, 꼭! 빨리 찾길 바라요."

남자가 짧게 고개를 끄덕이고는 나를 가로질러 먼저 열람실로 들어가 버리고 말았다. 새벽 6시 반까지 학교에 나오느라 정신이 몽롱했는데, 저 사람 덕분에 찬물 샤워한 듯이 말똥말똥해졌다. 차마 내 자리로 돌아가 태연히 공부를 할 의지가 없어서 결국 좌석을 바꿨다. 남은 자리라고는 환풍이 지지리도 안 되는 구석 자리밖에 없었다. 악, 발 냄새! 새로운 자리에서 마음을 다스리고 전공 서적을 펴며 속으로 난 생각했다. 혹시 저 남자 내게 고도의 '#1 진상 중 진상 시나리오'를 시전해서 성공한 건 아니겠지?

❀

"차은수라고?"

"응, 들어 봤어?"

오랜만에 동기 몇 명이 함께 모이게 된 점심 식사에서 오늘 아침 벌어졌던 황당한 일을 모두 털어놓았다. 평소 무슨 말만 건네도 1분은 웃는 서윤이는 벌써 웃음을 그칠 줄 몰랐고 혜영이는 고개를 갸우뚱했다.

"완전 모르겠는데."

선배들과 조우는 보통 새내기 때 이루어지는데, 그 사람은 보듬내기 때 나대는 축에 속하지는 않았나 보다. 하긴, 우리 과는 한 학년이 100명이 넘어서 동기들끼리도 같은 반이 아닌 이상 이름조차 모르는 경우가 태반이다.

"근데 완전 도끼병이다."

"뭐?"

예상치 못한 정민이의 공격에 당황할 찰나 그녀가 나보다 더 당황하며 손사래를 쳤다.

"아니! 그 선배 말이야! 그 선배!"

아. 우리는 서로 침묵 속에서 잠시 민망해했다. 기범이가 그 침묵을 빌려 입을 열었다.

"신경 쓰지 않아도 될 것 같은데."

심드렁한 말에 나도 모르게 발끈했다.

"신경 안 써! 누가 신경을 쓰고 있다고 그래!"

"어차피 경찰 조사하면 너 아닌 거 딱 나오잖아."

"그렇지."

"그럼 끝난 일 아니야?"

기범이의 냉정한 일단락에 정민이가 고개를 저었다.

"스토커 취급 받는 게 매일 일어나는 일은 아니잖아."

"하하하. 그렇긴 하지. 하하하하."

서윤이가 웃음 사이로 동의했다. 하지만 기범이는 꿈쩍도 하지 않았다.

"뭐 좋은 경험이라고 계속 얘기해?"

그의 단호한 반응에 민망해졌다. 다행히 여자애들이 나서서 내 편을 들어 주었다.

"아무튼 캔 커피 하나로 무안 준 건 진짜 아닌 것 같아."

"그러게 말이야. 그러게 왜 자기 커피를 남의 자리에 놔."

기범이는 또 습관처럼 어깨를 으쓱했다. 결론이 난 주제를 갖고 쓸모없는 대화를 이어가는 여자들의 심리를 이해할 수 없다는 표정에 기가 막혔다. 2년 전이었으면 저도 신나서 함께 욕했을 놈인데.

"엇, 벌써 1시 50분이다. 너희 다음 강의 있지 않아?"

아뿔싸! 다음 강의는 산업미생물학이고, 그 강의에는 그 선배가 있다. 오늘 올까? 울상이 되는 나를 힐끗 내려다본 기범이가 툭하고 내 팔을 팔꿈치로 쳤다.

"신경 쓰지 말라니까."

난 고개를 끄덕였다. 하긴 나는 그 선배의 캔 커피를 훔쳤고 그 선배는 나를 스토커로 오인했으니 서로 쌤쌤이다! 그나저나 잘생긴 사람은 이래저래 참 피곤한 일이 많구나. 연예인도 아니면서. 나중에 한번 시나리오에 써먹어 볼까? 너무나 잘생겨서 절로 스토커가 생길 정도의 미남과…… 미남과의 연애 이야기는 너무 흔한데.

작년부터 품고 있던, 영화나 드라마 시나리오를 써 보고 싶다는 욕구가 고개를 들었다가, 가야 한다는 기범이의 말에 순식간에 사라졌다. 다시 껄끄러운 그 선배를 조우할 생각에 강의실로 향하는 나의 발걸음은 점점 더뎌져 갔고, 기다리다 못한 기범이가 결국 내 손목을 붙잡고 복도를 뛰었다. 그가 내 손목을 잡은 일은 처음이라 당황스러웠지만 한편으로는 의지가 되어 꾹 참고 그와 함께 달렸다. 마음이 편하다. 친구니까. 친구라서 위로가 된다.

은수: 고개를 들었다

쓰레기통에 영수증을 버리는 일이 신경 쓰이게 될 줄은 몰랐다. 스토커가 선전포고를 한 건 한 달 전. 1004라는 번호로 휴대폰 문자가 도착했다.

오빠는 내꺼. 마이 달링

쓸데없는 스팸 문자는 전에도 종종 받았기 때문에 별 생각 없이 스팸 처리하고 문자를 지웠다. 같은 날 저녁, 다음 문자가 도착했다.

저녁 맛있게 먹었어? 그 스파게티 나도 먹고 싶더라. 다음에는 나도 사죠. 사랑해!

수진이와 함께한 저녁 식사의 메뉴가 전달되었다. 이번에 쓰인 번호는 555558. 수진이를 의심했지만 수진이는 도리어서 경찰에 신고하라고 날뛰었다. 나는 일단 상황을 지켜보기로 했다. 그 뒤 몇 시간 간격으로 내 일거수일투족을 설명하는 문자가 도착했다. 문자를 받기 시작한 지 2주가 되었을 때 내 차 앞창에 빨간 립스틱으로 메시지가 쓰여 있었다.

좋은 하루♡

곧바로 아버지께 전화를 걸었다.

— 무슨 일이니.

"지금 바쁘세요?"

— 아니. 방금 콘서트 끝나고 지금 퇴근 중인데. 왜?

당시 아버지는 일본과 중국을 포함해 아시아권 콘서트 투어차 해외에 나가 계셨다.

"2년 전에 아버지 따라다니던 아주머니 말이에요. 미국 간 거 맞죠?"

우리 집에서 스토커라면 낯선 존재는 아니다. 가수로 데뷔하였지만 중년의 나이에 연기자로 탈바꿈하신 아버지는 미중년의 국민 배우로 승승장구하다 최근에 다시 음악에 대한 열정을 찾고 음반을 내셨다. 그 유명세 덕에 꽤 이상한 사람들이 주변에 꼬이기도 했다. 아버지의 사생팬들이 했던 짓들을 생각하면 문자나 립스틱 메시지 정도는 애교지.

— 왜? 무슨 일 있냐!

그 아줌마는 특별히 심한 케이스로, 한번은 집의 부엌 싱크대 아래 수납장 속에 숨어 있다가 수진이에게 들키는 바람에 고소까지 당하고 연예 신문의 1면을 장식했다. 미국으로 떠나겠다는 아줌마의 애원에 아버지는 결국 고소를 취하했지만, 그 아줌마 덕분에 다른 사람의 시선에 대한 아버지의 노이로제는 더 심해졌다. 그래, 분명 그 사람들 때문이다. 아버지는 다른 사람들의 시선에 늘 날이 서서 당신의 몸가짐을 조심하셨다.

"아니에요."

— 그럼 그 아줌마 얘기는 왜 꺼낸 거야.

아버지의 목소리가 순식간에 격앙됐다. 바깥의 일로 정신이 없으실 텐데 괜한 걱정을 끼쳐 드리고 싶지 않았다.

"그냥 생각나서 물어봤어요. 아, 어머니한테 외할머니한테서 전화 왔다고 전해 주세요."

부모님은 연예계에서도 소문난 잉꼬부부라 아버지 곁에는 늘 어머니가 함께했다. 다행히 아버지는 더 의심하지 않았고 나는 건강 조심하시라는 말을 하고는 전화를 끊었다. 난 그날 휴대폰 번호를 바꿨다. 하지만 바꾼 번호가 무색하게 다음 날, 또 이상한 문자가 왔다.

오빠, 전 번호도 조합 괜찮았는데 왜 바꿨써? ─21004

기가 막혔다. 바꾼 번호를 어떻게 안 거지? 신고하고 싶지만 초반의 문자는 지워 버려서 증거가 없었다. 립스틱 역시도 지워 버려 증거가 없었다. 그 뒤 나는 문자가 오는 족족 증거를 수집하며 스토커를 신고할 때를 노렸다. 문자는 다양한 번호와 다양한 내용을 담고 도착했다.

오빠는 투블럭 컷도 어울릴거 가태. 얼굴형이 애쁘니까. —O142

오늘 들은 강의는 재미써써? 오빠는 졸지도 않더라. 귀여 워써.—7979

나 오빠랑 같은데다 피어싱했어. 이제 우리도 커플이당. —1OO4

스토커의 문자 내용으로 미루어 보아 그녀는 나와 동문인 듯했으며 헬릭스[11]에 피어싱을 했다. 이런 정보로 그 여자를 잡아낼 수 있을까? 여자의 신원을 확인하려고 주변을 살피던 차에 기회는 예상치 않은 곳에서 찾아왔다. 열람실 자리에 스토커가 쪽지를 남겨 둔 것이다.

감사히 잘 먹겠습니다. 오빠, 열공하세요! *^^* OIO-XXXX-XXXX

쪽지 대신 실종된 내 커피. 조금 전 부딪힌 여자가 들고 있던 것과 같았다. 헐레벌떡 여자의 자취를 쫓았지만 여자는 온데간데없었다. 허탈하게 여자의 얼굴을 기억하려 노력했다. 평

---

11 굿바퀴에서 귀둘레 부분.

범한 키에 마른 편. 어깨 길이의 검은 생머리. 본능적으로 매력부터 생각해 낸다.

쪽지를 지갑 안에 보관하고 번호는 저장한 뒤 수신거부 해 놓았다. 며칠 뒤 경찰서와 휴대폰 통신사를 찾아가 지금껏 내게 문자를 보내온 짧은 번호들과 쪽지의 번호를 추적해 보았지만 번호들은 모두 독거노인들의 것으로 밝혀졌다. 결국 또 한번 휴대폰 번호를 바꾸는 것으로 사건은 마무리되었다. 그러자 기적처럼 한동안 문자는 오지 않았다. 그런데 그로부터 한 달 뒤, 스토커가 또 내 차에 립스틱으로 낙서를 하고 도망갔다.

뽀뽀♡

경비 아저씨와 함께 CCTV를 확인해 보니 야구 모자를 쓰고 검정 겨울코트를 머리에서 발끝까지 여민 여자가 내 차에 엉덩이를 대고 앉아 글을 쓴 뒤 쏜살같이 주차장을 빠져나가는 모습이 포착되었다. 아버지는 이 일로 노발대발하셨고 고급 아파트 단지 전체가 보안 시스템의 비상 점검에 돌입했다. 정신 없이 스토커를 대처하던 와중에 수강 중인 산업미생물학의 조별 발표에 대해 알게 되었고, 우연인지 계략인지 그 여자가 내가 속한 조의 조장이 되었다는 사실도 뒤늦게 알게 되었다. 찜찜한 마음을 안고 도착한 조 모임에서 여자는 평범을 가장하여 초면인 척 내게 인사를 건넸다. 여자를 살펴 내가 머릿속에 지닌 몽타주와 비교했다. 어깨에 살짝 닿는 검은 머리. 쌍꺼풀 없는 동그란 눈. 귓불에 귀걸이. 그리고…… 그래, 헬릭스. 헬릭스에 피어싱. 잡았다!

이 모든 증거를 확보했는데도 여자의 면전에서 그녀의 진짜 정체를 막무가내로 밝히는 것은 미친 짓이었다. 여자는 잡아떼면 그만이었고 난 도리어 피해망상증 환자로 오인 받을 테니까. 여자와 한자리에 앉아 있는 것조차 고역이었지만 가까스로 참아 넘기고서 마침내 자리를 벗어났다. 그러나 여자는 집요했다. 내게 문자를 보내는 것만으로는 충분치 않았는지 여자는 전략을 바꿔 이번에는 내가 생각하기에도 퍽 대담한 일을 저질렀다. 내 가방에 흔적을 남긴 것이다. 가방에 넣어진 카드의 필체는 일부러 그런 것인지 알아보기 힘들 정도의 악필이었지만 내용만은 확실했다.

오늘 이렇게 오빠를 가까이서 보니까 넘 좋았어. 매일 얼굴 볼수있었으면 좋겠다. 오늘도 좋은 하루 보내! 사랑해!

찢어 버리고 싶었지만 가까스로 참고 책상 위에 던져 놓았다. 커피숍에서 보았던 그 영색이 생각났다. 똑똑히 얼굴을 마주하고 단단히 경고해야겠다고 생각했고, 기회는 생각보다 빨리 찾아왔다. 여자가 제 발로 열람실에서 내 앞자리를 차지하고 앉은 것이다. 그 모습에 울컥하고 그간 쌓아 온 분노가 튀어올랐다. 결국 여자를 밖으로 불러냈지만 아무런 물질적 증거를 확보하지 못한 채 여자를 보내고 말았다. 바보 같은 짓이었다.

하지만 이렇게 경고를 했으니 그 여자가 스토커라면 더는 접근하지 않을 거라고 스스로 위로했다. 하지만 스토커는 어김없이 그날 저녁 내 새로운 휴대폰 번호로 문자를 보냈다.

나 보구 싶어도 쫌만 참아! 준비대면 갈게. 그니까 딴년한테 말걸지마. 오해할라. ─1004

빌어먹을 천사! 이 번호는 또 어떻게 알아낸 거지. 목 뒤로 찌릿하게 치분이 솟구쳤다가 서서히 가라앉았다. 지난 번호들을 조회했을 때 모두 휴대폰 도난 사실조차 몰랐다는 노인들의 휴대폰 번호였는데, 이번에는 어느 독거노인의 휴대폰을 악용한 걸까. 잠깐만. 독거노인? 문득 떠오르는 일이 있었다. 의심하기에는 워낙 옛일이라 탐탁지 않았으나 실질적인 증거 그 무엇 하나 잡지 못한 이 상황의 절박함이 기어코 4년 전의 기억을 되살려냈다. 스토커의 정체를 밝힐 수 있는 실마리를 찾았다.

✾

사회봉사단 사무실을 찾아가자마자 건넨 질문에 준호는 고개를 갸우뚱했다.

"이번 기수에 남아 있는 애들?"

"어. 우리랑 같이 달동네 독거노인 연탄 나르기 했을 때 같이 간 애들 중에서."

준호는 1학년 겨울 방학 동안 참여한 봉사 활동 중 만났고, 4년이 지난 지금까지도 봉사단에 몸담으며 회장직을 역임하고 있었다.

"잠깐만 기다려 봐."

준호가 사무실의 컴퓨터 앞에 앉았다. 그가 봉사단원 명단을 쭉 훑어 내리며 호명했다.

"김은진, 박찬호, 정웅석……. 허지혜? 야, 허지혜도 8기였냐?"

기억이 안 난다. 그에게서 마우스를 빼앗아 스크롤을 내려 직접 훑어보았다.

"더 없어? 정말 저게 다야?"

"야, 4년 전이야. 4년 동안 꾸준히 동아리 출첵하는 애들이 몇이나 있겠냐?"

"그럼 너 혹시 내 휴대폰 번호 다 업데이트하고 있어?"

찜찜한 느낌을 지울 수 없어 묻자 그가 책임을 회피하려는 듯 강하게 고개를 저었다.

"내가 업데이트 하는 거 아니야! 자동이야!"

"뭐?"

"학사 시스템에 휴대폰 번호 수정하면 여기서도 자동 수정된다고."

김샌다. 나의 허탈함을 읽었는지 그가 내 눈치를 살피며 물었다.

"왜? 8기 중 누가 너한테 연락하냐?"

"아냐. 그냥 궁금해서. 아, 부탁이 있는데 지금 공개된 휴대폰 번호 수정 못 해?"

"어…… 글쎄. 한번 해 볼게."

잠시 뒤 준호가 모니터에서 내게로 고개를 돌리며 물었다.

"뭐로 바꿔 줄까?"

"아무거나."

"연락 피하는구나. 도대체 누구길래. 설마 김은진이야?"

"아니야."

김은진이 누군지 기억도 가물가물하다.

"그때 걔가 너한테 대놓고 들이대서 여자애들한테 엄청 욕 먹었잖아."

"그랬나?"

"야, 그걸 어떻게 네가 기억을 못 하냐! 김은진 때문에 박성은 술 마시고 울었잖아."

"성은이가 울었어?"

"그래, 그때가 너랑 사귀기 직전이었지?"

"너는 별걸 다 기억하고 있다. 어쨌든 고마워. 나중에 시간 되면 밥이나 먹자."

"그래? 난 오늘 시간 되는데."

서준호는 원래 이런 놈이었지. 졸지에 저녁(술) 약속이 잡힌 나는 사회봉사단 사무실을 빠져나왔다. 봄의 기운이 서서히 서려 오는 바깥은 햇살에도 불구하고 아직은 여전히 시리다. 이

추위가 가시기 전에 그 거머리 같은 여자가 제발 내게서 관심을 끊어 줬으면. 잠시 카페에 가서 강의 자료나 정리해야겠다는 생각에 걸음을 옮기는데, 누군가 내 쪽으로 걸어왔다. 익숙한 실루엣에 나도 모르게 걸음을 멈추려는 순간 상대방이 먼저 나를 알아보며 그대로 얼어붙었다. 맙소사. 여자는 쭈뼛쭈뼛하다가 결국 내게로 걸어와 푹 고개 숙여 인사했다.

"안녕하세요, 선배님."

이 여자 뭔데 왜 이렇게 자주 마주치지?

"안녕하세요. 어디 가세요?"

설마 나를 쫓아 이곳까지 온 건가 싶어서 나도 모르게 질문이 입 밖으로 튀어 나갔다.

"네? 저요?"

이름이 고민아였지. 목록에 있었던가? 아뿔싸! 저 이름 찾아보는 걸 잊어버리다니!

"아, 여기 친구 만나러 왔어요."

"혹시 사회봉사단이에요?"

"엇? 네!"

여자의 검은 머리카락이 햇살에 반짝이면서 빛났다.

"안에 서준호밖에 없는데."

"준호 오빠 만나러 온 거 맞아요! 준호 오빠 아세요?"

여자의 쌍꺼풀 없는 눈이 더 동그랗게 커진다.

"같이 봉사했어요. 고민아 씨 사회봉사단원이에요?"

"지금은 아니고 작년에 했어요. 선배님은요?"

"저는 8기예요."

"아, 그렇구나! 정말 세상 좁네요!"

여자는 마치 교수님 대하듯 허둥지둥 나의 장단을 맞추느라 정신이 없다. 내가 퍽이나 두려운 모양인데, 내가 원래 악의적인 사람은 아니지만 스토커 용의선상에서 가장 두드러지는 여자에게 호의적이기란 쉬운 일이 아니지 않은가. 그런데 모든 사람에게 좋은 사람으로 인식되어야 한다는, 아버지로부터 물려받은 강박관념 때문에 나는 의지와 상관없이 그녀를 향해 웃어 보이고 말았다.

"그러네요. 혹시 작년 겨울 봉사에도 참여했어요? 달동네 독거노인 방문이요."

"네, 여름에 초등학교 교육 봉사도 갔어요."

여자는 취조당하듯 꼬박꼬박 나의 질문에 답을 내놓았다. 의심하고 싶지 않아도 여자는 마치 스토커의 행적을 쫓듯이 똑같은 길을 걷고 있다. 입은 기계처럼 미소를 띠고 있는데, 눈 주변 근육이 진심을 담고 저절로 조여든다. 여자가 나의 시선에 주춤하고서는 뒤로 물러섰다. 그녀의 입가에서 실없는 웃음소리가 새어 나왔다.

"저, 선배님. 저는 이만 가 보겠습니다. 안녕히 가세요."

"잘 가요."

여자가 지나갈 수 있게 자리를 비켜 주자 그녀가 꾸벅 인사하고서는 종종걸음으로 건물을 향하더니 이내 유리문 너머로 사라졌다. 오늘 준호와 저녁(술)을 같이 먹기로 한 건 탁월한 선택이었다. 궁금한 것이 많아졌으니까.

❋

서준호와 둘이서만 소주잔을 기울이게 되리라 믿었던 내가 어리석었다. 준호가 언제 입을 놀린 건지 졸지에 8기 봉사단 애들 몇 명이 합세해 모이게 되었다. 몇 달 동안 보지 못했던 얼굴들이라 서로 안부를 전하며 갈빗살을 뒤집었다. 알코올이 들어가자 얼굴들이 벌겋게 달아올랐다. 나는 오랜만의 조우에 흥분한 동기들의 관심이 다른 곳에 가 있는 틈을 타 옆에 앉은 준호의 소주잔을 채우며 일부러 낮은 목소리를 울렸다.

"고민이랑 친해?"

조용히 이야기하려 했는데 거나하게 취한 서준호가 소리 지르듯 그 이름을 내질렀다.

"아! 고민아! 우리 고민이, 고만하면 귀엽지! 예쁘지! 사랑스럽지!"

그의 말에 동기들이 말을 멈추고 나와 그를 바라보았다. 준호는 술에 취하면 세상만물을 아름답다고 평했다. 난 추리를 접기로 했다. 그가 취한 입을 늘리며 흐뭇한 미소를 지었다.

"나는 걔를 보면 마틸다가 생각나."

"뭐?"

"《레옹》의 마틸다! 아니면《인 타임》의 아만다…… 사이클롭스?"

"사이프리드겠지."

"고민아가 누군데? 그렇게 예뻐?"

그저 같은 머리 스타일을 했다는 이유만으로 할리우드 미녀들을 아무렇게나 갖다 붙이는 그의 안목에 절로 탄성이 나올 지경이다. 준호는 고개를 끄덕이며 고민아의 얼굴을 모르는 애들의 호기심을 충족시켜 주었다.

"암, 예쁘지. 귀엽지. 사랑스럽지."

난 쓴 미소를 담았다.

"과 후배야."

"그럼 나랑 소개팅 고고?"

소개팅을 부탁하는 그는 한때 나이트 죽돌이로 유명했다. 양심도 없긴. 뭐, 스토커와 죽돌이라, 괜찮은 조합인가. 하지만 내 입가에는 뭉근한 미소만 머문다. 나는 티끌만큼이라도 악의를 표현하는 데 무척 서툴다. 그런 의미에서 스토커는 참 대단한 여자다. 내가 평정심을 잃고 고민아를 추궁하게 하는 데 성공했으니까. 감정과 표정이 무의식적으로 일치하지 않는 내 꼴이 병자 같다. 준호가 말을 이었다.

"야, 걘 안 돼, 이 새끼야."

준호가 손을 휘휘 저으며 그를 내쫓았다.

"내가 걔 밥을 몇 번을 사 줬는지 아냐? 자그마치 다섯 번이야. 다섯 번."

일이 예상치 못하게 흥미로워졌다.

"사귀자고 해, 그럼."

서준호가 갑자기 울적한 표정을 지으며 소주를 입안에 털어넣었다. 동기들은 그의 반응을 기다리며 숨을 죽였다. 그가 곧 한숨을 쉬며 절망했다.

"ASKY! ASKY!"

"An Seng Kyeo Yo?"

준호가 고개를 끄덕였다.

"안 생기더라고! 여친이! 난 글렀어. 걔 나한테 관심 없더라. 이런 농약 같은 가시나⋯⋯."

서준호가 감명 깊게 본 드라마가 《드림 하이》였을 줄은 꿈에도 몰랐다. 준호가 날 향해 고개를 돌렸다.

"근데 너 고민아 얘기는 왜 꺼냈냐."

시선들이 날 향한다. 난 이런 식으로 사건의 중심이 되는 게 진절머리 나도록 싫다.

"오늘 너 만나고 나오는 길에 만나서."

준호는 의심을 지우지 못하고 날 노려봤다. 기가 막힌다. 그 오해가 도리어 불쾌하다. 마침 조별 모임에서 보았던 축구부에서 열혈부원으로 활동할 것 같은 이미지의 남학생이 떠올랐다.

"고민아 남자 친구 있는 것 같던데."

항상 옆에 붙어 있던데. 여기까지 생각이 미치니 고민아에 대해 내가 너무 예민하게 생각했던 게 아닌가 싶었다. 그녀에겐 그저 시기적절하게 잘못된 곳에, 잘못된 시간에 있었던 것뿐일까. 이렇게 고민아는 순식간에 내 관심에서 멀어졌지만 준호는 달랐다.

"뭐?"

"조별 발표 같은 조인데, 같이 다니는 남자 있더라고."

"뭐? 누군데? 사귀는 거 확실해? 나한테는 그런 말 없었는데!"

"확실하지는 않네."

내가 씨익 웃자 그가 세수하듯 얼굴을 쓸어내리더니 한숨을 쉬었다. 정말 좋아하는가 보네. 신기하군. 상황을 가만히 지켜보던 동기가 그의 어깨를 두드렸다.

"확실하지 않다잖아. 고백이라도 해 봐."

든든한 응원에도 준호의 얼굴에 서린 허탈함은 쉽게 사라지지 않았다. 그가 식어 버린 된장찌개의 두부를 건져 먹더니 마침내 속삭였다.

"내가 알아서 할게."

짝사랑이라. 가슴 설레는 짝사랑은 언제 했는지 그 시절이 아득하다. 마지막 여자 친구와는 헤어진 지 1년이 다 되어 가고 그 이후로 본격적인 의전 준비에 돌입한다고 연애는 신경 쓰지 않았다. 내가 다시 그의 소주잔을 채워 줄 동안 동기들이 그를 응원했다.

"너한테 어울리는 사람이 또 있을 거야."

"너는 그게 문제야. 직구를 안 던지잖아."

"그리고 솔로인 티를 너무 많이 내서 애가 없어 보여."

정정한다. 응원이라기에 그들의 조언은 너무나 냉정하다. 동기들은 그 뒤로 한참 동안 연애에 대한 쓸모없는 언쟁을 나

넣다. 오랜만의 술자리에 앉아 실로 오랜만에 인간적인 이야기를 나누고 있으니 새삼 내가 지난 몇달 간 어떤 생활을 해 왔는지 기억이 나질 않았다. 드디어 졸업 학년이 되었다.

입학 초부터 올 8월 말의 의전 시험을 대비해 왔다. 봉사 활동이며 인턴, 영어 점수도 모두 의전을 위해서였다. 올해 1월부터는 본격적으로 시험 준비를 위해 학원에 다니며 남는 시간에는 복습을 했다. 최소 학점만을 이수하며 꽉 짜인 스케줄을 따라 기계처럼 움직이니 어제가 오늘 같고 오늘이 어제 같은 생활이 반복되었다. 끝없는 불안, 보이지 않는 경쟁자, 나와의 싸움. 그 숨 막히는 틀의 쳇바퀴 속에서 돌고 돈 지 4개월. 갑자기 등장한 스토커 때문에 최근에야 겨우 책상에서 고개를 들었다.

입시 외의 고민, 감성적인 고민에 빠져 한숨을 쉬어 대는 저들을 보니 딴 세상 사람들 같다. 아니, 저들은 늘 내게 다른 세상 사람들 같았다. 내가 의무감에, 보이는 결과를 위해, 아버지께서 그리도 주장하는 무결한 외벽을 고수하려고 대학 생활을 이어 나갔을 때, 저들은 진심으로 열정을 불태우며 인간적인 대학 생활을 보냈을까? 저들도 4학년인데, 왜 나만 이토록 갑갑하게 사는 듯한 기분이 드는 걸까? 어떻게 서준호는 아무렇지도 않게 사람들에게 실연을 털어놓을 수 있을까? 우스워 보일 자신의 모습이 신경 쓰이지 않는 걸까? 아니, 왜 나는 내 나약한 본심을 사람들 앞에서 드러내지 못할까? 정말 이 모든 게 연예인이라는 직업을 가진 아버지를 둔 아들이 반드시 이행해야 할 의무, 혹은 업보에 지나지 않는 걸까? 왜 나만 이토록 갑갑한 대학 생활을 보내는 듯한 기분이 드는 걸까? 왜 나만 이 가면을 강요받고 있는 걸까?

애들이 진솔한 대화를 나누고 있을 때, 나는 그저 말없이 소주를 입에 털어 넣었다. 아무 맛도 나지 않는다. 내가 사는 세계에는 감정의 깊이가 없다. 취한 걸까. 속까지 텅 비어 버린 기분이 들었다. 그래서 내 입에서 나오는 말이 무엇이든, 모두 가식이 되어 버릴 것 같아 술자리가 파할 때까지 아무 말도 할 수가 없었다. 저들의 솔직함이 부럽다.

나의 목숨이 위태롭다

그대의 심장이 화산이라면, 어찌 꽃을 피울 수 있겠는가?

— 칼릴 지브란

차은수 선배와 우연히 사회봉사단 건물 앞에서 마주치고 며칠 뒤, 우리는 조 모임을 가졌다. 저번과는 달리 이번 모임에는 전원 정시 출석이라는 성과를 이뤄 냈고, 무엇보다 차은수 선배는 전처럼 나를 고까운 눈으로 바라보지 않았다. 나는 그가 나에 대한 비상한 오해를 풀었다는 사실에 안도하며 전보다 더 활발히 모임을 진행했다. 발표 며칠 전에 두세 번 모여서 발표 예행연습을 해 보자라는 말을 마지막으로 조 모임은 끝이 났다. 칼같이 먼저 자리에서 일어서려는 선배를 그냥 보내려다가 괜히 마음이 동했다.

"선배님, 일은 잘 해결되셨어요?"

그가 자리에서 일어서다 말고 나를 바라보더니 이내 고개를 저으며 작게 미소 지었다.

"아니요. 아직."

그의 미소가 익숙지 않아 새삼스레 가슴이 뛰었다. 참 예쁘게 생겼다. 여성스럽다는 말이 아니라 섬세한 눈이며 곱고 새하얀 피부 결이며 새까만 머리카락까지 그는 정말로 귀공자 같았다. 사실 이 모임 내내 나는 그의 얼굴을 보며 '어떻게 사람이 저렇게 생길 수가 있지?'라는 의문을 품었다. 이런 생각은 새터 때 생공[12] 김태희를 본 이후로 처음인 것 같았다.

"경찰에 신고하면 안 되나요?"

"신상 정보가 나올 증거가 없대요."

"아, 그 스토커 말씀하시는 건가요?"

옆에 있던 기범이가 아는 척을 하며 대화에 꼈다. 오묘하게 경직된 그의 음성에서 그의 불편한 심기가 드러나는 것 같았다. 흥, 나보고는 신경 쓰지 말라고 면박 주더니 저도 속으로는 나랑 동감한 모양이네.

"스토커라니요?"

가방을 싸던 지영이가 퍼뜩 고개를 들며 목소리를 높였다. 난감해하는 선배를 보며 나는 괜히 이 주제를 사람들 있는 데서 꺼낸 것 같아 후회했다. 다행히 선배가 능숙하게 거짓말로 어색한 상황을 모면했다.

"아, 별거 아니에요. 최근에 이상한 스팸 문자가 자주 와서."

"에이, 스팸 문자랑 스토커랑 다른 거잖아요."

---

12 생명공학.

지영이는 다행히 매우 순진한 친구였다.

"하하, 그러네요."

예의 바르게 웃고 있지만 선배가 교묘하게 대화의 주제를 피하려는 것 같아 난 책임을 느끼고는 서둘러 맞장구쳤다.

"저도 요즘 스팸 문자 너무 많이 와요. 대출이랑 도박 문자!"

"언니도요? 저도요! 은행이랑 통신사에서 털린 이후로 저는 그냥 자포자기했어요."

"우리 정보가 몇 십 원? 몇 백 원 정도밖에 안 되는 게 말이 돼?"

다행히 지영이는 선배의 스토커에 더는 관심을 두지 않기로 한 모양이다. 바쁜 선배를 먼저 보내고 나와 기범이는 지영이로부터 최근 유행하는 온갖 사기 범죄의 예방법에 대한 강의를 듣고는 헤어졌다. 동기들과 저녁을 조촐히 학식으로 때우고 열람실에서 중간고사 공부를 하다가 기범이와 중간에 연락하여 열람실 마감 시간인 10시 45분, 도서관 1층에서 만났다. 기범이는 전처럼 치킨집 앞에서 길을 갈라서는 대신 집까지 데려다주겠다며 나를 따라왔다. 근래 자취방이 밀집한 대학가에서 성폭행범이 출몰했다는 이야기가 나돌고 있어서였다. 새내기 때도 기범이가 두세 번 나를 집에 데려다 준 적이 있었다. 그때도 아마 성폭행범이 나돌았거나 내가 만취 상태였거나 여하튼 나의 안전에 위협이 있었을 때였던 것 같다. 당시에는 나보다도 여성스러운 놈이 나를 지키겠답시고 함께 따라와 주는 게 기특하기도 하고 고맙기도 했는데, 어느새 남자다워진 놈이 나와 동행해 주겠다고 하니 또 불순한 설렘이 나를 찾아왔다. 아스라한 가로등 불빛이 비치는 골목길에서 남녀가 할 수 있는 게 뭐가 있을까?

1. 고백하기
2. 고백하고 끌어안기
3. 고백하고 끌어안고 키스하고…….

후후후. 더 이상의 자세한 설명은 생략한다.

단순 외모에 홀려 기범이를 농락하지 않으리라 다짐하고 애써 씩씩한 척 우렁찬 목소리로 떠들어댔다. 밤의 훈훈한 봄 공기가 폐부를 가득 채운다. 여자는 봄을 타는데, 이 미묘한 설렘은 봄 때문인가. 빠른 보폭으로 앞서 걷는 나를 뒤쫓는 기범이의 허탈한 목소리가 귓가를 두드렸다.

"나 그냥 집에 갈까?"

"왜?"

"나 없어도 될 것 같아서."

"어우야, 아니야! 내가 얼마나 연약한데."

어색함을 티내지 않으려 오버해서 행동한 것이 도리어 독이 된 모양이다. 그는 집으로 돌아가지는 않았지만 '연약하다'는 나의 말에는 고개 저었다. 다시 그의 옆에 서서 걷자 그가 고개를 들어 하늘을 보더니 중얼거렸다.

"밝다."

"응?"

함께 고개를 드니 밤의 조명이 환히 비치는 새까만 하늘에는 별 하나 제대로 보이지 않는다. 보통 사람들은 밤하늘을 보면 별을 찾는데, 기범이 너는 무얼 보고 있니? 그가 깊게 심호흡을 한다. 그의 폐부를 가득 채운 것은 들숨인데 두 눈에 감도는 감정은 입 밖으로 내뱉어지길 원하는 것만 같다. 중간고사 직전에 진행되는 흥겨운 축제. 사람들의 웃음소리가 몇 블록 너머에서 음악과 함께 들려온다. 그가 지나가듯 중얼거렸다.

"6월에 엄마가 재혼을 한다면서, 결혼식에 올 수 있냐고 물으시더라."

예상치 못한 말에 가까스로 평정심을 유지하고는 물었다.

"갈 거야?"

"가야겠지?"

뭐라고 말해야 할지 모르겠다. 그래, 난 이걸 두려워했던 것이다. 공감할 수 없는 일에 섣불리 판단을 내리고 얄팍한 위로를 건네 기범이에게 도리어 상처 입힐까 봐.

"지금 너 아버지랑 사는 거야?"

하지만 눈앞에 닥친 이상, 그가 나의 의견을 필요로 하는 이상 더는 피할 수 없다. 기범이가 나의 동감, 동조, 혹은 위로를 원하고 있다.

"아니."

"왜?"

"어색해서."

술이 들어가야만 나올 이야기일 줄 알았다. 하지만 기범이의 진심은 생각보다 얕은 수면 아래에서 한 모금의 공기를 위해 허덕이고 있었다. 그가 말을 이었다.

"엄마를 원망하는 건 아니야. 이해는 해. 그런데 아무래도 자식이다 보니까…… 불편하잖아. 결혼식까지 가서 사진에라도 찍히면 결손가정 자식이라고 낙인찍힐 것 같아."

"야, 요즘 그런 게 어디 있어. 누가 그렇게 생각한다고."

말은 쉽다.

"그렇지. 결국 나 하기 나름이겠지."

그가 어깨를 으쓱하는가 싶더니 두 손을 깍지 끼고는 하늘로 향해 두 팔을 쭉 뻗어 길게 스트레칭을 했다. 어느새 자취집 앞에 도착했다. 기범이의 진심을 조금이나마 들었다는 기대치 않았던 수확에 설렜다.

"데려다 줘서 고마워."

"그래, 푹 쉬어."

"어, 너도!"

현관문 앞 계단에 서서 바이바이 손을 흔들자 그가 빙그레 웃었다. 오늘 무언가 대단한 걸 성취해 낸 것만 같은 뿌듯함이 가득하다. 기범이를 배웅한 뒤 계단을 오르는데 휴대폰이 울렸다. 액정에 뜬 발신인의 이름에 깜짝 놀랐다. 차은수 선배가 이 시간에 왜……?

"네, 선배님."

― 고민아 씨, 지금 어디예요?

"네? 저 지금 집 앞인데요."

선배의 목소리는 차분했지만 분위기는 심상치 않았다.

— 민아 씨, 빨리 집에 들어가서 문이랑 창문 다 잠가요.

"왜, 왜요?"

계단을 오르는 발걸음이 절로 급해졌다.

— 지금 저한테 협박 문자가 왔는데 그 여자가 아무래도 민아 씨를…….

선배의 다음 말이 들리지 않았다. 나는 멍하니 멈춰 서서 문에 휘갈겨 써진 글을 바라보았다. 노란 센서 등 아래 끈적끈적한 붉은 낙서가 반짝였다.

이 집에 걸레년이 산다

립스틱으로 쓰인 낙서는 핏빛을 띠고 있었다.

❊

경찰서는 생각했던 것보다 낡고 정신없는 곳이었다. 연락을 취해 놓은 원룸집 주인아줌마가 도착하기를 기다리고 있는데, 그보다 먼저 차은수 선배가 경찰서에 당도했다. 형사님 책상 앞 의자에 앉아 고개를 숙인 나를 발견한 그가 부리나케 달려왔다.

"고민아 씨, 괜찮아요?"

다급한 목소리에 나는 멍하니 고개를 끄덕였다. 지나가던 형사님이 내게 물었다.

"집주인이에요?"

"아니요."

"CCTV 확인하게 빨리 좀 오라고 해요."

"네."

이 상황이 당최 이해가 가질 않는다. 도대체 어떤 미친 사람이 어떤 원한을 품어야 남의 집 문에 저리 섬뜩한 낙서를 하고 사라지는 걸까? 내가 진짜 몸 파는 여자라면 억울하지도 않지, 모태 솔로에게 걸레라니 무슨 무례야! 선배가 내 곁에 앉으며 정중하게 사과했다.

"미안해요. 이렇게까지 될 줄은 몰랐어요. 그 여자가 자기 마음대로 오해했나 봐요."

"스토커 말씀하시는 거예요?"

그가 고개를 끄덕였다. 그 스토커가 나와 선배의 사이를 오해한다고?

"도대체 왜요?"

이번 학기 들어 선배를 본 건 고작 다섯 번. 오해할 건덕지가 무엇이 있단 말인가? 아니, 그나저나 그 미친 여자는 아직도 선배를 쫓아다닌단 말이야? 선배는 말없이 그간 여자가 그에게 보내온 문자들을 보여 주었다. 그가 내게 전화하기 직전에 온 문자는 '자꾸 찐득하게 오빠에게 접근하는 여자(=나)'가 정신 차리도록 경고하고 왔다는 내용이었다. 그 외에도 스토커가 선배에게 보낸 나에 대한 험담은 사납기 그지없었는데, 그

중 유독 눈에 띄는 문자가 하나 있었다.

캔커피훔쳐서사겼음너도나도연인된게.쌍팔년도식연애수법은어디서배워갈지고촌스럽게.

아오! 그 망할 캔 커피! 나 앞으로 캔의 'ㅋ'도 쉬이 쳐다보지 않으리라! 목구멍을 타고 넘어갔던 그 달짝지근한 밀키 워터를 뱉어 내고 싶다.

"죄송합니다. 저 때문에……. 제가 오해도 하고, 이런 일도……."

진심으로 사과하는 선배에게 메아리처럼 괜찮다고 답을 해야 예의일 것 같은데 꾹 닫힌 입이 열릴 생각을 않는다. 마침 집주인 아줌마가 경찰서에 도착했다.

"세상에! 이게 무슨 일이에요? 어떻게 된 거야, 세상에! 아니, 아니, 어떻게 이런 일이 생길 수 있냐고! 민아 학생 어딨어? 민아 학생!"

무슨 말이든 촉새처럼 쏘아붙이는 아줌마의 혀에 장착된 모터가 단단히 충전된 듯했다. 아줌마가 나를 발견하고 돌진하기 전에 형사님이 그녀를 막아섰다. 가까스로 진정한 아줌마와 함께 넷이서 원룸 현관문 앞에 설치된 CCTV의 영상 파일을 경찰서 컴퓨터에 재생해 보았다. 선배에게 스토커가 문자를 보내기 한 시간 전을 기점으로 빠르게 재생하자 흑백 화면 속에 수많은 입주자가 오갔다. 한 남자가 저녁 10시 즈음 30분 동안 담배를 피우다 집안으로 들어가려는 찰나 그의 뒤에 누군가 따라붙었다. 야구 모자를 푹 눌러써 얼굴이 제대로 보이지 않는데, 선배가 모니터를 손가락으로 두드리며 말했다.

"저 사람이에요."

"확실해요?"

"네, 저희 집 CCTV에도 찍혔거든요."

"아니, 민아 학생 뭔 짓 했어? 청년이 저 여자한테 뭐라고 말 좀 해 봐! 아니, 이게 뭐하는 짓이야, 남의 집에!"

'아니'라는 단어를 유독 좋아하는 아줌마의 따발총이 랩처럼 이어졌지만 형사님은 그녀의 말이 끝나길 기다려 주지 않았다.

"집에는 아직 안 들어가 봤죠?"

"네, 무서워서 곧장 여기로 왔어요."

"뭐, 문이 열려 있다든가 침입 흔적이나 이런 건 못 봤어요?"

나는 찰나의 순간을 기억하려 미간을 찌푸렸다.

"그, 그런 건 못 본 것 같은데, 모르겠어요."

"그럼 일단 같이 집에 가 봅시다. 낙서 말고 다른 피해는 없죠?"

"저는 아직 없어요. 하지만 선배님은 저 사람한테 거의 한 달 동안 스토킹 당했어요."

"그래요?"

그제야 형사님이 선배를 향해 물었다.

"경찰에 신고는 했어요?"

"네, 똑같은 립스틱으로 제 차에 낙서하고 스토킹성 문자들을 받았는데, 훔친 폰으로 보낸 거라 범인을 못 잡고 있습니다. 그리고 오늘 저녁에 이 문자가 왔고요."

문자를 확인한 형사님이 고개를 끄덕였다.

"같이 집으로 가 봅시다."

나의 자취방은 경찰서에서 걸어서 15분 정도 거리에 있었다. 문의 험악한 낙서는 지워지지 않은 채 노란 센서 등 아래 음산하게 반짝였다.

"우리 조용히 하자고요. 지금 학생들 다 잘 시간이라 괜히 시끄러워지면 또 컴플레인 들어오거든."

아줌마만 조용히 하면 복도에서 시끄러울 일이 없을 것 같은데. 도어키 비밀번호를 누르는 동안 집안의 상태가 다른 사람들이 보기에 깨끗한지 걱정돼 순간 주저됐다. 어쨌든 문은 어김없이 열렸고, 나는 조심스럽게 원룸의 이곳저곳을 살펴보았다. 으이크, 어제 널고 아직 개지 않은 빨래가 건조대에 걸려 있다.

"뭐 뒤엎고 그런 흔적은 안 보이죠?"

형사님의 말에 나는 책상 위 노트북과 침대 아래 통장 등을 확인했다. 내가 방을 마지막으로 나서기 전과 다를 바 없는 모습이었다. 여자는 방 안까지는 침입하지 않았다.

"도난 흔적은 없는 것 같으니까. 이왕 온 김에 그 남학생 찾아가 볼래요?"

스토커에게 문을 열어 준 남자를 만나 볼 차례였다.

"그 학생 305호에 살아요. 조용히 이동합시다."

사태가 생각보다 심각하지 않다는 걸 깨달은 아줌마의 목소리가 어느새 우리만큼 차분하게 가라앉았다. 스토커에게 현관문을 열어 주었던 남자는 새벽 1시가 되어 가는 이 시간까지 깨어 있었는지 말똥말똥한 모습으로 우리를 맞이했다. 당황한 그의 얼굴이 문틈 사이로 보이기가 무섭게 1분간 잠잠했던 아줌마의 모터에 다시 시동이 걸렸다.

"아니, 학생, 모르는 사람한테 그렇게 벌컥벌컥 문을 열어 주면 어떡해? 의심도 안 했어? 내가 계약할 때 그렇게 신신당부했잖아! 아니, 모르는 사람한테 그렇게 문 벌컥벌컥 열어 주면 내가 현관문 비밀번호를 한 달마다 바꿔도 소용이 없잖아! 아니, 여기 학생만 사는 거 아니고 여학생도 같이 산다고 몇 번을 말해야겠어! 아니, 학새애앵!"

"무슨 말씀이세요? 무슨 일이라도 있었어요? 뭔 일이에요? 전 아무 짓도 안 했어요!"

영문을 모르는 학생이 방어를 시전하자 형사님이 또 한 번 설명하는 수고를 했다. 학생은 그제야 조금 진정한 듯 찬찬히 기억을 되짚어 보았다.

"여자였어요. 분명 여자였고……. 키는 한…… 엇, 딱 이정도!"

남자가 나를 가리켰다.

"머리도 어깨까지…… 엇, 딱 이분처럼……!"

사람들의 시선이 내게로 꽂혀들었다.

"그리고 체구도…… 엇, 딱 이분같이……!"

이제 그마해라. 마이 므긌다 아이가.

"얼굴은 못 봤어요?"

다행히 선배가 스토커와 나를 동일시하려는 남사의 질주를 막아섰고 그 덕에 남자는 정신을 차렸다.

"못 봤어요. 흰 마스크에 캡 모자 쓰고 있었고 이 날씨에 코트도 엄청 긴 거 입었던데. 근데 흰 운동화에 검은 코트의 조화가 에러였죠. 패션 잡지도 안 보나."

정신을 차린 게 아니라 정신이 나간 모양이다. 앞으로 305호 근처에는 얼씬도 하지 말아야지. 남자의 헛소리에 짜증이 났는지 형사님이 대충 감사하다는 인사를 했고 우리는 모두 집 밖으로 나올 수 있었다.

"저 정도로는 신고해 봤자 그냥 경고 수준으로 끝나요. 그리고 몽타주가 확실하지도 않고."

형사님의 말에 김이 빠졌지만 딱히 반박할 수가 없었다. 이 일 덕분에 잠시나마 선배의 심정이 이해가 갔다. 심적으로 고통스럽고 신경 쓰이기는 하지만, 그 여자가 딱히 재물 파손을 한 것도 아니고 신체에 위협을 가한 것도 아니니 적극적으로 수사를 요청하기가 힘들었다. 최근에 스토킹에 대한 정의가 규정되어 세 번 이상 원치 않는 구애를 하면 스토킹이 된다고 뉴스에서 듣긴 들었는데, 그에 대한 처벌이 뭔지는 잘 모르겠다. 의심 가는 사람조차 없는 게 결정적인 단점이었다.

"문단속 꼼꼼히 하시고 나중에 또 뭔 일 나면 부르세요. 남자분도 증거 계속 수집하시고."

"네."

"그래, 학생. 내가 여기 학생들한테도 현관문 단속 꼼꼼히 하라고 꼭 공지할 테니까. 걱정 말어."

불미스러운 소동을 일으켰다고 나를 탓할 것 같았던 아줌마가 다행히 도움을 자청하고 나섰다. 아줌마는 나쁜 사람은 아니었다. 좀 이상한 사람일 뿐.

"감사합니다."

두 분을 먼저 떠나보내고 드디어 나와 선배만 남았다. 새벽 1시가 넘은 이 시간에도 여전히 몇 블록 떨어진 번화가는 시끌벅적하다. 그 은은한 소음 속에서 선배는 깊은 한숨을 내쉬었다.

"나 때문에 이런 일에 휘말리게 해서 미안해요."

"아유, 아니에요. 이게 왜 선배님 탓이에요."

그 미친년 탓이지!

"나랑 자꾸 부딪혀서 괜히 이런 일이 생기는 것 같으니까……. 내가 발표 조에서 나가는 건 어때요? 교수님께 상황 말씀드리고 혼자 발표할 수 있는지 여쭤 볼게요."

"네? 정말요?"

굳이 발표 조까지 바꿀 정도로 이 일이 심각한 일인가 싶지만, 그와 동시에 이 정도로 드라마틱한 일을 겪은 적이 없어 퍽 두렵기는 하다.

"같이 발표는 못 하게 되더라도 지금까지 조사한 자료는 내일 중으로 민아 씨한테 보내 드릴게요."

"정말 그렇게 해도 괜찮으시겠어요……?"

"미안해할 필요 없어요. 당연한 거니까. 아, 낙서는 제가 지우고 갈게요."

"네? 아니에요, 제가 할 수 있어요."

"아니요, 잠깐 다시 들어갈게요."

말리기도 전에 그는 성큼성큼 계단을 올랐다. 졸지에 손님을 맞게 된 나는 집에 들어가 허겁지겁 마른행주를 물에 적셔 그에게 건네주었다. 그가 밖에서 작업을 먼저 시작할 동안 나는 서둘러 빨래 건조대에 걸린 것들 중 19금 심의에 걸릴 것 같은 내용물을 모두 옷장 안에 아무렇게나 구겨 넣고 그의 지원에 나섰지만, '산다'라는 문장의 흔적만 남겨진 채 벌써 나머지는 모두 선배가 처리한 상태였다.

"……감사합니다, 선배님."

미처 쓰이지 못한 젖은 행주를 등 뒤로 숨기며 그에게 인사하자 그가 싱긋 웃으며 자리에서 일어섰다. 길쭉길쭉한 사람이다.

"아니에요. 이해해 줘서 고마워요."

"선배님께서 고생이 많으세요. 앗, 행주 이리 주세요."

붉게 물들여진 행주를 향해 손을 뻗자 그가 내 손이 닿지 않는 곳으로 행주를 들어 올리며 웃었다.

"마무리까지 해야죠."

그러고는 내가 뭐라 할 새도 없이 방으로 들어가 버렸다. 금남禁男의 구역이었던 내 성역에 남자가 들어가다니. 올레……?

그가 싱크대에 서서 행주를 빨 동안 나는 작은 식탁 옆의 의자에 무릎을 꿇고 앉아 그를 지켜보았다. 걷어 올린 청색 셔츠 아래로 드러난 희고 다부진 팔과 검은색 가죽 스트랩의 시계가 잘 어울린다. 나는 어색한 분위기를 깨려고 그에게 조심스레 개인적인 것들을 물어보았다.

"4년 학교 다니면서 선배님을 한 번도 못 뵌 것 같아요."

"원래 나서는 거 별로 안 좋아하고, 그래요."

"이번에 축제는 가세요?"

"아, 저는 의전 준비하고 있어서 1학기 땐 못 갈 것 같네요."

의전 준비생이면 엄청 바쁠 텐데 별 이상한 여자와 꼬이는 바람에 이런 데 시간을 뺏기고 있다니.

"정말 그 여자 빨리 붙잡혔으면 좋겠어요."

나는 문득 선배가 열정적으로 몸을 흔들며 응원하는 모습을 상상…… 보지 못했다. 상상 불가다. 저 선배가 땀을 주룩주룩 흘리며 열정적으로 학교 이름을 포효하는 모습은 지구상에 존재할 수 없다. 그가 빤 행주를 탁탁 털어 싱크대에 걸쳐 놓았다. 휴대폰으로 시간을 확인하니 벌써 1시 반이었다. 지하철이 지금까지 운행할 리 없다.

"아, 어떡하죠. 시간이……."

여자라면 우리 집에 재우기라도 할 텐데 그럴 수도 없고. 그가 걱정 말라는 듯 싱긋 웃으며 신발을 신었다.

"괜찮아요. 경찰서 앞에 차 댔으니까 차 타고 가면 돼요."

대학생이 차가 있다고? 집이 좀 사나 보네. 나는 직감적으로 스토커의 정체를 알아내는 일이 그의 단점을 알아내는 것보다 더 빠르리라는 걸 알았다.

이게 만일 드라마였으면 선배는 실수로 붉은 립스틱을 이유 없이 셔츠에 다량 묻힐 테고, 여주인공인 나는 그의 옷을 빨아 주겠다는 핑계로 그의 탄탄한 몸매를 구경하겠지. 빨래가 돌아 가는 동안 나는 헐렁한 티셔츠를 그에게 빌려 주고서는 차 혹 은 라면 먹고 가라는 틀에 박힌 멘트를 날린 뒤, 어색한 분위기 를 견뎌 내며 차를 마시고 종국에는 눈이 맞아 화려한 연애사 를 펼쳐 나갈 테지.

하지만 인생은 드라마가 아닌 현실이고, 만에 하나 그가 옷 에 립스틱 자국을 묻혔다 한들 그는 옷을 벗기는커녕 집에서 빨면 괜찮다며 나의 호의를 거절할 거다. 옷을 벗기는 데 성공 했다 한들 라면 먹고 가라는 틀에 박힌 멘트를 한다면 그는 '잡 았다, 요놈'이라는 말과 함께 포돌이를 대동하여 스토킹 죄로 나를 경찰서로 연행하겠지. 나는 이영애가 아니며, 현실은 냉 정하고 쓰다.

"경찰서까지 같이 가요."

그를 혼자 보내기가 미안해져 나서자 그가 날 막아 세웠다.

"위험해요. 나는 남자잖아요. 집에서 무사히 있어 주는 게 나 도와주는 거예요. 알았어요?"

나는 또 한 번 그의 목소리에 홀려 고개를 끄덕였다. 그는 일부러 목소리를 그렇게 울리는 걸까. 타고난 울림이라기에는 그 음정이 곧고 낮으며 어딘가 짙다. 갑자기 그 스토커가 이해

갈 듯도 하다. 만일 그가 내게 흑심이 있지도 않은데 이렇게 친절한 거라면 그는 필시 이곳저곳에 여지를 주고 다닐 사람이었고 스토커는 어쩌면 그 어장의 피해자일지도 몰랐다. 물론 그 여자가 하는 짓은 범죄지만.

선배를 배웅한 뒤 집에 들어오니 늘 익숙했던 집이 어딘가 달라진 것만 같았다. 무엇이 사라졌다든가 배치가 바뀌었다는 문제와는 차원이 다른 기분이었다. 나는 싱숭생숭한 기분을 이기지 못하고 그날 컴퓨터 자판을 두드리느라 늦잠을 자고 말았다. 내게 벌어진 이상한 사건들. 기범이의 귀환과 스토커녀, 그리고 완벽한 선배. 이 셋이 한데 맞물려 내 안에 어떤 시너지를 냈는지 알 수 없지만 나는 오랜 기간 고민해 왔지만 쓰지 않았던, 쓰지 못했던 영화 시나리오의 플롯을 구성했다. 늘 비슷한 레퍼토리로 흘러갔던 나의 삶이 매일매일 새롭게 진화하고 있었다. 그리고 이것은 시작에 불과했다.

✻

사건이 일어난 바로 다음 날, 나는 가장 가까운 동창 친구들을 긴급 소집하고 수다의 장을 벌여 놓았다. 아수라장이 된 장내에서 기범이가 먼저 흥분한 목소리로 내게 소리를 질렀다.

"야! 날 불렀어야지, 너 바보냐? 내가 너 데려다 줬잖아!"

휴게실이라 다행이지 강의실이었으면 벌써 쫓겨나고도 한참 전에 쫓겨났을 목청에 깜짝 놀라 그를 나무랐다.

"어디 광고할 일 있냐? 그 여자가 주변에서 나 관찰하고 있을지도 모르는데!"

"왜 나한테 연락 안 했어?"

"넌 집에 갔잖아! 아무 일 없었으니까 다행이지, 뭐."

"경찰서 가는 길은 안 무서웠냐? 이 등신아!"

우리 기범이가 이런 말을 쓰는 애가 아니었는데.

"아씨, 왜 욕을 해!"

"등신 같으니까 욕한다!"

난데없는 공격에 황당해서 쏘아붙일 찰나 정민이가 우리 사이를 중재하고 나섰다.

"야, 지금 중요한 게 그게 아니잖아! 그 여자가 네 집 주소는 어떻게 안 건데? 너도 스토킹 당하는 거야, 그럼?"

"그런가 봐. 그런데 아직 해를 입은 게 없으니까 신고하기가 애매하다고."

"야, 그런 게 어디 있어? 꼭 사고가 벌어져야 수습하는 게 경찰이냐!"

웬일로 빵 터져서 웃는 대신 진지하게 화가 난 서윤이가 한마디 거들었다.

"그렇긴 한데, 네가 한번 경찰서 가 봐. 경찰 아저씨들 다 절도죄, 상해치사죄, 이런 거 접수 받고 있는데 누가 문에 낙서했다고 에스코트 요청하는 게 쉬운 일이 아니더라고. 누가 했는지 잡을 증거도 없으니까 선배도 끙끙 앓고 있겠지."

"야, 진짜 재수가 없으려니까 별 미친 사람들이 다 따라붙는

다, 그치?"

혜영이가 혀를 차며 팔짱을 꼈다. 기범이가 낮은 목소리로 내게 경고했다.

"너 앞으로 집에 갈 때 나랑 같이 가. 미련하게 혼자 갔다가 봉변당한다."

기대하지 않았던 서포트에 그제야 서윤이가 웃음을 터트렸다. 정민이가 놀랍다는 듯이 두 눈이 동그래져서는 그를 팔꿈치로 툭툭 쳤다.

"오올, 상남자!"

"야! 너 다음 학기부터 기숙사 들어가. 부모님께는 얘기했어?"

기범이가 정민이의 장난을 무시하고는 딱딱하게 표정을 굳혔다. 나는 절레절레 고개를 저었다. 자취 생활의 자유를 만끽하고 있는데 괜히 엄마, 아빠를 끌어들이고 싶지 않다.

"싫어! 나 1학년 때 한 학기 살았다가 허리 디스크 걸려서 나왔잖아!"

"신축 기숙사는 시설 좋대."

"어차피 4학년은 기숙사 방 잡기 하늘의 별 따기거든요."

"그럼 할아버지네라도 가."

"할아버지 인천 사시는데. 통학 두 시간 걸려. 네가 내 지각 책임질 거야?"

기범이와의 쓸데없는 옥신각신에 열을 올릴 그때 휴대폰이 울렸다. 발신자를 보고는 신난 애들을 뒤로하고 허리를 곧추세워 정자세로 앉은 뒤 휴대폰과 접신했다.

"옙! 선배님! 무슨 일이세요?"

나도 모르게 애들의 귀를 피해 자리를 옮겨 휴게실을 나섰다.

— 오늘은 아무 일 없어요?

"네. 선배님은요?"

— 음, 나도 오늘은 문자가 없네요. 오던 게 안 오니까 그 여자가 또 무슨 짓 저지르나 싶어 불안해져서요.

"어제 경찰 신고한 거 때문에 겁먹어서 그런 거 아닐까요?"

— 그런 거였으면 좋겠네요. 아, 그리고 제가 교수님께 조별 발표에 대해 여쭤 봤거든요.

선배가 깊은 한숨을 내쉬었다. 자연스럽다기에는 왠지 정교하게 습득된 듯한 톤의 낮고 섬세한 한숨이다. 무엇을 어떻게 매력적으로 표현하는지 철저하게 알며 행동하는 남자.

— 안 된다고 하네요. 지금 발표 3주 남은 상황에서 어떻게 할 수가 없다고. 기말고사 때는 조를 바꿔 줄 수 있다고 하시는데 중간고사는 별 수 없을 것 같아요.

"그렇구나. 괜찮아요. 뭐…… 지금까지 별일 없었으니까."

— 민아 씨. 오늘 집에 언제 갈 생각이에요?

"네? 저요? 오늘? 집에요?"

— 혼자 가면 위험할 것 같아서요. 제가 데려다 드리면……. 아, 그 여자가 더 오해하려나.

"전 괜찮아요, 선배님. 학교서 10분 거리에 자취하는 걸요, 뭐! 저보단 선배님께서 더 위험하신 것 같아요. 몸 조심하셨으면 좋겠어요.”

— 하지만…… 음, 그럼 등하교 같이해 줄 친구 혹시 없어요?

나는 기범이의 제안을 떠올렸다.

“네, 마침 자취하는 친구 있어서, 이 친구가 같이 가 주겠대요.”

물론 기범이와 매일 등학교를 같이할 생각은 없다. 다만 선배의 부담을 덜어 주고 싶을 뿐.

— 다행이네요. 또 민아 씨 협박하는 문자 오면 연락할게요. 민아 씨도 혹시 이상한 일 겪게 되면 꼭 연락 줘요.

“네, 우리 조심해요.”

— 네, 강의실서 봐요.

휴게실로 돌아가자 애들이 넌지시 대화 내용을 물었다. 나는 기범이의 습관이 옮아 버린 듯 어깨를 으쓱했다.

“안부 전화.”

“스토커 소식은 없어?”

“아직.”

김기범은 팔짱을 끼며 내게 또 한 번 경고했다.

“내가 집에 데려다 준다고 할 때 ‘네.’ 하고 같이 가.”

그의 오빠 행세에 코웃음 쳤다.

“네, 네. 나중에 치킨 사 줄게.”

“오냐.”

문과 캠퍼스에 다음 강의가 있는 정민이를 배려해 우리는 일찍 휴게실을 나섰다. 강의실에 도착하니, 나와 기범이가 일

등이었다. 강의실 불을 켜고 아무 자리에 앉자 기범이가 내 옆에 앉았다. 휴대폰을 들여다보는 내게 그가 말을 걸었다.

"넌 왜 연애 안 하냐."

뜬금없는 질문에 물끄러미 그를 바라보았다.

"그러는 너는?"

"난 갓 제대했잖아."

이제 내가 답할 차례인가. 저런 질문에는 도대체 뭐라고 답을 해야 해. 연애가 내 마음대로 되는 건가.

"좋아하는 사람이 없어서 안 해."

솔직한 나의 답에 그가 턱 아래 손을 괴고는 물었다.

"4년 내내 좋아하는 사람이 없었다고?"

"좋아하는 사람이야 있었지만 지금은 없어."

"있긴 했어? 누구?"

"몰라."

"그 사람이랑은 왜 안 사귀었어?"

뭐래.

"그쪽이 날 안 좋아하니까 안 사귀지. 왜 자꾸 물어?"

"연애할 생각이 없는 건 아니네."

당연한 거 아니야? 쓸데없으면서도 묘하게 기분 나쁜 질문의 향연에 나는 그로부터 등을 돌리며 휴대폰을 만지작거렸다.

"소개팅이라도 시켜 주면서 말해 봐."

그가 낮게 킥킥대는 소리가 들렸다. 이거 은근히 자존심 상하네. 그가 툭툭 내 등을 찔렀다.

"소개시켜 줘?"

이게 얼마만의 소개팅 제안이냐. 그를 향해 다시 몸을 돌렸다. 그가 한 팔을 느슨하게 의자 등받이에 얹고 다른 한 팔은 책상 위에 늘어뜨린 채 히죽히죽 웃고 있었다. 내가 인상을 찌푸리자 그가 책상 너머로 떨어트렸던 손을 들어 내 앞머리를 살살 옆으로 쓸어 주면서 재차 물었다.

"정말 해 줘……?"

살짝 찡그린 미간 아래 두 눈이 내 앞머리를 살피고 있었다. 답을 해야 하는데 목소리가 나오지 않았다. 그때, 강의실 문이 열렸다. 기범이가 깜짝 놀라 내게서 몸을 떨어트렸고 강의실로 들어오려던 선배가 우리를 발견하고는 걸음을 멈췄다. 어색한 침묵이 흐르기 전에 선배가 먼저 가벼운 목소리로 말했다.

"나갈까요?"

"아니에요! 선배님! 들어오세요!"

선배가 나를 보고 빙그레 웃더니 기범이를 바라보았다. 기범이가 그에게 목례했다.

"안녕하세요."

선배가 내 뒷자리에 자리를 잡았다. 그가 내게 말을 걸었다.

"일찍 왔네요."

"네, 점심 식사는 하셨어요?"

"네, 민아 씨는요?"

"저도 하고 왔어요. 아, 선배님, 저한테 앞으로 말씀 편하게 하세요."

"그래요? 나 말 막할 수도 있는데."

"에이, 선배님이요?"

"나 민아 씨 처음에 탐문했을 때 못 느꼈어요?"

"하하, 그건 오해가 있어서 그러신 거잖아요. 그러니까 정말 말씀 편하게 하세요. 제가 불편해서 그래요."

"하하, 알았어."

선배와 처음으로 화기애애한 대화를 나눌 동안, 기범이는 내내 팔짱을 낀 채 묵묵히 휴대폰만 바라보았다. 이유 없이 사람을 싫어할 놈은 아니라는 걸 알기에, 결국 그 이유를 선배의 스토커로부터 찾을 수밖에 없다. 하지만 하물며 선배와 직접적인 트러블이 있었던 나조차도 그와 잘 지내게 되었는데, 김기범은 도대체 왜 아직도 그 사실에 집착하고 있는 걸까? 내 앞머리를 정돈해 주던 그. 이에 대한 답은 다음 상황으로밖에 설명할 수 없다.

오후 2시 경. 텅 빈 강의실에는 세 사람이 앉아 있다. 두 번째 줄의 가운데 이인용 책상에 민아(오른쪽)와 기범(왼쪽)이 앉아 있고, 그 뒷줄에 은수(오른쪽)가 홀로 앉아 있다. 민아가 기범을 의식하며 은수와 즐거운 대화를 이어 나가던 중, 갑자기 기범이 자리에서 벌떡 일어난다.

기범: 보자 보자 하니까 못 봐 주겠네! 이 보자기야!

깜짝 놀란 민아와 은수가 기범을 본다. 순식간에 기범이 은수의 멱살을 움켜쥔다.

민아: 기범아! 이게 무슨 짓이야!

기범: (참던 분노를 폭발 시키듯) 나도 참을 만큼 참았어! 민아는 내 여자야!

기범이 은수의 얼굴에 주먹을 꽂는다. 민아는 소리 지른다. 은수가 밀린 책상들 사이로 비틀거리며 일어서더니, 그대로 몸을 날려 기범에게 주먹을 날린다.

은수: 만난 지는 얼마 안 됐어도, 나, 포기할 수 없어! 민아는 내 여자야!

기범은 강의실 바닥에 나동그라진다.

민아: (울 것처럼 비명) 그만, 그만해요! 모두 그만!

은수가 순식간에 기범의 위를 타고 올라 그를 공격한다. 기범은 신음하며 바닥에서 일어나질 못한다. 민아가 달려가 은수의 팔에 매달린다.

민아: 그만해요! 죽겠어요!

은수가 최면에 걸린 듯 순간 움직임을 멈추고 자리에서 스르르 일어선다.

은수: (민아를 바라보며) 날 멈출 수 있는 여자는 너뿐이야.

기범: (신음하며) 민, 민아야…….

민아: 두 사람이 나 때문에 싸우는 모습…… 보고 싶지 않아요. 만일 계속 싸울 거라면……. (눈물을 글썽이며, 한 박자 쉬고) 나! 그 누구도 선택하지 않겠어요!

민아는 강렬하게 흐느끼며 두 손으로 얼굴을 가린 채 강의실을 뛰쳐나간다.

기범, 은수: (다급하게) 민아야! 민아야!

두 사람은 민아를 따라 강의실 밖으로 뛰쳐나간다.

······라고 진행되면 그 누구도 돈 받고도 보지 않을 삼류 신
파의 완성이구나. 하지만 손발의 오그라듦은 그렇다 해도, 적
어도 김기범이 내게 친구 이상의 감정을 갖고 있을 거란 의심
은 지우기 힘들다. 침묵하는 그를 선배 역시도 의식한 건지 선
배가 그를 바라보며 말했다.

"기범 씨가 민아 등하교 돌봐 준다는 그 친구예요?"

기범이가 천천히 폰을 내리고 무례하지는 않으나 딱히 예의
바르다고도 할 수 없는 태도로 굵고 짧게 답했다.

"예."

선배는 빙그레 띤 미소를 지우지 않았다.

"미안해요. 나 때문에 기범 씨까지 휘말리게 돼서."

"괜찮습니다. 원래 거의 다 데려다 주는 편이었으니까요."

"네가 언제?"

나의 항변에 기범이의 시선이 매서워졌다. 선배가 건조하게
웃었다.

"혹시 민아 남자 친구예요?"

"아뇨, 얘는 그냥 친구예요."

김기범이 답하기 전에 내가 머쓱한 미소를 지었다. 나를 여
자로서 좋아할지도 모른다는 의심은 가나, 순전히 나의 의심이
었기에 그 의심만을 가지고 우리의 우정을 단두대에 올릴 생각
은 없었다. 김기범도 고개를 끄덕이며 덧붙였다.

"여자 친구 아니에요."

담백한 그의 말에 역시 내 의심이 의심에서 그칠 수 있으리라는 확신이 생겨 마음이 놓였다. 그래. 기범이는 친구다! 남자가 아닌 친구라고! 앞머리를 정돈해 준 건 그저 지저분해서일 뿐이야! 우리의 영원할 우정을 음란한 마음으로 깨트리는 일이 없도록 앞으로 마음 단속을 더욱더 철저히 할 것이다!

"거의 동성 친구죠. 그치?"

호쾌한 척 웃으며 김기범의 어깨를 두드렸다. '그럼 네가 남자냐?' 등의 반응을 기대했지만 기범이는 어깨만 으쓱하고 말아 나를 무척 머쓱하게 만들었다.

"아, 그렇구나. 미안해요. 둘이 친해 보여서 착각했네요."

"우리 다 같이 친해요. 다른 동기들도 다 같이."

뚱한 김기범이 자꾸 흐트러뜨리는 분위기를 수습하려고 나는 억지로 웃었다. 다행히 선배는 우리 둘 사이에 오가는 미묘한 기류를 눈치채지 못한 것 같았다. 선배가 나를 따라 환하게 웃으며 기범이에게 말했다.

"저 때문에 기범 씨까지 괜한 일에 휘말린 것 같아 미안해요. 직접 사과 드려야 할 것 같았어요. 그리고 저 대신 민아 챙겨 주셔서 고마워요."

지금 와 생각건대 선배의 말투는 무슨 드라마나 연극을 보는 것처럼 참 단정하다. 높낮이도 비인간적으로 일정하고 후배인 우리에게 철저한 존칭을 사용하는 것도 (내게는 내 요청 하에 이제 말을 편하게 하긴 하지만) 참 신기하다. 굳이 언급하지 않아도 될 일들에 대해서도 일일이 고마움이나 미안함을 전하는 것도 익숙지 않다. 도리어 좀 민망하달까. 선배는 보면 볼수록 나와 다른 세계의 사람이라는 확신이 스며들 그때, 김기범이 갑자기 뜬금없는 말을 꺼냈다.

"……선배님께서 왜 제게 고마워하죠?"

그저 의례적인 겸손이라고 하기에는 너무나 냉랭한 목소리에 깜짝 놀라 그를 바라보았다. 선배의 입가에 걸렸던 미소도 서서히 사라졌다. 불편한 침묵이 우리를 잠식하기 전에 기범이가 무심한 듯 말을 이었다.

"감사하려면 고민아가 제게 감사해야죠. 전 선배님을 위해서 고민아를 걱정하는 게 아니니까 선배님이 제게 고마워하실 일은 없네요. 고민아, 알겠어?"

갑자기 표적이 선배에서 내게로 돌려졌다. 얘가 무슨 생각으로 저리 정색하는 건가 싶어 경악스럽다. 왜 괜한 걸로 트집을 잡지? 그냥 '아니에요, 선배님. 스토커 일 잘 해결되면 좋겠습니다.' 하고 끝낼 일을 왜 이렇게 꼬아 놓는 거야! 선배에게 무슨 말이라도 해야 할 것 같아 그를 쳐다봤지만 살며시 올라간 입가에 머문 잔잔함에 다시 말문이 막혔다.

분명 김기범을 노려볼 거라고 생각했다. 하지만 그 반대였다. 선배는 무슨 가면이라도 쓴 사람처럼 은은한 미소만 띤 채 김기범을 뚫어져라 바라보고 있었다. 분명 웃고 있는 얼굴인데도 왠지 더 무섭게 다가와 아무 말도 할 수 없었다. 선배가 무슨 생각을 하고 있는지 전혀 모르겠다. 남의 부정적인 기분을 알아맞히는 건 누구누구 때문에 이골이 날 정도로 훈련을 받아서 내겐 미리미리 화를 피하는 재주가 있다. 그 재주가 먹히지 않는 사람을 오늘 처음으로 마주했다.

"아, 저……."

당혹스러운 추임새가 입에서 흐를 때, 다행히 수강생들이 하나둘 강의실로 들어오기 시작해 나는 그 불편함에서 도망칠 수 있었다. 김기범과 선배 사이의 기 싸움은 끝이 났고, 김기범이 휴대폰 화면을 들여다볼 동안 나도 어색하게 애꿎은 휴대폰만 만지작거렸다. 교수님이 빨리 강의를 시작하길 고대하는 건 대학 생활 4년에 처음인 듯했다. 곧 나의 바람대로 강의가 시작되었고 어느덧 김기범도 선배도 언제 그랬냐는 듯이 강의에 집중하며 자연스레 본래의 모습을 되찾았지만, 나만 혼자 오늘 비비 꼬여 있던 김기범의 이해할 수 없는 행동들과 속내를 알 수 없는 은수 선배의 가면에 사로잡혀 도저히 강의에 집중할 수가 없었다.

강의가 끝나고 선배와 어색한 인사를 나누고는, 선배가 사정거리에서 충분히 멀어졌다는 판단이 들자 나는 기범이를 따라 계단을 내려가며 그를 쪼았다.

"야, 너 왜 그렇게 저 선배 싫어해? 내가 얼마나 무안했는지 알아?"

"네가 왜 무안해?"

어깨를 으쓱하며 날 지나치는 그의 냉랭함에, 가슴속에 묻어 두려 했던 의심이 입 밖으로 터져 나올 것만 같다. 너 혹시 나 좋아해서 은수 선배 질투하는 거니? 네가 무슨 사춘기 고등학생도 아니고 정말 유치해서 못 봐 주겠어! 이리 외치면 궁금증이야 단번에 해결될 테지만 최근에 '캔 커피 사건'이 휘몰아친 마당에 도끼병의 종지부를 찍을 수는 없다. 기범이가 말 없는 나를 힐끔 쳐다보더니 빠르게 계단을 내려갔다. 지금 다리 길다고 자랑하냐?

"야! 왜 이렇게 빨리 가? 같이 가!"

청개구리 같은 놈! 그놈이 한 발자국 옮길 때 나는 두 발자국 반씩 움직이며 이를 갈았다. 김기범의 이상 행각에 관해 추측 가능한 이유를 여자애들에게 물어 조언을 구해야 할까? 하지만 누가 나를 좋아한다고 의심 가는 상황을 지인에게 상담하기란 웬만큼 뻔뻔한 낯짝을 가진 자가 아니라면 결코 쉬운 일이 아니다. 졸지에 자뻑녀, 도끼병녀, 공주병녀로 낙인 찍혀 놀림 받고 싶지는 않다. 그래서 나는 그날 저녁, 소통의 부재와 핵가족의 형성으로 부쩍 사회적 소외와 외로움에 시달리는 현대인이 흔히 찾는 고민 상담의 돌파구로 향했다. 인터넷의 익명 사이트는 이럴 때 쓰라고 있는 거다.

남자 사람 친구가 절 좋아하는 건지 판단 좀 해주세요

고민女   20XX.xx.XX 19:04   조회 15

안녕하세요. 20대 초반이라고 우기고 싶은 23 모쏠 흔녀입니다. 남자 사람 친구가 저를 좋아하는 것 같은데 객관적으로 어떤지 판단 좀 해주세요. 저는 남자친구가 음씀이니까 여기서부터 음슴체로 쓸게요.

대학교 1학년 때 동성 친구처럼 제일로 친했던 남자애가 있음. A라 부르겠음. 1학년 겨울 방학에 군대 가서 최근에 복학함. 군대 갔을 동안에 얘가 집에 큰일이 생겨서 2년 동안 연락이 끊김. 복학하고 어색하긴 했는데 곧 다시 예전처럼 친해짐. 얘도 나도 대학가에서 자취해서 자주 만남.

근데 내가 최근에 좀 희한하고 안 좋은 사건으로 어떤 남자 선배랑 자꾸 엮이게 됨. 선배가 다른 사람이 자기한테 한 나쁜 짓을 내가 했다고 오해한 상황이었음. 지금 그 남자 선배랑 나랑 A랑 같이 강의를 듣게 돼서 중간고사 발표 같은 조임. A가 선배를 처음부터 아니꼬워함. 나도 처음엔 오해받아서 선배를 싫어했는데 이제는 오해가 모두 풀려서 사이가 괜찮아짐.

근데 얘만 이유 없이 계속 선배를 싫어함. 어제는 강의실서 선배가 A한테 나 잘 돌봐줘서 고맙다고 했더니 (그 오해 때문에 내가 본의 아니게 좀 피해를 입게 됨) A가 왜 감사하다는 말을 선배한테서 들어야 하냐고 화내면서 선배 무안 줌. 나까지 무안해져서 죽는 줄 알았음.

그리고 걔가 근래 나 자취하는 곳까지 데려다 주기도 함. 다른 애들한테는 안 그럼. 나랑은 둘이서 술도 마심. 왠지 얘가 나 좋아해서 자꾸 선배한테 시비 거는 것 같은데, 님들 생각에는 어떰? 그린라이트임? 조언 좀 주시면 감사함.

0   추천   반대   0

일목요연하게 글을 올리자 한 시간 뒤에 벌써 독자들에게 가장 많은 추천수를 받은 베스트 댓글들이 형성되었다.

56개의 댓글

....

👍
베플 111 20XX.XX.XX 20:51　　　　　♥ 공감 3 👍 119 👎 12 ✋

🖥 그냥 A랑 선배랑 사이가 안 좋은가보지. 작성자가 모르는 사정이 있나보지. 과대해석 쩌네. 남자는 마음에 들면 고백하지 여자처럼 재는 거 안 함.

답글 32개 ▼ | 답글쓰기

....

👍
베플 ㅋㅋ 20XX.XX.XX 20:49　　　　　♥ 공감 1 👍 55 👎 13 ✋

🖥 내일 군대 감. 베댓 한 번만 가게 해주세요!

답글 11개 ▼ | 답글쓰기

....

👍
베플 111 20XX.XX.XX 20:51　　　　　♥ 공감 3 👍 149 👎 0 ✋

🖥 그 희한한 사건이 뭔질 알아야 답을 해줄 수 있을 것 같아요. 글쓴이 말만 보면 그럴듯한데 애매함. 본인 착각일 예시들이 너무 많음.

답글 12개 ▼ | 답글쓰기

....

👍
베플 111 20XX.XX.XX 20:51　　　　　♥ 공감 3 👍 149 👎 0 ✋

🖥 답정너에게 먹이를 주지 마시오. 다 내가 먹을 거임. 우걱우걱.

답글 9개 ▼ | 답글쓰기

이게 뭐야. 내가 답정너[13]라니! 발끈해서 글을 수정해 더 내용을 덧붙이려다가 저 사람들 말이 맞을 수도 있을 것 같고 대응해 봐야 욕만 더 먹을 것 같아 그만뒀다. 차마 인터넷에 선배의 스토커 얘기를 꺼낼 수도 없고. 한숨을 쉬며 베댓 외의 나머지 댓글을 쭉 훑는데, 그중 익숙한 단어가 등장한 댓글에 절로 시선이 멈췄다.

ㅋㅋ 20XX.XX.XX 20:26　　♥공감　👍2　👎0 ✋

걸레년아. 너 그 버릇 아직도 못 고쳤냐? 오빠도 너한태 관심없고 A도 너한태 관심없다고. 너한태 다 관심없으니까 여기저기 꼬리치는거 그만해라. 마지막으로 경고한다. 토나온다.

답글 0개 ▼ | 답글쓰기

오빠? 걸레년? 경고? 본의 아니게 익숙해진 단어에 내 손가락이 슬금슬금 휴대폰으로 향했다. 내가 과잉반응을 보이는 건가 싶기도 했지만 그와 동시에 자그마한 단서도 허투루 둬서는 안 된다는 생각이 이성을 지배했다. 신호음이 몇 번 울릴 사이 글에 달린 댓글을 읽고 또 읽어 보았다. 선배를 개인적으로 아는 듯한 호칭이며, 마치 내 일거수일투족을 모두 알고 있다는 듯한 말투까지. 그 여자가 맞는 것 같은데. 그런데 잠깐만. 내가 이 댓글을 선배한테 말하면 선배가 이 글 내용까지 보게 되잖아!

---

13 '답은 정해져 있고 너는 답만 하면 돼' : 원하는 답이 뻔히 보이는 질문을 하는 사람.

— 여보세…….

안 돼! 선배의 목소리가 들렸지만 허겁지겁 전화를 끊고 숨을 골랐다. 이 오그라드는 글을 선배에게 보일 수는 없어! '익명' 게시판의 취지에서 벗어나잖아! 하지만 전화를 끊기가 무섭게 휴대폰이 울리기 시작했다. 나도 모르게 벌려 놓은 이 난관을 헤쳐 나갈 시나리오를 재빨리 머릿속에서 정리하고 심호흡을 한 뒤 휴대폰을 들었다.

"네, 선배님."

— 아, 민아야. 무슨 일 있어?

"네? 아니요. 아무 일도 없는데요."

— 아까 전화 왔는데 끊어진 것 같아서.

"아, 정말요? 휴대폰이 주머니 안에서 눌렸나 봐요. 몰랐어요."

— 다행이다. 무슨 일 난 줄 알고 깜짝 놀랐어.

"하하. 아니에요. 그 사람한테서는 연락 왔어요?"

— 아니. 그냥 이쯤에서 끝냈으면 좋겠네.

그렇다면 오늘 하루 종일 연락이 안 왔다는 말인데. 스토커가 정말로 풀이 죽은 것일까, 아니면 목표물을 나로 바꾼 걸까? 문제의 댓글을 다시 바라보았다.

"그러게 말이에요. 선배님이 고생이 많으세요."

— 아니야, 네가 고생이 많지. 일 잘 마무리되면 내가 밥 한번 사야겠다.

어머나, 밥을 산다고? 근데 왜 오늘 보았던 선배의 가면 같은 미소가 떠오르는 걸까?

"네, 하하, 나중에 밥 한번 같이 먹어요."

본인의 속마음을 잘 숨기고 포장할 줄 아는 사람이라고 해서 나쁜 사람이라고 단정 지을 이유는 없다. 더군다나 먼저 밥을 사 주겠다고 하지 않는가? 광대가 하늘을 향해 승천하기 시작한다. 내가 또 무시무시한 착각의 늪으로 빠지기 전에 다행히 선배가 퍽 중요한 주제를 꺼내며 날 현실로 데리고 왔다.

— 아, 그리고 오늘 그 후배님한테 미안하다고 좀 전해 줄래?

"네?"

평소에는 '기범 씨'라고 그를 칭하던 선배가 그를 '후배님'이라고 부르며 거리를 둔다.

— 오늘 화가 난 듯 보였는데 내가 당황해서 사과를 못 한 것 같아서.

거짓말이다. 당황이라고 포장하기엔 선배의 미소는 얼핏 여유로울 정도로 평온했다.

"네, 근데 걔는 신경 안 쓰셔도 돼요. 최근에 계속 예민했어요."

— 그래?

"네, 왜 저러는지 모르겠어요."

선배의 낮은 웃음소리가 수화기 너머로 울렸다. 코웃음을 치는 것 같기도 하고.

— 정말?

이어진 반문의 의미를 알 수 없어 잠시 나도 모르게 멈칫하고 말았다. 정말이라니? 뭐가? 오묘한 뉘앙스가 잠시 신경 쓰였지만 나는 고개를 끄덕였다.

"네, 모르겠어요. 나중에 물어보려고요."

분명한 나의 답에도 뭐가 재미난지 선배의 낮은 웃음소리는 끊일지 몰랐다.

— 그렇구나…… 알았어. 그럼 조 모임 때 봐.

"네, 안녕히 계세요."

나는 선배와의 전화를 끊고 사이버 수사대 홈페이지에 접속하여 익명의 악플러를 신고했다. 스토커로 의심되는 댓글을 신고하는 김에 나머지 악플도 모조리 신고할까 싶었지만 그러면 괜히 판만 벌어질 것 같아 관뒀다. 아무쪼록 이 댓글이 스토커에 대한 꼬투리를 잡는 데 조금이라도 도움이 되길 바랐다. 김기범은 그날 이후 더는 소개팅을 언급하지 않았다.

❋

4월 중순은 축제 주, 4월 하순은 중간고사 주. 학교 축제에 가고 싶었는데 의전을 준비하거나 휴학하거나 교환 학생으로 학교를 떠난 친구들을 제하니 서윤이, 기범이, 그리고 안면 있는 선배 몇과 동기 몇 명만 남았다. 하지만 기범이와 마지막으로 보낼 축제라는 생각에, 열기를 잃은 아이들을 억지로 끌어모았다. 지난 3년간 단 한 번도 빠지지 않고 축제에 출석했기에 마지막까지 참석해서 유종의 미를 거두어야 졸업할 때 학교를 다닌 보람이 들 것만 같았다. 마치 할인 마트에서 나눠 주는 스티커를 50개 모아 두루마리 휴지를 받는 뿌듯함처럼. 쓸데없는 오기다.

축제가 시작하고 시간이 지나 분위기가 무르익었으리라 판단되었을 때, 우리는 언덕을 올라 체육관으로 향했다. 간이 스테이지에는 요즘 핫한 남자 아이돌 그룹 EXO가 군무에 맞추어 춤을 추고 있었다. 스테이지 앞은 온통 여학생들 차지였고 뒤로 물러난 남학생들은 썩은 표정으로 팔짱을 낀 채 그 모습을 지켜보고 있었다. 매년 반복되는 풍경이다. 3년 전 아이유가 축제에 왔을 땐 남학생들이 "나는요! 오빠가! 좋은걸!"을 군가처럼 우렁차게 불러대는 통에 정작 아이유의 목소리는 들리지 않아 짜증났다. 삼단 고음 부분에서는 고막이 찢어지는 줄 알았지. 어쨌든 고학년이 된 우리에게 이제 축제의 연예인이란 잔칫상의 나물 같은 것이다. 필수이긴 하지만 메인은 아닌. 우리가 이곳에 온 이유는 따로 있었다.

연예인들의 공연이 끝나고 하늘이 어두워지는 시간, 응원부가 단상에 올라 응원 릴레이를 펼친다. 각 과는 크고 작은 원을 이루어 어깨동무를 한다. 새내기들이 응원 OT 때 갓 배운 응원을 추는 걸 구경하기도 잠시, 우리는 진정한 선배의 모습이란 무엇인지 그들을 깨우쳐 주기로 했다. 웅장하게 울리는 응원가 속에 이성을 잃고 고개를 격하게 흔들며 선보이는 파워풀한 액션! EXO와 댄스 배틀이라도 펼칠 듯한 우리의 타오르는 열정에 후배들은 넋을 잃고 우리를 향해 존경과 경외의 박수를 치지……는 않았지만, 어쨌든 우리는 밤하늘을 불살랐다. 이 모습을 보며 이름 모를 석공의 땀과 눈물이 감동에 젖어 흘러내렸겠지…….

광란의 학교 축제 기간이 끝나고 본격적인 중간고사 공부 주가 시작됐다. 공격적인 낙서 이후 여자는 일주일 내내 나에게도 선배에게도 나타나지 않았다. 선배에게선 간간이 잘 지내느냐는 문자가 왔고 나는 꼬박꼬박 괜찮다고, 선배님 힘내시라고 답했다. 우리는 발표 준비를 마무리 지으려고 마지막 조 모임을 갖기로 했다. 저번 주 선배와 기범이 사이에서 오갔던 불온한 기류가 여전히 내 뇌리를 떠나지 않아 걱정했지만, 다행히 두 사람은 더 이상 그 일을 언급하지 않았다.

지영이가 만든 PPT를 프로젝터로 띄워 놓고 기범이가 예행 발표를 해 보았다. PPT 상에 오타나 추가해야 할 자료가 없는지 확인하고 우리는 자리를 정리했다. 마지막 학년도 성적을 좋게 마무리하고 싶었다. 졸업한 뒤 아직 무얼 할지 정하지 않았기에 아무쪼록 만반의 준비를 해야 한다는 불안감이 늘 있었다. 아빠에게 의사는 되고 싶지 않다고 으름장을 놓은 상황이지만 시나리오라는 뜬구름 같은 것 말고 딱히 내 전공과 관련되어 하고 싶은 일은 아직 찾지 못했다. 주변에서 모두 의전, 대학원, 취업 같은 분명한 목표를 향해 달릴 때 어중이떠중이처럼 그 무엇도 계획하지 못하는 처지는 참 곤혹스럽다.

지영이와 선배와 헤어진 뒤, 기범이와 나는 산업미생물학 말고도 함께 듣고 있는 동물행동관리학 노트 정리를 공유하기로 했다. 과학에 통용되는 언어를 떠올리면 영어를 생각하기 마련인데, 동물행동관리학의 노老교수님은 한자와 독어를 사랑하셨기에 강의 자료에서 한문 단어와 독어를 따로 골라 암기해야 했다. 강의에서 예고 없이 등장한 한자를 서로 대조해 가며 놓친 것이 없나 확인하던 중, 집중력이 흐트러진 기범이가 내게 지나가듯 물었다.

"스토커한테서는 연락 없지?"

"응. 그 여자 포기했나 봐."

"그럼 너 그 선배랑 아직도 연락하냐?"

"며칠에 한 번씩 안부 묻지. 혹시 모르니까. 왜?"

공책에서 고개를 들자 그가 뚱한 표정으로 날 쳐다보고 있었다.

"왜?"

이번에는 또 뭐가 마음에 안 드는데? 나 벌써 인터넷 익명 게시판에서 한 차례 고약한 상담 받았거든? 또 글 쓰게 만들지 마라. 그때, 내 휴대폰이 울렸다. 경찰서였다. 심박 수가 빨라졌다. 사이버 수사대에 악플을 신고한 지 이틀째 되던 날 담당 수사관이 배정되었다는 연락을 이메일로 받았고, 나는 경찰서를 방문해 정황을 설명하고 신고 접수를 마쳤다. 드디어 댓글을 작성한 계정의 주인이 밝혀졌다. 주소를 확인하기가 무섭게 나는 더 기다릴 겨를도 없이 전화를 끊고 열람실을 나섰다.

"잠시만!"

"야, 어디 가!"

뒤따라오려는 기범이를 손짓으로 떨어트리고 열람실 밖 소파가 마련된 자리로 가서 서둘러 선배에게 전화를 걸었다. 한참의 통화음 끝에 선배가 잠긴 목소리로 속삭였다.

— 응, 민아야. 무슨 일이야?

통화음 주변의 웅성거리는 소리가 커진 것을 보니 그가 열람실을 나온 모양이었다.

"저 그 스토커 이름 알아냈어요!"

— 응?

목소리가 절로 비장해졌다.

"김현정이래요. 김현정!"

기범: 침묵의 2년

母子의 관계란 역설적이며 어떤 의미에서는 비극적이다.
어미로부터 요구되는 정열적인 사랑은
아이가 그녀로부터 독립할 원동력이 되어야 한다.
— 에리히 프롬

난 본디 친구가 많지 않았다. 그저 곁에 있는 사람들을 보듬으며 그들과 최대한의 관계를 이어 나가는 것이 편했다. 물론 이런 대인관계는 자의 반 타의 반으로 생성되었다. 불확실한 다수와 언제 끊어질지 모르는 믿음의 관계를 이어 갈 정도로 나는 순수하지 않았고, 그 다수에게 모두 좋은 사람으로 각인될 자신도 없었다.

중장비 무역회사에서 일하는 아빠는 늘 바빴다. 늘 바빠서 집에 없었기에 어릴 적에도 아빠와 함께 부정을 쌓은 기억을 떠올리기가 힘들 정도였다. 그래서 엄마는 아빠의 부재가 길어질수록 내게 많은 시간을 할애했다. 나는 엄마와 친했다. 무척 친했다. 어릴 적 엄마와 보냈던 시간은 즐거웠다. 소심한 성격 탓으로 친구가 몇 없는 내게 엄마는 놀이 상대가 되어 주었고,

나를 통해 아빠의 부재를 견뎌 냈다. 엄마는 한숨을 쉬다가도 내가 밥을 먹는 모습이나 공부를 하는 모습을 볼 때면 이리 말했다.

"내가 너 때문에 산다. 너 때문에 살아."

이렇게 나는 한 사람의 살 이유가 되었다. 내가 중학생이 되어 당신의 보살핌에서 벗어날 무렵, 엄마는 빈집에서의 생활을 견디려고 화장품 판매업을 도맡았다. 우리는 궁핍하지 않았기에 아빠는 엄마의 노동을 이해하지 못했다. 그럼에도 엄마는 동네 아줌마들에게 스킨, 로션, 에멀전, 크림 세트를 판매하며 아파트 단지를 쏘다녔다. 중고등학교에 들어가서도 친구가 별로 없었던 나는 집을 자주 비우는 엄마와 예전의 친분을 유지하려고 화장품을 외웠다. 나는 엄마 덕분에 남자로서는 흔치 않게 화장품의 세계에 입문했다. 그 오랜 시간을 엄마와 함께 보냈지만 나는 단 한 번도 엄마를 사람으로, 개인으로 보지 못했다. 엄마는 엄마였다. 엄마는 엄마였으니까 날 떠날 일이 없었다. 엄마는 엄마였으니까 내게 헌신하는 것이 당연했고 내가 존재해야만 존재할 수 있는 사람이었다. 내가 삶의 이유라고 누누이 말해 온 건 당신이었으니까.

하지만 아무리 엄마를 한 개인으로, 사람으로 보지 않았어도 엄마가 오랜 세월 참아 왔다는 사실을 모를 수는 없었다. 물론 엄마가 참아 온 만큼 아빠도 노력했을 테다. 가정을 지키려고 노력하지 않는 부모는 없다고 믿고 싶다. 한때 벽에 걸렸던 액자 안에 우리 가족은 웃고 있었다. 그러니 아빠가 가족을 버렸다고는 생각하지 않는다. 하지만 아빠가 직장 때문에 해외를 전전할 때 엄마는 홀로 남겨졌다는 사실은 변치 않았다.

엄마의 부재가 눈에 띄게 늘 즈음, 나는 엄마가 판매하는 화장품의 이름을 거의 다 외우는 지경에 이르렀다. 화이트 링클 테라피 시럼. 스네일 모이스처라이져 크림. 하이드레이티드 파운데이션 21호. 원래도 조용한 성격인 데다 화장품까지 제법 잘 알게 되니, 자연스레 내 주변에는 남자보다 여자가 더 많았다. 또래 남자애들은 그걸 퍽 아니꼽게 생각했나 보다. '일진'들에게 '빵셔틀[14]'까지 하는 굴욕을 당하지는 않았지만 나는 그들에겐 철저히 멸시의 대상이었다. 하지만 괜찮았다. 화장에 관해 이야기를 나눌 때 엄마는 종종 나를 기특하다는 듯 바라보곤 했다. 그 시선 속에 내가 세상에서 얻고자 했던 모든 것이 들어 있는 것 같아, 결핍된 가정을 굳건히 지켰던 엄마가 오늘도 그 자리에 서 있는 것 같아 마음이 놓였다.

노력하면 하늘의 진리에 따라 보상받으리라 믿었던 시절이었다. 나만 노력하면, 나만 탈선하지 않으면 우리 가족은 영원하리라. 엄마는 나를 삶의 이유로 삼고 나도 엄마와 함께 평온하리라. 그래서 엄마가 내가 성인이 될 날까지 카운트다운하고 있었다는 걸 꿈에서조차 상상하지 못했다. 나는 엄마를 한 사람으로서, 여자로서 이해하지 못했다.

입대 후 고작 몇 달 홀로 남겨진 그 시간을 견디지 못하고

---

14 일진 학생들에 의해 강제로 매점에서 빵 따위 군것질을 사다 주는 일.

엄마가 우리 곁을 떠났을 때, 나는 배신감에 차올라 당신을 배웅하지 못했다. 엄마는 우리 가족을 화장품 판매 업체의 이사와 맞바꾸었다. 빌어먹을 화장품. 군대에서의 2년은 참 외롭고 고된 생활이었다. 나와 친하지 못한 아버지는 늘 어색한 미소를 지으며 몸은 어떠냐, 요즘 선임들은 어떠냐, 음식 맛은 괜찮냐 등 안부를 물으셨다. 틀에 박힌 질문과 틀에 박힌 대답. 나는 아버지의 관심이 익숙하지 않아 당신의 방문이 껄끄러웠다. 엄마가 떠난 뒤에야 한국 지사에 자리 잡은 이유가 뭐냐며 묻고픈 원망이 넘쳐 올라 아버지와 함께하는 자리를 박차고 나가고 싶었다.

연락 없는 고민아에게 배신감을 느끼진 않았다. 연락을 하지 않은 건 다른 동기들도 마찬가지였으니까. 본디 남아 있는 사람보다 떠나온 사람이 그들의 부재를 크게 느끼기 마련이다. 하지만 먼저 그들에게 연락하고 싶지는 않았다. 자랑할 것 없는 개인사를 퍼트려 얻을 게 없었기 때문이다. 휴가 나올 때면 내 사정을 알고 있는 고등학교 동창들을 만났다. 본디 부모님들끼리 왕래가 잦았던 친구들이어서 입 밖으로 사정을 말하지 않아도 그들은 암묵적으로 나를 위로해 주었다. 고등학교 다닐 적에는 친하지 않았던 그들이 지금에야 가깝게 느껴지는 모순이 내겐 도리어 편했다.

그래서 복학 후 고민아가 지난 2년의 세월을 언급했을 때, 내심 놀랐다. 내 속사정에 관심이 없는 줄 알았다. 그저 허울뿐인 친구라고 여겼다. 그래서 굳이 옛일을 묻는 녀석의 태도가 놀라웠다.

고민아에게 배신감을 느끼지 않았다고? 정정한다. 친구로서의 기대를 버렸기에 배신감을 느끼지 않았을 뿐이다. 1년 동안 쌓아 온 우정의 깊이를 의심했지만, 우정의 깊이에 대한 의심이 꼭 부정적인 것만은 아니었다. 그녀와 나 사이의 우정의 깊이가 의심되는 순간 나는 그녀를 전혀 다른 각도로 대하게 되었으니까.

새내기 때 숫기가 없었던 나는 좋아하는 여자에게 용기 있게 마음을 표현하는 방법을 몰랐다. 새터 때 어색함의 절정에 타올라 어쩔 줄 모르던 나를 민아는 장기자랑 파트너로 지목하여 순탄한 대학 생활의 시발점을 끊게 해 주었다. 아마 그런 면을 좋아했던 것 같기도 하다. 대학교의 관문을 두드렸던 그 순간까지, 난 또래 남자애들보다 비정상적으로 여성스럽고 소심하기까지 했던 이상한 남학생이었으니까.

짝사랑의 시작은 늘 불분명하다. 그저 빠져 있을 때 뒤늦게 확인할 뿐이다. 하지만 민아에 대한 마음을 깨달았을 즈음 이미 때는 늦었다. 민아는 나를 전혀 남자로 보고 있지 않았고 기회를 놓친 나는 그녀를 포기하고 여름방학 때 여러 차례 소개팅 끝에 첫 여자 친구를 만드는 데 성공했다. 결국 몇 달 만에 그녀가 다른 남자와 주고받던 음란한 애정 문자를 보고 말았고, 나의 첫 연애는 끔찍한 마무리를 맞았다. 친구들에게 위로주를 하사 받으면서 속으로는 그리 좋아하지도 않은 여자애를 사귀고 받은 벌이니 쌤통이다 싶었다. 이럴 바에는 고민아에게 고백이라도 해 볼걸. 뒤늦은 후회였다.

복학하면 할 일에 대한 목록은 군인이라면 그 누구나 하나씩은 갖고 있다. 나는 그 목록에 고민아를 넣었다. 이번에는 내가 좋아하는 사람을 놓치지 않을 테다. 소중한 사람을 놓치고 후회하지 않을 테다. 나는 이를 갈았다. 나는 고민아와 멀리 떨어지게 된 시간을 기회로 삼아 몸과 마음을 재정비해 그녀에게 다른 사람처럼 다가가고 싶었다. 편한 동기가 아닌 불편한 남자가 되고 싶었다. 그래서 군대에서 심적 방황을 겪으면서도 틈틈이 운동을 놓지 않았다. 뒤늦은 성장통 때문에 밤에 뼈가 아파 잠들지 못하는 날이 올 때면 희열을 느꼈다. 그녀 안에 깃든 나의 미미한 존재감을 분명히 하고 싶었다.

나의 계획은 초반엔 성공의 낌새를 보였다. 고민아는 나와 함께 있을 때면 종종 불안해하며 얼굴을 붉혔다. 내가 그녀를 설레게 만들 수 있다는 사실이 신기하면서도 착각이 아니길 바랐다. 하지만 그 행복도 찰나의 순간에 지나지 않았고, 고민아의 때 묻지 않은 삶에 예기치 못한 불청객이 끼어들기 시작했다.

차은수 선배 덕분에 고민아를 집까지 데려다 주게 된 것은 좋았다. 하지만 그뿐이었다. 고민아는 분명 나와 함께 있는데도 종종 다른 곳을 보았다. 아득한 그 두 눈이 담고 있는 걸 보고 싶었지만 그녀는 끝내 나를 보지 않았다. 늘 내가 그녀의 이름을 부르고 나서야 정신을 차리고는 헤벌레 하고 웃었다. 혹시 그 웃음 끝에 차은수가 있을까 봐 초조해졌다. 어린 애처럼 성을 낼 시기는 지났다. 그 사람을 민아에게서 지워야 했다. 지적이고 성숙한 모습으로 나를 각인시켜야만 했다. 하지만 하굣길에 고민아가 먼저 차은수 선배에 관해 말을 꺼냈을 때, 내 인내심은 생각보다 쉽게 바닥나 버리고 말았다.

"스토커 잡은 것 같아."

"뭐? 다행이다!"

대화의 시작은 좋았다.

"이름이 김현정이래! 그 사람 신상에 관해서는 더 말해 줄 수 없다고 하긴 했지만…… 일단 악플로 고소했어."

"근데 어떻게 인터넷으로 추적하게 됐다고 했지? 갑자기 악플이라니, 이해가 안 가서."

"아……, 내가 운영하는 인터넷 블로그에 달린 악플이었어."

"네가 블로그도 했어?"

"했어. 2학년 때 잠깐."

"네 블로그까지 찾아내다니 인재다. 국정원에서 데리고 가야겠어."

"하하. 그러게."

"뭐, 어쨌든 다행이네. 쉽게 꼬리가 잡혀서."

"그렇지? 물론 그 악플러랑 스토커가 동일인물이란 걸 밝혀야 하지만."

"어, 우연일 수도 있으니까."

"응, 하지만 나도 나름 촉이라는 게 있단 말이야. 기필코 범인을 찾아내겠어! 할아버지의 이름을 걸고!"

일본 만화《소년 탐정 김전일》의 명대사를 그대로 읊는 씩씩함에 괜한 사고를 치는 건 아닐까 걱정하려는 찰나 그녀가 킥킥 웃었다.

"스토커 잡히면 선배가 밥 사 준대. 뭐 사 달라고 하지? 신난다!"

내 인내심은 아마 이 순간부터 금이 가기 시작했을 것이다.

"밥? 왜 밥을 먹어?"

"미안하대. 자기 때문에 괜한 스트레스 받는다고. 민폐 안 끼치려고 노력하는 거 보면 인성이 된 사람이지."

"뭐? 다짜고짜 널 스토커로 몰아갈 때는 언제고."

"그야 오해잖아. 신경이 예민했나 보지. 몇 번이나 사과했는지 몰라."

"야, 그 문에 쓴 낙서 보고도 너는 그 선배랑 같이 밥 먹고 싶냐? 거지야?"

"뭐어?"

고민아가 황당하다는 듯 나를 쏘아보았다. 난 곧바로 후회했다. 말이 지나쳤다. 밥 먹는 게 뭐라고. 제기랄. 별것도 아닌 일에 흥분을 하고 나니 갑자기 창피함이 얼굴에 번졌다. 하지만 변명을 늘어놓기도 전에 고민아가 자리에 우뚝 서더니 날 쏘아보며 외쳤다.

"너 무슨 말을 그렇게 하냐? 내가 밥 먹자고 했어? 그 선배가 사 준다잖아!"

학교 도서관이 문을 닫은 이 시간에도 보통 대학가는 시끄럽지만, 상점이 가득한 큰길로부터 몇 블록 더 안쪽에 있는 이 골목은 조용하다. 고민아의 목소리가 주택가와 원룸촌에 울려 퍼졌다. 나는 심호흡을 하고 흥분을 가라앉히기로 했다.

"그 사람이랑 같이 있으면 위험하다고. 그 스토커가 잡힌다고 치자. 감옥 가? 아니야. 경범죄면 끽해야 며칠 구치소 생활하다 나올 거라고. 그다음엔? 접근금지 명령? 그게 씨알이나 먹힐 것 같아? 오히려 복수하겠다고 날뛰는 거 아니야?"

"그럼 나보고 어쩌라고. 그 사람 잡지 마? 내가 사는 곳까지 아는 여자를 그냥 두냐고."

고민아는 전등의 불빛이 닿지 않는 캄캄한 곳에 서서 나를 노려보았다. 불법 주차된 차 아래 자리 잡고 있던 고양이가 우리의 등장에 차 밑에서 나와 골목길을 빠르게 가로질렀다.

"그 뜻이 아니잖아."

"그럼 무슨 뜻인데? 너 요즘 진짜 이상하더라. 이상한 거로 사람 트집 잡고 무안 주고. 너 진짜 이상해."

저리 말하니 할 말이 없다. 하긴, 걱정 없고 매사에 대담한 고민아 눈에는 그리 보일지도 모르겠다. 다른 여자애들과 달리 지지리도 연애 눈치가 없는 놈이라 저렇게만 생각하는 게 이해는 간다. 그래서 더 좋은 걸지도 모르겠다. 비워진 아빠의 자리를 견디지 못한 엄마는 너무나 섬세한 사람이었다. 너무나도 여린 엄마를 감싸는 것은 늘 나의 몫이었고, 나는 결국 아빠의 빈자리를 채울 만한 재목이 되지 못했다. 그냥 여기서 확 고백해 버릴까? 3년 전부터 넌 나한테 여자였다! 사귀자!

하지만 그건 충동을 못 이긴 미친 짓이다. 이상한 사람이라고 욕먹고 있는 이 마당에 마음을 고백하다니. 그러다가 거절당하면? 고민아와 나의 관계는 어떻게 될까? 친구로 곁에 남아 있는 것보다도 못한, 정의조차 내리기 힘든 어색한 관계가 될 것이 뻔하다. 아직은 아니다. 아직은. 답답하다.

"알았어. 알았으니까 그 선배랑 밥 먹지 마. 위험해."

한숨 섞인 나의 말에도 고민아는 답이 없었다. 그녀가 한참 동안 나를 쳐다보더니 차갑게 돌아서며 골목길을 따라 걸었다.

"데려다 줘서 고마워. 이제 집에 가."

"같이 가."

앞서 걸어가려는 고민아의 뒤를 따랐지만 그녀는 아랑곳하지 않았다.

"됐어. 가라고. 내일 봐."

고민아가 이렇게 화를 내는 건 처음 보는 것 같다. 삐친 걸 몇 번 본 적은 있어도 대놓고 저리 목소리를 까는 걸 보니 당황스럽다. 고민아가 화날지언정 그걸 표현할 줄 아는 사람이었나? 기억이 나질 않는다. 도대체 왜 화를 내는 건데? 차은수랑 밥 먹는 게 그렇게 중요한 일이야? 생전 안 내던 화를 다 낼 만큼? 나는 그녀의 손목을 잡고서는 그대로 골목을 따라 빠르게 걸었다.

"뭐하는 짓이야!"

고민아가 버둥대며 뻗댔지만 남자의 힘을 이길 리가 없다. 소란을 들은 어느 집 개가 컹컹 환한 밤을 향해 짖었다. 결국 나의 손아귀에서 벗어나기에 실패한 고민아는 포기를 선언하고 나를 따라 터덜터덜 제집의 현관문 앞에 도착하고 말았다. 밤중에 여자가 이리 큰 소리로 고함을 질렀는데도 그 누구 하나 나와 보지 않는 원룸촌 이웃사촌들 간의 냉랭함을 확인하고 나니 새삼 이곳이 얼마나 위험한 곳인지 깨닫게 됐다. 고민아는 내가 손에 힘을 푼 틈을 타 내 곁에서 도망쳐 현관문의 비밀번호를 삑삑거리며 거칠게 눌러댔다. 외동이라 동생이 있는 느낌이 무언지 잘 몰랐는데, 지금 고민아의 모습을 보니 이게 여동생을 가진 느낌일까 싶었다.

고민아는 아무 말 없이 현관문을 닫고 그 너머로 사라졌다. 나는 건물 앞에 서서 고민아가 층계를 오를 때마다 켜지는 센서 등을 층마다 뚫린 창을 통해 확인했다. 마침내 4층의 불이 들어오고 소등되는 걸 확인한 뒤, 천천히 온 길을 되돌아갔다. 분하다. 후회된다. 페이스 조절에 실패했다. 내일 저 녀석의 얼굴을 어떻게 봐야 할지 모르겠다. 아니, 봐 주기나 하려나. 고민아가 섬세하지 않다는 말은 취소해야겠다. 도무지 모르겠다. 고민아의 속마음은 정말 아무리 생각해도 알아낼 수가 없다. 으아아아. 낮은 신음을 흘리며 머리를 두 손으로 헝클어트려도 정신은 맑아지지 않는다. 휴대폰을 확인하니 정민이로부터 메시지가 와 있었다.

ㅋㅋㅋ 나도 그 영화 보고 싶었는데.

복학 후 정민이는 희한하게 내게 자주 연락해 댔다. 처음에는 함께 듣는 강의 시험 범위를 알려 달라는 내용으로 시작했지만 곧 관심 있는 사람에게 보낼 문자의 표본 '뭐해?'로 대화의 물꼬를 텄다. 오늘은 며칠 후에 개봉할 올해 상반기 가장 기대되는 한국 영화에 관해 이야기를 나눴다. 그녀가 싫지는 않지만 여자로 좋아하지는 않기에 설레지도 않는다.

나중에 꾼녀랑 같이 보러 가자.

그렇게 정민이와의 관계에 넌지시 선을 긋는데, 그 순간 누군가 내게 말을 걸어왔다.

"저기요."

나는 걸음을 멈추고 목소리가 들려오는 곳을 향해 고개를 돌렸다. 원피스를 입은 여자가 가로등 불빛 바로 아래 서 있었다. 어깨까지 오는 머리가 익숙해서 깜짝 놀랐지만 그 주인은 내가 방금 집에 데려다 놓은 여자가 아니었다. 흔한 머리 스타일이다. 도리어 이렇게 놀란 게 이상하다. 나와 눈이 마주친 여자가 나를 향해 걸어왔다.

"고민아 친구 맞죠?"

컴컴한 밤길, 내게 고민아에 관해 물어 오는 의문의 여자. 왜인지 몰랐지만 나는 본능적으로 차은수의 스토커를 생각해 냈다. 모르는 척 대꾸하곤 자리를 피하려고 걸음을 재촉했지만 여자가 내 뒤를 밟았다.

"민아 데려다 줬잖아요. 저 민아 친구예요. 고등학교 동창."

고민아를 아는 척하는 의문의 여자라면 누구든 꺼려진다.

"그런 사람 모릅니다."

대꾸조차 하기 싫지만 그러지 않았다가는 더 끈질기게 따라 붙을 것 같다. 나는 여자를 최대한 고민아의 집에서 떨어트려 놓으려고 빠른 걸음으로 큰길가를 향해 걸었다. 길 끝에 보이는 찬란한 대학가의 불빛과 상점들에서 흘러나오는 노랫소리가 가까워진다. 하지만 여자는 멈추지 않았다.

"저 나쁜 사람 아니에요. 그쪽 고민아 남자 친구는 아니죠? 근데 진짜로 좋아해요? 민아가 그걸로 고민하던데. 어떤 남자가 자기 좋아하는 것 같다고요."

차은수를 말하는 걸까? 나도 모르게 걸음을 멈춰 그 여자를 바라보았다. 친구가 아닌데도 저런 개인적인 일을 알 수 있을까? 검은색 원피스를 입은 여자는 비록 고민아와 비슷한 머리 길이에 스타일을 하고 그녀와 키도 비슷하기는 했지만, 고민아는 워낙 대한민국 평균의 키를 갖고 있고 머리 스타일 역시 고민아 특허라고 볼 수도 없는 흔한 스타일이었다. 이런 걸로 저 여자를 스토커라고 단정 짓기는 힘들다. 무엇보다 스토커는 이 훈훈한 봄날에도 겨울 코트를 껴입을 정도의 괴짜라는데. 의심을 온전히 내려놓지는 않았지만 경계심은 살짝 풀고서 그 여자에게 물었다.

"이름이 뭐예요?"

예상치 못한 질문이었는지 여자는 당황했다.

"네? 이름이요?"

"고민아 친구라면서요. 나중에 물어보게."

"……유소영이요."

여자가 도리어 날 이상하다는 듯이 바라봤다. 그녀가 그 스토커라면 퍽 무서운 연기자다.

"지금 고민아한테 전화해도 돼요?"

내가 휴대폰을 꺼내 들자 그녀가 인상을 찌푸렸다.

"왜요? 저 이상한 사람 아니에요. 도둑도 아니고 '도를 아십니까?'도 아닌데. 전 지금 몰래 온 거라고요."

"몰래?"

"놀래 주려고요. 제가 해외에 사는데, 민아는 저 다다음주에 오는 줄 알고 있거든요."

막힘없이 술술 말하는 확신에 찬 목소리에 콧잔등을 찡그리면서도 결국 여자의 장단에 잠시 놀아 보기로 했다.

"근데 저한테 무슨 볼일이죠?"

여자들의 우정이란 얼마나 끈끈하기에 친구의 연애사에 대한 관심 때문에 모르는 남자에게 무작정 접근할 용기까지 샘솟게 하는 걸까. 아직은 믿을 수 없다.

"그냥 궁금했어요. 고민아 좋아하는 거 맞는지."

"죄송한데 그쪽한테 제가 말할 일은 아닌 것 같은데요."

"왜요?"

"그쪽이랑 아무런 상관없는 일이니까요."

"왜 자꾸 저를 경계하세요?"

"처음 보는 사람한테 무슨 말을 더 해야 하는데요?"

대화에 진전이 없자 여자가 한숨을 푹 쉬더니 속으로 작게 욕을 읊조렸다. 내 이마에 빠직하고 혈관이 솟았다가 사라졌다.

"지금 뭐라고 했어요?"

"뭐가요?"

"방금 '시발'이라고 했잖아요."

아무래도 이 여자, 그 스토커가 맞는 것 같았다. 처음 보는 사람한테 욕지거리라니, 제정신이야? 스토커라면 여자의 사진이라도 찍어 두는 게 도움이 되겠지. 내 휴대폰 화면에 불이 들어오자 여자가 깜짝 놀라며 외쳤다.

"뭐하는 짓이에요!"

나는 여지를 주지 않고 순식간에 카메라 어플을 켜 사진을 찍었다. "찰칵" 소리가 들리기가 무섭게 여자가 내 휴대폰을 쳤다. 화면이 흔들렸다. 다시 찍어야겠군.

"뭐하는 거냐고!"

"너 차은수 스토커지? 이 변태야."

태연히 다시 사진을 찍자 여자가 왁 소리를 지르며 휴대폰을 빼앗더니 바닥에 집어던졌다.

"아씨, 뭐하는 짓이야! 너 기물파손 죄까지 다 합해서 신고할 줄 알아!"

다행히 실리콘 케이싱 덕분에 휴대폰이 아작나는 소리는 들리지 않았다. 역시 국산은 달라. 여자는 정체가 들통 난 게 분했는지 얼굴까지 시뻘겋게 붉히며 버럭버럭 소리 질렀다.

"이 고자 새끼! 좋아하는 여자 간수도 못하냐! 이 고자 새끼야! 너 때문에 저년이 오빠한테 꼬리치잖아!"

발작하듯 몸을 떠는 여자를 보니 헛웃음이 나왔다. 저 멀리 떨어진 휴대폰을 되찾으려고 걸음을 옮기자 여자가 또 귀신 같이 쫓아와 바르르 떨며 내게 저주를 퍼부었다.

"찐따 새끼! 모자란 놈! 내가 도와주려고 기껏 찾아왔더니만, 뭐? 변태? 에라이, 그 걸레년한테 된통 사기나 당하고 길거리에서 몰매 맞아 죽어라! 이 한심한 놈아!"

"뭐?"

걸레년? 휴대폰을 줍다 말고 그대로 여자를 바라보자 여자가 내 눈빛에 바로 입을 다물었다. 상대할 가치조차 없는 미친 여자라는 걸 알면서도 열이 올라 여자를 향해 위협적으로 걸어갔다. 여자가 달달 떨며 끊임없이 중얼거렸다.

"도, 도, 도와주려고 그랬다고……! 너도 싫잖아. 그치? 오빠랑 그, 그 여자랑 자꾸 엮이는 거 싫잖아! 그, 그러니까 우리는 같은 편이라고! 도와주려고 그랬단 말이야……!"

중학생 수준의 사고밖에 할 줄 모르는 걸까? 저 입에서 고민아를 폄하하는 말이 나왔다는 생각을 하니 또 혈압이 오른다. 저 여자와 말을 엮어 봐야 얻을 게 없다는 생각에 휴대폰을 들었다. 액정은 나가지 않았지만 전원이 꺼져 버렸다. 휴대폰이 다시 켜질 동안 바짝 다가서서 여자를 내려다보자 여자가 흠칫하고 몸을 움츠렸다. 사람들이 오가는 큰 길은 아직 멀다. 도리어 이것이 내게 득이 되었다.

"입 조심해라."

사진을 찍을 게 아니라 경찰에 신고해야 했다. 여자는 언제 입을 다물어야 하는지 모르는 것 같았다.

"그년만 오빠 곁에 못 가게 해! 그럼 귀찮게 안 할게! 진심이라고! 오빠한테 접근하지 말라고 하란 말이야!"

나는 경찰에 전화를 걸었다.

"네, 여기 ××대 ×××길 뒷골목인데요. 어떤 여자가 저한테 시비를 걸면서 쫓아오네요. 일전에 거기 신고했던 고민아네 문에 낙서하고 간 그 여자인 것 같아서요. 네, 차은수 스토커요."

여자가 사색이 되더니 줄행랑이라도 칠 심보인지 순식간에 내게서 멀어졌다. 하지만 내가 그보다 빨랐다. 여자의 팔뚝을 잡고 끌어당기자 그녀가 "악!" 소리를 질렀다.

"세븐이십사 편의점 쪽 골목이에요. 지금 잡고 있으니까 빨리 오세요. 네."

"이거 놔! 나 아니라고! 이거 놔!"

여자가 본격적으로 소리 지르기 시작했고 골목 끝 번화가 언저리에서 서성이던 누군가가 그 소리를 들었는지 골목 쪽을 기웃거리기 시작했다. 여자가 이를 눈치채곤 외쳤다.

"도와주세요! 이 남자가 저를 성폭행하려고 해요! 도와주세요!"

절로 헛웃음이 터져 나왔다.

"거기 무슨 일이에요!"

불빛 한 가운데 섰던 검은 그림자가 주춤하며 이쪽으로 다가왔다.

"이 여자 범죄자라서 경찰 올 때까지 붙잡아 두고 있습니다."

일이 성가시게 커지기 전에 빨리 이 여자를 경찰에 넘기고 집에 가고 싶었다. 고민아는 차은수에게 밥을 얻어먹을 게 아니라 내 밥부터 사야 한다.

"경찰이요?"

남자가 쉬이 의심을 접지 못하고 우리 쪽으로 접근해 왔다. 나는 여자의 팔뚝을 잡고 질질 그쪽으로 다가가며 말했다.

"경찰 올 때까지 함께 있죠. 정 걱정되시면."

"아니, 전…… 그, 그게…….'"

남자가 여자를 힐끗 쳐다보았다. 그때 갑자기 여자가 잡힌 팔을 들더니 내 손을 이로 물어뜯었다. 악! 찰나의 순간에 여자가 내 손아귀에서 벗어나 컴컴한 골목길을 뛰기 시작했다.

"야!"

멀리서 들려오는 사이렌 소리. 절대 놓칠 수 없었기에 추격을 시작했지만, 여자는 전직 육상선수이기라도 했는지 빠른 속도로 우회전을 하더니 순식간에 번화가로 뛰어들었다. 사람들 틈으로 사라지는 여자의 흩날리는 머리채라도 잡아챌 요량으로 황급히 달려 나갔다. 밀쳐진 사람들이 소리를 지르며 비켜서는데, 갑자기 누군가가 내 길을 막아섰다.

"엇! 선배님!"

"어, 안녕!"

김효은인가, 정효은인가. 지금 너 신경 쓸 시간 없다! 다시 사람들을 헤쳤지만, 아뿔싸! 놓치고 말았다. 두리번거리며 사방을 쏘아보는데, 주머니에서 진동이 느껴졌다.

"네!"

— 어디 계세요? 전화 받고 출동했는데.

"놓쳤어요! 빨리 오셨어야죠! 아씨, 거의 다 잡았는데!"

숨을 몰아쉬며 성을 내자 경찰이 언짢은 사과를 건네며 더 도울 일이 있느냐고 물었다. 날 괴롭히던 여자가 떠났으니 경찰 입장에서는 그걸로 사건은 마무리된 모양이었다. 혹시나 그 여자가 고민아네 집으로 갈까 걱정이 됐지만 일전에 여자가 남긴 문 앞의 낙서가 살인 예고는 아니었기에 더 이상 경찰의 협조를 부탁할 수는 없었다. 설마 경찰까지 출동했는데 또 고민아 집에 갈 대범함이 있지는 않겠지. 허탈하게 전화를 끊자 김효은인지, 정효은인지가 불쑥 내 앞에 얼굴을 들이밀었다.

"선배님, 무슨 일이세요?"

"아, 그게."

나는 머리를 헝클이며 한숨을 내쉬었다. 아, 힘들다. 고민아, 너 내일 나한테 커피랑 밥이랑 다 사라. 효은이 주변의 후배들이 내게 우렁찬 인사를 건넸다. 낄낄거리는 모양새를 보니 술에 달아올라 1차를 끝내고 2차로 가는 모양이었다.

"너희는 중간고사 공부 안 하냐."

저 멀리서 사이렌을 끈 경찰차가 멀어지는 게 보였다.

"오늘 얘 생일이라서요. 그리고 다음 주에 군대 가거든요!"

효은이가 무리 중 누군가를 가리켰다. 얼굴이 익은 후배였다. 행사가 겹쳤군.

"그래? 생일 축하한다. 군대도 무사히 갔다 오고."

"감사합니다!"

우렁찬 목소리가 시끌벅적한 대학가의 소리와 뒤엉킨다.

"선배님, 지금 어디 가세요?"

"집에."

"엇, 그럼, 안 바쁘면 저희랑 같이 2차 가실래요?"

효은이가 배시시 웃으며 나를 바라보았다.

"나 지금 돈 없어."

"에이, 우리 그런 후배 아니에요. 3학년인데 뭘 선배한테서 얻어먹는대요?"

어떻게든 나랑 친해지려고 아등바등하는 게 눈에 보이긴 하는데, 미안하게도 난 그녀에게 관심이 없다. 그녀의 성이 김 씨인지 박 씨인지조차 기억이 안 나는 상황이니까.

"미안한데 나는 너희처럼 성적 포기 못 한다."

"선배 2학년이잖아요! 그리고 민아 선배가 그랬어요. 선배님 앞으로 학교 오래 다닐 텐데 챙겨 드리라고. 제가 동기들 소개해 드릴게요."

노력이 가상하다. 반짝이는 애들의 눈빛을 보다가 효은이의 말이 맞을지도 모른다고 생각했다. 내년부터는 고민아도 함께 다니던 동기들도 대부분 학교를 떠난다. 생명 전공자들은 대부분 의전을 목표로 하고 있어 의전 합격 후 군의관으로 군대 갈 생각에 학부 때 다녀오는 사람이 거의 없어 복학생도 적다. 나야 불멸의 피부를 만들어 줄 화장품을 개발하겠다는 일념 아래 우리 과에 지원했으니 당연히 학부 때 군대 문제를 마무리 지어야겠다고 생각했다. 어쨌든 고민아에게 남은 시간은 1년이지만 나는 장장 2년을 이곳에서 홀로 보내야 한다. 이런 인맥도 만들어 놓는 게 미래를 준비하는 일일까.

"잠깐 전화 좀 하고."

후배들이 환호성을 질렀다. 선배랑 술 먹기 싫을 법도 한데 비위도 좋다. 효은이가 신이 나서 방방 뛰며 말했다.

"너희 먼저 '청춘'에 가 있어. 내가 선배랑 뒤따라갈게."

"선배님, 조금 뒤에 뵙겠습니다! 꼭 오세요!"

휴대폰을 귀에 댄 채 대충 손을 흔들어 알았다는 싸인을 보냈다. 효은이가 옆에 서서 반짝반짝 빛나는 눈동자로 나를 바라보았다. 당돌하다. 한참 뒤에 고민아가 전화를 받았다.

"야, 꾼녀, 너……!"

— 웅, 기범아…….

자다 깬 모양이었다. 예상치 못했던 웅얼거리는 목소리에 갑자기 짜증으로 조여들었던 마음이 한순간에 풀려 버렸다.

"어……?"

전화를 한 건 나면서 바보 같은 소리를 냈다. 데려다 준 지 얼마나 지났다고 벌써 취침이냐. 고민아가 보고 있는 것도 아닌데 얼굴에 확 열이 올랐다.

— 왜애……?

"아, 아니. 야. 너 오늘 아무한테도 함부로 문 열어 주지 마.

알았어?"

민아 대신 효은이가 나를 뚫어져라 바라보고 있었다.

— 음…… 왜? 무슨 일이야……?

나긋나긋한 목소리가 달달하다. 나는 술렁이는 마음을 들키지 않으려 목소리를 높였다.

"나 오늘 차은수 선배 스토커 만났어! 네 집 앞에서! 그러니까 조심하라고!"

— 응…… 알았어…….

이 충격적인 소식에도 평화로운 걸 보니 내일 이 통화 내용을 기억하지 못할 것 같다.

"차은수 선배 스토커라니까!"

느린 신음 같은 잠꼬대가 들렸다.

"꾼녀!"

고민아는 이내 말이 없다. 다시 잠들어 버린 모양이다. 나는 잠시 그녀의 고른 숨소리를 듣고 있다 결국 전화를 끊고 말았다. 저리 자는 걸 보니 밤중에 누가 문 두들긴들 자느라 열어주지도 못하겠다. 효은이가 호기심으로 일렁이는 눈을 하고선 조심스레 물었다.

"방금 민아 선배 맞죠? 차은수 선배님 스토커라니, 그게 뭐예요?"

"너 차은수 선배 알아?"

그녀가 실실 웃었다.

"당연히 알죠!"

"왜?"

"유명하잖아요. 과도 꽃미남."

"뭐?"

"선배님은 서관남, 차은수 선배님은 과도 꽃미남. 그거 아세요? 차은수 선배 부모님이 유명한 연예인이래요. 그런데 누군진 모르겠어요."

참 소문에 민감한 후배구나. 차은수 선배의 부모님이 연예인이라니 흥미로운 이야기긴 하다만. 그런데 나는 서관'남'이면서 왜 차은수는 과도 '꽃미남'이냐. 따져 묻고 싶었지만 유치한 선배로는 보이고 싶지 않았다.

"아는 사람 중에 그 선배 좋아하는 애가 있어서."

"정말요? 누군데요? 우리 과예요?"

"아니. 네가 모르는 사람일 거야."

시답지 않은 이야기에 종지부를 찍고 나는 술집으로 걸음을 옮겼다. 그래, 동기들은 졸업을 앞두고 있을지 몰라도, 내게는 이제 대학 생활이 다시 시작된다. 함께 성숙해질 이유는 없다. 지난 2년 동안 충분히 날뛰는 마음과 상처받은 정신을 다스리고 무마하는 방법을 배웠다. 그러니 아직은 동기들과 함께 미래를 걱정하며 밤낮으로 머리를 싸매고 공부하고 싶지 않다. 아직그 정도의 한심함은 괜찮다. 술로 죄다 털어 버리고 싶다.

내가 아는 당신이 달라졌을 때

사랑과 우정은 서로를 배제한다.
— 장 드 라 브뤼예르

계속 휴대폰이 울렸다. 아직 알람이 울릴 시간이 아닌데 자꾸 휴대폰이 울었다. 비몽사몽간에 깨어 전화를 받았다.

"흐응…… 네."

발신인도 확인하지 않았다. 눈이 제대로 떠지지 않았지만 어두컴컴한 밤이라는 건 확실하다. 하지만 미처 지금 전화를 거시는 너님이 내 여보냐고 묻기도 전에 엄청나게 커다란 목소리가 수화기 너머로 쨍 울려 퍼졌다.

— 꾼녀어어어! 코민아! 민아 코! 꼬밍꼬밍 하지 마! 걸! 캬하하하!

이효리의 대표곡은 도대체 언제 내 주제가가 되어 있는 건가……. 아, 그나저나 김기범, 이 미친놈아……! 입술 새로 절로 신음이 새어 나왔다.

"이 늦은 밤에 무슨 짓이야, 너……!"

고막을 때리는 음색이 생생하여 마치 집 앞에 서 있는 것만 같다고 생각하려는 찰나, 그놈의 목소리가 생생하게 창 밖에서 들려왔다.

— 꾼녀, 내려와라! 빨랑 내려와라! 안 그럼 지금 쳐들어간다! 나 네 현관문 비밀번호 다 외우고 있다아!

기범이의 술 취한 목소리는 같이 취했을 때 들으면 퍽 귀여웠지만 지금은 아니다. 나는 술에 취하는 대신 잠에 취했고, 잠에 취하다 깨면 사람은 짜증스러워지기 마련이다.

"야, 나 내일 일찍 일어나야 돼! 너도 집에 가서 발 닦고 자!"

— 빨리 나와라, 고민아아아! 고! 민! 읍, 아!

스타카토의 리듬을 타면서 내 이름이 불린다. 동네 개까지 김기범의 축제가 흥겨웠는지 멀리서 "컹컹컹" 짖어댄다. 저리 놔두면 온 동네 사람이 깨어날까 봐, 피곤에 찌든 한숨을 쉬며 침대에서 일어섰다. 안경을 끼고 야구 모자를 장착한 뒤, 트레이닝복을 입고 나오자, 그가 주인을 맞이하는 강아지처럼 방방 뛰며 웃어댔다.

"이열! 꾼녀다! 꾼녀다!"

"너 지금이 몇 신 줄 알아? 왜 집에 안 가고 이러고 있어!"

훈훈한 봄바람이 내 머리카락 끝을 흔들며 지나갔다.

"오늘 나쁜 사람 안 왔지?"

"무슨 나쁜 사람?"

"안 왔구나, 다행이다. 하하하!"

"아유, 소주 냄새! 너 내일 어쩌려고!"

엄마나 건넬 법한 타박에 그가 새삼 앙탈을 부리며 내 손을 잡았다.

"아이스크림 먹으러 갈래?"

골목을 돌면 24시간 하는 패스트푸드점이 있긴 하다만 이 시간에 아이스크림을 먹고 싶진 않다. 나는 자고 싶다. 한 번 도망간 잠은 쉬이 오지 않을 것이고, 지금 자지 않으면 내일 컨디션을 보장할 수 없다. 다음 주가 중간고사 기간이다.

"빨리 집에 가서 자. 너 중간고사 여섯 개라며!"

"너 보고 싶어서 왔는데 이러기냐?"

평소의 김기범이라면 절대 하지 못할 말에 꿀 먹은 벙어리가 되고 말았다. 얘 요즘 정말 왜 이래. 착각하고 싶지 않아서 아등바등하는 내가 보이지 않니. 왜 자꾸 나를 착각의 늪으로 몰고 가는 거니. 익사 당하기 싫어.

"정말 아이스크림 싫어? 아, 뱅뱅이 안경 쓰고 나와서 안 되나."

스윽 손을 들어 무거운 안경을 만져 보았다. 굳이 친절하게 짚어 주지 않아도 도수 높은 내 안경이 그리 매력적이지 않다는 건 나도 잘 알고 있단다.

"나 피곤해."

"자고 싶어?"

"어. 그러니까 얼른 집에 가."

그는 내 말을 듣는 대신 내 손목을 끌며 현관문 계단 위에 걸터앉았다. 나도 덩달아 그의 옆에 앉게 되었다. 그가 곧 내 손에 깍지를 꼈다. 포근해서 좋기는 한데, 이놈이 무슨 생각으로 이러는 건지는 알 수가 없어 불편하다. 문득 1학년 때의 기억이 떠올랐다. MT 때 선배들의 술잔을 피해 새벽까지 살아남고 싶었던 우리는 종종 둘이서만 사람들이 적은 한적한 곳으로 몸을 피하곤 했다. 기분 좋게 취한 상태에서 우리는 두 손을 마주잡고 공터를 빙빙 돌며 하늘을 바라보았다. 몽롱한 기분 속에 맞잡은 따스한 손이 좋아서 깔깔깔 웃었다.

그때 난 속으로 '이걸 애인이랑 하면 얼마나 설렐까. 역시 친구는 친구야.'라고 속으로 생각했다. 그랬던 내가 2년이 지난 지금, 기범이를 남자로 보게 될지 누가 알았을까. 누구나 마음 속에 음란마귀 한 마리쯤은 있지만, 이 마귀는 반드시 마음속에만 있어야 한다. 내 안의 번민을 아는지 모르는지, 기범이가 두 눈을 끔벅이며 말했다.

"고민아, 손은 참 작네. 그치? 얼굴은 바위만 한데 손은 작어."

죽고 싶냐.

"짱돌만 한 바위. 머리는 짱돌만 해. 아, 짱돌은 작은 건가."

그의 헛소리는 다행히 나의 분노를 잠재우기 충분했다.

"오랜만에 술 마시니까 좋아?"

쓸데없는 말이 많은 걸 보니 오늘 기분이 좋은 모양이다. 그가 고개를 끄덕였다.

"응, 너무 좋아. 나 지금 쫌 귀엽지?"

얼씨구. 그가 갑자기 고개를 돌리더니 나를 빤히 바라보았다. 잠결에 일어나 밖으로 나올 때까지는 별생각이 없었는데, 화장기 없는 얼굴에 안경 낀 모습이 창피해졌다. 1학년 여름방학 때 첫 렌즈를 맞춘 뒤로 단 한 번도 집 밖에서 안경을 낀 일이 없었다. 정말 내 마음은 시커메. 얘를 진정한 친구로 생각했다면 창피함 따윈 없을 텐데.

그래도 기범아. 너 정말 남자 다 됐다. 그거 알아? 너 남자 냄새 나. 이 향수 분명 1학년 때도 뿌렸던 건데 새삼 지금 와서 좋다고 생각하는 걸 보면 나도 참 나쁜 사람이야, 그치? 네 모습이 아무리 바뀌었다고 해도 너는 여전히 1학년 때 여자애들의 머리를 땋아 주던 그 김기범인데 말이야. 사람 눈이라는 게 참 간사해. 더 이상 기범이를 마주하지 못하고 시선을 떨어뜨렸지만 그가 갑자기 내 턱을 낚아챘다. 너무 놀라서 심장이 입 밖으로 튀어나갈 뻔했다. 그가 진지한 눈으로 나를 바라보고 있었다. 커다란 눈. 낮게 처진 눈가. 촉촉한 눈망울이 내 입술을 향했다. 어색한 손길을 밀어내려고 손가락을 꿈틀댔지만 김기범이 더 빨랐다.

"키스하면 화낼 거야?"

낮아진 목소리에 숨이 멎었다. 하지만 비명은 입 밖으로 나오지 못했다. 1초의 짧은 시간 동안 수많은 생각이 혼잡하게 얽히고설켰다. 저 말이 주정인지, 진심인지. 착각이라고 믿어 왔던 모든 것이 실은 그가 보냈던 신호였던 건지. 우리의 관계는 과연 무엇이었는지. 과연 나는 기범이를 남자로 좋아하는 건지! 그중 가장 결정적인 의문점! 이거 내 상상 아닌 거 맞지? 그 모든 질문에 정의를 내리기도 전에 훅하고 그가 내게 다가왔다. 입술에 그의 살결이 닿기가 무섭게 본능적으로 두 손이 그의 어깨를 잡았다.

"하지 마!"

하지만 잠시 멀어졌던 그가 다시 내게로 다가왔다. 이번에는 완벽하게 열린 입술이 맞물렸다. 쓴 알코올과 향수 냄새가 어지럽게 얽혀서 식도를 타고 내려갔다. 부드러운 촉감과 달리 옮겨 오는 숨결이 거칠다. 아드레날린이 거세게 혈관을 타고 온몸을 돌기 시작했다. 뭔가 이상해! 이건 아니야! 이건 마치 키스 같은 건 해서는 안 되는 가족과 같은 그런…….

"시, 싫어!"

가까스로 붙잡은 이성이 두 팔에 실리자 그의 옷이 어깨를 타고 뒤로 늘어났다. 턱을 강하게 움켜쥔 손아귀의 힘에서부터도 알 수 있다. 우리는 동성 친구가 아니다. 아무리 동성 친구처럼 편한 사이라고 외쳐도 우리는 동성 친구가 될 수 없다. 기범이는 남자니까. 1학년 때도, 지금도 쭉 남자다. 그래서 더 혼란스럽다. 네게도 난 친구가 아니었던 거야? 그가 마침내 내게서 멀어졌고 나는 자리에서 일어섰다. 두 다리가 덜덜 떨려왔지만 들키고 싶지 않다. 입안에 감도는 그의 향취를 지우고 싶다. 집으로 도망치려는 내 발목을 그가 붙잡았다. 따스한 손길이 전처럼 상냥하지 않아 그를 돌아보기가 겁났다.

"민아야……."

힘 빠진 그의 목소리에 화가 넘실넘실 목청을 울렸다.

"술 취해서 꼬장 부리지 마! 이 나쁜 자식아!"

차라리 착각으로 치부할 때가 나았다. 친구에게서 나는 남자의 향기에 호들갑을 떨며 상상의 나래를 펼칠 때가 즐거웠다. 그건 어디까지나 내 상상이었을 뿐이니까.

하지만 장난으로 치부하던 것들이 현실로 다가오니 두렵다. 그와 새로운 관계를 정립해 나가는 것이 두렵다. 친구가 아닌 기범이를 난 모른다. 그의 손을 털어 내고는 쿵쾅거리며 계단을 올랐다.

집에 도착해 블라인드 사이로 창밖을 힐끔 보니 그가 멍하니 내 자취방을 올려다보고 있었다. 화장실에서 이를 닦는 와중에도 분한 마음에 계속 찔끔찔끔 눈물이 흘렀다. 술에 취해 와서는 내 금쪽같은 잠을 방해하는 걸로도 모자라 내 첫 키스를 무자비하게 빼앗고서, 뭐? 고민아? 그래, 이제 어쩌려고? 너 이제 나랑 어떻게 지내려고 이런 짓을 벌인 거야! 나쁜 놈! 새카맣게 썩은 놈! 음란한 놈! 갑자기 이렇게 들이대면 내가 좋아라 할 줄 알았어?

차인표처럼 분노의 이빨 닦기를 시전했는데도 잇몸만 욱신거릴 뿐 분노는 사그라지지 않았다. 다시 창가로 가 보니 기범이는 어디론가 사라지고 없었다. 지가 충동적으로 키스해 놓고는 사과할 용기도 없었나 보네. 비겁한 새끼! 나는 부디 술에 떡(까지는 아니지만 아무튼 얼큰하게 취한 게 분명한)이 된 저 놈이 오늘 일을 잊고 내일 나를 아무렇지도 않게 맞아 주기를 바랐다. 예상대로 첫 키스와 함께 날아가 버린 잠은 동이 틀 때까지도 찾아오지 않았고 그 덕에 나는 다크서클이 배꼽까지 늘어진 상태에서 피곤한 아침을 맞이했다.

❈

고개를 퍼뜩 들었을 때는 벌써 해가 중천이었다. 침 흘리진 않았나 입가를 정리하고 흐트러진 머리를 쓸어올리다 앞에 앉은 차은수 선배와 눈이 마주치고 말았다. 그제야 새벽에 제대로 자지 못한 멍한 머리로 열람실에 좀비처럼 도착해 지난 1년간 앉았던 자리를 예약하고, 자리에 앉자마자 곯아떨어져 버린 게 생생하게 기억났다. 선배가 싱긋 웃더니 속삭였다.

"안녕."

얼떨떨하게 웃으며 고개를 끄덕였다. 정신없는 그 와중에도 아침에 비비크림을 바른 걸 다행이라 여기며 텀블러에 담아 놓은 물로 목을 축였다. 휴대폰으로 시간을 확인하니 벌써 11시 반이다. 맙소사! 미쳤어! 너무 오래 잔 나머지 렌즈가 비스듬히 돌아가 두 눈이 뻑뻑하다. 거울을 보지 않아도 시뻘겋게 충혈됐을 두 눈이 뻔히 보인다. 총체적 난국이다.

지끈거리는 이마를 짚으며 공부해야 할 자료를 훑어 내려가는데 선배가 자리에서 일어섰다. 거의 반사적으로 그를 따라 고개를 드니 그가 까닥까닥하고 손가락을 움직였다. 따라오라는 건가. 저번에 저 손가락을 믿고서 열람실 밖을 나섰을 때 닥쳤던 일이 생각났다. 하지만 지금의 차은수 선배는 웃고 있다. 휴대폰과 지갑만 챙겨 열람실을 나가니, 선배가 기지개를 켜며 내게 말했다.

"점심 먹어?"

같이 먹자는 얘긴가?

"헉! 잡혔어요?"

미친 여자가 나돌아 다니는 이 상황에 선배가 순순히 내게 저런 제안을 할 리가 없다.

"일단은."

"네에?"

잡혔다는 건가? 그가 환하게 웃었다.

"뭐 먹을래?"

'일단은'은 무슨 뜻인데? 그러고 보니 어제 김기범이 나한테 전화해서 스토커 만났다고 하지 않았나……? 그냥 개꿈인가. 아악! 맞다! 망할 김기범! 괜한 걸 떠올렸다. 다행히 오늘 하루 종일 (내가 열람실에서 실신 상태로 있었기 때문이겠지만) 그와 마주치지 않았다. 김기범을 향한 원망이 표정으로 드러났는지 미소 짓던 선배의 입가가 알게 모르게 가라앉았다.

"아! 전 아무거나 괜찮아요! 다 잘 먹어요!"

"아니야, 기념인데."

"정말로 괜찮아요! 그 여자가 잡혔다니 너무 기쁘고……! 그냥 그 여자가 잘 해결됐다는 게 너무 좋네요, 선배님!"

선배가 얼마나 큰 시름을 놓았을지. 내 마음도 가벼워진 기분이다. 그래, 오늘은 기쁜 날이다. 어젯밤 김기범이 저지른 일은 생각 말고, 선배를 축하해 주자!

"정말 뭐 먹고 싶은 거 없어? 나 학교 주변에서 잘 안 먹어서 뭐가 있는지 잘 모르거든."

그가 민망하다는 듯 배시시 웃었다. 그를 구제해 줘야겠다는 사명감에 며칠 전 본 최근에 개업한 덮밥집을 기억해 냈다. 저 선배랑 밥을 먹으러 가다니. 초반의 까칠하던 인상이 까마득하다. 어깨만 스칠 인연이라고 믿었던 것이 고작 몇 주 전이다. 그 같은 사람들은 저만의 세계에서 저들끼리 홀로 살 거라 생각했다. 그런 그가 내 삶에 있다.

우리는 함께 도서관을 나서 대학 거리를 걸었다. 잘생긴 사람과 거리를 걷는 것은 참 희한한 경험이었다. 사람들의 눈동자가 우리가 시야에서 사라질 때까지 쫓아왔다. 의도적인 시선이 아니라 본능적인 것이다. 그들의 눈동자에는 사심이 없었지만 그것들을 마주한 입장이 되자 괜히 자의식이 강해져 몸가짐이 조심스러워졌다. 선배도 그 시선을 알고 있는 듯했지만 이 모든 것이 익숙한 듯 평소처럼 내게 말을 걸었다.

"넌 졸업하면 뭐 할 생각이야?"

선배가 후배에게 물을 만한 질문의 정석이다. 작년부터 엄마, 아빠한테서도 귀 따갑게 듣고 있는 질문이라 자동적으로 답이 나왔다.

"모르겠어요. 아직 찾고 있어요."

"의전은 생각 없었어?"

"네. 전 공부가 싫거든요."

철없는 아이처럼 씨익 웃자 그가 나와 함께 웃었다.

"좋겠다. 난 공부가 제일 쉬워서……."

그가 망언을 내뱉으려다가 자기가 생각하기에도 뻔뻔했는지 배시시 웃었다.

"공부밖에 모르겠더라고."

"정말요?"

보통 '공부밖에 모른다'고 하는 타입은 네모난 체구에 네모난 얼굴에 네모난 안경을 쓰고 네모난 가방을 들고 다니지 않나? 네모난 상자가 가득 그려진 체크 셔츠가 없으면 섭하지! 엉덩이가 무거운 학구파치고는 굉장히 세련된 차림새로 돌아다니는 그를 장난스럽게 훑어보자 그가 답했다.

"이건 코디 누나가 입혀 주는 거야."

"네?"

일반인 입에서 나올 법한 단어가 아니라 절로 두 눈이 크게 떠졌다. 하지만 그가 도리어 놀랐다는 듯이 내게 말했다.

"아버지가 연예인이라."

내 아무리 고학년이라 학교의 소문에는 눈과 귀를 닫은 상태라 해도 연예인 아들이 우리 과에 있다는 사실을 몰랐다는 건 좀 너무하지 않나? 아니, 내 주변에 어찌 그 누구도 차은수 선배에 대해 알지 못했지?

"몰랐구나."

안도하는 어투가 이상했다.

"왜요? 무슨 일 있었어요?"

"아니, 그냥. 아버지가 연예인인 거 알면 좀 피곤한 일들이 가끔 생기는데, 내가 말하지도 않았는데 거의 다 알더라고."

"와, 사람들이 단체로 스토킹을 부전공하나……."

남 생각할 시간에 자기 일이나 신경 쓰지. 선배는 환한 웃음을 터트렸다. 그의 청량한 웃음소리가 왕왕 귓가에 울려 내 입꼬리도 그와 함께 올라갔다. 그의 감정을 읽는 것이 즐겁다. 막 개업을 한 덮밥집은 호기심에 모여든 사람들로 입구에 줄이 길게 서 있었다. 아직 12시도 채 되지 않은 시간에 이미 인산인해였다. 다른 곳으로 가자고 했지만 선배는 그저 한마디 했다.

"맛있나 보지."

내가 줄을 서서 자리를 맡을 동안 선배가 먼저 들어가 웨이팅 시간을 물어봤다. 그가 해맑은 표정으로 돌아와 "10분이면 된대."라고 알려 주었다. 그가 문득 무언가 기억났다는 듯이 내게 물었다.

"서준호한테 연락 없었어?"

뜬금없는 이름에 고개를 저었다.

"준호 오빠요? 아니요. 왜요?"

"아니야."

"아아, 일주일 전엔가 봉사단 단체 메시지 창에서 그랬어요. 여자 친구 생겼다고."

"뭐?"

선배가 어이없다는 듯이 "허" 하고 짧게 웃었다. 이 웃음소리를 언젠가 또 들은 적이 있는 것 같다. 그래, 스토커가 단 인터넷 댓글을 계기로 선배랑 전화 통화를 하며 기범이의 이상 행동을 설명할 때였다.

"왜요?"

"아, 아니. 재밌네. 어떻게 만났대?"

"동아리 후배예요. 저는 얼굴만 아는 애인데, 둘이 친한 줄 몰랐어요."

"그랬구나. 나도 의외네."

선배의 미소가 조금 전처럼 상쾌한 것 같진 않다. 선배와 준호 오빠의 관계가 궁금해질 즈음, 선배가 갑자기 손을 들더니 내 귀를 덮고 있던 잔머리를 귀 뒤로 넘겨 주었다. 깜짝 놀라 그를 바라보자 그가 내 오른쪽 귀를 살피며 웃었다.

"또 뚫었네?"

축제 기간 바로 직전에 귓바퀴에 뚫은 피어싱을 생각해 냈다. 저걸 하나하나 다 보고 있었구나. 그의 섬세함이 놀랍고 그와 동시에 쑥스럽다. 피어싱 따위를 눈치챌 남자라면 그간 나에게서 무엇을 또 알아보고 있었을까? 그가 만진 것은 분명 피어싱인데 이상하게 피부의 털이 오소소 선다. 원래 스킨십이 익숙한 사람일까?

"예쁘다. 여기 나랑 같은 곳 뚫어서 자꾸 눈이 가더라고."

그가 헬릭스에 반짝이고 있는 투명 크리스털 피어싱을 건드렸다. 그제야 선배의 오른쪽 귀에 시선이 갔다. 정말 그의 말대로 그 역시 헬릭스에 메탈 큐빅을 달고 있었다. 남자가 뚫기에는 생소한 곳이라고 생각했다.

"한 곳만 하신 거예요?"

그와의 접촉에 과민하게 반응하지 않으려고 태연한 척 묻자 그가 고개를 끄덕였다.

"너는?"

"귀 한번 뚫고 나니까 계속 뚫고 싶어서 지금은 귓바퀴에 있는 거까지 총 다섯 개네요."

"더 뚫을 거야?"

"잘 모르겠어요. 고등학교 때 억압 받은 게 폭발한 건가. 귀 뚫는 게 대수로운 일은 아닌 거 아는데, 자꾸 하고 싶더라고요. 사실 타투도 생각해 봤어요."

"타투? 어디에?"

"귀 뒤에요. 디자인도 생각해 뒀어요."

"뭔데?"

"드로소필라 멜라노개스터[15]랑 DNA가 플라스크 입구에서 뿜어져 나오는 모양으로 목 뒤까지 이어지게 만들려고요."

내 취향을 존중하려고 억지로 웃는 게 훤히 보인다. 내가 큰 소리로 웃어젖히자 그는 그제야 농담이었다는 걸 알아채고 허탈해했다.

"응원할 뻔했잖아."

---

15 Drosophila melanogaster ; 노랑초파리.

"하하하, 누가 그런 끔찍한 타투를 해요? 아마 하게 된다면 만년필을 그리고 싶어요."

"왜?"

"생공을 오지 않았더라면 영화예술이나 문예창작과에 갔을 거 같거든요. 시나리오 쓰는 거에 관심이 많아서요. 그런데 타투는 아마 못할 거예요. 했다간 아빠한테 제명당할 텐데 저는 우리 가문이 너무 좋거든요."

10분은 빨리 흘러갔다. 선배와의 점심은 생각만큼 어색하지 않았다. 나는 불고기 덮밥을 입에 한가득 담고 선배에게 스토커를 잡게 된 경위를 물어봤고, 듣게 된 이야기는 예상외로 판타스틱했다.

새벽 2시. 은수의 침실. 옅은 회색 커튼이 드리워진 창으로 가늘게 도시의 불빛과 달빛이 새어 들어온다. 방의 오른쪽 벽에 머리판이 기대어진 침대에 잠이 들었던 은수는 새벽 1시경 걸려온 전화에 눈을 뜬다. 은수는 회색 티셔츠에 검은색 드로즈 차림이다. 휴대폰은 침대 옆 선반 위에 충전 중이다. 은수는 손을 뻗어 휴대폰을 가느다랗진 눈으로 바라본다. 발신인은 모르는 번호다.

은수: (잠긴 목소리로) 여보세요.

여자: (울먹이며) 오빠, 나 무서워…… 무서워……!

은수: (살짝 잠에 깨서) 누구시죠?

여자: 오빠, 나야. 오빠가 나한테 이러면 어떡해. 나는 그간 정말 잘 참았거든? 근데 그 남자가 날 신고하잖아. 정말 다들 나한테 왜 그러는지

모르겠어……!

은수: (여자의 정체를 알아차린 은수는 폰의 통화 녹음 기능을 켠다.) 우리, 전에 언제 만난 적 있어요?

여자: 응?

짧은 침묵이 흐르고 여자는 은수가 전화를 끊을까 봐 허둥지둥 말을 잇는다.

여자: 응. 우리 자주 만나잖아. 있지, 난 오빠 만날 때가 제일 행복하다? 오늘 입은 스웨터 너무 예쁘더라. 오빠는 뿔테 안경이 잘 어울려. 시계랑 색깔 일부러 맞춘 거야?

은수: (애써 담담하게) 혹시 XX대 학생이에요?

여자: 어……! 다음 달에 시험 볼 거야. 그러면 총장님이 나 입학시켜 준다고 했어. 총장님이 우리 할머니랑 친해.

은수: 이름이 뭐예요?

여자: 나? 난 권, 하령…….

은수: 그쪽이 저한테 여태 문자 보내고 차에 낙서한 거예요?

여자: 그야 오빠가 궁금해할 것 같아서…….

은수: 전 그쪽 누군지도 몰라요. 내가 왜 그쪽을 궁금해할 거라고 생각한 거죠? 이제 연락하지 마세요. 한 번만 더 연락하면 스토킹으로 신고합니다.

여자: 이거 스, 스토킹 아니야……!

은수: 제가 지금 확실히 거절의 의사표현을 했는데도 원치 않는 연락을 세 번 이상 더 해 오면 스토킹 죄가 성립돼요. 한번 찾아보세요. 또 한번 말씀드리지만 저는 권하령 씨가 누구인지 관심도 없고 친해질 의사도

없습니다. 끊겠습니다.

여자: 자, 자, 잠깐만······!

은수는 전화를 끊어 버린다. 그 뒤 수차례 전화가 오지만 은수는 폰의 배터리를 분리하고 잠자리에 든다.

입을 떡 벌린 채 멍하니 선배를 바라보았다.

"얼른 먹어."

허공에 떴던 칼과 포크가 다시 접시에 닿았다.

"그 번호만 신고하면 되네요! 설마 그 번호도 가짤까요?"

그가 목소리를 낮추라는 듯이 손가락을 까딱거리며 손짓했다. 혹시 그 여자가 주변에 있을까 봐 갑자기 오감이 곤두섰다. 그도 목소리로 낮추며 소곤거렸다.

"모르겠어. 하지만 확실한 거절은 사실 어제 처음 했으니까 기다려 봐야지."

"하지만 정말로 그 사람이 멈출까요?"

"겁먹은 것 같았어. 근데 누가 신고를 했다는 건 무슨 뜻일까. 다른 사람도 스토킹 하나."

꿈이라고 생각했던 어제 김기범과의 전화 통화가 불현듯 생각났다. 하지만 왠지 선배 앞에서 그의 이름을 입에 담고 싶지 않았다. 정말 김기범이 신고한 걸까? 만났다고 그랬는데. 묻고 싶은데 그 망할 놈을 봤다가는 일그러진 우리 우정이 생각나 정말 화가 날 것 같았다.

"근데 너는 언제까지 나 선배님이라고 부를 거야?"

"그럼 오빠라고 불러요?"

선배가 고개를 태연히 끄덕였고 나는 물을 마시다 말고 허겁지겁 잔을 입에서 뗐다. 도저히 선배라는 단어 외에는 그 어떤 호칭도 어울리지 않을 것 같은 임께 제가 어찌……! 어제는 동성 친구처럼 가깝다고 믿었던 놈이 내게 키스를 하는 바람에 관계가 일그러지더니, 이번에는 까마득해 보였던 선배가 자신을 오빠라고 부르라며 내게 다가선다. 스토커에 시달리던 남녀의 극적인 친목이라니. 이건 마치 첩보 영화의 주인공이 된 듯한…….

"근데 우리 상황 참 영화 같지 않아?"

내 생각을 꿰뚫은 그의 말에 절로 고개가 끄덕여진다.

"이런 말 하면 안 될 것 같지만 재밌기도 하다."

또 공감 가는 말에 고개를 끄덕였다. 이런 일에 신이 나다니. 단단히 미친 것 같다. 하지만 지루한 현실로부터의 돌파구 같달까. 아직까지 여자는 내게 직접적인 해를 가하지 않았고 이는 선배에게도 마찬가지기 때문일지도 모른다. 말, 말, 말. 스토커는 말밖에 몰랐다. 당시 질문을 올려놓았던 사이트에서 내게 악플을 남긴 김현정이라는 사람은 22세의 여성으로 현재 부산에 있는 대학교를 다니고 있었다. 그 여자 왈 자신도 아이디를 도용당한 피해자란다. IP의 위치는 우리 학교 도서관이었다. 학교 도서관의 컴퓨터를 사용하기 위해선 학번과 학교 포털의 비밀번호를 입력해야 하는데, 그 학번의 주인은 벌써 5년 전에 학교를 졸업한 선배였다. 비록 스토커의 정체를 밝히는

데 진척을 이루지는 못했지만 겁이 나지 않았다.

만일 우리가 첩보 영화의 주인공이라면, 나와 선배는 정신 나간 범죄 조직을 피해 변장을 할 테다. 쫓고 쫓긴 혈투 끝에 우리는 미국 서부 사막의 고속도로 위에 있는 허름한 모텔을 찾겠지. 하필이면 성수기라 둘은 어쩔 수 없이 하나 남은 이인용 방을 잡는다. 방안의 불빛은 어두운 노란빛을 띠고 바닥에 깔린 붉은 카펫은 해지고 알 수 없는 얼룩이 가득해 지저분할 테다. 더블 침대에 기진맥진한 채 앉은 두 사람 사이에는 어색한 적막이 흐른다. 매트리스는 낡아 스프링이 하나 빠져 몸을 뒤척일 때마다 삐걱하고 소리를 낸다.

S(Eun Su): M, 너 그 상처는 괜찮은 거야?

S는 M의 팔에 남겨진 총상을 바라보았다.

M(Mina): 그냥 스친 거라고 말했잖아. 난 괜찮아.

S: (뜸을 들이며) 너부터 씻고 와.

M은 아무렇지 않은 척 자그마한 샤워실에 들어간다. S는 다음 목적지를 정하려고 골똘히 생각에 잠긴다. 샤워실에서 들려오는 물소리가 끝나지만 M은 한참 동안 나오지 않는다. 걱정된 S가 샤워실 문을 두드린다.

S: M! 거기 괜찮은 거야?

M: (신음을 참으며) 응! 괜찮아. 조금만 더 기다려 줘. 곧 나갈게!

S는 초조하게 기다리지만 M은 아직도 나오지 않는다. 불안해진 S가 다시 문을 두드린다.

S: 지금 당장 나오지 않으면 문을 열겠어.

M: 잠시만!

잠깐의 실랑이 뒤에 M이 샤워실 문을 연다. 머리가 젖은 M은 흰 샤워 가운만 걸치고 있는 상태. M의 창백한 얼굴에 S는 놀란다.

M: (아무렇지도 않은 척) 들어가 봐!

S의 곁을 지나 유유히 침대로 걸어가려는 M의 팔뚝을 S가 잡아챈다. M이 신음한다. S가 손을 떼자 가운에 피가 붉게 새어 나온다.

S: (화를 참으며) 이 지경이 될 때까지 뭘 하고 있었던 거야!

M: (가운을 어깨 위로 고정하며) 별것 아니야. 내가 방금 응급처치는 다 했다고.

S: 혼자서 무슨 응급처치를 한다는 거야! 내게 도움을 청했어야지! 옷 내려!

M: 싫어. 도움 받는 것도 한두 번이야. 이 정도는 나도 알아서 할 수 있다고!

M이 침대로 다시 향하자 S가 M의 가운을 끌어내린다. M의 건강한 살결과 가슴이 드러난다. S는 당황하지만 그러지 않은 척하며 환부를 살핀다.

S: 가만히 있어.

M은 자포자기하며 침대에 앉고 S가 술병과 실, 바늘, 라이터를 들고 온다. 알코올로 환부를 소독하자 M이 이를 악문다. S가 불에 지진 바늘을 M의 환부에 관통시킨다. M은 신음하며 S의 어깨를 잡는다. M의 손톱이 S의 어깨를 파고든다. 작업이 끝나자 M이 마침내 S를 놓아준다. S가 붕대를 감는다. S와 M의 시선이 가까운 데서 맞닿는다. 서로의 마음을 읽은 남녀는 부드럽게 입을 맞춘다. 키스는 점점 격정적으로 변하고 두 사람은

서로를 핥…….

　와우! 이 뻔하지만 동시에 끈적한 시나리오는 무엇이여! 정
말로 첩보물 하나 써 볼까. 다행히 나의 망상이 얼굴로 드러나
지는 않았는지, 선배는 김기범처럼 내게 왜 멍을 때리고 있느
냐고 묻지 않았다. 식사를 마치고 거리에 나서자 선배는 내게
무슨 시나리오를 쓰느냐고 물었고, 나는 취미로 영화 시나리오
를 쓰고 있다고 했다. 무슨 내용에 대해 쓰냐고 묻기에 내 신념
이 반영된 걸 쓰는 게 좋다며 질문을 피했다. 사실 여태 내가
시나리오를 쓴다는 사실에 크게 관심을 갖고 이것저것 물어오
는 사람이 없었기에 그의 질문들은 퍽 신선했다. 하긴, 애초부
터 사람들에게 내 취미가 시나리오 쓰는 거라고 말한 적이 없
기도 하다. 진로에 관해 물어 오면 나는 늘 막연히 전공을 살리
는 쪽으로 취업을 하려면 대학원을 가야 하고, 그게 아니라면
적당히 취업 준비해서 입사하겠지, 라고만 생각했으니까. 시나
리오는 그저 취미일 뿐이라는 나의 말에 선배는 감탄했다.
　"이런 사람 처음 봐. 취미를 이렇게 열심히 하는 사람."
　"하하, 그게 뭐예요."
　"아닌가? 나만 그런가? 나만 취미가 없는 걸 수도 있겠다."
　"왜요?"
　"몰라. 나는 경주마 같아서 주변을 안 보거든."
　취미가 없는 걸 아쉬워하는 사람은 처음 보는 것 같다. 보통
선배 같은 인생을 사는 걸 장려하지 않나?

"아니에요. 선…… 오빠도 분명 공부 외에 뭔가 좋아할 만한 게 있을 거예요. 거창하지 않아도…… 노트북에 영화를 돈 주고 합법적으로 다운 받아 보는 것도 취미라고요."

나의 위로 아닌 위로에 나름 유머를 섞어 보았는데 선배는 건조하게 웃었다. 선배는 배가 부른 사람이다. 선배는 전공을 좋아하고 뚜렷한 목표가 있으니까 취미 같은 쓸데없는 것에 열을 올리는 나를 신기해하고 부러워한다. 취미가 내 전공이었으면 얼마나 좋을까. 하지만 생각해 보면 좋아하는 일을 평생 업으로 삼고 사는 사람이 몇이나 될까 싶다. 어느새 도서관에 도착한 우리는 열람실로 향하는 계단을 내려갔다. 열람실이 가까워지자 선배가 속삭였다.

"그럴 일은 없을 것 같지만 혹시 그 여자가 또 너한테 접근하면 꼭 연락해. 나랑 얘기 나눴다는 이유로 너한테까지 폐 끼치고……. 내가 너한테 할 말이 없다."

"아니에요. 그 여자가 이상한 거지 선배님 책임이 아니잖아요. 그런 말 그만하셔도 돼요."

정말로 그에게 마음의 짐이 되고 싶지 않아 한 말이건만, 그는 내 말이 마음에 안 든다는 듯이 인상을 찌푸렸다.

"나 뭐라고?"

"네?"

"선배 아니잖아, 나."

그가 얼마나 나와 친해지고 싶어 하는지, 갑자기 좁혀 오는 그와의 거리감에 얼떨떨했지만 동시에 오랜만에 느끼는 오묘한 설렘에 배시시 웃고 말았다.

"오빠요."

간지럽다. 어차피 열람실 건너편 자리라 다시 만날 테지만 열람실은 침묵의 장소였으므로 우리는 마치 내일 볼 사람들처럼 인사를 나눴다. 드디어 열람실에 입성하려는 내 귓가에 갑자기 익숙한 누군가의 목소리가 울렸다.

"엇! 꾼녀!"

반사적으로 뒤돌아보자 정민이가 몇 보 떨어지지 않은 곳에서 나를 향해 붕붕 손을 흔들고 있었다. 선배도 얼떨결에 멈춰서 나와 같은 곳을 바라보았다.

"엇, 정민……!"

하지만 정민이에게 다가기 전에 레이더망에 그토록 피하고 있던 놈의 얼굴이 꽂혀들었다. 그는 내가 아닌 선배를 바라보고 있었다. 그가 짧은 시간에 선배를 훑고 나를 바라보았다. 그와 시선을 마주하기가 어렵다. 그건 그도 마찬가지였던지 그가 이내 허공을 향하며 날 피했다. 어제 술에 취했는데도 저가 나한테 벌인 짓을 기억하긴 하나 보다. 선배 덕분에 잊고 있었던 어젯밤의 잔상이 또 한 번 나를 덮쳐 왔다. 숨이 막힐 것 같다. 그리도 싫어하는 선배와 같이 있는 날 보며 그가 느낄 감정이 어렴풋하게 느껴져 마음이 불편해졌다.

나는 무언으로 몸짓을 동원해 시간이 없어 얼른 열람실에 들어가야 한다고 정민이에게 전하곤 허겁지겁 내 자리로 돌아갔다. 선배는 어느새 먼저 자리로 돌아가 착석한 상태였다. 내가 왔는데도 고개를 들지 않는 그의 진지한 눈은 인터넷 강의가 띄워진 노트북 화면을 향해 있었다. 무서울 정도로 높은 그의 집중력에 감탄하면서 나도 서둘러 미처 훑지 못한 프린트를 복습해 나갔다. 정신이상자 스토커가 나돌아 다니는 이 상황에도 선배는 흐트러짐이 없건만, 고작 어제의 키스 때문에 화가 나 채 10분도 집중을 하지 못하는 나 자신이 답답해졌다.

※

저녁 시간이 가까워졌다. 선배는 학원 강의를 들으러 가야 한다고 떠났고, 선배의 자리는 다른 사람으로 메워졌다. 그러고 보니 1년 동안 동고동락했던 엘비스 오빠는 시험에 합격한 건지 졸업한 건지, 더 이상 학교에서 모습을 찾을 수 없었다. 휴대폰 메신저를 확인하니 벌써 우리 과 애들끼리 몇 시에 어디서 만나 학식을 먹자는 대화가 오간 상태였다. 단체 창에 초대되어 있는 불편한 한 사람 때문에 정민이에게 따로 메시지를 보냈다.

기범이도 저녁 같이 먹는대?

답문은 5분 뒤 도착했다.

아니. 집에서 먹겠대. 왜?

아니야. 나도 너희랑 먹을게. 조금 이따 봐.

동족방뇨, 언 발에 오줌 누기다. 회피의 시간은 안도와 불안을 동시에 몰고 온다. 설마 서로를 피했던 오늘이 이틀이 되고, 1주일이 되고, 1년이 될까? 그렇게 한 사람과의 인연이 끝나는 거겠지. 그와의 관계가 이렇게 험악하게 끝나는 게 두렵다. 그를 영원히 피한들 나는 동기들의 얼굴을 보면서 가슴 어딘가 그에 대한 불편한 기색을 품고 지내게 되겠지. 그 꼴을 당한 것이 한두 번이 아니라 두렵다. 오랜만이다. 이러한 갑갑함은.

대학에 갓 입학했을 때, 같은 반으로 배정된 동기들은 두루두루 친목을 도모하며 들뜬 하루하루를 보냈다. 그러나 1학기가 끝날 때, 40명의 학생들은 결국 마음이 맞는 친구들을 따라 분열됐다. 그 분열은 자연스럽기도 한 것이지만 그와 동시에 한때 '친한 척'했던 사이에서 일어난 일치고는 어색한 것이라 서운함과 불신을 야기했다. 그 분열 속에서 나의 마음을 오해하고 토라진 친구가 한 명 있었다.

가은 언니는 삼수생으로 반수 후 우리 학교로 전학 온 케이스였다. 많은 나이 차가 아니었는데도, 동갑이 아닌 사람과 학년을 공유하는 게 익숙지 않았던 애들은 언니에게 먼저 다가가기를 버거워했다. 나는 예외였기에 언니는 내게 처음으로 마음을 열었다. 언니는 착한 사람이었지만 지나치게 솔직한 데다, 어린 동기들을 동생 취급하길 좋아했다. 나도 언니의 그런 부분이 썩 좋은 것만은 아니었지만, 직설적이고 권위주의적인 만큼 자기편은 확실히 챙기는 살뜰함이 있는 사람이어서 언니와 좋은 친구가 될 수 있었다. 불행히도 다른 친구들은 그들을 하급생 취급하는 언니를 달가워하지 않았다.

1학년 1학기가 마무리되며 애들이 '파벌'로 나뉘어 갈 즈음, 정민이와 혜영이, 서윤이, 기범이를 포함한 동기들과 다니기 시작한 나와 달리 언니는 낯선 선배들과 점심을 먹었다. 함께 다니지는 않았지만 강의실에서 마주치면 반갑게 인사하고 종종 폰으로 메시지를 나누거나 커피숍에서 수다를 떨 정도면 괜찮은 사이가 되었다고 믿었다. 하지만 언니는 나와 동감하지 않았나 보다. 반에서 유일하게 자기편이라고 믿었던 내가 언니와 행동을 함께하지 않자 언니는 눈에 띌 정도로 내게 쌀쌀맞게 대했고, 종국에는 내가 건네는 인사조차 무시했다.

그 뒤 서로 오해를 풀려고 울면서 화해했지만 도리어 그 화해 이후 서로를 상처 주지 않으려고 불편한 눈치를 보느라 우리 사이는 모르느니만 못한 사이로 변질되고 말았다. 누군가로부터 미움 받고 있다는 괴로움에 나는 언니와 싸운 뒤 이틀을 침대에서 끙끙 앓았다. 그 후 2년이 지나 언니가 불편한 기억의 조각이 되었을 무렵, 소문을 통해 언니가 자퇴하고 외국으로 유학 갔다는 소식을 들었다. 언니네 집이 대단한 부자라는 이야기를 들었는데도 다른 사람이라면 쉽게 감행하지 못했을 유학 소식에 친구들과 나는 땅에 닿을 만큼 턱을 떨어트렸다.

어쨌든 그 일 이후 나는 모두와 완만한 인간관계를 유지하려 노력했는데, 오늘은 그 노력이 수포로 돌아간 기분이다. 기범이의 마음이 궁금하다. 나를 좋아하는 걸까? 아니면 그 입맞춤은 단순한 욕구의 충족이었을까? 남자는 좋아하지 않는 사람과도 어느 한순간 끌리기만 한다면 키스할 수 있는 걸까? 내가 연애 경험이 많았다면, 남자가 익숙했다면 그놈의 생각을 알았을까? 수많은 질문이 꼬리에 꼬리를 물고 나타나 괴롭혔다.

그간 그가 변했다며, 남자답다며, 조만간 사귀자고 고백할 것 같다며 망상을 펼치긴 했다. 하지만 그건 모두 철저한 망상이었단 말이야! 김기범이 내 남자 친구라니! 그게 말이 돼? 다른 사람도 아닌 김기범이? 3년 전까지만 해도 자기가 스스로 다듬은 손톱 봐 달라며 손 내밀던 김기범이 내 남친이라고? 만나야 한다. 만나서 그놈의 생각을 듣고 난 뒤에 생각을 정리해도 늦지 않다. 괜한 상상으로 시간 낭비를 하는 게 가장 쓸모없는 짓이다! 이번에는 가은 언니와 저질렀던 실수를 되풀이하지 않을 테다. 울지도 않을 테고 너무 솔직하지도 않을 테며, 그와 나의 마음 모두가 상하지 않는 방향으로 최대한, 최대한 감정을 절제할 테다!

마음 같아서는 당장 김기범에게 전화를 걸어 '야! 나와!' 하고 도전장을 건네고 싶지만 시험 기간이 날 막았다. 한번 범생이는 영원한 범생인 걸까. 시험 끝나고 해도 늦지 않겠지. 김기범은 시험이…… 다음 주 금요일에 끝나는구나. 젠장. 저학년은 무슨 수강을 이리 많이 하나. 내 시험 끝날 때까지는 제발 딴 생각하지 말자. 문득 무서운 기세로 인터넷 강의에 파고들었던 선배가 떠올랐다. 경주마라. 그래, 선배는 정말로 앞만 보고 달리는 것 같았다.

✳

시험 기간에는 시간이 정신없이 흐른다. 끝났으면 좋겠다고 안달복달하면서도, 막상 마지막 시험을 치르고 난 뒤에는 후련함보다 섭섭함이 더 짙게 남는다. 전공이라는 것이 강의명은 다를지라도 3년을 공부하고 나면 그 아래 흐르는 맥락을 읽을 수 있다. 옛날에는 학점이 좋은 선배들에겐 내게 없는 시험 족보가 있겠거니 생각했지만, 지금 와서 깨닫건대 그들의 성적은 노하우에서 비롯된 것이었다. 학습이란 게 참 무서우면서도 신기하다.

일찍이 화요일에 시험이 끝난 나는 오랜만에(고작 시험 기간 동안일 뿐이지만) 인터넷에 '시나리오 공모전'을 검색해 보았다. 전부터 눈여겨보던 공모전이 있는데, 대기업인 ××시네마가 후원하는 대규모 공모전으로 1등 상금이 천만 원이었다. 접수 시작 일자가 넉 달 채 남지 않아 마음이 급했다.

은수 선배에게 시나리오 쓰는 게 좋다고 당당하게 말은 했지만 난 아직 작품 하나 번듯하게 끝내 놓은 게 없는 풋내기일 뿐이다. 작품이라고 칭하기에도 민망한 2시간 분량의 습작이자 졸작인 시나리오 한 편과, 몇 주 전 완성한 20분이나 될까 한 단편 하나가 있을 뿐이다. 나머지 원고는 시나리오라기에는 플롯 정리에만 급급한, USB 메모리 몇 MB를 차지하고 있는,

잊힌 파일들이다. 얼마 전에 시나리오 전공 서적을 한 권 사 저자의 조언에 따라 영화《웰컴 투 동막골》을 보며 예상 시나리오를 써 보는 연습을 하고 있지만 내가 쓰는 글이 영상 위에 띄워져 상영되는 날이 오기는 할지 막연하기만 하다.

시나리오에 언제부터 관심이 생겼는지는 알 수 없다. 소설을 쓰기에 어휘력은 턱없이 부족하고, 영화감독을 노리기에는 3차원적 공간 구성 능력이 떨어졌다. 시나리오가 좋다고 해서 전공 공부가 싫은 건 아니었다. 고등학교 때도 나는 생물과 지구 과학을 제일 잘했고, '제일 잘하는 걸 본업으로 삼고 좋아하는 걸 취미로 삼아야 도망칠 구멍이 생긴다.'는 부모님의 말씀에 따라 가장 잘하는 걸 전공으로 택했다.

하지만 그뿐이었다. 생물을 외우고 시험지에 받아 적는 것은 적성에 맞았지만 실험실에 틀어박혀 쥐를 마취하고, 피펫으로 용액을 알로케잇하고 PCR을 돌리는 일로 평생 밥벌이를 하고 싶은지는 의문이었다. 생명공학의 암울하고 불안한 미래도 변심에 한몫했다. 대입 1년 뒤, 나는 무조건 잘하는 것을 전공으로 택했던 그 단순함을 후회했고, 3학년 여름방학 때 심각하게 전공 변경을 고려하기 시작했다.

부모님의 반대는 상상을 초월할 정도로 거셌다. 의전 안 갈 거면 대학원 가서 박사 학위 따고 교수 되거나 제약회사 취직해서 일하면 얼마나 좋아! 말이야 쉽다. 죽을 만큼 연구해도 운이 반인 과학의 세계에서, 이 지구상에 그 누구도 밝혀내지 못한 생명의 신비를 발견해《셀Cell》,《네이처Nature》같은 세계적 잡지에 논문의 제1저자로 이름을 올리고, 한창 활동 중인 사오십대 중견 교수들을 몰아내 그 자리를 차지할 자신이 없다. 열정도 없는데 그 경쟁을 어떻게 이겨 낼 수 있을까.

물론 엄마, 아빠의 마음이 어불성설이라고 매도할 정도로 난 어리석지 않다. 본격적으로 취업 준비를 하는 것도, 뚜렷한 비전이 있는 것도 아니요, 내년이면 얄짤 없이 졸업인데 대학 졸업한 딸이 집에서 백수로 있는 꼴을 그 어느 부모가 좋아하겠는가? 아빠는 말했다.

"×대 다니면서 부끄럽지도 않나? 그딴 식으로 살 거면 뭐하러 ×대를 다녀? 한심한 줄 알고 꿈 좀 가져라."

언젠가 왜 자존감을 깔아뭉개는 말로 날 상처 입히느냐고 물었더니, 상처 입은 자존심이 오기를 가져오는 자극제가 되리라 믿어 그랬다고 아빠는 전했다. 난 그 말에 눈가를 훔치며 아무 말도 하지 않았다. 당신이 가소로웠다. 물론 오늘을 삶의 마지막 순간이라 생각하고 성실히 보냈느냐 묻는다면 떳떳이 그러하다고 답하지는 못할 것이다. 하지만 난 여전히 억울하다. 20대에게는 늘 치열함과 완벽함을 요구하고, 실패의 책임을 온전히 개인에게만 물리는 사회는 불합리하다. 이름은 가물가물한 한 사회학자가 언젠가 '경쟁이 과열된 무모하며 척박한 사회는 기어코 오늘날 20대의 실패를 그들의 탓으로 돌리는 데 성공했노라.'라는 요지의 말을 했다. 나는 사회의 실책을 부족한 개인의 책임으로 매도하는 잔인한 프로파간다의 피해자가 되지 않을 것이다. 목적이 없어도 삶의 긴 여행, 그 과정에서 만족을 얻는, 내가 행복한 삶도 성공한 삶이 아닐까? 난 무얼 위해 싸우고 있는 걸까?

작년부터 갑작스럽게 다시 시나리오에 흥미를 느끼게 되었을 때, 나는 행복했다. 보통 작가나 예술가는 처음 글을 쓰거나 그림을 그리게 해 준 동기가 무어냐는 질문을 받았을 때 '□□□의 ○○○ 작품을 봤는데 그 아스트랄함과 섬세함이 제 감성을 사로잡았고 제 삶을 대변하는 것 같아, 저도 다른 이들에게 그 감동을 주고 싶다는 생각에 멋모르고 시작……' 이라는 식의 거창한 말을 늘어놓기도 하던데, 누군가 내게 그런 질문을 한다면 나는 멋진 답을 내놓을 수가 없다. 굳이 답을 짜낸다면…….

"세상에 흔적을 남기고 싶어서 키보드에 손을 올려놓았습니다."

이 정도? 현재에 대한 이해와 변명이 뒤엉킨 지금, 왜인지 모르게 영감이 떠올랐다. 회고. 젊은 날의 회고에 대해 쓰고 싶다. 나는 아직 어리석어 장년의 생각을 읽지 못하니 주인공은 젊은 여성일 것이다. 인생을 송두리째 바꾸어 놓은 어린 날의 실수. 그 실수를 만회할 수 있는 두 번째 기회와 한 소녀.

어느새 내 손가락은 키보드 위를 춤추고 있었다.

❁

목요일 저녁, 시나리오는 본격적으로 형태를 갖추기 시작했다. 주인공은 35세 정은과 18세 혜진. 정은은 여자 고등학교의 선생님이고 혜진은 그녀의 제자이다. 혜진에게는 늘 주변을 맴도는 여고생이 있다. 혜진과 그 여고생 사이에는 대화가 없고 그녀는 여고생에게 시선조차 던지지 않는다. 이 두 소녀에게 벌어진 사건은 정은의 삶을 다시 17년 전으로 되돌려놓는다. 정은과 혜진은 서로의 상처를 함께 치유해 나갈 결정적인 열쇠가 된다.

시나리오와 한창 싸움을 벌이고 있는데, 누군가 우리 집 초인종을 눌렀다. 9시가 다가오는 저녁이었고, 동기들은 예고 없이 날 찾아오지 않기에 절로 경계심에 신경이 곤두섰다. 인터폰의 회색 화면에 담긴 낯선 여자를 바라보며 수화기를 들었다.

"누구세요."

— 고민아 씨죠?

"누구세요?"

쇼트커트로 짧게 친 머리를 여자가 한 손으로 쓸어 올리더니 한숨을 쉬었다.

— 저 은수 오빠 여자 친군데요. 나랑 얘기 좀 해요.

뜬금없는 이의 뜬금없는 등장이다. 은수 선배에게 여자 친구가 있었다는 사실도 묘하게 실망스럽지만, 그와 동시에 그의 여자 친구가 나를 찾아왔다는 사실이 믿기질 않는다. 선배와 열람실에서 마주 보며 공부를 한 일, 함께 밥을 먹은 일 등이 생각나면서 갑자기 유부남과 본의 아니게 바람피운 천하의 상년이 되어 버린 기분이다. 아니, 잠깐. 고민아, 오버하지 말자. 밥 한 번 먹고 공부 같이한 게 뭔 바람이라고? 그냥 너 혼자 착각하고 설렌 게 찔리는 거겠지. 내가 한참 동안 답이 없자 여자가 이번엔 콩콩 문을 두드렸다.

— 여보세요?

"네!"

— 잠시 할 얘기가 있는데.

그런데 이 여자가 도대체 내게 할 말이란 게 뭘까? 이 여자 설마……? 나는 늘 듣던 그 몽타주와는 다른 여자를 인터폰의 화면으로 유심히 관찰했다. 스토커는 늘 검은색 코트에 흰 마스크와 검은 모자를 쓰고선 음침하게 우리 주변을 배회했다. 하지만 이 여자는 내 머리 길이보다도 한참 짧은 쇼트커트를 하고 단정한 살구색 원피스를 입고 있었다. 하지만 머리야 자르면 되는 거고 옷이야 언제든 갈아입을 수 있는 거잖아! 아, 정말 노이로제 걸릴 것 같다. 나는 잔뜩 격양된 목소리로 여자에게 말했다.

"제가 지금 꼴이 말이 아니라서 문을 열어 드리기가 좀 그런데, 죄송하지만 하실 말씀 있으면 그냥 하면 안 될까요?"

여자는 당황한 듯 숄더백의 체인 끈을 두 손으로 만지작거렸다. 그사이 나는 서둘러 책상으로 돌아가 내 폰을 잡았다.

— 근데 저 도둑도 아니고 '도를 아십니까?'도 아닌데 왜 그렇게 경계하세요?

응? 갑자기 웬 도를 아십니까?

"무슨 일이신데요?"

주인아줌마를 부를까. 아니면 경찰? 여자는 문밖에 세워진 것이 마음에 안 든다는 듯 미간을 힘껏 찌푸리며 단어를 툭툭 내뱉기 시작했다.

— 저 오빠 약혼녀거든요. 그러니까 오빠랑 친하게 지내는 거 그만하세요.

인터폰 화면이 꺼지는 바람에 수화기를 놓았다 다시 들었다. 선명하게 나타나는 흑백화면 속의 여자는 굉장한 일을 해낸 사람처럼 뿌듯해하고 있었다. 스토커가 분명하군. 저 평범하디 평범한 얼굴 아래 저리 성숙지 못한 정신이 숨어 있으리라고 누가 알겠는가?

— 이봐요!

내가 답을 않자 여자가 목청을 높였다. 슬슬 화가 나기 시작했다. 나는 인터폰에다 대고 또박또박 일렀다.

"은수 오빠 여자 친구 아닌 거 다 알아요. 이런 식으로 남의 집에 예의 없이 불쑥불쑥 찾아오지도 마세요. 경찰에 신고합니다."

매정하게 쏘아붙였다가는 저 미친 여자가 살벌하게 나올지도 모른다는 생각이 뒤늦게 스쳐 지나갔지만 정신을 차렸을 때는 이미 입을 놀린 뒤였다. 이 여자한테 현관문 벌컥벌컥 열어준 망할 인간은 누구야! 설마 또 305호는 아니겠지. 다행히도 여자는 한동안 씩씩댈 뿐 답을 찾지 못하다가 마침내 두 발을 구르며 외쳤다.

— 거짓말? 지금 오빠한테 전화해서 물어봐! 거짓말인지!

여자의 높은 목소리가 쩌렁쩌렁 복도에 울린다. 여기 방음이 얼마나 취약한데⋯⋯. 주인아줌마한테 옆집 시끄럽다고 신고해도 좋으니, 얼굴도 잘 알지 못하는 이웃들이 겸사겸사 경찰에게도 신고 좀 해 주면 참 좋겠다. 하지만 백날 기다려야 그런 기적이 일어날 일은 없기에 내겐 결국 다른 선택의 여지가 없었다. 이번 기회에 이 여자를 멀리 떨어트려 놔야겠다. 경찰서에 전화를 걸자 담당 수사관님이 곧장 달려오겠다고, 여자를 잘 잡아두라고 말했다. 여자가 문을 쾅쾅 두드려 댔다.

— 내가 지금 전화해 봐? 어? 누가 거짓말하는지 전화해 볼까? 뭐가 켕겨서 문을 못 여는데! 이 나쁜 년아! 빨리 문 열어 봐!

요즘 살기 참 각박하다는 말이 사실이긴 한가 보다. 어떻게 하면 저렇게 미칠 수가 있을까? 행여 여자가 문 너머로 우리 통화 내용을 엿들을까 봐 소곤소곤 전화를 끊고 여자를 더 붙잡아 두려고 나도 외쳤다.

"어디 한번 전화해 봐요! 사실인가 보게!"

— 뭐야?

숨이 가빠지며 콧구멍이 벌렁벌렁해졌다. 전쟁 선포다! 인터폰 화면 너머로 여자가 어디론가 전화를 거는 모습이 보였다. 무모하다. 막장 드라마에서나 볼 법한 일이다. 내가 애정하는 '그것이 알고 싶다'에 의뢰해 볼까. 김상중 아저씨가 "그런데 말입니다." 한마디만 해 주면 모든 의문이 풀릴 것 같은데.

이런 주제로 드라마를 쓰면 막장 드라마 쓰기로 유명하지만 시청률 하나는 보장하는 그 드라마 작가처럼 출세의 길을 걸을 수 있을지도 몰라.

내가 여자를 갖고 온갖 상상의 나래를 펼칠 사이, 여자는 자신만만하게 폰을 스피커 모드에 놓았다. 복도로 쩌렁쩌렁 신호음이 울려 퍼졌다. 두근두근. 두 근 반, 세 근. 세 근 반, 네 근. 달칵하는 작은 소리가 고막을 때리기 무섭게 여자가 외쳤다.

— 오빠, 오빠! 글쎄 이 여자가……!

— 고객님이 전화를 받지 않아 음성사서함으로 연결되오니…….

역시나 받을 리 없지. 하지만 여자는 끈질겼다. 다시 통화를 시도하며 그녀는 날 저주했다.

— 네가 꼼수 쓰는 거 다 알아! 네가 지금 오빠한테 전화 받지 말라고…….

꼬리에 꼬리를 무는 망상의 행렬에 나는 슬슬 여자의 상태가 심히 걱정되기 시작했다. 그간 망상증 환자다, 리플리 증후군이다 말로만 듣고 영화로만 보았지 실제로 마주하는 건 처음이었다. 인터폰 화면에 비친 여자의 모습은 평범하기 짝이 없는 여대생의 모습이건만, 저 안에는 도대체 그 어떤 혼란이 자리하고 있는 걸까? 마침내 사이렌 소리가 밖에서 크게 울리기 시작하자 여자는 휴대폰을 주머니 안에 넣고 후다닥 계단을 뛰어 내려갔다. 여자가 도망갈까 봐 나도 그녀를 쫓았다. 쿵쾅쿵쾅! 하이힐을 신고도 다람쥐처럼 빠르게 사라지는 여자의 뒤를 따라 슬리퍼를 대충 꿰어 신은 두 발이 허겁지겁 움직였다.

"거기 서!"

추격 영화에서 보면 꼭 형사들이 범인 쫓을 때 "거기 서! 거기 안 서!" 이런 대사를 내뱉고는 하는데, 나는 그때마다 '저리 부른다고 섰으면 진작 섰지, 숨만 가쁘게 왜 저리 소리를 질러?' 하며 빈정댔다. 그런데 막상 내 경우가 되니 역시 성대를 타고 "야! 너 거기 안 서!"라는 형사 레퍼토리가 잘도 튀어나온다.

2층 계단을 뛰어내리고 1층 현관문을 통과하는 여자의 모습을 포착하기가 무섭게, 그녀를 가로막은 누군가가 그녀를 안듯 잡았다. 여자는 버둥거리며 소리를 질러댔고, 나는 형사님 덕에 숨을 고르며 계단을 내려왔다.

"이 여자예요?"

"네! 맞아요!"

나는 여자의 비명소리가 동굴 같은 복도에 울려 퍼지는 걸 막으려고 현관문을 닫고 형사님과 여자와 밖으로 나섰다. 자취방 앞에는 번쩍이는 불을 켠 경찰차가 주차되어 있었다. 원룸빌딩의 창문 틈새로 호기심 어린 눈동자들이 모두 우리를 바라보았다. 조만간 소음에 대한 사죄의 의미로 떡이라도 돌려야 하지 않을까 싶다. 여자는 어느새 도주의 희망을 버리고 축 처진 채 땅만 봤다.

"어디 아파요?"

형사님이 곤혹스러운 한숨을 내쉬었다. 어디선가 들은 적이 있다. 우리나라 경찰의 공권력은 땅에 추락해 도망가는 강도를 잡을 때도 너무 꽉 힘을 주어 잡았다거나, 체포 과정에서 잘못 팔을 꺾어 범죄자가 이를 신고하면, 범죄자 인권이라 해서 담당 형사가 경위서를 써야 한다고. 쳇. 이게 모두 과거의 잘못된 공권력에 대한 두려움 때문에 벌어지는 현상인데, 결국은 현세대가 피해를 보고 있는 셈이다. 다행히 여자는 형사님을 엿 먹일 생각은 없었는지 말없이 고개를 저었다.

"서로 가서 얘기 나눕시다."

여자는 차에 순순히 올라탔다. 얌전한 여자의 태도에 도리어 내가 당혹스러워졌다. 아까 전의 정신 나간 모습을 좀 보여야 형사님한테 당신이 미친 사람이라고 당당하게 말할 수 있을 거 아니야! 형사님과 함께 온 경찰관과 여자가 먼저 차에 타자 형사님이 내게 말했다.

"경위서 작성해야 해서 서로 가셔야 할 것 같은데. 따로 오실래요?"

굳이 저 여자와 같은 차를 공유하고 싶냐는, 배려가 듬뿍 담긴 질문이었다. 나는 고개를 끄덕이다가 그제야 뒤늦게 내 상태를 깨달았다. 하루 종일 감지 않아 떡진 머리를 분수처럼 위로 묶었고 1학년 때 이후로 절대 밖에서 쓰지 않았던 안경까지 썼다. 민낯은 물론이요 개기름은 서비스, 거기에 거의 10년 된 중학교 체육복이라니. 형사님의 배려심은 내가 생각했던 것보다 더 깊은 모양이었다.

"잠시 집에 들렀다 갈게요!"

경찰차를 배웅하고서 후다닥 집으로 뛰어 들어갔다. 세수하고 로션, 비비, 립틴트를 바른 뒤 옷을 갈아입고 캡 모자를 쓰고 렌즈까지 장착하니 마음이 한결 편해졌다. 선배에게 전화를 걸어 이 사실을 알릴까 생각했지만 아직 중간고사 기간이었다. 게다가 선배는 의전을 준비하고 있지 않은가. 괜히 난리를 피워 그에게 신경 쓰이는 일을 만드는 건 아닐까 걱정됐다.

보아하니 여자는 선배를 신봉하고 있고, 그런 그를 해할 리 없다……라고 단정 지어 말할 수는 없다. 일방적인 이별 통보에 분을 못 이긴 남자가 전 여자 친구를 살해했다는 뉴스가 심심치 않게 들려오는 이 흉흉한 세상. 여자가 전 남자 친구를 살해한 경우는 극히 드물지만 저 정신이상자에게 상식을 요구할 수는 없다. 하지만 적어도 서에서 결과가 난 뒤에 알리는 게 낫겠다 싶어 지갑과 폰을 들고 집을 나섰다. 그러나 집에서 채 멀어지기도 전에 선배가 먼저 나를 찾았다.

— 너 괜찮아? 다친 곳은 없어?

폰을 귓가에 대자마자 울리는 다급한 목소리에 기분이 이상해졌다.

"전 괜찮아요……."

선배가 어떻게 알았을까를 궁금할 사이도 없이 그가 나를 타박하기 시작했다.

— 나한테 바로 전화했어야지, 왜 너 혼자 해결하려고 했어! 그 여자에 관해서는 나한테 우선 말해 달라고 부탁했잖아!

평소의 여유를 잃은 그의 외침에 막 골목길을 벗어난 나의 걸음이 멈춰 섰다. 선배가 나를 걱정하고 있다. 그로서는 자신 때문에 타인이 다치는 걸 원치 않기 때문일지도 모르겠지만 연애에 젬병인 내게는 그 행위의 의미가 다르게 다가온다. 뭐라고 답해야 할지 모르겠다. 이 휘황찬란한 대학가변에 서 있는데도 그것의 화려한 불빛이, 시끄러운 노랫소리가 전혀 내게 닿지 않는다. 지금 나는 그곳에 있다. 선배와 나 사이에 있는, 다른 이의 눈에는 보이지 않는 그곳.

"죄송해요."

마침내 중얼거린 답에 선배는 잠시 침묵했다. 나는 선생님에게 혼나는 학생처럼 나도 모르게 두 무릎을 모으고 서서 그의 판단이 내려지길 기다렸다. 마침내 그가 입을 열었다.

— 수사관님이 전화하셨어. 그 여자 네가 잡았다고. 너 지금 어디야?

"×××길이요. 피클 영 앞에 있어요."

— 경찰서 가는 길이지? 내가 데려다 줄 테니까 거기 가만 있어.

"아니에요, 선배님! 저 혼자 갈 수 있……."

— 나 지금 학교 도서관이야. 나도 어차피 경찰서 갈 거야. 그 여자 얼굴 확인해야 하고, 나도 접수할 거 있으니까.

그 무서운 여자를 홀로 대면하지는 않아도 된다는 생각에 숨을 돌리며 얌전히 기다리겠노라고 말하자 그가 낮게 웃었다.

— 그래, 근데 민아야.

전화를 곧 끊을 줄 알았던 그가 다시 말을 붙여 왔다.

— 오빠라고 부르기로 했잖아.

담담하고 부드러운 말씨에도 왠지 나를 타박하는 것만 같아 '충성! 후배 고! 민! 아! 앞으로! 오빠를! 선배님으로! 부르는 일이! 없도록! 시정하겠습니다!'와 흡사한 말투로 답하고 말았다. 전화를 끊은 뒤, 나는 피클 영에서 껌을 하나 사서 씹으며 디피된 마스카라 샘플을 사용해 보았다. 떡진 머리 숨기느라 야구 모자까지 뒤집어쓴 마당에 눈 화장이라도 하지 않으면 그의 얼굴을 제대로 쳐다보지 못할 것 같았기 때문이다. 안절부절못하다, 몸에 열까지 오른다. 그 스토커 때문이 아니다. 선배 때문이다. 그와 함께 공유하는 것이 많아지며 겁난다. 이것이 착각일까 봐, 나만의 설렘일까 봐, 상처를 받게 될까 봐 겁이 난다.

모태 솔로라고 수녀님 같은 생활을 한 것은 아니다. 짝사랑도 했고, 소개팅도 했으며, 나름 사귀기 직전까지 분위기를 타 본 남자도 두어 명 있다. 하지만 모두 진지한 관계가 되지 못한 이유는 내가 겁쟁이였기 때문이다. 호감으로 다가가려고 무장했던 보여 주기식 매력들이 언젠가 거짓이라고 탄로 나는 게 두려웠다. 완벽하지 않으면 결국 완벽한 그들에 의해 버림받을 것만 같아 두려웠다. 선배와도 마찬가지 일이 벌어질까 봐 두렵다. 시작하기도 전에 지레 겁을 먹고 숨게 될까 봐 두렵다.

하지만 이제는 안다. 평생 연이 닿을 것 같지 않았던 사람과 공통분모를 갖고 교감을 나눌 수 있게 된다는 게 새삼 얼마나 특별한 일인지. 놓고 싶지 않다. 하늘이 준 이 기회를 놓고 싶지 않다. 자신감을 가져야 한다. 나를 사랑해야 한다. 꼭 머리를 감지 않아도, 풀 세팅된 옷차림을 하고 있지 않아도, 향수 뿌리는 걸 하루 잊어도 나는 좋은 사람이라는 걸 잊어서는 안 된다. 그래서 나는 피클 영 앞에 선 나를 발견한 선배가 웃으며 다가와 줬을 때, 떨지 않고 웃으며 그와 발을 맞춰 걸었다.

은수: 안대를 벗었다

낯선 자들의 시선조차도 날 옭아맨다.

— 앨런 래드

의사가 되어야겠다는 다짐에는 가족이 결정적인 이유를 제공했다. 세간에는 의사도 결국 3D 직업이다, 본인이 노동하고 번 돈은 결국 가족이 다 가져간다, 늙어서는 할 직업이 못 된다고 말들 하던데, 어느 직업도 힘들지 않은 것은 없다. 결국, 그 노동의 대가로 무엇이 주어지는가, 그것이 중요하다.

아버지에게는 중학교만 졸업하고 곧바로 방송계에 뛰어들어서 학벌 콤플렉스가 있었다. 그것이 곧 나의 콤플렉스가 되어 나는 오랜 공부가 내 운명이라는 걸 어려서부터 알고 있었다. 연예인인 아버지는 늘 사람들을 의식하며 외출할 때 반드시 선글라스를 끼고 선팅이 된 차를 타고 이동하셨다. 선글라스를 끼지 않은 날 아버지와 함께 외출하면 어머니는 종종 아버지를 걱정하며 나와 수진이에게 말씀하셨다.

"웃어. 인사 잘하고. 늘 사람들 배려하고. 안 그러면 네 아버지가 힘들어하시잖니."

그래서 우리는 자신을 자각하기 전에 사람들의 시선을 먼저 배웠다. 물론 매일 파파라치 세례를 받는 할리우드의 연예인 2세들만 하겠느냐만 그 어느 곳보다 입소문이 빠른 연예계에서 우리는 철저히 우상의 자리를 지켰다. 그렇다고 우리 가족이 화목하지 않은 것은 아니다. 부모님이 폭력을 부리는 것도 아니요, 주사가 심한 것도 아니요, 바람을 피우는 것도 아니요, 빚이 있는 것도 아니었다. 다만 친구들의 가족 이야기를 들으며 나와 타인을 비교하게 될 즈음, 문득 이런 생각이 들었다. 우리 가족은 계약 관계로 묶인 동업자는 아닐까. 나는 우리 가족이 궁금해서 의사가 되고 싶었다. 부모님의 정신세계가 궁금했다.

하지만 아이러니컬하게도 부전자전이라고, 스토커 사건에 고민아가 얽혀들었을 때 난 그녀의 안위보다 나에 대해 오갈 세간의 이목을 걱정했다. 아버지의 명성을 빛내지는 못할지언정 아들 된 도리로 흠집을 낼 수는 없었다. 고민아의 집에 들러 스토커가 저질러 놓은 진상의 흔적들을 치울 때도 민아에 대해서는 아무런 생각이 없었다. 어서 스토커 일을 해결해야겠다는 조급함과 앞으로 여자와 마주하는 걸 조심해야겠다는 다짐만이 있을 뿐이었다.

훗날 고민아가 이 일을 계기로 내게 이것저것 요구해 와도 들어줄 수밖에 없을 테니, 성가셨다. 아버지가 공인임을 아는 사람들은 종종 날 김현수 당신처럼 대하며 내게 이상한 것들을 요구해 왔다. 어느 연예인의 번호를 가르쳐 달라, 어디 드라마에 엑스트라로라도 출현하고 싶은데 힘을 써 달라, 부모님이 네 아버지 팬인데 콘서트 티켓을 친구분들 것까지 해서 10장 정도 챙겨 달라, 네 아버지의 이름을 걸고 사업을 해 보고 싶은데 사업 아이템을 한번 봐 달라……. 그러니 고민아가 언제 무슨 부탁을 할지 차분히 기다렸다.

그러나 그녀는 내게 접근하지 않았다. 내가 하굣길을 함께 해 주겠다는 제안도 거절했다. 심지어 내게 직접 걸어 온 첫 전화조차도 실수였다. 조별 모임으로 만날 때도 그녀는 날 철저히 선배로 대했다. 나중에 그녀가 아버지의 직업을 몰랐다는 걸 알게 되었고, 나는 그제야 속 빈 강정 같았던 내 인간관계의 정체를 깨달았다. 고민아는 예상치 못했던 스토커의 등장으로 우연히 알게 된 사람이었다. 사람들은 내가 원하기 전에 먼저 내게 달려들었다. 과부화된 인맥 중 정작 필요한 사람은 몇 없었다. 모든 사람이 설마 나와 같은 인간관계의 사슬 속에 얽혀 있을까? 그녀가 시나리오 이야기를 꺼내면서도 아버지를 들먹이지 않았을 때, 나는 고민아를 괜찮은 여자로 생각했다.

❀

스토커의 이름은 이지은. 만 20세의 무직자. 나는 민아와 여자가 있는 취조실 맞은편 방에서 진술서를 작성해야 했다. 여자와 대면하고 싶지도, 말을 섞고 싶지도 않아 나는 열린 문 너머 내게 고정된 여자의 시선을 외면하고 진술서에 집중했다. 형사님이 문을 닫기가 무섭게 여자의 외침이 울렸다.

"내가 왜 여기 있어야 돼요? 난 잘못한 거 없어요! 저 여자가 내 남친이랑 바람났는데 왜 내가 여기 있어야 해요? 벌은 저 여자가 받아야지!"

이어진 소란은 경찰들의 소리와 뒤섞여 알아듣지 못했다. 형사님이 피곤한 한숨을 쉬었다.

"망상증 환자한테 잘못 걸렸네. 저런 건은 보호자 찾아서 치료받게 하는 수밖에 없어요."

민아와 관련해서는 대문에 낙서한 것과 악플 작성한 것으로 스토커를 명예훼손죄와 모욕죄로 처벌가능하다고 했다. 나에 대한 스토킹은 경범죄로만 고소할 수 있었다. 문자에 대해서는 신체 위협 등이 욕설과 함께 동반되어야만 정보통신망 법으로 처벌할 수가 있어서 죄목에 올리지 못했다. 또 여자의 정신병 이력이 증명되면 처벌 대신 병원 치료로 마무리될 수도 있다고 했다. 판사로부터 허락을 받아야만 고소장이 승인될 거라고, 일주일 뒤 즈음에 다시 연락을 주겠다는 답변을 받아 낸 뒤 우리는 경찰서를 나섰다. 여자가 있을 취조실의 문은 닫혀 있어 무슨 일이 벌어지는지 알 수 없었지만 그 고요함에 마음이 평온해졌다. 그때, 우리를 스치고 누군가가 헐레벌떡 경찰서로 뛰어 들어왔다.

"아이고! 지은아! 지은아!"

아는 이름에 민아와 나의 고개가 동시에 그 사람을 향해 돌아갔다. 허리가 거의 90도로 굽고 머리가 하얗게 센 노인이 형사님들을 향해 두리번거리며 덜덜 떨었다.

"우리 손주 어딨수? 이지은이. 이름이 이지은이인디……!"

아는 할머님이었다. 민아도 알아보았는지 입을 뻐끔거리더니 나를 바라보았다. 봉사 동아리가 매년 겨울마다 찾아뵙는 노인들 중 폐지를 주워 생활하신다는 심복례 할머님이었다. 말수가 적어 학생들과 많은 대화를 나누지는 않으셨지만 당신의 집에 연탄과 도시락 배달을 담당하는 학생에게 봉사 말미에 초콜릿과 용돈을 쥐어 주셔서 당시 봉사 동아리 내에서는 마음씨가 훈훈한 할머니라고 알려져 있었다. 그 할머니의 유일한 손녀가 바로 이지은이었다. 형사님에게 인도되어 취조실로 향하는 겁에 질린 노인을 차마 바라보지 못하고 나는 민아의 팔을 잡아 경찰서를 나섰다. 나긋나긋한 봄기운이 밤하늘에 만발이지만 어쩐지 스토커를 해치운 뒤의 감정이 내 상상과 달리 상쾌하지는 않았다.

"괜찮을까요……?"

나는 그녀의 팔을 놓아주었다.

"아픈 거니까. 괜찮을 거야."

우리가 지구대를 나섰을 때는 10시가 조금 넘은 시각이었다. 대학가로 돌아가는 갓길에는 가로수가 높이 심어져 있었다. 우리는 그 길을 말없이 걸었다. 할머니의 딱한 사정을 생각해 만일 여자가 스토킹을 그만둔다면 합의하에 고소를 취하해야겠다. 그나마도 없는 이들에게 더 앗아 가기란 인간으로서 힘든 일이다. 차들이 우리를 향해 빠른 속도로 스쳐 지나갔다. 갓길에 바짝 붙어가는 차를 의식하며 민아를 가로수 쪽으로 가도록 슬쩍 유도했다.

"여기는 인도 빨리 만들어야겠다."

내 말에 그녀가 고개를 조그맣게 끄덕이다 나를 올려다보며 물었다.

"오빠는 이런 일이 익숙하세요?"

"어?"

나를 바라보는 검은 눈동자에 차의 헤드라이트가 별빛처럼 박혀 들었다.

"아니, 주변에서는 몇 번 봤는데, 내가 당한 건 처음이야."

"주변에서요?"

"아버지."

"아, 맞다."

새삼 그녀가 나의 아버지를 잊고 있었다는 사실에 놀랐다. 학교 주변의 번화가로 돌아오자 민아가 나를 돌아보며 말했다.

"저는 이제 저쪽으로 가면 집이에요. 오빠는 공부하고 가세요?"

"열람실 닫힐 때까지, 아마."

"그렇구나. 이제 조별 과제도 끝나고 스토커 일도 끝났고. 정말 다 끝났네요."

민아는 활짝 웃었지만 나는 왠지 그 웃음에 동참하고 싶지 않았다.

"그때 오빠가 말했잖아요. 재밌어하면 안 될 것 같지만 재밌었다고. 저도 재밌었어요. 경찰서도 가 보고. 나쁜 일이 일어나지 않아서 다행이에요. 모험이었어요."

"모험이었어?"

민아가 고개를 끄덕였다. 곧 인사를 하고 헤어질 것 같다. 헤어져야 한다는 걸 안다. 오늘까지 마무리 짓고 싶었던 단원을 아직 제대로 복습하지 못했고, 오늘 복습하지 않으면 내일부터 진도가 곧바로 밀리고 만다. 제기랄, 왜 이렇게 의전 시험은 범위가 넓어. 나는 바닥을 향해 내려가려는 검은색 야구 모자 꼭지를 향해 충동적으로 물었다.

"아이스크림 먹고 갈래?"

우리는 마침 아이스크림 가게 앞에 서 있었다. 야구모자 꼭지가 다시 올라오더니 민아가 짓궂은 미소를 지어 보였다.

"전 먹는 건 다 좋아하긴 하는데……."

"하하, 들어가자."

우리는 한 스쿱씩 아이스크림을 골랐고 나는 굳이 계산하려는 민아의 지갑을 빼앗았다. 고민아는 내게 무언가 때문에 미안해하는 듯했고 난 그 이유를 알 수 없었다. 백 번 천 번 생각해도 내가 그녀에게 빚을 졌으면 졌지, 그녀는 내게 도움을 줬을 뿐 그 무엇도 빼앗지 않았다. 혹 부탁할 게 있는 건 아닐까. 뭐, 스토커도 잡은 이 마당에 아버지 이미지를 차용한 사업 아이템 같은 것만 아니라면 들어줄 용의가 있다.

자리에 앉자 민아가 불안한 손짓으로 모자 아래 삐져나온 잔머리를 귀 뒤로 쓸어 넘겼다. 저리하니 내가 아는 여느 여자들과 비슷해 보이긴 한다. 쑥스러움을 많이 타는 여자들은 나를 과도하게 의식해서 나와 말조차 잘 섞지 못했다. 어찌 보면 내게 여자는 두 부류이다. 목적이 있어서 당당하게 접근하는 여자와 아예 나와 말조차 제대로 나누지 못하는 여자. 산업미생물학 조별 과제를 함께했던 민아 아닌 다른 여자 후배가 후자 짝이다.

"시나리오는 잘 진행되고 있어?"

입꼬리가 느긋하게 위로 올라갔다.

"아, 네. 공모전이 있어서……. 그거 노리고 글 쓰고 있었는데 저 여자가 쳐들어왔어요."

그녀가 분홍색 수저를 입에 물었다.

"무슨 내용인데?"

"여고괴담6이요."

내가 웃자 그녀도 긴장을 풀고 말을 이었다.

"학원 폭력을 다루고 싶은데 너무 자극적이지 않을까 걱정돼요."

"왜, 성폭력이야?"

"네. 자살도 있어요."

"그래픽하게 표현하지만 않으면 그런 설정은 문제없을 것 같은데. 사회 고발적인 내용이라면 사회를 진짜처럼 담아내는 게 관건이잖아."

RNAi와 DNA silencing에 대해 하루 종일 공부하다가 시나리오 애기를 하고 있자니 숨통이 트이는 기분이다. 내 말이 끝나기가 무섭게 갑자기 민아가 손뼉을 부딪치며 외쳤다.

"아! 맞다! 오빠는 이런 거 잘 알 수도 있겠구나!"

새로운 발견이라도 한 듯 그녀의 눈동자가 초롱초롱 빛났다. 이제는 부탁이 나올 차례인가?

"오빠는 아버님께서 하시는 일 얼마큼 아세요? 저는 우리 아빠가 다니는 회사 이름은 알아도 하는 일은 정확히 모르거든요."

"아버지 음악 작업실은 몇 번 간 적은 있는데, 세트장은 어렸을 때만 가 보고 한 번도 안 가 봐서 잘 모르긴 해."

"그렇구나. 대본 연습 같은 거 집에서 하세요?"

"아니, 아버지는 일 애기 우리 앞에서는 절대 안 하셔서. 나도 딱히 물은 적 없고. 나는 중학교 때부터 의사가 꿈이어서 그런지 아버지께서 하시는 일이 별로 안 궁금했나 봐."

"그렇구나……."

고민아의 질문은 그것으로 끝났다. 더 이상 이어지지 않는 아버지에 대한 탐문. 지금껏 단 한 번도 아버지의 성함을 묻지 않았다. 벌써 알고 있는 건가. 하지만 이리 순식간에 이 주제에 대한 이야기가 동난 적은 없다.

"의사 되고 싶으신 건 부모님이 원하셔서 그런 거예요?"

"아니, 부모님은 그냥 대학 가라고만 하셨지, 전공에 대해서는 터치 안 하셨던 것 같아."

"정말요?"

그녀가 멋쩍은 듯 웃었다.

"왜?"

"부러워서요. 의사 되고 싶어 하는 거."

의술에 대한 열정이 가득했던 건 아니다. 과학이 재밌었고 인체가 신비로웠으며, 막중한 책임감으로부터 주어지는 성스러운 결과물에 대한 동경심은 있었다. 하지만 사람을 살리고자 하는 욕망에 불타오르진 않았다. 그보다는 의학을 통해 좀 더 개인적인 사안을 해결할 수 있지 않을까 생각했다. 사람을 이해하는 일. 그 목표는 내가 기억하기도 훨씬 전 언젠가부터 내 안에 자리하고 있었던 이해할 수 없는 욕망이었다. 나는 그 욕망이 아버지에 의해 주입된 것이라고 믿어 왔다. 아버지의 마음은 깊은 동굴과도 같아 당신의 아들인 나조차 당신을 읽을 수 없었다. 아버지는 상처 없는 사람처럼, 모두의 위에 선 사람처럼, 거의 감정을 잃은 사람처럼 행동하셨다. 그 와중에 아버지가 거의 유일하게 감정을 내보이실 때가 나와 수진이의 학업에 관련된 걸 논하실 때였다.

고3 때 수시에서 의대를 떨어진 뒤 의전 진학에 도움이 될 생명공학과를 지원한 것은 차선책이었다. 하지만 아버지는 내가 이 대학에 합격한 사실 그 자체만으로도 감격스러워하셨다. 의전이란 스스로 어깨에 얹은 짐이었다. 민아의 말을 듣고 나니 신기한 것 같기도 하다. 아무런 고민도 없이 하나뿐인 목표를 향해 달려온 것이. 자신을 경주마로 평가한다는 게 허세는 아닌 셈이다. 하지만 나는 그런 면에서 나와 다른 고민아가 도리어 더 신기하다.

"난 네가 더 대단한데? 여러 가지 일에 열정이 있는 거잖아. 문이과를 아우르는 게 얼마나 어려운 일인데."

"다 못해서 문제죠, 뭐."

"끼가 있으니까 다 하는 거겠지."

"그냥 욕심이에요. 아아, 아무튼 오빠는 가고 싶은 길이 정해져 있어서 좋겠어요. 저는 4학년씩이나 돼서 아직도 뭘 하고 살지 모르겠거든요. 그냥 생물 제일 잘해서 우리 과에 왔는데 막상 연구 쪽 일이 적성에 안 맞는 것 같아 걱정이에요."

"굳이 전공 살릴 필요는 없잖아. 취직은 어때?"

"취직할 거면 다음 학기부터 준비해 보려고요. 지금은 아직 고민 중이에요. 아, 인생 참 복잡해요. 그렇지 않아요? 고등학교 땐 대학만 좋은 곳 가면 모든 게 다 해결될 줄 알았는데, 결국 인생은 대학교 졸업하고 나서가 시작이더라고요. 고등학교 땐 모두들 대학 가니까 나도 가야 하는 줄 알고 당연히 왔는데, 대학 졸업 후에는 모두 가는 길이 갈라지잖아요. 그 많은 길 중 내게 맞는 걸 미리 미리 찾았어야 했는데. 시간 참 빨리 가는 것 같아요."

속이 착잡할 법도 한데 헤실헤실 웃으면서 잘도 제 고민거리를 털어놓는다. 보통 이런 이야기는 앞에 소주잔을 하나씩 둬야 하는데. 하긴 쓴 인생 고민에 쓴 술이 웬 말이냐. 달달한 것도 썩 잘 어울린다. 방황해 본 적이 없는 나로서는 그녀의 고민이 신기하기도 하고 이해가 잘 가지 않기도 하다. 뭔가 짚이는 게 있다.

"공모전 준비하는 걸 보면 시나리오 쪽으로 나갈 생각도 있는 거네?"

민아의 두 눈이 끔뻑끔뻑하더니 한숨 같은 실소가 그녀의 입술 사이로 새어 나왔다.

"아니라고는 못하겠네요."

"그런데 꼭 영화 쪽 시나리오에만 관심이 있어? 드라마는 어때?"

민아는 대답 대신 나를 빤히 쳐다봤다. 왠지 그 시선에 내 안에 숨겨진 무언가가 들킬 것만 같아 나도 모르게 당황할 찰나 그녀가 고개를 저었다.

"제가 쓰는 드라마는 재미없을 거예요."

"왜?"

"심오하거나 잔잔한 걸 좋아하니까요. 지금까지 나온 드라마 중에서 정말 마니아들 사이에서 걸작이라고 불리는 드라마들 보세요. 시청률은 바닥을 기었잖아요."

"그래도 방영된 걸 보면 방송사들이 시청률만 좇는 건 아니잖아."

그녀가 빈 아이스크림 종이컵의 바닥을 싹싹 긁었다. 부끄러워하고 있는 걸까. 그녀가 숟가락을 놓더니 마침내 고개를 들었다.

"방송사 공모전도 한번 알아봐야겠네요."

"아니면 내가 아버지께……."

평소엔 잘 하지 않는 제안을 나도 모르게 하려고 하는데 민아가 고개를 저었다.

"아직 실력 검증도 안 됐는데 부담 드리고 싶지 않아요. 그런 여자 아니에요. 저. 하하하."

그런 여자라. 허를 찔린 기분이다.

"그런 여자가 뭔데."

"하하, 몰라요."

찡긋거리는 눈웃음에 자꾸 나도 모르게 입가에 미소가 번진다. 이거, 오랜만인데?

"나도 원래 이런 제안 안 해. 나중에 궁금한 거 있으면 물어봐. 특별히 알아봐 줄 테니까."

짐짓 심각한 표정으로 팔짱을 끼자 그녀가 맞장구쳤다.

"우와, 오빠 덕분에 방송국 입사라도 하게 되면 도대체 밥을 몇 번을 사드려야 하죠?"

"몇 번이라니. 노예 계약이지."

민아의 갈라진 앞머리가 그녀의 곱게 올라간 속눈썹 끝에 살랑살랑 닿을락 말락 한다.

"하하. 무서워서 안 되겠다."

"거친 일은 안 시키니까 겁먹지 마."

벌써 11시가 다 되어 간다. 그녀가 시간을 의식하고 자리에서 일어났다.

"오빠 공부해야 하잖아요."

갑자기 내 과외 선생이 되어 버린 그녀를 따라 헛웃음을 지으며 아이스크림 가게를 나섰다. 오늘 나는 굉장히 들떠 있다. 뭔가 안절부절못한 게 심장이 쿵쿵 뛰어서 불편할 지경이다. 이 상태로 열람실에 가 봐야 한 자도 눈에 들어오지 않을 테다. 그래서 또 내려가려는 야구모자 꼭지를 향해 말했다.

"바래다줄게."

아이스크림을 사 주겠다고 했을 때 보인 30분 전의 반응과는 달리 이번에는 퍼뜩 올라온 야구모자 꼭지 너머의 동그란 눈이 당황스럽다는 듯이 날 응시했다. 왜? 내가 가만히 맞서자 그녀가 이내 천천히 고개를 끄덕였다.

"감사합니다."

칼국수 집을 마주보는 골목길을 따라 쭉 걷다가 치킨집이 등장하면 오른쪽으로 꺾어 들어간 뒤, 3미터 못 가 왼쪽으로 또 돌면 바로 정면에 그녀의 자취방이 등장한다. 저번에 이 골목길을 따라 차를 운전해 왔을 때와는 사뭇 다른 마음가짐이다. 머리 위를 비추는 가로등이 나의 어깨에, 그녀의 속눈썹에 내려앉는 그 무게가 다르다. 골목길에 접어들자 대학로의 소음이 잦아든다. 서로의 옷깃이 스치는 소리까지 들려올 지경이 되어 둘 외의 그 무엇도 느껴지지 않는다. 앞만 보고 가던 민아가 힐끔 나를 바라보다가 나와 눈이 마주치고는 눈에 띄게 당황하며 웃었다.

"왜 계속 쳐다봐요?"

단도직입적인 질문에 민망한 웃음이 흘러나왔다. 그녀가 내 시선을 피하며 중얼거렸다.

"그러다 넘어져요."

"그때 잡아 줘."

민아가 입고 있는 분홍색 후드의 모자가 거꾸로 접혀 있는 걸 보고 아무 생각 없이 손을 뻗었다. 민아가 멈춰 섰다. 모자 뒤로 묶인 그녀의 머리카락이 손등을 간질였다. 강아지 꼬리 같다고 생각했다.

"감사합니다."

"감사합니다."

말투를 따라 하자 그녀가 웃음을 터뜨리더니 앞서 걸었다.

"왜요!"

"자꾸 감사하다고 하니까."

"감사한 걸 감사하다고 하지 그럼 어떡해요!"

"밥을 사 준다고 해야지."

"음, 밥 말고 술 사 드리고 싶은데."

절로 한쪽 눈썹이 휘었다.

"술 잘해?"

"대외용이랑 개인용 대답이 따로 있는데. 어느 거 들으실래요?"

"하하, 차은수용으로."

"같이 마셔 드릴 정도는 돼요."

"내 주량이 얼마나 되는 것 같은데?"

"소주 한 잔?"

"취해서 쓰러졌다고 버리고 가면 안 돼."

"같이 쓰러져 줄게요."

치킨집은 오래 전에 지나쳤고 벌써 왼쪽 커브 길에 도달했다.

"언제 만날까?"

"저는 언제든 괜찮지만 오빠는요?"

"하루 저녁 정도는 괜찮아."

"음, 그럼……."

나를 바라보며 뒤로 걷던 민아가 빙그르르 몸을 돌렸다. 하지만 그녀의 집 앞에 서 있는 인영을 발견하곤 그대로 굳어 버렸다. 나 역시 뒤늦게 그를 눈치채고 걸음의 속도를 늦췄다. 가로등 아래 서 있는 기다란 남자는 우리를, 정확히는 그녀를 뚫어져라 바라보고 있었다. 잊고 있던 복병의 등장에 나도 모르게 미간이 조여들었다.

"어……. 야……."

끝이 오묘하게 떨려오는 목소리. 그녀가 당황하고 있다. 김기범이 민아에게 마음이 있다는 건 알고 있었다. 항상 민아 곁에 껌처럼 붙어 있었으니까.

"안녕하세요, 선배님."

깍듯한 그의 인사에 나도 고개를 숙였다.

"안녕하세요."

그와 거리를 좁히며 무거운 분위기를 희석하려고 말을 덧붙였다.

"저번에 발표 잘했어요. 덕분에 성적 잘 나올 것 같아요."

"감사합니다."

강의실에서 도발적으로 날 쏘아붙인 성격을 미루어 보아 그에겐 이 불편한 분위기를 상쇄할 의지가 전혀 없을 것 같다. 민아만 중간에서 당혹스럽게 됐다. 상황을 보니 둘 사이에 무언가 벌어진 모양인데 수습은 제대로 되지 않은 듯했다. 그렇다면 기회는 내 쪽에 있다고 보는 게 현명하다. 그녀는 내게 술을 제안해 왔으니까. 민아가 우물쭈물하더니 내게 말했다.

"데려다 주셔서 감사합니다."

"뭘, 오늘 나야말로 고마웠어."

민아가 어정쩡하게 입가를 늘린다. 저놈의 눈치를 보는 그녀가 마음에 들지는 않지만 참고서 그녀에게 웃어 주었다.

"연락할게. 쉬어."

민아가 나와 눈을 맞추며 고개를 끄덕였다. 뒤에 선 그는 말이 없다. 지금까지 나의 연애는 늘 신중했지만 주로 일방적이었던 것 같다. 여자가 먼저 보인 관심에 응하는 게 익숙했다. 여자 친구와의 시간은 즐거웠지만 늘 미묘한 심적 거리감이 사라지지 않아 끝난 적이 많았다. 하지만 고민아는 뭔가 다르다. 고민아와의 관계는 그 시작부터 다르다. 그녀와의 관계는 내가 먼저 시작했다. 주도권은 내게 있다. 김기범 후배님께는 애석하게도, 난 아직 그 시작을 쉽게 포기할 생각이 없다.

도약

유혹은 섹스보다 늘 차별적이고 절묘하며 더 큰 대가를 요구한다.

— 쟝 보드리야르

내 평생 남자가 집 앞에서 기다린 일이 없거늘 인생에 한 번 일어날까 말까 한 그 일이 오늘에서야 일어나고 말았다. 하지만 문제는 내가 아직 저놈을 마주할 마음의 준비가 되지 않았으며, 하필이면 은수 오빠가 날 집에 바래다준 오늘을 골라 저놈이 날 만나기로 결심했다는 것이다. 네가 굳이 등장하지 않아도 오늘 내 하루는 충분히 익사이팅했단 말이야! 오늘은 도대체 무슨 마가 껴서 사건들이 연이어 터지는가! 오빠가 시야에서 벗어나길 기다렸다는 듯 김기범이 나를 향해 성큼성큼 걸어왔다.

"야, 너 여긴 왜⋯⋯."

"넌 어떻게 나한테 연락 한 번을 안 하냐? 한 번을?"

단단히 화가 난 것 같은 목소리에 함께 성을 내려고 했던 목소리가 한풀 꺾여 이상하게 흘러나가고 말았다.

"너 시험 기간이니까······."

비굴비굴 비굴이 노래를 한다.

"시험 기간?"

기범이가 한숨을 쉬더니 두 손으로 얼굴을 쓸어내렸다.

"넌 지금 내가 이 정신에 공부가 될 거라고 생각했냐?"

도대체 무슨 말을 하고 있는 건지 모르겠다. 쟤가 저리 말할 자격이 있나? 일방적으로 뽀뽀 당한 건 나라고! 네가 아니라 나란 말이야!

'네가 나한테 와서 사과해야지! 네가 왜 나한테 화를 내!'라고 솔직하게 소리치고 싶었지만 지나친 솔직함은 인간관계에서 화만 부른다는 걸 잘 알기에 참았다. 감정 다스리기가 이다지도 힘들다.

"······지금 네가 왜 화가 난 건지 말해 줄래?"

솔직히 얼굴을 마주하고 있는 지금도 그와 무슨 말을 나눠야 할지 모르겠다. 성희롱을 했다며 뺨을 후려쳐야 하는 건지, 아니면 날 좋아하느냐며 쏘아붙여야 하는 건지, 아니면······ 아니면 뭐라고 해야 해? 침착한 대응 덕인지 기세가 한풀 꺾인 그가 작게 한숨을 내쉬었다.

"선배랑 사귀냐?"

설마 하고 있었는데 그걸 염두에 두고 있구나. 얘 정말 나 좋아하나 봐. 내가 고개를 젓자 그가 다시 입을 열었지만 이번 엔 그보다 내가 더 빨랐다.

"어디 들어가서 얘기할래?"

내 물음에 기범이의 눈썹이 잠시 꿈틀거리더니 거의 자동적으로 내 자취방을 올려다보았다. 얘가 무슨 생각을 하는 거야! 내 방은 금남 구역(이라고 하기에는 은수 오빠가 한 번 다녀간 기록이 있긴 하지만 그땐 긴급 상황이었음)이라고!

"아니, 카페나 술집이나……. 여기서 시끄럽게 얘기하기 싫어. 스토커 때문에 민폐도 많이 끼쳤고……."

"아니야. 짧은 거니까 여기서 얘기해. 그럼. 서로 언성만 안 높이면 되잖아?"

그가 내게서 몸을 돌리더니 자취집 현관문 앞에 있는 짧은 계단의 중간에 엉덩이를 대고 앉아 나를 바라보았다. 나도 조용히 그의 옆에 자리를 잡고 앉아 장미 넝쿨이 흐드러지게 장식된 펜스를 바라보았다. 붉은 장미가 주황색 불빛 아래서 기이하게 황금빛으로 빛난다. 훈훈한 봄바람을 잠시 말없이 느끼던 찰나, 드디어 기범이가 먼저 대화를 시작했다.

"그땐 미안했다. 분위기 탓에…… 내가 실수했어."

괜찮다고 하고 싶지 않았기에 입을 열 수가 없었다. 혼란스럽다. 이런 상황이 익숙지 않아서 더욱 어찌할 바를 모르겠다. 은수 오빠는 선뜻 집까지 데려다 주고 내내 나를 빤히 쳐다보는 모양새를 보니 내게 관심이 있는 것 같기는 했다. 나 역시도 그와 있으면 설렌다. 하긴, 오빠에게 관심 없을 여자가 몇이나 될까? 그는 객관적으로 잘생겼고, 객관적으로 친절하며, 객관적으로 호감형이다. 그가 내게 관심 있다는 사실조차 믿기지 않을 정도이다.

이런 와중에 갑자기 변신을 한 기범이가 내게 키스했다. 하지만 어쩐지 기범이의 마음이 달갑게 다가오지 않는다. 여자로서 사랑을 받고 있다는 건 그 누구에게서 받건 설레는 선물이지만 들뜬 그 마음과는 관계없이 받을 수 없는 선물이 될 때도 있다. 만일 기범이의 마음을 거절하면, 우리는 어떻게 될까? 우리의 우정은? 아니, 우리 우정이 정말 존재하기는 했나? 내 침묵에 그가 눈에 띄게 불안해하며 깍지를 꼈다 풀었다를 반복했다.

"내가 더 잘해 줄 수 있어."

드디어 나온 직접적인 마음에 나도 모르게 고개를 휙 돌려 그를 쳐다보았다. 그가 초점을 시시각각 바꿔 가며 날 바라보다가 더 눈을 마주하지 못하고 고개를 돌렸다. 그가 머쓱한 듯, 한 손으로 뒷목을 잡아 쓸어내렸다.

"아니, 잘해 줄게. 잘……."

그가 중얼거리듯 속삭이더니 깊게 한숨을 내쉬었다. 귀 끝까지 새빨갛게 열이 올라 나도 더는 그를 바라볼 수 없었다. 고등학생이라도 된 기분이다. 풋풋한 첫 연애를 시작하는 고등학생. 젠장, 대학 3년 다녀야 뭐해. 머릿속에 든 거라고는 대학 문화(=술)랑 전공밖에 없고 연애 지식이라고는 요즘 중학생보다 못한걸. 누가 우리 나이에 이런 연애를 하겠어. 허나 내 아무리 연애 젬병이라도 이 상황에서 해야 할 말이 무엇인지쯤은 확실히 알고 있다.

'미안해, 우리 친구는 안 될까?'

근데 도저히 이 말이 입 밖으로 나오질 않았다. 친구는 안 된다고 하면? 그러면 여기서 절교 당하는 거야? 대학교 4학년 씩이나 돼서 친구랑 절교 같은 걸 하는 거야? 싸우지 않았는데도 절교 당하는 거야? 그런 억울한 경우가 어딨어.

"……뭐라고 말 좀 해 봐!"

기범이의 애원에 퍼뜩 정신이 들었다.

"나 근데……."

말해야 한다.

"처음에 너 복학했을 땐 너 정말 남자 같아서 많이 놀랐다? 사실 속으로 생각도 했어. 너랑 사귀면 어떨까 하고."

내 말에 기범이도 퍽 놀랐는지 두 눈이 휘둥그레져서는 나를 뚫어져라 쳐다보았다.

"그런데 끝까지 상상이 안 되는 거야. 너는 내 친구라고, 너는 영원한 우리 맏언니라고 계속 생각하려고 노력……."

"왜 그런 노력을 하는데. 나 남자로 느꼈다며. 왜 과거로 돌아가야 돼, 어? 나는 변했잖아!"

"알아. 그런데 우리는 벌써 3년 전에 관계 정립이 끝났잖아. 넌 우리 친구인데 어떻게……."

"우리가 아니라 너야. 다른 애들이 우릴 어떻게 볼지 생각하지 말고 널 생각하라고. 내가 사귀고 싶은 건 너란 말이야."

그의 말이 맞다. 이건 그와 나만의 문제다. 기범이랑 성격도 잘 맞고 함께 있으면 즐거웠으니 얘랑 사귀면 분명 재미는 있겠다. 우리가 다시 키스하는 모습이 상상이 가진 않지만 함께 있으면 즐겁긴 하겠지. 다만 왠지 확신이 안 선다. 그와 새로운 관계를 정립해 나가는 게 두렵다. 그와 나의 관계가 바뀌며 우리와 동기들 사이에 벌어질 관계의 변화가 무엇일지 예측할 수 없다. 사귀는 관계에서 가장 중요한 건 나와 김기범, 우리 둘뿐일 텐데 왜 주변인들이 신경 쓰이는 걸까? 결국 그 위험 부담을 안고 갈 정도로 김기범을 남자로 좋아하지는 않는다는 뜻이겠지. 또다시 침묵하는 날 곁에 두려고 그가 불쑥 내 손을 잡았다.

"해 볼래?"

"……뭘?"

그가 말하고자 하는 바가 무엇인지 알 것 같아 주춤거리자 그가 미동 없는 진중한 눈동자로 나를 옭아매더니 고개 숙여 내 손등에 부드럽게 입 맞췄다. 내려앉은 부드러운 입술이 숨결과 뒤섞여 뜨겁게 피부를 달궜다.

"떨려?"

참는 호흡. 목 안으로부터 울리는 낮은 물음. 몸이 굳어 아무 말도 할 수 없었다. 그가 손을 뒤집어 손바닥에 입술을 무겁게 내리누르더니 천천히 고개를 들었다.

"어때?"

그가 더 이끌어 나갈 요량으로 내 손목을 따라 입술을 옮기자 나도 모르게 그의 손아귀에서 벗어나려 힘을 줬다.

"자, 자, 잠깐만……!"

그의 손이 도망치는 내 손을 따라 함께 딸려 왔다. 아무리 가로등 불빛이 어른하게 비치는 밤이라도 우리 모습을 누군가 볼까 봐 어깨가 움츠러든다.

"고민아."

애가 탄 그의 마음이 음성에 지문처럼 남아 내 목줄기를 쓸어내린다. 적응할 수 없는 분위기에 일어설 찰나 내 휴대폰이 울렸다. 설마 했지만 역시 발신자는 오빠였다. 맙소사. 내가 언제부터 로맨스 소설 주인공이 된 거지! 하나만 일어나면 대박일 사건이 연이어 터지니 도통 정신을 차릴 수가 없다. 휴대폰은 계속 떠는데 기범이가 다시 나를 불렀다.

"받지 마."

휴대폰이 계속 떤다. 엄청난 내적 소용돌이 속에서 나는 두 눈을 질끈 감고는 마침내 기범이에게 외쳤다.

"시간을 좀 줘!"

난 곧바로 그 말을 후회했다. 고민아, 너 정말 잔인하다. 이건 희망 고문이잖아. 너 이런 식으로 행동하면 안 돼! 그러나 내 입은 내 의지와는 다르게 움직였다.

"우리 얼마 전까지만 해도 친구였잖아. 갑자기 이러니까 당황스럽다고! 너랑 어색해지고 싶지 않아!"

가까스로 끝에 진심을 덧붙였지만 그가 눈치챘을지는 미지수다. 휴대폰 진동이 이어졌다. 기범이가 더 말을 덧붙이지 못하도록 벌떡 일어났지만 그가 또 손목을 붙잡았다. 휘청하는 내 손에서 그가 진동하는 휴대폰을 빼앗았다. 발신자를 확인한 그가 인상을 찌푸렸다. 심장이 쿵쾅거려서 내 생각조차 제대로 들리지 않았다. 그가 조용히 휴대폰 화면을 건드려 전화를 거부하고는 다시 나를 바라보았다.

"내가 그동안 생각을 해 봤거든?"

차분하게 가라앉은 그의 시선이 앙칼졌다. 하지만 그 눈빛과는 달리 그는 고분고분 내 손에 휴대폰을 다시 쥐여 주었다. 내 손에 닿기가 무섭게 또 진동하기 시작했다. 세상 그 어떤 소리보다 커다랗게 들려오는 진동 속에서 그보다 더 큰 기범이의 목소리가 울렸다.

"네 말대로 줄게, 시간. 넌 그동안 날 친구로 생각했으니까. 시간은 줄게."

휴대폰을 쥔 손에서 땀이 배어 나왔다.

"근데 네가 만약에 날 거절하면."

그가 음절 하나하나를 딱딱 끊어 가며 분명하게 말했다.

"난 너랑 다시 친구로 돌아갈 생각이 없다. 애석케도."

우려하던 바가 일어나고 말았다. 망연자실한 나를 힐끗 쳐다보고는 그가 냉정히 말했다.

"전화 안 받고 뭐해?"

너 지금 나 협박하는 거야?

"언제까지 말해 줘야 하는데?"

"네 말대로 내일 시험 끝나고 얘기할래?"

"내일?"

"아님 토요일에 시간 되냐?"

"왜?"

"나랑 데이트는 한번 해 보고 결정해야 하지 않겠어?"

전에 찾아볼 수 없는 뻔뻔함에, 고백을 받고 있는 입장은 나인데도 어쩐지 내가 그의 허락을 갈구하는 느낌이 들었다.

"아, 알았어."

이마저도 거절하면 정말로 그와 척질 것만 같은 분위기다.

"요즘 날씨도 좋으니까 놀이동산 가자. 너 그런 거 좋아하잖아."

1학년 때 나는 기범이를 포함해 다른 친구들과 시험이 끝나면 종종 서울 도심 한복판에 있는 놀이공원에 놀러 갔다. 거기 요즘 싱크홀 때문에 무서운데.

"아, 알았어."

"10시에 데리러 온다."

"응."

휴대폰 진동이 멎었다. 그가 조용해진 휴대폰을 바라보더니 알듯 모를 듯한 미소를 지었다.

"잘 자."

그와의 대화가 끝났다. 나는 족쇄에서 풀려난 사람처럼 넋을 잃고선 현관문의 비밀번호를 누르고 터벅터벅 계단을 올라갔다. 4층의 작은 창문으로 아래를 힐끔 내려다보니 기범이가 센서 등이 들어온 이곳을 바라보고 있다. 심장이 터질 것 같다. 아직도 현실 같지 않다. 나는 자취방에 도착해서야 한숨을 돌리다가, 선배의 부재중 전화를 기억해 내고는 심호흡을 하고 그에게 전화를 걸었다. 통화음이 얼마 울리지 않아 그가 전화를 받았다.

"오빠, 미안해요. 얘기가 좀 길어져서⋯⋯."

— 잘 해결됐어?

오빠의 목소리는 차분했다. 다만 그의 질문은 이해할 수 없었다.

"뭐가요?"

— 후배님이랑 말이야. 화난 것 같던데.

"아, 네⋯⋯ 좀⋯⋯ 일이 복잡해요."

그가 기범이와 나 사이에 일어났던 일을 눈치챘을까 두렵지만 그와 동시에 눈치챘다면 어떤 반응을 보일지 궁금하다. 나한테 관심 있는 것 같은데. 위기를 느끼고 내게 적극적으로 더 관심을 보일까? 아니면 임자 있는 여자라고 생각하고 있던 그 자그마한 관심마저 꺼 버릴까?

— 흠, 그렇구나⋯⋯.

오빠는 잠시 말이 없었다. 그의 침묵 속에서 문득 내가 지금 하는 짓이야말로 말로만 듣던 어장 관리라는 걸 깨달았다. 그 어느 쪽 관계에도 확신을 갖지 못하고 발을 이리 담갔다 저리 담갔다 맛만 보며 상대방을 희망고문 하다 결국 최상의 연인을 선택하는, 악 중의 악 '어장 관리'. 하지만 진정한 어장 관리는 최상의 것조차 선택하지 않고 어장에 갇힌 물고기들에게 떡밥 던지기를 무한 반복하는 거라니 내가 하는 짓을 백퍼센트 어장 관리라고 할 순 없지 않을까. 현실 연애는 이상과 종종 다르니까. 아니면 이조차 자기변명이려나.

"저기, 오빠 있잖……."

— 민아야. 너 토요일에 시간 되니?

"네?"

나와 기범이의 대화를 엿듣고 있었던 사람처럼 정확하게 집어낸 날짜에 반문했지만 오빠는 태연했다.

— 바빠?

"다른 날은 어떠세요? 무슨 일이신데요?"

설마 그 역시도 내게 데이트 신청을 하는 건가 싶었지만 모르는 척 시치미를 뗐다. 낮은 웃음소리를 동반한 숨소리가 휴대폰을 통해 은은하게 울린다.

— 술 사 준다고 했잖아.

아. 김기범 때문에 잊고 있었다. 그와 더 은밀한 만남을 기대하며 물어 놓고서는, 그새 그 중요한 약속을 잊고 잊었다니.

"내일은 어떠세요? 불타는 금요일, 불금, 불금!"

— 음, 내일은 학원이 9시에 끝나는데. 괜찮겠어? 학교 오면 9시 반 즈음 될 것 같은데.

불과 한 시간 전까지만 해도 그의 공부를 걱정하고 있었는데, 이 역시도 김기범 덕분에 잊어버리고 말았다!

"아, 그렇구나. 아니면 오빠 피곤하면 일요일에……."

— 아니야, 내일 보자, 그럼.

내일 9시 반이라. 가만있어 봐. 밤 9시 반에 만나서 술을 마시면 도대체 몇 시에 헤어져야 하는 거지? 오래 있어 봐야 두

세 시간 함께 있게 되는 걸까. 그렇다면 이 상황에서는 다음과 같은 시나리오가 가능하다.

#1 마더 파더 젠틀맨 시나리오

대학가의 어느 바. 한창 은수와 재미난 시간을 보내고 있었던 민아가 알딸딸하니 기분 좋게 취해 휴대폰의 시간을 확인한다.

민아: 어머나! 오빠, 시간이 벌써 이렇게 많이 흘렀네요! 벌써 12시가 넘었어요! (짐을 정리하며) 내일 일이 있어서 이만 일어나야 할 것 같아요. 아웅, 아쉽다.

은수: (자리에서 일어나며) 하하. 괜찮아. 나중에 또 보면 되지. 집까지 바래다줄게. 가자.

민아: 감사합니다! 오늘은 제가 살게요!

은수: 고마워. 다음엔 내가 갚을게!

은수는 민아를 집에 무사히 바래다주고 둘은 아쉬움을 뒤로한 채 헤어진다.

#2 민폐 숙취 시나리오

대학가의 어느 바. 은수는 민아의 가방을 챙겨 든다. 민아는 은수에게 새빨개진 얼굴을 들이밀며 중얼거린다.

민아: 그래서 말이죠! 제가! 바로 이 내가! 그 범인은 검거했단 거 아입니까, 형사님! 꺽! 완전! 오나전 추격전이 아주!

은수: 민아야. 우리 늦었는데 이만 가야 하지 않을까?

민아: 어딜 가여? 어디일! 이놈이 어딜 가! 거기 안 서! 너 체포야! 정의

의 이름으로 내가 널 용서하지 않겠다! 빵야, 빵야! (세일러 문처럼 손으로 활을 만들어 은수를 향해 쏜다.)

은수, 한숨을 쉬며 비틀거리는 민아를 옆구리에 끼고 술집을 빠져나와 그녀의 집까지 간다. 한참동안의 실랑이 끝에 현관문 비밀번호를 알아내 현관문을 통과하고, 민아의 자취방 문까지도 어렵게, 어렵게 연 뒤, 문이 열리자마자 마룻바닥에 떡이 된 민아를 던져놓고 옆에 조심스레 가방을 놓아둔다.

민아: (인사불성이 되어) 김기범, 이 자슥은 나를 아주 우습게 알고서 저러지……. 어디서 쪽쪽 대고 지롤이여, 지롤이! 나쁜 놈의 시키…… 나쁜 놈의 시키……!

은수, 문을 닫으며 짧게 한숨을 쉰 뒤, 두 주먹을 말아 쥔다. 다음 날, 민아의 자취방 문을 한참을 두드려도 나오지 않는 고민아 때문에 김기범은 열이 받을 대로 받는다. 해가 중천에 솟아서야 부스스 눈 뜬 고민아는 지끈거리는 머리를 부여잡고 시간을 확인하고, 자신의 죄를 깨달은 뒤 김기범에게 용서를 빌지만 벌써 버스는 지나가고 남은 것은 절교뿐…….

#3 정말, 레알 불타는 금요일(부제: 불타는 본능) 시나리오

대학가의 어느 밤. 술자리 분위기가 무르익고 어느새 은수는 민아의 건너편이 아닌 옆자리에 앉아 그녀와 칵테일 잔을 부딪친다. 찰싹 달라붙은 모양새가 연인과 다름없다. 은수가 능숙하게 민아의 허리에 팔을 감는다. 술이 오른 민아는 피하지 않는다.

은수: 너 그거 알아?

민아: 뭐요?

은수: (민아의 귓가에 속삭이며) 너한테서 좋은 냄새 나.

민아: (붉어진 얼굴을 보니, 싫지만은 않은 듯) 내가 향수 어디에 뿌렸는지 궁금해요?

은수: 여기? (그녀의 귓가에 코를 묻는다.)

민아, 낮게 코웃음 치며 몸을 살짝 돌려 자신의 가슴을 그에게 밀착시킨다. 은수, 놀라지만 피하지 않는다.

민아: 여긴데.

은수, 마른 침을 삼킨다.

민아: 직접 맡아 보고 싶지 않아요?

은수: 여기서?

민아, 자리에서 일어나 가방을 챙긴다. 은수가 그녀의 뒤를 따른다. 두 사람은 함께 민아의 자취방으로 올라간다. 둘 뒤에 문이 닫히고 이내 불은 꺼진다. 은수는 다음 날 아침 일찍 민아의 집을 나선다. 어제, 오늘 입은 옷이 똑같네! 흐흐흐흐.

두 번째 시나리오도, 마지막 시나리오도 내 성격상 일어날 리가 없는 내용이긴 하나 '마더 파더 젠틀맨' 시나리오는 퍽 마음에 든다. 내일 오빠를 만나고 분위기를 봐서 잘 될 것 같으면 기범이에게 솔직하게 털어놔야겠다. 어장 관리 할 생각은 추호도 없고, 기범이에게 헛된 희망을 주고 싶지도 않으니까!

— 여보세요?

잠시 딴 일에 생각을 빼앗겨 나도 모르게 침묵하고 있었나 보다.

"아, 내일 정말 괜찮겠어요?"

— 응, 너는?

"오빠가 괜찮으면 저도 좋죠!"

— 하하, 알았어. 그럼 내가 내일 학교 도착하면 전화할게.

"네. 오빠 지금 밖이에요?"

수화기 너머 들려오는 그의 목소리 주변에 빵빵하고 차 경적 소리가 울렸다.

— 차 안이야. 스피커폰으로 얘기하고 있어.

아, 맞다. 이 분은 여느 빈털터리 대학생들과는 다른 럭셔리 라이프를 즐기는 분이셨지. 꿀리는군.

"빨리 집에 가서 쉬세요. 피곤하겠어요."

— 스토커 잡아서 그런가, 이상하게 하나도 안 피곤하네.

그의 목소리에 은근히 묻어 나오는 설렘이 비단 스토커 때문만은 아닌 것 같아 저절로 입가에 오묘한 미소가 그려졌다.

"저도 오늘은 왠지 잘 못 잘 것 같아요."

— 스토커도 잡았는데 마음 놓고 푹 자야지.

"오빠도 마음 놓고 쉬세요."

— 그래. 내일 보자.

"네."

전화를 끊은 뒤 콩닥거리는 마음을 진정시키며 휴대폰에 선명히 남은 통화 기록을 멍하니 바라보았다. 뒤늦게 이 통화를 녹음했으면 좋았을 것 같은 후회가 스쳐 지나갔지만 이번 통화가 그와의 마지막 통화는 아닐 걸 알기에 후회는 곧 다짐으로 변했다. 그래, 이왕 이렇게 마음먹을 거, 토요일에 기범이 만나면 진지하게 말하자. 나 너랑 남자, 여자 사이로 못 만날 것 같다고. 마음이 이렇게나 다른 남자에게 기운 상태에서 기범이를 마치 차선책으로 두는 건 인간으로서 할 짓이 아니다. 토요일에 기범이 보면 말하는 거다. 떳떳하게! 너 제발 나의 친구로 남아 달라고!

❀

꿀 같은 주4[16] 덕분에 나의 금요일은 오전 10시가 되어도 시작할까 말까다. 하지만 오늘은 전날의 사건들 덕인지 평소의 나답지 않게 알람 없는 오전 8시 기상이라는 기록을 세울 수 있었다. 아침을 대충 사과 한 알로 때우고 시나리오 작법서를 탐독하고 있던 차에 정민이로부터 메시지가 왔다.

집이야?

응, 왜?

시험 끝났지? 점심 먹자.

그래. 언제, 어디서?

렌즈 가게 앞에서 보자. 12시.

알았어. 우리 둘만?

---

16 주중에 학교를 네 번밖에 가지 않는 시간표.

혜영이, 서윤이, 기범이랑 성호도.

기범이도? 생각보다 너무 이른 조우에 또 마음이 불편해지기 시작했지만 벌써 밥 먹는 데 응한 지금 어색하게 뒤로 물리기엔 늦었다. 나는 태연한 척 다른 말을 꺼냈다.

성호? 걔가 웬일.
몰라 ㅋㅋㅋ 기범이가 데리고 왔어.

성호는 착하고 재미있는 동기지만 학교 근처에서 자취하는데도 학교에서 얼굴을 보기 힘든, 그런 류의 아이다. 언젠가 오후 2시에 시작하는 5교시 강의에 까치집 머리를 하고 등장해 우리를 당황시켰다가 강의 쉬는 시간에 너무나 자연스럽게 주머니에서 검은 스마트폰 같은 걸 꺼내며 황급히 어딘가를 가기에 내가 물었다.

"성호야! 그게 뭔데 그리 서둘러 가니?"

그때 성호가 투덜거리며 태연하게 내놓은 답이 가관이었지.

"샴푸. 나 잠시 화장실에서 머리 좀 감고 올게. 아놔, 나 이렇게 아침형 인간 아닌데 이 강의 때문에 맨날 일찍 일어나야 돼."

누가 들으면 독도에서 통학하시는 줄 알겠어요. 그는 정확히 10분 뒤에 뽀송뽀송해진 머리를 자랑하며 돌아왔고, 그 획기적인 드라이의 비결을 알려 주었다.

"핸드 드라이어기에 머리 박고 흔들면 직빵이야! 너네도 집에서 머리 못 감았을 때 해 봐!"

그가 자신 있게 추켜세웠던 엄지손가락이 그렇게 처량하지 않을 수 없었다. 아무튼 기범이와의 만남은 많은 사람과 함께 할수록 좋은 것이었기에 나는 기꺼이 모임에 응하기로 했다.

몇 년 전부터 심심치 않게 뉴스에서 들려오던 온난화. 매해 사상 최악의 더위를 맞게 될 거라고 경고하는 일기 예보. 일주일 동안 스치듯 지나가는 짧은 봄과 가을. 목요일 밤을 기점으로 봄은 그렇게 순식간에 우리의 곁을 떠나고 말았다. 화장을 하며 인중에 땀이 맺히면, 아, 드디어 그 지옥 같은 불볕더위가 시작되었다는 걸 직감한다. 여름이 싫다. 나는 땀이 많은 편이어서 늘 이마와 목 뒤를 신경 써야 한다. 땀 많은 여자는 매력적이지 않다. 나는 여름에 지닐 수 있는 최악의 신체적 조건을 갖고 태어났다.

지금 이 순간의 화장이 저녁에 오빠를 만날 때까지 그대로 유지되길 바라는 내 마음은 경건했다. 감은 머리를 부드럽게 말린 뒤, 오늘의 의상과 신발을 정하는 데만 한 시간이 소요됐다. 여자의 준비 시간은 사랑의 깊이에 비례한다던데, 정말로 오빠를 좋아하게 되면 그와의 만남을 위해 하루를 생짜로 버리게 될지도 몰라 오싹해졌다.

진정하자! 오빠와의 약속은 아직 한참 남았고 일단은 친구들과의 점심이 우선이다. 준비를 끝내니 정확히 가방만 들고 나가면 완벽할 타이밍이다. 약속 장소에는 벌써 아이들이 날 기다리며 서 있었다. 오랜만에 보는 성호와 가볍게 인사를 나누고 우리는 근처 샤브샤브 집으로 향했다.

"오올! 민아야, 너 오늘 무슨 날이야?"

서윤이가 내 팔을 툭툭 치며 장난스럽게 물었다.

"아니, 왜?"

짐짓 모른 척 시치미를 떼자 정민이가 호쾌하게 웃었다.

"왜 이렇게 예쁘게 하고 왔어? 혹시 성호 때문에?"

성호가 손가락으로 자신을 가리키자 나는 차마 본심을 숨기지 못하고 똥쿠린내를 맡은 듯 인상을 찌푸렸다.

"엮지 마라."

내 낮은 경고에 성호가 어이없다는 듯 과장되게 "와아! 와아!" 소리쳤다.

"나 지금 뭐 잘못함? 나 왜 급 피해자됨?"

자연스레 배경음악으로 서윤이의 끊이지 않는 웃음소리가 잔잔하게 이어졌다.

"너 그나저나 이 시간에 웬일이야. 너 평소엔 롤[17] 새벽 4시까지 하고 자잖아."

혜영이가 영혼까지 꿰뚫을 것 같은 눈으로 그를 바라보자 그가 손사래를 쳤다.

"느느. 청산한 지 꽤 됨."

"정말?"

---

17 'League of Legend'라는 PC 게임의 준말.

"나도 철들었음. 대학은 3년 다녔는데 아직 2학년인 게 말이됨? 이제부터 열공할 거임."

"여얼! 그 마음가짐으로 네가 밥 사야겠다!"

정민이가 성호의 등짝을 투덕투덕 두드렸다. 성호는 인상을 찌푸리며 정민이를 밀어냈다.

"꺼져."

애들이 말재간을 겨주며 서로를 즐겁게 까 내릴 동안, 나는 기범이의 눈치를 봤다. 기범이는 아무 말도 없이 입가에 빙그레 미소만 띄운 채 애들을 바라보고 있었다. 무슨 생각을 하고 있는 걸까. 저러고 있으니까 꼭 누굴 떠오르게 한다. 언젠가 보았던 누구의 가면 같은 미소. 으으, 역시 불편하다.

샤브샤브 집에 들어서자 기범이가 문을 잡았다. 고맙다고 인사를 하며 마지막으로 들어가려는 나의 어깨에 그의 손이 가볍게 닿았다가 떨어졌다. 깜짝 놀라 그를 올려다보았지만 그의 시선은 먼저 들어간 애들을 향해 있었다. 테이블 두 개를 붙여 도착한 순서대로 착석하자 자연스레 내 옆에 기범이가 앉았다. 아줌마! 여기 앞으로 30분 동안 샤브샤브가 내 코로 들어가는지 입으로 들어가는지도 모를 정도의 긴장 백배 충전 예약이요! 나는 기범이가 내게 무슨 말이라도 건넬까 봐, 아니면 내가 그를 어색해하는 게 티가 날까 봐 거의 반 정신이 나간 상태에서 애들 물 잔을 채우다가 순간의 실수로 하나를 엎지르고 말았다.

"아악! 내 휴대폰!"

성호가 휘리릭 바람보다 빠르게, 그 누구와도 다르게 제 휴대폰을 식탁에서 낚아채 갔다.

"헉! 미안!"

다행히 물웅덩이는 식탁을 타고 흘러내리지 않았다. 기범이가 침착하게 아주머니를 불러 행주로 내 뒤치다꺼리를 시작했다.

"내, 내가 할게."

평소 같으면 '매너 있는 짜식 같으니라고. 고맙다, 아주 고마워!'라고 외치며 껄껄 웃었을 텐데 왜 이제는 목소리가 기어들어 가는지 모르겠다.

"아냐, 너 안 젖었어?"

"으응, 다들 괜찮아?"

모두가 고개를 끄덕였다. 기범이가 푹 젖은 행주를 아주머니에게 돌려드릴 동안 나는 잔에 물을 채웠다. 고맙다는 말을 해야 할 것 같은데 꿀 먹은 벙어리라도 된 건지 입술이 움직이질 않았다. 그런 우리를 빤히 바라보던 정민이가 고개를 갸웃거리며 내게 물었다.

"민아야, 너……."

말을 하다 말고 그녀의 시선이 내게서 기범이에게로 옮겨갔다. 어색함이 느껴지던 찰나의 침묵 끝에 그녀가 표정을 고쳐 잡고는 내게 물었다.

"너 오늘 은수 선배 만나?"

헉! 역시 송정민! 눈치가 고단수라니까! 그러고 보면 정민이는 고등학교 때부터 늘 사람과 사람 사이의 관계를 명확히 짚어 내는 데 도사였다. 정확히는 이성 사이에 오가는 오묘한 애정의 교류를 족집게처럼 짚어 내길 좋아했다. 이뿐이랴. 첫인상만으로 사람을 판단하면 안 된다지만, 정민이는 정말 첫인상으로도 그 사람의 성격을 순식간에 파악해 냈다. 일전에 후배들에게 친절해서 좋은 소문이 자자했던 선배가 있었는데, 새내기 때 그를 처음 만난 정민이는 그다음 날, 우리에게 경고했다.

"뒤가 구릴 상이야. 사람이 그렇게 모든 사람한테 친절할 이유가 없거든. 특히 여후배들한테 말이야. 뭔가 능글거리는 게 촉이 안 좋아."

그리고 그 촉은 정확히 적중했다. 여름방학 중에 그가 우리 여동기 중 네 명과 문어발처럼 사귀었다는 사실이 밝혀지면서 우리 과는 뒤집어졌고 그 선배는 휴학한 뒤 종적을 감추고 말았으니까. 정민이는 내 편일 때는 가장 든든한 아군이었지만, 경계 대상이어야 할 때는 가장 무서운 적이 될 수 있었다. 나는 옆에 앉은 기범이를 의식하며 말했다.

"아, 저녁에 만나기로 한 건 맞는데……."

"뭐어? 대박! 왜? 또 그 스토커 때문에?"

"스토커? 뭔 스토커?"

이야기의 내막을 알지 못하는 성호가 다행히 이야기를 스토커 쪽으로 몰아 덕분에 나는 식사 내내 스토커에 대한 썰을 자세히 풀 수 있었다. 기범이는 식사 내내 간간이 웃을 뿐 별 말이 없었다. 어울리지 않는 기범이의 침묵은 도리어 나를 옭아매는 족쇄가 됐다. 그 족쇄 때문에 나는 과도하게 웃고 과도하게 떠들며 소란스럽게 행동했다.

식사를 마치고 의전 공부를 해야 하는 애들은 모두 도서관으로 돌아갔다. 밀린 학점 때문에 주4의 호사 따위는 누리지 못한 성호는 투덜대며 '아침' 강의인 5교시 강의를 들으려고 우리 곁을 떠났다. 나와 정민이와 기범이는 셋이서 어딜 갈까 고민하다 결국 늘 가던 커피숍으로 발걸음을 옮겼다. 운 좋게 소파 자리를 잡은 우리는 이제는 제법 아이스 아메리카노가 어울리는 날씨를 즐기며 창밖을 보았다.

새내기 때만 해도 단층짜리 커피숍 두어 개가 고작이었는데, 3년이 지나고 나니 이런 3층짜리 대형 프랜차이즈 커피숍이 한가득 생겼다. 반대로 생각하면 새내기 때만 해도 중고 책과 잡지를 팔던 책방이 골목길 사이사이에 두어 개 정도 있었는데, 이제는 그 자리에 자그마한 술집들이 대신 자리하고 있다. 학교 안에 있는 대형 서점은 전공 서적과 몇 권의 베스트셀러밖에 취급하질 않고, 그 베스트셀러마저도 모두 자기계발서적에 가깝다. 소설은, 시는 모두 어디로 갔을까?

정민이가 지루한 하품을 흘리더니 깍지를 껴 길게 기지개를 폈다. 들린 옷 아래로 귀여운 똥배가 삐죽 나왔다가 사라진다. 통통한 고양이 같다. 늘 어떤 방식이든 고민을 한 무더기 끌어안은 채 안 그런 척 허덕이는 나와 달리 정민이는 늘 고요히 흐르는 강처럼 비슷한 감성을 갖고 하루하루를 마주했다. 나도 그녀처럼 감성의 폭이 더 좁았으면 하고 종종 바랐다. 그녀가 한숨 섞인 푸념을 내보냈다.

"아아, 소개팅하고 싶다."

정민이는 계절이 바뀔 즈음이면 늘 같은 하소연을 했다. 그녀의 소개팅에 대한 집착은 마치 본능과도 같아 그녀는 배에서 꼬르륵 소리가 나도 배가 고프다는 말 대신 소개팅하고 싶다고 했고, 생리통 때문에 강의실에서 웅크린 채 비지땀을 흘릴 때도 소개팅하고 싶다며 신음했다. 정작 온라인 소개팅 전문 사이트 같은 곳에는 가입할 배짱은 없어 그녀의 외로움은 늘 하소연에서 그쳤다. 정민이가 기범이에게 물었다.

"군대에 누구 없어? 새로 많이 알게 됐을 거 아니야."

"있는데 넌 학벌 보잖아. 그래서 안 돼. 학벌 되는 형 있는데 유부남이었어."

"아!"

칼 같은 거절에 정민이는 더는 소개팅을 언급하지 않았다. 나도 그녀를 도와주고 싶었지만 정민이 인맥이 내 인맥이고, 내 인맥이 정민이 인맥인 이 시점에서 그녀가 내게 뭔가를 바란다는 것 자체가 어불성설이다. 정민이는 대신 나를 향해 고개를 돌리며 물었다.

"아까 스토커 얘기 때문에 제대로 못 한 얘기 있잖아. 그 얘기나 좀 해 봐."

"뭔 얘기?"

모르는 척 빨대를 쪽쪽 팔았지만 그녀는 날 놔주지 않았다.

"진짜 뭔가 있구먼? 답지 않게 부끄러워하는 걸 보니!"

끌끌 웃는 저 모습이 흡사 능글맞은 아저씨 같다. 왜 하필이면 기범이 앞에서 물어! 우리 둘만 있었으면 썰을 풀어도 한참 전에 풀었을 텐데! 하지만 은수 오빠와 저녁에 만나기로 했다고 벌써 털어놓은 이상 더 무슨 거짓말로 상황을 모면해야 할지 도무지 생각나질 않는다. 결국 나는 자포자기해 정민이만 쳐다보며 입을 놀렸다.

"저녁에 만나긴 하는데, 전에 오빠가 나 밥 사 줘서 내가 보답하기로……."

"야, 잘되겠다! 오빠라고 부르는 걸 보면 꽤 친한가 보네! 그치, 기범아?"

정민이가 호들갑을 떨며 내 팔을 쳐댔다. 기범이가 별 반응 없이 고개를 끄덕였다. 화낼 줄 알았는데 아무렇지도 않은가 보네. 다행이다. 새삼 어젯밤 저놈과 이렇고 저렇고 대화를 나눴다는 게 믿기지가 않는다. 저렇게 태연한 놈이 어제 정말 내 팔에다 대고 쪽쪽 댔단 말이야? 저놈 속은 정말 알다가도 모르겠다니까.

"기왕 사는 거, 술 산다고 그래."

"일단 오늘 만나 보고 확실해지면 말해 줄게. 아직은 잘 모르겠어서."

"잘될 거 같은데? 오늘 만나 보고 내일 꼭 말해 줘. 나중에 그 선배랑 잘되면 다리 좀 놓아주고. 오케이?"

"알았어, 알았어."

짧은 침묵이 가라앉았다. 기범이는 여전히 별로 말이 없었다. 늘 그랬던 것처럼 정민이가 먼저 침묵을 견디지 못하고 기범이에게 물었다.

"너는 소개팅 안 해?"

"소개팅?"

그가 어깨를 으쓱했다.

"해."

"뭐?"

"어?"

정민이와 내가 동시에 그를 바라보았다. 그의 시선이 정민이를 떠나 내게 고정됐다. 그가 대단한 걸 선언이라도 하듯이 또박또박 날 향해 말했다.

"내일 만나기로 했지?"

그와 시선을 맞추고 있기가 어려워졌다. 혹 눈치 빠른 정민이가 이걸 눈치챌까 봐 고개를 저었지만 벌써 늦었다.

"아, 진짜……?"

정민이가 당황한 듯이 짧은 헛웃음을 지었다.

"도대체 언제부터……?"

그녀가 당황스럽다는 듯이 나와 그를 번갈아 보았다.

"아니, 그게 아니라……."

변명 같지도 않은 변명을 꺼내려는데 그보다 먼저 정민이가 날 다그쳤다.

"그럼 차은수 선배는?"

"그러니까 애랑 내가 소개팅을 한다는 게 아니라……."

"아니야?"

그녀가 기범이를 돌아보았다. 뭔가 이상한 기류가 흐른다. 그저 친구들 사이에 묘한 관계의 진전이 있었다는 걸 막 알게 된 사람치고는 너무나 과격한 반응이다. 에이, 설마. 설마! 나는 김기범을 노려보며 무언의 협박을 했다.

'너 이거 폭로하면 내일 놀이동산이고 뭐고 없을 줄 알아!'

나와 눈이 마주친 그가 나만 눈치채도록 입을 삐죽거리더니 볼멘소리로 답했다.

"미쳤냐. 내가 고민이랑 뭐가 아쉬워서."

야, 부인하는 것까지는 좋은데 '미쳤냐'랑 '뭐가 아쉬워서'는 뭣 하러 말하냐? 그럼 나도 질 수 없다.

"맞아! 얘랑 뭔 소개팅이야. 맏언니 화내시잖아. 오늘 은수 오빠 만난다니까."

맏언니 소리까지만 해도 가만히 있던 기범이가 마지막 문장이 입 밖으로 나오기가 무섭게 발끈하더니 제 가방을 주섬주섬 뒤졌다. 그가 내게 면봉을 하나 건네며 쏘아붙였다.

"콧잔등에 글리터 묻었어. 너 그리고 마스카라 새로 사야겠다. 뭉쳤다."

너무나 원초적인 공격에 순간 말문이 막혔다. 창피함에 귀 끝까지 열이 확 피어오른다. 이 자식이!

"야! 사 주지도 않을 거면 말을 마라!"

"내가 왜 네 마스카라까지 사 줘야 돼?"

"그러니까 보탤 거 아니면 신경 끄라고!"

"어떻게 신경을 꺼? 눈앞에 보이는데."

"민아 속눈썹 별로 안 뭉쳤는데. 김기범 너 왜 그러냐."

정민이가 보다 못했는지 내 편을 거들어 주어 싸움은 일단락됐다. 나는 씩씩거리며 면봉을 들고 화장실로 잠시 대피했다. 거울 속에 붉으락푸르락하는 내 모습을 들여다보면서 면봉으로 글리터를 제거하고 하는 김에 눈 아래 살짝 번진 검은색 아이라이너 자국까지 지워 냈다. 네 성질이 그딴 수준밖에 안되니까 친구로만 좋다는 거야, 이놈아! 오늘 말없이 웃고 있을 때만 해도 애가 정말 바뀌었나 싶었는데, 바뀌긴 뭘 바뀌어! 여자를 창피하게 만들 말을 아무렇지도 않게 내뱉은 그놈의 성질머리 때문에라도 너랑은 절대 안 사귄다!

자존심이 상한 나는 한참 화장실 거울 앞에서 머리를 매만지며 이곳저곳 또 흠 잡힐 만한 곳은 없나 살폈다. 외모에 대한 자신감이 조금이나마 회복되었을 무렵에야 가까스로 화장실을 탈출했다. 하지만 돌아간 자리에는 보고 싶던 정민이는 없고 김기범만 덩그러니 남아 나를 새침하게 올려다보고 있었다.

"정민이는?"

그가 습관처럼 또 어깨를 으쓱했다.

"일 생겼다고 갔어."

"진짜? 오늘 강의도 없는데."

혼잣말처럼 중얼거리며 '너도 그냥 따라가지, 뭐 하러 여기 앉아 있냐.'라고 생각하기가 무섭게 기범이가 덧붙였다.

"놔둬."

"뭐? 왜?"

어딘가 의미심장한 한마디다. 둘이 나 없는 사이 무슨 일 있었나? 내가 마지못해 자리에 앉으며 묻자 그가 짧은 한숨과 함께 답했다.

"있어. 그나저나 굳이 오늘 차은수 만나는 그 심보는 뭐냐?"

화제를 돌리려는 그의 뻔한 의도에도 내 머릿속에는 정민이만이 맴돌았다. 그간 전혀 눈치채지 못했다. 눈치는 고사하고 상상조차 하지 못했던 마음이다. 1학년 때 동기 여자애들끼리 나눴던 대화가 생각났다. 유난히 CC[18]가 없는 우리 과에서 만약 CC가 생길 경우 가장 경악스러운 조합이 누구일까라는 우스갯소리를 나누었는데, 그중에는 정민이와 기범이가 있었다. 당시 기범이는 여자라고 불리는 게 무색할 정도로 섬세한 아이였고, 정민이는 우리 과가 이공계가 맞다며 시위하는 사람처럼 남학생 같은 취미를 고집했다. 기범이가 살이 찐 것 같다고 투정을 부릴 동안 정민이는 이번에 새로 나온 게임이 있는데 플레이스테이션 전용으로 나온 거라 게임기가 없어 못 하고 있다며 하소연을 했다. 그런 정민이가…… 그랬던 정민이가 기범이를 좋아할지 그 누가 상상했겠냐고!

사실 여부를 정확히 하고 싶지만 난 절대 정민이에게 정말로 기범이를 남자로서 좋아하느냐고 물을 수 없다. 자칫 잘못하면 김기범 때문에 친구 둘을 동시에 잃을 수도 있다. 고등학

---

18 캠퍼스 커플(Campus Couple).

교 수험 생활을 함께한 친구다. 절대 잃을 수 없다. 잃는다면 지금까지는 반짝반짝 빛나기만 했던 대학시절의 추억이 모두 캄캄한 어둠 속에 잠식되어 사라질 것만 같다.

중학생 때 2년간 은따 생활을 하며 충분히 칠흑 같은 어둠의 고독을 삭이고 소화시켰다. 친구가 없었던 그 당시의 시간은 내 기억 속에 객관적인 날짜의 흐름으로만 인식될 뿐, 정서적 풍요와 성장의 아름다움은 남기지 못했다. 추억이 되지 못한 시간은 기억으로도 만들어지지 않는다. 그저 내 삶이라는 흰 종이 위에 적힌 흑색 기록, 그뿐이다.

"너 알고 있었어?"

나름대로 생각을 정리하고 어렵게 입을 뗐지만 기범이의 대꾸는 퍽 건조했다.

"뭘?"

"정민이가······."

나는 설마, 설마 기범이가 정민이의 마음을 모를까 봐 말끝을 흐렸다. 기범이는 눈썹을 꿈틀거리며 답했다.

"그래서?"

공격적인 목소리에 깜짝 놀라 그를 바라보자 그가 빈정거렸다.

"하려는 말이 뭐야? 내가 정민이를 여자로 안 보듯이 너도 내가 남자로 안 보인다고?"

내가 차마 하지 못한 말을 우다다다 내뱉은 그가 얼빠진 나를 힐끔 보더니 이내 시선을 깔며 빨대로 커피를 쭉쭉 빨았다.

저도 제 말이 심했다는 걸 알긴 아는 모양이다. 하지만 늦었다. 김기범은 늘 침착한 척만 하지 실상은 맨날 제 성질을 못 이기고 말실수나 해 대는 바보다. 피해 의식으로 가득 차서 자신이 받은 상처를 수습하는 데만 급급할 뿐 그 이상은 전혀 보지 못한다. 물론 날 좋아한다는 남자애 앞에서 다른 남자와의 데이트를 얘기한 내 잘못도 있지만 그게 서운하다고 저렇게 유치하게 표현할 필요는 없잖아! 그것도 정민이를 걸고넘어지면서 말이야! 새삼 그와 은수 오빠가 얼마나 다른지 실감 난다. 김기범은 한참 어리다. 더 이상 그의 투정을 참아 줄 수가 없어서 벌떡 일어나 그를 내려다보았다.

"너 내가 그렇게 우스워?"

기범이 커피를 내려놓으며 날 올려다보았다.

"넌 나한테 그렇게 남자로 봐 달라고 강요하면서 어떻게 정민이한테는 그래?"

기범이도 함께 일어섰다.

"아니, 그게 아니라……."

"됐어. 나 먼저 갈게."

"야."

"우린 네 친구지 네 화풀이 대상이 아니야. 말조심해."

내 평생 이리 직접적으로 다른 사람의 단점을 지적한 일이 없어 심장이 쿵쾅대고 호흡이 가빠졌다. 내가 뒤돌자 그가 내 손목을 잡아챘다. 그 힘에 저절로 몸이 그를 향해 돌아갔다. 그가 짜증과 푸념이 섞인 목소리로 급히 제 감정을 꽉꽉 뭉쳐서 내뱉었다.

"화내지 마."

내 손목을 거머쥔 따뜻하고 커다란 손길과 낮은 목소리에
놀랐지만 그보다 그의 어이없는 말에 더 기가 막혔다. 결국 대
답 대신 그에게 잡힌 손을 뺐다. 도망치고 싶었지만 정민이에
게 함부로 대하지 말라고 훈계한 마당에 기범이의 마음을 무시
할 수 없었다. 무시하면 안 된다. 정중히 거절해야 한다. 그게
모두에게 이로운 길이라는 게 이제야 보인다. 나는 결코 정민
이를 버릴 수 없다. 김기범에게 마음을 주면 안 되는 이유가 또
하나 분명히 생겼다. 친구들과의 우정에는 변치 않는 불문율.

친구의 연인을 탐하지 마라!

물론 기범이가 정민이의 연인은 아니지만 그래도 친구가 좋
아하는 남자와 사귀는 게 친구로서 할 짓인가? 거절해야 한다
는 사실은 분명한데, 왜 이렇게 거절하는 게 힘든지 모르겠다.
거절도 해 본 사람들이 잘하는 건가? 김기범도 참 이상해. 다
른 남자들은 소심해서 조금이라도 밀고 당기기에 실패하면 영
원히 밀려나는데, 철벽을 수겹이나 탑재한 내게 왜 밀려나지
않는 거야? 집념의 사나이 혹은 별종인가?

아니면 자존심을 죽여 가면서도 매달릴 정도로 내가 좋은
거야? 도대체 왜? 왜 날 좋아하는 건데? 난 김태희도 아니고
송혜교도 아니고 전지현도 아니며 부처와 맞수를 둘 정도로 성
격이 좋은 것도 아닌데 도대체 왜 날 좋아하는 걸까? 시시각각
변하는 내 마음이 얼굴에 비쳤는지 날 잡은 그의 손길도 시시

각각 조심스러워진다. 사람의 마음이 눈빛이 아닌 손길로도 전달될 수 있음을 처음 느꼈다. 뭐라도 말해야 한다.

"내일 보자. 생각을 좀 해 볼게."

"지금 풀고 싶지 않아?"

기범이의 목소리가 초조함에 떨려왔다. 그가 누군가의 화를 풀어 주려고 다가서는 모습을 처음 본다.

"내일 봐. 내일 얘기하자."

그가 날 놓아주었다. 그를 더 오래 마주하고 싶지 않아 서둘러 카페의 계단을 따라 내려왔다. 지금 가장 시급한 건 내 마음을 분명히 하는 거다. 정민이와의 우정을 지키는 것도 중요하지만 결국 김기범에 대한 내 생각이 내 마음을 결정적으로 움직일 것이다. 김기범은 내게 친구인가 남자인가. 그것이 문제로다.

❀

저녁 9시. 나는 거울을 살피며 마지막으로 내 모습을 꼼꼼히 점검했다. 김기범 덕분에 내내 신경 쓰였던 속눈썹은 눈썹 빗으로 뭉친 가닥을 하나하나 떨어트려 주었다. 벌써 밤이고 웬만한 술집은 채도가 낮은 조명을 쓸 테니 크게 부각되지는 않겠지만 그건 중요하지 않다. 여자는 얼마나 꾸미고 나갔느냐에 따라 그날 하루 자신감의 정도가 달라진다. 어떤 여자들은 소개팅 전에 미용실에서 머리 드라이까지 하고 간다던데, 이건

약과지.

그러고 보니 1학년 때는 도대체 무슨 자신감으로 그렇게 자연인처럼 놀았는지. 새삼 그때의 발랄함이 대단하게 느껴진다. 해맑게 소주병을 들고, 그 소주병이 장식품은 아니라는 걸 알리려고 벌게진 얼굴을 하고 찍은 MT 단체 사진들은 부끄러운 줄도 모르고 여전히 사이버 세계 클럽 어딘가에 커다랗게 전시되어 있겠지. 내 사진 위에만 스티커를 붙여 두고 싶을 정도로 즐거웠지만 동시에 민망한 추억의 증거다.

대학 동기들과 MT를 가면 신나기도 하지만 그와 동시에 잊을 수 없는 경악스러운 일들을 겪고는 한다. 어쩌다 강의실에서 만나면 안부를 묻는 동기 한 명은 별명이 활화산이었는데, 1학년 때 간 뻔모임[19] MT에서 너무 술에 취한 나머지 시체방[20]에서 자던 중 천장을 향해 그대로 토를 쏟아 그리 불리게 되었다. 그 아이 주변에 누워 있던 술 취한 학우들을 위험 지역에서 대피시키려고 그들의 늘어진 몸뚱이들을 요가 매트처럼 이마에 땀이 맺히도록 돌돌 굴리던 학생회장의 힘겨운 사투가 아련하게 떠오르는구나……. 내게는 그런 별명이 없었던 걸 다행이라고 여겨야 하는 걸까. 아, 맞다. 꾼녀가 있었지.

내가 전화를 받고 밖으로 나갔을 때, 오빠는 현관문 밖에서 나를 기다리고 있었다. 내가 나오는지도 모르고 현관문에서 등

---

19 한 학번 차이 나는 선후배들의 모임.

20 술에 취한 동기들을 뉘어 놓았던 취침방.

을 돌린 채 폰을 들여다보는 그를 보며 조심스레 그의 옆에 다가가 그와 함께 폰 화면을 들여다보며 물었다.

"뭘 그렇게 보고 계세요?"

내 갑작스러운 그가 씨익 웃으며 폰을 주머니에 넣었다.

"학원에서 문자가 왔길래."

"문자요?"

"응, 수시 설명회 날짜 잡혔다고. 스케줄에 입력하고 있었어."

"그렇구나. 잘돼야 할 텐데."

"그러게. 나도 수시로 끝났으면 좋겠다."

오빠가 걸음을 옮기며 내게 물었다.

"저녁 먹었어?"

"저는 괜찮은데. 오빠는요?"

"다행이다. 난 학원서 먹었지. 어디 갈까?"

"BTB 어때요?"

이놈의 대학가는 너무나도 작아서 괜찮은 칵테일 바라고는 손에 꼽을 정도다.

"좋지. 오늘 금요일이니까 여자한테는 케이크 주겠네."

"앗, 정말요?"

"금요일이 걸즈 나잇 아니야?"

어떻게 저렇게 잘 알지. 여자들이랑 자주 갔나. 하긴 저 얼굴에 여자 경험이 없으면 이상한 거지. 알면서도 직접 확인하니 주눅이 들고 괜히 울적해진다. 내가 답이 없자 오빠가 당황하며 웃었다.

"아아, 친구가 작년에 거기서 바텐더로 일했거든."

"엇, 형근 선배요?"

"아, 형근이 알아?"

"네! 저 신입생 때 우리 과 회장이셨잖아요!"

뻔모임 MT 때 학우들을 통나무처럼 굴리던 바로 그 선배!

"아, 그때 네가 신입생이었구나."

"네, 그때 형근 선배 멋있었는데."

"하하, 지금은?"

"지금은…… 지금도 뭐, 멋있어요……."

마지못한 답에 오빠가 또 시원한 웃음을 터트렸다. 신입생 때는 학생회 임원들은 물론이고 응원단 선배들까지 굉장한 인기인인 줄 알고 선망에 가득 찬 눈망울로 바라보았는데, 내가 직접 그 학년이 되어 동기들이 학생회 임원, 응원단이 되는 걸 보니, 평범한 친구들도 학생회나 응원단 후광 효과를 얻을 수 있음을 깨닫고 그 판타지를 깨부쉈다.

"형근 선배 아직도 거기서 일해요?"

"걔 군대 갔잖아."

"아, 그렇구나."

1학년 때나 잠깐 친했던 그 선배의 근황은 참으로 오랜만이어서 아련한 옛일을 더듬는 것 같아 기분이 좋아졌다. 우리는 바의 구석진 곳에 자리를 잡았다. 나는 다리를 꼬고 테이블에 팔꿈치를 올려 두 손에 턱을 괴고선 컴컴한 조명 아래 펼쳐진 메뉴판을 들여다보았다. 칵테일 메뉴는 자고로 이름이 야할

수록 맛있다고 한다. '섹스 온 더 비치'라든가 '오르가즘'이라든가. 하지만 여자에게 초면 내숭은 필수인지라 차마 저런 말들을 아무렇지도 않게 내뱉을 수는 없다.

"저는 '블루 사파이어'요."

잔잔한 블루스가 스피커를 통해 은은히 모던한 바에 울려 퍼졌다. 나는 기본 안주로 제공되는 프레즐을 입에 물고선 오빠를 바라보았다.

"오빠는 2학년 때 뭐하셨어요?"

"2학년 때?"

"네, 왜 한 번도 오빠를 못 봤는지 이해가 안 가요."

처음 오빠와 도서관에서 어깨를 부딪쳤을 때 나는 본능적으로 그의 별명을 궁금해했다. 이렇게 생긴 사람이 교내에서 유명하지 않다는 것은 말이 되지 않았으니까. 그런데 난 어째서 단한 번도 오빠에 대해 들어 보지 못한 걸까? 난 아싸가 아닌데.

"2학년 땐 학기 시작하기 전에 군대 가서 작년에 복학했어. 그래서 한 번도 못 본 걸 거야."

"보통 의전 갈 사람들은 군대는 의사 돼서 가려고 미루던데."

"아, 난 그냥 빨리 끝내고 싶었어. 다들 현역으로 가는데 뭐."

그가 멋쩍은 미소를 지으며 과자를 입에 넣었다. 비록 의무라고는 하나 나라를 위한 봉사로 젊음을 희생하는 결정이 결코 쉽지 않을 터. 그런 것마저 자진해서 해치운 이 남자에겐 과연 흠이라는 게 있기나 할까?

"우와, 오빠 멋있네요."

새삼스러운 감탄에 그가 또 낮게 웃었다.

"별걸 갖고."

우리가 주문한 잔과 함께 케이크가 나왔다. 노란 조명이 내려앉은 그의 앞머리가 금처럼 빛났다. 그 아래 음영진 눈동자가 비에 젖은 거리처럼 촉촉하다. 부럽다. 잘생긴 사람은 아무짓 하지 않아도, 그저 앉아만 있어도 사람을 홀릴 수 있다. 나처럼 평범한 사람들은 곱절로 성격적·성적 매력을 다방면으로 발산해야 한참 뒤에 진가를 증명할 수 있다. 세상은 늘 불공평해 왔지만 오빠를 보니 그 사실이 더 뚜렷이 다가오는 것 같았다. 그런데 오빠가 마치 내 생각이라도 읽은 듯 그와는 상반되는 말을 건네 왔다.

"너 아만다 사이프리드 닮았대."

"네?"

말도 안 되는 얘기라 입이 떡 벌어졌다. 하지만 농담은 아니었는지 그가 태연한 얼굴로 또 한 번 그 궤변을 강조했다.

"나탈리 포트만도 닮았다던데."

나탈리 포트만과 아만다 사이프리드 사이에서는 도대체 무슨 공통점이 있는 걸까? 둘 다 백인이라는 점? 쌍꺼풀 실종된 내 눈에 도대체 그 어느 서양 눈과 닮은 점이 있는 걸까?

"무슨 말씀이세요. 저는 동양 미인이라고요. 차라리 '은교'나 김연아를 닮았다고 하시지."

연느님과 닮았다는 망언은 분명 농담이었는데 오빠는 웃지 않았다.

"김고은? 아, 정말 김고은 닮았네. 그러고 보니."

들려오는 말이면 뭐든 맞장구부터 치고 보는 건 아니겠지, 설마.

"저 아만다 사이프리드 닮았다는 말은 도대체 누가 한 건데요?"

"흠, 말해도 되나. 걔 여자 친구 있는데."

"헉, 누군데요?"

"서준호."

"헐! 준호 오빠요?"

한참을 깔깔대자 그가 빙그레 입가에 미소를 머금고서는 날 향해 상체를 바짝 기울였다.

"왜애?"

앙탈 부리는 고양이처럼 그가 눈웃음을 쳐댔다. 처음에는 싸늘하다고 생각했던 그의 끝이 올라간 눈매 때문에 새삼 그가 앙칼진 눈매의 표범 같다는 생각이 들었다.

"그 오빠는 박애주의자예요. 세상 모든 여자가 다 예쁘대요!"

"아니야, 네가 예쁘니까 그러는 거지."

아유, 입술에 침이나 바르고 말씀하시죠? 오빠는 어쩜 그런 말들을 아무렇지도 않게 할 수 있으세요? 평생을 배려와 친절로 무장한 삶을 사셨나요? 일상이 젠틀맨이세요? 알랑가 몰라, 왜, 화끈해야 하는 건지. 입에 발린 말이라는 걸 알아도 기분이 좋은 건 어쩔 수가 없다. 내가 좀 예쁜가? 그래, 거울 보면 나도 썩 나쁘지는 않았어!

"음하하, 그런가요?"

"난 원래 예쁜 사람들하고만 지내."

"그럼 저 못나지면 바로 내쳐지는 거예요?"

겁먹은 척 눈을 동그랗게 뜨자 그가 천진난만하게 고개를 끄덕였다.

"응, 난 가차 없어."

"우와, 짱 무섭다."

"걱정 마. 넌 꽤 오래 예쁠 것 같으니까."

그가 낮은 목소리로 짓궂게 웃었다. 예쁘다니. 예쁘다는 칭찬을 많이 들어 본 사람들은 그 단어가 어색하지 않은 걸까? 조명 아래 오빠는 멋있다. 탁한 노란 조명 아래 음영 진 오뚝한 코의 그림자가 선명하다. 선배의 눈동자는 아득하고, 옆으로 부드럽게 늘어진 입술은 어딘가 진중하다. 그런 사람이 내 옆에 앉아 나를 예쁘다고 칭한다. 그가 내게 말했다.

"시나리오는 계속 쓰고 있어?"

나는 고개를 저었다.

"왜?"

"기초부터 탄탄히 다지려고요. 작법서 읽으면서 《웰컴 투 동막골》 시나리오 써 보고 있어요."

"시나리오 기초 공부는 그렇게 한대?"

"네, 일단 내 걸 써 보고 원본이랑 비교해 가면서 진짜 영화 시나리오 쓰는 법을 배우는 거죠. 드라마랑은 또 다른 것 같아요. 구성은 드라마가 훨씬 간단해서 편한데……."

"그때 학원 폭력에 대한 시나리오는 어떻게 됐어, 그럼?"

오빤 별걸 다 기억하고 있구나.

"하하, 잘 정리하고 있어요."

"무슨 내용인지 말해 주면 안 돼?"

"안 돼요. 대신 물어볼 건 있어요."

"뭔데?"

"이야기를 두 가지 경로로 생각 중인데 어느 게 나을지 모르겠어요."

"내용을 모르는데 어떻게 답해?"

"그럼 조금만 말해 줄게요. 음…… 내용은 폭행 피해자들의 필연적인 만남이 주예요. 여기서 주인공을 남녀로 할지, 여자둘로 할지 골라 주면 그에 따라서 시나리오를 설명 드릴게요."

"알았어, 남녀."

"주인공이 남녀면 로맨스물이 돼요! 남자는 폭행, 여자는 성폭행 피해자죠. 남자는 학교 선생님이고 여자는 그 학교 학생이에요."

"엇, 그럼 청소년 보호법에 걸리지 않아?"

"여자가 고등학교 졸업한 다음에 결혼하면 되죠. 키스도 졸업하고 나서……."

별스러운 걸 다 걱정하는 그가 귀여워서 나도 모르게 풋 하고 웃고 말았다.

"남자 담임 선생님이 성폭행을 당한 적 있는 제자를 돌보며 시작하는 거야?"

"아뇨. 당한 적이 아니라 당할 뻔이에요. 여자애가 자기 친구랑 같이 납치됐는데 여자애가 자기 친구가 성폭행을 당하는 걸 지켜봤거든요. 그 친구는 자살을 하고요."

"그럼 그 친구가 오히려 더 주인공 같은데?"

"아니에요. 왜냐면 그 담임쌤도 고등학교 때 친구가 학교 폭력에 시달리다가 자살하는 걸 방관했거든요. 본의 아니게 극단적인 상황 속에서 방관자가 된 사람들의 만남이죠."

"그래서 방관자에서 벗어나 둘이서 함께 어떤 사람을 구하며 치유?"

"네! 어때요? 유치한가요?"

"아니야, 이런 주제 좋아. 많이들 동감할 테니까."

"하하, 다행이에요."

시나리오에 대한 나의 열정을 나눌 사람이 주변에 없었기에, 오빠의 이러한 관심은 단비 같았다.

"아아! 이런 거 얘기하는 거 너무 좋다! 오빠가 있어서 다행이에요!"

나도 모르게 진심을 토로하며 손뼉을 치자 그가 낮게 웃었다. 정말로 오빠와의 시간은 김누구누구 씨와의 시간과는 다르게 희망과 설렘으로 가득 차 있다. 아차, 지금은 굳이 그놈에 대해서는 생각하지 말자. 지금은 차은수 씨와 나, 우리가 서로 얼마나 맞는지 알아보는 아주 중요한 시간이니까. 칵테일로 목을 축이며 발그레해진 얼굴을 식힐 참에 그가 목소리를 낮추며 속살거렸다.

"내가 언젠가 한 말 기억나? 나는 경주마 같다고."

나는 고개를 끄덕였다. 목소리를 들으려니 절로 허리가 그를 향해 숙여진다.

"그런데 너는 경운기 같아."

"네?"

언제는 예쁘다고 해 놓고 경운기는 또 뭐야? 예상치 못한 단어에 내가 또 한 번 뜨악하자 그가 또 낮게 웃었다.

"털털거리면서 주변 경치를 다 볼 수 있잖아. 얼마나 좋아."

느린 속도가 포인트였다면 마차라든가, 에스컬레이터라든가, 세그웨이, 뭐 이런 고급스럽거나 현대적인 것도 많은데…….

"제가 많이 시끄러운가요?"

굳이 경운기를 꼽은 이유라면 그 소음밖에 생각할 수 없다. 조심스러운 질문에 그가 너털웃음을 터뜨렸다. 그는 참 웃음이 많다. 그 때문에 나도 이상하게 덩달아 실실 웃고 있게 된다.

"아니. 아, 어렸을 때 할아버지가 농사 지으셨는데 시골 가면 경운기 태워 주셨거든. 갑자기 그 생각이 나서."

동양 미인을 보니 토속적인 전원일기가 생각나셨나 보네유. 친숙한 이미지라 딱히 뭐라 할 말은 없습니다만, 허허.

"저는 시골 한 번도 안 가 봤어요. 가면 어때요? 정말 정자 아래에서 풀벌레 소리 들으면서 자고 수박 서리 같은 거 할 수 있어요?"

반전은, 내가 서울 토박이라는 사실이다.

"수박 밭이 없어서 수박 서리는 못 했는데, 여름에 더우면 시골집 마루에 누워 온 가족이 잤던 기억은 나네."

"우와, 좋겠다."

"응, 좋아."

그가 손목의 스냅을 이용해 칵테일 잔을 돌리자 안의 액체가 잔의 벽면을 타고 회오리처럼 짧게 회전했다.

"여유로워서."

액체가 벽면을 타고 느리게 흘러내렸다. 오빠의 눈이 그것을 세심하게 훑어 내렸다. 어린 날의 추억에 관해 말하던 사람의 눈동자가 곧 나를 향했다. 그가 빙긋 웃었다. 바의 느린 음악 소리가 들리지 않았다. 오직 그의 고요한 목소리가 내 귓가에 울렸다. 마치 그가 내 옆에 앉아 내 마음에 속삭이듯 또렷이.

"그래서 좋아."

나는 그제야 그가 추억이 아닌 나에 대해 설명하고 있다는 걸 깨달았다.

"나도 언제 한번 데리고 가 주세요."

콩닥거리는 심장을 진정시키며 태연히 물었고 그가 고개를 끄덕였다.

"그래, 그런데 이제 할아버지 안 계셔서 지금은 시골에 아무도 안 살아. 우리 둘이서만 가는 게 돼 버리는데, 괜찮겠어?"

데리고 가 달라고 말한 건 나였으면서 정작 오빠와 둘이서만 여행 갈 생각에 귓가에 열이 올랐다. 굳이 둘이서 간다고 언급하는 의도는 뻔하디뻔한 걸까?

"난 좋아요."

일부러 낮게 목소리를 끌며 웃자 그가 두 눈을 깜빡이며 나를 빤히 바라보았다. 그는 아무 말도 하지 않았는데도 갑자기 솟구치는 민망함에 웃음이 터져 버렸다.

"왜요."

칵테일을 몇 모금이나 홀짝였다고 취기가 도는 거지. 그는 여전히 반 진지한 태도로 나를 응시했다.

"그럼 지금 갈래?"

"네에?"

이 시간에 시골을 가자는 거야 아니면 모텔을 가자는 거야. 그의 충동적인 제안에 순간 벙쪘지만, 그가 곧바로 아쉬운 듯 표정을 바꾸며 중얼거렸다.

"아, 맞다. 내일 바쁘다고 했지."

결국 그는 음란마귀가 쓰인 나와는 다르게 정말로 시골을 가는 걸 생각하고 있었던 모양이다. 무언가로부터 탈출하고 싶은 걸까? 하긴 지금은 4월 말. 오빠의 시험은 8월 마지막 주 일요일이다. 의전을 준비했던 선배들은 하나같이 수험 기간 중 시험이 4개월 정도 남은 이 시점이 가장 고비라고 했다. 1월, 빠르게는 12월부터 수험 준비생이 되어 인강[21]을 보고 노트 정리 후 복습하는 기계적인 생활을 매일 반복하는 게 지겹고 짜증나고 신물 나게 되는 시점이 딱 4월이라고. 그에게 마음 편

---

21 인터넷 강좌.

히 먹으라고 위로를 해야 할지, 아니면 지금 마음을 놓아선 안 된다고, 모두가 힘들 때 박차를 가하라고 충고를 해야 할지 모르겠다. 더군다나 나는 의전을 준비하는 수험생도 아니니 설불리 조언을 건넬 위치에 있지도 않으니.

"나중에 오빠 많이 힘들어서 숨 돌려야 하면 갈게요."

내가 살짝 눈웃음을 띄우고 답하자, 그가 눈을 빛내며 가볍게 말했다.

"흠, 난 지금 좀 힘든데."

"웃을 수 있으면 힘든 거 아니야."

나는 손을 뻗어 살짝 올라간 그의 입가를 쓰다듬었다. 내 손길에 그가 고개를 들었다. 그는 더 이상 웃고 있지 않았다. 검은 눈동자에 똑바로 잡힌 초점이 나의 초점과 직선을 이룬다. 잔잔한 뉴에이지 음악을 사이에 두고 우리의 시선이 얽혀 들어갔다. 말로 형용할 수 없는 인력에 호흡을 잊었다. 노란 조명 아래 그의 피부가 기이하게도 더 창백하게 빛난다.

그의 손가락이 자신의 칵테일 잔 위의 섬세한 끝을 쓰다듬는다. 춤추듯 유연하게 움직이는 그 손길에 왜 내 숨이 가빠지는지 모르겠다. 그가 천천히 자신의 칵테일 잔을 잡더니 부드럽게 내 앞으로 옮겨 놓았다. 심장이 쿵쾅대며 귓가에 울렸다. 나는 아직 어리고 어리석어서 남녀의 농밀한 세계가 두렵다. 앞에 둔 칵테일 잔을 바라보자 그의 낮은 목소리가 울렸다.

"마셔."

의아함을 담고 그를 바라보았지만 그의 진중한 두 눈이 담고 있는 이루 말할 수 없는 화염에 목소리는 나오지 않았다.

"한 방울도 남기지 말고."

강압적인 목소리에 내가 조심스럽게 긴 잔을 두 손으로 잡았다. 홀린 듯 고정된 그의 눈이 더 뜨거워진다.

"다."

한숨 같은 목소리가 공기 중에 섞여 칵테일을 타고 목구멍으로 넘어간다. 독하다. 쓰다. 그런데 멈출 수 없다. 내가 인상을 찌푸리며, 투명한 유리잔으로 돌아간 그것을 테이블에 내려놓자 그가 흡족한 미소를 지으며 속삭였다.

"잘 마시네."

알코올 향을 풍기는 숨결을 뱉어 내며 입가심을 하려고 상대적으로 달달한 내 잔에 손을 뻗자 그가 내 손목을 잡았다.

"써?"

달콤한 목소리가 자꾸 내 피부를 간질인다. 으음. 목이 잠긴 신음이 술의 맛을 내며 답을 대신했다. 그가 한쪽 입가를 씨익 올린다. 그를 처음 보았을 때 느꼈던, 한때 잊고 있던 그의 첫인상이 생각났다. 고양이과 동물처럼 날카롭고 오만한. 그가 내 잔을 빼앗아 입에 한 모금 물었다. 그러고는 자리에서 살짝 몸을 들더니 곧바로 내 입안에 그것을 토해냈다.

갑자기 오른 취기에 그가 뿌연, 아름다운 신기루처럼 부드럽게 다가왔다. 절로 벌어진 입술에 달콤한 것이 담겼다. 목 뒤로 차마 넘기지 못한 것이 턱을 따라 흘렀다. 그의 입술이 살짝 떨어졌다가 순식간에 더 강한 힘으로 밀어붙였다. 그의 손이 내 턱과 목 사이 언저리에 걸쳐져 나를 그에게로 끌었다. 오가는 숨결이 향기롭다. 가슴으로부터 열이 끓어올라 손끝으로 향했다. 마찰음이 너무나 선정적이어서 현실 같지가 않았다. 그에게 취해 아무런 생각 없이 그의 목에 손을 둘렀다. 공공장소이기는 하지만 괜찮아. 조명이 어두우니까. 학교 근처에 있는바지만 괜찮아. 내가 아는 사람은 없으니까. 정신이 들면 후회할 변명들. 아아, 타오른다. 나는 그와 함께 타올랐다.

기범: 성장의 계기

건강한 대인 관계는 오직 모든 영혼과 집단의 거울이

각자의 상을 갖고, 각자의 미덕이 집단 내 살아 있을 때 존재한다.

— 루돌프 슈타이너

"기범아, 이 화장품은 어떤 순서로 쓰는 거야?"

수영이가 내 책상에 반쯤 몸을 기대며 나를 올려다보았다. 비단결 같은 검은 머리카락이 자연스럽게 책상 위로 흘러내렸다. 커다란 눈망울에 빠져들 것 같다. 나는 풀던 수학 문제집을 접고 그녀가 책상 위에 나열한 화장품을 순서대로 세워 주었다.

"스킨 다음에 에센스 다음에 로션. 마지막에 크림. 그런데 다 챙기지 않아도 돼. 스킨은 닦아 내는 용으로만 쓰고 로션이랑 크림은 네 피부가 얼마나 거, 건조하느냐에 따라 달라지니까……. 이건 파라벤 들어서 별로 추천하고 싶지는 않아."

중간에 바보처럼 더듬고 말았다. 긴장한 티를 낸 것 같아 부끄러워졌다. 수영이는 우리 반뿐만 아니라 인터넷에서도 유명할 정도로 이름이 난 얼짱 중의 얼짱이었다. 그녀와 함께 다니는 무리가 나를 좋아하지는 않았지만, 수영이는 가끔 내게 다가와 말을 걸어 주었다. 그녀와 조금만이라도 더 대화를 나누고 싶다. 수영이가 내 설명에 고개를 갸웃하더니 내게 제 얼굴을 불쑥 들이밀며 물었다.

"파라벤이 뭔데?"

"방부제인데 피부에 축적돼서 안 좋대."

"그래? 그럼 내 피부 타입은 어때 보여? 이 정도면 많이 건조한 거야?"

갑자기 다가오는 얼굴에 당황하며 그녀의 투명한 피부도, 오똑한 코도, 도톰한 입술에도 시선을 주지 못할 사이 누군가 그녀의 어깨를 제자리로 잡아당겼다. 그녀가 내게서 멀어지기가 무섭게 오민준의 껄렁껄렁한 목소리가 들려왔다.

"하수영, 뭐하냐?"

내게 집중되어 있던 수영의 시선이 오민준에게로 넘어갔다.

"피부 상담 받잖아."

수영이가 인상을 찌푸리자 오민준이 코웃음 쳤다. 저 새끼 수영이랑 같은 반 된 이후로 계속 수영이 꼬시려고 아등바등하는 걸 반에서 모르는 사람이 없다. 문제는 저놈이 수영이와 함께 다니는 일진 중 꽤 잘 나가는 놈이라 그 누구도 저놈에게 꼼짝 못한다. 저번에 PC방에서 담배 피우다 학교로 신고 전화 와서 며칠 정학 당한 게 충분하지 않는지, 그놈에게서 남자 향수와 함께 옅은 담배 냄새가 물씬 풍겨 나왔다.

"피부 상담? 이 새끼가 뭘 안다고 얘한테 물어보냐?"

당사자가 눈앞에 있는데도 없는 사람처럼 철저히 무시하지만 나는 입도 뻥긋하지 못한다. 지금 저놈의 빵셔틀이 아닌 걸 감지덕지해야 할 판이니까. 제기랄.

　"왜. 얘네 엄마가 화장품 파셔서 얘가 이런 건 제일 잘 알아. 다른 애들도 다 상담 받는데."

　"웃기네. 존나 기집애 같은 새끼. 너 꼬치는 달렸냐? 어?"

　오민준이 툭툭 내 머리를 손바닥으로 내려쳤다. 수영이가 그를 말렸다.

　"야. 하지 마! 왜 잘못도 없는 애를 때리고 그래?"

　"존나 변태처럼 하고 다니니까 그렇지. 씨발놈이. 크크크. 아오, 야, 이 씹새끼야. 니 에미가 너 이러고 다니는 건 아냐?"

　"야! 하지 마라니까!"

　수영이가 벌떡 자리에서 일어나더니 유교영을 불렀다.

　"교영아! 우리 매점 가자!"

　"엇, 그래!"

　거울 앞에서 고도의 손놀림으로 머리를 말던 유교영이 반만 말린 머리를 대충 정리하고 서둘러 수영이 곁으로 달려갔다. 유교영은 수영이가 부르는 곳이면 어디든 달려가 그녀의 시녀 역할을 자처하는 애였다. 그런 주제에 성질은 또 얼마나 사나운지 저 애에게 잘못 걸리는 것보다 차라리 지나가는 미친개에게 물리는 게 나을 정도라지.

　"야, 씨발, 하수영 같이 가!"

　수영이가 교실을 떠나자 다행히 오민준도 내게서 관심을 끄고 교실 뒷문을 향해 달려 나갔다. 적막이 내려앉은 교실에서 나는 수학 문제집을 꺼내 마지막으로 풀었던 문제를 들여다보았다. 단순한 sine, cosine 문제인데 도통 머리가 굴러가질 않는다. 샤프를 쥔 손이 덜덜 떨려와 이를 악물었다. 니 에미? 제기랄, 야, 이 개새끼야! 니 에미는 널 낳고도 미역국을 처드셨냐? 양아치 새끼가 어디서 지랄이야! 짱깨셔틀[22]이나 될 새끼가!

목구멍까지 터져 나온 분노를 가까스로 삭이고 최대한 아무렇지도 않은 척 문제집을 멍하니 들여다보았다. 분노를 넘어선 오기가 뜨거운 가슴 속에서 소용돌이쳤다. 나 분명 성공한다. 너 같은 건 상상조차 할 수 없는 명문대 붙어서 꼭 너 짓밟아 버릴 거야. 국내뿐만 아니라 세계에서 제일 잘 나가는 화장품 회사를 창업해서 동창회 때 벤츠 끌고 갈 테다. 하수영이 너 같은 건 쳐다보지도 않게 만들 거라고! 그렇게 나는 이를 갈며 샤프심이 똑똑 부러질 정도로 종이 위에 힘을 가하며 수학 문제를 풀어 나갔다.

사춘기의 마지막 나날을 장식하던 나의 다짐은 결국 수능이 한 달 앞으로 다가올 무렵, 하수영의 자퇴로 급작스럽게 끝나고 말았다. 소문에 의하면 하수영은 내내 학교에서 가장 유명했던 일진의 아이를 임신한 사실을 숨기다 부모님에게 들켜 결국 출산하기로 마음먹었다고 했다. 나는 그 와중에 하수영이 밴 아이의 아버지가 오민준이 아닌 게 통쾌했다. 알고는 있

───────────────

22 중국음식점 배달원을 비하하는 말.

었다. 하수영은 내게 친절했지만 잠깐의 관심은 오직 화장품에 집중된 것이었고, 그녀는 늘 나를 무시하는 집단에 섞여 놀았다. 끼리끼리 논다는 말이 괜히 있는 게 아니다. 하긴, 나도 그 애의 예쁜 얼굴을 좋아했던 거니까 별반 다를 게 없을 수도 있겠다. 임신 소식에 마음이 아프기보단 허무한 걸 보면.

대학에 붙은 뒤 나는 오랜 시간을 집에서만 지냈다. 학교에서는 친한 척 함께 다녔지만 주말에도 방학에도 단 한 번 내게 먼저 연락 없던 여자애들이 입시 발표가 나기 무섭게 내게 문자를 보내왔다. '방학 때 뭐해?' '우리 1박2일 여행 갈 건데 같이 갈래?' '우리 밥 한번 같이 먹자.' 새삼 학벌의 중요성을 깨닫는 순간이었다. 나는 그 연락에 응하지 않고 수험 생활 동안 찐 살을 빼려고 집과 헬스장을 전전했다. 팔뚝 아래 매달린 날개 살과 청바지 위로 삐져나온 머핀 살이 보기 싫었다. 시간이 흘러 방학이 불과 몇 주밖에 안 남았을 무렵, 학과 커뮤니티 사이트에 새내기 배움터 관련 공지사항이 떴다. 갈까 말까 망설이는 내게 엄마가 충고했다.

"갔다 와. 대학 생활은 새로 시작하는 거야. 친구들 좀 사귀어야지."

그게 마치 아직도 어미의 품에서 졸업하지 못한 장성한 아들을 향한 힐난 같아 나는 부랴부랴 회비를 입금하고 짐을 쌌다. 아침 일찍 학교 대형 체육관 안에 많은 학생이 집합했다. 대형 무대에는 선배들의 동아리 공연이 한창 이어지고 있었다. 우리 과로 추정되는 학생들 곁에 다가가 뻘쭘하게 앉아서 공연만 멍하니 바라보았다. 멋진 하모니 동아리의 여 선배와 남 선배가 듀엣으로 〈Endless Love〉를 부르고 있었다.

I want to share all my love with you
(내 모든 사랑을 너와 나누고 싶어)
〈Endless Love〉- Mariah Carey & Luther Vandross

잘 부른다. 저렇게 멋진 사람들 사이에서 내가 살아남을 수 있을까. 과거 실패했던 인간관계와 불안한 미래에 대한 걱정이 다시 시작되려던 참에 누군가 먼저 내게 말을 걸었다.

"저기, 생명공학 신입생이세요?"

커다란 뿔테 안경 아래 순한 눈을 한 여자애가 나를 바라보고 있었다. 초보 티가 역력한 볼 터치와 피부 톤과 맞지 않은 새빨간 립틴트를 보며 나도 모르게 실소가 터졌다.

"네."

"아, 다행이다. 이름이 뭐예요?"

그녀가 내게 더 바짝 붙어 앉으며 환하게 웃었다. 양 귀 옆으로 떨어져 내리는 곱슬곱슬한 머리카락이 푸들을 닮았다.

"김기범이요."

"여기 아는 사람 있어요?"

자기 이름도 말해 줄 줄 알았는데.

"아니요."

덧붙여 뭔가를 말하고 싶은데 입이 움직이지 않았다. 아직 사람 사귀는 게 어색하다. 다행히 여자애는 별반 신경 쓰는 것 같지는 않았다.

"저는 친구 기다리고 있어요. 고등학교 때 학원 같이 다녔던 친구랑 같이 붙었거든요. 아, 몇 년생이세요?"

여자애는 나와 동갑이었다. 우리는 말을 놓기로 했다. 말을 놓으며 여자애는 그제야 불현듯 손뼉을 마주치며 제 소개를 했다.

"난 고민아야. 이렇게 통성명하는 거 완전 오그라들지 않아?"

장난스럽게 웃는 그녀를 보며 나도 모르게 바보처럼 따라 웃었다. 고민아의 예쁜 미소에 담긴 고운 치열을 보며 나는 속으로 생각했다. 너는 체리 레드보다는 피치 핑크야. 고민아 덕인지 아까 전까지만 해도 목까지 차올랐던 긴장감이 흩어져 나갔다. 친구를 만들어야지. 언제까지 엄마 뒤꽁무니만 쫓아다닐 거야. 새터에 오길 잘했다. 이 애를 계기로 지난 학창 시절과는 다른 나를 만들어야지. 적극적으로 친구도 사귀고 진심으로 사람을 대할 거야. 움츠리고 숨어 있지 않고 당당히 사람을 마주할 거야. 그 다짐으로 나는 새터에서 개그콘서트의 인기 코너 〈사랑의 카운슬러〉의 유세윤 역할을 맡아 강유미 역의 고민아와 호흡을 맞춰 대학 생활의 첫 데뷔를 장식했다.

❋

고민아가 화장실로 떠난 뒤, 나는 유치해진 감정을 조절하려고 부단히 애썼다. 또 실수했다. 저번에도 무턱대고 들이댔다가 도리어 반감만 산 주제에 또 감정을 주체하지 못하고 정민이 앞에서 시위를 하고 말았다. 정민이를 이딴 식으로 대하는 게 잘못이라는 건 안다. 하지만 정민이를 향한 내 마음이 민아가 내게 가진 마음일까 봐 겁났다. 마음은 고맙지만 부담스럽다. 상대방은 어떻게든 그 부담감을 없애려고 애를 쓰지만 그가 다가올수록 도리어 상황은 악화될 뿐이다. 어찌해야 할지 모르겠다. 낮게 신음하며 소파에 등을 기대는 내게 정민이가 속삭였다.

"쟤가 싫다고 했어?"

목적어가 빠진 질문. 송정민은 날 떠보고 있다. 상황을 알려주는 것이 도리일 듯해 고개를 끄덕였다.

"미안."

나는 뒤늦게 애매한 사과를 건넸다. 정민이는 말이 없었다. 정민이는 나를 바라보는 대신 애꿎은 커피만 빨았다. 투명한 잔에 담긴 아이스커피는 오래전에 바닥나 얼음밖에 남지 않았다. 하지만 그녀는 잔을 손에서 놓지 않았다.

"1학년 때부터 쭉 마음에 두고 있었어."

나는 해명하듯이 덧붙였다. 마침내 정민이가 잔을 내려놓더니 잠긴 목소리로 물었다.

"계속 시도할 거야?"

잠긴 목소리가 오묘하게 떨리고 있었다. 그 심정이 이해가 가서 나도 갑자기 말문이 막혔다. 정민이는 나를 언제부터 좋아한 걸까? 내가 군대 갔다 온 뒤로 바뀌어서 좋아한 걸까? 더이상 다이어트에 신경 쓰지 않고, 화장품에 신경 쓰지 않아서 좋아하게 된 걸까. 하지만 생각해 보면 정민이도 많이 바뀌었다. 전처럼 컴퓨터 게임을 줄줄이 외우고 있지도 않았고, 화장도 하고 치마도 입었으며 목소리도 전과 달리 부드러워졌다. 시간이 지나면 이렇게 모두 사회가 원하는 이미지에 순응해, 어색했지만 우리를 특별하게 해 주었던 치기 어린 모습들은 마모되는 걸까.

"토요일에 만나기로 했어."

"그 선배는?"

"……모르겠어."

정민이가 짠하다는 듯 나를 바라보았다. 그 동정에 항의할 생각도 없다. 구걸하고 있는 건 내 쪽이니까.

"……그럼 만약에 민아가 선배 좋아한다고 하면?"

그녀의 목소리에서 묻어나는 일말의 희망에 나도 모르게 인상을 찌푸렸다. 내가 좋아하는 사람이 나를 좋아해 주는 일이 얼마나 기적인지 새삼 깨닫게 된다. 그래. 차라리 이 감정을 정민이에게 느꼈으면 모두가 편했을 텐데. 하지만 정민이는 고민아처럼 강아지 같은 눈망울도 없고, 웃을 때 입가에 생기는 동굴도 없고, 가르마 방향도 고민아와 다르고, 웃을 때 고개를 젖혀 깔깔대지도 않잖아. 짐짓 심각할 때 차분한 목소리로 나를 나무라지도 않고, 신났을 때 반 까치발로 통통거리며 뛰지도 않아.

나는 고민아의 다양한 모습을 알고 있다. 그런데 거기서 더 욕심이 생긴다. 다른 사람은 볼 수 없는 고민아의 모습들을 보고 싶다. 고민아의 뜬 눈이 감긴 모습을 보고 싶고, 웃는 입가가 우는 모습을 보고 싶고, 늘 단정한 가르마가 흐트러진 모습이 보고 싶고, 웃을 때 들리는 고개가 흐느꼈으면 좋겠다. 차분한 목소리로 나를 보며 나무라기보다 입술을 꾹 닫고 참아 내고, 신이 났을 때 통통거리며 뛰어다니기보다 자리에 앉아 미동 없이 날 바라봐 줬으면 좋겠다. 그런 모습들이 탐나서 몸이 닳을 지경이다. 송정민의 다른 모습은 궁금하지 않다. 고작 이런 세세한 차이 때문에 날 좋아한다는 사람을 좋아해 줄 수 없다는 건 참 허탈한 일이다. 취향의 문제인지, 고민아의 매력인지 알 수 없다. 하지만 그 세세한 차이가 사람을 바꾸고, 마음을 바꾸고, 내 세계를 바꾼다.

"잘 모르겠어. 너는?"

내가 되묻자 정민이가 어색하게 웃었다. 나와 눈이 마주치기가 무섭게 그녀가 갑자기 발작하는 사람처럼 벌떡 자리에서 일어났다.

"간다."

정민이는 빠르게 몸을 돌려 서둘러 계단을 따라 내려갔다. 나는 당혹이 뒤엉켰던 정민이의 눈가를 기억하며 커피를 삼켰다. 변했다. 내가 아는 정민이는 저런 애가 아니었는데. 시간이 그녀를 바꿔 놓았는지, 아니면 누군가를 좋아하게 된 마음이 그녀를 바꿨는지는 정확히 알 수 없다. 다만 그 모든 것이 변한 와중에, 고민아만은 그 자리 그대로 서 있었음은 분명하다. 대학가의 상권은 시시때때로 바뀌고, 개설된 강의도 반응이 안 좋으면 다음 학기에 폐지되는 게 인지상정이다. 변화는 어렵고 적응은 쉽다고 하여 변화를 추구하는 걸까. 나를 이루었던 모든 것도 매초 변하고 있는 이 순간, 몇 분 후의 내가 그 누가 되어 있을지 몰라 불안에 쫓기고 있는 지금, 내가 의지하는 것들은 바뀌지 않았으면 하는 마음은 욕심일까.

그래서 다행이야. 고민아까지 변했으면 어쩔 줄 몰랐을 것 같아. 그렇지? 하지만 어쩌면 고민아 역시도 나와 헤어졌던 그 2년의 시간 동안 변했을지 모르겠다. 세상이 그대로 서 있어도, 관찰의 주체가 변하면 바라보는 현실이 변한다. 하지만 내 눈에 고민아는 변하지 않고 늘 그 자리에 서 있는 걸 보면 고민아를 바라보는 내가, 고민아를 향해 갖고 있던 나의 감정이 그긴 시간 동안 변하지 않았나 보다.

❀

고민아는 생각보다 빨리 집에 돌아왔다. 12시까지 돌아오지 않으면 스토커가 되어 받을 때까지 전화를 걸려고 했다. 나는 골목 끝에서 들려오는 차은수와 민아의 소곤거리는 목소리에 깜짝 놀라 나도 모르게 건물 옆, 어둠 속에 몸을 숨겼다. 정말 스토커가 된 기분이다. 하지만 걱정돼서 도저히 견딜 수가 있어야지! 제기랄! 둘이 점점 가까워지며 그들의 목소리가 더 생생히 들려왔다. 현관문 앞에 선 두 사람이 서로를 바라보고 섰다. 마주 잡은 두 손을 확인하고는 나도 모르게 질끈 눈을 감고 벽에 몸을 기대 버렸다. 호흡이 가빠지더니 심장이 터질 것처럼 뛰어 댔다. 왜 그 순간에 '간다.'라고 속삭였던 송정민이 생각났는지 모르겠다.

"⋯⋯꼭 가요."

민아가 키득이며 그와 뭔지 모를 약속을 했다.

"그래, 잘 자."

"응, 오빠도."

"연락할게."

"네."

아, 듣고 있기가 힘들다. 울컥울컥 몸을 타고 솟아나는 서러움을 가까스로 견뎌 내며 마지막으로 둘의 모습을 확인하려고 살짝 고개를 움직였다. 맞닿던 그림자의 두 손끝이 멀어졌다. 바닥이 사라진 듯 순식간에 세상이 심연 어딘가로 가라앉았다. 민아가 현관 계단을 오른 뒤 이내 건물 안으로 사라졌다. 차은수가 도망치기 전에 당장 달려 나가 그의 멱살을 잡고 외치고 싶었다.

'이 새끼야! 내가 더 먼저 좋아했다고! 내가 더 먼저, 더 많이 좋아했다고! 이 개새끼야!'

하지만 도무지 나 자신이 한심해서 나갈 수가 없었다. 이래서야 고등학교 때와 똑같다. 똑같다고. 정신이 멍하고 손이 달달 떨렸다. 공포와 비슷한 분노 혹은 절망 그 비슷한 색의 감정이 전신을 지배했다. 내일 기회가 있잖아. 내일 잡으면 되잖아. 아직 늦지 않았을 거야. 아직은……! 그런데 서러운 마음이 도무지 진정되지 않는다. 송정민도 이런 기분이었을까? 내가 영화 보러 가자는 제안을 거절했을 때, 민아 이야기를 꺼냈을 때, 여자로 보이지 않는다고 잘라 냈을 때, 그때도 송정민은 나처럼 가슴이 아팠을까?

그럴 리가 없다. 송정민이 나를 좋아하는 것보다 내가 배로 더 고민아를 좋아해 왔으니까. 더 이상 여기에 있을 수가 없다. 나도 모르게 다리가 움직여 어느덧 나는 골목길 한가운데 서 있었다. 걷는 내내 단 하나만 생각할 수밖에 없었다. 왜 나는 안 되는데? 왜. 왜 나는 남자로 안 보인다는 거야? 난 네게 이렇게 끌리는데 너는 아무것도 느끼지 않는다니, 이게 말이 돼? 이 강한 끌림을 어떻게 나만 느낄 수 있는 건데? 내 눈에는 보이는 이 명확하고도 분명한 결합이 어째서 네 눈에는 보이지 않는 걸까? 이해할 수가 없다. 그래서 더 노력하게 된다. 그녀를 가리고 있는 안대가 풀릴 때까지, 노력하고 또 노력하고 또 노력하면 언젠가 되리라고 믿게 된다. 그게 남자들의 흔한 착각이라고, 사람에게 끌리지 않는 데 이유가 없다지만 도저히 납득이 가질 않아서……. 엄마도 내가 붙잡았으면 우리 가족을 놓지 않았을 텐데.

고민아도 그리 사라지도록 내버려 둘 수는 없다. 되지 못할 인연이라도 내가 바득바득 우긴다면 어떻게든 이어지지 않을까……? 침을 삼키고 떨리는 숨을 돌렸다. 아직 늦지 않았다.

내일이 있으니까. 그러니까 내일은 실수하지 말자. 말실수도 하지 말고 울컥해서 아무렇게나 밀어붙이지 말고, 제발…… 제발 침착하고 매너 있게.

집에 도착해 침대 위에 그대로 쓰러졌다. 휴대폰을 더듬어 고민아에게 내일 약속 잊지 않았지 류의 문자를 보낼까 고민했지만 그러면 너무 매달리는 모습이 매력 없을 것 같아 하지 못했다. 걔가 먼저 문자 보내 줄 수는 없는 걸까. '나 은수 오빠랑 잘 만나고 왔어. 내일 봐.' 이 두 문장이면 날 달래기에 충분할 텐데. 제발 조금만이라도 먼저 다가와 주면 안 돼……? 밤새 오지 않을 문자를 기다리며 잠이 든 다음 날 아침, 나는 심신이 지쳐 있었다.

❋

놀이공원 안에서 고민아는 단 한 번도 차은수를 입에 담지 않았다. 정말 아무 일이 없었던 사람처럼 자유 이용권을 끊고는 익숙한 듯이 놀이 기구를 가장 효율적으로 탈 수 있는 동선을 정하기 시작했다. 나는 그녀의 장단에 맞춰 태연한 척 그녀에게 장난을 걸었다. 시험 주가 끝난 주말이라 놀이공원은 대학생으로 북적였다. 세상에 커플이 이렇게 많은지 오늘 새삼 다시 깨달았다. 내가 그들 중 하나가 되어 뒤섞여 있는 기분도 퍽 오랜만이라 생소했다.

"김기범, 듣고 있어?"

"어?"

청룡열차를 탄 사람들의 비명에 묻혀 순간 그녀의 말을 듣지 못했다.

"너 잠시 여기 줄 서 있으라고. 내가 가서 츄러스 사올게. 너 아침 안 먹었지?"

내 생활을 꿰뚫고 있는 그녀가 기특해 나도 모르게 미소를 짓게 된다. 나는 줄을 벗어나려는 그녀의 어깨를 잡아 다시 줄 가운데 세워 놓았다. 그리 강하지 않은 힘에도 딸려 올 정도로 고민아는 작고 가볍다.

"내가 갈게. 네가 여기서 기다려."

"야, 네가 표 샀잖아. 그럼 먹을 건 내가 사야지."

고민아는 놀이공원 앞에서도 자기가 기필코 표를 사겠다며 한창 실랑이를 벌이며 실제로 개표소 앞에서 거의 반 몸싸움까지 벌였다. 물론 승리자는 나였지만.

"여기가 영화관이야?"

"영화표와 팝콘, 저녁식사와 커피, 놀이공원 표와 식사. 몰라?"

나는 그녀가 나열한 비유에 은근슬쩍 '모텔비와 아침 해장'이라는 엉큼한 생각을 했다가 서둘러 그걸 뇌리에서 지웠다.

"그럼 네 카드를 나 줘."

"생색은 네가 내게?"

"너 돌아다니면 작아서 못 찾아. 너는 이 자리에 꼼짝 말고 있는 게 좋아."

내 말에 그녀가 입을 삐죽거리며 지갑에서 카드를 건넸다. 몇 분 뒤 내가 츄러스와 병 음료수를 하나씩 들고 등장하자 그녀가 인상을 찌푸리며 내게 따졌다.

"야! 너 죽을래? 나는 카드 결제하면 문자 오거든?"

제 카드를 쓰지 않았다고 화를 내는 민아에게 나는 평소 버릇대로 어깨를 으쓱했다.

"점심 비싼 거 먹지 뭐."

"카드 내놔."

"싫어."

"어허! 내. 놔."

금전적인 문제로 그녀와 실랑이를 벌이고 싶지 않아 나는 뒷주머니에 지갑을 쑤셔 넣고는 태연히 그녀의 어깨에 팔을 두르며 말했다.

"내가 신청한 데이트인데 왜 네가 내. 정 그러면 네가 나중에 데이트비 내."

내 말에 생기발랄한 그녀의 표정이 찰나의 순간 굳었다 다시 미묘하게 풀렸다.

"너한테 밥도 사기로 했는데."

"아, 맞다. 우리 따로 만날 일 많네. 그치?"

언젠가 동아리 친구에게서 이런 얘기를 들은 적이 있었다. 아는 형 하나가 어머니 지인이 주선한 소개팅을 나갔는데, 여자 쪽에서 웬일인지 모든 비용을 자처해서 지불했다고 한다. 저녁과 커피까지 모두 계산을 하는 그녀를 보며 그 남자는 속으로 '저 여자 정말 내게 반했구나.'라고 생각했다. 기분 좋게 헤어진 뒤 남자는 여자에게 반가웠다는 문자를 보냈고, 여자도 웃으며 인사를 건넸다. 하지만 다음 날 남자가 여자와의 다음 만남을 진행하려고 연락했을 때, 여자는 짤막하게 답변했다.

'죄송합니다. 좋은 분 만나세요.'

남자는 기이하게 생각하며 전화까지 했다. 하지만 여자는 그의 전화도 받지 않았다. 사실 여자는 첫 만남서부터 남자와의 이별을 보았던 것이다. 하지만 어른의 소개로 만난 자리에서 섣불리 행동할 수 없어서, 곧 있을 거절을 최대한 포장하려고 예의상 돈으로 그 값을 치른 것이다. 이 이야기를 전하며 친구는 내게 말했다. 무리하게 돈으로 선심을 쓰는 여자의 본심을 잘 헤아려야 한다고. 마음의 빚 없이 관계를 정리하려는 다급한 수습일 수도 있으니까. 불현듯 지금에서야 생각나는 이야기에 괜히 불안해졌다. 하지만 민아는 내가 어깨에 두른 팔을 피하지 않았다.

그날 하루는 무리 없이 흘러갔다. 놀이공원에서 거의 아홉 시간을 있었는데 탄 놀이 기구는 일곱 개밖에 되지 않았다. 하지만 고민아의 전략으로 이만하면 다른 사람들에 비해서는 선방한 걸 테지. 우리는 늦은 저녁을 밖에서 먹기로 하고 놀이공원을 나섰다. 고민아는 그 긴 시간을 서 있었는데도 지친 기색을 보이지 않았다. 도리어 안절부절 뭔가를 저질러야만 살 것 같은 사람처럼 흥분을 가라앉히질 못했다. 말이 많고 수다스럽다. 복학한 이래로 그녀가 내 앞에서 수줍어하거나 불편해하는 모습을 종종 본 적이 있었고, 나는 그 모든 것을 청신호라고 생각했다. 그런데 지금은 잘 모르겠다. 그 불안과 설렘이 어디에서 기인하는지 이제는 확신할 수 없다. 우리는 감자탕 집을 찾아가 나눠 먹을 소짜를 주문하고서 한동안 멍하니 텔레비전을 바라보았다. 저녁 뉴스에 일본 방사능 이야기가 또 흘러나오고 있다. 저런 소식을 들을 때면 종말이 머지않았다는 생각이 든다. 민아가 말했다.

"오늘 재밌었어?"

학교에서 귀가한 아이에게 엄마가 건넬 법한 말에 나는 고개를 끄덕였다.

"너는?"

민아는 내 말에 답하는 대신 다른 말을 이어 갔다.

"놀이공원 오랜만이다. 그치? 1학년 때 우리 저 놀이공원을 몇 번 갔지?"

"다섯 번."

"그렇게나 많이?"

"우리 손바닥 안이었지."

"우리도 참 대단하다. 너 처음에는 청룡열차 못 탔잖아."

"네가 나 끌고 가서 탄 거였잖아! 안전 바 내려갔을 때 나 진짜 바지에 실례할 뻔했다고!"

"하하하. 그래서 지금은 잘 타면 됐지."

"그래도 바이킹은 여전히 싫어. 심장이 헬륨 풍선 된 느낌이야. 뒤꿈치에 묶인 풍선이 목 끝까지 올라가서 바바방방 벽면을 치면서 튀어다닌다고."

내가 질색을 하며 몸을 떨자 그녀가 더 큰 목소리로 웃었다. 청아하게 음식점을 채우는 그녀의 웃음소리를 들으며 나도 모르게 생각했다. 이렇게 즐거운데. 이렇게 즐거운데 어떻게 내게 매력을 못 느낀다고 할 수 있어? 내 의문을 솔직하게 그녀에게 물으면, 그녀는 과연 내게 무슨 답을 건네줄 수 있을까. 너는 과연 나를 더 어떤 방식으로 상처 입힐 계획이야?

곧 식사가 나왔고 우리는 다양한 이야기를 나눴다. 뉴스에서 계속 회자되는 일본의 방사능부터, 학교에 있는 괴짜 교수님, 우리 과 3반에 있는 공고 특례 출신 동기가 군대에 말뚝을 박기로 했다는 소식 등까지……. 우리의 미묘한 관계의 변화에도 우리의 일상은 아직 변화가 없었다.

관계의 정의

방향을 바꾸지 않으면 지금 향하고 있는 곳이 바로 도착점이 된다.

— 노자老子

도저히 말을 꺼낼 수가 없었다. 아침에 그는 무척 피곤한 얼굴을 하고 우리 집 앞에 왔다. 수척해진 그의 안색이 걱정스러웠다. 하지만 놀이기구를 타며 그는 곧 평소와 같은 모습을 되찾았고, 나는 곧 아침에 보았던 그 모습을 잊었다. 대신 그가 나를 대하는 모습을 보며 그가 나를 좋아한다고 한 이유를 탐색했다. 내가 예쁜가? 다리가 얄쌍한가? 볼륨감이 있는 편인가? 얘는 정확히 내가 누구인지나 알고 날 좋아하는 걸까?

사실 아직도 잘 상상이 가지 않는다. 누군가 나를 좋아한다는 건. 누군가를 정열적으로 사랑해 본 적이 없는 내게 사랑이란 영화나 소설에서나 등장하는 픽션 그 자체일 뿐이다. 그저 로맨스 영화 속 남자 주인공이 멋있으면, 잘생겼으면, 그 밖의 스펙이 완벽하고 밀당에 능하지만 그와 동시에 여자 주인공에게 절대적으로 헌신하면 그의 객관적인 매력에 동의한다. 허나 그를 사랑하는 여주인공의 마음에 동의하지는 못한다. 그래서 잘 모르겠다. 영화나 소설 속 인물들이 자랑하는 객관적인 완벽함을 지니지 못한 사람들이 서로를 좋아하는 마음을.

눈곱이 많은 편인 나는 아침에 일어나면 늘 꺼끌꺼끌 건더기가 붙은 눈을 손등으로 비벼야 하고, 배꼽 근처에 털이 좀 나 있으며, 가끔 심심할 때 이상한 혼잣말을 하며 낄낄 웃기도 한다. 나갈 일이 없을 땐 머리를 안 감고 묶고 다니는데, 그 기름진 모습을 거울로 보노라면 나조차도 피하고 싶은 추노를 만나게 된다. 기범이가 날 좋아해 주는 건 고맙지만 그건 어디까지나 그가 나에게 가진 환상에서 비롯됐을 테다. 그건 은수 오빠도 마찬가지다. 나는 어제 내가 선보일 수 있는 최선의 유혹을 펼쳤고, 그는 은밀한 수순을 밟아 내 덫에 걸려들었다.

물론, 다른 여자들도 어느 정도의 단점을 갖고 있다는 걸 알지만 그래도 어쩐지 그들이 나와 같다고는 생각할 수 없다. 그들의 단점은 사랑 받을 수 있을 정도로 사소한 것들일 것만 같고, 나의 단점은 그리 관대하게 평가 받을 것 같지 않다. 도대체 언제 나 자신을 온전히 사랑할 수 있게 될까? 사람은 사랑 받으면 자존감이 높아진다던데, 기범이 덕분에, 은수 오빠 덕분에 나는 치유될 수 있을까? 남자 친구를 사귀게 되면, 이 지독한 콤플렉스를 극복할 수 있게 될까? 하지만 남자는 당당한 여자를 사랑한다고 하지 않던가. 결국 남자를 통해 자존감이 높아진다는 전제는 글러 먹었다. 나를 사랑하는 방법을 스스로 깨우치는 날이 오지 않는 이상, 그 누구에게도 나의 전부를 진심으로 사랑해 달라 요구할 수 없다.

이런 생각이 들 때면 나는 종종 아빠를 떠올렸다. 아빠는 은근히도 아니고 아주 대놓고 나보다 동생 성아를 더 좋아했다. 아빠는 성아는 무조건적인 애정으로 대했지만 나는 늘 학업 성적이라는 척도와 엄격한 잣대로 평가했다. 대회에 나가 상을 받으면 묻는 첫 질문은 '거기에 몇 명 참가했니?' 그다음 질문은 '상은 다 합해서 몇 명이 받았대?' 이어지는 질문은 '그럼 네가 몇 등 정도 한 거지?' 나는 비교 당하는 게 너무 익숙해서 다른 학생들보다 잘했다는 걸 증명하려고 묻지도 않은 이야기를 늘어놓았다. 마지막 문제는 주관식이었는데, 내 친구는 틀렸댔어. 나한테는 쉬웠는데. 그 문제 배점이 10점이었을 거야. 제일 어려운 문제라고. 이런 나의 노력에도 아빠는 별 반응이 없었지만 당신의 관심을 포기할 수가 없었다. 아빠와의 관계가 바닥 치는 자존감의 원인인지는 영원히 알 수 없을 테다.

내가 은밀히 펼친 불완전한 유혹의 수순에 걸려든 오빠는 어제 나와 입을 맞추고는 한시의 망설임도 없이 신음하듯 내게 말했다.

"사귀자."

그 음성이 술에 취한 내 귓가에, 키스에 취한 입술에 닿았을 때 나도 모르게 고개를 끄덕일 뻔했다. 하지만 돌연 기범이가 생각나 버려 갑자기 정신이 들면서 섣불리 행동할 수 없게 됐다. 망설이는 나를 보며 달아올랐던 그의 눈동자에 다시 또렷한 초점이 잡혔다. 그가 내게서 멀어지며 착석했다. 그제야 그의 뒤에 가려져 있던 바 안의 풍경과 이목의 중심에 선 현실이 보였다. 그가 굳어 있는 나를 눈치채고 자리에서 일어났다. 내가 술을 사려 했던 건지 뭐가 어떻게 된 건지 정신을 차리지 못한 상태에서 멍하니 오빠를 따라 바를 빠져나왔다. 우리는 대학가의 어두운 골목길에 몸을 숨기고 잠시 숨을 골랐다. 내 옆에 섰던 그가 고개를 숙여 나와 눈을 맞췄다.

"괜찮아?"

그가 내 이마에 손을 짚었다. 나는 고개를 끄덕였다.

"미안. 놀랐지? 미안해."

그는 자신의 감정을 몰아붙인 것을 사과했다. 하지만 그는 사과할 필요가 없었다. 나 역시 거기에 불붙듯이 응했으니까. 무서웠다. 누군가에게 이렇게 본능적으로 이끌려 달려든 건 생전 처음이었다. 아직도 이마에 맞닿은 그의 커다란 손에서 느껴지는 강인함에 매달리고 싶어 심장이 두근거렸다.

"아니에요. 그게 아니라……."

너무 빠른 것 같다. 아니, 안 빠른가? 소개팅 후 네 번 안에 사귀자는 말이 없으면 그 인연은 끝난 거란 말도 있잖아. 하지만 난 아직 오빠를 잘 모르잖아. 그래도 끌리는걸? 끌리는 건 끌리는 거잖아. 나는 애써 진정하며 가까스로 지금의 진심을 포장 없이 풀어놓았다.

"나, 나도 오빠랑 사귀고 싶어요. 그런데 아직은 안 돼요. 조금만 기다려 줄 수 있어요……?"

빛을 등진 오빠의 그늘진 얼굴 속에서도 의아함이 번졌다.

"무슨 일 있어······?"

"음······. 사실 그게······."

마음 같아서는 오빠에게 기범이와의 일을 털어놓고 싶지만 그건 기범이에 대한 예의가 아니다. 이 난관을 어떻게 헤쳐 나가야 할지 고민하는데, 오빠의 손이 내게서 멀어졌다. 그가 허리를 펴고 나를 내려다보고 있었다. 가늘어진 눈매와 굳은 입매에서 그의 기분이 묻어났다.

"아, 그 후배님?"

부드러운 음성임에도 냉소적인 감정이 묻어 나온다. 긍정도 부정도 할 수가 없다. 기범이가 대놓고 오빠에게 적대심을 보였으니 그가 기범이를 좋게 볼 리 만무했다. 특히 지금 같은 상황에서는 더.

"기다리면 되는 거야?"

그가 목소리에서 힘을 더 풀며 내게 부드럽게 물었다.

"네. 정말 친한 친구라서······."

"언제까지?"

"빨리 말씀 드릴게요."

"응, 근데 민아야. 언제까지?"

그가 싱긋 미소 지었다. 웃는데도 살벌함이 느껴지는 남자는 처음 본다. 하지만 그때 기범이의 도발에 보였던 가면 같은 미소와는 다르다. 그때의 그 미소처럼 소름 끼치지는 않는다.

"나도 오빠랑 사귀고 싶어요."

"그럼 사귀면 되네."

"걔랑 관계를 분명히 하고 싶어요."

"친구라서?"

"네."

"음, 그럼 나는 그냥 기다리면 되는 사람이야?"

"그런 거 아니에요."

"그럼 정확하게 말해 줘. 내가 너한테 어떤 사람인지."

남자가 나를 향해 드러내는 소유욕을 처음 본다. 썸남들이 사귀는 사이도 아닌데 대놓고 내가 다른 남자들과 이야기를 나누는 걸 질투할 리 없지 않은가? 보통 밀당으로 끝내고 말지. 하긴, 전에 기범이가 강의실에서 오빠에게 틱틱거린 것도 질투였다고 볼 수 있나? 나는 오빠의 오해를 어떻게 풀 수 있을까 망설이다가 두 손으로 그의 얼굴을 내게 끌어 순식간에 그에게 입을 맞추고 멀어졌다. 조금 전 사람들 앞에서 대놓고 키스까지 한 주제에 뭐가 부끄럽냐 하겠지만, 막상 밖에 있으니 도저히 제정신으로는 그 짓을 반복할 수 없었다.

"걔랑은 이런 거 하고 싶지 않아요."

그제야 그가 표정을 풀었다. 그의 입꼬리가 느슨하게 위로 올라간다. 귀엽다. 그가 손목시계로 시간을 확인했다.

"늦었다. 집에 바래다줄게. 가자."

그렇게 우리의 만남은 일단락됐다. 어젯밤의 일을 떠올리는 것만으로도 두 볼에 열이 오른다. 오빠가 좋다. 머릿속에서 그가 맴도는 것은 사실이다. 그가 보이지 않는 지금 이 순간에도 그에게 연락이 하고 싶으니까. 그가 좋기에 평소에도 많았던 고민이 이렇게 배로 늘어나는 거겠지. 으흐흑! 이 험하고도 험한 모쏠의 고난이시여……!

❋

저녁 식사를 끝낸 뒤, 기범이는 끝까지 매너남의 모습을 잃지 않고 나를 집까지 바래다주었다. 밤이 찾아온 이곳에 늘 한결같이 빛을 발하는 가로등 불빛의 안색이 오늘은 창백하다. 그 불빛 아래 금빛으로 반짝이던 장미들이 오늘은 은빛으로 촉촉하게 물든 것만 같다. 나는 기범이와 헤어지기 전에 전하리라 다짐했던 말을 꺼내려고 머릿속에서 단어를 또 고르고 골랐다. 현관문 앞에 선 그가 먼저 말했다.

"잘 들어가라."

"어, 데려다 줘서 고마워. 근데, 있잖아……."

"데이트비는 네가 나중에 쏴. 너 빚지는 거 싫어하잖아."

"알았어, 근데……."

"너 내일은, 뭐, 바쁘냐?"

그런데 이놈이 도저히 말할 틈을 주지 않는다. 안 그래도 힘들어 죽겠는데 그가 의도적으로 날 막아 나서니 주먹 쥔 손가락 사이로 식은땀이 배어 나온다.

"잠깐만! 나 너한테 할 말 있어!"

더는 그가 나로부터 도망치려는 꼴을 볼 수가 없다. 강경한 나의 태도에 드디어 기범이가 차분하게 가라앉아 나를 내려다보았다. 짧게 심호흡을 했다.

"아무리 생각해도 넌 좋은 친구야. 나 너랑 계속 좋은 친구하고 싶어……!"

침묵하는 기범이에게 더는 할 말이 생각나지 않아 입술을 물었다. 기범이는 이 상황을 예견했는지 덤덤했다. 그가 한참 뒤 잠긴 목소리로 말했다.

"알았다."

담백한 한마디에 퍼뜩 고개를 들어 그를 바라보았다. 그가 웃고 있었다. 예상하지 못했던 반응에 얼떨떨해졌다.

"잘 자."

그가 순식간에 몸을 돌려 내게서 멀어졌다. 나와는 친구로 있을 생각이 없다고 한 그의 말이 귓가에 메아리쳤다.

"자, 잠깐만!"

"왜?"

태연한 목소리에 머리가 잠시 멍해졌다가 다시 돌아왔다.

"난 너랑 친구로 지내고 싶어!"

"알았어."

그가 나를 비껴 지나치려는 듯 몸을 틀었다. 나는 그의 팔을 잡았다.

"우리 계속 친구 맞지? 이대로 절교하는 거 아니지?"

"절교?"

그가 멈춰서더니 잠시 뒤 생각났다는 듯이 "아하." 하고 짧게 감탄했다. 그가 날 냉소적으로 바라보며 실소를 터트렸다.

"너 설마 이러고도 우리 사이가 계속 이어질 거라고 생각했냐?"

"……어?"

"굳이 겪지 않아도 모르겠어? 넌 지금 날 거절했다고. 그런데 우리 관계가 계속될 수 있을 거라 생각해? 하루아침에 사라질 감정이었으면 여기까지 오기 전에 널 잊었겠지."

"야……!"

"좀 이기적이라는 생각 안 들어? 나보고 계속 연기하라고?"

그의 돌직구에 할 말을 잃었다. 그를 붙잡을 수 있는 방법이 생각나지 않았다.

"선배랑 잘해 봐. 벌써 사귀고 있을지도 모르지만. 간다."

그가 더 시간을 지체할 일이 없다는 듯이 서둘러 골목길을 빠져나갔다. 나는 그 자리에 우뚝 서서 그의 자취를 바라보는 일밖에는 아무것도 할 수 없었다. 이렇게 허무하게 친구가 또 사라졌다. 막 시작하려는 연애의 달달함을 채 느껴 보기도 전에, 나는 그보다 더 매서운 친구의 부재를 실감했다.

※

"기범이는?"

오전 강의를 마치고 함께 모여 점심을 먹는데, 친구들이 늘 옆에 대동하고 다녔던 기범이의 부재를 궁금해했다.

"모르겠어. 강의 안 들어왔어."

"그래? 웬일이래. 어디 아픈가."

혜영이가 중얼거렸고, 정민이는 아무 말도 하지 않았다. 혜영이가 정민의 눈치를 보더니 "에헴." 하고 목을 다듬었다. 정민이가 벌써 한 차례 혜영이에게 기범이에 대해 상담했나 보다. 나에게 상담할 수 없었던 이유를 그 누구보다도 잘 알면서도 그들의 비밀스러운 대화에 소외되었다는 사실이 서운하다. 스스로도 그 섭섭함에 어이가 없다. 이렇게 기범이는 우리의 대화에서 사라지게 되는 걸까. 앞으로 같은 강의를 들어도 기범이는 내 옆자리에 앉지 않겠지. 생각만 해도 가슴이 뻐근해졌다. 정민이가 영 표정이 좋지 않은 나를 힐끗 보더니 내게 팔짱을 끼며 말했다.

"맛있는 거 먹자."

내 팔을 꽉 감아쥔 그 온기가 감사했다. 우리가 남자 문제 같은 것에 무너질 만큼 치졸하진 않구나. 감동이다.

"맞다! 오늘 아웃프런트 파스타맨션에서 점심 세일하잖아."

서윤이의 말에 그 길로 택시를 잡아 15분 거리의 패밀리 레스토랑으로 향했다. 나중에 시간이 되면 정민이와 둘이서 자리에 앉아 김기범 이야기를 해야겠다. 은수 오빠 얘기도. 정민이의 마음을 알고 싶었다.

레스토랑에 도착한 우리는 세트 메뉴의 수프를 샐러드로 바꾸고 이 메뉴에 저 사이드를 이렇게 저렇게 바꾸고 추가해서 같은 가격을 내고도 더 풍성하고 스마트해 보이는 구성으로 주문했다. 코스대로 음식이 나오기에 앞서 혜영이가 갑자기 휴대폰을 꺼내 들더니 우리에게 무언가를 보여 주며 낄낄거렸다.

"야, 야. 이거 봐봐."

휴대폰에는 혜영이가 자주 들어가는 어느 인터넷 카페에 게시된 글이 띄워져 있었다. 혜영이는 평소에 인터넷을 무척 즐겨서 네버 블로그, 넥스트 카페, 케이트 판 같은 곳들을 행진하고 다녔다. 그 덕에 인터넷 유행어는 물론 온갖 짤방[23]과 웃긴 이미지들을 섭렵했다. 혜영이가 보여 준 게시물은 다음과 같았다.

← 　　　　재잘재잘 (므흣♥) 　　　　 ≡

언니들 골라봐라! 낮져밤이 vs 낮이밤져!

 익명
11:03 조회 327

---

1. 낮져밤이: 낮에는 져 주고 밤에는 이기는 남자.

낮:
"오늘 밥 맛있게 먹었어요?"
"XX 씨, 안색이 왜 그래요? 오늘 몸 안 좋아요? 쉴래요? 내가 약 사다 줄까요?"
"어디 있었어요? 연락 안 돼서 나 계속 찾았잖아."
"그거 무거우니까 나 주고 저기서 쉬고 있어요."
당신이 쥐면 부서질까 놓으면 날아갈까 안절부절못하며 자상하게 하나하나 챙기는 남자. 매일 적어도 한 번씩 부드러운 목소리로 전화를 하고 당신이

---

23 이미지를 올리는 게시판에서 적당한 이미지가 없을 때 짤림 방지용으로 올리는 이미지를 가리키는 말에서 나온 것으로 지금은 재미있는 이미지의 통칭이 되었다.

잠 못 드는 밤이면 성시경 뺨치는 스킬로 자장가를 불러 준다. 당신이 밥이라도 한 번 굶은 날이면 불쑥 장을 보고 집에 찾아가 당신에게 밥을 해먹일 정도로 정성이 가득한 남자. 가끔 화날 때는 얼굴 딱딱하게 굳히고 냉정함이 뚝뚝 떨어져서 무섭지만 당신이 그 모습에 울상이라도 지으면 곧바로 마음이 풀어져 미안하다고 사과하는 남자.

밤: "소리 내요."
이하 자세한 설명은 생략한다.

2. 낮이밤져: 낮에는 이기지만 밤에는 져 주는 남자.

낮:
"내가 그러게 밥 제때 챙겨 먹으라고 했지! 네가 애냐!"
"아프냐? 그러니까 내가 어제 춥다고 외투 입으라고 했지! 뭐……? 그날이라고? 아씨, 야. 약국 어디냐. 너 여기서 기다려. 미리 말을 했어야지. 이런 날 그러게 왜 기어 나와! ……병원 안 가도 되냐……?"
"도대체 어디를 싸돌아다니냐! 너 내가 얼마나 찾았는지 알아! 네 얼굴 밤에는 위험해서 사람들 졸도한다고!"
"애가 그거 하나 못 드냐. 약해 빠져서……. 내놔."
툴툴거리고 툭하면 버럭 소리 지르며 건네는 말 하나 따듯한 것 없지만 정작 당신에게 무슨 일이라도 생기면 제일 흥분하는 남자. 당신이 다칠 때면 저가 더 화가 나 윽박지르면서 병원 가야 하는 것 아니냐고 오바를 하고, 밥이라도 굶으면 모자란 사람 취급하면서 화내다가 당신이 삐치면 슬쩍 다가와서 화났냐고 눈치를 살피다가도 또 이내 돌연 "그러니까 밥 좀 제때 먹으라고!" 하고 화내는 남자.

밤: "아파……? 천천히 할까?"
이하 자세한 설명은 생략한다.

　왜 웹상 글자 나열일 뿐인데 내 입가에는 이리도 음흉하고도 흐뭇한 미소가 번지는 것이냐. 그 아래 달린 댓글들은 모두 나의 심정을 반영하고 있었다.

댓글 120

전체 댓글 보기

> ┗ 20XX.XX.XX
> 상상만 했는데 침 나와. ㅋㅋㅋㅋㅋㅋ 행복으다.
> ㅋㅋㅋㅋㅋㅋㅋㅋㅋㅋㅋㅋㅋㅋㅋㅋㅋㅋㅋㅋㅋ

20XX.XX.XX

아침부터 이런 글 써주시면 감사합니다.

20XX.XX.XX

너님 신고. 내 우심방에 입주 신고.

> ┗ 20XX.XX.XX
> ㅋㅋㅋㅋㅋㅋㅋㅋㅋㅋㅋㅋ 말재간 봐라. ㅋㅋ

20XX.XX.XX

감히 내가 어떻게 고르냐… 2D 남친 두 명 추가

"뭐야, 이거."

서윤이가 민망해하면서 깔깔댔지만 혜영이는 넉살좋은 아줌마처럼 흡족한 미소를 지었다.

"흐뭇해. 낮이밤져 내꺼."

서윤이가 얼굴을 붉히며 혜영이를 흘겨보다가 이내 실실 웃으며 합류했다.

"음…… 난 1번."

"왜? 네 남자 친구 낯져밤이야?"

정민이가 음흉하게 웃자 서윤이가 당황한 듯 홍소를 터트렸다. 쟤 한 번 웃으면 적어도 1분은 웃는데 이번에도 한참 가겠군. 그나저나 낯져밤이라. 오빠의 키스는 분명 날 이기는 키스였지. 평소에는 그렇게 젠틀한 사람이. 또 생각해 보면 김기범은 근래 나한테 땍땍 싸가지 없게 굴었으면서도 막상 내 손에 입 맞출 때는 완전 내가 무슨 연약한 새인 것처럼……. 아악! 내가 이게 무슨 짓이야! 무슨 인터넷 환상 인물에 실제 사람들을 대입하고 앉았어!

"난 안 가린다. 소개팅 좀."

"내가 은수 오빠한테 물어볼게!"

드디어 정민이를 도울 수 있으리란 생각에 불쑥 튀어나온 한마디가 세 사람의 이목을 내게 집중시켰다. '은수 오빠'는 서윤이의 웃음을 멈출 수 있게 할 정도의 위력을 지녔나 보다.

"진짜?"

정민이의 반가운 외침은 곧 다른 두 여인에게 처참히 묻혀버렸다.

"어떻게 돼 가고 있어?"

"금요일에 만났어? 어땠어? 잘됐어? 애프터 있어?"

"야, 얘가 소개팅 했냐. 뭔 애프터야?"

"말이 그렇다는 거지. 또 만나기로 했어? 지금도 연락하고 있냐고!"

폭포수처럼 쏟아지는 질문 사례에 나는 그저 어색하게 웃었다. 허허허허! 사실대로 말할까, 말까. 에라이. 말하자! 말해!

"사실 금요일에 오빠가 사귀자고 하긴 했는데……."

"뭐어!"

갑자기 세 여자가 동시에 소리 지르는 바람에 순식간에 레스토랑의 사람들이 우리를 바라봤다. 금요일서부터 뭔 음식점에 들어갈 때마다 시선 세례를 받는 것 같다. 혜영이가 지나가던 알바생 부르더니 알코올이 들어간 칵테일을 순식간에 네 잔이나 주문하고 말았다. 그러면서 알바생에게 "이 친구 모쏠 탈출 기념으로 쏘는 거예요."라는 폭탄을 던졌다.

"야!"

혜영이를 말릴 새도 없이 이번에는 정민이가 나를 공격해 왔다.

"그래서 지금 사귀어?"

정민이에게만큼은 거짓말을 할 수 없지.

"아니, 일단 시간을 좀 달라고 했어."

그 소식이 마치 청천벽력이라도 됐는지 혜영이가 허망하게 나를 바라보았다. 벌써 주문을 받은 알바생은 저 멀리 사라져 가고 있었다. 나는 그제야 기범이를 언급하지 않으면서 상황을 수습할 수 있는 방법을 제대로 생각지도 않은 무심한 발언을 내뱉었다는 걸 깨달았다.

"왜? 싫어? 어떻게 차은수 선배가 싫을 수가 있어?"

서윤이가 이해가 가질 않는다는 듯이 따져 물었다. 정민이는 어느새 입을 한일자로 다문 채 말이 없었다. 안 돼! 정민이가 오해하면 안 되는데! 그나저나, 강서윤, 왜 싫냐니? 질문이 뭔가 수상한데?

"너 은수 오빠 봤어?"

서윤이가 대놓고 흠칫 몸을 떨더니 혜영이를 바라보았다. 분명 내가 은수 오빠한테서 스토커로 오해를 받았을 때까지만 해도 모르는 사람이라고 했으면서 왜 지금에서야 그를 아는 사람 취급하지?

"아, 아니……. 후배들이 너랑 기범이 얘기하기에……. 차은수 선배 스토커 얘기에 네가 엮인 게 신기해서 좀 말해 줬더니 걔들이 사진을 보여 주더라고. 과도 꽃미남이라고."

이럴 수가.

"후배 누구?"

"정민이 뻔이랑 그 친구들."

아악! 효은이 소문 퍼트리고 다니는 거 엄청 좋아하던데…….

"그리고 한 번 도서관에서 공부하는 것도 봤어. 잘생겼던데."

혜영이가 옆에서 서윤이를 두둔해 주었다. 이놈의 계집애들. 너희를 믿고 썰을 풀었건만 날 배신하고 그걸 애들에게 퍼트리고 다니다니! 하긴 비밀이라고, 다른 사람들한테 말하면 안 된다고 경고한 적도 없긴 하지만……. 혜영이 서둘러 말머리를 돌렸다.

"근데 왜 생각해 보겠다고 한 거야? 성격이 안 맞아?"

외모가 내 마음에 안 들 수도 있다는 가능성은 완전히 배제해 버린 질문이었다.

"아니, 재밌어. 같이 있음 좋은데……. 너무 빠른 것 같아서 생각해 보자고 했어. 아, 근데 사귈 거야."

정민이를 안심시키려고 서둘러 뒷말을 덧붙였다. 혜영이가 안도의 한숨을 내쉬었다.

"그래, 그럼 내가 방금 시킨 칵테일 주문 취소 안 한다."

결국 칵테일이 걱정이었던 거니. 헛웃음이 나온다.

"아오, 박혜영! 알았어. 너희 근데 이건 다른 사람들한테 말하고 다니면 안 돼! 우리끼리만 아는 거야!"

"오케이."

그 뒤 우리는 레몬 쉬림프 샐러드와 치킨 브레스트 투움바 파스타, 서로인 스테이크 등을 썰며 갖가지 주제로 이야기꽃을 피웠다. 참 신기한 게, 일주일에 적어도 네 번 이상은 만나는 사람들끼리 이야기 주제가 바닥이 나질 않는다. 각자의 근황은 이미 알대로 다 알아서 퍼낼 게 없다고 쳐도 사회적 이슈, 진로 이야기, 연예인 이야기, 철학적인 고찰, 주변 사람 이야기, 동기 이야기, 심지어 누구의 사촌의 친구 이야기까지 털 수 있는 건 모두 테이블에 끄집어내어 집중 탐구하는 시간을 가진다.

오늘은 서윤이의 힘든 인생 상담이 주를 이뤘다. 전공에 대한 열정을 잃었다는 것이다. 서윤이가 고등학생 때부터 교직에 관심 있었다는 건 신입생 때부터 알고 있었다. 입시 당시 부모님은 교대를 가려는 서윤이를 말렸다고 했다. 명문대에 붙을 수능 점수가 되는데 무엇하러 교대를 가느냐고 하셨단다. 교직이 안정된 직장 환경, 월급, 방학, 보직 등의 특혜 때문에 각광받는 직종임을 서윤이 부모님도 모르셨을 리는 없다고 생각했기에, 그분들의 그러한 고집이 내겐 퍽 신기했다. 어쨌든 서윤이는 부모님의 말씀에 따라 우리 학교에 왔고, 열심히 공부해 과 수석을 수차례 차지하며 부모님의 조언이 결코 틀리지 않았음을 증명했다. 그 와중에도 교육 봉사 동아리에 참여해 일주일에 세 번씩 편부모 가정이나 소년가장 아이들의 과외를 맡았다. 그랬던 그녀가 4학년이 된 지금 재수까지 고려할 정도로 전공에 회의감을 느끼고 있다는 건 참 심각한 문제였다.

졸업하면 뭐해, 학사로 졸업해 봐야 약대니 의대니 하는 데 밀려 제약회사 취직도 안 되고, 연구원도 못되고, 석사는 기본으로 해야 하는데. 지금 당장 우리 아빠 정년퇴직이 1년 남았는데 학생으로 있을 여유가 없잖아. 그래도 대학원 가면 전액 장학금에 용돈 주잖아. 그 노동하느니 월급 250씩 받고 취업하는 게 낫지. 문과 애들 봐 봐. 걔들 중에 전공 살리면서 취업하는 애들이 몇이나 되겠어. 생명과학은 도대체 몇 년째 블루 오션이야. 뜰 거라고 하는데 왜 이렇게 안 떠. 의전 때문에 수능 커트라인은 이공계에서 제일 높았는데 정작 전공 자체는 비전이 암울해. 네 마음에 안 맞으면 재수해. 후회 안 하게. 인생은 길잖아. 엄마, 아빠가 허락하실지 모르겠어. 고등학교 때도 그렇게 반대했거든.

답이 없는 문제다. 극도로 부정적인 한숨을 쏟아놓는 서윤이를 우리는 조언으로 위로했다. 같은 배를 타고 있는 우리로서 절대 무시할 수 없는 현실이다. 우리는 5교시 강의가 있는 서윤이를 생각해 식사를 마무리하고 학교로 돌아갔다. 돌아가는 길에 나는 정민이에게 기범이에 관한 이야기를 털어놓지 않으리라 마음먹었다. 굳이 모두 털어놓지 않아도 정민이도 내 진심을 알 테다. 기범이를 잃은 대가로 나는 많은 소중한 것을 간직할 수 있었다. 이건 분명 정당한 등가교환이겠지……?

❀

오빠는 강의가 있거나 학원 수업을 들어야 할 시간이 아니면 늘 도서관에 있었다. 학원 강의는 5시 반에 시작하고 오빠는 오늘 오후 강의가 없다. 6교시 강의가 4시 반에 끝났기에 그가 부디 아직 학원에 가지 않았길 바라며 서둘러 도서관으로 향했다. 유리문 너머로 살핀 그 자리에는 다행히 오빠가 앉아 있었다. 유리창을 통해 열람실로 환하게 쏟아져 내리는 이른 여름의 햇살에 그의 목덜미가 새하얗게 빛났다. 숙인 뒤통수에서 느껴지는 단정함에 가슴이 떨린다. 오빠의 건너편 자리가 마침 비었다. 도서관 열람실 밖에 서서 짧게 심호흡을 했다. 조심스레 그의 건너편 자리에 앉았다. 정갈한 앞머리와 유려한 콧대 아래 진중한 입술. 두 눈은 책에서 떠날 줄을 몰랐다.

나는 주섬주섬 가방에서 포스트잇과 미리 뽑아 놓았던 캔 커피를 꺼내곤, 포스트잇에 짧은 문구를 적어 캔에 붙인 뒤 조용히 그의 앞에 놓았다. 그가 움찔하더니 날 향해 고개를 들었다. 나는 씨익 웃으며 손가락으로 캔을 톡톡 건드렸다. 그가 캔에 붙인 포스트잇을 들었다. 그의 눈동자가 문장을 따라 섬세하게 움직인다. 그가 곧 보일 표정이 너무 보고 싶었다. 그 역시도 날 진심으로 좋아한다는 믿음을 얻고 싶다. 내 대답을 기다려 왔다고.

그가 쪽지에서 고개를 들고 나를 힐끔 봤다. 입가에 머문 숨길 수 없는 미소에 나까지 덩달아 웃었다. 그가 다시 쪽지를 보더니 또 나를 봤다. 나는 계속 소리 없이 웃었다. 그때, 정말 신기한 일이 일어났다. 그의 귀가 붉어졌다. 그가 손가락 사이에 끼워져 있던 펜을 내려놓고 작게 신음하면서 두 손으로 얼굴을 가렸다. 그가 부끄러워하고 있었다. 손바닥 틈 뒤에 드러난 입술에 행복이 넘실거려서 덩달아 나까지 날아갈 것 같았다. 시야에 오직 그만이 가득 들어찼다. 세상이 멈췄다.

나는 그제야 깨달았다. 연애란 거창한 게 아니었다. 사람을 좋아하는 건 거창하지 않았다. 어떤 논리가 있는 것도 아니고, 시작에 결정적인 사건이 존재하는 것도 아니었다. 그저 같은 마음을 공유할 수 있다는 것. 이 순간만큼은 서로에게 그 누구보다 사랑스러울 수 있다는 것. 앞으로 당신과 함께 걸어갈 미래에 대한 숨 막히는 기대. 내가 지금까지 헤매 왔던 이유가 당신을 만나기 위해서일 수도 있다는 그 마법의 행복. 내 첫 연애는 오빠의 쑥스러운 미소와 함께 완벽한 시작을 맞았다.

앞으로 커피는 내가 살게요. 잘 부탁드립니다. ^^ ♥

신성한 도서관에 아무도 없는 것처럼 시간을 잠시 잊고 있었지만 누군가 내 어깨를 톡톡 치는 바람에 현실로 돌아왔다. '당황'이 이마에 대문짝만 하게 새겨진 여학생이 나를 보며 소곤거렸다.

"제가 예약한 자리인데."

내가 꾸벅 사과를 하며 자리에서 일어서자 오빠가 함께 일어섰다. 여전히 귀가 빨간 그가 나를 힐끔 쳐다보더니 내 손을 낚아채 잡았다. 내가 앉았던 자리의 주인이 이번에는 이마에 '저 잘생긴 사람은 뭐야! 아, 여자 친구 있구나. 아깝다.'라고 쓰고서 우리 둘이 사라지는 모습을 바라보았다. 나는 저 얼굴을 앞으로 자주 목격하게 되리라는 걸 직감했다. 열람실에 나서자 그가 숨을 참아 왔던 사람처럼 내게 물었다.

"오늘 밤에 시간 돼? 나 곧 학원 가야 하는데, 너 한 번 더 보고 집에 가고 싶은데."

속사포로 쏟아지는 말에 나는 팔푼이처럼 웃음을 참을 수가 없었다.

"네, 돼요. 몇 시?"

"너 편할 때. 나는 학교에 9시 반에 돌아오니까."

"그럼 9시 반에 제가 학교로 다시 나올게요."

"아니야, 내가 네 집 앞으로 갈게."

"알았어요. 오기 전에 연락 주세요."

"알았어."

그의 반짝이는 눈동자가 내게서 떨어질 줄을 몰랐다. 맞잡은 손바닥 특유의 메말랐지만 따스한 감촉이 좋았다. 손가락이 수줍게 얽혀 들었다. 뭐야. 결혼을 약속한 것도 아니고 고작 연애에 동의한 것뿐인데 왜 이렇게 행복하지. 이게 소위 말하는 콩깍지구나. 어쩜 이래.

"아, 나 이제 가야 하는데."

나 때문에 그가 학원에 늦는 걸 보고 싶지 않다. 수험생이 연애를 시작하다니. 고등학교 3학년이었으면 엄마한테 등짝한 대(로 보통 끝내지는 않지만) 거하게 얻어맞고 정신 차리라는 아빠의 호령과 함께 집 밖으로 쫓겨날 일이다. 내가 수험생인 것도 아닌데 아빠의 핏대 선 외침이 귓가에 쩌렁쩌렁 울려 퍼지는 것 같다.

'인생 말아먹을 일 있어? 정신 좀 차려!'

혹 그런 일이야 벌어져서는 안 되지만 그가 나 때문에 의전 시험을 망친다거나 의전에서 떨어지는 일이 발생한다면 나는 두고두고 자신을 저주할 것이다.

"가방 가지고 와요. 여기서 기다릴게요."

내가 먼저 그의 손을 놓아주자 그가 고개를 끄덕이고는 열람실 안으로 들어갔다. 긴 다리로 휘적휘적 걸어가니 금세 자리에 도달한다. 정말 솔로를 탈출했다는 사실을 떠나서 누군가를 좋아하는 마음이 날 이토록 행복하게 만들어 줄 수 있다는 게 믿기질 않는다. 뭐지? 그간 썸남들과 나눴던 밀당의 스릴과 설렘은 모두 거짓이었나? 왜 이제야 처음으로 설렘을 경험한 것 같은 기분이 들까? 존재한 지 23년이나 된 지금에서야!

오빠가 나오며 자연스럽게 내 손을 잡았다. 그러고 보니 내 첫 연애는 여러 면에서 신기하다. 오해에서 비롯된 인연이 공포 스릴러에서나 등장할 법한 스토커 덕에 함께 피해자가 되고, 친 구로 남아 줬으면 했던 남자의 적극적인 고백이며, 내 팔자에 있으리라 생각지 않았던 일들이 줄줄이 사탕처럼 이어졌다.

"가자."

나와 함께 걷는 그를 보며 속으로 생각했다. 철벽 아닌 철벽 을 치며 남자가 일정 범위 이내 다가오는 걸 본능적으로 막아 냈던(기범이는 맏언니였으니 예외) 나의 철통 방어를 무장해제 시킨 그는 필시 선수라고. 어쩌면 그가 나 때문에 공부를 소홀 히 할지도 모른다는 걱정은 오만이었을 수도 있다. 도리어 내 가 그에게 휘둘려 학과 공부를 버리고 '난나니뇨' 한 학기를 온 전히 연애질에 소비하게 될지도 모르니까. 나는 지하철역 앞에 서 그를 배웅했다. 의전 학원은 학교에서 고작 네 정거장 거리 에, 지하철 출구 바로 앞에 있어서 지하철을 타고 가는 것이 더 빠르다고 했다. 우리는 헤어지자마자 곧바로 휴대폰 메신저로 말을 이었다.

저녁은 어떻게 먹어요? 친구랑 먹어. 의전 준비하느라고 휴 학한 친구 있거든. 너는? 저는 오늘 해 먹으려고요. 와, 요리 잘해? 친구들이 제 김치찌개 맛있다고 했어요. 나도 해 줘. 하하하. 재료는 사 올 거죠? 같이 골라 주면.

자연스러운 장보기 데이트 신청하는 거 봐. 진짜 선수라니까.

오빠 시간만 되면. 난 주말에도 학교 가.

휴대폰 액정을 바라보며 실실 웃느라 앞을 제대로 보지 못했다. 본능적으로 길을 어림잡아 내 자취방으로 향하는 골목길에 들어서려는데, 누군가 날 불렀다.

"민아 언니."

깜짝 놀라 고개를 들자 다시는 볼 일 없을 줄 알았던 그 여자가 내 앞에 서 있었다. 여성스러운 카디건에 티셔츠, 청바지 차림의 그녀는 영락없는 여대생이었다. 짧았던 검은 머리가 이제는 샛노랗게 염색되어 있었다. 사색이 된 날 보며 그녀가 서둘러 변명했다.

"저 이상한 짓 하러 온 거 아니에요. 정말이에요. 언니, 저 이상한 짓 하러 온 거 아니에요!"

그 말을 어떻게 믿어, 이 미친 여자야! 하지만 다행히 아직 날은 밝았고 대학가의 특성상 이곳은 늘 사람이 많았다. 더 큰 도로로 나가 안전을 확보하려고 내가 뒷걸음질 치자 그녀가 따라 붙으며 다급히 말했다.

"죄송하다는 말 하러 왔어요! 죄송하다고요!"

예상치 못한 말에 내가 멈춰 서자 그녀가 우울한 표정으로 말을 이었다.

"언니 잠시 제 얘기 좀 들어 주시면 안 될까요. 카페라도 가서……."

"미안한데 저는 경찰서에 신고 접수 다 했고 그쪽한테 더는 들을 말이 없어요."

"언니, 그러지 말고 제 말 좀 들어 주면 안 돼요? 언니 눈에는 제가 정말 이상한 애처럼 보일지 모르겠지만……. 그때는 제가 너무 흥분해서 그랬어요. 제 말만 들어 주면 저 앞으로 절대로 언니 앞에 나타나지 않을게요. 10분만, 아니 5분이라도 좋으니까……."

지금 당장 말을 들어 주지 않으면 내 앞에서 무릎이라도 꿇을 기세로 들러붙은 여자에게 결국 지고 말았다. 그래, 딱 5분만 들어 주면 다시는 내 눈앞에 안 나타난다 이거지? 혹시 합의 봐 달라고 저러는 건가? 솔직히 앞으로 내 인생에 나타나지만 않아 준다면 뭐든 상관없다. 고개를 끄덕이자 여자는 절을 할 것처럼 허리를 연신 숙여 가며 감사하다고 인사했다. 덕분에 행인들의 이상한 눈초리를 한껏 받을 수 있었다. 행동 하나하나로 사람들 주목을 이끄는 탁월한 재주가 있는 여자다.

나는 한숨을 쉬며 근처 카페로 자리를 옮겼다. 여자는 해맑은 얼굴로 에스프레소를 두 잔 시켰다. 작은 잔에 나오는 드립 커피인데 괜찮으시겠냐는 알바생의 걱정 어린 조언에도 여자는 순진하게 고개를 끄덕였다. 직감적으로 그녀가 단 한 번도 이런 카페를 이용한 적이 없다는 걸 깨달았다. 제 깐에는 가장 저렴한 커피를 주문한 거겠지. 우리는 조용히 구석진 자리에 자리를 잡았다.

"하실 말씀이 뭔데요?"

여자가 착석하기 무섭게 내가 먼저 퉁명스럽게 본론으로 접근했다. 여자는 마침 잘되었다는 듯이 속사포처럼 온갖 말을 다 내뱉었다.

"언니 아직도 오빠랑 연락하세요? 오빠 요즘 어때요? 잘 지내요? 할머니가 저 집에 가둬 놓다시피 해서 이제는 밖에 잘 못 나오거든요. 오늘도 알바 알아보겠다고 사정사정해서 나온 거예요. 언니 생각에는 오빠는 어떤 안경테가 가장 잘 어울리는 것 같으세요? 공부할 때만 끼는 거 말이에요. 얼굴형이 예쁘니까 다 어울리기는 하는데 검은색 뿔테 있잖아요. 그거 낀 날이 가장 예쁜 것 같아요. 그 검은색인데 광택 없고 좀 나무 소재 같은⋯⋯!"

당했다.

"죄송한데 이만 갈게요."

내가 자리에서 일어나자 여자가 황급히 내 손목을 낚아챘다.

"미, 미안해요. 언니. 반가워서, 아니, 미안해서 막 얘기가 나왔어요. 저, 친구가 좀 없거든요. 그래서 말 상대가 필요해서. 아니, 언니. 미안해요. 내가 잘못했어요. 언니한테 그 얘기 해 주려고 했단 말이에요. 오빠랑 어떻게 알게 됐는지. 저 정말 이상한 애 아니에요. 오빠도 저 알고 있다고요. 그런데 모르는 척하는 거란 말이에요. 이거 언니도 알아야 하잖아요. 안 그래요? 알고 싶잖아요!"

덜덜 떨며 말을 더듬던 여자가 기어코 울먹이며 나를 붙잡았다. 쿵쿵 이상한 소리를 내며 어깨를 들썩이는 여자를 버리고 그냥 집에 가 버리고 싶었지만 안 들어 줬다가 날 해코지할까 봐 억지로 제자리에 앉았다. 한 손에 꼭 쥔 휴대폰이 마치 생명줄 같았다.

"그때, 그때 오빠가 우리 집에 왔어요. 할머니 도와주려고요! 저한테 인사하는데 막 미소가 반짝였어요. 언니한테는 미안하지만 오빠는 그때 저한테 한눈에 반했어요."

네, 네. 어련하시겠습니까. 커피가 다 됐는지 알림 버저가 울렸고 여자가 자리에서 일어나 그 자그마한 에스프레소 잔 두 개를 내게 가져다주었다. 여자는 호호 불며 그 쓴 액체를 한 모금 마시기가 무섭게 내뱉더니, 그걸 쳐다보지도 않았다. 나는 차갑게 식어 가는 에스프레소 컵을 바라보며 폭풍처럼 이어지는 여자의 말을 들어야만 했다. 여자는 내가 듣든 말든 제 세계에 빠져 그 뒤 20분가량을 신이 나 떠들어 댔다. 오빠가 저한테만 몰래 와서 초콜릿을 줬다는 둥, 봉사 날 내내 저한테서 눈을 떼질 못했다는 둥, 할머니에게 유독 성심을 다하며 제 환심을 사려했다는 둥…….

오빠는 수업이 시작한 모양인지 나와 대화가 끊긴 후 내내 소식이 없었다. 언제까지 이 고문을 당해야 하나. 재수가 옴 붙었던 어느 날 '도를 아십니까?'와 '예수 천당 불신 지옥'을 외치는 사람들에게 연달아 세 번 걸렸던 게 생각났다. 꿈꾸는 것처럼 말을 이어 가던 여자가 갑자기 화가 난 듯 언성을 높이며 내게 따졌다.

"그런데 언니가 그러면 안 되죠! 제가 어떻게 양보한 오빠인데 언니가 바람을 피워요?"

"바, 바람?"

깜짝 놀라 말이 더듬거리며 튀어나왔다. 여자가 두 눈을 부리부리하게 떴다.

"저 봤어요. 그 남자랑 키스하는 거! 내가 오빠한테 말 안 한 걸 언니는 고마워해야 해!"

헉, 오빠뿐만 아니라 나도 감시하고 있었던 거야? 뭐야, 이 미친 여인은? 이 속내를 들켰다가는 이 정신 나간 여자를 더 도발하는 꼴이 될 수도 있기에 나는 팔짱을 끼고 여자와 박자를 맞춰 주기로 했다.

"키스한 게 아니라 키스 당한 거예요. 그놈이랑은 토요일에 연이 끊겼고요."

"그걸 어떻게 믿어요."

"사실이에요."

"오빠 좋아해요?"

"네, 사귀고 있으니까요."

굳이 이 사실까지 알릴 필요는 없었지만 저 여자의 망상 그 중심에 오빠가 선 게 너무 싫어서 입이 제 마음대로 움직이고 말았다. 여자가 망연자실한 표정으로 멍하니 나를 바라보았다. 초점이 사라졌던 여자의 눈동자가 정처 없이 이곳저곳으로 움직이기 시작했다. 톡톡톡톡. 불안을 이기지 못한 손가락이 커피 테이블 위에서 사정없이 춤을 췄다. 혹시 저 에스프레소 내 머리에 부어 버리는 거 아니야? 그러기만 해 봐. 내가 어떻게든 널 감방이나 정신병원에 넣어 버릴 테니까! 여자의 이상 행동에 겁이 나 자리를 피하려고 슬쩍 엉덩이를 들썩이기가 무섭게 여자의 두 눈에 초점이 들어왔다. 여자가 느릿느릿 흔들리는 목소리로 말했다.

"내, 내, 내, 내가 양보할게요."

억지로 짜낸 말치고는 얌전한 것이어서 내심 놀랐다. 여자가 급하게 덧붙였다.

"결국 꼬시는 데 성공했네요. 실망이다."

비아냥거림에 어이없는 헛웃음이 터져 나왔다. 그래, 네가 나 걸레년이라고 부를 때부터 알아봤다. 근데 그거 알아? 네가 날 물고 늘어지지 않았다면 내가 오빠랑 이렇게 가까워지는 일은 없었을 거야!

"잘 사귈게요."

냉소적인 나의 말에도 여자는 꿋꿋했다.

"오, 오빠는 단 거 싫어하니까 초콜릿 같은 거 사 주지 말고요……. 당근도 싫어해서 김밥에서 항상 당근 빼서 먹어요. 강한 척하지만 혼자 있을 땐 자기 뺨을 치면서 우는 남자니까 짓궂게 굴면 안 돼요. 또 더위보다 추위를 잘 타서 따뜻한 캔 커피 같은 거 주머니에 넣어 주면 좋아하니까 꼭 챙겨 주고……."

멍하니 여자의 말을 듣고 있던 나는 순간 절절한 이별 노래를 듣고 있는 것만 같은 착각에 빠졌다. 얼마나 오빠 뒤꽁무니를 쫓아다녔으면 엄마나 알 법한 습관까지 모두 꿰차고 있을

278

까. 그나저나 우는데 자기 뺨은 왜 쳐. 이 무시무시한 상황에 소름이 돋기보다 그 황당함에 웃음이 나올 것 같았다.

"알았어요. 오빠가 싫어하는 건 안 해요."

지금은 여자의 장단을 맞추는 게 더 중요했다. 나의 진중한 한마디에 여자가 입을 다물었다. 그녀가 또 한 번 에스프레소에 도전했다가 또 황급히 잔을 내려놓고 쓸쓸한 눈을 창밖으로 돌렸다. 이제 일어날 때가 됐다.

"이만 일이 있어서 가 볼게요. 잘 사귈 테니까 걱정 말고, 이지은 씨도 지은 씨 좋다고 하는 좋은 남자 찾길 바라요. 할머니 생각해서라도요."

그녀가 눈물 즙을 짜내려다 실패하고 황급히 나를 돌아보았다. 지체할 새 없이 후다닥 가방을 챙긴 후 쏜살같이 카페를 빠져나왔다. 아, 드디어 해방이다! 야호! 제발! 제발, 앞으로 절대 내 눈에 띄지 마라! 소리 없는 환호성을 지르며 집으로 걸음을 옮기는데, 갑자기 누군가 내 손목을 낚아챘다.

"언니! 저 한 가지 더 말씀 드릴 거 있는데!"

아, 또, 왜! 나와 눈이 마주치자 여자가 헉헉대며 말을 꺼냈다.

"오빠는 늘 쿨워터 향수를 쓰니까 기념일에는 꼭 그걸 선물해 주셔야 하고, 사탕은 딸기 맛을 가장 좋아하고……."

도대체 언제 오빠가 쿨워터 향수를 뿌려댔지? 쿨워터라……. 왜 갑자기 장수 아이돌 신화가 생각나는 거지. 은발에 쿨워터 향수가 트레이드 마크였던 신화 팬픽 속 이민우. 잡힌 손을 뿌리치려고 팔에 힘을 줬지만 여자의 악력은 생각보다 강했다.

"알았으니까 이거 놓고 말해요."

한 차례 더 팔을 흔들었지만 여자는 고집을 꺾지 않았다.

"유복한 집 아들처럼 티 없이 자랐을 것 같지만 사실은 사생아여서……."

뭐? 사생아? 충격적인 증언들이 던져지는 이 와중에도 잡힌 손목이 아팠다.

"알았으니까 이거 좀 놓으……!"

그 순간, 여자와 나의 시선을 순식간에 빼앗을 목소리가 뒤에서 들려왔다.

"여기 무슨 문제 있어요?"

깜짝 놀란 내 눈동자에 김기범의 굳은 얼굴이 비쳤다. 맙소사. 어떻게……? 여자가 내 손목을 놓았다. 나는 아픈 손목을 감싸며 김기범을 바라보았다.

"네가 여기 무슨 일이야!"

기범이는 내 물음에 답하는 대신 여자를 향했다.

"또 보네요. 경찰서 가고 싶어요?"

또 본다고?

"너 이 여자 알아?"

기범이는 내가 마치 없는 사람인 듯 내 앞을 막아서며 인상을 찌푸리고는 여자를 주시했다. 훤칠한 키와 넓은 어깨에 가리어 여자가 내 시야에서 사라졌다. 든든하다. 친구여도 역시 남자는 남자다. 여자가 주춤주춤 뒤로 걸음을 옮기며 중얼거렸다.

"언니, 바람 피우면 안 돼요……!"

이 상황에 끝까지 저 소리라니……!

"안 핀다고요! 그쪽만 신경 꺼 주면 나랑 오빠랑 잘 살 수 있다고요!"

"또 한 번만 더 고민아나 차은수 앞에 나타나면 또 경찰에 신고합니다."

"어, 언니만 처신 제대로 하면 저도 안 나타날 거라고요!"

여자가 빽 높은 목소리로 소리를 지르는 바람에 또 사람들의 이목이 우리에게 집중됐다. 김기범이 주머니에서 휴대폰을 꺼내 들자 여자가 "히이익!" 하고 괴성을 지르더니 그대로 삼십육계 줄행랑을 쳤다. 김기범이 휴대폰을 주머니에 넣으며 힐끔 나를 봤다. 마침 기범이가 우리를 발견하다니. 이게 무슨 드라마에서나 나올 법한 우연의 일치야!

"야, 고마……."

하지만 내가 채 인사를 건네기도 전에 그는 아무 일이 없었던 사람처럼 나를 지나쳐 제 갈 길을 가기 시작했다. 아, 맞다. 우리 절교한 사이였지. 하지만 고마운 건 고마운 거잖아. 저걸 쫓아가 말아? 자존심과 진심 사이에 짧은 갈등이 일었지만 결국에는 그에 대한 미련이 나를 움직이고 말았다. 기범이의 뒷모습을 놓칠 새라 사람들 사이를 뚫고서 가까스로 그의 가던 길을 막았다. 나의 등장을 예상치는 못했는지 그가 얼떨떨한 표정으로 나를 바라보았다. 익숙하지 못한 냉랭함이 가슴을 시리게 후벼 팠다. 기범아, 너 참 독하구나. 딱딱하게 굳은 그의 입매가 나를 향한 원망과 증오를 담고 있는 것만 같아 주저됐지만 가까스로 내가 목표를 달성했다.

"아까 고마워. 네 덕분에 살았어."

그래. 이렇게까지 인사했으니 후회는 없다. 자존심도 없는 웃긴 여자애라고 날 생각할지 몰라도 결국 관계에서 최선을 다한 쪽이 미련이 없는 거라고. 비록 네 마음에 똑같이 응하진 못했지만 그렇다고 해서 너를 쉽게 생각한 건 아니니까. 인사를 마친 나는 뒤늦게 피어오르는 어색함에 목을 까닥이고는, 그가 내게 그랬듯 그를 지나쳐 내 갈 길을 갔다. 기범이는 나를 쫓아오지도, 부르지도 않았다. 나는 그가 벌써 사람들 틈새로 사라졌을지, 아니면 그 자리에 서 있을지 확인할 용기도 없어 끝까지 돌아보지 못했다.

집에 돌아오는 동안 이상한 것들이 후회되기 시작했다. 김기범에게 할 말이 많았는데. 네가 나를 좋아하는 만큼 널 좋아해 주지 못해 미안하다고, 내 비겁함 때문에 2년 동안 연락하고 지내지 못해 미안하다고, 그래도 1학년 때랑 너와 보낸 지난 학기가 너무 즐거웠다고 다 말했어야 했어. 난 아직도 네가 내 친구였으면 좋겠단 말이야. 이성적으로는 네 선택을 이해하지만 마음은 그래. 내가 생각하는 낭만적인 세상에서는 너와 은수 오빠, 정민이까지 모두 내 곁에 있겠지만 현실은 그럴수 없다는 게 싫어. 이런 식으로 날 잘라 낸 네가 원망스럽기도 해. 어쩜 난 2년 전과 전혀 다를 바가 없을까? 참 이기적이지?

미안해. 미안해. 나는 미련 때문에 오랜만에 침대 위에 쪼그리고 앉아 허한 마음을 달랬다. 몸이 아프다.

❀

감정을 삭이고 나니 기범이를 향한 감정의 잔여물이 온전히는 아니지만 어느 정도는 증발한 듯했다. 그런데 신기하게도 시야는 뿌옇다. 상실의 급류는 안개처럼 나를 아득히 덮쳐왔고, 그보다 더 무거운 추에 매달린 내 마음은 이리 치이고 저리 치이다가, 결국은 제자리에 서서 그 폭력의 여파에 떤다. 정을 주고 의미를 주었던 사람을 마음속의 작은 상자 안에 담아 가둬 버리는 건 힘든 일이다. 한때는 그가 차지했지만 이제는 빈 공간이 되어 버린 가슴의 휘휘한 부분을 은수 오빠로 채우고 싶지만, 바쁜 그에게 민폐가 되고 싶지 않았다. 사람으로 채울 수 없다면 내게는 또 다른 친구가 있다. 나를 집중시켜 줄 일말의 무언가라도 찾으려고 노트북 화면을 천천히 두 눈으로 쓸어내렸다. 나는 오빠에게 말해 주었던 시나리오의 포문을 열었다.

오프닝 크레딧

INT. 학교 복도 – 신일 여자 고등학교 – 오후 2시 경.

아이들의 왁자지껄한 웃음소리가 복도에 왕왕 울려 퍼진다. 커다란 하트가 곳곳에 그려진 분홍색 담요를 허리에 두른 여학생이 슬리퍼를 끌고 복도 왼편에 서서 카메라를 등진 채 복도를 따라 걷는다. 오른편 창으로 햇볕이 내리쬔다. 오른쪽 벽에 붙은 정수기 아래에는 물이 한가득 고여 있다. 복도 바닥은 자갈이 박혀 있는 콘크리트 타일이다. 창문의 아래쪽 틀에서 5cm 정도 떨어진 거리부터 복도 바닥끝까지 벽은 연두색으로 칠해져 있다. 그 위는 천장까지 흰색이다. 여학생 둘이 복도 끝에서 대걸레를 들고 정수기를 향해 걸어오고 있다.

INT. 학교 교실 – 신일 여자 고등학교 – 오후 2시 경.

아이들의 목소리가 왕왕 이어진다. 책상에 앉은 여학생 셋이 수다를 떨고 있다. 가장 앞에 앉은 여학생은 다리를 꼰 상태. 옆의 의자 위에 걸친 발의 발목을 까닥인다. 여학생 넷이 교실 뒤편에서 웃음을 터트리며 교실 뒷문 밖으로 뛰어나간다. 교실 뒤편 창가에 걸터앉은 지민이 두 귀에 이어폰을 꽂고, 두 눈을 감은 채 고개를 작게 까닥이며 리듬을 타고 있다. 그녀 뒤로 환한 빛이 쏟아져 내린다. 빠르게 리듬을 타던 지민이 갑자기 고개를 들어 앞을 바라본다. 그녀의 시선이 혜진을 향한다. 지민으로부터 책상 하나를 사이에 두고 혜진이 두 팔에 머리를 묻은 채 책상 위에 엎드리고 있다. 팔 하나가 쭉 뻗어 책상 밖으로 빠져나와 있다. 흰 손이 가냘프게 바닥을 향해 꺾여 있다. 후드 점퍼를 머리끝까지 뒤집어써서 얼굴이 보이지 않는다.

정은 O.S.

김혜진은 교내에서 유명했다. 특별히 사고를 치고 다니는 것도 아닌데, 가끔 학생들의 시선이 불편하게 혜진이 근처를 배회하다 사라지곤 했다. 혜진이는 원래 평범한 아이였다고 한다. 모범생 축에 속했다. 밝고, 쾌활한. 평범한.

할리우드에서 제작된 블록버스터 영화들 속 여성 대다수가 공유하는 특징은 크게 두 가지로 나뉜다고 한다. 첫 번째는 늘 남자 주인공의 섹슈얼 파트너이자 도우미가 된다는 것, 두 번째는 다른 여자 등장인물과의 대화는 늘 남자로 시작해 남자로 끝난다는 것. 나는 단순히 그 패러다임에 대항할 목적으로 주인공을 모두 여자로 정했다.

시나리오를 쓰다가도 문득 이게 과연 빛을 볼 날이 오긴 할까 하는 의문이 들 때가 있다. 열심히 시나리오를 짜도 결국 제작에 들어가지 못하고 수익을 내지 못하면 안 하느니만 못한 헛고생이 되어 버리는 걸까. 더 일찍 시작할걸. 시간과 기회비용이 더 저렴했던 재작년, 적어도 작년에 도전해 보았어야 했다. 졸업이 1년 채 남은 시점인 지금이 아니라, 실패해도 다른 길을 모색할 수 있었던 1학년 때, 2학년 때, 3학년 때 해 보았어야 했다. 대학 생활을 너무나 안일하게 보낸 것 같아 후회가 된다. 분명 즐거운 대학 생활을 보냈는데, 그게 지금 와 씁쓸해진다.

❁

그날 밤, 오빠와 나는 내 자취방 현관문 앞 계단에 쪼그리고 앉았다. 초여름 열기에 화려하게 핀 장미가 노란 가로등 불빛 아래 금처럼 번쩍이는 모습이 익숙하기까지 하다. 농염한 장미 향기는 오빠처럼 늘 정신을 어지럽힌다. 분명 몇 시간 전에 본 얼굴인데도 또 반갑고 설렌다. 그 설렘을 채 만끽하기도 전에 나는 중요한 이야기부터 오빠에게 털어놓았다. 여자를 만났다는 말을 꺼내기가 무섭게 오빠는 여태 보지 못한 표정으로 조용히 화를 냈다.

"해코지라도 당했으면 어쩌려고 그랬어. 나한테 전화를 못 하면 경찰서에라도 했어야지."

싸늘한 눈초리에 기가 죽었지만 열심히 항변했다.

"얘기 한 번만 들어 주면 우리 귀찮게 안 할 거라고 했단 말이에요."

"경찰서까지 갔는데도 정신 못 차리고 너 찾아왔잖아. 그 여자는 또 올 거야. 자기 마음 떠날 때까지 너 또 찾아올 거라고."

"하지만 나쁜 짓 하진 않았어요. 저도 잘 뿌리쳤고……."

"민아야."

그가 짧은 한숨을 내쉬더니 가라앉은 목소리로 내게 부탁했다.

"네가 나 때문에 다치는 거 싫어. 네가 이런 걸로 걱정하는 것도 싫어. 네가 그 여자한테 무슨 일 낭한다고 생각만 해도 굉장히 화날 것 같아. 그러니까 그 여자 마주쳐도 안 쳐다볼 거고, 말 걸어도 반응 안 할 거고, 따라오면 경찰에 신고할 거라고 나랑 약속하면 안 될까?"

피곤이 뒤섞인 음색에 마음이 약해져서 결국 고개를 끄덕이고 말았다. 하지만 오빠에게 알려야 할 것은 비단 여자와의 조우뿐만은 아니었다. 여자와의 조우를 통해 들었던 또 하나의 충격적인 이야기. 그 이야기가 사실인지 알아내야 했다. 여자가 오빠에 대해 말했던 다양한 정보를 다 읊자 오빠는 잠시 말이 없었다. 그가 짐짓 심각한 표정으로 턱을 짚더니 마침내 중얼거렸다.

"사생아라……. 어떻게 알았지."

순간 정신이 멍해졌다.

"네에?"

쿨워터 발언에 분명 여자의 모든 말이 드라마나 소설에서 비롯된 픽션이라고 확신하고 있었는데! 나의 기겁에 오빠가 낮게 키득댔다.

"아, 정말!"

퍽하고 그의 어깨를 치자 그가 장난스러운 울상을 지으며 엄살을 피웠다.

"아퍼."

"그러게 왜 그런 것 가지고 농담을 해요!"

"나야말로 기가 막히니까 그렇지. 우리 부모님이 어떤 사람들인데 사생아니 뭐니가 있을 수가 있겠어?"

오빠를 사생아라고 믿는다는 것 자체가 달리 해석하면 오빠의 부모님에 대한 모욕일 수도 있다는 걸 뒤늦게 깨달았다.

"저도 그 여자 말을 믿은 건 아니지만……."

사과를 건넬 요량으로 입을 열었지만, 오빠가 말을 이었다.

"타인의 시선에 엄청 민감한 사람들이야, 우리 부모님은. 내가 사생아였으면 미디어가 터트리고도 남았지."

부모님을 연예인으로 둔 오빠의 특별한 가정환경이 이제야 실감 났다. 인터넷에서 떠도는 연예인 2세들의 사진에 달린 댓글들에는 하나같이 부러움이 묻어났다. 태어나 보니 아빠가 데이비드 베컴. 전생에 우주를 구했나 보다. 우월한 유전자다. 그저 부자인 걸로도 모자라 예쁘고 잘생기게 태어나서 좋겠다며 댓글에 생각 없이 고개를 끄덕였다. 미국이야 워낙 파파라치가 성행하니 유명인 2세로 태어났기에 침해당할 사생활이 있을 거라는 걸 알고 있었지만, 한국의 연예인 2세들도 그런 것들을 신경 쓰리라고는 생각하지 못했다.

"오빠도 참 피곤하겠어요."

오빠의 부모님이 누군지 묻고 싶어졌다. 하지만 오빠가 말해 주기 전까지 묻는 건 예의가 아닌 것 같아 주저하다 결국 마음을 접었다. 오빠는 내가 그에 대해 잘 모르고 있다는 걸 마음에 들어 하는 것 같았으니까. 타인의 시선에 민감한 부모님에게서 자란 아이에게 관심이란 마냥 좋은 것은 아니었겠지. 오빠가 빙긋 웃었다.

"나는 정치인이 돼도 성공할 거야."

"네?"

"파도 파도 아무것도 안 나오거든."

그가 뿌듯하다는 듯이 내 앞에서 아이처럼 으스댔다. 아, 이런 식으로 자기 괜찮은 남자라고 홍보 겸 인증을 해 주시는군요. 차은수 씨 머리 참 좋으십니다.

"나도 정치인할 수 있어요! 저 고등학교 때는 꿈이 대통령이었거든요."

보통 대통령은 초등학생이나 가질 법한 꿈인데, 나는 다 큰 뒤에야 진지하게 문·이과를 아우르는 안목을 지닌 대통령이 되고 싶다고 생각했다. 지금은 이공계 출신 유명 정치인이 많아 선수를 빼앗기고 말았지만. 지금 와 생각하니 웃기다. 대통령이라니. 내가 뭐라고. 오빠가 눈을 깜빡이며 내게 물었다.

"공약이 뭔데?"

나는 턱을 매만지며 진지하게 그에게 고했다.

"매일 아침 집집마다 초콜릿이 배급될 거예요. 단 거 먹고 힘 좀 내라고."

"오, 좋다. 저녁에는 치맥[24] 나눠 주면 궁합이 맞겠는데?"

오빠는 웃지도 않고 내 헛소리에 동참했다.

"알았어요. 예산을 어디서 걷어야 하나."

"그러게. 근데 생각해 보니까 고민아가 정치하는 나라는 참 좋겠다."

"왜요?"

"자유롭잖아. 보헤미안 낭만?"

낭만? 나를 그가 '좋아하는' 경운기에 비교했던 그가 나에

---

24 치킨과 맥주.

대해 갖고 있는 이미지가 무엇인지 더 구체적으로 다가왔다. 낭만이라. 나는 고개를 저었다.

"제가 바라는 건 다 뜬구름 잡는 바람일 뿐인데요, 뭐."

속이 비리다. 그는 나의 말에 도리어 놀랐다는 듯이 두 눈을 크게 떴다.

"해 보기 전에는 모르는 거잖아."

"해 보기 전에 알만한 것들도 있어요. 어떻게든 잘되겠지 하는 안하무인격 안일함처럼 무서운 건 없는 것 같아요. 아, '낭만' 하니까 생각난 건데, 지금이 딱 그 시기인 것 같지 않아요? 대학 생활 내내 핑크빛 허상에 사로잡혀 생각 없이 허송세월을 보내다가, 막 사회로 내던져지기 직전이 되니까 번쩍 정신이 든 기분이에요."

왜 갑자기 이런 비관적인 인생 푸념을 말하게 됐는지, 나조차 그 경위가 이해 가질 않는다. 오빠가 날 이해하지 않아도 좋다. 이리 두서없이 털어놓은 걸 보면, 내심 그 누구에게라도 내 고민을 털어놓고 싶었던 모양이었다. 오빠를 만나고 기범이에게 상처 받고, 친구들과 진로에 관해 이야기를 나누고 시나리오를 쓰는 동안 계속 마음 저 구석 어딘가에 담고 있었던 불안이다. 오빠에게 기범이와 있었던 일을 털어놓을 수는 없으니 적어도 미래에 대한 고민은 나눌 수 있지 않을까. 그가 계단 끝을 바라보며 부드러운 목소리로 내게 물었다.

"네 꿈이 그럼 말도 안 되는 허상이라는 거야?"

오빠는 현실감각을 상실한 나를 좋아할지 모르지만 내 치기

어린 환상은 영원할 수 없다. 나는 고개를 저었다.

"모르겠어요. 이루어질 것 같기도 하고, 안 이루어질 것 같기도 하니까. 아! 저는 경계선에 있는 거예요. 낭만과 현실의 경계. 뭐든 노력하면 이룰 것 같았던 학창 시절을 마무리 짓고 냉정한 세상과 마주해야 하는 경계선! 참 시리지 않아요?"

미래에 대해, 현실에 대해 부정적으로 변한 내가 싫다. 오빠의 차분한 시선이 계단 끄트머리를 향했다. 그의 눈동자에 가로등의 노란 불빛이 달처럼 동그랗게 비친다. 그가 보는 미래를 보고 싶다. 앞만 보고 달려온 그의 의지가 대단해서 사무치게 부럽다. 나도 그처럼 원하는 길을 나아가는 데 지체하지 않을 열정과 확신이 있으면 좋겠다. 시나리오를 쓰고 있다고 당당하게 부모님께 밝힐 수 있는 포부가 있었으면 좋겠다. 현실에 제대로 뿌리를 박고 있노라고, 내가 있는 이곳이 내가 있어야 할 곳이라는 깨달음, 그 희열을 경험하고 싶다. "털털털" 정겨운 소리를 내며 시골 길을 달리는 경운기는 노스탤지어의 산물이자 도시로부터 도태된 과거의 흔적이다. 세상이 필요로 하지 않는 아스라한 자취로 사라지고 싶지 않다. 오빠의 나긋한 목소리가 피아노 선율처럼 내 안에 울렸다.

"그런데 말이야. 우리가 이런 고민을 할 수 있는 것도 결국엔 지금밖에 없지 않아? 사는 게 각박하면 고민할 여유가 없어. 닥치는 대로 해야 당장 내일을 살 수 있으니까. 우리는 아직 시간적 여유가 있어서 이렇게 미래에 대한 고민도 하는 거잖아. 나는 네가 모두가 가는 그 길 밖에 서서 네게 맞는 길을 찾아 고민하는 게 좋아. 너의 특별함을 정의해 나가는 건 살면서 언젠간 해야 하는 거잖아. 그러니까 이 순간도 즐겼으면 좋겠어."

그는 귀신같이 내가 듣고 싶은 말을 내게 건네준다. 훗날 이 시간이 의미 있었다고, 이 불안과 방황이 현재의 후회 없는 나를 만들었다고 말할 날이 왔으면 좋겠다. 나는 오후 내내 친구를 잃은 상실감에 젖어 있었지만, 오빠와 함께 있던 몇 분이 그 상실감을 조금이나마 상쇄했다. 좋아하는 영화 장르, 좋아하는 음식, 그리고 취미가 같은 남자는 곧잘 찾을 수 있어도 가치관이 같은 사람은 쉬이 찾을 수 있는 게 아니다. 특히 삶에 대한 태도가 같은 사람은……. 난 기범이에 대한 생각을 떨쳐냈다. 과연 오빠는 내가 그를 위해 무얼 희생해야 했는지 알까.

"시나리오 열심히 쓸게요."

내가 빙긋 웃자 그가 손을 들어 귓가에 내려앉았던 잔머리카락을 귀 뒤로 넘기더니 고개를 돌렸다. 부드럽게 관자놀이에 와 닿는 입술에 절로 어깨가 위로 슬쩍 조여들었다. 찰나의 따스함은 다시 멀어지며 낮게 늘어지는 그의 목소리가 그 자리를 대신했다. 쑥스러움을 담은 눈동자로 그를 쳐다보자 그가 말했다.

"다 쓰면 나한테 가장 먼저 보여 줘."

그의 청천벽력 같은 제안에 달콤했던 분위기가 순식간에 증발했다.

"네에? 싫어요!"

"왜?"

그는 의아해했지만 내 얼굴엔 확하고 열이 올랐다.

"창피하잖아요. 싫어요!"

"아니야, 객관적으로 봐 줄게."

"그거 보면서 '고민아는 평소에 이런 생각을 하며 사는구나.' 하고 단정 지을 거잖아요."

"누가 그래? 픽션이잖아. 그럼 범죄 스릴러 쓰는 사람은 죄다 잠재적 범죄자게?"

"여태까지 다른 사람한테 보여 준 적 없단 말이에요……."

"그래……?"

그가 즐거워하며 웃어 젖혔다.

"왜 웃어요."

"내가 문학도는 아니지만 원래 글이란 건 다 남의 교정이 들어가야 하는 거야. 책도 아니고 시나리오인데 출판사에 부탁할 수도 없고. 다른 시나리오 작가들한테 의견 받았다가 표절 당하면 안 되니까 그냥 나한테 보여 줘."

"내 마음에 들면."

"공모전 제출하기 전에."

"아하하, 알았어요."

그가 시계를 들여다보았다. 벌써 10시가 거의 다 돼 간다. 그가 잠시 미간을 조이며 갈등했다. 이제 그를 보내 줘야 한다. 내가 먼저 자리에서 일어섰다.

"이제 가요. 나 잘래요."

"내쫓는 거야?"

"응."

내가 생글생글 웃자 그가 내 손목을 잡았다.

"몇 분만 더 늦게 자."

"안 돼. 나 내일 일찍 일어날 거야."

그는 아마 내 거짓말을 알아챘을 것이다. 그가 이마를 감싸며 신음했다.

"가기 싫다."

"내일 봐요. 나 때문에 의전 떨어졌다고 원망하면 가만 안 있을 거야."

그가 못마땅하다는 듯이 자리에서 일어났다. 나와 함께 있으려고 기를 쓰는 그의 미련이 좋다. 이래서 연애하는구나. 마치 적절한 온도의 따듯한 욕조에 노곤한 몸을 담근 기분이다.

"그럼 내일 봐."

"네, 오빠가 공부할 동안에 나는 시나리오를 쓸게요."

"내가 한석봉이냐."

"하하하, 글씨 못 쓰면 절로 내쫓아도 돼요?"

"안 돼."

간다고 했으면서 못 박힌 듯 움직이지 않는 그가 사랑스러워서 용기를 내어 까치발을 들었다. 내 목표는 그의 볼이었지만 그가 내 의도를 눈치채고 순식간에 고개를 돌렸다. 아슬아슬하게 닿았다가 떨어진 입술에 깜짝 놀라 웃음을 터트리자 그가 맞잡았던 손을 놓고 내 얼굴을 잡았다. 소리가 나도록 짧게 입을 맞춘 그에게서 웃음기가 묻어나 온다.

"이제 가요."

내가 그의 손등을 감싸며 속삭이자 그가 고개를 끄덕였다.

"같이 등교할까?"

"네?"

혹 갑작스럽게 진도를 빼려는 걸까 혼란스러워하자 그 역시도 허둥댔다.

"아, 아니. 내가 데리러 온다고. 그……, 딴 뜻이 아니라……! 스토커 일도 있고……."

그가 처음 보는 표정을 지어 보이며 사태를 수습하려 애썼다. 그런 그의 모습이 귀엽게 다가와서 저절로 입가에 바보 같은 미소가 머물렀다.

"저 내일 첫 교시 3교시예요. 오빠랑 등교 시간이 달라요."

"그럼 점심 같이 먹자."

"알았어요. 연락할게요."

"알았어. 잘 자."

"오빠도 열공해요!"

"그래."

나는 오빠를 번화가 골목까지 배웅해 줬다. 사람들 틈새에 뒤섞여 사라지는 그의 빛나는 뒷모습을 보며 저 남자가 나랑 연애하는 남자라는 게 비로소 실감났다. 집으로 돌아가는 그 길을 어떻게 걸어왔는지 생각나지 않을 정도로 들떠 있다 보니, 순식간에 타임워프를 한 기분이 들었다. 휴대폰을 뒤늦게 확인하니 혜영이에게서 문자가 와 있었다.

　　잘돼 가고 있어?

　　아, 아직 애들에게 은수 오빠 얘기를 안 했구나. 나는 뒤늦게 오케이 싸인을 보이는 손 모양 이모티콘을 혜영이에게 보내 주었다. 정확히 5초 뒤에 우리의 단체 메시지 창은 난리 통에 휩싸였다.

　　서윤: 모쏠 탈출 축하해!
　　정민: 얘 이제 우리 버리고 데이트 하러 다니는 거 아냐?
　　민아: 고마워! ㅎㅎㅎ 내가 친히 너희를 위해서면 내 바쁜 시간을 좀 내 보도록 노력할게.
　　혜영: 어, 그래. 참 고맙다.
　　정민: 나는 이름부터가 호감이더라고. 찬수～

　　하지만 우리의 대화가 늘 그랬듯 정민이의 헛소리부터 점점 주제가 삼천포로 갔다.

　　혜영: 차 씨면서 좋은 이름이 또 뭐가 있을까?
　　민아: 갑자기 뭔 소리야. ㅋㅋㅋㅋ
　　서윤: 차두리.
　　혜영: 좀 더 오리지널하게 가 보자.

정민: 차돌박이.

혜영: 차린건없지만많이들먹고가라.

정민: ㅋㅋㅋㅋㅋㅋㅋㅋㅋㅋ

서윤: 어렸을 때 씽크big 좀 했구먼.

민아: 차인건가상담좀.

오랜만의 불같은 메시지가 그날 밤까지 가쁘게 오갔다. 메시지가 시들해질 즈음, 모두가 피곤해서 잠이 들 때 즈음이면 꼭 이 대사를 누군가 던져 줘야 한다.

서윤: 자세한 건 내일 얘기하자!

우리는 실제로 다음 날 모두가 공강인 시간에 모여 또 폭풍 수다를 떨었다. 비록 날 아껴 주던 사람들 중 한 명이 사라진다 해도 나를 아끼고 사랑해 줄 사람이 이토록 많다. 사라진 그 '한 명'과 겹치는 강의가 있어 그를 피해 교묘히 구석에서 혼자 강의를 들어야 한다는 건 다른 친우들로도 해결할 수 없는 불상사이긴 하지만. 김기범과 겹치는 강의는 중 산업미생물학 강의가 가장 복병이었다. 일주일에 한 번 수요일에 연강으로 이루어지는 그 강의는 오빠까지 듣는 것이라 곤혹스럽다. 나는 그 곤혹스러움을 돌아온 수요일에 처음으로 마주하게 되었다.

점심시간 바로 다음으로 이어지는 강의여서 나는 오빠와 점심을 먹고 강의실로 함께 향했다. 사실 밥 먹을 때까지만 해도,

심지어 강의실로 향할 때까지만 해도 김기범을 그다지 걱정하지 않았는데, 희한하게 강의실 문 앞에 도달하자 심장이 조여들었다. 오빠를 옆에 두고 김기범을 어떤 표정으로 마주해야 할지 몰랐다.

그 찰나의 긴장을 감지한 오빠가 강의실 문을 열려다 말고 나를 돌아보았다. 오빠와 맞잡은 손이 따뜻했다. 나를 향한 그의 시선에 알 수 없는 견고한 믿음과 신뢰가 녹아 있어서 금세 긴장을 떨쳐 내고 도리어 '갑자기 왜 그래요?'라는 표정으로 시치미를 뗐다. 미안했다. 그가 낮게 의미 모를 코웃음을 치더니 강의실 문을 열었다. 다행히 김기범은 아직 없었다. 나는 처음으로 오빠와 함께 자리에 앉았다. 곧이어 들어온 지영이가 우리에게 인사를 하다가 같이 앉아 있는 우리를 묘한 눈으로 살피며 강의실 뒤편으로 갔다. 민망한 웃음이 입가에 감돌았다. 오빠가 내게 말했다.

"오늘 발표 점수 알려 주신다더라."

"헉. 벌써요?"

칼 같은 교수님의 채점 속도에 감탄하고 있을 즈음 옆으로 익숙한 실루엣이 스쳐 지나갔다. 굳이 고개를 돌리지 않아도 그가 강의실에 들어왔다는 걸 알았다. 내 뒤 어딘가에 자리 잡은 그의 표정을 확인할 수 없어 다행이다. 그때, 오빠가 내 손을 잡더니 책상 위로 올려놓았다. 깍지 낀 손을 바라보며 그가 내게 중얼거렸다.

"괜찮아?"

모르쇠로 일관하며 고개를 끄덕였다.

"왜 자꾸 그래요?"

"그냥. 좋아서."

전부터 느낀 거지만 그는 참 애정표현에 적극적이다. 곧 교수님이 오셨기에 우리는 잡은 손을 책상 아래로 내렸다. 교수님이 강의를 시작하려다가 우리를 발견하곤 뒤에 앉은 '누군가'를 살피더니 한마디 했다.

"고민아 인기가 많네? 너 학기 절반 지났다고 남자 바꿔치기 한 거야?"

미생물학 교수님은 시크한 매력으로 인기가 좋지만 가끔씩 눈치 없는 쑤시개질 발언을 해서 학생들 사이에서 원성이 오가기도 했다. 다들 웃는데 눈치 없이 '그런 거 아니거등요!'라고 외칠 수 없어서 나도 오빠도 함께 분위기에 휘말려 "허허허" 웃었다. 젠장. 교수님. 이번 학기 A 이상 주지 않으면 강의 평가서에 테러할 겁니다. 두고 보자고요. 엉엉엉……

교수님의 썰렁한 농담 덕인지, 길어지는 강의 시간 덕인지 몰랐지만 차츰 기범이의 존재는 내게 아득해졌다. 그가 내 뒤에 홀로 앉아 있다는 것, 앞으로는 그를 모르는 사람인 척 대하며 남자 친구와 함께 강의를 들으리라는 것. 그 모든 껄끄러운 상황이 생각 뒤편으로 서서히 사라졌다. 그래서 강의가 끝난 후 오빠와 손을 잡고 강의실을 나설 때까지 나는 단 한 번도 기범이를 돌아보지 않을 수 있었다.

은수: 돌파구가 되었다

사랑은 단순 성욕 이상의 것이다.
그는 남녀가 삶의 대부분에 깃든 고독으로부터
도망치기 위한 주된 수단이다.
— 버트런드 러셀

부모님은 내가 대학에 입학한 이후로 내 사생활에 관여하지 않으셨다. 굳이 관여하지 않아도 나 스스로 나 자신을 관리하리라는 걸 믿으셨기 때문이다. 나는 늘 예의 바르고 성실한 맏아들이었고 눈치가 빨라 부모님이 의도하신대로 행동하는 법을 알았다. 그래서 나는 본심을 털어놓는 것이 익숙하지 않았다. 고민아를 만나기 전까진. 민아는 종종 내게 참 이상한 것들을 털어놓았다. 민아는 식사를 할 때면 늘 왼쪽 머리를 귀 뒤에 넘겨 정리했다. 그녀의 첫인상을 규정한 앞머리가 있는 짧은 단발머리에 대해 그녀는 내게 이리 말했다.

"2학년 때부터 이 머리였어요."

"그래? 단골 미용실이 있어?"

"아니요, 제가 자르는 건데요."

일반인이 스타일링 했다고 하기에는 너무나 단정한 기장 정리에 깜짝 놀랐다. 스타일리스트 누나가 들으면 까무러치겠지. 고민아의 기이함 중 이건 고작 맛보기 수준이었다. 어느 날 고등학교 동창들에 관해 얘기를 나누던 중 나온 이야기는 이랬다.

"……그래서 그 친구가 다시 학교에 갔는데 여자애들이 학교에 남자가 왔다고 엄청 호들갑을 떨더래요. 제 친구가 잘 생겼거든요. 그런데 뒤에 여자 친구가 나타나니까 환호성이 갑자기 확 줄어들어서 당황스러웠대요. 하하하."

"하하, 너희 학교에는 잘생긴 남학생이 없나 보지?"

"아…… 네. 여고거든요."

이상한 논리에 혼란스러울 즈음, 그녀가 곧바로 말을 이었다.

"수능 끝나고 수술해서 이제는 남자예요. 걔가 3학년 때 저희 반 반장이었는데, 인기 짱이었어요. 키도 180 넘고 어깨도 넓고 목소리도 허스키하고, 쇼트커트를 하고 다녔어요. 걔 보려고 여자애들이 쉬는 시간에 가끔 우리 반에 오기도 했어요."

마치 '수능 끝나고 쌍꺼풀 수술해서 이제는 예뻐요.'라는 말을 하듯이 아무런 감정도 담기지 않은 목소리에 나도 덩달아 그 일을 일상적인 것처럼 생각하게 되었다.

"감쪽같아요. 원래도 미남형이어서. 고민이 많았을 텐데 잘 돼서 참 다행이에요. 테스토스테론 주사를 몇 개월마다 맞는데 목소리도 완전 깊고 길거리 가다 보면 여자였다고 아무도 생각 못할걸요? 이런 게 바로 신의 한 수!"

파격적인 선택을 한 민아의 동창에 대해 나도 모르게 얕은 편견에서 비롯된 불편한 정의를 내리려다가, 타인을 '사회적 규범'이라고 일컬어지는 틀 속에 폭력적으로 밀어 넣고 싶지 않아 가까스로 나 자신을 막았다. 사실 이런 주제에 대해 별로 생각해 본 일이 없다. 누구는 열렬히 옹호하고, 누구는 또 열렬히 반대하는 문제라는 건 알지만 나는 그 어느 쪽도 택하지 않았다. 나와 관련된 일이 아니면 굳이 열을 낼 일도 없을뿐더러 대다수가 그들을 악으로 치부한다면 말없이 그쪽에 편승할 뿐이다. 부모님이 그러셨듯이 나는 사람들의 시선 밖에 모나게 드러나는 것을 극도로 꺼렸으니까. 신념을 갖는다는 건 싸워야 할 일이 생긴다는 거고, 싸움은 곧 갈등과 미움을 부른다. 나는 그런 식으로 대중의 평가에 맞서고 싶지 않다. 민아는 이런 나를 어떻게 생각할까?

　"하하, 왜 그렇게 잘생겼다고 띄워 줘? 질투 나잖아."

　민아는 볼을 붉히며 나를 흘겨보았다.

　"오빠가 더 멋있어요."

　그리고 이런 말이 익숙하지 않다는 듯이 한 손으로 입을 가렸다. 나는 보수적인 사람들은 괴팍하다고 할 만한 것들을 일상처럼 대하는 그녀의 이상과 믿음이 세상 사람들이 부르는 평균과 어긋나 있다는 걸 깨달았다. 모두가 걷는 그 길에서 벗어났다는 사실을 인지하며 불안해하면서도 고민아는 태어날 때부터 자유로운 사람인 것 같다. 제아무리 다른 사람과 같아지려 한들, 묶이지 않은 그녀의 영혼은 하늘을 가볍게 날아다닌다. 그래서 나는 그녀 앞에서만은 나답지 않게 솔직해지는 것 같다. 그녀는 그 어떤 것도 쉽게 단정 짓지 않으니까. 새삼 그녀가 얼마나 좋은 사람인가를 깨닫게 된다. 민아가 침묵하는 내 눈치를 살피더니 떡볶이를 콕콕 찌르며 말했다.

"여기 떡볶이 중독성 있지 않아요? 우리 다음에 또 와요."

내 특수한 상황 때문에 대부분의 데이트를 간단한 식사로 때우고 있는데도 민아는 늘 만족했다. 단순한 체인점 분식일 뿐인데 무어가 그리 특별하냐고 물었더니 그녀가 비장한 표정으로 말했다.

"여기가 본점이란 말이에요. 여기가 우리 대학가에서 유일하게 체인점으로 발전한 떡볶이집이라고요!"

마치 우리나라 문화유산이라도 사수하려는 듯한 결의에 웃음이 터져 나왔다.

집으로 돌아가면 나는 무음으로 켠 텔레비전을 보는 어머니께 인사하고 방으로 들어갔다. 내가 귀가할 때 즈음이면 아버지와 수진이는 벌써 잠들었다. 어머니는 늘 그랬듯이 텔레비전을 끄고 나를 따라오셨다.

"공부는 잘되니?"

나는 가방을 의자 위에 내려놓았다.

"열심히 하고 있어요."

"그래. 너는 잘하고 있으리라 믿어."

옷을 갈아입으려고 어머니가 방을 나가 주시길 기다리는데 당신이 한숨을 푹 쉬더니 침대 가에 앉으셨다.

"네 동생 때문에 걱정이야. 오늘도 네 아버지랑 한판 하고서 지금에야 조용해졌어."

올해 중학교 2학년이 된 수진이는 부쩍 반항심이 늘어 소위 말하는 중2병을 앓고 있다. 내가 중학생이었을 때만 해도 흔치 않았던 화장이며 고데기를 달고 다녀서 부모님께 몇 차례 혼이 났다. 화장이라 봤자 립글로스에 비비크림이겠지만. 눈두덩이 시커멓게 칠하지 않고 다니는 것만 해도 장하다.

"별로 심각한 일은 아닐 거예요."

나도 또한 중학생이었을 때 부모님 몰래 교복 바지통을 줄이고 머리를 최대한 길게 유지하려고 안달했으니 수진이가 걱정이 되지는 않았지만 어머니는 아닌 모양이시다. 하긴, 어린 딸이 평소에 보이지 않던 모습을 하면 부모는 또 나름대로 걱정할 만하지. 하지만 어머니를 괴롭히는 걱정의 근원은 내가 생각하던 것이 아니었다.

"안 그래도 조심히 하고 다니라고 그리 일렀는데. 김현수 딸이 불량 학생들이랑 어울리고 다닌다고 매스컴이라도 타 봐. 네 아버지가 얼마나 속상해하겠니."

"네?"

내가 질색하는 그 말이 기어코 또 한 번 어머니의 입에서 튀어나왔다. 결국에는 수진이가 걱정돼서가 아니라 아버지의 눈치를 보느라 그러는 거예요? 감정 조절에 실패한 내 눈초리가 사나워지자 어머니가 입을 다물었다. 어렸을 때라면 어디 어른을 그리 쳐다보느냐고 혼이라도 났을 텐데, 크고 나니 어머니도 아버지도 나를 함부로 대하지 못하신다. 나는 사태를 모면하려고 아무렇게나 떠들어댔다.

"저 나이 땐 다들 그래요. 혹시 모르니까 제가 나중에 수진이랑 따로 말해 볼게요. 어머니랑 아버지는 가만히 계세요. 화장 좀 했다고 불량 학생들과 어울린다고 생각하는 건 좀 비약 같은데."

"그래도…… 너 공부하느라 바쁠 텐데."

수진이는 어렸을 때부터 엄격한 아버지보다 나를 더 잘 따랐다.

"수진이한테 말할 시간 정도는 있어요. 저 이제 옷 갈아입고 쉴게요."

"그래. 부탁한다."

어머니가 떠난 자리에 홀로 남으니 머리가 지끈거리며 아파 왔다. 이미지 관리는 이쯤이면 그만해도 되지 않나? 아버지와 어머니는 세상이 늘 당신들을 주목하고 있다고 생각하지만 현실은 그렇지 않다. 모두 자기 사는 데 바빠 스캔들이 나든 매스컴이 시끄럽든 그 먹구름은 한차례 소나기만 내리고 지나갈 뿐이다. 그리 저들의 평판에 전전긍긍하고 살아 도대체 무엇을 얻는가? 사람들도 연예인이 신이 아니라는 것쯤은 알잖아? 이런 것조차 이해 못 하는 대중이라면 뭐하러 그들을 위해 내 행복을 희생해야 한단 말이야?

어렸을 때 나는 퉁퉁한 체구의 아이였다. 고등학교 1학년 때 본격적으로 키가 크기 전까지 볼이 퉁실퉁실 해서 친구들은 날 "차뚱"이라고 불렀다. 둥근 체형 때문에 놀림도 종종 받았지만 대체로 친구들과는 잘 지내는 편이었으니, 내 체형에 대한 극심한 스트레스의 원인이 친구들이었다고는 할 수 없다. 내 체형에 큰 불만을 품고 있었던 사람들은 부모님이었다. 나는 집에서 가족과 함께하는 식사 시간에는 늘 어머니의 눈치를 보았다. 아버지가 영화 작업 때문에 체중 관리에 들어가실 때면 나도 아버지와 같은 식단으로 먹어야 했다. 닭 가슴 살 한 덩어리에 토마토 하나. 배고프다고 칭얼대면 어머니는 엄하게 내게 일렀다.

"아빠는 저렇게 멋있는데 아들도 멋있어야지 사람들이 김현수 아들인 줄 알지. 아들, 아빠처럼 멋있어지고 싶어, 그냥 뚱뚱하고 싶어?"

저녁을 이렇게 먹고 다음 날 우유 한 컵으로 아침을 때운 채 학교로 가면, 나는 늘 첫 교시를 끝내고 매점에 내려가 빵을 종류별로 사 먹었다. 급식도 듬뿍 퍼서 먹고는 심적, 신체적 굶주림을 채우려고 집으로 돌아가는 길에 친구들과 분식집에 들렀다. 가끔 어머니께 걸리는 날에는 자로 손바닥을 맞고 저녁을 굶었다.

어머니는 집 앞 마트에 가더라도 늘 곱게 화장을 하고 선글라스를 착용했다. 어머니는 나와 함께는 외출을 자주 하지 않앉고 나는 그 이유가 내 체중이라는 걸 알았다. 아직 사춘기가 오지 않아 외모에 대한 자격지심이 있을 수 없는 나이에 나는 벌써 타인의 잣대에 어울리지 않는 사람이 받는 취급이 무엇인지 배웠다. 가끔 학교에서 돌아올 때면 집에 어머니의 친구분들이 찻잔을 맞댈 때가 있었다. 그분들은 수줍게 인사하고 방에 들어가는 날 보며 어머니께 이렇게 말하곤 했다.

"애가 튼실하네."

"요즘 소아 비만이 문제인데 너희 가정부가 너무 음식을 막하는 거 아니니?"

"민숙이 딸은 태권도 배워서 뺐다는데 은수도 한번 보내 봐."

방문을 닫기 전 그 틈새로 보이는 어머니의 힘없는 얼굴이 나로 인한 창피함 때문인 것 같아 그런 날은 하루 종일 마음이 무거웠다. 태권도는 나도 배우는데. 나는 수영도 하고 있는데. 오늘은 떡볶이 반 접시만 먹었는데. 엄마는 또 오늘 저녁 굶으라고 하겠지. 살찌고 싶지 않은데 왜 자꾸만 살이 찔까. 왜. 나는 어머니의 친구분들이 내 울음소리를 들을까 봐 문을 닫고서 베개로 입과 두 눈을 막았다.

고등학생이 되자 키가 크고 살이 빠지며 다행히 살 아래 숨겨져 있던 아버지와 어머니의 유전자가 빛을 발하게 됐을 때, 어머니를 필두로 사람들은 나를 다르게 취급하기 시작했다. 어릴 적 나의 모습을 몰랐던 사람들은 나의 외모를 보고 쉽게 날 판단하곤 한다. 저 사람은 평생 자기 잘난 맛에 살아서 이기적일 거야. 저 사람은 자기가 잘생긴 걸 너무 잘 알아서 얼굴

값 하려 들 거야. 어느 정도 맞는 말이다. 나는 내가 잘생겼다는 걸 알고, 그 점을 내게 유리한 방향으로 적극 활용한다. 장을 보러 가는 어머니의 곁을 대동하여 어머니의 기를 세워 드리고, 종종 방송국으로 아버지를 찾아가서 "아드님께서 선배님을 닮으셔서 정말 잘생겼네요."라는 말을 아버지께 들려드린다. 식당에서 예기치 못한 서비스를 받기도 하고, 다른 남자들보다 좋은 조건의 여자를 만나기도 했다. 나의 장점은 외모 덕분에 부각되고, 단점은 외모 덕에 더 작게 가려진다.

하지만 달라진 외모는 내 안의 근원적인 문제를 온전히 없애지는 못했다. 내 안 어딘가에는 아직도 어머니와 사람들의 눈치를 보던 뚱뚱하고 못난 소년이 살고 있다. 그 소년은 불행하지 않을 수 있었다. 사람들이 그를 불행한 아이로 단정 지어 버려 소년도 그리 믿었을 뿐이다. 변화한 외모 덕에 도리어 뼈저리게 알게 된 대중의 잣대가 너무나 싫지만 벗어날 수가 없다. 그들의 잣대가 있기에 내가 존재하는 것만 같아서, 이 투명한 감옥에서 나오지 못한다. 그런 의미에서 민아는 내가 아는 사람 중 유일하게 그들의 잣대에서 벗어나 있었다.

궁금해진다. 민아라면 이런 생활을 견딜 수 있을까? 본인의 만족보다 타인의 이목에 따라 생활하는 삶을 민아 역시도 살아가고 있을까? 아직 부모님은 내가 민아를 만나는 걸 모르신다. 아신다면 집에 데리고 오라고 닦달한 뒤 민아의 부모님에 대해, 정확히는 부모님의 직업과 재산에 대해, 민아의 전공에 대해, 미래에 대해 꼬치꼬치 캐물으시겠지. 생각만 해도 숨이 막힌다. 마침 휴대폰이 울렸다.

　오빠, 잘 도착했어요?

　민아는 내가 공부를 끝내고 집에 도착할 시간을 기억해 늘 문자를 보냈다. 밤 1시가 다 되어 가는 시간이라 피곤할 텐데.

　응. 왜 아직 안 자고 있었어?
　누가 오빠 중간에 납치해 갈까 봐 걱정돼서 기다리고 있었죠.

　나는 전화를 걸었다.
　─ 응, 여보세요?
　그녀가 곧장 전화를 받았다. 목소리를 듣는 것만으로도 막혔던 숨구멍이 트이는 것 같은 기분이다. 비싼 아파트의 좋은 점은 철저한 방음이다. 그녀와의 대화가 부모님의 귀에 들어갈까 걱정하지 않아도 되는 것은 생각 외로 큰 기쁨이다.
　"보고 싶다, 민아야."
　신음하며 칭얼댔지만 그녀는 아무 말도 하지 않았다. 미소 짓고 있는 걸까 당황한 걸까. 간혹 민아가 하고 있는 생각을 알 수 없을 때가 있어 답답하다. 그녀가 이내 순간의 침묵을 깨고서는 부드럽게 날 타일렀다.
　─ 공부하는 게 많이 힘들어요?
　"너도 나 보고 싶다고 말해 줘."

— 나도 보고 싶어요.

"진심이야?"

— 응.

어느 설문조사에 남자도 여자도 과반수가 연애하는 목적의 1순위를 마음의 안정을 찾기 위해서라고 답했다. 그런 의미에서라도 민아는 내게 반드시 필요한 사람이다.

"우리 나중에 놀러 갈까?"

— 오빠 시험 끝나고?

시험은 8월 말이 되어서나 끝난다. 아마 8월 시험을 보고 얼마 안 있어 수시 발표가 날 거고, 나는 의전 시험 비중이 작고 서류와 면접 비중이 높은 수시를 목표로 공부하고 있으나 붙지 못할지도 못한다는 불안감 때문에 민아에게 알리지 않았다.

"응, 어디 가고 싶어?"

잠시 고민하던 그녀가 마침내 무언가 생각났다는 듯이 외쳤다.

— 오빠 할아버지 사시던 동네에 가기로 했잖아요!

"거기도 갈 거지만 다른 데도."

— 내가 나중에 길게 목록 뽑아서 줄게요.

"알았어. 기대할게."

— 이렇게 데이트 아이디어를 다 내 책임으로 돌리려는 거예요?

"엇, 딱 걸렸네. 하하, 어떻게 알았어?"

내 농담에 그녀가 장난으로 씩씩대며 나에게도 같은 숙제를 부여했다. 그때, 누군가 내 문을 똑똑 두드렸다.

"민아야, 잠시만."

나는 휴대폰을 한 손으로 가리고 목소리를 높였다.

"네."

"문 좀 열어 봐."

수진이다.

"기다려!"

수진이가 들을 수 없도록 목소리를 낮추며 서둘러 민아에게 말했다.

"민아야, 미안한데 이만 끊어야겠다."

— 알았어요. 오빠 푹 쉬어요.

"그래. 내일 봐."

— 응! 아, 오빠, 잠시만!

귓가에 순식간에 '쪽! 쪽! 쪽! 쪽!' 하는 사랑스러운 소리가 울렸다. 그 뒤로 민아의 청랑한 웃음소리가 울려 퍼졌고 이내 전화는 끊어졌다. 민아는 애정 표현에 적극적이지는 않지만 가끔 이렇게 날 깜짝 놀라게 만들 때가 있다. 얼떨떨하게 입가에 머문 바보 같은 미소를 지우고 감정을 정리한 뒤 평온한 척 방문을 열었다. 거실 불은 꺼진 지 오래라 내가 연 문 틈새로 내방의 불빛이 곧바로 복도로 쏟아져 내렸다. 그 속에 있는 수진이가 가늘어진 눈을 하고 나를 바라보고 있었다. 젠장! 수진이가 속삭임을 가장한 호통을 쳤다.

"하라는 공부는 안 하고 연애질이라니! 누구야! 털어놔!"

수진이가 귀신같은 속도로 내 방안에 뛰어 들어왔다. 도대체 어떻게 알았지? 방음이 제대로 됐을 텐데! 나는 서둘러 문을 닫았다.

"부모님께 말하면 네 용돈은 사라진다."

차수진에게 이런 일로 거짓말을 하느니 차라리 깨끗하게 인정하는 편이 후폭풍을 막는 현명한 방법이다.

"님 용돈은 없어도 그만이거등여."

나랑 나이 차도 열 살 이상 나는 애가 동갑 친구처럼 비아냥대는 걸 보면 기가 막힌다. 이게 어렸을 때부터 나이 차이 많이 나는 막둥이라고 오냐, 오냐 하고 키워서 그렇다.

"너 오늘 아버지 눈 밖에 났다며. 뭐 걸렸어? 비비크림?"

"아오, 아니! 문자 좀 했다고 난리야. 나보고 왕따나 당하라는 거야, 뭐야."

수진이가 툴툴대며 내 침대 위에 널브러졌다.

"곽준혁이랑?"

어림잡아 물었음에도 수진이의 두 볼이 순식간에 달아올랐다. 애는 애라니까.

"사귀어?"

내 물음에 수진이가 고개를 흔들었지만 삐죽거리는 입은 다른 말을 하고 있다. 그 모습에 웃음을 터트리자 그녀가 나를 노려봤다.

"웃지 마."

"하라는 공부는 안 하고 뭐하냐."

"공부하거든!"

"이번 중간고사 성적 나왔지?"

"아직 안 나왔어."

"성적만 유지하면 엄마, 아빠도 암 소리 안 해. 근데 걔 집에 놀러가고 그러진 마. 학생의 연애를 해야 한다."

노파심에 기어코 잔소리가 들어가자 수진이가 인상을 찌푸렸다.

"그런 일 있다간 아빠한테 죽게? 아씨, 이게 다 오빠 때문이야. 왜 이렇게 공부를 열심히 하고 난리야. 이 범생이, 찌질아!"

"질투하긴."

"나는 공부 관심 없어. 아빠처럼 가수나 배우 될 거다!"

"가수는 아무나 하는 줄 아냐? 너 음치잖아."

"연습하면 되지! 요즘 아이돌 보면 뭐 걍 이쁘면 되던데?"

수진이가 예쁜 척을 하며 제 머리를 어깨 뒤로 휘날렸다. 유전자가 어디로 가겠느냐만 자기 외모가 잘났다는 걸 너무 잘 알아서 좋은 꼴 나는 경우는 별로 보지 못했다. 내 표정이 영 좋지 않았는지 수진이가 서둘러 덧붙였다.

"아니면 배우를 하면 되잖아. 연기는 안 해 봤으니까 잘할 수도 있는 거잖아! 그러게 연기 학원 보내 달라니까."

"그래도 대학은 가야 할걸. 아버지 성격 알잖아. 공부는 뭘 하든 기본이라고."

"아, 짜증 나. 자긴 중졸이면서 왜 나한테 난리야."

저도 학벌이 얼마나 아버지께 콤플렉스인지 알았는지 목소리가 기어들어갔다.

"아버지가 저러시는 게 하루 이틀은 아니잖아. 대학 들어갈 때까진 꾸준히 닦달하실 거야."

"아씨, 졸라 짱나."

수진이는 인상을 찌푸리곤 입술을 물었다. 지금은 아버지가 그저 원망스럽겠지. 나도 어렸을 때 그랬고 지금도 그 원망이 다 가시지 않았으니 충분히 이해한다. 하지만 나는 아버지를 원망한들 동생만큼은 아버지를 미워하지 않았으면 하는 것이 진심이기도 하다. 수진이가 잠시 잊고 있었던 주제를 다시 꺼내 놓았다.

"그래서? 여친은 누구야? 같은 학교야? 공부하면서 여친 사귀어도 돼? 몇 살이야? 예뻐? 사진 있어? 언제부터 사귄 거야? 진도는 어디까지 나갔어? 어디서 만났어? 이름이 뭐래? 또 연예인 하려는 그런 여자는 아니지?"

속사포처럼 쏟아지는 질문에 헛웃음이 나왔다.

"지금 1시 반인데 너 내일 학교 안 가냐?"

"답 듣기 전엔 안 잘 건데?"

"왜 물어. 바로 부모님께 이르게?"

"으아아아니! 내가 왜?"

입가 떨리는 것 좀 봐라. 수진이는 거짓말을 못 해서 더더욱 믿음이 간다.

"너 저번에도 내 여자 친구 신상 고대로 어머니께 일러바치는 바람에 그 친구가 얼마나 난감해했는지 알아? 바로 우리 집에서 신상 조사 받고 갔잖아."

"아, 그땐 엄마가 그럴 줄 몰랐지. 앞으로는 안 그럴 거야. 진짜 비밀로 간직하고 있을게. 내가 앤 줄 알아?"

"맹세?"

"어, 내가 만약 엄마한테 이르면 그땐 진짜 내 용돈 까도 돼."

"아버지도?"

"아, 당연하지!"

흠, 어느 정도 털어놓아야 만족하려나.

"뭐가 궁금하다고?"

"사진 좀."

"없어."

"없다고?"

정말 없다. 사귄 지 3주가 되어 가는 시점인데 함께 사진도 찍지 않았다.

"얼굴책은? 메신저에도?"

나는 휴대폰 메신저에서 민아의 프로필 사진을 보여 주었다. 낯선 영화 포스터 사진이었다.

"민아?"

"고민아."

"이름이 고민아야? 고민 덩어리야, 뭐야."

"이놈이!"

"아아, 알았어. 사진은 됐고. 어떻게 만났어?"

"학교 과 후배야."

"몇 살?"

"스물셋."

"도둑놈은 아니네."

"내가 언제 도둑놈이었던 적이 있냐?"

"요즘 유행인 것 같아서."

쪼그만 게 못하는 소리가 없네.

"아, 사진 없으니까 재미없다. 나 잘래."

"너 용돈 걸었어."

우리의 조건을 상기시키자 그녀가 하품을 하며 고개를 끄덕였다.

"그래도 사진 찍으면 보여 줘야 돼."

"오냐, 빨리 가서 자."

"어. 근데 오빠, 이 여자는 아빠 빽 보고 들러붙는 그런 여자 아니지?"

문고리를 돌리기 전, 수진이가 짐짓 심각한 표정으로 날 돌아보았다. 막둥이가 또 세상 물정은 좀 안다고 나를 걱정하는 걸 보니 기특하다.

"어, 그런 애 아니야. 그리고 내 전 여자 친구들이 모두 그런 것도 아니고."

"아아, 호오옥시나 해서."

"너도 남자 잘 보고 사귀어. 성적 관리 잘하고."

"알았어!"

부모님을 깨우고 싶지 않았는지 수진이가 조심스레 문을 닫고 종종걸음으로 사라졌다. 난 셔츠 버튼을 풀면서 휴대폰을 확인했다. 민아에게서는 문자가 없었다. 당연했지만 한편으로는 아쉬웠다. 아, 보고 싶다. 하루 종일 방에 가두어 두고 민아랑만 있어도 기쁠 것 같다. 그 애 웃는 거만 봐도 이유 없이 같이 웃게 된단 말이야. 더 가까워지고 싶어서 조바심이 난다. 손아귀에 잡힐 듯 잡히지 않는 고민아의 무언가에 애가 끓는다. 가만. 마침 민아도 자취생이잖아. 그럼……

동거를 떠올렸다가 나조차도 어이가 없어 코웃음을 치고 말았다. 사귄 지 얼마나 됐다고. 더군다나 부모님이 아신다면 민아에게까지 불똥이 튀겠지. 여자 친구가 생긴 그 초반에는 늘 설렌다. 그런데 이번처럼 푹 빠진 경우는 처음인 것 같다. 민아가 부담스러워할 것 같다. 우리가 서로에게 가진 애정의 정도는 아직 평행선을 이루지 못했다는 걸 안다. 아직은 내가 더 좋아한다. 내가 더.

생각해 보니 여태까지 단 한 번도 전 여자 친구들과는 미래를 심각하게 상상해 본 적이 없었다. 그런데 민아와는 그 이상을 생각하게 된다. 그녀가 내 부족한 점을 어떻게 채워 줄지, 함께 있는 것만으로 얼마나 행복해질지 그 생각만으로 가슴이 벅차오른다. 그녀를 굉장히 오랫동안 좋아해 왔던 것만 같은 기분이다. 결혼을 생각할 만큼. 민아와 결혼하면 얼마나 자유로울까. 적어도 민아는 다른 사람들의 시선에 목 졸려 살지는 않을 테니까.

민아에게 문자를 보낼까 말까 망설이다가 결국 그만두기로 했다. 1시 반이 넘은 시간이고 괜히 곤히 자고 있을 그녀를 깨우고 싶지는 않다. 불안하다. 나만 부쩍 안달이 난 기분이다. 하지만 어쩔 수가 없다. 내가 먼저 좋아했고, 내가 더 좋아하니까. 김기범이 근래 눈에 띄지 않아서 다행이기는 한데도 여전히 석연찮은 점들이 있다는 건 부정할 수 없다. 하지만 적어도 민아가 그와 연을 끊고 나를 택했다는 걸 위안 삼기로 했다. 질투로 시작하는 연애라니. 힘들다. 하지만 별 도리가 있겠는가? 내일 만나면 그녀가 날 오늘보다 더 좋아하도록 더 열심히 작업 거는 수밖에. 민아가 내게서 헤어 나오지 못하는 그 날이 오길 고대하는 수밖에.

고민의 근원

상처가 고통스러운 것은 그 깊이와 혹 탓도 있지만
그보다는 그 상처의 오램 탓이다.
— 프란츠 카프카

주말에 아빠가 서울에 올라오리라고는 상상도 못 했다. 있었나 싶을 정도로 뜸한 아빠의 연락을 다행이라 여기고 있었으니, 당신의 갑작스러운 방문이 달가울 리 없었다. 엄마가 방 꼴이 이게 뭐냐며 락스와 소독약으로 화장실과 부엌에서 나와 대청소를 벌이는 동안, 아빠는 아무 말도 없이 내 침대에 앉아 굳은 표정으로 애먼 곳을 뚫어져라 노려보았다. 아빠의 침묵은 숨 막힌다. 아빠는 늘 호통치기에 앞서 하늘이 무너질 것 같은 한숨을 내쉬며 침묵하고는 했다. 저 입에서 나올 말들이 예상이 갔기에 뭐든 핑계를 대서 빨리 밖으로 나가고 싶었지만, 아빠가 먼저 선수를 쳤다.

"고민아. 너 여기 와서 앉아 봐."

이제 시작이다.

"청소 중인데."

걸레를 들어 올리자 아빠의 이마에 힘줄이 하나 돋았다.

"빨리 이리 안 와?"

나는 죄인이 되어 책상 의자를 끌어가 그의 앞에 앉았다. 엄마는 말이 없다. 설마 어렸을 때처럼 눈에 보이는 아무거나 닥치는 대로 던지려는 건 아니겠지. 고등학교 졸업한 이유로 폭력과는 이별했잖아.

"너 어쩌려고 그래."

따져 묻는 아빠의 말에 나는 입을 꾹 다물었다.

"의전 하라고 했더니 싫다고 해서 벌써 준비 기간도 날리고. 대학원 들어가라고 했더니 또 실험실은 안 들어간대고. 취업 준비도 안 하지. 너 도대체 하는 게 뭐야?"

맞는 말이라 할 말이 없다.

"내가 너 놀라고 대학 보낸 줄 알아? 너 여기 학비가 한 학기에 얼만 줄 알아? 내가 너만 키워? 네 동생도 있어. 네 동생 사시 준비한다고 해서 그 학원비도 다 마련해야 돼."

네, 네. 아버지 말씀이 모두 옳습니다.

"그럼 네가 언니로서 정신 차려야 할 것 아니야! 너 4학년이야. 내년이면 졸업이라고. 다른 정신 나간 애들처럼 졸업 연기 같은 소리는 하지도 마. 나는 그거까지 대 줄 돈 없으니까."

"네."

"아이고, 정신 똑바로 차려. 김 부장 딸내미는 말이야, 벌써 외국 기업 인턴 시작해 가지고 조만간 취업할 것 같다더라."

"민아 아빠!"

다른 집 딸과의 비교가 시작되려 하자 엄마가 드디어 옐로우 카드를 들었다. 아빠가 나를 노려보면서 말을 이었다.

"네가 그 집 딸보다 못한 게 뭐가 있어? 대학도 개보다 훨씬 좋은 데 다니잖아. 대회 이력도 좋고 봉사 활동 스펙도 있고. 다 있는데 왜 아무것도 안 해. 도대체 뭐가 문제야?"

"민아 아빠, 그 정도면 됐어. 애도 그 정도면 알아들었다고."

엄마가 빤 행주를 행어에 널었다.

'나 사실 요즘 시나리오 작가에 관심이 있어. 나 대회도 준비하고 있거든. 드라마 작가도 한번 도전해 볼까 생각 중이야. 비록 내 전공과는 관련 없지만, 너무 흥미 있는 일이라 꼭 도전해 보고 싶어. 물론 처음에는 한심해 보이겠지만, 인생은 길잖아? 나는 아직 젊으니까 이런저런 도전 해보면서 내게 맞는 걸 찾고 싶어. 아빠랑 엄마는 어떻게 생각해?'

이 분위기에 어찌 이렇게 말할 수 있겠는가? 괜한 서러움에 눈시울이 붉어지고 코가 시큰거렸다. 하지만 내가 몇 살이라고 이런 잔소리에 울겠는가? 괜한 눈물을 보여서 아빠에게 졌다는 걸 증명하고 싶지 않다. 끝까지 무無로 일관해 아빠가 결국 내게 그 어떤 영향도 주지 못했다는 걸, 그 어떤 상처도 주지 못했다는 걸 보여 주고 싶다. 아빠가 경멸의 눈초리로 나를 노려보더니, 습관처럼 "크으" 한 맺힌 한숨을 내쉬었다.

"네 동생 보기 부끄럽지도 않냐? 대학 가기 전까지만 해도 멀쩡하던 애가 왜 갑자기 이렇게 변했대? 창피한 줄 알아라."

아빠가 벌떡 일어나 내 자취방을 나섰다. 쿵쾅거리며 울리는 아빠의 발소리가 복도를 타고 울려 퍼졌다. 지긋지긋하다. 아직도 날 함부로 대하는 아빠가 지겹고, 어렸을 때처럼 똑같이 상처 받아 눈물을 참아야 하는 이 상황도 지긋지긋하다. 여기 방음 정말 안 좋은데, 옆집 사람들이 들은 건 아니겠지? 그거야말로 창피하다. 엄마가 내게 다가와 부드럽게 물었다.

"밥 먹으러 같이 갈래?"

갑자기 짜증이 치밀었다.

"내가 지금 밥 먹고 싶게 생겼어?"

"너 아침도 안 먹었을 거 아니야."

"둘이서 실컷 드세요. 그리고 다음에 서울 올라오면 아빠 데리고 오지 마. 괜히 와서 내 기분만 잡치게 만들잖아."

"네가 걱정돼서 그렇지."

"내 인생 내가 알아서 사니까 그만하라고. 내가 지금 몇 살인데 아직도 이런 잔소리를 듣고 있어야 해?"

"그럼 네가 말해 줘. 네가 뭘 하고 싶은지. 아무 말도 안 해주니까 그러는 거 아니야."

"내가 말할 게 뭐가 있어? 의전, 실험실 아니면 취업이라며. 내가 뭘 더 말해야 하는데?"

"왜, 너 하고 싶은 거 있어?"

"들을 생각도 없으면서 묻지 마. 짜증 나니까 가."

내가 문을 가리키자 덩달아 기분이 상한 엄마가 울상이 되었다.

"너 엄마한테 그렇게 말하는 거 아니야."

"어쩌라고. 이럴 거 알면서 아빠 데리고 온 거잖아. 가라고."

기어코 엄마가 눈물을 참는 그 뻔한 표정을 지었다. 합죽이가 된 입을 보니 엄마한테 무슨 잘못이 있겠는가 싶어 마음이 약해졌지만, 아빠 때문에 치민 분노는 쉽게 잦아들지 않았다.

"내가 저걸 자식이라고 키웠다."

"나 바쁘니까 그만 가세요. 과제해야 돼."

"싸가지 없는 년."

그때 엄마의 휴대폰이 울렸다. 보나 마나 아빠다.

"오라잖아."

내가 문을 열자 엄마가 나를 원망스럽게 쳐다보더니 이내 눈물을 삼키며 내 방을 떠났다. 갱년기의 엄마는 사춘기 소녀처럼 감성이 여리고 눈물이 많아서 예전에는 서운해하지 않았을 일을 갖고 서운해하고, 예전에는 상처 받지 않았을 일로 상처 받는다. 그런 엄마를 이제 내가 보살필 차례라는 걸 알지만 당장 내 발등에 떨어진 불을 끄느라 급급해 당신의 기분을 모두 챙겨 드릴 수가 없다. 난 아직 어른이 되려면 멀었다. 권리와 의무와 책임은 주어졌지만 그 무게와 온도와 질감을 몰라 쩔쩔매는 이도 저도 아닌 20대의 애어른. 젊어서 행복하나 그와 동시에 한없이 불안해지는, 10대의 질풍노도만큼이나 격한 변화의 시간을 겪는 나는 다른 사람들을 섬세하게 챙겨 줄 정도로 영특하지 못하다.

무엇이라도 해야겠다는 마음에 곧장 노트북부터 켰다. 절전 상태였던 노트북에 불이 들어오자 막 작업을 하던 시나리오가 떡하니 모습을 드러냈다. 이런 감정과 우울은 내 글의 원동력이 되어 준다. 불안과 슬픔, 그 미묘한 경계를 표현하며 나는 자신을 다독인다. 필시 이런 감정을 느끼는 것이 나뿐만은 아니리라는 믿음 때문이다. 대한민국 그 어딘가에 분명 나와 같은 20대 초반을 보내는 사람이 있을 것이다. 나 혼자 이런 쓸쓸한 기분을 느끼는 게 아닐 것이다. 어디로든 안전한 곳으로, 정해진 곳으로, 검증된 곳으로 네가 원하든 원하지 않든 출발하라고 아우성치는 가족과 사회를 등지고 자꾸 땅바닥만 바라보게 되는 그 마음을 대학생 누군가는 동감할 수 있을 거야. 그날 하루 종일 내 손가락은 키보드에서 현란한 춤을 췄다.

❋

기분이 바닥을 친 덕분에 나는 거의 하루 종일 그 누구와도 연락을 하지 않았다. 오후 학원 강의를 마치고 학교에 와 나머지 공부를 한다는 오빠의 문자에도 짤막하게 '네.'라고 답했을 뿐이다. 어렸을 때는 이런 성격이 아니었는데, 혼자 생활하게 되면서 기분이 저조해지거나 우울해지면 방에서 웅크려 마음을 꾹꾹 눌러 담는 버릇이 생기고 말았다. 친구에게 털어놓는 고민 같은 것들은 어찌 보면 내 인생에서 퍽 가벼운 것에 속하는 이야기들이다. 남자 문제라든가, 진로 문제 같은 것은 표면에 쉽게 드러나 그 누구와 공유하고 고민을 나눠도 당연한 주제다.

하지만 가족 문제는 다르다. 나는 아빠를 사랑하지만 당신은 나를 온전히 사랑하시는지 알 수 없다. 아빠도 나름대로 성장 과정에서 문제나 설움이 있었을 테고, 그보다 나은 것을 모르고 자라서 그 화를 가장 만만한 자식들에게 모난 말로 풀어낸다는 걸 이해는 했다. 아니, 그렇게라도 이해하고 싶었다. 내가 아빠를 위해 만들어 낸 변명들이 사실이긴 한 건지, 아니면 나 자신을 위로하려고 만들어 낸 허상인지 알 길이 없다. 우리 가족은 경제적으로 풍족했지만, 나는 늘 부정에 목말랐다. 그래서 나는 종종 내가 남자 친구를 사귀는 데 어려움을 겪었던 이유가 아빠의 영향 때문은 아닐까 생각했다. 아이는 태어나서 처음으로 엄마를 마주해 그분을 통해 세상에 대한 첫인상을 규명한다고 한다. 더 나아가 딸은 아버지를, 아들은 어머니를 통해 반대의 성性에 대한 개념을 배우게 된다. 아빠와 사이가 돈독지 못한 나는 원래부터 남자애들에게 정이 없었다.

그런 의미에서 기범이는 무척 특별한 존재였고 더 나아가 은수 오빠는 거의 기적에 가까운 사람이다. 내게 남자란 그저 소소한 감정 소모의 대상에 지나지 않았다. 그들과 인생의 원대한 목표나 고민 같은 걸 털어놓고 나눈다는 건 생각도 못 해 봤다. 내 고충을 그들에게 털어놓아 봤자 심각하게 받아들여 주지 않을 거라고 은연중에 믿고 있었나 보다. 나를 평가하고, 자기의 잣대와 기준으로 깎아 내려서 '저 여자는 저 수준밖에 안 되는 나약한 사람이구나.' 하고 단정 짓고 깔볼 것 같았다.

나에 대한 아빠의 태도가 늘 그래 왔으니까. 나의 이상도, 나의 꿈도 무시한 채 아빠는 늘 내게 자신의 눈으로 보아 보장된, 자신의 눈에 차는 길을 걸으라고 강요했다. 그 길을 걷지 않으면 나는 창피함도 모르는 철저한 패배자였다.

아빠와 싸우고 나면 나는 하루 종일 잠수를 탔다. 친구들은 내가 강의에 무단결석을 해야 '너 늦잠 자냐.' 등의 문자를 보내왔고, 나는 당연한 수순으로 '오늘 생리야. 너무 컨디션이 안 좋아.' 하고 답장을 보냈다. 친구들은 내 건강을 걱정했고, 그것으로 나는 다시 혼자만의 시간을 가질 수 있었다. 대학 생활 3년 동안 늘 그래 왔다. 하지만 남자 친구가 생긴 지금은 상황이 달라졌다. 저녁 9시 반 즈음 되자 갑자기 휴대폰이 울렸다. 오빠였다. 깜짝 놀라 잠긴 목을 가다듬었다. 이제 학교에 왔겠구나. 하루 종일 연락 안 해서 화가 났을까? 뭐라고 변명해야 하지? 만감이 교차했지만 전화를 받는 수밖에 선택의 여지가 없었다.

"여보세요."

— 너 괜찮아?

오빠의 목소리는 차분했지만, 나는 그 단순한 한마디에 울컥할 뻔했다. 애써 마음을 가라앉힌 뒤, 밝은 척 변명을 늘어놓았다.

"미안해요. 오늘 집에 내려갔었거든요. 그래서 연락을 못 했어요."

— 그래? 지금은 서울이야?

"네, 방금 올라왔어요."

— 말을 하지. 걱정했잖아.

화를 낼 법도 한데 그의 목소리는 여전히 따뜻했다. 사소한 것도 잘 이해해 주는 그가 나의 치부까지도 이해해 줄 것만 같아 지난 몇 년간 홀로 쌓아온 견고한 마음의 벽이 순식간에 허물어질 것 같았다. 여기서 약해지면 안 된다. 만일 아빠와의 이렇고 저런 구질구질한, 아무도 궁금해하지 않을 문제로 귀찮게 만든다면, 오빠는 불안한 나의 본모습에 실망하고 부담마저 느끼게 될 것이다.

"정신없어서 그 생각을 못 했어요. 당일치기로 갔다 왔거든요."

— 피곤하겠네.

"조금? 헤헤."

— 민아야, 나 지금 네 집 앞인데 잠깐 내려올래?

"네?"

깜짝 놀라 창문에 바짝 다가서자 휴대폰을 귀에 댄 오빠가 현관문 근처에서 보였다. 황급히 거울을 확인했다. 다행히 오늘 오전에 나갈 일이 있었기에 상태는 괜찮았다.

— 얼굴만 보고 갈게.

"아, 네! 잠시만요! 금방 내려갈게요!"

계단을 빠르게 내려가자 유리로 된 현관문 너머 오빠가 나를 발견하고 손을 흔들었다.

"피곤할 텐데 미안. 오늘 하루 종일 못 봐서."

그의 한마디가 사랑스러워서 그의 허리를 안았다. 처음에는 그의 손을 잡고, 그에게 먼저 애정표현을 하는 게 어색했지만 거침없는 그 덕분에 나도 변했다.

"나도 보고 싶었는데요, 뭘. 그렇게 안 피곤해요."

기온이 올라간 날씨 덕분에 얇아진 그의 옷차림 너머 그의 온기가 느껴지는 것 같다. 가슴이 떨렸지만 그 온기와 체취가 좋아서 가만가만 그의 품에 얼굴을 묻었다. 그가 내 머리를 토닥이며 짓궂게 말했다.

"안 왔으면 어쩌려고 그랬어."

나는 답 대신 도리도리 고개를 저었다. 아, 또 벽이 무너져 내리려고 한다. 마음이 드러나지 않도록 침을 꿀꺽 삼켰다. 그를 바라볼 수가 없다. 하지만 감정을 정리하려는 그 찰나의 침묵을 감지한 그가 조심스레 내게 물었다.

"너 괜찮아?"

"뭐가요?"

헤어지고 싶지 않은데 헤어지지 않으면 못난 모습을 보일 것 같아 그에게서 몸을 뗐다. 심장 어딘가 웅크려 있던 지친 마음이 속삭인다.

'완벽한 사람은 없어. 이런 걸로 널 내칠 사람이었다면 오빠는 좋은 사람이 아니었던 거야.'

하지만 그 옆에 선 커다란 두려움이 나약한 마음에게 삿대질한다.

'네 치부를 이해할 사람이 있을 것 같아? 그렇게 네 멋대로

328

그 상처와 증오를 다 뿜어 봐. 다들 널 피해서 도망갈 거야. 아무도 널 좋아하지 않을 거라고. 도리어 네가 지닌 아픔을 이용해 널 더 거칠게 평가할 거야. 다들 자기 문제와 싸우느라 바쁘지, 의지하려고 드는 사람 아무도 안 좋아해. 아무도 너한테 관심 없단 말이야. 네 불행 따윈 혼자서 이겨 내!'

오빠는 말없이 날 바라보고 있었다. 오빠는 종종 내 생각을 읽으려는 듯 나를 가만히 바라보고만 있을 때가 있다. 음성이 오가지 않은 대화야말로 그 어떤 대화보다 많은 것을 건넬 수 있기에 가끔 그 시선 속에서 발가벗겨진 기분이 들었다. 나는 결국 그를 이겨 내지 못하고 그에게서 두어 걸음 더 멀어졌다. 현관문 아래의 계단에 오르자 그의 한쪽 눈썹이 호선을 그리며 올라갔다.

"오빠 공부해야 하잖아요. 이제 그만 방해해야겠다."

분명 평소와 같은 밝은 목소리였는데, 그는 평소처럼 입술이나 볼에 키스를 하고 아쉬운 걸음을 돌리는 대신 땅에 두 발이 못 박힌 사람처럼 움직일 생각을 안 한다.

"오늘 좀 몸이 안 좋은가 봐요, 미⋯⋯."

그의 눈치를 보며 어색한 사과를 풀어내려는데, 그가 거의 표정이 담기지 않은 얼굴로 내 말을 끊었다.

"나 오늘은 도서관 안 갈 건데. 올라가도 돼?"

잠시 할 말을 잃었다. 그의 진중한 눈이 날 담고 있었다. 어딘가 날이 선 듯도 하다. 노란 가로등 불빛이 그의 등 뒤에서 부서져 내린다. 그 파편들이 내 눈에 비쳐서 그가 빛나는 것만 같은 착각이 들었다. 오빠는 섬세하기도 하지만 눈치가 너무 빨라서 탈이다. 그 덕에 장막처럼 본심을 가리고 있던 평온과 가장이 증발해 버려 기어코 당황한 얼굴을 보이고 말았다. 그가 내 손을 잡았다. 아귀힘이 억세다.

"들어가서 얘기하자."

목소리가 날 잡은 손처럼 딱딱하다. 나도 모르는 사이 고개를 끄덕였다. 자유로운 손이 도어락을 해제했고, 우리는 손을 잡고 계단에 올랐다. 이 늦은 밤에 남자를 집에 초대하는 게 무슨 뜻이 될 수 있는지 알았지만 내키는 대로 저질러 버렸다. 집에 도착하자 오빠는 깨끗하게 정돈된 부엌을 보며 평이한 감탄사를 날렸다.

"오늘 청소한 거야?"

아직 채 가시지 않은 레몬 향이 어렴풋이 공기 중에 떠돌고 있었다.

"오늘 엄마랑 아빠 왔다 가셨어요."

생각 없이 말실수를 하고 말았다. 오늘 집에 내려갔다가 왔다고 했으면서, 이 바보야! 오빠도 눈치챘지만 그저 양쪽 입꼬리만 살짝 올려서 웃을 뿐, 별다른 말이 없었다. 그가 쭈욱 방을 둘러보더니 식탁 의자에 자리를 잡고 앉았다. 나도 건너편 의자에 앉아 그를 바라보았다. 침묵이 흘렀다. 안 돼! 민망한 분위기로 흘러가게 놔둘 수 없다.

"차라도 한잔 드릴까요?"

그가 자리에서 일어나 부엌의 커피포트를 가리켰다.

"여기에다 물 끓이면 돼?"

냉장고에서 물을 꺼내며 그를 말렸다.

"손님이잖아요. 앉아 있어요."

"괜찮아. 이런 게 뭐 별일이라고."

그가 내게서 물통을 받아 들더니 포트를 채웠다. 그사이 나는 찻잔에서 녹차 티백 두 개를 꺼냈다. 새삼스러운 '예절의 정석' 제1장에 나올 법한 행동이 퍽 부끄러워졌다. 물이 끓는 동안 우리는 다시 자리에 앉았다. 그가 내게 물었다.

"오늘 뭐 했어?"

"오전에 엄마, 아빠 오고……. 그냥 계속 집에 있었어요."

"강의는?"

"그냥……."

성숙치 못한 무단결석이 창피해서 어색하게 웃었지만 그는 나와 함께 웃지 못했다.

"친구들은 만났어?"

"친구요? 아니요."

"아무도 안 만났어?"

질문의 의도가 불분명했지만 일단 고개를 끄덕였다. 그가 잠시 침묵했다. 그는 진심을 숨기는 데 귀재지만 내 눈썰미는 그보다 더 예민하다. 그의 표정이 영 좋지 않다. 나는 뒤늦게야 그가 생각하는 바를 읽는 데 성공했다. 설마.

"저 김기범이랑 연락 안 해요!"

억울함에 목소리가 올라가고 말았다. 그가 깜짝 놀라 고개를 들었다.

"나 오빠랑 사귀잖아요!"

재차 강조하자 그가 고개를 작게 끄덕였다.

"알아, 알아."

"방금 의심했죠?"

"아니."

그가 당황하여 웃었다.

"의심한 것 같은데."

"의심 안 했어."

의심 안 했다는 사람치고는 아까 전이랑 분위기부터가 다르다.

"내가 바람피울 사람으로 보여요?"

"아니."

"그럼 왜 그래요."

그는 대답하는 대신 입꼬리를 위로 늘렸다. 그 행위의 담백함에 속으로 기가 막혀 웃었다. 죄 없는 사람을 의심했으면 미안하다는 말을 해야지, 뭘 웃어? 은근히 기분 나쁘단 말이야. 똑같이 한번 당해 봐.

"그럼 오빠는요? 오빠는 오늘 뭐 했는데요?"

"학교에서 강의 듣고 공부하다가 학원 갔어."

"밥은 누구랑 먹고?"

"친구랑."

"친구 누구?"

쏜살같이 이어지는 질문에 그의 입가가 평행을 이루지 못하고 씰룩씰룩 위로 올라갔다.

"왜?"

"누구냐고요. 여자?"

마침내 그의 웃음소리가 입술 사이에서 터져 나왔다.

"질투해서 미안."

어이가 없어서 쳇 소리가 절로 나왔다.

"질투가 아니라 의심이죠."

"아니야, 질투야."

"질투는 질투할 껀덕지가 있어야지 질투지."

"걔가 너 좋아하잖아. 난 치졸해서 그것조차 짜증 나."

직설적인 자기비하. 그것에 동반할 법한 비아냥은 들리지 않아, 자신을 치졸한 사람으로 규정해 버리는 선언에 더는 힘을 실을 수 없었다.

"내 마음만 확실하면 되잖아요."

"그래, 네 말이 맞아. 미안."

참 담백한 사과다. 담백의 수호자 차담백 씨. 더 뭐라고 하고 싶지만, 그냥 입술을 한일자로 포갰다. 됐다. 이 선에서 넘어가자. 연락 안 한 내 잘못도 있잖아. 하지만 하나는 확실히 하고 넘어가야지.

"그래서 밥, 여자랑 먹었어요?"

그가 실실 웃었다.

"나 여자랑 일대일로 밥 잘 안 먹어."

본능적으로 토를 달려다가 이어지는 그의 말에 입을 다물었다.

"거리 둬야지 마음이 편해. 오해 안 하게."

아, 스토커. 그의 특수한 상황에서는 일리가 있는 말이니 고개를 끄덕였다. 새삼 그가 다른 여자 대하듯 날 두려워하지 않아 다행이라는 생각이 들었다. 유치하게도 기분이 조금 좋아졌다. 내게 밥을 사 준다고 제안했던 건 그였다. 오빠가 자리에서 일어나 다 끓은 물을 머그잔 두 개에 나누어 부은 뒤 노란 물이 우러나오기 시작하는 걸 가져다주었다.

"오늘 공부는 어땠어요?"

절로 목소리가 부드러이 나간다.

"그제나 저제나 힘들지. 아, 이제 수시 원서 접수 준비하려고."

"자소서²⁵ 쓰고 있어요?"

"응, 그런데 어려워. 어떻게 시작해야 할지 걱정이야."

"흠, 그럼 이건 어때요?"

"뭐?"

"저는 지리산 중턱 알에서 태어났고, 저의 우렁찬 목소리에 십 리 밖에서 사람들이 놀란 덕에 발견되었습니다."

"하하하. 내가 박혁거세야?"

"아니면 이건 어때요. 저는 자상하신 아버지와 엄격하신 어머니 사이에서 태어나 남부럽지 않게 자랐으나, 갑자기 동생이

---

25 자기소개서.

태어나는 바람에 결국…….”

“빵” 웃음이 터진 오빠와 함께 덩달아 웃는데, 그가 웃음기에 젖어 말했다.

“안 그래도 며칠 전에 동생이 너에 관해 묻더라고.”

상상도 못 한 일에 놀라 그를 땡그란 눈으로 바라보았다.

“동생이요? 오빠 집에 저랑 사귀는 거 말했어요?”

“아, 어쩌다 동생만 알게 됐어. 통화하는 거 들키는 바람에.”

그가 멋쩍다는 듯이 허허 웃었다.

“그래서 뭐라고 했는데요?”

“그냥 네 이름하고 나이만 말해 줬어. 사진 보여 달라고 졸랐는데, 사진이 없어서……. 아!”

그가 주머니에서 휴대폰을 꺼내 들었다.

“우리 사진 찍자.”

내가 황급히 앞머리를 정돈할 동안 그가 휴대폰으로 우릴 비췄다. 화면 안에 담긴 우리 둘의 모습을 보니 기분이 묘했다. 어울리는 것 같기도 하고 안 어울리는 것 같기도 하고. 막상 우리 둘의 얼굴이 함께 잡힌 걸 보니, 내가 너무 꿀리는 건 아닌지 불안해졌다. 그와 사진 찍고 싶기는 한데 내가 못 나올까 봐 걱정이 된다. 적어도 카메라는 오빠가 들고 있으니 다행이지만. 카메라를 든 사람이 늘 사진에서 가장 커다랗게 나온다는 사실은 단체 셀카[26] 경험이 있는 사람이라면 누구든 알고 있는

_____

26 셀프 카메라.

진리다.

"찍는다."

오빠가 내 어깨에 팔을 둘렀다. 얼굴이 가까이 맞닿았다.

"네!"

"하나, 둘, 셋!"

우리는 같은 곳을 바라보고 있었다. 그가 찍힌 사진을 확인하고는 내게도 보여 주었다. 행복해 보인다. 오늘 하루 종일 그토록 괴로웠는데, 누군가 함께 있다는 사실만으로도 화가 났다가도 금방 행복해질 수 있다는 건 참⋯⋯.

그래. 지금은 기분이 괜찮아졌으니, 굳이 오늘 아빠와 있었던 일을 오빠에게 이야기할 필요가 있을까? 언제나 그랬듯이 가슴 속 어딘가에 꾹꾹 묻으면 그새 별일이 아닌 듯 살 수 있을 것이다. 하지만 그의 생각은 달랐나 보다.

"부모님은 언제 오셨던 거야?"

그가 휴대폰을 식탁 위에 올려놓으며 지나가듯 물었다.

"아침에 잠깐 들렀다 가셨어요."

"부모님이랑 싸웠어?"

"별일 아니에요."

즐겁기만 해도 아까운 그와의 시간을 구질구질한 이야기로 채우고 싶지 않아 나는 대놓고 그 주제를 거부했다. 오빠는 나의 안색을 살피며 찻잔을 들었다. 안색을 살핀다기에는 너무나 섬세하게 움직이는 눈동자였기에 나의 눈빛을 살핀다는 표현이 더 옳았을지도 모르겠다. 나는 그를 피해 찻잔에 담긴 액체를 들여다보았다. 녹차는 텁텁하고 쓴 맛이 느껴질 만큼 우러나 있었다. 한 모금 목을 축인 그가 찻잔을 식탁에 내려놓았다. 찻잔과 식탁의 마찰음은 들려오지 않았다. 오빠는 나를 포기하지 않았다.

"있잖아."

단 한마디 말을 걸었을 뿐인데도 그의 마음이 보인다. 저 정교한 입술을 감싸는 얼굴과 턱의 근육이 함께 움직여 형성할 단어들이 어렴풋하게 다가온다. 그가 입을 벌리면 그 안으로부터 진동하여 선율을 탈 무언가가 날 불편하게 만들겠지. 슬프게 만들겠지. 솔직하도록 만들겠지.

"네."

그런데 내겐 그를 막을 힘이 없다. 그가 나 아닌 다른 무언가를 비껴 응시하며 천천히 입술을 움직였다.

"우리 부모님은 연예계에서 알아주는 잉꼬부부거든. 자식 농사도 잘 지었다고 칭찬이 자자해. 기부도 많이 하고 어렸을 때서부터 봉사 활동도 자주 다녔어. 아프리카에 후원하는 아이만 서른이 넘어."

그가 처음으로 그의 부모님을 소개했다. 모범적인 잉꼬부부 이미지를 가진 중년 스타들을 떠올려 보았다. 최수종, 하희라? 차인표, 신애라? 아니면 김현수, 류혜경? 오빠는 차 씨니까 차인표 아들이 되는 거야? 나이가 안 맞는데…… 또 누가 있지.

"그런데 정작 난 어렸을 때 부모님이 싫었어. 감옥에 갇혀 사는 기분이었거든. 부모님의 허상에 맞춰 살아야 했으니까.

부모님이 다른 사람들 시선 때문에 내 자유를 침해한다고 생각해서 이기적이고 소심한 사람들이라고 생각했어."

나는 침묵했다.

"크고 나니까 아무쪼록 잘 자란 것 같아서 감사하기는 한데, 지금도 가끔은 서운해. 특히 동생한테도 똑같이 그러시는 걸 보면 좀 화가 많이 나. 내 동생은 남 시선 신경 안 쓰고 원하는 대로 살았으면 해서."

뜨거운 차는 식을 줄을 몰랐다. 완전히 노란색으로 물들어 버린 찻잔을 바라보던 그의 눈동자가 나를 향해 움직였다. 그가 내게 물었다.

"나만 부모님과 문제 있는 건 아니지?"

"설마요."

어렵게 입을 열었지만 목소리가 잠겼다. 기어코 잠잠해진 잿더미 속에 다시 화기가 일었다. 섣불리 빗장을 열었다가 쓰린 상처가 더 벌어질까 두려웠다. 따뜻한 사기잔을 만지작거리고 있던 오빠의 손가락이 둔하게 움직였다. 그 손가락으로 내 손등을 쓰다듬어 줬으면 좋겠다고 생각했다. 침묵하던 그가 마침내 입을 열었을 때, 그는 의외의 말을 꺼냈다.

"너는 나한테 궁금한 거 없어?"

무슨 뜻인지 몰라 그를 바라보자 그가 말을 이었다.

"개인적인 질문을 잘 안 하는 것 같아서."

"오빠 그런 거 싫어하잖아요."

"내가?"

"네. 사람들이 관심 주는 거, 별로 안 좋아하는 줄 알았어요. 스토커에 대해서도 그렇고, 부모님에 대해서도 그렇고."

"아, 맞아. 나랑 연관도 없는 사람들이 내 인생사를 파고드는 건 안 좋아하긴 해. 누가 좋아하겠느냐만."

그가 잔을 쓰다듬던 손을 옮겨 내 손을 잡았다. 아니, 잡았다는 표현보다는 걸쳤다는 표현이 맞겠다. 서로를 향한 손가락이 어색하게 맞물렸다. 그의 손가락이 주는 무게에 가슴이 찌르르 울었다.

"하지만 너는 남이 아니잖아. 내가 좋아하는 사람이 내게 관심이 없다는 건 별로 기분 좋은 일은 아닌 것 같아."

내 마음을 완전히 잘못 짚은 오해에 깜짝 놀라 반자동적으로 외치고 말았다.

"관심이 없다니요! 저는 오빠를 배려하려고⋯⋯."

"그래서 널 괴롭히는 일도 말 안 해 주는 거야?"

"오, 오늘 일이요?"

"그거 알아? 너는 눈에 빤히 보이는 거짓말을 대. 뭐가요? 하면서 시치미를 뗀다고. 오늘이 처음이 아니라는 거, 알고 있지?"

그의 부드러운 목소리는 마치 '오늘 입은 원피스, 나 처음 만난 날 입은 거지.'라고 말하는 것처럼 달콤하지만 그것이 담은 내용에 가슴이 철렁 내려앉았다. 허를 찔린 기분이다. 날 간파한 그가 두려우면서도 동시에 인지하지 못했던 나의 일부분을 발견한 것 같아 씁쓸하다. 나는 오빠에게 많은 것을 감추려 하고 있었다.

"아, 그건……."

변명을 찾으려 하지만 변명을 통해 더 그의 기분을 상하게 할까 봐 섣불리 말을 꺼낼 수가 없다. 내 평생 엄마 외에 이토록 내 감정에 관심을 두고 있는 사람을 처음 마주하는 것 같다. 단짝이라고 불렸던 친구들도 내 일희일비에 모두 신경 쓰지는 않았다. 그의 손을 잡고 싶다는 생각이 들기가 무섭게 그가 내 손을 감싸 쥐었다. 그가 희미하게 한숨 쉬며 말했다.

"내 앞에서 그렇게 체면 차리지 마. 나도 네겐 뭐든 말할 테니까."

"정말요?"

그가 단정한 미간을 찌푸리며 속삭였다.

"네가 나한테 그럴 때면 다른 사람 대하는 나를 보는 것 같아서 스산해져."

그의 진심이 전해져 와서 궁상맞게 갑자기 코끝이 매워졌다. 기대어 달라는 말이 이토록 날 감동시킬 줄이야.

"사랑받지 못하는 것 같아서 서럽다는, 그런 자존심 상하는 얘기인데도 들어 줄 거예요?"

"나도 방금 우리 이상한 가족에 대해 말해 줬는데 넌 들어 줬잖아."

"하지만 오빠가 실망할까 봐 겁이 나요."

"왜?"

"오빠는 나를 항상 밝은 사람이라고 생각하잖아요. 자유롭다고 좋아했잖아요."

울컥하고 감정이 쏟아지는 바람에 목소리가 떨려 나왔다. 꾹꾹 누르고 있던 과거에 대한 원망과 설움이 매캐한 연기가 되어 가슴을 타고 얼굴을 채운다. 매운 열기에 콧속이 타오르고 눈물이 방울방울 흘러내리기 시작했다. 그것을 본 그의 미간이 조여들었다. 거기서 전해지는 진심 어린 안타까움이 섬세하게 내 속의 고동을 울렸다.

"항상 밝기만 한 사람이 어디 있어."

그가 엄지로 내 눈물을 닦아 주었다. 어렸을 때를 제외하고 부모도 친구도 내가 울 때면 옆에서 한숨을 쉬거나 초조하게 지켜보며 위로의 말을 건넬 뿐 그 누구도 내 눈물을 닦아 주지는 않았다. 어깨를 한 번 안아 주거나 옆에 꼭 붙어 온기를 전하는 것이 최선. 하지만 익숙지 않은 그가 싫기는커녕 너무나 자연스러워 떨어지고 싶지 않다. 그가 낮게 신음하더니 날 끌어 품 안에 안았다. 눈물이 그의 옷에 묻을까 봐 떨어지려고 하자 그가 더 팔에 힘을 주었다. 갈 곳 잃은 손이 결국 그의 허리에 매달렸다. 그의 향취와 온기에 정신을 잃을 것 같다. 그에게 기대니 벽이 무너져 내렸다.

아버지에게조차 인정받지 못하는 부끄러운 딸이라는 걸 그에게 고하는 건 여전히 힘들다. 해낼 자신이 없다. 아빠를 향한 미움의 근원은 어디서부터 비롯된 걸까? 아빠가 퇴근 후 집에 오면 늘 내가 아닌 동생만 안아 들고 입맞춤했을 때? 함께 장난감 점에 가면 동생은 동생이라는 이유로 인형을 하나 들려 줬으면서 내게는 다 큰 애가 뭔 인형이라며 짜증 냈을 때? 중학생 때 반 친구들에게 왕따 당해 밤마다 죽고 싶다고 생각했던 걸 엄마에게 몰래 털어놓았는데, 텔레비전 채널 같은 사소한 걸로 싸우다 엄마로부터 그 얘기를 전해 들었던 아빠가 '차라리 네 말대로 확 목매달고 죽어라. 내가 모르는 곳에서 죽어. 신경 쓰이지 않게.'라고 폭언했을 때? 머쓱해서, 어색해서 사과 한마디도 듣지 못하고 어영부영 넘어간 상처들이 깊게 파여 돌이킬 수 없는 지경까지 짓물러 버렸을까 봐 겁이 난다.

나와 아빠의 관계가 항상 불행했던 건 아니다. 나도 아빠와 함께 웃고 떠들며 즐겁게 밥을 먹고 텔레비전을 보며 잡담을 나눌 때가 있었다. 하지만 어릴 적부터 내 가슴에 못을 박았던 사소한 사건들 하나하나가 늘 기억 언저리에 남아 나를 괴롭혔다. 아빠가 '오늘 저녁은 맛난 거 먹어. 또 인스턴트 먹지 말고.' 같은 따뜻한 문자를 보내올 때도 속으로 두려워했다.

오늘은 나를 이렇게 예뻐하지만 내가 당신의 마음에 들지 않은 행동을 하는 날 당신은 나를 또 버릴 거야. 텔레비전 채널 따위로 내게 자살을 권유했던 날처럼 당신은 아무렇지도 않게 나의 목을 조를 거야. 그래서 당신을 믿을 수가 없어. 이 세상 그 누구보다 나를 가장 먼저 지켜 줘야 할 사람이 당신이어서 당신의 보호 안에서 살려고 숨죽이고 있지만, 밖을 향해야 할 칼날이 언제 내게 돌아올지 몰라 숨이 막힐 것 같아. 나의 행복을 쫓아가는 걸 두고 보지 못하는 당신의 편협한 마음가짐이 원망스러워. 아빠의 실망을 두려워하며 쓸데없는 가면을 썼던 지난 세월이 억울하고, 아빠 때문에 사람을 믿지 못한 것 같아서 화가 나.

오빠도 부모님 때문에 화가 난다고 한다. 타인의 시선이라는 틀에 갇혀 외부의 잣대에 자식을 맞추려 노력했던 부모님의 이기심에 화가 난다고 했다. 그렇다면 오빠는 이런 내 마음을 이해할 수 있는 걸까. 아니면 같은 상처를 지녔기에 그 아픔에 더 민감해져서 도리어 서로를 더 힘들게 할까. 오빠가 오빠 부모님에게 가진 감정을 나는 정확히 알지 못한다. 분명한 건, 오빠는 그걸 담담하게 읊을 정도로 어느 정도 마음 정리를 했다는 것이다. 사람은 같은 상처를 지닌 사람을 찾아 떠나지 않는다. 그 상처를 잊게 해 줄 수 있는, 그런 상처 따위는 모르는 사람을 찾아 위로 받으려 한다. 자신을 위로하기에도 가쁜 삶에 다른 사람까지 신경 쓸 여력이 있는 사람은 많지 않다. 그런데도 오빠는 내 이야기가 듣고 싶은 걸까? 정말? 그런 수고를 할 정도로 날 좋아하고 있는 거야?

눈물이 잦아들기를 기다렸지만 벅차오르는 감정이 식을 줄을 몰랐다. 오빠는 채근하지 않고 오랫동안 나를 기다려 주었다. 등을 쓰다듬는 그의 커다란 손에서 그리웠던 온정이 느껴졌다. 그를 통해 훨씬 더 깊은 아픔을 느끼고 훨씬 더 빨리 그 아픔을 치유해 간다. 그는 내게 과분할 정도로 좋은 사람이다. 마침내 더 쏟아 낼 눈물도 없어 급격히 피로해진 나는 휴지로 코를 풀며 그의 품을 벗어났다. 우려했던 대로 얼룩진 그의 셔츠를 발견하니, 때에 맞지 않게 웃음을 터져 나왔다.

"괜찮아, 괜찮아."

다행히 그는 내가 눈물로 감정을 표현했다는 선에 만족했는지 더는 내 가족사에 관해 묻지 않았다. 그 편이 내게도 편했다. 평정심을 되찾았을 때, 오빠가 내게 그랬던 것처럼 나도 차분하게 내 감정을 그에게 전달하고 싶었다. 그가 나를 달랬지만 나는 잠시 기다리라 하고서 내 옷장에서 가장 커다란, 언젠가 어느 행사에서 무료로 받았던 박스 티셔츠를 꺼내서 그에게 건네주었다. 그가 뒤돌아 셔츠를 벗는 사이 나 역시 뒤돌아 무릎 사이에 얼굴을 묻었다. 옷이 스삭이며 움직이는 소리가 선명하게 고막을 때린다.

"음……. 더 큰 건 없다고 했지?"

그의 목소리에 뒤를 돌아보았더니, 셔츠가 어깨에 꽉 낀 그 어정쩡한 모습에 웃음이 "빵" 터져 버리고 말았다.

"네가 입으라고 했잖아!"

나는 셔츠를 받아들고 화장실로 향했다.

"하하하, 근데 너무 웃겨. 그게 제일 큰데! 오빠 이제 어떻게 집에 가지. 하하하!"

셔츠를 오밀조밀 비누로 빠는데 그가 내 뒤로 다가와서 화장실 문틀에 기대 팔짱을 끼더니, 은근한 목소리로 말했다.

"그거 마를 때까지 여기 있어야지 어쩌겠어."

나는 당황하지 않고 그를 흘겨보았다.

"나 때문이니까 어쩔 수 없죠."

"그렇지?"

나는 셔츠를 털털 털고 옷걸이에 걸어 빨래 건조대에 걸어 놓았다. 시간을 확인하니 10시 반이다. 지금 드라이어기를 켜면 이 방음 안 되는 곳에서 민폐 중의 민폐를 끼치는 꼴이 되겠지? 하지만 지금은 비상사태잖아! 속으로 이웃들에게 사과를 건네며 드라이어기를 콘센트에 꽂고 열을 최대로 돌려 셔츠에 쐬자 가만히 지켜보던 오빠가 내 곁에 다가왔다. '왜요?' 하는 눈으로 그를 보자 그가 내 손에서 간단하게 드라이어기를 뺐더니 전원을 껐다.

"아무 짓도 안 할게."

드디어 나는 처음으로 남자들의 단골 거짓말 1위를 내 귀로 생생하게 들을 수 있었다. 오빠의 나긋나긋한 목소리로 들으니 상상했던 것만큼 밉살스럽지는 않다만.

"자고 가려고요?"

그가 배시시 웃더니 내 허리를 안으며 볼에 뽀뽀했다.

"응."

"방금 아무 짓도 안 한다면서."

"이건 아무 짓도 아니지."

그가 다시 내 볼에 입을 맞췄다.

"하루 종일 못 봤잖아. 좀 봐줘."

오빠를 믿기는 하지만 모든 남자는 늑대며 저딴 말은 모두 본격적인 액션 돌입을 위한 첫 단계, 즉 감언이설이라고 누누이 들은 바가 있어 그의 말을 뭐라고 해석해야 할지 모르겠다.

이래서 딸을 자취 못 하게 하라는 건가. 하지만 부모님들! 굳이 자취하지 않아도 대한민국 번화가에는 깔린 게 모텔입니다!

그가 다시 내 귓가에 입을 맞췄다. 이번에는 그 시간이 길어서 나도 모르게 눈을 감을 뻔했지만 먼저 정신을 차린 덕에 그의 품에서 벗어났다. 오빠가 쓸 만한 새 칫솔을 찾는 동안 오빠는 가방 안에서 휴대용 치약과 칫솔을 꺼냈다. 함께 욕실 거울을 마주 보고 서서 이를 닦고 있자니 기분이 묘했다. 신혼부부가 된 기분이다. 평소 같았으면 "으캭캭, 퉷, 퉷!" 하고 가래침까지 뱉어 냈을 테지만 오빠 앞이라고 이미지 관리를 하느라 혀도 닦지 못하고 조신하게 입을 헹궈 냈다. 그래도 화장은 지워야 했기에 책상 거울 앞에 앉아 솜에 립앤아이 리무버를 적셨다. 그가 식탁 의자를 끌어온 뒤 등받이에 팔을 걸치곤 앉아 나를 구경했다.

"왜요."

마스카라가 화장 솜에 배어 나오길 기다리며 묻자 그가 중얼거렸다.

"너는 생얼[27]이랑 화장한 얼굴이랑 별로 차이가 없는 것 같아."

그건 제가 본의 아니게 오빠 앞에서 화장 덜한 얼굴을 자주 보여서라고 사려되옵니다.

"예쁘다는 뜻이죠?"

---

27 화장하지 않은 얼굴.

솜에 묻어 나오는 시커먼 얼룩을 보며 장난스럽게 묻자 그가 내 뒤통수를 쓰다듬었다.

"그럼. 뭘 하든 예쁘지."

그라췌! 이 맛에 연애한다니까! 으하하하! 하지만 아직 가장 큰 문제가 도사리고 있었으니, 화장을 깨끗하게 지우고 세안까지 마친 후에 난 갈등했다. 시력이 안 좋은 축에 속하는 나는 안경을 끼면 굴절이 생겨서 눈이 더 작아 보인다. 결국 하룻밤을 인내하기로 마음먹고 안경을 포기했다. 아침에 렌즈가 부디 눈에 달라붙지 않았으면 좋겠다. 아아, 어차피 오빠와의 인연이 길어진다면 언젠가는 들킬 일이겠지. 하지만 지금은 아직 연애 초반이잖아. 잘 준비를 끝내자 또 스멀스멀 내 어깨에 손을 얹으려는 그를 털어 냈다.

"우리 가위바위보해요."

"왜?"

"이기는 사람이 침대에서 자기."

"그런 게 어디 있어. 내가 널 바닥에서 자게 놔둘 것 같아?"

"상관없는데. 그럼 우리 같이 바닥에서 잘래요?"

"차라리 같이 침대에서 자자고 하지."

아무 것도 안하겠다는 사람치곤 퍽이나 담대해 장난스럽게 떡하고 경악하듯 입을 벌렸다.

"오빠가 바닥서 자요, 그럼."

나는 서둘러 박스 안에 넣어두었던 겨울 이불을 꺼냈다. 두 겹으로 접어 바닥에 깔면 꽤 두툼한 깔개가 된다. 자취하는 동안 함께 술을 먹다가 지하철이나 버스를 놓쳤던 여자 친구들이 종종 내 방에서 잠을 청하고는 했다. 능숙하게 여분 베개와 여름 요를 꺼내서 깔아 주니 금세 그럴싸한 침대가 만들어졌다. 이불 펴는 걸 도와주던 오빠가 완성작을 보고 짝짝 건조한 박수를 쳤다.

"자자, 공부할 거 아니면 이제 잡시다!"

나는 용감하게 불을 껐다.

"민아야. 지금 겨우 11시야."

방에 어둠이 내려앉자 처음에는 사라졌던 그의 모습이 푸르스름하게 창가의 불빛을 받아 빛나기 시작했다.

"새 나아라의 어리인이는, 일찍 일어납니다!"

"우리는 성인인데."

"하하, 수험생은 성인이 아니에요."

"성인 아니면 나 너랑 침대에서 같이 잘래."

어우, 이 남자 왜 이래. 떼쓰는 강아지(개 아님)처럼!

"아무 짓도 안 한다면서요?"

"아무 짓도 안 할 거야. 약속할게."

그가 일방적으로 내 손을 펴서 새끼손가락을 대충 걸더니 침대 위에 먼저 자리를 잡았다. 늘 나만 눕던 자리에 누워 있는 남자라니. 익숙하지 않은 풍경에 묘하게 긴장된다. 선뜻 따라 눕지 못하자 그가 내 팔을 잡고 잡아당기는 바람에 얼떨결에 그의 품에 안겨 앉은 꼴이 됐다. 그가 한쪽 팔을 지지대 삼아 얼굴을 괴고 나를 올려다보는 게 느껴졌다. 어둠 속에서 그의 목소리가 뚜렷이 울렸다.

"나랑 있는 게, 불편해?"

어딘지 측은한 음성에 도리질을 쳤다가 내 모습이 보이지 않을까 봐 속삭였다.

"아니요."

"그럼 내 옆에 누워 봐."

그가 침대를 "탕탕" 두드렸다. 나는 조심스레 몸을 낮춰 그의 옆에 바짝 붙어 누웠다. 싱글 베드라 두 사람이 눕기에는 다소 협소하다. 그의 온기가 옷을 통해 느껴진다. 짧은 반바지 추리닝을 입은 상태라 맨다리에 와 닿는 오빠의 면바지 감촉이 생소했다.

그의 팔을 베고 눕자 그가 다른 한쪽 팔을 들어 내 앞머리를 정리해 주었다. 그의 호흡이 가까운 곳에서 부드럽게 다가왔다. 그가 내쉬는 숨을 따라 나도 함께 호흡을 맞췄다. 그와 나의 생체리듬이 같은 음을 타며 함께 움직인다. 마치 같은 음악에 춤을 추는 것만 같다. 그의 향기가 좋다. 나와 같은 비누를 쓴 그의 향기가 익숙하면서 익숙하지 않다.

"보통 몇 시에 자?"

바짝 붙은 상태라 단단히 긴장되는 이 와중에도 그는 정말 일상적인 것을 물었다.

"12시에서 1시 사이에 자는 것 같아요."

"일찍 자네. 그간 나 때문에 1시 넘어서까지 깨어 있었던 거야?"

"응, 오빠 납치 당할까 봐."

"그럼 오늘은 푹 쉬어야겠다. 그치?"

댁 때문에 오늘 푹 자기는 글렀거든요. 일단 렌즈가 뻑뻑해. 아, 이럴 줄 알았으면 대학 병원에서 라식 세일할 때 해 둘걸! 그가 살짝 자세를 틀며 바로 누웠다. 침대가 꽉 찬 기분이다. 조금이라도 잘못 움직였다가는 그대로 바닥 행! 그가 낮게 한숨을 내쉬었다. 마치 잠에 빠지기 전 마지막 숨결인 것 같아서 덩달아 나도 조금 더 차분해졌다. 그의 온기는 내게 평온을 주지만 그것의 주인 때문에 잠들 수가 없다. 아니, 이게 온기라고 부를 만한 체온인지 잘 모르겠다. 그가 뜨겁다. 뜨거운 체온에도 나긋나긋한 숨결이 피부를 간질인다. 그에게 꽉 붙고 싶지만 동시에 그렇게 하다가 돌이킬 수 없는 짓을 하게 될까 봐 두렵다.

남자에 대해 아주 많은 것을 알지는 못한다. 그래서 시험해 보고 싶다는 짓궂은 생각이 들기도 한다. 내가 여자로서 매력이 있는지, 그를 도발한다면 어떻게 반응할지 궁금하기도 하다. 하지만 고작 사소한 호기심을 충족시키자고 그를 놀릴 수는 없다. 행여 잘못 놀렸다가 정말 생각지도 못한 일이 벌어지면 어떡하는가! 그때, 오빠가 갑자기 자리에서 일어났다. 덩달아 눈을 뜨자 그가 또 깊게 한숨을 내쉬더니 내게 말했다.

"나 아래에서 자야겠다. 잘 자."

그가 계단을 타고 내려가듯 침대 아래로 내려갔다. 나는 그를 향해 몸을 돌렸다.

"괜찮겠어요?"

"응, 나 바닥에서 잘 자."

그가 주섬주섬 이불을 이리저리 정돈하더니 나를 바라보며 누웠다. 내가 손을 뻗자 그가 그 손을 잡았다.

"침대서 자도 되는데."

그를 놀리면 안 된다는 걸 알면서도 이 방정맞은 입이 저 맘대로 나불댄다.

"좁잖아."

하지만 그는 내 도발에 넘어가지 않았다. 나는 그와 맞잡은 손을 잠시 공중에 흔들다가 고개를 숙여 그의 손등에 입을 맞췄다.

"고마워요."

"그럼 또 해 줘."

그의 말을 따랐다. 아스라이 벽에서 반사된 푸른 불빛 아래 잠긴 그의 두 눈이 보였다. 가만히 있는 그의 손등에 다시 오랫동안 입술을 눌렀다. 이상하다. 고작 손등에 입을 맞췄을 뿐인데 가슴이 크게 오르락내리락하는 것이 숨이 막힐 듯했다. 마침내 고개를 들었다. 아, 이게 뭐야. 주객전도가 된 것 같다. 보통 이런 건 남자 쪽에서 안절부절못하는 줄 알았는데, 도리어 내가 더 안달 내는 것 같다.

아니야! 안달 낼 게 뭐가 있어! 하고 싶으면 하면 되지! 오빠 좋아하잖아! 하고 싶잖아! 그간 로맨스 소설과 야동으로 점철된 상상력이 날개를 폈다. 항간에서는 혼전 성관계를 가져야 하는 이유를 다음과 같이 정의했다.

1. 테스트 드라이브: 자동차를 사기 전 시승을 통해 차의 무게감은 어떠한지, 좌석의 안전성은 어떠한지, 소음과 냄새, 성능과 힘, 그리고 비전의 각도까지 섬세하게 확인을 해야 차를 사고 난 후 안전 운행을 함은 물론 후회가 없다고.

2. 고춘 쿠키: 미국 중국 음식점에 가면 주는 포춘 쿠키(fortune cookie) 안에 들어 있을 글귀가 무엇인지 까 보지 않은 이상 확인할 수 없는 것처럼 고추(……) 역시도 까 보기 전에는 그 모양과 크기를 가늠할 수 없다고.

23년 동안 독수공방했으면 요즘 시대에 빠른 것도 아닌걸! 비록 사귄 지 한 달밖에 안 되긴 하였다만 요즘은 잠자리로 시작해 연인이 되는 사람들도 있는데, 사귄 기간이야 그리 대수일까. 그런데 왜 겁이 나는 거지. 현실적인 문제가 갑자기 커다랗게 내게 다가왔다. 내가 콘돔 같은 걸 집에 두고 있을 리가 없다. 날이 오늘만 있는 것도 아니고. 침착하자. 나도 절로 한숨이 나오네.

"오빠, 이제 그만 잘……."

하지만 내가 먼저 그에게 인사를 고하기도 전에, 그가 갑자기 매끄러운 움직임으로 몸을 일으키더니 침대에 비스듬히 기대왔다. 한쪽 팔을 침대에 지지한 그가 다른 손으로 내 턱을 잡았다. 순식간에 입술을 맞대는 그의 기세에 눌려 나도 모르게 뒤로 넘어가 버리고 말았다. 그의 무게에 침대가 매트리스와 함께 울었다. 부드럽게 닿을 줄 알았던 입술이 순식간에 벌어져 내 아랫입술을 머금었다. 절로 벌어진 입술 사이로 그의 혀가 매끄럽게 침범했다.

그간 뽀뽀는 자주 했고 키스도 했지만 어둠 속 침대 위의 상황이 더 색정적으로 다가와 호흡이 갑작스럽게 가빠졌다. 내 귀 뒤, 머리카락 사이사이를 헤집어 들어갔던 손가락이 머리카락을 쓸어내리며 천천히 하강했다. 그의 무릎이 닿은 침대 한쪽이 또 내려앉는다. 입술이 잠시 멀어지는 그 순간을 틈타 숨을 깊게 들이켰다. 그와 시선이 맞닿다. 몽롱한 듯, 반짝이는 듯, 집중하되 넋이 나간 것 같은 이질적인 눈빛이다. 촉촉하니 나를 적시지만 동시에 화염에 타오를 것 같은 격정을 지닌 눈동자다.

"민아야……."

대화가 필요 없다. 먼저 고개를 들어 이번에는 내가 그의 목에 매달렸다. 다시 이어지는 키스에서 오는 쾌락이 넘실넘실 척추를 타고 내려가 깊숙한 곳에 뭉근한 열기를 전한다. 익숙한 치약 맛이 달콤하고 나의 것이 아닌 혀는 부드러우며 내뱉은 숨결이 향기롭다. 해 보지 못한 것이라 나의 몸짓은 어색하고 빼어나지 못하나 본능만은 확실하다. 등을 지지해 주었던 그의 손에서 힘이 풀리며 나는 천천히 침대로 하강했다. 그가 조심스레 손을 움직여 내 허리를 쓸어내리더니, 엉덩이와 골반 그 애매한 사이에서 멈췄다. 나는 그를 밀어내지 않았다.

뜨겁고 커다란 손이 엉덩이를 타고 흘러내리더니 허벅지를 잡았다. 그가 침대 아래로 걸쳐져 있던 내 다리를 들어 침대 위에 올려놓은 뒤, 완벽하게 내 다리 사이에 자리를 잡았다. 가슴이 잡힌 것도, 옷이 벗겨진 것도 아닌데 그가 내 다리 사이에 누워 있다는 사실 자체만으로 민망해졌다. 벌려진 다리는 바지 덕에 그 무엇도 보이지 않는데도 선정적이다.

그의 손이 본능에 따라 다음 순서를 향했다. 티셔츠 안을 침입한 손이 배를 더듬거리며 위로 향했다. 와이어 브라의 차단도 그의 손앞에서 무력해졌다. 위로 말려 올라간 티셔츠 속옷을 그가 순식간에 위로 들어올렸다. 그가 날 보고 있다. 그의 생각을 읽고 싶지 않아 고개를 돌렸다. 갈 곳 없는 시선이 천장을 맴돌다가 이내 눈꺼풀 아래로 숨었다. 갑자기 힘이 실린 손아귀에 내가 흠칫 놀라 눈을 뜨자 그가 억눌린 목소리로 속삭였다.

"눈 떠."

귓가에 닿은 숨결은 그의 것이고 이 방에 존재하며 내 안에 있었다. 그가 천천히 고개를 내렸다. 입김과 콧바람이 서늘하게 피부에 닿았다. 곧 아무 생각도 할 수 없었다. 이성은 사라지고 오로지 무서우리만치 현실적인 감각만이 날 지배했다. 내게 권한이 없는 이질적인 미혹이 도화선에 불을 붙일까 봐 나도 모르게 그의 단단한 어깨를 짚었다.

"자, 잠깐!"

그가 내게서 입술을 떼고서 빼꼼 고개를 들더니 입이 마른 사람처럼 입맛을 다셨다. 맙소사. 흐트러진 호흡 사이에서 그가 날 기다렸다. 나는 마른 침을 삼키곤 정말 중요한 문제이기는 하지만 동시에 분위기 홀딱 깨기에 적절한 이의를 제기했다.

"피, 피임은?"

차마 콘돔이라는 말이 입에 붙질 않는다. 그제야 그가 상체를 들더니, 작게 중얼거렸다.

"지갑 안에."

헉. 상상도 하지 못했다. 평소에 그런 것도 들고 다니는 분이셨구나, 차은수 씨……. 근데, 도대체 왜? 기구가 갖춰졌다는 사실에 기뻐해야 하는 건지, 철저한 준비 의식에 감탄해야 하는 건지, 의심해야 하는 건지 도통 감이 잡히지 않았다. 그가 내 속마음을 눈치챘는지 시선을 가슴에 고정한 채 부드럽게 검지로 예민해진 그곳을 왔다 갔다 좌우로 흔들며 쓸었다. 어깨가 움츠러들었다.

"너랑 사귀기로 한 날부터 갖고 다녔어."

"워, 원래 그런 거 늘 대비해야 하는 거예요?"

연애해 본 적 없다고 소리 지르는 격인 것 같아 묻고도 곧바로 후회했다. 어떤 답을 기대하고서 물은 걸까. 오빠가 연애 경험이 없으리라고 생각한 적은 단 한 번도 없다. 연애 초기부터 선수티를 폴폴 풍기시던 이분은 스킨십에서조차 자연스러운 실력을 발휘하셨다. (김기범을 제외하고) 키스를 해 본 적 없는 내가 그가 얼마나 키스를 잘하는지 알 수 있을 정도면…… 꽤

나 자주 상대(들)와 실력을 겨루어 보셨을지도 모르겠다. 여기까지 생각이 미치니 몸 안에 소용돌이처럼 들끓던 열기가 서서히 식어 갔다. 아, 내가 생각해도 참 유치하다. 지나간 세월을 향한 원망처럼 어리석은 싸움이 없다. 그가 몸에 힘을 풀고 내 가슴 사이에 얼굴을 묻었다. 그의 두 손이 내 허리 아래 틈을 비집고 들어갔다. 두 팔로 나를 꽁꽁 안아 든 그가 깊은숨을 들이쉬더니 다시 내쉬었다. 그가 속살속살 했다.

"책임 있게 해야 하는데 그거 때문에 멈출 순 없잖아."

이사 온 첫날 천장에 붙여 놓았던 야광별이 희미한 빛을 발하고 있었다. 아, 빛의 근원이 창밖뿐만은 아니었구나. 나는 가만가만 그의 가지런한 머릿결을 손가락으로 쓸어내리며 생각했다. 지갑에 있는 거 꺼내 오라고 할까. 말까. 어떡하지. 갈등된다. 이대로 끝까지 가도 괜찮을까? 정말로? 확신이 필요하다. 나는 욕심이 많은 사람인가 봐. 여기까지 왔는데, 여태껏 확인했으면서도 더 확신이 필요하다니. 마주한 살결은 육체적인 쾌감보다 더 많은 것을 말한다. 목소리가 가늘게 흘러나왔다.

"언제 확신할 수 있을까요? 준비됐다고."

그는 동정이 아닐 것 같으니 이 질문의 답을 알 것만 같았다. 아니, 남자는 여자와 다를까? 진화론적으로 뿌리는 존재인 남자는 기회만 있으면 하려고 들고 여자는 품으며 책임져야 할 것의 무게가 다르기에 늘 조심할까? 그는 답이 없었다. 대신 허리를 세웠다. 침대에 걸터앉은 그가 위로 올라간 티셔츠와 드러난 가슴, 그리고 짧은 트레이닝 바지 아래 드러난 허벅지를 찬찬히 훑어보더니 심호흡을 하고서 내 가슴에 이별이라도 고하듯 부드럽고 산뜻하게 입을 맞췄다. 다시 와 닿는 그 섬세한 감촉을 향해 피부의 모든 감각이 조여드는 사이, 그가 고개를 들더니 밀려 올라갔던 속옷과 옷을 내려 주었다. 나는 말없이 움직이며 그를 도왔다. 일을 끝낸 그가 내게 몸을 숙여 익숙하게 턱을 잡아 키스했다. 아직 그를 떠나지 않은 열기가 그대로 내게 전달되었다. 산뜻한 입맞춤이 도리어 더 부드럽게 느껴져 나도 그의 입술을 받아들였다. 그가 마침내 몸을 물리며 한숨을 내쉬었다.

"고민하고 있으면 아직 네가 원하는 때가 아닌 거야."

아쉬움이 잔뜩 묻어나오는 처량한 목소리로도 저런 기특한 말을 하다니. 새삼 대단하다는 생각이 들었다. 힘들지 않나? 참느라 괴롭지 않나? 들은 바로 남자에게 성욕 참기란 엄청난 인내심과 자제력을 요구하는 거라던데. 게다가 나는 방금 전까지만 해도 끝까지 허락할 사람처럼 굴었잖아. 이건 마치 다이어트 때문에 굶주린 여자 앞에 초콜릿 케이크를 그냥 두는 것으로도 모자라 한입만 먹게 하고 구경만 하라는 짝 아닌가?

"괜찮아요?"

궁금하다. 정말 그의 말마따나 망설이면 때가 아닌 것 같기는 한데 궁금한 건 궁금한 거다. 조심스러운 질문에 그가 내키지 않는다는 듯 내 손을 꼭 잡았다. 마치 다른 것을 잡을까 봐 무서워서 내 손으로 저를 달래는 꼴 같아 측은지심이 일었다.

"아무것도 안 하겠다고 약속했으니까……."

그가 땅이 꺼질 듯 또 푹 한숨을 내쉬었다. 저기요. 이 방에 있는 사람 중에서 그 말 믿는 사람 아무도 없거든요. 도대체 '아무것도'의 정의가 뭔데. 방금 한 건 뭐였는데? 응? 그가 괴롭다는 듯이 나를 원망했다.

"자꾸 여지 주는 말 하지 마."

말이 끝나기가 무섭게 그는 토라진 기세로 순식간에 침대 아래로 내려가더니 바닥에 웅크리고 누웠다. 역시. 더 건들면 안 되는 거였어. 나는 밑에 누운 그를 호기심 어린 눈으로 찬찬히 살펴보았다. 자꾸 나도 모르게 시선이 그의 다리 사이로 향한다. 저거 분명 엄청 뜨겁고 딱딱했는데 어떻게 잠재우지? 자연스레 사라지나? 아니면 끝까지 해결을 봐야 하나? 마음 같아서는 그냥 저질러 버리고 싶은 생각이 굴뚝같은데, 또 한편으로는 마음의 준비가 제대로 되어 있지 않은 상태에서 무작정 분위기에 이끌려 중대한 선택을 그르칠까 봐 두려웠다.

"고마워요."

오빠는 답하지 않았다. 그는 잠든 사람처럼 한참을 미동조차 하지 않았다. 창문을 투과한 빛의 조각들이 그의 얼굴선을 타고 섬세하게 빛났다. 마음껏 그를 바라볼 수 있게 된 건 행복한 일이다. 그는 도서관에서 꾸벅꾸벅 졸고 있는 나를 수차례 목격했겠지만, 나로서는 자고 있는 그를 지금 처음 보는 것이니까. 오빠는 온갖 실망과 상념으로 잠이 들었을 텐데 나는 고작 그가 내 옆에 누워 있다는 사실만으로도 쉽게 행복해진다.

그의 옆자리로 내려가 그의 가슴에 얼굴을 묻고 싶지만 그랬다가는 정말로 혼이 날까 봐 마음을 접었다. 한번 엎질러진 사랑은 물릴 수 없다는 말이 있다. 손을 잡으면 안고 싶고, 안으면 키스하고 싶고, 키스하면 가슴을 만지고 싶고, 가슴을 만지면⋯⋯. 키스를 나눈 사이가 갑자기 키스 없이 포옹만 있는 관계로 돌아가는 것은 쉽지 않다.

"오빠."

내 목소리에 그의 눈꺼풀이 살짝 팔랑였지만 그는 기어코 눈을 뜨지 않았다.

"응."

나는 고개를 침대 끄트머리 밖으로 내밀었다.

"오빠."

"응."

그가 드디어 실눈을 뜨고 날 올려다보았다. 머리카락이 길어서 바닥에 누운 그의 팔뚝을 쓸었으면 좋았을 것 같다. 뻗지 않아도 이어지고 싶으니까.

"오래 기다리지 않아도 될 것 같아요."

그의 실눈 아래 빛을 받은 눈동자가 생기를 띠었지만 그는 다시 눈을 감았다. 그의 목울대가 위아래로 움직인다. 전하고자 한 바를 확실히 전해 콩닥이는 가슴을 진정시키며 침대 위에 바르게 누웠다. 나는 눈을 감은 채 그에게 속삭였다.

"나 좋아해요?"

그가 낮게 잠긴 목소리로 답했다.

"응."

"정말?"

"좋아해."

"얼마만큼?"

정말 유치한 질문인데 그의 답이 궁금하다. 하지만 그는 도리어 질문을 내게로 돌렸다.

"민아야."

"응."

"넌 나 좋아하니?"

느리게 흐르는 목소리가 밝지만은 않아 두 눈이 번쩍 뜨였다. 방금 오래 기다리지 않아도 된다고 했잖아. 확실히 내 마음을 전했다고 생각했는데. 나는 다시 오빠를 내려다보았다. 그가 어느새 나를 바라보고 있었다. 손을 뻗어 그의 손등을 톡톡 건드렸다.

"왜 당연한 걸 물어요."

그가 내 손끝을 잡아 주었다.

"네가 직접 말해 준 적이 없어서."

"정말? 내가 정말 지금까지 단 한 번도 좋아한다고 말한 적이 없어요?"

"응."

"내가 사귀자고 고백했을 땐?"

"커피 산다고 했잖아."

절로 안타까운 탄성이 작게 터져 나왔다. 하지만 미안하다고 하지 않을 테다. 미안하다고 하는 게 도리어 그의 자존심을 생채기 낼 것 같다. 표현하는 것이 익숙지 않아 내 연애는 시행착오 투성이다. 나는 그의 손을 끌어 깍지 꼈다.

"앞으로 많이 말해 줄게요. 좋아한다고."

"그래?"

"네."

"그럼 나도 사랑한다고 말해 줄게."

내겐 생소한 단어의 선택에 깜짝 놀라 그를 멍하니 쳐다봤다. 나는 친구들에게도 사랑한다는 말을 하지 않는다. 엄마와 성아에게 간혹 하고, 아주 가끔 전하는 그 말에는 진심을 담는다. '우리 예쁜 성아가 너무, 너무, 너무 좋아.' '엄마를 사랑해!' 하지만 연애가 주는 사랑이란 가족이 주는 것과는 달랐나 보다. 날 향한 그의 검은 눈동자는 진지했다. 그의 눈가에서 따스한 미소가 뭉근하게 그려진다. 가슴이 떨린다. 가족 아닌 누군가가 나를 사랑한다니. 그가 말을 이었다.

"오래 기다리지 않게 해 줘."

아무런 말도 할 수 없었다. 여태까지 내가 사랑에 대한 허상을 쫓고 있는 게 아니었나 하는 생각이 들었다. 사랑이라는 게 정말 그렇게 숭고한 것일까? 자연스레 스며드는 애정 그 자체가 사랑이 아닐까? 사랑은 고귀하리라는 관념에 사로잡혀 정작 눈앞에 펼쳐진 그것을 알아보지 못하는 건 아닐까? 하지만 확신할 수 없다. 그래서 나는 오빠에게 사랑한다고 쉽게 화답하지 못했다. 확신할 수 없는 단어를 섣불리 내뱉고 싶지 않았으니까. 오빠는 진심이었다. 그러니 나도 진심이어야 한다.

오빠가 깍지를 풀고 내 손등에 조심스레 입 맞췄다. 나는 다른 손으로 그의 얼굴을 쓸어 주었다. 그 손길에 그가 눈을 감았다. 나는 용기 내 침대에서 내려가 그의 옆에 누웠다. 그가 자연스럽게 내 허리를 감싸 안았다. 바랐던 대로 얼굴을 그의 가슴에 묻고 그를 바짝 끌어안았다. 다리가 얽혀들 듯 얽혀들지 않았다. 심장이 쿵쿵 뛴다. 이렇게 가까운데 과연 잠을 청할 수 있을까 의문이 들었지만 오빠는 그저 날 안을 뿐, 그 어떤 행동도 취하지 않았다.

우리는 한 몸이 된 듯이 같은 박자로 숨을 쉬었다. 차차 평온이 찾아들었다. 나는 그의 품에서 마음을 놓으며 속으로 생각했다. 우리가 나누게 될 사랑은 진짜 사랑이 될 거야. 오빠는 오래 기다리지 않아도 될 거야. 그땐 나도 그를 진짜로 사랑할 테니까. 곧 방 안에 드리웠던 어둠이 내 곁을 찾아와 나도 모르게 눈을 감았다.

눈을 떴을 때 오빠는 벌써 욕실에서 샤워를 마치고 옷까지 갈아입은 상태였다. 허겁지겁 일어나 세수하고 그의 손에 내가 늘 아침 대신 먹는 바나나를 하나 쥐여 줬다. 1교시가 있는 그를 문 앞에서 배웅하는데 정말로 신혼부부가 된 기분이었다. 오빠를 보내고 난 뒤 현관문에 붙어 있는 전단지들을 떼려고 복도에 나섰다. 문에는 중국집과 세탁소 전단과 함께 웬 노란 포스트잇이 붙어 있었다. 그것에 쓰인 글귀가 가관이었다.

연인과의 사랑은 둘만의 것으로 해요. 밤에는 조용조용 ~ ^^ 감사합니다.

나는 직감으로 옆집 여자를 의심했다. 작년 말에 옆집으로 이사 온 여자는 정확히 1월 1일, 남자 친구를 집에 불러다가 소프라노 신음이 동반된 격정적인 정사를 나누며 내게 첫 인사를 건넸다. 환풍기를 통해 돌비 입체 서라운드의 음향으로 쩌렁쩌렁 울리는 절구질에 참다못해 벽을 손바닥으로 치며 "거, 작작 좀 합시다!"라고 외쳤다. 그 뒤, 여자는 시험 기간에 보란 듯이 새벽 4시까지 친구들과 함께 술 게임을 벌였고, 나는 당연한 수순으로 새벽 4시에 집주인에게 항의 전화를 걸었다. 평소에 날 고깝게 생각한 여자는 내게 남자 친구가 생긴 지금 보복의 기회를 잡아 포스트잇을 남긴 것이다. 참나! 우리가 본격적으로 물레방아를 돌린 것도 아닌데 수다 좀 떨었다고 별 유난을 다 떠네! 이 망할 얼어 죽을 방음 같으니라고! 1년만 참고 다른, 방음 좋은 곳으로 옮겨야지 정말 못 살겠네. 못 살겠어! 얄미운 쪽지를 전단과 함께 구기고 쓰레기통에 던졌다. 바나나를 입에 하나 문 채 피곤한 몸을 끌고 침대에 걸터앉아 밤새 확인하지 못한 휴대폰을 들었다. 문자 메시지가 하나 와 있었다.

뭐 해.

엄마였다. 밤 10시 반에 온 문자. 오빠 덕분에 문자가 온지 모르고 있었다.

곧 학교 가려고.

바로 엄마의 답장이 도착했다.

잘 갔다 와.

나는 답을 보내지 않았다.

기범: 빈자리 채우기

아이는 부모를 사랑하며 시작하지만,
시간이 흐른 뒤에는 그들을 평가하며,
거의 혹은 절대 그들을 용서하지 않는다.
— 오스카 와일드

한 달 간 굉장히 바쁘게 살았다. 내내 고민만 했던 진로를 본격적으로 탐구하면서 여러 교수님을 찾아뵈었다. 어차피 시작할 연구를 미리 시작하고 싶었기 때문이다. 난 결국 epithelial tissue regeneration(상피 조직 재생)을 주제로 연구하는 교수님의 실험실에 자리를 잡기로 했다. 문 쪽에 위치한 책상이 막내인 내 자리로 주어졌다. 강의가 없는 시간에는 그곳에 앉아서 전공 공부도 하고 논문도 읽었다. 실험실에서 내게 주어진 일이란 단순했다. 피펫 정리하기, 페트리 디쉬 은박지로 싸기, 쥐장 청소하기. 석사 1년 차인 여선배는 어느 날 점심시간에 날 불러 이런 말을 했다.

"왜 오려고 해? 여기 일 힘들다는 거 알잖아. 오지 마."

이제 막 자리 잡으려는 학부생에게 퍽이나 희망적인 조언이다.

"실험하려고 생공 들어왔어요."

"그래? 특이하네. 이 실험실서 박사까지 하려고?"

"모르겠어요. 석사만 하고 외국계 기업에 들어갈 생각도 있어요. R&D[28]로요. 화장품 쪽."

"하긴, 그쪽은 학사만 졸업하면 R&D는 꿈도 못 꾸고 보통 영업이나 사무직 쪽으로 가잖아. 우리 전공은 가방끈이 길고 봐야 해."

"누나는 왜 실험실 들어왔는데요?"

"나야, 뭐……."

선배가 짓궂게 웃더니 옆에 앉은 선배를 가리켰다.

"얘랑 여기서 석사까지만 하고 외국으로 박사 가려고."

"얘?"

옆에서 말없이 밥만 먹던 남선배가 발끈해서 고개를 들자 여선배는 깔깔대며 웃었다. 뒤늦게 대학원에 진학해 내후년에 서른을 바라보는 선배에게 '애'라니. 저 커플은 항상 저랬다. 투닥투닥 싸우면서도 늘 붙어 다니는 모양새에 누군가가 떠올라서 나도 모르게 기분이 언짢아졌다. 여선배는 한참을 웃더니 덧붙였다.

"물론 오빠도 이유 중 하나지만 사실은 노벨상이 타고 싶었거든."

---

28 Research&Development.

"정말요?"

퍽 꿈같은, 아니지, 너무나 순진한 목표에 어안이 벙벙해졌다. 학교의 이공계 캠퍼스 후문 쪽에는 차기 노벨상 수상자의 흉상이 새겨지길 기다리는 돌덩이가 있다. 그 돌덩이가 거기에 있은 지가 벌써 몇 십 년이야? 한국에서 나온 노벨상이라고는 평화상밖에 없는데. 노벨상을 가지고 가타부타 소리, 소문이 많았다. 한국 대학 혹은 한국인 연구자가 낸 연구 자료는 신빙성이 없다고 생각하는 세계(라고 쓰고 유럽이라고 읽는다.) 학회의 보이지 않는 차별 때문에 정말 좋은 논문도 노벨상을 받질 못한다고. 심지어 그 유명한 tRNA[29]를 발견한 김성호 교수님도 못 받고 있는 걸 보면……. 여선배는 좀 쑥스럽다는 듯이 말을 이었다.

"들어올 때는 그랬는데, 지금은 또 그렇지도 않아. 《네이처 Nature》에 논문 내겠다는 욕심에 하루하루 전전긍긍하며 괴롭게 사는 것보다 그냥 하루하루 내가 하고 싶은 연구하고 행복한 게 더 좋은 것 같아서."

가만히 여 선배의 말을 듣고 있던 남 선배가 동의하며 고개를 끄덕였다.

"나도 네 나이였을 때는 무조건 목표를 높게 잡고 그걸 향해 고군분투하는 게 성공한 인생이라고 생각했거든. 그런데 어차피 삶이라는 게 이뤄놓은 성과가 다는 아니잖아. 그걸 향해 달

---

29 단백질 합성에 굉장히 중요한 역할은 하는 RNA 중 하나.

려갔던 하루하루가 모여 결국 인생이 되는데, 그 과정이 죽을 만큼 괴롭다면 무슨 의미가 있나 싶더라고. 결국 최고의 삶은 내가 행복한 삶이니까."

왠지 그들의 얼굴에서 삶의 무게와 동시에 묘한 홀가분함이 느껴져서 수긍이 갔다. 아직 학부생이라 그런지 온전히 이해할 수는 없었지만 고개를 끄덕였다.

"교수님이 들으면 아연실색하시겠는데요?"

나의 농담에 두 선배가 키득댔다.

"절대 이르지 마."

"물론이죠."

그 뒤 우리는 어느 실험실의 짠돌이 교수님이 집안 형편이 괜찮으면 웬만하면 등록금을 직접 내고 다니라고 망언한 일, 어느 학부생이 인체 내 새로운 단백질을 발견해 하버드로 픽업 돼서 인재를 뺏긴 일 등 소식을 나눴다. 새로운 환경에 적응하다 보니 시간은 빨리 지나갔다.

그러던 중 엄마의 결혼식 날짜가 잡혔고, 마지막 순간까지 갈까 말까 수차례 고민했다. 하필이면 그날 제법 여름치고는 선선하고 상쾌한 바람이 불어, 좋은 날씨를 망칠 수는 없어 가게 되었다. 대학교 입학 당시 엄마가 나를 위해 맞춰 줬던 양복을 입고 싶었지만 기장이 맞지 않았다.

엄마의 결혼식에서 돌아오는 길에 나는 기쁘지도 슬프지도 않았다. 한껏 신부 화장으로 멋을 낸 엄마는 아빠의 곁에 있었을 때와는 확연히 달랐다. 그 옆에 선 아저씨도 진심인지 가식인지 내게 잘 왔다며 어깨를 두드려 줬다. 어차피 그 아저씨하고는 별로 엮일 일도 없을 것 같아 그저 교수님을 대하듯, 집주인 아저씨를 대하듯, 그렇게 대하고 돌아왔다. 원망스럽고 슬펐던 현실을 인정하고, 차가운 이성으로 엄마의 재혼을 마주하니 더는 아픔이 느껴지지 않았다. 물론 자식 된 입장이라 끔찍하게 싫고 두렵긴 했지만, 머릿속 어딘가에는 알고 있었나 보다. 이제 돌이킬 수 있는 건 없다고. 주례 앞에 선 새하얀 엄마는 기뻐 보였다.

그날 저녁, 아빠에게서 전화가 왔다. 우리는 아빠가 살고 있는 원룸 근처 호프집에서 만났다. 아빠는 아무 일도 없는 사람처럼 나를 맞이하고는 닭발과 맥주 2000cc에 소주 두 병을 시켰다. 아빠와 술을 마신 기억이 없었기에 그 과정이 좀 생소했다. 나는 혹 아빠가 술에 취해 눈물을 보이지 않을까 걱정했다. 부부간의 문제를 자식에게 털어놓으며 위로를 바라는 건 교육학 상 무척 좋지 않은 일이다. 내가 아이인지 성인인지는 관계없다. 엄마의 재혼 앞에서 허무한 눈물을 흘리는 아빠를 달래기란 별로 유쾌하지 못할 것 같았다. 다행히 아빠는 무너지지 않았다. 그저 목적 없이 세상 돌아가는 이야기만 나눴다. 이번 정권에 대한 본인의 시각을 내놓고 정치계에 벌어진 최근의 사건 사고를 근현대에 일어났던 온갖 역사적 사실과 엮어 설명하셨다. 그 과정에서 우리는 소주 세 병을 더 땄다.

나는 거하게 취하신 아빠를 집에 모셔다 드리고, 지하철을 타고 집으로 돌아가면서 아빠와 나눈 이야기를 되짚어 보았다.

아빠가 저렇게 말을 많이 할 줄 아는 사람이었다는 걸 처음 알았다. 난 곧 살가운 아들처럼 당신의 곁에 요라도 하나 깔고 하룻밤 신세를 지지 못한 걸 후회했다. 아빠는 내일 아침, 술이 덜 깬 상태로 혼자서 출근 준비를 하시겠지. 그 처량한 모습을 상상하니 오늘 내내 멀쩡하던 가슴이 울렁였다. 아빠와 죽을 맞추느라 조절하지 않고 마셔서 좀 취한 모양이다.

지하철 역 계단을 오르며 갑자기 치고 오르는 술기운에 정신이 멍해졌다. 왜 그 애가 생각나는지 모르겠다. 인연을 끊자고 선언한 지 한 달이 넘었다. 얼굴도 고작 강의실에서나 마주할 뿐이었다. 그 둘은 보는 사람들의 눈이 시릴 정도로 붙어 다녔다. 과 전체는 물론 심지어 다른 과 애들도 두 사람이 사귄다는 얘기를 할 정도였으니까. 그런데도 신경 쓰지 않는 걸 보면 깨가 쏟아지는 모양이다. 사랑하면 예뻐진다더니 망할 계집애는 정말로 빛이 났다. 사람 인연이라는 게 참 우습다. 스토커가 중매쟁이가 되다니. 아니, 둘은 그저 타이밍이 맞았던 걸까. 왜 고민아와 내 타이밍은 안 맞았을까. 알다가도 모르겠다. 망할 고민아.

술에 취한 상태에서 결국 고민아의 집 앞에 이끌리듯 당도한 건 어쩌면 당연한 일이었을지도 모른다. 나는 익숙한 노란 가로등 아래 서서 낮엔 붉었을 장미의 노란 꽃잎들을 멍하니 바라보다가 고개를 들었다. 지하철 막차를 타고 왔으니 12시가 넘은 시각인데 고민아 방의 불은 여전히 밝다. 확실히 한 달이 지나니 아픔이 덤덤하긴 하다. 생각했던 것보다는. 오늘은 너무나 많은 일이 있었다.

휴대폰을 켜 고민아의 번호를 검색해 보았다. 굳이 검색하지 않아도 고민아의 번호는 외우고 있다. 그 번호를 물끄러미 바라만 보고 있는데, 언제 손가락이 스친 건지 나도 모르는 사이 통화음이 울리고 있다. 깜짝 놀라 통화 중지를 누르고 쿵쾅대는 가슴을 진정시켰다. 뭐야, 이거, 쪽팔리게. 구질구질한 남자의 표본이잖아. 스스로에게 정이 떨어질 것 같아 서둘러 고민아의 집에서 멀어지는데, 갑자기 울리는 휴대폰에 또 한차례 발작하듯 놀라고 말았다. 수신자로 뜬 '꾼녀'라는 이름을 보며 생각을 정리했다. 받아? 말아? 받으면 뭐라고 해? '왜?' '무슨 일이야?' '오랜만이다?' 목을 가다듬고 최대한 아무렇지도 않은 듯 전화를 받았다. 심장이 터질 것 같았다.

"여보세요."

다행히 첫마디는 덤덤하게 나왔다. 깬 줄 알았던 술기운이 그 한순간에 다시 스멀스멀 목을 타고 올라왔다.

— 전화했어?

조심스러운 질문에 나는 잠시 망설였다. 아니, 잠시 망설인 게 아닌 모양이다.

— 여보세요?

술기운 때문에 자꾸 블랙아웃이 돼서 내가 말하는 속도가 어떤지, 내 침묵의 시간이 얼마나 긴 건지 가늠할 수가 없었다.

"아, 응. 전화했나 보다. 미안하다."

어서 전화를 끊어야 더 이상의 불상사가 생기지 않으리라는 걸 알았지만 망할 손이 말을 듣지 않았다.

— 무슨 일이야? 오랜만이다. 잘 지내?

퍽 내가 반가운 것처럼 목소리가 들떴다. 망할 계집애. 반가울 일이 뭐가 있어?

"어, 잘 지내지. 넌 잘 지내더라."

삐뚠 마음에 말까지 삐뚤게 나간다. 고민아의 짧은 침묵이 내게는 영원처럼 들려왔다.

— 응, 너도 잘 지낸다니 다행이다. 아, 우리 웃기다. 어차피 매주 강의실에서도 보면서……

고민아는 이런 식으로 자신의 불편한 마음을 끝물의 웃음으로 무마시킨다. 차은수는 민아의 이런 면까지 알고 있을까.

"미안. 나 지금 좀 취했다."

나는 단도입적으로 어차피 대화 중 드러났을 내 상태를 고백했다. 민아의 목소리는 여전히 다정하다.

— 그렇구나. 과 애들이랑 마셨어?

취했으면 쉬라고 대충 대화를 마무리할 법도 한데 민아는 포기하질 않는다. 너무 취해서 환청을 듣는 걸까? 이거 꿈 아니야? 아니면 나한테 여지 주는 거야? 하지만 더 큰 문제는 환청일지라도, 착각일지라도 결국 끊고 싶지 않은 쪽은 나라는 사실이다.

"아니, 아빠랑. 오늘 엄마 결혼식이었거든. 웬일로 부르시더라고."

그녀가 찰나의 순간 망설였다.

― 결국 갔구나. 잘했어.

"가야지, 그럼. 아, 그 아저씨 괜찮은 사람 같더라. 엄마보다 두 살 어린데, 인상 좋더라. 나한테 용돈도 주더라고."

― 다행이다.

"어, 그리고 아빠도 괜찮아 보였어. 술 드시고 우실까 봐 걱정했는데 결국 안 우시더라. 하긴 그 무뚝뚝한 성정에 우는 게 말이 안 되지."

묻지도 않은 얘기를 줄줄 풀어내고 싶지 않은데 입이 손가락과 한패가 됐는지 말을 듣질 않는다. 나만의 감정에 빠져 또 허우적거리다 다시 블랙아웃에 들어가려던 그 찰나, 민아의 조심스러운 목소리가 울렸다.

― 너 지금 어디야?

나는 뒤늦게 내가 있는 곳을 살펴보았다. 힘이 빠진다.

"나 너희 집 앞이야. 이상하다. 분명 집으로 가고 있었는데, 언제 여기로……."

추태라는 걸 알면서도 고민아가 나를 위해 와 줄 것만 같아서 그 실낱같은 희망 때문에 못 박힌 듯 그 자리에 우뚝 섰다. 바닥이 울고 세상이 울고 내가 울고. 오늘은 정말 많은 일이 있네. 쓰러지고 싶은 욕망을 참고 황금빛 가로등 불빛을 따라 날아다니는 하루살이인지 나비인지 나방인지 알 수 없는 곤충들의 구름을 바라보는데, 인접한 곳에서 타닥하고 슬리퍼 튕기는 소리가 나더니 이내 내 옆에 누군가가 급히 다가와 섰다. 갑자기 눈앞에 등장한 고민아를 보니 이상하게 웃음이 터져 나왔다.

"아! 뱅뱅이 안경 쓴 고찐따 씨네! 언제 오셨어요?"

"너 괜찮아?"

"괜찮구 말구. 이야, 이 비싼 분을 내가 이리 다 뵙구. 추태를 보여서 죄송합니다, 고민아 씨. 저 어서 갈 길 가야겠습니다."

에라, 모르겠다.

"너 집에 데려다 줄게. 가자."

"집에? 나 혼자서도 갈 수 있어."

"아주 떡이 됐구먼, 어딜 혼자 가. 으휴, 아무튼 김기범."

한 달 만에 보는 얼굴인데 어제 본 것처럼 익숙하다.

"이러니까 차이지. 그치? 이런데 남자로 안 봐 준다고 껄떡 대는 거 봐. 존슨은 괜히 달렸어."

"야!"

민아가 갑자기 정색하며 날 쳐다봤다. 내가 방금 뭐라고 했지? 어느새 정신을 차리니 벌써 우리는 치킨집을 지나고 있었다. 고민아는 내 팔 하나를 제 어깨에 두르고 나를 억지로 옮기느라 온갖 힘을 다 쓰고 있었다. 또 블랙아웃 했나 보다. 미치겠다. 나는 어색하게 그녀의 어깨에 두른 팔을 뺐다.

"야, 진짜 미안하다, 진짜. 내가 원래 주량이 이렇지가 않은데 훅 오네."

"너 지금 완전 갈지자로 걷는 거 알아?"

"미안, 미안, 미안……."

"됐어."

고민아가 내 팔목을 잡고서 앞서 걸었다. 노란색, 파란색으로 가득한 치킨집 조명이 화려하게 고민아의 정수리 위로 쏟아져 내렸다. 그 뒤통수가 너무 슬퍼서 나도 모르게 울컥하고, 하지 말았어야 할 말이 튀어나왔다.

"차은수 어딨냐."

고민아는 뒤돌아보지 않았다.

"집에 갔어. 지금 새벽 1시야."

나는 몇 차례 밤이 되면 이 근처에서 마주쳤던 차은수의 뒷모습에 대해 말하려다 입을 다물었다. 스스로를 비참하게 만들 필요는 없다. 우리는 말없이 내 자취집을 향해 걸어갔다. 내가 사는 곳 1층에는 장사가 잘 안되는 횟집이 있다. 오늘도 술이 거하게 취한 아저씨 두 분이 음식점을 통으로 차지하고 앉았다. 그러고 보니 고민아가 내 집까지 찾아온 건 중간고사 전 내가 실수로 발표 자료를 집에 놓고 왔을 때 날 따라온 일 이후로 처음 있는 것 같다. 민아가 나를 현관문으로 이끌었다. 현관문 잠금장치를 멍하니 바라보기만 하는 내게 민아가 물었다.

"기억 안 나?"

"어, 아니."

나는 감각이 사라진 손가락을 한참을 놀렸다. 삑삑삑, 삐이이익. 다시 입력해 주십시오. 삑삑삑삑, 다시 입력해 주십시오. 삑! 삑! 삐빅! 삑! 다시 입력해……. 왜 이렇게 안 보여. 잠시 자리에서 서서 정신 좀 가다듬을 요량으로 깊게 한숨을 내쉬었다. 고민아는 그사이에 움직이지도 않고 나를 옆에서 지켜보고 섰다. 그냥 가. 제발, 그냥 집에 가 버려.

"너 이러고 있어도 되냐?"

"왜?"

"니 남친한테 혼나지 않아?"

민아가 고개를 저었더니 날 물끄러미 쳐다보았다. 그녀가 이내 고개를 돌렸다.

"미안. 갈게."

몽롱한 세상 속에서 골목길을 꺾어 사라지는 그녀의 뒷모습을 보았다. 세상의 빛과 온기를 함께 가져가는 사람처럼 그녀를 쫓아 어둠이 새까맣게 내려앉았다. 그녀의 그림자가 긴 건지, 내 서늘한 가슴이 어둠에 더 민감하게 반응하는 건지 모르겠다. 정신을 차렸을 때 나는 고민아의 손목을 잡고 있었다. 추하게 울먹이면서.

"오늘만 나랑 같이 있어 주면 안 돼? 내가 오늘 좀 힘들어서 그래…… 내가 나중에 다 갚을게. 그러니까…… ."

민아의 표정이 어땠는지 기억이 안 난다. 당황했는지, 날 동정했는지, 쓸쓸했는지, 슬펐는지 잘 모르겠다. 그냥 그다음으로 기억나는 건, 그녀와 사이다 한 병과 오징어 회 한 접시를 사이에 두고 그 파리 날리는 횟집에 앉아 있는 것뿐이었다. 횟집 밖의 푸른 수조에서 오징어 네 마리가 건강하게 헤엄치고 있었다. 그 조그마한 공간이 마치 바다라도 되는 듯이.

"횟집에 오면 술을 시켜야지."

주인아저씨를 찾는 나를 민아가 말렸다.

"벌써 취했잖아. 이거로 만족해."

그녀가 사이다를 소주잔에 따라 주며 내게 건넸다. 나는 그게 정말 술인 것처럼 단숨에 털어 넣었다. 칼칼한 설탕물이 얼얼한 혀를 감쌌다.

"너 내일 강의 없냐."

"5교시야."

"졸업반 패기."

건조한 나의 박수에도 민아는 웃지 않았다. 콧잔등이 시큰해져서 휴지를 뽑아 코를 풀어 대충 재떨이에 구겨 넣었다. 오징어를 초장에 찍어 먹다가 젓가락을 들지 않는 고민아를 보고 하나를 내밀었다. 민아가 고개를 저었다.

"먹어, 나 혼자 돼지처럼 처먹기 싫어."

그녀가 마지못해 젓가락에서 젓가락으로 오징어를 받아 갔다. 나는 그 질기고 미끈거리는 그것을 어금니로 씹으며 최대한 자연스럽게 그녀의 근황을 물었다.

"사귈 만해?"

그런데 결국 내 머릿속에서 감도는 주제는 그것 하나뿐이었다. 그녀가 고개를 끄덕였다.

"수험생인데?"

"점심도 같이 먹고 밤에도 잠깐 보니까."

밤. '밤'이라는 단어는 참 여러 것을 연상시킨다. 나는 더 깊은 상상의 나래를 펼치지 않으려 토해내듯 아무 말이나 머릿속에서 끌어냈다.

"아. 몇 번 봤어."

기어코 이 말을 하게 되는군.

"그 치킨집 골목에서. 이 시간대에 그 선배 몇 번 봤어."

"그래?"

"워낙 동네가 좁잖냐."

나는 사이다를 따라 그녀에게 소주처럼 건넸다.

"너 왜 애들이랑도 더 이상 연락 안 해?"

나는 어깨를 으쓱했다.

"나 때문이야?"

"너 때문에 아니야. 그냥 바빠. 실험실 들어갔어."

"어느 교수님?"

"조한경 교수님."

"그 교수님 좋지."

"어, 사람 좋아. 좀 소심하신 것 같긴 하지만."

민아가 사이다를 목 안으로 넘겼다. 뱅뱅이 안경 속에 눈동
자가 또렷하다. 저런 안경을 쓴 여자가 예뻐 보일 지경이라니,
내가 답이 없는 건지 술이 답이 없는 건지.

"아버지는 혼자 사셔?"

나는 고개를 끄덕였다.

"왜 같이 안 살아?"

2년 전만 해도 묻지 않았을 것 같았던 질문을 고민아가 꺼
냈다.

"나도 다 컸는데, 뭐. 1학년 때부터 자취해서 나도 이제는 그
게 편해."

"그래도 아버지 외로우시겠다."

"아빠는 괜찮을 줄 알았거든. 걸핏하면 혼자서 해외 돌던 양반이라. 근데 오늘 보니까 나이가 많이 드셨더라고. 남성 호르몬 수치가 떨어지나 봐."

시니컬한 말에 민아는 입을 열지 않았다.

"근데 그걸 지하철 타고 나서야 깨달은 것 있지."

또 기분이 나락을 치는 것처럼 울적해졌다. 고민아가 아무 말이라도 해 줬으면 좋겠다. 아버지와 관련 없는 그 어떤 말이라도. 차라리 차은수 이야기라도 좋으니까. 민아가 내 어깨를 쓸어 주었다.

"난 둘이 다시 사는 것도 괜찮을 거라고 생각해. 아버지도 서울에 사시잖아."

"그렇지."

그녀의 자그마한 손길이 너무나 부드럽고 따뜻했다.

"그럼 그냥 둘이 살아. 너도 아버지가 괜찮으면."

팔짱을 낀 채 침묵하는 나를 민아는 건들지 않았다. 조용한 횟집에 수조 물의 기포 소리만 잔잔하게 울려 퍼진다. 아, 또 눈시울이 뜨거워진다. 분명 낼 술 깨면 엄청 창피해질 거야. 인연 끊자고 선언한 건 어쩌자고 취해서 전화를 해. 민아가 휴지를 더 뽑아서 내게 건넸다. 나는 그것을 거의 뺏다시피 받아 두 눈을 감쌌다. 자꾸 울음이 터져 나와 어깨가 들썩였다. 민아는 계속 내 어깨를 쓸어 주었다. 그렇게 얼마나 시간이 흘렀는지 모르겠다. 횟집 아저씨가 우리 주변을 기웃거리더니 민아에게 물었다.

"뭐 부족한 건 없어요?"

빈 오징어 회 접시가 신경 쓰였던 모양이다.

"괜찮아요."

민아가 마지못해 덧붙였다.

"물 한 잔만 갖다 주세요."

나는 감정을 다스린 뒤 민망해진 눈가를 손등으로 비벼냈다. 민아가 내게 물을 건넸다.

"고마워."

물과 함께 잉여 감정들을 모두 삼키고 난 뒤에야 정신이 깨어나는 것처럼 맑아졌다. 나는 꿈꾸는 것처럼 중얼거렸다.

"나는 나중에 결혼하면 정말 가정적인 아빠가 될 거야."

"응."

"아들한테 면도하는 법을 가르쳐 줄 수 있는 아버지가 될 거라고."

"그래."

"그리고 아내한테도 항상 사랑한다고 말할 거야. 수고했다고."

"네 아버지도 그러고 싶으셨을 거야."

그 말엔 아무 말도 할 수 없었다. 민아는 빈 오징어 회 접시를 바라보며 나지막한 목소리로 말을 이었다.

"부모님을 인간적으로 이해하기란 어려운 것 같아. 항상 날위해 존재하는 것 같았던 엄마가 실은 그냥 여자이고, 위압적이던 아빠가 실은 그냥 지친 남자라는 걸 깨닫기 힘든 것 같아. 이해하는 순간 당신에 대한 절대적인 신뢰도 무너지는 게 신기하고. 의지했던 존재가 우리의 보살핌을 요구하게 될 때 그 역할의 변화를 인정하는 것도 힘들고."

나는 그제야 고민아가 2년 전에 내게 해야 했을 위로를 지금에서야 건네고 있다는 사실을 깨달았다. 그래도 저런 말을 해 주는 사람이 다름 아닌 고민아여서 다행이었다. 민아도 부모님과 충돌이 있을까. 나는 늘 고민아에 대해 많은 것을 알고 있다고 자부해 왔다. 고민아의 성격, 버릇, 취향 그런 사소한 것들을 보고 그녀에 관해 많은 걸 알고 있다고 믿었다.

그래서 고민아가 차은수를 택한 이유를 이해하지 못했다. 내가 더 널 위하고, 내가 더 널 알고 있는데. 안 지 고작 몇 주 되지 않은 차은수를 택한 이유가 뭐야. 하지만 정작 나는 고민아가 무슨 고민을 가졌는지는 잘 모르고 있었던 것 같다. 그녀도 나처럼 부모님과 문제가 있는지, 있다면 어떤 형태인지. 정작 그녀의 속 깊은 고민은 들어 본 적이 없다. 나만 고독하고 나만 힘들며, 나만 괴로울 것이라고 생각했다. 갑작스레 느껴진 그 거리감에 가슴이 차분히 가라앉았다.

"너는 좋은 가장이 될 거야."

그녀를 의심하며 바라보자 그녀가 눈을 깔더니 따뜻한 미소를 지었다.

"너 좋은 사람이잖아. 좋은 친구고. 좋은 사람이고."

시계를 확인하자 벌써 새벽 3시가 거의 다 된 시간이었다.

취해서 그런가. 고작 한 시간 지났을 거라고 생각했는데. 밤의 시간은 때때로 너무 빠르고, 때때로는 너무나도 느리다. 나는 자리에서 일어났다. 고민아는 기어코 빚을 갚았다.

"바래다줄게."

횟집을 나서며 내가 제안하자 그녀가 고개를 저었다.

"내가 너 여기까지 데려다 줬는데 네가 날 또 데려다 주면 뭐가 되냐?"

그녀와 다시 이야기하게 되어서 기뻤다.

"도착하면 문자해."

"알았어. 푹 쉬어."

깔끔하게 손을 흔들던 그녀가 서둘러 덧붙였다.

"내일 강의 시간에 봐."

"그래."

"연락해 줘서 고마워."

나야말로 고마워.

"잘 들어가."

우리는 친구처럼 헤어졌고 나는 현관문의 도어락을 풀면서 돌아보지 않았다. 고민아는 한참이 지나도 내게 문자하지 않았다. 나는 바보처럼 술기운에 침대에 쓰러지자마자 잠이 들었다. 고민아는 그다음 날 강의에 들어오지 않았다. 그리고 그 이유를 알게 되었을 때는 이미 늦었다.

드디어 시한폭탄이 터졌다

행복은 오직 인정 속에 존재한다.

— 조지 오웰

병원에서 깨어났을 때, 아빠는 창가에 서서 잔뜩 인상을 찌푸리고 있었고 엄마는 내 옆에 앉아 피곤에 찌든 얼굴을 하고서 눈을 감고 있었다. 엄마 뒤에는 성아가, 그리고 그 반대쪽에는……. 오빠를 보자마자 정신이 갑자기 확 깼다. 세상이 너무 환해서 잠시 눈을 감아 시린 눈이 회복하기를 기다렸다. 이마가 욱신거린다.

"엄마 여긴 어떻게 온 거야?"

푹 잠긴 목소리에 우리 가족과 오빠가 동시에 고개를 나를 향해 돌렸다. 안경이 없어서 시야가 흐린 와중에도 엄마의 커다랗게 뜨인 두 눈에 그렁그렁 맺힌 눈물이 보였다.

"아이고…… 엄마 속 까맣게 태우려고 아주 작정을 했어, 작정을……."

오빠는 아무 말 없이 잔뜩 미간만 구긴 채 내 손을 잡았다. 그의 초점이 흐렸다. 그가 들리지 않는 낮은 한숨을 토해 냈다. 그의 기분을 읽고 싶어 숨을 죽였지만 날 지켜보는 가족 때문에 오빠를 바라볼 수가 없었다. 아빠는 복도로 나가 지나가던 간호사에게 내가 깨어났다고 알렸다. 나와 눈이 마주치자 성아가 가까이 다가오며 내 손을 잡았다.

"언니……."

성아, 오랜만이네. 성아의 두 눈에도 눈물이 그렁그렁했다.

"왜 울어?"

"언니, 안, 안 깨어날까 봐……."

"그냥 잔 거뿐이야. 난 괜찮아."

성아가 내 품에 안겼다. 나는 성아의 머리를 쓰다듬어 주며 오빠를 바라봤다. 나와 눈이 마주치자 그가 괴로움을 삭이듯 인상을 찌푸리더니 또 낮은 한숨을 내쉬었다. 그때 오빠 뒤에 섰던 아빠가 갑자기 오빠의 어깨를 잡았다.

"애가 지금 깨어났기에 망정이지 잘못됐으면 네놈 내가 박살내 찢어 버렸을 거야!"

"아빠!"

상상도 못한 폭언에 깜짝 놀라 외쳤지만 아빠의 분노는 식을 줄을 몰랐고, 오빠는 그 자리에서 무릎을 꿇고 고개만 푹 숙인 채 죄송하다고 자기가 죽을죄를 지었다는 말만 반복했다. 성아가 내 품에서 벗어났다. 급작스러운 창피함을 동반한 화가 치솟았다.

"여기까지 와 준 오빠한테 왜 그래! 오빠가 뭘 잘못했는데?"

자리에서 일어나려 몸을 일으켰지만 엄마가 내 어깨를 잡았다. 머리가 욱신거린다. 꽉 동여맨 붕대가 무거웠다.

"여자가 없어서 우리 딸이랑 엮여? 여자 간수도 못해서 애를 이 지경으로 만들어 놔?"

오빠에게서 모든 경위를 들은 모양이었다. 아빠에게 나의 목소리는 들리지 않는 듯했다.

"오빠 탓 아니야! 그 여자가 미친 거잖아! 그만해! 그만하라고!"

여자의 언급에 그제야 아빠가 씩씩거리며 나를 향해 고개를 돌렸다.

"넌 왜 말 안 했어? 협박 받고 있는 거 왜 말 안 했어!"

인원이 꽉 찬 6인실 병실에서 아빠의 분노에 찬 목소리가 쩌렁쩌렁 울려 퍼졌다. 성아가 다른 사람들의 눈치를 보며 아빠에게 다가섰다.

"아빠, 진정 좀……."

"넌 가만히 있어!"

당신이 가장 사랑하는 딸의 팔을 쳐내는 아빠의 모습을 처음으로 보았다.

"신고했잖아! 그리고 그땐 별일 아니었으니까, 그냥……."

"내가 너 이럴 줄 알았으면 자취하게 내버려 뒀을 것 같아? 너 제정신이야? 왜 말을 안 해!"

나를 걱정한다는 취지는 좋은데 또 정신 타령 하는 걸 보니 짜증이 치밀었다. 이렇게 노발대발할 거 아니까 말을 안 하지. 창피하게 이게 무슨 짓이야. 오빠는 내내 아무 말도 하지 않았다. 오빠가 이런 꼴을 당할 이유는 없다. 나는 기어코 몸을 일으켜 오빠의 팔을 잡았다.

"그냥 가요. 그냥 집에 가요!"

"네 부모는 왜 안 와? 일을 이 지경으로 만들었으면 책임을 져야 될 거 아니야!"

"아빠야말로 난동 피울 거면 가!"

피곤해서 말도 제대로 나오지 않는 이 마당에 아빠와 기 싸움까지 해야 한다니. 최악이다. 다행인지 불행인지 곧 간호사 언니를 대동한 의사가 도착해 내게 몇 가지 질문을 했다. 머리가 아프지는 않냐, 눈에 초점은 잘 잡히냐, 또 아픈 곳은 없냐……. 오빠는 자리를 피하지 않고 간호사들 뒤에서 텅 빈 눈을 하고 날 바라보았다. 머리가 띵한 것 말고는 모두 괜찮다고 답했더니, 이마가 좀 찢어졌을 뿐 그 이상의 문제는 없을 것 같으나 혹시 모르니 하루 정도 더 머물고 가라는 처방이 내려졌다.

아빠는 의사가 말하는 내내 안절부절못하며 다리를 떨었다. 엄마는 그저 내 손만 부여잡고서 "다행이네, 다행이다, 다행이야."를 반복했다. 의사는 마지막으로, 환자를 흥분시키면 안 되니 제발 환자 앞에서는 조용히 해 달라고 당부한 뒤 병실을 떠났다. 덕분에 병실에 고요가 찾아왔다. 침대에 몸을 뉘인 뒤 생각을 정리했다.

내가 기억하는 사건의 경위는 이러했다. 나는 기범이와 헤어진 뒤 집에 가다 갑자기 나타난 이지은에게 벽돌로 머리를 맞았다. 흥분한 이지은은 이리 외쳤다.

"내가 너 이럴 줄 알았어, 이 걸레년아!"

고작 며칠 유치장에 있었다고, 벌금 얼마 물게 되었다고 저여자의 망상증이 고쳐지지 않으리라는 건 알고 있었다. 이지은은 나를 공격한 뒤 순식간에 사라졌고, 나는 한동안 바닥에 정신을 잃고 누워 있었던 것 같다. 눈을 떴을 때는 이마의 피 때문에 앞이 제대로 보이지 않았다. 한여름인데도 추워서 몸이 으슬으슬 떨려 왔다. 피가 흐르는 이마를 감싸 쥐고 병원으로 향했다. 새벽이었지만 대학가여서 밤을 새우는 젊은이들이 곳곳에 보였다. 그들은 깜짝 놀라 나를 쳐다보았지만 그 누구도 내게 도움의 손길을 내밀지는 않았다. 대학 병원까지의 거리가 10분 남짓 되지 않아 다행이었다. 가는 길에 나는 오빠에게 전화를 걸었다.

— 응, 민아야……

잠에 취한 달콤한 목소리가 거칠게 오르내리는 내 숨결과 뒤섞였다.

"오빠, 나 방금 이지은한테 맞아서 병원 가는데 와 줄 수 있어요?"

왜인지 갑자기 설움이 북받치듯 밀려와서 목소리가 달달 떨려 왔다. 휴대폰 너머에서 "확" 이불이 움직이는 소리가 들리더니 그의 목소리에서 잠기운이 순식간에 사라졌다.

— 너 지금 어디야?

"지금 학교 병원 가고 있어요."

그가 황급히 옷을 갈아입는 소리가 들려왔다.

— 너 괜찮아? 그 여자 지금 어딨어? 이지은이 무슨 짓을 했는데!

"머리를 좀 다친 것 같은데, 지금 괜찮은데, 피가 많이 나서……."

— 뭐라고!

그 뒤 그는 잠시 말을 잃은 듯 침묵했다. 그사이 나는 병원 응급실에 도착했다. 응급실에 생각 외로 사람이 많아서 놀랐다. 밤중에 이렇게 많은 사람이 다치는구나……. 모든 것이 몽롱한 꿈처럼 다가왔다.

"저 병원 도착해서 일단 끊을게요. 오빠, 얼른 와요. 얼른……."

— 아, 알았어! 금방 갈게! 조금만 기다려! 얼른 검사 받아!

"응!"

의지할 사람이 그밖에 없다. 어서 와 줘요, 무서우니까. 전화를 끊은 나는 울면서 접수를 했다. 공격을 받고 한동안 정신을 잃었었다는 말을 하자 의사 선생님은 내게 CT와 MRI 촬영을 권유했다. 몇 가지 검사를 하는 동안 정말 기적처럼 오빠가 도착했다. 트레이닝 바지에 티셔츠를 입은 그의 초췌한 모습이 나를 걱정하는 마음을 대변하는 것 같아 마음이 놓였다. 다행히 그 앞에서 우는 대신 미약하게나마 웃을 수 있었다. 도리어 그가 나보다 더 위태롭게 보였기 때문이다.

무사히 검사를 마치고 결과를 기다리면서, 나는 오빠의 권유로 하루 동안 입원하기로 했다. 부모님께는 이 일을 알리고 싶지 않아 오빠의 손을 붙잡고 병원 침대에서 잠을 청했다. 그에게 의지하니 평온이 찾아왔다. '오빠가 있어서 다행이야.' 그의 온기를 느끼며 그대로 잠이 들어 오후가 돼서야 깨어났다.

엄마에게 내가 기억하는 내용을 그대로 털어놓았다. 기범이 얘기는 하지 않고 그저 친구를 만났을 뿐이라고 얼버무렸다. 아빠는 제풀에 지친 건지 화를 이기지 못한 건지 복도에서 지켜보는 사람이 괜히 불안하도록 빠른 속도로 왔다 갔다를 반복해 댔다. 오빠는 다시 조심스럽게 내 옆자리로 다가왔다. 창밖에서 지는 석양에 그는 노랗고 붉은 그림이 되었다. 맞잡은 손이 뜨거웠다.

"미안해, 민아야. 미안해……."

병원에 도착했을 때부터 했던 말을 그는 또 반복한다. 엄마와 성아는 숨을 죽이고 오빠를 바라보았다.

"괜찮다니까요! 오빠 탓 아니잖아. 왜 자꾸 그래!"

"그래, 그만해요."

엄마의 말에 우리 셋의 시선이 엄마에게로 꽂혀 들었다.

"민아 멀쩡하면 그걸로 됐어. 민아 아빠는 원래 성격이 그러니까 깊게 마음에 두지 마요. 스토커라며. 정신 이상한 사람한테 엮인 게 학생 탓은 아니잖아."

"제가 더 강경하게 대처를 했으면……."

"형사님한테 얘기 들어 보니 어차피 더 강경하게 처리할 수도 없더만. 법이. 민아 무사한 거만으로도 다행으로 여겨야지."

"죄송합니다."

"학생도 그동안 마음고생 심했을 텐데. 민아 도와주고 자리 지켜 줘서 고마워요."

차분한 엄마 덕에 분위기가 평온해졌다. 아빠의 난동 뒷수습은 늘 엄마의 몫이었다. 원래 두 분의 궁합이 그런 것인지, 아니면 아빠를 만나고 엄마의 성격이 그리 변한 것인지는 모르겠으나 엄마는 다른 사람에 비해 가끔 냉철할 정도로 이성적인 자세로 상황을 파악했다. 그 이성적인 잣대가 나를 향한 것이 아닐 땐, 나는 엄마의 그런 면을 좋아했다.

"오빠가 엄마랑 아빠 부른 거예요?"

오빠 대신 성아가 고개를 끄덕였다.

"언니 폰으로 엄마한테 전화해 주셨어."

엄마랑 아빠가 내가 다친 사실을 모르길 바랐지만 그래도 막상 부모님이 오니 마음이 놓인다는 사실은 부정할 수 없다. 나는 빙그레 미소 지으며 오빠에게 말했다.

"고마워요. 나 이제 괜찮으니까 오빠 가요. 내가 불렀을 때 바로 와 줘서 고마웠어요."

그가 혼란스럽다는 듯 날 바라보아 설명을 덧붙였다.

"오빠 중요한 시험 있잖아요. 그거 준비해야죠."

내 말에 그가 뭔가를 잘못 들었다는 사람처럼 인상을 찌푸리더니, 이내 헛웃음을 지었다.

"민아야."

"오빠랑 사귀기로 했을 때 다짐한 거예요. 오빠 수험 생활은 방해 안 할 거라고……."

"민아야!"

오빠의 목소리가 높아졌다. 화가 났다기보다는 오히려 상처 받은 듯 잦아드는 눈빛에 나도 모르게 입을 다물고 말았다. 그가 낮은 목소리로 뚝뚝 단어 하나하나를 끊어 가며 감정을 내리 눌렀다.

"나 때문에 그 여자랑 네가 엮였는데……. 네게 무슨 일이라도 생기면? 내가 의전 붙는 거랑 비교가 될 것 같아? 너 정말 내가 그렇게 생각하길 바라면서 하는 말이야?"

나와 엄마, 성아가 모두 놀라 오빠를 바라볼 그때, 아빠가 복도에서 쩌렁쩌렁한 목소리로 전화를 받았다.

"아니, 왜 그런 미친 사람을 길거리에 떠돌게 하냐고요! 그럼 경찰이란 게 왜 있습니까? 우리가 세금 왜 내냐고요? 법 같은 소리 하지 마요, 애가 신고를 했다잖아요. 그러면 관리를 했어야지! 지금 뭘 잘했다고 소리를 질러요, 지르긴! 할머니? 내가 그 여자 보호자가 누군지 알게 뭐요! 뭐? 야, 이 새끼야! 너 몇 살이야! 뭘 잘했다고 나한테 찍찍 반말이야!"

어휴……. 도와주겠다고 나서던 형사님들하고도 다 척을 지겠네. 엄마도 못 듣겠다 싶었는지 내 곁을 떠났다. 엄마와 아빠가 복도에서 커다랗게 실랑이를 벌이는 소리를 들으며 나는 침대 안으로 녹아들었으면 좋겠다 싶었다.

전에 종종 상상한 적은 있었다. 오빠를 아빠한테 소개하는 자리는 어떤 자릴까 하고. '어떻게 될지는 몰라도 오빠는 분명 아빠를 이상한 사람이라고 생각하겠지.'라고 넘겨짚었는데, 아빠와 오빠의 첫 만남이 이렇게 최악으로 이루어질지 과연 그 누가 상상했겠는가. 오빠의 옷깃을 잡자 그가 문으로 향했던 시선을 내게 돌렸다.

"오빠! 정말 그냥 가요. 여기 있으면 아빠가 또 무슨 소리할지 모르니까."

"안 가. 그리고 아버님 신경 쓰지 마. 딸이 이렇게 됐는데 화나는 게 당연하잖아."

"그래도……."

"떼쓰지 마. 너 퇴원할 때까지 갈 생각 없으니까."

힘이 실린 낮은 목소리에 굽히지 않을 의지가 보여 결국 그를 설득하는 걸 포기했다. 그가 내 손을 부드럽게 잡았다. 그가 팔을 침대 위에 올려 턱을 괴자 우리의 눈높이가 맞았다. 그때, 성아가 헛기침을 해 왔다. 어색해할 만도 하겠지. 언니가 남자 친구 사귀는 걸 처음 봤으니. 나는 뒤늦게 둘을 제대로 소개시켜 주었다. 아, 생각보다 민망하다.

"늦었지만 반가워요."

오빠가 힘없이 웃었다. 성아의 어쩔 줄 모르는 눈동자가 이곳저곳을 돌아다녔다.

"안녕하세요……."

'대애박. 언니 남친 쩌네. 대애박.' 하고 호들갑 떠는 성아의 속마음이 귓가에 당장 들릴 것만 같다. 한때 내 동생은 내가 가장 잘 알던 때가 있었지. 내가 소리 내어 웃자 내내 긴장한 듯 힘이 들어가 있던 오빠의 삐죽한 눈 끝이 누그러졌다. 그러나 찰나의 평온도 잠시, 또 복도가 소란스러워졌다. 그 시작을 아빠의 우렁찬 목소리가 알렸다.

"차은수 부모님 되십니까?"

웅성거림이 더 크게 이어졌다. 아빠의 목소리는 더 이상 들리지 않았다. 오빠가 자리에서 일어났다. 떨린다. 처음으로 오빠의 부모님을 뵙는데 하필 이런 상황이라니! 엄마와 아빠가 먼저 병실로 들어왔다. 그 뒤를 따라 중년 부부가 내게 다가왔다. 복도에서 힐끔거리는 사람들의 눈을 차단하려고 간호사 언니가 병실 문을 닫았다. 부부가 내 침대 곁으로 바짝 다가서자 간호사 언니가 차례로 내 침대 주변의 커튼을 모두 다 쳤다. 좁은 공간에 나, 오빠, 오빠의 부모님, 나의 부모님, 거기다 성아까지 옹기종기 붙어 있는 꼴이 됐다.

선글라스 아래 숨겨져 있던 시선으로 날 바라보던 남자는, 정말 텔레비전에서의 모습과 똑같은 미중년이었다. 전에 오빠의 부모님이 누구일까 궁금해했던 게 무색할 정도로 오빠는 그분들과 많이 닮아 있었다. 전체적인 날카로운 인상은 30년 전 청춘스타라고 일컫던 류혜경을 닮았지만 이목구비의 조화는 김현수와 똑같았다. 커튼이 모두 닫히기가 무섭게, 그분들은 안타까움이 묻어나는 감탄사와 함께 내 손을 잡았다.

"몸은 괜찮아요? 아아! 미안해요! 저희 아들 때문에 이런 일이……."

그분들의 목소리 때문인지 말투 때문인지 모르겠으나 그분들이 타인의 시선을 극도로 의식한 채로 산다고 했던 오빠의 말뜻이 무엇인지 바로 알아챘다. 곤혹스러움의 절정을 상징하는 '아, 아' 같은 감탄사를 현실에서 쓰는 사람을 보게 되다니. 나를 향해 숙어진 아버님의 몸과 눈빛에서 부담스러울 정도의 슬픔이 묻어나 당황스러웠다. 대면하는 상대방으로 하여금 영화나 뮤지컬이나 드라마의 주인공이 된 듯한 기분이 들게 하는 사람들이었다.

"아, 아니에요. 저는 괜찮아요……."

자리에서 일어나서 예의를 더 갖추고 싶은데 환자라 이 상황에서 더 무슨 말을 해야 할지 몰랐다. 그분들은 이번에는 우리 부모님을 향해 허리를 숙이고 고개를 조아리며 속삭였다.

"저희 아들이 폐를 많이 끼쳤습니다. 이번 일은 저희가 모두 보상하겠습니다. 죄송합니다."

깍듯한 그들의 태도에 분명 5분 전까지만 해도 고삐 풀린 야생마처럼 날뛰던 아빠가 입을 꾹 다물었다. 곁에 선 엄마가 한마디 했다.

"가해자가 보상을 해야지 은수 학생 책임은 아니라고 생각해요."

"가해자 측의 이야기도 들어봤는데, 부양자가 82세 조모라 그 형편이 되지 못할 겁니다. 마음의 병이 있는 여자라니! 꼭 치료 받아 더는 민아 양에게 위협이 되지 않도록 저희가 끝까지 조치를 취하겠습니다. 치료비는 저희가 부담할 테니 걱정 마시고요."

"은수 학생이 민아의 치료비까지 부담할 필요는 없어요."

"아닙니다. 저희 아들 때문에 벌어진 소동이니까 그 정도 책임은 지는 게 맞습니다. 사양하지 마십시오."

아빠는 계속 말이 없었다. 성아는 거의 넋이 나간 사람처럼 오빠와 오빠의 부모님을 계속해서 번갈아 봤다. 은수 오빠 아버님이 연기도 노래도 모두 호평만 받아 진정한 연예인이라 불리는 김현수일 거라곤 상상도 못 했겠지. 나도 연예인이라는 것만 알았지, 이리 유명한 사람들일 줄은 몰랐는걸.

내 부모님과 오빠의 부모님은 더 깊은 이야기를 나누려고 자리를 옮기기로 했다. 오빠의 부모님은 방을 나설 때까지 내게 거듭 사과했다. 나는 괜찮다고, 그 여자 탓이니 그런 말씀 마시라는 말만 반복했다. 오빠는 내내 바닥만 쳐다보고 서서 말이 없었다. 어른들이 병실을 나가고 평화가 찾아오자, 성아가 내게 눈짓으로 말했다.

'자리 비켜 줄게.'

눈치 있는 동생이라 고맙다, 성아야. 내내 딴 생각에 빠져 있었는지 허공을 응시하던 오빠의 시선이 그제야 내게 닿았다. 어른들이 있는 동안 내게서 거리를 유지했던 그가 내 침대에 걸터앉았다. 한 번 복도에서의 소란은 어른들이 떠난 후에도 쉽게 가라앉지 않았다. 간간히 간호사들과 경비원들, 그리고 기자들이라고 추정되는 사람들이 외쳤다.

"아유, 여기 병원이에요! 다 나가 주세요!"

"인터뷰만 짧게 하겠습니다!"

"취재 안 됩니다. 카메라 꺼 주세요!"

"지금 김현수 씨 어디에 계신지 알 수 있을까요?"

취재진이 언제 소식을 들었는지 오빠의 부모님을 따라온 모양이었다. 그제야 같은 병실을 공유하는 환자들의 수군거리는 목소리도 또렷이 들려왔다.

"김현수 아들이 사고 쳤나 봐."

"아니야, 사고 아니라던데? 스토커 팬이라던데."

"아들도 연예인이야?"

"연예인은 아냐. 여기 학교 학생이야."

"지금 누워 있는 게 여자 친구야?"

"그런가 보지."

오빠도 낮게 한숨을 쉬며 손을 뻗어 흩어진 내 앞머리를 정돈해 주었다.

"신경 쓰지 마."

오빠는 어렸을 때부터 이런 풍경을 종종 봐 왔을까. 그를 제대로 보고 싶어 인상을 찌푸리자 그가 속삭였다.

"아파?"

나는 고개를 저었다.

"안경이 없어서요."

"안경 꼈었어?"

나는 헤헤 웃었다.

"네, 집에서만. 저 안경이 좀 도수가 있어서 쓰면 괴짜 같거든요."

"그래서 내 앞에서 안 낀 거라고?"

"응. 예쁘게 보이고 싶으니까."

내 말에 웃어 주길 바랐는데 오빠는 오히려 인상을 찌푸렸다.

"하지만 민아야."

오빠가 내 손 위에 손을 겹쳤다. 섬세하게 손등을 쓰다듬는 부드러운 손가락 끝의 감촉에 몸에 힘이 빠진다.

"너는 뭘 해도 다 예쁜데."

저런 오그라드는 말을 이렇게 진지하게 하시다니. 십 점 만점에 십 점.

"억, 느끼해."

장난스럽게 키득거리자 그가 그제야 표정을 풀고 헛웃음을 지었다. 뭘 해도 멋있는 건 오빤데. 면도 안한 얼굴까지 예뻐 보여요. 나도 그에게 내 진심을 전하고 싶어서 입을 열려는데, 그때 무심코 캐비닛에 붙어 있는 거울을 본 그가 당황한 듯 주춤하더니 자신의 얼굴을 두 손으로 쓸어내렸다.

"미안."

"네?"

"지금 꼴이 말이 아니지."

그가 자리에서 일어나 본격적으로 거울을 보며 머리를 정돈했다. 난 부산히 움직이는 그의 불안한 손길을 멍하니 쳐다보았다.

"멋있는데 왜요?"

그는 못 듣는 사람처럼 내 말에 아랑곳하지 않고 자신의 옷차림을 살폈다. 초조한 눈동자가 날 향하더니 그가 곤란한 얼굴을 하고 싱긋 웃었다.

"잠깐 집에 가서 옷 갈아입고 올게."

"네? 지금요? 왜요?"

"지금 꼴이 말이 아니잖아."

"그게 무슨 말이에요?"

"네 부모님 앞에서 트레이닝 복은 아닌 것 같아서. 미안. 그분들 오시기 전에 갈아입을 걸 내가 생각이 짧았다."

무슨 말을 하는 건지 모르겠다. 그게 다 지금 무슨 상관이란 말인가? 그는 진심으로 못할 짓을 했다는 듯 안절부절못했고, 나는 그와 공감하지 못해 혼란스러웠다.

"그래서 지금 가려고요?"

"조금만 기다려."

늘 여유롭고 당당하기만 하던 그가 몸 둘 바를 몰라 전전긍긍하고 있다. 그가 '창피함'을 이런 쓸데없는 일에 이렇게 노골적으로 표현하리라고는 상상도 하지 못했다. 늘 중심이 잡혀 있던 그의 굳건한 자신감이 일렁이는 수면 위의 종이배처럼 상하로 함께 출렁였다. 말도 안 돼! 탁상 위 휴대폰을 챙기는 그의 손목을 낚아챘다.

"가지 마요."

그는 상냥하게 웃으며 날 풀어내지만 그 억지 미소에 난 속지 않는다.

"금방 갔다 올게."

"왜요? 왜 옷 같은 걸 신경 써요?"

"나 때문에 네가 창피해지면 안 되잖아."

그의 이상한 사상에 벙쪄서 잠시 아무 말도 할 수가 없었다. 화가 났다. 자신을 이렇게 함부로 취급하는 그가 미워서 턱하고 숨이 막혀 왔다. 굳은 머리로 단어들이 뒤늦게 조합되어 입 밖으로 터져 나왔다.

"그게 무슨 소리예요? 내가 왜 오빠를 창피해해요? 여기 있어 주는 것만으로도 얼마나 든든하고 고마운데. 내가 왜 오빠를 창피해하냐고요. 왜 그런 말을 하냐고요!"

"그야……."

그가 말을 잇지 못하고 뭔가를 깨달은 듯 입을 다물었다. 그의 머릿속에서 어떤 일이 벌어지는지 몰랐지만 나는 그를 놓지 않았다.

"오빠야말로 뭘 해도 멋있으니까 그냥 내 옆에 있어요. 다시는 그런 말 꺼내지도 마요. 옷 따위 하나도 안 중요해요. 그런 거 때문에 나 버리고 간다고 하면 가만 안 둘 거야!"

내가 무슨 꼴을 하고 있어도 예쁘다고 했던 그였다. 어째서 나도 그에 대해 같은 마음이리라 생각하지 못하는 걸까? 그가 눈을 깜빡이며 나를 내려다보았다. 어서 옆에 앉지 않고 뭐하느냐는 나의 재촉에 그가 마침내 천천히 의자에 자리를 잡았다. 손을 놓으면 그가 정말 가 버릴 것 같았다. 그가 마침내 탁자 위에 휴대폰을 놓았다.

"안 갈 거죠?"

"응, 안 갈게."

"가면 안 돼요."

"응."

그는 그 말을 끝으로 침묵했다. 나는 아까 전 일어났던 일을 정리하느라 정신이 없었다. 오빠가 원래 저렇게 차림새를 신경 썼나? 하긴, 여태껏 단 한 번도 오늘처럼 흐트러진 모습을 본 적이 없는 것 같긴 하다. 그에게 완벽주의 성향이라도 있는 걸까. 설마 내게도 비슷한 잣대를 들이대며 평가하진 않았겠지. 아니야. 나는 뭘 하든 예쁘다고 했잖아. 외적인 가치들을 향한 질타에 가장 무감각할 사람이리라 생각했는데 그게 아닌 모양이다. 기이한 자격지심이다. 하지만 그 자격지심이 그를 좀 더 사람처럼 보이게 만들었다.

"민아야."

그가 마침내 바닥을 바라보던 시선을 내게로 올렸다.

"나 할 말이 있어."

"뭔데요?"

그의 차분한 눈동자에 내 마음도 함께 가라앉았다. 조금 전 일에 대해 설명이라도 하려는 걸까? 그렇다면 타인의 시선에 집착했던 부모님과 관련된 이야기일까?

"네가 무사해서 정말 다행이다."

새삼스레 그는 그게 새로운 깨달음이라도 되는 듯 단어 하나하나에 힘을 주었다. 김이 새 씨익 웃고 말자 그가 인상을 찌푸리며 항변했다.

"진짜야."

"알아요."

나는 웃었지만 그는 여전히 웃지 않았다.

"진심이야. 네 전화 받고 병원으로 오는데……."

짧은 침묵 뒤 그가 입을 열었다.

"갑자기 눈앞이 캄캄해지더라. 네가 크게 다친 상상을 했거든."

내가 깨어날 때까지 기다려 줘서 고맙다고만 생각했다. 그미친 여자가 오빠한테까지 가서 해코지를 하지 않아 다행이라생각했다. 나를 바라보는 저 눈동자에 내가 자는 동안 얽혀 있었을 불안과 걱정에 대해서는 생각하지 않았다. 나는 내 전화를 받고 차를 몰아 병원으로 급히 오는 그를 상상했다. 칠흑 같은 어둠의 새벽 도로. 그의 손을 잡으며 속삭였다.

"그래도 결국 별일 없었잖아요."

그가 고개를 숙이더니 나와 맞잡은 손을 그의 이마에 대고서 깊고 느린 한숨을 쉬었다.

"이게 어떻게 별일이 아니야! 최악의 경우가 벌어진 거잖아. 우려하던 최악이! 나 때문에 이렇게 됐잖아. 너랑 사귀지만 않았어도, 아니, 내가 애초부터 너한테 관심 갖지만 않았어도 이런 일은 없었잖아."

그의 엄지손가락이 연신 내 손등을 쓰다듬었다. 그의 불안이 내게로 전이되었다. 무슨 말을 하려는 걸까? 덜컥 겁이 났다. 우리의 만남을 후회하고 있는 걸까? 말이 나오지 않았다. 공기가 차갑게 내려앉았다. 그 냉기에 심장이 표면부터 얼어붙어 가는 기분이 들었다.

"그 여자가 널 찾아갔을 때서부터 그만둬야 했어. 안일하게 생각할 게 아니라 그때 그만둬야 했어. 네가 나 때문에 이렇게 됐다고 생각하니까, 내 욕심 때문에 그 여자가 널 해친 거라고 생각하니까 도저히……."

미세하게 떨려 오는 그의 진동이 내 손을 타고 심장에 닿아 나 역시 꼼짝도 할 수 없었다. 감긴 두 눈의 속눈썹이 파르르 떨린다. 공기가 떨었다. 그가 떨었다. 그 떨림 속에서 나는 어제 기범이가 울던 모습을 떠올렸다. 그는 슬픔을 주체하지 못하고 숨을 들이켜며 정말 처량하게 울었다. 남자가 우는 모습은 쉬이 볼 수 있는 것이 아니었고, 그리 가까이 본 것 역시도 기범이가 처음이었기에 남자가 상처 입었을 때 보이는 반응들을 잘 알지 못한다. 오빠의 울음에는 소리가 없었다. 맞잡은 손에 가득 실린 힘만이 내게 말을 걸었다. 그는 흐느끼지도 코를 훌쩍이지도 않았다. 그저 내가 볼 수 없도록 고개만 숙인 채 가만히, 침묵 속에서 맺힌 후 침대 위로 내려앉았다. 숨을 죽인 채 자세히만 들어야 알 수 있는 눈물의 무게가 침대보를 적시고 내 마음을 적셨다.

"차, 차라리 잘된 거잖아요. 이걸로 폭행이든 뭐든 더 큰 처벌 받게 할 수 있게 됐으니까."

그러니까 뭐든 간에 약한 말은 하지 마요. 나도 안 할 테니까 오빠도 하지 마요. 막 오빠를 사랑하게 됐는데 이제 와서 우리는 안 된다고 말하면 안 돼요. 자유로운 한쪽 손을 뻗어 그의 머리카락을 정돈해 주었다. 고양이 털처럼 부드럽고 섬세한 감촉은 그였다. 그는 고개를 숙여 표정을 숨겼다. 그 그늘에서 억지로 닦아 낸 메마름이 말했다.

"봉사 활동 갔을 때. 왜 쓸데없이 친절했을까? 그렇게까지 하지 않아도 상관없었을 텐데. 다른 사람들이 날 좋게 생각하든 말든 중요한 게 아닌데. 결국 내가 만든 그 틀에, 그 족쇄에서 벗어나지 못한 그 책임을 네가 대신 지고 있는 건가 봐. 그래서 더 미안해."

오빠는 타인의 시선이 이루는 굴레 속에 갇혀 지내는 부모님이 싫다고 했다. 하지만 오빠 역시도 그런 사고방식을 답습했기에 저도 모르게 그리 행동했나 보다. 생각해 보면 우리가 초반에 친해지게 된 계기도 그러한 그의 성격 때문이 아닌가 싶다. 오빠의 스토커가 나를 방문한 후, 그는 내게 갖은 친절을 베풀었다. 자신 때문에 벌어진 일을 책임져 험담이 나오지 않도록, 자신의 이미지가 실추되지 않도록. 답습된 경계와 불안. 남의 생각이 그렇게 중요한가? 연예인이야 이미지로 먹고 사는 직업이라 중요하다고 쳐도, 오빠는 아니잖아. 왜 오빠의 부모님은 그런 사고방식을 일반인인 자식들에게까지 요구하는 걸까.

"오빠, 나 봐요."

그는 말을 듣지 않았다. 머리를 쓰다듬던 손을 움직여 그의 눈가를 닦아 주자 그가 천천히 고개를 들었다. 눈 주변이 빨갛다. 속눈썹은 젖어 있었지만 그의 얼굴은 파리한 채 메말라 있었다. 나를 잡은 손만은 굳건하다. 그 무게에 마음이 놓였다.

"나 말이에요. 이런 일 겪고도 오빠랑 헤어지고 싶지 않다고 하는 걸 보면 나 오빠 많이 좋아하는 것 같아요."

날 향한 눈동자는 흔들리지 않았다.

"그러니까 마음 아파하지 마요. 오빠는 그저 운이 안 좋았을 뿐이잖아요. 사람들한테 좋은 사람으로 인식되는 건 좋은 거예요. 오빠가 받았던 그 온화한 시선들이 오늘의 오빠를 만들었다고 생각해요. 예의 바르고 상냥한 오빠를요. 그러니까 그 좋은 성격을 탓하고 싫어하지 않았으면 좋겠어요. 오빠를 불행하게 만든다면 슬프겠지만 원망하지는 않았으면……."

그의 왼쪽 눈에서 갑자기 뜨거운 무언가가 툭하고 빠르게 바닥을 향해 내리꽂혔다. 중력에 의한 것이라기에는 너무나 갑작스럽고 빠른 낙하였다. 서로를 담은 마음의 창이 공중에서 얽혀들어 빠져나올 수 없는 미로가 되었다. 나의 말에 화답하듯 그가 들릴 듯 말 듯한 목소리로 자그맣게 중얼거렸다. 한숨 같아서, 아니, 하나의 호흡 같아서 촉각을 새우고 듣지 않으면 들을 수 없는, 바람과 같은 소리였다.

"민아야. 사랑해."

그는 내게 입김을 불어넣었을 뿐이다. 피부에 온기가 와 닿았을 뿐이다. 그런데 그 미풍은 단숨에 내 마음을 앗아가, 세상을 멈추었다. 자주 사랑한다는 말을 하겠다고 한 뒤 오빠는 정말로 약속처럼 내게 사랑한다는 말을 자주 전했다. 전화를 끊기 전, 헤어지기 전, 길을 가다가도, 그는 내게 사랑한다고 했다. 나는 그 말을 '좋아한다'의 조금 더 진지한 유의어로 받아들여 왔다. 하지만 지금 건 달랐다. 지금 건 좋아한다는 말보다 좀 더 진지한, 그런 말이 아니었다. 사랑. 지금 그는 내가 궁금해 왔던 그 사랑을 말하고 있었다.

그를 안아 주고 싶다. 그의 두 볼에, 아니 온 얼굴에 키스를 흩뿌리고 싶다. 이런 내 마음을 읽은 것인지 그가 몸을 일으켰다. 내 위에 포개지는 그의 상체를 따라 손을 움직이다가 그의 목에 팔을 둘렀다. 언제 어른들이 돌아올지 모른다. 혹 성아가 갑자기 커튼을 젖히고 우리를 찾아올 수도 있다. 그래도 잠시만, 잠시만……

좁혀진 시야가 오로지 그만을 담게 되었을 때 우리의 입술이 맞닿았다. 입안에 퍼지는 그의 향기로운 숨결이 순간 정신을 몽롱하게 만들었다. 그가 아랫입술을, 윗입술을 천천히 채근할 때도 그를 뿌리칠 수가 없다. 그는 감미롭다. 그는 숨결도, 체취도, 그 안에 든 영혼마저도 감미로운 사람이라 차마 밀어낼 수가 없다. 왜 지금에서야 이런 생각이 드는 걸까. 그와 모든 걸 나누고 싶다고. 왜 하필 다친 지금, 어른들이 밖에서 심각하게 스토커와 내 부상에 대해 논하는 지금, 성아가 언제 커튼을 밀고 들어올지 모르는 이 순간에서야 그와 모든 걸 나누고 싶다는 절박한 마음이 드는 걸까.

우리의 입술이 떨어졌다. 두 볼에 열이 올랐다. 나는 서둘러 두 손으로 얼굴을 감쌌다. 그가 살짝 가빠진 숨을 내뱉으며 아득해진 눈으로 날 바라보고 있었다. 그의 생각이 읽힌다. 그도 나와 같은 생각을 하고 있다. 아아아…… 목이 탄다. 그때, 성아의 목소리가 커튼 밖에서 들려왔다.

"언니, 지금 언니 친구가 왔는데……."

우리는 깜짝 놀라 서로에게서 멀어졌다.

"친구?"

내 말에 갑자기 커튼이 촤르르륵 소리를 내며 열렸다. 그 너머에는 기범이가 하얗게 질린 얼굴로 서 있었다. 그는 마치 나를 십 년 만에 보는 사람처럼 뚫어져라 쳐다보았다.

"엇! 네가 여기 웬일이야? 나 병원에 있는지 어떻게 알았어?"

깜짝 놀라 자세를 곧추세웠다. 기범이는 내 말이 들리지 않는 사람처럼 그저 멍하니 바라만 보다가 중얼거리듯 물었다.

"너……, 괜찮냐?"

"응, 나 여기 있는 거 어떻게 안 거야? 어떻게 들어왔어?"

밖에 기자들 때문에 난리인 것 같던데. 눈만 깜빡이는 나를 멍하니 바라보던 기범이의 눈동자가 천천히 움직이더니 그제야 오빠를 향했다. 그가 놀란 듯 움찔하더니 다시 평정심을 찾고 내게 말했다.

"기사 떴어. 인터넷."

그가 휴대폰을 슬쩍 들더니 다시 내려놓았다. 나는 그제야 그가 이곳에 홀로 온 이유를 알았다. 나는 그의 사과를 선수 치기로 했다.

"너 때문 아니니까 미안해하지 마."

그의 미간이 일그러졌다.

"미안하다."

"미안해하지 말라니까. 그냥 우연의 일치였어. 네 탓이 아니라……."

그때, 오빠의 부드러운 목소리가 위에서 울렸다.

"그게 무슨 말이야?"

김기범을 상대하느라 급급해 오빠가 이 대화에 의문을 갖게 되리라 미처 생각지 못했다.

"아무것도 아니에요. 얘가 그냥……."

"어젯밤에 만났다는 친구가, 후배님이야?"

나는 기범이를 힐끔 쳐다보았다가 나를 향한 기범이의 시선에 실린 힘이 부담스러워서 나도 모르게 고개를 돌리고 말았다. 상황이 이상하게 돌아가려고 한다. 밤중에 그냥 친구도 아닌 나를 좋아했던 남자 사람 친구를 만나러 나갔다가 변을 당한 내 꼴이 오빠 눈에 어떻게 비칠지 걱정됐다. 하지만 거짓말을 할 수는 없다. 난 잘못한 게 없으니까.

"얘 맞아요. 그냥 얘기만 나눴어요."

내가 덧붙인 한마디에 오빠가 내 어깨를 잡았다.

"그런 걸 따지려고 물은 게 아니야."

그가 기범이를 향해 말했다.

"고마워요, 와 줘서. 아, 이젠 고맙다는 말 후배님께 해도 되지?"

기범이가 입술을 비틀어 억지로 웃었다.

"별일 아닙니다, 선배님. 민아가 무사해서 다행이네요. 그 여자 때문에 걱정이 많았는데. 그 여자가 선배님을 찾아가진 않았죠?"

"난 괜찮아요."

오빠는 오늘의 날씨에 대해 이야기를 나누는 것처럼 덤덤했지만 기범이의 표정은 말이 아니었다. 마치 어른과 소년의 싸움을 보고 있는 것만 같다. 둘 사이에 보이지 않는 불꽃이 "파바박" 병원 침대 위에 튀어 불을 낼 것 같다. 기범이가 가 줬으면 좋겠는데, 나름의 책임감을 느끼고 애써 찾아와 준 애를 내쫓을 수는 없다. 다행히 기범이가 온 지 5분쯤 지났을까, 갑자기 병실 문이 열리더니 간호사 언니들 몇과 의사 선생님이 함께 내게로 다가왔다. 그 뒤로는 잠시 사라졌던 엄마, 아빠와 오빠의 부모님이 보였다. 네 사람의 얼굴이 딱딱하게 굳어 있었다.

"병실을 1인실로 변경하기로 했어요. 휠체어로 이동해야 하니까 어서 앉아요."

갑작스레 벌어지는 상황에 기범이가 서둘러 내게 인사했다.

"몸조리 잘해."

"와 줘서 고마워, 잘 가!"

기범이는 그 뒤 한참 동안 병실 문 근처에 서서 내가 휠체어로 옮겨 타는 모습을 지켜보았다. 오빠 때문에 기분은 상했겠지만 이 특수한 상황이 흥미롭기는 한 모양이었다. 내 팔자에 없는 일인 병실이며 취재 열기라니. 나 역시도 얼떨떨할 뿐이다. 머리를 다쳤을 뿐이지 사지는 멀쩡한데도 나는 간호사의 부축을 받아 휠체어로 엉덩이를 옮겼다. 한 간호사가 링거액을 들었고 의사가 내 휠체어를 잡았다.

"빨리 이동할 거예요."

마치 전장을 뚫고 성곽을 향해 돌진해야 하는 병사처럼 의사의 목소리가 비장했다. 간호사 언니가 내게 작은 담요를 하나 건네주었다. 이유를 몰라 바라보자 그녀가 손짓으로 그것의 용도를 알려 주었다. 나는 반신반의하며 담요를 머리 위로 덮어썼다. 맙소사.

"갑니다."

고개를 끄덕이기가 무섭게 휠체어의 바퀴가 빠르게 돌기 시작했다. 어디로 향하는지, 밖에선 무슨 일이 일어나고 있는지 알 수 없었다. 엄마, 아빠는 날 따라오고는 있는 건지, 담요 너머로 들리는 저 아우성이 환자들의 수군거림인지 기자들의 외침인지도 알 수 없었다. 찰칵거리고 카메라 셔터 터지는 소리가 내 뒤를 쫓았다. 엘리베이터에 올라탄 후에야 나는 숨을 돌리며 담요를 끌어내릴 수 있었다.

휠체어를 몰던 의사와 간호사 언니들의 얼굴이 잔뜩 상기되어 있었다. 그 뒤로 나와 함께 걸음을 내달렸던 오빠의 가족과 내 가족이 나란히 섰다. 오빠는 함께 타지 않았다. 모두 엘리베이터 문 위에 바뀌는 초록색 숫자를 말없이 응시했다. 나는 그들과 달리 내 두 손을 바라보았다. 손등에 꽂힌 주사기가 흉물스럽다.

마침내 엘리베이터가 열리자 나는 다시 담요를 뒤집어썼다. 이곳은 아까 그곳처럼 소란스럽지 않아, 빠르게 움직이는 발걸음과 돌돌돌 돌아가는 휠체어의 바퀴 소리까지 모두 들렸다. 새로운 병실은 여태 드라마에서나 보았던 깨끗하고 쾌적한 원룸이었다. 나는 커다랗고 새하얀 병원 침대 위에 엉덩이를 걸치고 앉았고, 의사와 간호사들은 나를 옮겨놓는 게 주 임무였는지 곧 서둘러 병실을 나섰다. 블라인드가 가볍게 쳐진 창가에서 붉은 햇살이 어둡게 베이지 빛 바닥을 물들였다.

"민아양, 방은 마음에 들어요?"

어머님의 부드러운 목소리에 고개를 들었다. 하지만 막상 그분을 마주하니 왠지 불편해져서 나도 모르게 시선을 아래로 피하고 말았다. 극본 같은 딱딱하고 느끼한 말투 때문이라기보다는, 평범한 엄마, 평범한 중년 아주머니라는 괴리감이 느껴지는 그분의 외관이 날 불편하게 만들었다. 우리 엄마와 비교해 비정상적으로 좋은 탄력에 기미 한 점 없는 깨끗한 피부에 이질감이 느껴진다.

"네, 감사합니다."

"방이 참 넓네요."

아빠가 한마디 덧붙였다. 내 곁에 선 엄마가 아빠가 하려 했던 말을 대신 전했다.

"감사합니다."

아버님이 고개를 저었다.

"마땅히 할 일을 한 것뿐입니다. 무엇보다 민아 양이 건강하다니 다행입니다. 경과는 지켜봐야 한다고 하지만 혹 또 문제 있으면 연락 부탁드립니다."

"네. 그럼 이지은이라는, 그 여자애에 대해서는 그리 처리하는 걸로 하는 겁니까?"

"네, 조금 전의 불상사를 보셨다시피…… 큰 소란은 피할수록 좋으니까요."

아빠의 물음에 오빠 아버님이 빙긋 미소 지으셨다. 그 웃음이 가면 같았다. 오빠에게서도 보았던 미소였다. 사극에서 배우 김현수는 늘 저런 식으로 웃었다. 그래서 표정 연기가 부족한 배우라고 속으로 몇 번 생각했다. 물론 대중적으로 그는 국민 배우다. 나는 어른들의 대화를 듣지 않았는데도 그들이 하는 말이 무엇인지 대략이나마 짐작할 수 있었다. 그들은 그 미친 여자와 법정 분쟁까지 가서라도 제대로 처벌을 받게 하고 싶지만, 오빠의 특수한 상황 때문에 그리할 수 없는 모양이다.

몇 분 더 짧은 대화가 오가고, 엄마와 아빠는 오빠네 가족을 배웅했다. 뒤늦게 병실에 도착한 오빠도 부모님과 함께 내 곁을 떠났다. 우리는 제대로 된 인사도 나누지 못한 채 시선만 길게 나눴다. '나중에 전화할게.' 그것으로 족했다. 오빠와 그의 가족들이 가고 얼마 지나지 않아 간호사 언니가 초호화 과일 바구니 세트와 꽃바구니를 가지고 병실로 들어왔다. 휘둥그레진 눈으로 간호사 언니를 바라보자, 언니가 친절하게 우리에게 설명해 주었다.

"아까 김현수 님께서 부탁하신 거예요."

간호사 언니가 나가고, 난 옆자리에 앉은 엄마에게 물었다.

"이지은 고소 안 하기로 했어?"

질문은 분명 엄마에게 했는데, 아빠가 전보다는 한풀 성질
이 꺾인 목소리로 답했다.

"병원에 입원시키기로 했다. 심리 치료 좀 받고 격리 수용하
려고."

"그거 보호자 동의 필요한 거 아니야?"

"동의 안 하면 고소하겠지만, 고소하면 그 피해 보상 어떻게
물을 거야. 정부 보조금으로 겨우 입에 풀칠하던 노인이드만."

그래, 어차피 아픈 여자이니 이렇게 마무리되는 게 모두에
게 가장 이로운 방법이겠지. 망상증이라는 게 치료가 되는 병
인지는 모르겠다만 아무쪼록 완치할 때까지는 철저히 격리되
었으면 좋겠다고 생각했다. 내가 말이 없자, 아빠의 화살이 묵
묵히 휴대폰으로 인터넷을 하던 성아에게 조여들었다.

"뉴스 보냐?"

아빠의 말에 깜짝 놀라 성아가 고개를 들었다.

"어."

"네 언니꺼?"

"어."

"뭐라고 써 있냐?"

"뭐…… 대부분 그 여자 미친 여자는 말이야."

412

"줘 봐."

아빠가 성아와 함께 휴대폰을 들여다보며 인터넷 기사에 달린 온갖 잡스러운 댓글에 열을 낼 동안 엄마는 조용히 과일 바구니 안에 들어 있던 복숭아를 깎아 내게 내밀었다. 아까 오빠의 어머님과 대조적으로 너무나 자그마한 모습이다. 우리 엄마가 그렇게 고생을 하며 산 사람이 아닌데도, 한번 연예인은 계속 연예인인 모양인지 그분의 감탄스러운 젊음이 평범한 주부인 우리 엄마를 갑자기 초라하게 만들었다. 엄마도 가꿨다면 그리될 수 있었을 텐데.

"복숭아 맛있다."

"그치?"

엄마도 하나 입에 넣더니 아빠 몰래 내게 속삭였다.

"네 남자 친구 잘생겼더라."

엄마의 말에 나도 모르게 입꼬리를 잔뜩 올려 이상한 표정을 짓고 말았다. 나도 엄마만 듣도록 목소리를 낮췄다.

"공부도 잘해."

"그래? 뭐가 되겠대?"

"의전 준비 중이야."

"그럼 지금 한창 공부해야 하잖아. 그런 놈이 연애를 해?"

"음, 내가 본 바로는 자제력이 엄청 나서 본인 스스로 관리를 잘하더라고."

"그건 결과 나올 때까지 모르는 일이야."

맞는 말이건만 왜인지 엄마가 오빠를 깎아내리는 것처럼 느꺼졌다.

"오빠 정말 성격이 좋아. 착해. 그리고 나 많이 좋아하고."

민망하다. 엄마가 내 이야기를 본인의 연애처럼 설레어하는 게 두 눈에 훤히 보였지만, 엄마는 애써 그 마음을 꾹꾹 숨기며 덤덤하게 말했다.

"그런데 너무 얼굴이 잘나면 네가 관리하기 힘들 텐데."

"괜찮아. 오빠 나 엄청 좋아한다니까."

장난스럽게 거만을 떨자 엄마도 내가 퍽 기특하다는 듯이 내 입에 복숭아를 하나 더 넣어 주었다.

"누굴 닮아 이리 이뻐서 저런 놈을 낚아 왔을까."

"그냥 내가 잘난 듯."

"허참, 이놈이. 이럴 땐 엄마 닮았다고 말을 해야지."

"하하, 알았어."

부모님과 이런 대화까지 나왔으니 한 편의 시나리오가 가능하겠다.

해가 지는 오후. 검은 정장 차림의 은수. 장례식장 문 앞에서 들어가지 못하고 망설인다. 민아를 사랑했던 수많은 사람으로 북적이는 틈바구니 사이로 그녀의 영정 사진이 보였다 말았다 반복한다. 새하얗게 질린 그녀의 가족이 중얼거린다.

아빠: (후회 어린 통탄으로) 조, 조금이라도 더 따듯하게 대해 줘야 했는데……! (격하게 흐느끼며) 이리 매정하게 가 버리다니, 민아야……! 내 딸 민아야……! (오열한다)

성아: (새마을 운동 본부가 추진하는 경제 성장 프로파간다 영화 속 여배우에 빙의하여) 아버지……! 그런 말씀 마시어요……! 하늘에서 언니가 이 모습을 보시오면, 올마나, 올마나 슬프시겠어요? 그러니 어서 눈물을 거두시어요……! (스타카토로 끊어서) 흑, 흑, 흑……!

엄마: (손수건으로 눈가를 찍으며 하늘을 바라본다) 아아, 하늘도 무심하시지……. 그것이 무엇을 잘못했다고……! 피어 보지도 못한 꽃이었는데……!

이 모습을 보고 있던 은수, 드라마 〈발리에서 생긴 일〉의 조인성처럼 한 주먹을 입 안에 넣고 눈물을 삼킨다.

내레이션: 불행히도 퇴원 후 일주일 뒤, MRI로 관찰되지 않았던 자그마한 미세혈관의 출혈로 민아는 다시 길거리에서 쓰러졌고, 방년 스물셋, 그 꽃다운 나이로 세상에서 하직하고 마는데……! 아아! 이 어찌도 불행하고도 불행하며, 처량하고도 또 처량한! 차마 눈물 없이는 볼 수 없는 비극이란 말이냐……!

이렇게 이야기가 진행됐다면 내 인생은 퍽이나 어이없는 신파였을 것이다. 하지만 다행히 내 인생은 그보다는 더 납득되는 방향으로 흘러갔고, 검사 결과는 모두 이상이 없는 것으로 판명이 났다. 내가 퇴원할 시간을 어떻게 맞춘 건지, 동기들은 적절한 기회를 틈타 병문안을 와 주었다. 김기범은 찾을 수 없었다. 정민이의 두 손에는 건강 음료 한 박스가 들려 있었다. 짜식들, 나름 비싼 거 골라 왔구먼! 하지만 건강 음료에 대해 내가 채 농담을 던지기도 전에 저마다 생각보다 건강한 내 모습을 보고 안도의 한마디를 건네면서도 어제 있었던 밖의 소란에 대해 감탄하는 걸 잊지 않았다.

쏟아지는 질문과 위로에 차례차례 답변해 주며 음료수를 애들에게 나눠 주려고 했지만 애들은 선물은 선물이라며 한사코 나의 호의를 거절했다. 친구들이 가고 난 뒤 퇴원 수속을 밟을 동안, 의사는 정신을 잃었을 정도면 꽤 큰 충격이었을 테고 혹시 모르니 늘 몸조심하라고 경고했다. 나는 속으로 '그건 제가 워낙 잠꾸러기라 그냥 푹 깊은 잠을 잔 거였을지도 몰라요.'라고 답했다. 물론 자기 위로라는 건 잘 알고 있었다. 이리 봬도 생물을 공부하는 사람이다.

내가 퇴원 수속을 밟을 동안 아빠는 자취방에 쳐들어가 엄마가 지낼 수 있는 자리를 마련했다. 입원한 동안 주문해 놓았던 간이침대가 내 침대 바로 옆에 붙었다. 아직 엄마용 짐이 없었기에 아빠는 엄마와 나를 자취방에 내려 주기 무섭게 곧바로 집으로 내려갔다. 앞으로 졸업할 때까지 엄마와 함께 생활하게 될 거라고 했다. 오빠에게 위로 받았던 그 날이 처음이자 마지막인 오빠와의 자취방 데이트가 되었다. 다음 진도에 대한 부담이 사라짐과 동시에 묘하게 아쉽기도 하다. 이제 오빠와 둘이 있을 공간을 어디서 찾지? 정말 모텔 같은 곳을 가야 하나. 그런 데는 남우세스러워서 가기 싫은데……. 내 마음을 알 리 없는 아빠는 차라리 서울에 아파트를 전세로 얻어 성아까지 해서 세 사람이 사는 게 어떠냐는 말까지 꺼냈다. 하지만 성아는 이에 거세게 반대했다.

"싫어! 공부에 방해된단 말이야!"

아빠에게 그 무엇보다 중요한 공부를 들먹인 덕분에 성아는 다행히 자유를 지켜 낼 수 있었다. 대신 내가 퇴원한 첫날 밤만은 엄마와 나와 함께 내 자취방에서 자고 가기로 했다. 붕대 때문에 밖에 돌아다니지 못하는 나를 두고 엄마와 성아는 장 보러 나갈 준비를 했다. 물과 계란밖에 없는 텅 빈 냉장고 덕에 맞게 된 혼자만의 시간이었다. 엄마와 성아가 떠나자 집에 익숙한 적막이 찾아왔다. 이 적막도 조만간 사라지겠지. 나는 우선 오빠에게 전화를 걸었다. 이제 엄마와 함께 살게 되면 오빠랑 전화하러 밖으로 나가야 하는 건가. 이런 사태까지 겪고서 엄마가 나를 순순히 밖에 혼자 가게나 놔둘지 모르겠다. 통화음이 울리기도 전에 오빠가 곧장 전화를 받았다.

"오빠, 저 퇴원했어요!"

— 부모님께 들었어. 너 이제 몸은 완전히 회복된 거야?

"어지럽거나 하면 오라고 했는데 지금은 말짱해요!"

— 응.

느린 한숨과 함께 새어 나오는 낮은 음성에 가슴 한 켠이 간질간질해졌다. 나는 나의 새로운 동거인을 밝히며 투덜거렸다.

"이제 오빠 이 방에 못 들어와요."

둘이서만 공유할 수 있는 공간을 잃었다는 뜻에서 한 말이었는데, 오빠의 반응은 내 의도와 전혀 달랐다.

— 그거 다행이다. 이제 어머니가 함께 계시니까 훨씬 안전하겠네. 마음 놓인다.

신랑감 후보 1위나 주절거릴 말에 한숨이 나올 뻔했지만 그와 동시에 참 그다운 말이라고 생각했다.

"네에, 앞으로 안전할 것 같아서 차아암 마음이 놓여요. 그 여자는 이제 병원에 지낼 거고 제 근처에 얼씬도 못 할 테니 말이죠."

철 안 든 망나니 흉내를 제대로 내려고 장난스럽게 빈정대자 그가 짐짓 화난 척 목소리를 높였다.

— 어머니가 너 생각해서 원룸에서 생활하시는 걸 텐데 그렇게 말하면 안 되지!

"네에, 네에. 하지만……."

— 그리고 굳이 네 방이 아니더라도 널 만날 곳은 많아.

그제야 뒤늦게 오빠의 낮은 웃음소리가 수화기를 통해 울렸다. 그 은밀함이 부끄럽고 민망하게 다가와서 나까지 크게 웃어 버리고 말았다. 아마 내일부터 곧바로 등교할 수 있을 것 같다고, 학교에서 보자는 말을 끝으로 통화를 마쳤다. 그러고 보니 생각할수록 큰일이다. 엄마와 함께 있는 게 좋긴 하지만 엄마와 산다는 건 사생활의 많은 부분을 포기해야 한다는 뜻이기도 하다. 아직 시나리오 작업도 다 못했는데. 이제 엄마 몰래 집 밖에서 해야 하는 걸까? 아직 이렇다 할 결과가 있기 전까지 엄마한테 시나리오에 작업하는 모습을 보이고 싶지 않다. 급한 마음에 노트북부터 켰다. 시나리오가 어느새 중간 지점을 지나 후반부를 향해 달려 나가고 있었다. 홀로 있는 기회를 놓칠 수 없어 타자를 두드리는데, 때맞춰 휴대폰이 울렸다.

당연히 가족이리라 생각했는데 발신자는 생각지도 못한 사람이었다.

"어, 기범아!"

— 퇴원했냐?

"어. 지금 집이야."

— 내일부터 학교 오냐?

그의 음성이 한때 친했던 평소의 모습과 같았다.

"응, 근데 가기 싫다."

기범이가 날 친구로 생각하기로 마음을 바꾼 모양이다. 다행이다.

— 힘들면 오지 마. 여기 기자들도 돌아다녀서 힘들 텐데.

"뭐? 기자들이 거기 왜 있어? 아직도 있어?"

— 어, 우리 동기들도 취재하고 그랬을걸. 뭐, 알아낸 건 별로 없겠지만.

허참, 자취집을 찾아오지 않은 걸 다행이라고 여겨야 하나. 기가 찼다.

— 아, 그 여자 감방 아직 안 갔지?

"응, 감옥 안 가. 병원에 입원시킨대."

— 그건 김현수 아저씨가 정하는 거야?

기범이는 이 결정이 마음에 들지 않는 모양이었다.

"제일 적절한 선에서 정하셨겠지. 우리 부모님도 동의했으니까. 다른 의미에서는 제일 무서운 벌일 수도 있어. 병원 같은 곳에 잘못 감금되면 무기징역 형처럼 살아야 한다고 하니까."

— 너는 계속 자취하냐?

"응, 근데 엄마랑 같이 살기로 했어."

— 그래. 너 계속 혼자 산다고 했으면, 미쳤다 하려 했다.
하여간, 말투 봐라.

"그 여자 병원 가서 이제 안전하거든."

— 스토커 넘버 투 조심해라.

"하, 참나, 그래."

속사포처럼 오간 대화가 끝나자 어색한 침묵이 자리했다.
어서 무슨 말이라도 건네야겠다 싶어 마음이 급해지던 와중에
다행히 그가 먼저 입을 열었다.

— 나중에 애들이랑 밥이나 먹자.

"엇, 그래. 언제?"

— 내가 애들이랑 시간 정해서 알려 줘?

"아냐, 내가 할게. 너 실험실 때문에 바쁘다며."

— 됐어, 송정민한테 할 말도 있고.

이 난리 통에 잊고 있었던 기범이와 정민이 사이에 오갔던
묘한 마음을 뒤늦게 기억해 냈다. 정민이에게 기회를 준다는
걸까? 평소에는 과하다 싶을 정도로 성질을 못 참고 비아냥대
는 놈이 정작 중요한 순간에는 말을 아낀다. 다방면으로 소심
하고 생각도 많은 놈이라서 기범이의 의중을 모두 파악할 수는
없다. 정민이랑 모든 일이 잘 풀렸으면 좋겠다고 생각했다. 더
자세한 걸 묻고 싶은데 내가 그리할 수 있는 위치에 있지 않아
말을 아끼게 됐다.

"알았어."

— 그래, 또 연락할게. 잘 지내라.

벌어졌던 우정을 다시 맞붙여도 미묘한 기류가 오갔던 남녀가 예전처럼 지낼 수는 없다. 친구 이상의 마음을 나눴는데도 그게 아무 일도 아니었던 것처럼 아무렇지도 않게 지내는 사람들을 보며 '쿨'하다고들 얘기하지만, 진심으로 솔직하지 않은 사람에게 '쿨'하다는 형용사는 어울리지 않는다. 그들은 남의 시선을 의식하며 질척한 마음을 모퉁이에 밀어 놓고 모르는 척하기에 급급할 뿐이다.

"그래…… 너도."

전화는 끊어졌다. 대본 작업을 시작하기 전에 이지은과 오빠에 대한 기사를 직접 확인하고 싶었지만, 그 아래 달려 있을 괴상한 댓글들을 보고 싶지 않아 그만뒀다. 아빠와 성아가 내게 말해 주지 않은 이유가 있을 것이다. 성질이 불같은 아빠가 내게 숨길 정도였다면. 어차피 훗날 나랑 수가 틀어지면 아빠는 나와 오빠에 대한 악플들을 들먹이며 날 도발할 테니 그때 알게 되어도 늦지 않다. 달력을 확인하니 공모전 마감일이 2주 앞으로 다가왔다. 시간이 많지 않다. 나는 손가락을 키보드에 올렸다.

은수: 자기소개서

그를 사랑하는 이유를 말하라 날 종용한다면,

그는 그였고 나는 나였기에, 라고밖에 답할 길이 없다.

— 미셸 몽테뉴

짝!

매서운 통증이 볼을 얼얼하게 훑고 지나갔다. 분이 안 풀린 아버지가 나를 잠시 더 노려보다 등을 돌려 안방으로 들어가셨다. 그 사이에서 갈팡질팡하던 어머니가 걱정스러운 얼굴로 날 바라보더니 이내 한마디 하셨다.

"그러게 조심하라고 몇 번을 말했니!"

그리고는 아버지의 기분을 풀어 드리려고 그를 따라 사라지셨다. 어머니는 종종 나를 어리석은 아들로 낙인찍어 놓아야 직성이 풀리는 사람처럼 행동하셨다. 그런 의미에서 때리신 아버지보다 어머니가 더 원망스럽다. 닫힌 안방 문에 씁쓸한 안도감이 찾아들었다. 방으로 돌아가 거울을 살피며 볼을 어루만졌다. 새빨갛게 부어 내일까지 가라앉을지 걱정이다. 부엌에서

422

얼음을 깨 비닐봉지에 넣으면서, 수진이가 학원에 있다는 사실에 안도했다.

자식들에게 올바른 경제관을 심어 주려는 아버지의 교육관에 따라 어려서부터 내가 저지른 사고의 뒤처리는 내 돈으로 직접 수습해 왔다. 민아의 병원비를 직접 낼 수 있어 다행이다. 아버지께 금전적인 도움까지 받았다면 그 비참함이 배가되어 나 자신을 용서할 수 없었을 테니까. 마침 민아에게서 문자가 왔다. 나의 비상구. 마음을 짓누르던 온갖 분노와 미움이 가셨다.

오빠도 과일 먹고 갔으면 좋았을 텐데.
맛있어?

민아가 예쁘게 깎인 복숭아를 찍어서 전송했다.

엄마 작품♥
하하, 예쁘다.
나 복숭아 킬러예요, 천도복숭아 말고 물컹한 거.
나도 물컹한 게 더 좋아.
오빤 또 좋아하는 과일 있어요?
난 다 잘 먹어.
그럼 매일 사과만 사줄 수도 있어요.
안 돼! 망고, 멜론, 체리!

하필 비싼 것들만. 당했다.

ㅋㅋㅋㅋㅋㅋㅋ

오빠 부모님은 무슨 과일 좋아하세요?

왜?

사 가지고 가야지.

우리 집에 온다고?

응.

왜?

오빠 이 일 때문에 혼났을 것 같은데, 가서 죄송하다고 풀어 드려야죠. 싫어요?

순간 할 말을 잃었다. 도대체 어떻게 알았을까? 부모님은 민아 앞에서 전혀 화난 티를 내지 않았는데. 볼에 대고 있는 얼음이 으드득하며 손안에서 녹아 으깨졌다.

혼날 일이 뭐 있어. 안 혼났어.

한참 뒤에 보낸 문자에 어색함이 보일 것 같아 순간 초조해졌다. 나 때문에 엮이게 된 정신병자 때문에 병원 신세를 지게 된 그녀에게 나의 사소한 하소연을 건넬 수 없다.

정말요?

부모님께 혼날 나이는 지났지.

거짓말.

그저 문자일 뿐인데도 견고한 그녀의 목소리가 울리는 것 같아 손가락이 주춤했다. 그저 단어일 뿐인데 왜 이렇게 강렬하게 귓가에 울리는 건지 알 수 없다.

거짓말 아니야.
오늘 오빠 부모님 봤잖아요. 오빠가 하는 말 저도 뭔지 알았어요.

생각이 침묵을 지키는 동안 손가락 역시 움직이지 않았다. 그녀의 메시지가 이어졌다.

많이 화나셨잖아요. 기자도 많고 기사도 많이 올라왔던데. 텔레비전에도 나왔다고 들었어요.
네가 무사하니까 상관없어.

한참 뒤에 생각해 낸 말이 고작 이거였다. 나를 걱정하는 그녀가 고마우면서도 동시에 부모님의 가식을 알게 된 그녀가 나도 싫어하게 되지는 않을까 두려워졌다. 이제야 민아가 왜 내게 가족에 대한 일을 숨기려고 했는지 이해가 갔다. 내가 그녀에게 실망할지 몰라 두려웠다는 그 마음이, 내 것이 되었다.

말도 참 예쁘게 해.

진심인데.

민아가 웃는 얼굴의 이모티콘을 보냈다. 나를 향해 미소를 짓는 그녀의 얼굴이 함께 그려져서 나도 모르게 "픽" 웃음이 나왔다. 나는 문득 오늘 병원에서 조우한 김기범을 떠올렸다. 1인실로 올라가는 민아를 따라가려던 나를 김기범이 눈짓으로 붙잡았다. 그와 할 말이 없었기에 의아했지만 결국 그를 따라 어수선한 복도와 병실들을 지나 휴게실로 갔다. 다행히 사람이 많지는 않았다. 나는 자리에 앉는 대신 커다란 창가로 다가섰다. 창가 틀에 누가 먹고 버리고 간 종이컵이 찌그러진 채 놓여 있었다. 그 안에 담긴 갈색 잔여물이 지저분하다. 김기범은 내게 무슨 말을 하려는 걸까. 내 옆에 선 그가 날 바라보지 않은 채 입을 열었다.

"고민아 괜찮은 것 맞죠?"

나는 고개를 끄덕였다.

"타박상일 뿐이지만 찢어진 부위가 넓어서 꿰매야 한다고 하네요."

"나 때문일 거예요."

"네?"

김기범이 그제야 날 향해 고개를 돌렸다.

"그 여자, 저랑 고민아랑 바람피운다고 착각해서 그랬을 거 라고요."

"그 여자가 후배님을 알아요?"

"저한테도 접근했거든요. 얼토당토 않는 소릴 하기에 경찰에 신고했습니다."

"미안합니다."

"선배님이 사과하실 일 아니라는 거 아시잖아요."

그가 내게서 시선을 돌렸다. 대학 병원은 언덕진 뒷산을 바라보고 서 있어서 나름 운치가 괜찮다. 탁 트인 뿌연 하늘 아래 나무들과 어우러진 도심의 일부가 보인다. 그가 말을 이었다.

"어쨌든 고민아는 잘못 없어요. 제가 불러서 나온 거니까. 걘 선배님 좋아해요. 저는 친구니까 오해할 것도 없어요."

그는 내가 묻지도 않은 해명을 늘어놓았다.

"알겠습니다."

잠깐의 침묵 뒤 그가 결국 먼저 인사를 건넸다.

"그럼, 먼저 가겠습니다, 선배님."

그가 인사했고 나는 고갯짓으로 받아 주었다.

"안녕히 가세요."

우리의 대화는 여기서 끝났다. 그가 내게 말을 건네주어 다행이라고 생각했다. 깊이 염두에 두고 싶지 않았던 민아와 그의 관계가 어떤 모양인지 파악할 수 있는 실마리를 주었으니까. 김기범은 민아를 내게서 빼앗을 생각이 없었다. 잠깐의 회상에서 깨어나려는 그때, 민아가 다른 주제를 꺼냈다.

그런데 좀 속상한 건 있어요.

조금 속상한 거? 속상한 게 많을 것 같은데.

뭐?

이런 식으로 오빠 부모님을 뵌 게 속상해요. 저에 대해 안 좋게 생각하실
까 봐.

예상치 못한 말에 나도 모르게 멈칫했다. 민아도 나와 미래
를 생각하고 있었던 걸까? 그녀가 부모님을 본격적으로 언급
하자 순간 심장이 이상하게 두근거렸다. 다 나으면 정말 우리
집에 한번 오라고 할까? 나도 한번 민아네 부모님 다시 찾아뵙
고? 민아 아버님이 마음에 걸리기는 하는데, 내가 누구인가.
웬만한 사람들과 관계를 완만하게 유지하는 데는 도가 튼 사람
이다. 아버님도 분명 아이처럼 순수하고 간지러운 부분이 어딘
가에는 있을 테다. 여자 친구 부모님을 뵙고 싶다는 생각이 든
건 처음이다. 스물여섯이면 결혼을 슬슬 고민해도 될 만한 나
이 아닌가? 아는 형은 스물여덟에 취업하자마자 동갑 여자 친
구와 결혼하지 않았는가. 하지만 문제는 민아가 아직 스물세
살이라는 점. 너무 어리다.

나중에 서로 다시 인사 드리자. 나도 네 부모님 다시 뵙고 싶어.

정말요? 우와, 오빠한테 지금 전화하고 싶다.

가족에게 둘러싸여 포위 상태가 되어 있을 민아의 모습을

상상하니 웃음이 나왔다. 울상으로 젖어 있을 목소리가 귀엽게 귓가에 울린다.

나도.

그 문자를 전송하기가 무섭게 누군가 똑똑하고 닫힌 방문을 두드렸다.

"네."

"들어가도 되니?"

어머니는 항상 아버지의 기분을 먼저 살핀 다음에 자식들의 상태를 확인하러 오신다. 내가 기억하는 한 그 순서는 변함이 없었다. 내가 미처 대답하기도 전에 문이 열렸다. 침대에 걸터앉아 한 손에 얼음주머니를 쥐고 있는 나를 발견한 어머니가 한숨을 쉬셨다.

"어디 보자."

어머니가 내게 다가와 얼굴을 이곳저곳 돌려보셨다.

"입 벌려 봐. 에휴, 잘생긴 얼굴에 또 멍들까 봐 걱정이네."

볼 안쪽에는 상처가 없었다. 예전에는 종종 안이 터져서 한동안 밥을 한쪽 턱으로만 씹어야 할 때가 있었는데, 이제는 당신도 나이를 먹어 손에 힘이 풀린 건지 예전만큼의 기세가 발휘되지 않는다. 가정 폭력을 다루는 소설이나 영화 같은 걸 보면 술주정뱅이 아버지는 종종 바닥에 온갖 식기를 집어던져도 분이 풀리지 않아 바닥에 웅크린 아들에게 주먹이며 발길질을 무식하게 해 아들을 곤죽으로 만들어 놓곤 하던데, 우리 아버지는 달랐다. 아버지는 늘 따귀를 한 대 때리는 걸로 자신의 분노를 표현하셨다. 왜 따귀였는지는 모르겠다. 차라리 회초리를 드시지. 이상한 취향이다.

민아네 아버님이 단순히 불처럼 타오른다면 우리 아버지는 차가운 동굴과 같아서 그 속내가 무엇인지 절대 알 수 없다. 그래서 나는 민아의 아버님이 더 편했다. 솔직하게 무슨 생각을 하고 계시는지 알 수 있다는 건 어떻게 대비해야 할지 준비할 수 있다는 것이기도 하니까. 어머니는 자신만의 검진을 마치고는 내게서 얼음을 빼앗아 내 볼에 문지르며 말씀하셨다.

"이번 건 심했어. 너도 알지?"

"네."

"상대가 정신병자기에 망정이지. 정말로 네 여자관계가 불량했으면 더 큰 일 났을 거야."

"여자관계 때문에 제가 문제 일으킬 일 없다는 거 아시잖아요."

"그래, 널 믿기는 한다만……. 그런데 너 지금 공부하는데 연애해도 되니?"

어머니는 내가 대학에 입학한 이래로 단 한 번도 꺼내 놓지 않았던 공부를 언급하셨다.

"그 정도는 알아서 병행할 수 있어요."

지금 공부 같은 게 문제가 아니다. 내내 민아와의 대화를 속으로 되짚어 보던 나는 자신을 말릴 새도 없이 울컥하고 내내 가슴 속에 담고 있었던 질문을 토해 내고 말았다.

"민아. 어떠셨어요?"

내 볼을 살피던 어머니가 고개를 들어 날 바라보셨다. 어머니는 기묘한 표정을 짓고 계셨다.

"네가 그런 걸 먼저 물은 건 처음이네."

뭔가를 잠시 생각하시는 듯 어머니의 미간이 좁게 조여들었다가 급작스럽게 풀렸다. 어머니는 인상을 찌푸리거나 표정을 과하게 움직이면 주름이 생겨서, 늘 의식적으로 안면의 근육을 느슨하게 풀었다.

"애는 멀쩡해 보였어. 그 애 부모님이랑 얘기하느라 몇 마디 나누지도 못했지만. 그런데 그 부모님 말이다."

민아 아버님에 대한 말이 나올까 봐 조마조마해졌다. 하지만 어머님 입에서 나온 말은 내 예상을 벗어난 것이었다.

"어머님이 참 바르시더라. 말씀이 잘 통해서 편했어."

"아버님은요?"

"과묵하시던데. 여쭈니 ××기업 이사시더라고."

맙소사. 의외의 쾌거에 표정 관리가 제대로 되질 않았다. 어머니와 아버지가 내 전 여자 친구들을 집에 초대할 때면 늘 가장 처음 묻는 질문 중에 하나가 'OO 양 부모님은 무얼 하시나요'였다. 지금 민아가 그 첫 관문을 통과한 건가? 아버님의 성정 때문에 가장 어려울 줄 알았는데 믿기질 않는다. 이제 내가 민아 부모님 눈에 들기만 하면 되는 걸까. 어머니가 이상하게 변한 내 표정을 보고는 낮게 웃으셨다.

"그렇게 좋니?"

나는 표정을 정리하며 다른 말을 했다.

"민아가 과일하고 꽃 감사하다고 전해 달래요. 아버지는 민아에 대해 뭐라셔요?"

어머니가 고개를 저었다.

"화가 나서 그런 거 살피지도 못하셨어."

배우답게 본인의 초조한 속마음을 감쪽같이 숨긴 당신이 난 존경스러우면서도 동시에 두렵다. 그걸 민아가 알아봤다는 거지. 어머니가 말을 이었다.

"그 애 네 후배랬지? 졸업은 언제 한대니?"

"아마 내년 초에 졸업할 거예요."

"너랑 같네."

"네."

"나는 그 애가 네 아버지 마음에 드는 것보다 네가 걱정이야. 이 일 때문에 그 애 부모님이 얼마나 속상하셨겠니. 풀어드리는 게 만만치 않을 거야."

"네."

어머니가 다 녹아 버린 물주머니를 내 볼에서 뗐다. 손가락으로 차가운 피부를 매만지니 붓기가 많이 가라앉은 것 같았다. 뺨은 참 오랜만에 맞아 봤다. 어머니가 방을 나서기 직전 나를 향해 뒤돌아서셨다.

"너, 헤어질 생각은 없는 거지?"

무슨 뜻으로 하는 말씀이실까.

"제가 헤어지자고 하는 일은 없을 거예요."

"알았다. 그럼 아버지 화 다 가라앉고, 그 여자 병원에 보내지고 좀 잠잠해지면, 아니, 너 시험 끝나면 그때 한번 데리고 와."

"네."

혼자 남겨진 방에서 나는 민아에게서 온 문자를 확인했다.

내일 퇴원할 것 같은데, 퇴원하고 나면 전화할게요. 오빠도 나 때문에 고생했는데 쉬어요.

퇴원한다는 걸 보니 정말 큰일은 벌어지지 않은 것 같아 다행이다. 아버지에게 맞은 뺨의 통증이 오래전의 일처럼 무덤덤해졌다. 이 정도 수확이라면 이런 처벌 정도는 달다.

내가 고생은 무슨. 나 하나도 안 피곤해.

하하, 그럼 지금부터 오빠 이틀간 못했던 공부 시작해요! 고고!

그녀의 나 의전 붙이기에 대한 집념은 생각보다 뜨거웠다.

나 의전 떨어지면 네가 나 쫓아낼 것 같다.

쫓아내진 않고 내가 도망갈 것 같아요. 나 때문에 떨어진 거면.

하고자 하는 말의 뜻은 알겠는데 은근히 서운해진다.

와, 진짜 무서운 협박이다. 알았어.

오빠!

왠지 헤어짐을 쉽게 생각하는 것 같아 속상하려던 찰나 마지막 문자가 내 눈길을 사로잡았다.

나도 사랑해요.

그 여섯 글자가 시야를 가득 채웠다. 아무 생각도 할 수 없다. 민아가 처음으로 내게 사랑한다고 말했다. 날 사랑한다고. 다시 현실로 돌아와 정신을 차리게 됐을 때, 그녀에게 전화할 수 없는 안타까움에 질식할 것 같다. 나 때문에 화나 있을 부모님을 곁에 두고 나와 편하게 전화할 수 없으니. 아아. 보고 싶다. 병실에 더 있을 걸 괜히 집으로 돌아온 걸까. 아니야. 민아 말이 맞다. 수험 생활이 끝난 뒤엔 실컷 볼 수 있을 테니까. 찰나의 유혹에 흔들리면 안 된다. 불타오르는 마음을 진정시키고 가까스로 손가락을 놀렸다.

나도 사랑해.

그녀가 웃는 이모티콘을 하트와 함께 보내왔다. 나는 공부 시작하겠다는 메시지를 보내고는 휴대폰을 껐다. 켜 놨다가는 민아와 끊을 수 없는 문자를 주고받느라 집중할 수 없을 테니까. 빨리 끝내자, 빨리! 한글 프로그램을 켜고서 수시 지원서 양식에 맞게 자기소개서와 씨름을 할 동안, 나는 민아가 자소서에 대해 조언한 것을 기억해 내고선 혼자 바보처럼 실실 웃고 말았다.

'저는 가면을 쓰신 아버지와 아버지를 사랑하는 어머니 사이에서 태어나 미움 받지 않으려고 착한 척을 하며 살았지만, 고민아를 만난 뒤 내 본연의 모습을 이해해 주는 사람도 존재한다는 걸 배워 사랑하게 되었습니다.'

❋

퇴원 다음 날, 등교를 향한 의지와는 달리 대학 교문 앞을 지키고 선 기자들 몇 명 때문에 민아는 아예 캠퍼스 안으로 발을 들일 수조차 없었다. 머리에 두른 붕대가 확 튀어서 숨어 들어갈 수도 없었다. 그건 나 역시도 마찬가지였다. 어째서 사람들이 연예인 본인도 아닌 그 가족에게 이리 관심이 많은지 알다가도 모를 일이다. 기자들은 사흘 정도 캠퍼스 앞에서 경비 아저씨들과 사투를 벌이다가 일주일째 되는 날에야 모두 후퇴했다. 붕대를 풀 수 있게 된 민아는 모자를 눌러 쓰고 나와 함께 있는 듯 없는 듯 조용히 등교했다.

물론 있는 듯 없는 듯 학교생활을 하고 싶다고 해서 그게 마음대로 되는 건 아니었다. 도서관에서 공부할 때도, 한번 집중

하면 주변이 보이지 않는 집중력을 가진 나조차 느낄 수 있는 따가운 시선들이 나를 따라다녔다. 결국 학교에서는 도저히 공부할 수 없는 지경에 이르러 학원 열람실로 자리를 옮겨야 했다. 그뿐이랴. 호명된 출석부에 손을 들면 강의실에 있는 모두가 한 번쯤은 내 쪽을 돌아보았다. 9학점을 모두 소규모 전공 과목으로 이수하고 있었기에 망정이지, 타과생들과 함께 듣는 대형 교양 강의라도 들었으면 동물원에 갇힌 원숭이 꼴이 날 뻔했다. 민아와 함께 듣는 미생물학 강의에서도 연예인 못지않은 인기인이 되었다. 짓궂은 농담을 좋아하지만 그와 동시에 눈치도 없는 교수님은 나란히 앉은 민아와 나, 그리고 강의실 어딘가에 앉은 김기범을 보면 꼭 한마디씩 했다.

"야, 너희 참 유명하더라. 아주 캠퍼스 연예인 커플이야! 나중에 강의 끝나고 사진이나 같이 찍자! 껄껄껄!"

"우리 강의실에서 나오는 얘기 가지고 드라마 한 편 짜도 되겠어! 고민아 넌 참 인기도 많다! 남자도 잘생긴 놈으로다가 두 명이나 흔들어 놓고 말이야. 네가 우리 강의 마스코트 해라."

"오늘 날도 더운데 누가 음료수 안 쏘냐? 아, 차은수 네가 쏘는 건 어때. 네 부모님 돈도 많잖냐. 한번 날 잡아서 음료수랑 빵도 돌리고 그래야 이 인기를 유지하는 거야."

워낙 이런 교수님이라는 걸 알았기에 기분이 상하지도 않았다. 다만 다음 강의에 얼떨결에 편의점에서 음료 스무 병과 박스 포장된 과자만 골라서 들고 가는 미션을 맡게 되었을 때는 좀 당혹스러웠다. 하지만 평생을 걸쳐 얻은 밝은 미소는 내 얼굴에서 떠나갈 줄 몰랐고, 적어도 학우들은 내게 감사하다며 다과를 즐겼다. 김기범도 그중 한 명이었다.

김기범과 민아는 전과 달리 마주치면 짧은 인사를 나눴다. 전처럼 절친하지는 않았지만 그래도 서로 인사는 하는 친구로 지내기로 한 모양이었다. 좋아했던 여자와 아무렇지도 않게 친구로 지낼 수 있을지, 김기범의 의도가 의심스럽긴 했지만 난 관여하지 않았다. 여자 친구에게 이성 친구와의 관계마저 모두 끊으라고 할 정도로 치졸한 사람이 되고 싶진 않다. 민아는 내 여자 친구고, 나를 사랑한다고 했다. 그 믿음이면 족했다.

사고 직후에는 타인의 시선이 익숙했던 나조차 버거울 정도로 정신이 없었지만, 점점 시간이 지나며 우리 생활은 다시 평정을 찾았다. 달라진 점이 있다면 이지은이 무리 없이 병원에서 치료를 받고 있다는 사실을 알아서, 밤길을 다닐 때 마음이 놓인다는 것. 그리고 민아의 어머님께서 민아의 자취방에 함께 계셔서 9시에 학원을 마치면 민아의 자취집에 가되, 현관문 앞에서만 짧게 만날 수밖에 없다는 것. 민아가 처음 어머님의 이사 소식을 알려왔을 때만 해도 나는 진심으로 민아가 안전하리라는 생각에 안도했다. 그런데 평화가 길어지니 차츰 민아가 혼자 살았을 때가 더 좋았다고 인정할 수밖에 없었다.

도저히 마음 놓고 만날 수가 없었다. 민아의 외출이 길어지면 걱정하실 어머님 때문에 우리의 만남은 15분을 채 넘기질 못했다. 그렇게 사고 후 3주가 지나던 날, 늘 그랬듯 학원을 마치고 민아의 자취집 앞에 도착하는데 날 마중 나온 민아가 잔뜩 상기된 표정으로 내 손을 잡았다. 이날은 민아가 준비하던 시나리오 공모전의 마감일이었고, 성공적으로 원고를 제출했다는 소식은 문자로 들었다. 하지만 민아가 신이 난 이유는 그 때문이 아니었다.

"오빠! 엄마가 오빠 올라오래요!"

"응?"

방금 전 문자할 때까지만 해도 듣지 못한 소식에 당황스러웠다.

"네! 어서요! 오빠가 좋아하는 망고도 사 놨어요!"

"뭐? 망고?"

망고는 그냥 농담이었는데. 망고에 부합하려고 지금 당장 과일 가게에 가서 골드 키위라도 사야 하는 건 아닌지 걱정되기 시작했다. 민아 부모님의 화를 풀어 드리는 게 여간 어려운 일이 아닐 거라고 어머니는 당부하셨다. 이렇게 빈손으로 무턱대고 찾아봬도 괜찮을까?

"빨리요, 빨리!"

더 생각할 겨를도 없이 민아는 내 손목을 끌고 열린 현관문을 통해 빠르게 복도를 가로질러 계단을 올랐다. 우리 발걸음 소리가 "쾅쾅" 온 건물에 울려 퍼졌다. 병원에서 뵌 이후로 처음 뵙는다. 도대체 뭐라고 인사를 드려야 하지? 죄송합니다? 그간 잘 지내셨나요? 초대해 주셔서 감사합니다? 자자, 차은수. 아마추어처럼 설레발치지 말자. 침착하자. 침착해. 평소처럼! 4층에 오르기 전 평정을 되찾은 내 얼굴에는 이미 부드러운 미소가 자리하고 있었다.

"안녕하세요, 어머님."

활짝 열려 있는 문 바로 너머에 병원에서보다 훨씬 밝은 안
색의 중년 여인이 날 맞이했다.

"이제야 불러서 미안해요. 더 일찍 올라오라고 해야 했는
데……. 내가 정신이 없어서."

작은 부엌과 책상, 침대 하나와 옷장이 있었을 때까지만 해
도 원룸치고는 퍽 넓은 방이라 생각했는데, 간이침대가 떡하니
중간에 자리를 차지하니 바닥에 앉을 공간조차 없었다.

"괜찮습니다, 어머님. 저야말로 이 늦은 시간에, 여러모로
죄송한 일만……."

"아니에요. 그런 말 하려고 초대한 거 아니니까 편하게 앉아
요, 편하게."

어머님이 내게 식탁 의자를 내어 주고 본인은 간이침대에
걸터앉으셨다. 민아도 어머님 옆에 앉아 초롱초롱한 눈을 하
고 날 바라보았다. 너무나도 닮은 두 여인이 나를 빤히 쳐다보
니 점점 표정 관리가 힘들어졌다. 어머님이 포크를 하나 들고
서 식탁 위에 미리 예쁘게 잘린 망고 한 조각을 집어 내게 건네
주셨다.

"들어요."

"감사합니다. 잘 먹겠습니다. 어머님도……."

여자 친구 부모님을 대면하는 건 처음이었다. 상부상조. 나
도 민아에게, 어머님께 망고를 한 조각씩 포크로 집어 쥐여 드

렸다. 두 사람은 사양하지 않고 각자 과일을 입에 넣었다. 그 모습마저 닮았다. 웃을 때 보이는 입가의 우물이 똑같다. 민아도 내 부모님을 보면서 이 같은 생각을 했을까? 달달한 망고를 씹는 동안 어머님이 먼저 입을 여셨다.

"공부하기 힘들지는 않아요?"

"민아가 응원해 줘서 할 만한 것 같습니다."

"민아가 응원을 한다고요?"

민아가 발그레한 얼굴로 부끄러워하며 깔깔 웃었다.

"내가 한 게 뭐가 있다고."

"왜. 네가 옆에 있어 주는 것만으로도 얼마나 든든한데……."

내 말이 끝나기가 무섭게 어머님이 날 바라보는 시선이 달라진다. 다른 사람들 앞에서 하기에는 조금 민망한 애정 표현을 장모님 앞에서 보여야 점수를 딴다. 결혼은커녕 여자 친구의 부모님도 처음 뵙는 내게 갖춰진 노련미는 내가 보기에도 참 괴상한 것 같다. 나는 어느새 텅 빈 두 사람의 포크를 수거해 각각 망고를 하나씩 꽂아 주었다.

"망고가 참 맛있네요, 어머님."

내 말에 어머님이 내 포크를 뺏어 망고를 집어 주며 고개를 끄덕이셨다.

"많이 먹어요. 내가 은수 학생 주려고 사 온 거니까."

"하하, 감사합니다."

"민아한테 어떻게 둘이 만나게 됐는지 들었어요."

"네, 참 희한하죠."

"그러게 말이에요."

"아, 어머님. 저한테 말씀 편하게 하세요."

"어머, 그럼 그러지 뭐."

어머님이 소녀처럼 입을 가리고 웃으셨다. 옆에 앉은 민아
는 웃음 반, 경악 반으로 뒤엉킨 복잡한 얼굴을 하고 어머님과
나를 번갈아 보았다. 반응을 보니 민아도 남자 친구를 부모님
께 소개해 드리는 건 이번이 처음인 듯했다. 왠지 기분이 좋아
졌다.

"네, 편하게 이름 불러 주세요. 아들처럼 생각하시고."

민아가 이번에는 나를 뚫어져라 쳐다봤다. 아들처럼 생각하
라니. 해 본 적 없는 말이라 나도 좀 적응이 안 되기는 하는데,
자연스러운 연기와 능청으로 다행히 잘 소화해 낸 것 같다.

"이렇게 잘생긴 아들도 둬 보고 내가 복이 많네."

분명 어머니는 이분들의 마음을 풀어 드리는 게 힘들 거라
고 하셨다. 하지만 어머니가 간과한 것은 바로 이분들이 다른
누구도 아닌 민아의 부모님이라는 사실이다. 아직 아버님이야
어떠실지 모르지만 어머님만큼은 민아와 너무 비슷해서 오해
도 쉽게 마무리되었다. 특유의 밝고 열려 있는 분위기는 민아
가 어머니로부터 물려받은 모양이다.

"부모님은 잘 계셔? 매스컴 때문에 힘드셨을 것 같은데……."

"아니에요. 민아만 괜한 일에 휘말려서 죄송하다고만 하
세요."

"민아가 건강해서 다행이지, 뭐. 건강해서……."

어머님이 손을 들어 민아의 머리를 쓰다듬었다. 민아를 보고 짓는 그분의 미소에는 다양한 의미가 담겼다. 민아의 이마 근처 머리카락이 밀린 두피에 상처 자국이 보였다. 머리카락이 자라 저 상처가 감춰질 때까지는 민아를 볼 때마다 죄책감 아닌 죄책감에 휩싸이게 될 것 같았다. 잠시 묘한 침묵이 내려앉았다. 모녀 사이에 오가는 미소가 낯설어서 나도 모르게 한참을 바라봤다. 수진이와 어머니 사이에도 저런 교감이 있었나? 나와 어머니 사이에는 있었던가? 다혈질인 아버지 때문에 상처 받았을지 몰라도 민아는 어머니로부터 사랑 받고 자랐구나. 수진이도 어머니와 저리 친하면 얼마나 좋을까.

나는 종종 수진이로부터 내 어렸을 적 모습을 볼 때가 있다. 평소에는 다른 중학생들처럼 철없고 천진난만하게 부모님께 소리를 빽빽 질러 대다가도, 밖에서는 몸가짐을 조심스레 하고 목소리를 나직나직하게 깔며 주변을 의식했다. 한 번 보고 스쳐 지나갈 남의 시선 속에 자신을 가두기보다 자신이 원하는 사람이 되게 하고 싶었다. 그렇다면 나는 지금 내가 원하는 사람이 되어 있는 걸까? 내가 소중하게 여기는 사람들에게 나 또한 소중한 존재로 각인될 수 있는, 그런 사람이 되어 있을까. 망고가 다 사라지자 어머님은 내 손에 흑마늘 엑기스, 복분자즙, 배즙 같은 것을 다발로 쥐여 주며 날 배웅하셨다.

"공부할 땐 늘 이런 거 들고 다니면서 원기 보충하는 게 중요해."

우리 집에서는 잘 먹지 않는 거라 신기해서 감사해하며 몇

개를 받아 들었다.

"잘 먹겠습니다. 어머님."

"많으니까 또 와서 가지고 가. 아님 애 편에 들려 줄 테니까."

"엄마, 나 오빠 배웅 갔다 올게."

민아가 신발을 꿰어 신자 찰나의 순간 어머님의 얼굴에 걱정스러운 낯빛이 서렸다 사라졌다.

"그래. 갔다 와."

아직도 딸을 밤중에 홀로 내보내는 게 영 내키지 않는 듯하셨다.

"아니야, 어차피 들어갈 건데 왜 나와. 그냥 여기 있어."

민아를 말렸지만 그녀가 막무가내로 먼저 복도로 뛰쳐나갔다.

"1층까지만 내려갈 거야. 얼른 나와요."

강아지처럼 신이 나서 방방 뛰는 그녈 설득하길 포기하곤 어머님께 인사를 하자, 어머님이 내 어깨를 잡아 낮게 속삭였다.

"잘 돌봐 줘요."

잔주름이 진 깊고 상냥한 눈동자를 바라보며 나도 모르게 고개를 끄덕였다.

"걱정 마세요. 어머님."

"부탁해요."

또 한 번 어머님께 인사를 올리고 민아와 함께 주황색 희미한 센서 등이 켜진 계단을 따라 내려갔다. 민아가 자연스럽게 내게 팔짱을 꼈다. 등 뒤에서 쏟아지는 민아네 방 불빛이 따스하게 느껴졌다. 1층에 도착하고 현관문을 나서자 민아가 멈췄다.

"엄마가 빨리 안 돌아오면 뭐라고 할 것 같아요."

"알아, 얼른 들어가."

"응."

하지만 민아는 꼼짝도 하지 않았다. 떨어지고 싶지 않은 마음에 나도 모르게 민아의 허리에 두 팔을 둘렀다.

"너희 어머님 좋으시다."

"그쵸? 올라가길 잘했죠?"

"그럼."

민아가 까치발을 들고 내게 입 맞췄다. 그녀의 입가에 터진 행복에 홀린 듯이 따라갔다. 그녀의 따뜻한 숨이 내 피부를 적신다. 아, 발걸음이 떨어지질 않는다. 너무 오랜만이다. 보드라운 촉감이 열기가 되어 몸 깊은 곳으로 퍼지기 전에 민아가 먼저 입술을 뗐다. 배시시 웃는 사랑스러운 두 볼에 연달아 입을 맞추고는 손을 흔들며 현관문을 빠져나왔다. 민아는 다소곳이 서서 내가 가는 길을 지켜봐 주었다. 그녀가 장미 덤불 너머로 사라져 가로등의 노란 빛과 어둠이 한데 뒤섞인 흔적이 되었을 때야 비로소 나의 본분이 눈앞에 보였다. 연애가 공부에 지장을 주지 않는다고 먼저 선언한 건 나다. 민아의 말처럼 그녀가 직무유기에 대한 변명이 되지 않게 하려면 나의 자제력이 중요하다. 의전시험은 항상 8월 마지막 주 일요일에 치러진다. 그때까지만 참으면 된다. 그때까지만. 벌써 방학이 코앞으로 다가온 6월 중순이다.

나의 길

용기란 억압에 굴하지 않는 우아함이다.
— 어니스트 헤밍웨이

사고 후 한 달이 지났다. 처음에는 평생 없던 유명세에 몸 둘 바를 몰랐지만, 사람들은 새롭게 터진 인기 여자 아이돌의 열애설에 휘말려 다행히 우리를 금세 잊어 주었다. 이마 근처의 상처도 이제 자라난 머리카락에 대충 가려졌지만 여전히 휑하니 빈 그 공간이 신경 쓰여 모자를 습관처럼 쓰고 다니게 됐다. 엄마는 모자를 쓰면 머리에 열이 차고 공기가 안 통해서 머리가 나빠진다는 이상한 엄마식 궤변을 늘어놓으면서 나를 말리고 다녔다.

여름방학이 시작되기 무섭게 아빠로부터 방학 동안에는 아예 집으로 내려오라는 명령이 떨어졌다. 나는 당연한 수순으로 (나는 서울 토박이고 부모님은 나의 대학 입학 후에야 지방으로 발령이 났다.) 아빠의 명령에 불복종했다. 어차피 집에 있어야 할 일도 딱히 없을뿐더러 내가 하고 싶은 시나리오 작업도 마음대로 하지 못하고 아빠랑 부딪히기만 할 게 뻔했기 때문이다. 이지은도 조용히 치료를 잘 받고 있는 모양인지 그 여자 소식도 들은 지가 까마득해서 두려울 게 없었다. 엄마만 중간에서 또 발을 동동 구르며 나를 설득하다가 그간 본의 아니게 기러기 아빠 생활을 한 아빠를 보필하려고 집에 남고, 나와 성아는 주말만 집에서 보낸 뒤 서울로 올라왔다.

나는 성아와 헤어지기 전에 같이 이른 저녁으로 냉면을 먹기로 했다. 나는 이공계고 성아는 문과라 그쪽 돌아가는 일을 자세히 알지는 못했지만 성아의 썩은 얼굴을 보아 그저 고시 공부도 의전 준비만큼이나 힘들고 괴롭겠거니 싶었다. 그런 공부를 하기로 도전한 거라면 정말 외교관이 되고 싶은 거겠지. 아니면 얘도 아빠 때문에 억지로 하는 걸까?

성아는 둘째 딸이라는 이유에서였는지 아빠로부터 진로에 대한 강요를 당한 적이 없었다. 아빠는 습관적으로 '우리 큰 딸은 커서 의사가 될 거야.'라고 했지만 성아에 대해서는 그러지 않았다. 어쩌면 성아가 나보다 공부를 못해서 성아에 대해서는 별반 기대를 하지 않았기 때문일지도 몰랐다. 물론 성아가 공부를 못한다는 건 상대적인 얘기다. 내 중학교 등수가 전교에서 놀 때 성아는 반 상위권에서 그쳤다는 점, 내가 외국어고등학교를 다닐 때 성아는 일반 고등학교를 다녔다는 걸 비교해서 공부를 못한다고 하는 것이지 객관적으로 봤을 때 성아는 모범생이었다. 성아는 수능에서 객팟을 터트려 서울 중상위권에 속하는 대학의 철학과에 턱걸이로 입성했고, 올해부터 외교관을 목표로 공부가 한창이었다.

요즘 스트레스를 많이 받는지, 매운 걸 그리 좋아하지도 않던 애가 새빨간 비빔냉면에 고추냉이까지 듬뿍 넣어 바쁜 젓가락질을 했다. 언니랍시고 있는 사람이 제 살길 바쁘다고 피폐해진 동생도 제대로 챙기지 않은 것 같아 뒤늦은 측은지심이 생겼다. 동생이지만 나보다 더 많이 가진 것 같아 질투도 많이 했다. 하지만 이는 성아도 마찬가지였을지 모른다. 나는 공부 잘한다고 한껏 기대를 받아 성아에게는 주어지지 않았던 혜택도 많이 누렸으니까.

결국 그 경쟁이 다 무슨 소용인가 싶다. 그리 공부 잘한다고 칭찬 받았던 나는 이렇듯 전공을 버린 채 시나리오 같은 걸 쓰겠다고 내뺀 상황이니까. 다른 사람 때문에 무언가를 하다가는 결국 그들이 모두 사라지고 나 홀로 그 일에 대한 책임을 지게 되었을 때 무너지게 된다. 성아도 그걸 알고 있겠지. 한마디 붙이려다 괜히 밥 잘 먹는 애에게 핀잔으로 들릴까 봐 입을 꾹 다물고 말았다.

집에 돌아온 뒤 나는 벽에 세워진 간이침대를 바라보며 엄마의 부재를 또 한 번 실감했다. 오빠에게만 말한 사실이지만 실은 내일이면 공모전 발표가 난다. 나는 결과를 기다리며 그 사이에, 현대를 배경으로 발랄한 분위기의 단편 로맨스 드라마를 한 편 더 썼다. 내용은 어릴 적부터 동성 친구처럼 함께 자란 죽마고우가 사춘기를 거치고 성인이 되면서 바뀌는 오묘한 관계와 연인으로 발전한다는 것이었다. 남녀 사이에 진정한 우정이 존재할 수 있는지, 그에 대한 고찰은 시대가 지나도 답할 수 없을 듯하다.

내 드라마 속 인물들은 나와 기범이와는 달랐다. 솔직하고 거침없고 당당했다. 둘의 마음은 통했고 일방적이지 않았다. 누군가는 말했다. 남녀 사이의 우정이란 섹스 없는 연인 관계일 뿐이라고. 플라토닉한 사랑일지라도 사랑은 사랑이고 바람은 바람이다. 그렇기 때문에 기범이와 나는 예전의 관계를 되찾을 수 없다. 남녀의 사랑과 우정은 정말로 한 끝 차이니까.

내가 내일 있을 공모전 발표를 기다릴 동안 오빠는 수시 1차 서류 심사 결과를 기다리고 있었다. 2주 뒤 면접 대상자 발표가 나고, 한 달 뒤인 8월 말의 의전 시험 이후 3주 후에는 최종 발표가 나온다. 오빠는 면접 준비를 하느라 눈코 뜰 새 없이 바빴기에 그의 얼굴을 제대로 본 지도 벌써 일주일 정도가 지난 것 같다. 서운하진 않다. 아니, 오히려 마음이 놓였다. 수험생이랑 연애한다고 오묘한 죄책감을 느끼고 있었고, 오빠가 재수라도 하게 되면 당당하게 오빠의 부모님을 마주할 수 없을 것 같았으니까.

오랜만의 심심한 방학이다. 여태까지 방학마다 영어 점수다, 봉사 활동이다, 인턴이다, 온갖 스펙 쌓기를 하고 다녀서 심심하다고 생각할 틈이 없었다. 하지만 이번 여름방학은 달랐다. 가장 바빠야 할 4학년의 여름방학을 이리 보내고 있다는 걸 아빠가 알았다면 난 벌써 죽고도 한참 전에 죽었을 거다. 여름방학을 할 일 없이 보내는 게 익숙지 않아 무심코 아르바이트를 구할 수 있는 사이트를 검색했다.

대학교 1, 2학년 때는 돈 좀 벌어 보겠다고 학원 아르바이트와 과외를 뛰었지만 이번에는 대학 생활의 마지막 아르바이트인 만큼 좀 다른 걸 하고 싶었다. 패밀리 레스토랑 아르바이트는 엄청난 체력을 요한다고 하니까 카페 아르바이트를 알아볼까. 학교 근처는 아니었지만 학교 주변 다른 대학 캠퍼스 내에 있는 스무디 프린세스에서 아르바이트생을 구하고 있었다. 시급은 최저를 가까스로 넘는 금액이라 시간당 3만 원 씩 받던 과외와 비교할 바가 안 되지만 한 번쯤은 대학생 때나 해 볼 수 있는 아르바이트를 경험해 보고 싶었다. 일정을 확인한 뒤 주저 없이 전화를 걸었다. 내일 바로 찾아오라는 말에 그리하겠다고 하고는 전화를 끊었다. 이런 경험은 처음이라서 떨렸다. 입시 원서를 제출한 것도 아닌데.

❈

그날 밤, 기범이에게서 전화가 왔다. 집 앞이니 잠시 나와 보라는 말에 망설이지 않고 곧장 계단을 뛰어 내려갔다. 열대야가 시작되려는지 밤의 공기는 후끈 달아올라 있었다. 기범이는 문을 등지고 서서 가로등을 올려다보고 있었다. 그새 머리가 많이 자라 한때 군인이었던 티는 이제 나질 않았다. 내 발소리에 그가 뒤를 돌아보았다. 그가 웃었다.

"이야, 꾼녀 오늘은 렌즈 꼈네?"

망설이지 않고 밖으로 나설 수 있었던 이유는 바로 그것이었다. 그가 나를 단독으로 부른 건 오랜만이었다. '벽돌' 사건이 있고, 우리는 약속대로 동기들을 모아 밥을 먹었다. 우리는 전처럼 붙어 다니지는 않았지만, 둘이 듣는 강의가 있을 때 함께 앉고 비는 점심시간이면 동기들과 같이 밥을 먹었다. 따로 문자를 주고받지는 않았지만 대화는 주고받았다. 그 한 달 동안 우리는 갑작스럽게 벌어졌던 우정의 거리를 조금씩 좁혀 갔다. 기범이는 오빠 얘기를 꺼내지 않았고 나도 오빠 얘기를 웬만하면 언급하지 않았다. 그래서 우리 사이는 평화로웠다. 나는 그 평화가 좋았다. 그가 내게 문자도 하고, 집 밖에서 기다리고 있으니 나오라는 말까지 했으니 분명 중요한 사안이 생긴 게 틀림없었다.

"무슨 일이야?"

그가 평소 버릇대로 어깨를 으쓱했다.

"그냥."

"헐."

"뻥이야. 좀 걸을래?"

나는 고개를 갸웃거리며 그를 따라 걸었다. 우리는 시시콜콜한 이야기를 나누며 혼잡한 대학가를 지나 캠퍼스로 입성했다. 우리 학교의 자연계 캠퍼스는 깔끔하긴 하지만 외양으로는 고풍스러운 멋이 떨어지는 반면, 문과 캠퍼스는 지도가 혼란스러웠지만 건물들이 멋있었다. 밤 11시가 가까워지고 있는데 학교에는 여전히 사람이 많다. 광장에서 자전거를 타고 도는 사람도 보이고 벤치에 앉아 소곤거리는 연인도 곳곳에 눈에 띈다.

기범이와 나는 나무가 무성한 캠퍼스 길을 따라 걸었다. 여름방학이 시작된 뒤 근황을 나누었고, 그 주제가 끝나자 기범이는 가로등 아래 있는 벤치를 가리켰다. 무슨 말을 하려는 걸까. 혹 아직도 나를 여자로 보는 기범이의 마음이 유효할까 봐 겁이 났다. 나무로 만들어진 벤치의 까슬한 감촉이 드러난 허벅지 아래 바로 닿았다. 주변에 나무가 많아서 그런가, 조금 전과 다른 서늘함이 좋다. 기범이가 마침내 입을 열었다.

"저번에 정민이랑 얘기할 게 있었다고 했지?"

나는 대답 대신 고개를 끄덕였다. 그가 내게 말하고자 했던 것은 내가 걱정했던 바가 아니었다. 정민이에게는 미안하지만 이상하게 안도가 됐다. 기범이가 덤덤하게 말을 이었다.

"걔가 사귀자고 했어."

"저, 정말? 언제?"

"내가 정민이한테 전화했을 때."

나는 기범이가 그 뒤의 일을 계속 말해 주길 기다렸지만 그는 침묵했다. 정민이를 거의 일주일에 서너 번은 보는데도 눈치채지 못했다. 나만 모르고 있었던 걸까? 하지만 서윤이도 혜정이도 그 어떤 티를 내지 않았다. 기범이와 정민이는 사귀고 있는 걸까? 정말?

"그래서? 넌 뭐라고 했는데?"

그가 어깨를 으쓱했다.

"거절했지."

왜 거절했느냐고 묻고 싶었지만 나 때문일까 봐 입이 열리질 않았다. 다행히 그가 이유를 설명해 주었다.

"너 때문은 아니야. 너 박송희 기억하냐?"

"네가 1학년 때 사귀었던 애?"

"어, 그때처럼 사귀고 싶지 않았거든."

"정민이가 바람피울 애라고 생각하는 거야?"

"아니, 좋아하지 않는 사람이랑 그냥 막 사귀고 싶지 않았다고."

기범이가 박송희를 별로 좋아하지 않았는데 사귀었던 거구나. 몰랐다.

"너 그때 그냥 솔로 탈출하고 싶어서 사귀었던 거야?"

"뭐, 대충 그렇다고 봐도 되고, 좋아하는 사람이랑 가망 없을 듯해 포기한 거라고 봐도 되고."

그가 날 힐끔 쳐다보았다. 그가 1학년 때부터 날 좋아해 왔다는 사실을 이제야 알게 되었다. 어째서 지금에서야 알게 됐을까? 1학년 때 술에 취해서 서로에게 기대어 노래를 부르고, 달이 뜬 하늘 아래 손잡고 미친 사람들처럼 뛰어다녔을 때도 넌 날 여자로 봤구나. 나는 그게 우리가 서로를 친구라고 생각해서 그런 줄 알았어. 친구인 줄 알았다고. 기범이가 내 반응을 예상이라도 했다는 듯이 씁쓸한 미소를 지으며 고개를 절레절레 흔들었다.

"어쨌든 송정민한테는 아는 척하지 마. 다른 애들도 모르는 것 같으니까."

"알았어."

"아, 그리고 나 아버지랑 같이 살기로 했다."

"정말? 잘됐다!"

"어, 그래서 이번 주말에 이사해."

"아……."

아버지와 틀어진 관계를 고치려고 한 단계씩 나아가겠다는 기범이의 의지를 축복하고 싶다고만 생각했지, 그가 대학가를 떠난다는 것까지는 미처 생각지 못했다. 동기 중에서 유일한 대학가 친구였는데(성호는 특이 케이스라 제외) 둘이서 치킨집에서 맥주를 들이켜던 일이 생각나서 괜스레 울적해졌다.

"나도 가서 도울게."

"됐어. 아버지도 오시거든. 그리고 여자가 뭔 도움이 된다고."

"포장 같은 거 잘할 자신 있어."

"나 짜장면 사 줄 돈 없다. 그리고 우리 아버지 오해하셔. 여자애가 와서 짐 거들면. 선배가 퍽이나 좋아하겠다."

그는 아무렇지도 않게 오빠를 언급했지만 기범이가 그를 언급할 때마다 나는 나도 모르게 늘 죄인이 된 듯 작아졌다. 오랜 기간 나를 향해 품어 왔을 마음에 응답하지 못한 게 미안한 탓일까? 그가 내게서 그 감정의 티끌을 읽었는지 자리에서 일어났다. 나도 그를 따라 일어나자 그가 마침 무언가 생각났다는 듯 날 향해 돌아보았다.

"하나만 묻자."

나는 고개를 끄덕였다. 기범이의 입가가 웃고 있었다. 시원한 입매가 주황색 가로등 아래 주황색으로 함께 빛난다.

"넌 내가 아직도 남자로 안 보이냐?"

나는 그 질문에 답하기에 앞서 그를 바라보았다. 훤칠한 키에 떡 벌어진 어깨, 건강한 피부와 웃을 때 휘어지는 눈, 남자다운 입술. 남자답지 않은 부분이 없다. 기범이는 남자가 아닌 적이 없었다. 그를 남자로 느끼지 못해 그와 키스할 수 없었던 게 아니다. 기범이를 남자로 생각하지 않아서 그와의 스킨십이 어색했던 게 아니다. 내가 기범이와 사귀지 않은 이유는 그가 남자가 아니어서가 아니었다.

"넌 좋은 남자 사람 친구야."

은수 오빠가 더 좋았기 때문이다. 오빠가 내 부족한 면을 챙겨 주었기 때문이다. 오빠를 통해 성장할 수 있었기 때문이다. 기범이와 아픔으로 제자리걸음할 동안 오빠는 내게 변화의 계기를 주었다. 다른 삶을 상상할 여지를 주었다. 그래서 나는 기범이를 친구로밖에 생각지 못했다. 기범이가 내 말에 "픽" 하고 김빠진 웃음을 지었다.

"남자 사람 친구는 또 뭐냐."

"넌 남자야."

"됐다. 가자."

그가 먼저 걸음을 옮겼다. 그의 얼굴을 비추던 가로등이 이제는 그의 넓은 등 위로 쏟아져 내렸다. 나는 하루하루 다르게 성숙하는 나의 친구를 보며 그가 언젠간 은수 오빠가 내게 그랬듯이, 그도 다른 여자에게 버팀목이 될 사람이 되리란 걸 알았다. 그 여자가 누구이든, 그 여자는 복 받은 여자일 테다. 기범이는 좋은 사람이니까. 그는 나보다 더 좋은 사랑을 찾을 수 있을 거다. 그의 진가를 알아봐 주고 존중해 주는 사람을 찾아 한 층 더 성숙해지겠지. 나는 그날이 부디 빨리 오길 바랐다.

※

스무디 프린세스에서 음료 명이 빼곡 적힌 종이와 기타 배워야 할 사항을 받아서 집에 돌아오는 길에 정신이 멍했다. 오늘 공모전 발표가 난다. 오후라서 벌써 났을 법도 한데 차마 확인할 용기가 나지 않았다. 해가 기울어 갈수록 심장이 제멋대로 불편하게 쿵쾅댔다. 가망이 없는 걸 아는데도 실오라기 같은 희망을 쥐고 있는 거 보면 나도 어쩔 수 없는 사람인가 보다. 아, 지하철에 분명 쌩쌩 에어컨을 틀어 주고 있는데도 왜 이리 더운지 모르겠다. 지하철에서 내려 집으로 향할 무렵 오빠에게서 전화가 왔다. 무슨 말을 할지 눈에 보이는 듯해 목소리가 기어들어 갔다.

"여보세요?"

— 확인했어?

거 봐.

"아니요, 아직."

— 어서 확인해!

"아, 모르겠어요. 무서워요."

— 재밌었다니까. 깊이도 있고 스토리도 있고.

"지민이가 귀신인 반전은 뻔했죠?"

— 아니, 난 놀랐는데.

오빠와 시나리오를 공유하기로 한 것은 탁월한 선택이었다. 오빠의 조언 덕에 많은 부분이 보강되었다. 접수 전 최대한 많이 퇴고하려고 거의 일주일 동안 컴퓨터와 함께 밤을 지새웠다. 덕분에 엄마는 뭔 과제가 그리 많으면 애가 밤에 잠을 못 자느냐며 한탄했다.

"정말 괜찮았어요?"

— 그래, 내가 몇 번을 말해. 정 뭐하면 내가 확인하고서 결과 알려 줄까?

장난기가 가득한 목소리가 괘씸해서 나도 모르게 소리를 지르고 말았다.

"싫어요! 내가 할 거예요!"

— 하하, 알았어. 내가 한 시간 뒤에 또 전화할 테니까 그때까지는 확인해야 해. 너무 연연하지 마. 공모전이 이게 마지막은 아니잖아. 아니면 내가 우리 아버지 통해서 방송국 사람들 소개해 줄 수도 있고.

"그런 도움은 안 받는다고 말했잖아요. 아무튼 알았어요. 지금 집에 가고 있으니까 집에서 확인해 볼게요."

통화를 마친 뒤 나는 덜덜 떨리는 손가락 끝을 진정시켰다. 어떤 정신으로 집까지 기어들어 왔는지, 막상 책상 앞 의자에 앉아 노트북을 켜는 순간 아무런 기억도 떠오르지 않았다. 공모전 홈페이지는 즐겨찾기를 해 놓아서 클릭 몇 번이면 쉽게 들어갈 수 있었지만 즐겨찾기 창도 켜 놓고 커서를 주소 위에 놓았는데도 검지가 제대로 작동하질 않았다. 침착해, 고민아. 오빠 말대로 이번 공모전이 마지막이 아니야. 다른 공모전도 있고 내년에도 있으니까. 침착하자! 두 눈을 감고 마인드 컨트롤을 하자 검지가 비로소 움직였다. 한국이 IT 강국이라 세계에서 인터넷이 가장 빠르다더니 역시 눈 한 번 제대로 깜빡이기도 전에 사이트가 로딩했다. 거의 정신이 반 나간 상태에서 익숙한 이름을 찾아 눈알이 저절로 데굴데굴 굴러갔다.

시간이 멈췄다.

내 이름은 없었다.

당연한 결과라는 걸 알면서도 허무함을 비롯한 창피함이 온몸을 휩쓸고 지나갔다. 독학으로 시나리오를 파고 다른 사람은 1년 걸려 쓰는 시나리오를 고작 몇 달 안에 작성하여 냈으니 당연한 결과다. 당연한 결과. 시나리오 시장이 만만한 곳이 아닌데 나 같은 초보자가 단번에 입상하는 것이야말로 기적일 테다.

하지만 상상은 했다. 만약 수상한다면 어땠을까. 당당하게 아빠한테 입상 결과를 보여 주며 내 꿈을 소개할 기회가 되지 않았을까? 무엇보다 오빠한테 '오빠가 의전을 향해 열심히 공부하듯 나도 열심히 시나리오를 써서 내 밥벌이는 해먹을 수 있는, 오빠한테 걸맞은 능력 있는 여자다.'라고 뽐냈을지도 모르겠다. 당당하게 오빠 옆에 설 수 있는 그런 자신감을 가질 수

있었을 텐데……. 아아, 이런 게 뭔 부질없는 생각들이란 말인
가. 난 떨어졌는데.

　나는 또 한 번 수상자들의 이름과 작품 제목, 그리고 그들
의 시놉시스를 읽어 봤다. 나처럼 어찌 보면 평범하고 일상적
인 주제는 거의 없었다. 조선 시대 궁중에서 내시와 궁녀들이
꾸미는 욕망과 시기가 뒤얽힌 암투, 살인자와 쫓는 자의 추격
전이 얽힌 시공간을 초월한 SF, 전래동화 콩쥐 팥쥐를 현대식
으로 재해석한 미스터리 스릴러……. 짧은 소개 문장만 읽었을
뿐인데도 그 내용이 궁금해지는 화려한 시나리오들이었다. 저
들 사이에서 내 것처럼 담담하고 조용한 것이 살아남았을 리가
없다. 나는 오빠에게 전화 대신 문자로 짧게 보냈다.

　확인했는데 안 됐어요. 다음 공모전 노려 봐야겠어요. 다음 달부터 접수
받는데요!

　답장은 빨랐다.

　아쉽다. 재밌었는데 거기가 보는 눈이 없네.

　입에 발린 말이라는 걸 알지만 주최 측을 비난해 주는 그 말
에 가슴속 체증이 좀 가라앉는 것 같았다.

　하하, 상업 영화가 짱이죠! 돈이 돼야지. 그렇다고 내 게 훌륭한 것도 아

458

니지만.

　다음 공모전에도 그거 다시 내 볼 거야?

　모르겠어요. 나도 상업적으로 성공할 수 있는 자극적인 내용으로 써 볼까 봐요.

　나랑 통화하기 싫어?

　뜬금없는 그의 말뜻을 해석하는 데 시간이 걸렸다.

　지금은 좀. 내가 나중에 전화할게요.

　지금 집이야?

　네, 올 생각 마요.

　가면 안 돼?

　내가 전화할게요.

　잠시 고민한 모양인지 답이 늦었다.

　알았어.

　나는 답변하지 않았다. 아아, 허무하다. 이렇게 허무할 땐 뭘 해야 하지. 깡소주라도 까야 하나? 하지만 난 소주를 싫어하잖아. 전 같으면 허무하고 슬플 때 아무 생각 없이 볼 수 있는 영화를 멍 때리며 보기도 했는데, 시나리오 공모전에서 떨어진 이 마당에 영화를 보자니 그것도 어불성설인 것 같았다.

그 누구와도 만나고 싶지 않다. 엄마가 집으로 내려가서 다행이다. 그 누구와 통화조차 하고 싶지 않다. 그런데 그때, 이런 내 마음을 놀리듯 비정하게 휴대폰이 울려 대기 시작했다. 오빠나 아빠일 줄 알았는데 모르는 번호가 창에 떴다. 미리 깔아 놓은 상업용 번호 감별 어플리케이션 왈 상업 번호가 아니란다. 나는 긴가민가하며 전화를 받았다.

"누구세요?"

― 예, 안녕하세요. 고민아 작가님 되시나요?

작가님?

"제가 고민아는 맞는데요……."

― 네, 안녕하세요. 저는 이라임이라고 하는데 이번 ××시네마에서 주최하는 시나리오 공모전에 《영혼 살인》으로 참가하셨죠?

갑자기 정신이 아득해졌다. 이라임? 공모전에서 감독 심사위원 중 하나였잖아! 재작년에 선댄스 영화제에서 《19세기 비망록》으로 단편영화 상을 받은 차세대 유망주 감독! 갑자기 눈앞이 캄캄해져서 자리에서 벌떡 일어나 앉았다.

"네, 네!"

목소리의 피치가 조금 전의 세 배로 튀어 올라갔다. 지금 내 귓가에 울리는 목소리가 천상의 목소리인지, 아니면 그저 허무한 꿈인지, 내 상상인지 현실인지 분간이 되지 않았다.

― 네. 저희가 등록된 작품은 모두 꼼꼼히 읽어 보았어요. 작가님 작품이 아쉽게도 대중적 성격은 떨어져서 공모전에 수

상하시지는 못했는데, 저는 《영혼 살인》이 인상 깊었거든요. 그래서 작가님의 극본으로 영화 제작 제안을 드리고 싶은데 어떻게 생각하세요?

이건 꿈이다. 이라임 감독님과의 대화가 어떻게 흘러갔는지 사실 그 뒤의 내용은 제대로 기억나지 않는다. 단편적으로 기억나는 것은 극본에 수정이 들어갈 것이기에 작가는 나와 이라임 감독의 공동 작업으로 표기될 것이고 금전적인 보상도 있을 것이라 했다. 초보 작가들은 금전적인 보상은커녕 자신의 시나리오가 영화화되는 것만도 감지덕지해야 하는 판이 부지기수라는 말을 하도 많이 들어서 보상이 있다는 사실만으로 만족했다. 십만 원은 될까나 의심스럽긴 하다만 어찌 됐건 영화화된다는 게 웬 말이냐! 우리는 금요일에 만나 계약을 검토하기로 하고 통화를 마무리 지었다.

"이게 뭐야, 정말 미쳤어. 고민아, 아, 정말! 이건 미친 짓이라고!"

흥분을 못 이겨 한참 혼잣말을 중얼거리다가 얼굴에 오른 붉은 열기를 두 손을 흔들어 열심히 지워 냈다. 맞다, 전화! 전화! 빨리 오빠한테 말해야 돼! 느리게 가는 신호음 사이를 내 호흡이 가쁘게 채웠다. 마침내 오빠가 전화를 받았다.

— 음, 민아야. 기분은 좀 어때?

부드러운 목소리가 자그마하게 들려왔다. 학원 강의가 안 끝나서 중간에 강의실을 나온 모양이었다. 아, 나도 참 민폐야! 참았어야지!

"이 말만 하고 끊을게요! 방금 이라임 감독님한테서 전화 왔어요! 제 시나리오로 작업하고 싶대요! 금요일에 계약하자고 했어요! 짱이죠! 이만 끊을게요! 열공하세요!"

오빠가 끼어들 새도 없이 다다다다 내 할 말만 내뱉고 전화를 끊으려는데 오빠의 목소리가 갑작스럽게 커졌다.

— 뭐어? 계약? 정말?

나보다도 더 흥분하는 그 덕분에 전화를 끊지 못하고 "빵" 웃음을 터트리고 말았다.

— 대단하다. 너 진짜 멋있다. 고민아 작가님!

작가님 소리에 기분이 붕 하늘을 난다. 내가? 작가님?

"저 진짜 멋있죠? 근데 아직 계약도 안 했는데."

— 그런 제의 들어온 것만 해도 얼마나 대단한 건데! 내가 말했잖아. 네 시나리오 좋았다고.

오빠가 이렇게 즐거워하는 모습을 오랜만에 보는 것 같다. 아, 전화를 끊어야 하는데 더 말하고 싶어서 속이 부글부글 끓는다. 이 행복을 모두 토해내 당신과 나눠 이 순간을 함께하고 있음을 확신해야 내 욕심이 채워질까.

"고마워요. 다 오빠 덕이야!"

지금 당장 보고 싶다는 말이 목구멍으로 밖으로 언제 뛰쳐나갈지 몰라 참기가 힘들었다.

— 수업 끝나고 갈게.

"응, 곧 봐요."

— 알았어. 축하해, 민아야.

오빠와 아쉬운 전화를 끊은 뒤, 나는 멍하니 휴대폰을 들여다보았다. 엄마한테 자랑하고 싶다. 내 시나리오를 담은 영화가 제작될지도 모른다고. 투자를 받을 수 있을지, 정말로 실현될지는 모르겠지만 적어도 인정은 받았다고! 하지만 엄마에게 알리면 엄마는 당연히 아빠에게도 그 사실을 알리겠지. 아빠의 반응이 어떨지 상상할 수가 없었다. 기뻐할까? 아니면 뭔 쓸데없는 짓을 벌였느냐고 화를 낼까? 취업 자리를 알아봐도 모자란 시간에 뭔 쓸데없는 데 눈독을 들이느냐며 흥을 깨면 어떡하지. 아니야. 너무 아빠에 대해 부정적으로 생각지 말자. 영화화 된다잖아……! 나는 심호흡을 하고 엄마에게 전화를 걸었다.

— 아이구, 우리 딸이 먼저 전화를 하고 무슨 일이야?

엄마의 목소리는 밝았다. 주변에 웅성거리는 소리가 들렸다.

"엄마, 밖이야?"

— 응? 아, 네 아빠랑 지금 막걸리 한잔 하러 나왔어. 해물파전이랑. 우리 딸을 데리고 나왔으면 너도 이거 먹어 봤을 텐데. 너 파전 좋아하잖아.

뒤에서 아빠가 '성아야?'라고 묻는 소리가 들렸다. 엄마가 '아니야, 민아야!'라고 대꾸했다.

"아, 파전 맛있겠다. 좋겠네."

아빠가 뒤에서 '민아? 걔가 뭔 일이래.'라고 퉁명스럽게 말했다. 휴, 그냥 엄마한테만 말하고 끝내자.

"엄마, 나 사실 몇 달 전부터 쓰고 있던 시나리오가 있었는데, 그거 영화 제작 제의가 들어왔어. 그래서 금요일에 계약하려고."

엄마가 침묵 끝에 긴가민가하다는 듯 물었다.

— 나 밖이라서 잘 안 들리는데, 뭐라고? 영화? 그게 뭐야?

상상하지도 못한 주제이긴 했는지 목소리에 당황한 기색이 역력했다.

"아, 나 시나리오 쓴 게 이라임 감독님 눈에 들어서 영화 작업 제의가 들어왔다고."

— 아이고, 우리 따알!

엄마의 목소리가 흥분으로 높이 올라갔다. 뒤에서 아빠가 '왜? 왜, 무슨 일이야? 왜?' 하고 급히 묻는 목소리가 울렸다. 엄마가 크게 웃음을 터트렸다.

— 이게 도대체 어떻게 된 거야? 어떻게 눈에 든 거야? 우리 큰딸이 언제 그런 걸 다 쓰고 있었대? 그 사람 이상한 사람 아닌 거 확실해?

"공모전 심사위원이야! 각광 받는 차세대 감독으로도 유명하고!"

'왜? 무슨 일인데? 바꿔 봐. 휴대폰 줘 봐.' 하고 아빠가 계속 외쳤다. '얘가 쓴 시나리오에 영화 제작 제의가 들어왔대!'라고 엄마가 대꾸하는 목소리가 멀어졌다. 엄마가 아빠한테 폰을 넘긴 모양이다. 아빠가 격양된 목소리로 내게 물었다.

— 시나리오? 그게 뭐야? 네가 언제 시나리오를 썼어?

분명 기쁜 일인데도 아빠에게 얘기하자니 공부할 시간에 만화책 본 학생처럼 목소리가 기어들어갔다. 아빠는 군이 화를 내지 않아도 사람 기를 죽이는 특기가 있었다.

"아니……, 내가 몇 달 전부터 작업하던 시나리오가 있었거든. 영화 시나리오 공모전이 있어서……. 근데 당선은 안 됐는데 거기 심사위원이 영화 제작 제의를 했다고……."

— 그래? 언제 계약하재?

마치 내가 '새로운 학원에 등록하기로 했어.' 하니 '언제까지가 등록 기간이야.'라고 묻는 것처럼 아빠는 덤덤했다.

"금요일에 만나서 이야기 나눠 보기로 했어."

— 그래? 그래…… 잘했다.

심심한 축하 뒤에 휴대폰이 다시 엄마에게로 건네졌다. 엄마는 아직도 신이 나 있었다.

— 계약서 꼭 잘 확인하고 사인해야 한다. 옳다구나 막무가내로 홀리면 안 돼!

"알았어. 하하하."

— 우리 딸이 그런 재주가 있는지 난 또 몰랐네! 이라임 감독이라고? 라임?

"응! 재작년에 선댄스영화제에서 《19세기 비망록》으로 단편영화상 받았어!"

— 그런 영화는 또 처음 들어보네. 찾아봐야겠다!

"나도 금요일에 일 돌아가는 거 보고 또 연락할게!"

— 잘한다, 우리 딸! 이거저거 가리지 않고 도전하는 거야! 우리 딸이 아주 천재네, 천재야.

"그렇지? 이공계 출신에 글도 잘 쓰니 더 뭘 바라겠어."

엄마의 칭찬에 어깨가 으쓱해 잘난 척을 시전해 보였다. 아빠도 엄마처럼 이렇게 매사에 우호적이면 얼마나 좋을까. 글 쓰는 것도 분명 재능일 텐데.

— 딸 덕분에 막걸리 맛이 더 좋다.

'민아 엄마, 이제 그만하고 끊어.' 하고 아빠가 말했다. 엄마가 '아이, 왜? 내가 우리 딸이랑 통화 좀 하겠다는데.'라고 하자 아빠는 조용해졌다. 아빠에 대해 좋게 생각하려 하면 할수록 점점 싫어진다. 맙소사. 질린다.

"아니야. 끊어. 나도 시나리오 수정 좀 해야겠어."

— 그래? 알았어, 우리 딸! 축하해! 장하다, 우리 딸!

"크크크, 고마워!"

나는 전화를 끊고 너무나 상반됐던 엄마와 아빠의 반응에 한참 싱숭생숭한 마음을 다스리지 못했다. 내 시나리오로 영화 제작이라니. 내 나이에, 내 경력에, 내 수준에 상상도 할 수 없는 파격적인 제안이다. 그런데 아빠의 반응은 고작 저것. 그래, 아직 계약 전이라서 그런 걸 수도 있어. 실질적으로 영화 제작에 들어가게 된다면……. 아니, 돈이라도 입금되면 달라질 거야. 아직 실망하긴 일러. 알고 있었잖아. 아빠의 편협한 벽은 높고도 높다는 걸.

성아에게도 전화를 걸자 처음에는 잠이 덕지덕지 붙어 있는 듯한 목소리였던 애가 나의 소식에 갑자기 깨어나서 버럭버럭 큰 소리로 여러 가지를 물어보았다. 사회가 통상적으로 추구하는 직업군에서 얻은 성과가 아닌데도 진심으로 기뻐해 주는 동생을 보면서 적어도 우리 가족의 반올림 67퍼센트가 나를 지지한다는 사실에 상처가 희미해졌고, 성아랑 아빠 뒷담화를 좀 나누니 기분이 후련해졌다.

통화 후, 엄마에게 말했던 대로 시나리오를 살폈다. 괄호 안에 들어가는 표정 지시부터 시작해서 화면의 구도, 단편적 기억의 산발적인 장면 삽입, 대사 같은 것들을 꼼꼼히 확인하고 수정하다 보니 시간은 금방 흘러 어느덧 정신을 차렸을 때는 10시가 되었다. 언제나 그랬듯 오빠를 위해 미리 기초화장을 탑재한 얼굴로 쪼르르르 1층을 향해 내려갔다. 왠지 늦는다 싶었는데 1층에 도달하기가 무섭게 유리로 된 현관문 너머 오빠가 커다란 꽃다발과 포도주를 들고 서 있다. 믿기질 않는다. 그대로 그의 품 안으로 뛰어 들어갔다.

"오빠아아!"

몸을 바짝 붙여 빼꼼 올려다보자 그가 "하하하" 웃으며 내 허리를 끌어안았다.

"축하해, 고 작가님!"

"감사합니다, 차은수 님!"

그가 입술을 모아 쪽 뽀뽀를 하고 나를 놓아주며 새빨간 장미가 만개한 꽃다발을 건넸다.

"계약서 사인하면 좋은 데서 외식하자."

장미의 화려한 향기에 정신이 몽롱해질 지경이다. 공부하느라 정신도 없었을 텐데 도대체 이건 어디서 사온 거야. 그의 배려에 몸 둘 바를 모르겠다. 생각해 보니 남자한테서 꽃다발은 처음 받아 본다. 아빠에게서도 받아 본 일이 없는 꽃다발이다. 당신은 단 한 번도 내 초등학교, 중학교, 고등학교, 대학교 입학식 및 졸업식에조차 와 본 일이 없으니, 그때가 아니면 내 생에 도대체 언제 꽃을 받아 볼 수 있겠는가?

"고마워요, 오빠. 정말로."

두 팔로 들기에 묵직한 꽃다발에 얼굴을 묻었다. 자꾸 수줍은 미소가 입가에 맴돌아 어쩔 줄을 모르겠다.

"나한테 고마워할 일이 뭐가 있어. 다 네가 한 일인데."

"아니야. 정말로…… 응원해 줘서 고마워요. 혼자는 못했을 것 같아요. 정말로 고마워요."

아무도 응원 안 해 줬는데, 오빠만은 내 꿈을 인정해 줬잖아요. 왜 갑자기 눈물이 울컥하고 나올 것 같은 건지 모르겠다. 이게 뭐라고. 내 시나리오로 만든 영화가 개봉을 한 것도 아니고 하물며 아직 제작에 들어간 것도 아닌데 왜 눈물이 난단 말인가! 오빠가 내 허리에 팔을 둘렀다.

"이거 따자."

그가 포도주 병의 목을 잡고 살랑살랑 흔들었다. "오빠 공부는"이라는 말이 입 밖으로 튀어 나갈 뻔했지만 그만뒀다. 오늘만큼은 괜찮지 않을까. 한 시간만이라도. 딱 오늘만……. 그리하여 나는 오빠와 오랜만에 단 둘이서만 내 방을 차지할 수 있었다. 오빠가 포도주를 식탁에 내려놓더니 벽에 기대어져 있는 간이침대를 바라보며 말했다.

"저 침대 접으니까 방이 넓어졌네."

468

"그쵸? 엄마 있었을 때는 아무리 방을 치워도 꽉 차서 피난민 살림터 같았어요."

"하하, 너도 어머님도 고생이 많으셨어."

오빠가 부엌 서랍에서 코르크 따개를 꺼내는 동안 나는 오빠가 준 장미의 포장 끈을 풀고 커다란 대접을 꽃병의 임시방편으로 꽃들을 둥글게 펼쳐 놓은 뒤, 찬장에서 와인 잔 대신 머그잔 두 개를 꺼냈다. 그가 익숙하게 머그잔에 포도주를 돌려 따르며 중얼거렸다.

"시간이 없어서 좋은 포도주를 마련하질 못했어."

나는 그가 이런 걸 마련할 생각을 했다는 사실만으로도 기뻐서 서둘러 고개를 저었다.

"포도주든 포도 주스든 뭐든 다 좋아요. 꽃집도 찾느라 힘들었을 텐데……."

우린 배시시 웃으며 머그잔을 딸각 소리가 나도록 부딪혔다. 향긋한 아로마가 붉은 달콤함과 하나 되어 혀를 감쌌다. 비싼 포도주든 명품 포도주든 관심 없다. 그의 마음에 젖어 간다.

"와, 이거 맛있어요!"

내가 레이블을 확인하자 그가 배시시 웃었다.

"달달한 거 좋아할 것 같았어."

"안주 있어야 하나?"

나는 뒤늦게 찬장과 냉장고를 뒤져 봤지만 과자를 못 먹게 하는 엄마 덕분에 마른안주는 꿈도 꿀 수가 없었고, 원래 방학 동안 집에 남아 있을 계획이었기에 냉장고는 거의 비워 있었다. 멋쩍은 채 의자에 앉자 그가 의자 다리를 잡아채더니 자기 쪽으로 끌었다. 드르륵하고 의자가 소리를 내며 순식간에 그에게로 끌려갔다. 본능처럼 방음을 걱정하기도 전에 내 두 다리가 그의 다리 위에 얹어졌다. 순식간에 뒤로 밀리는 상체에 깜짝 놀라 그를 흘겨보았다. 정말 선수라니까. 그가 두 손을 내 의자 등받이로 뻗어 날 온전히 가둬 버리더니 씨익 웃었다.

"오랜만이다, 그치?"

나 역시 그를 따라 웃으며 그의 양어깨에 손을 얹었다. 가볍게 다가오는 그에게 못 이기듯 기대어 입을 맞췄다. 어깨에 있던 두 손이 문대어진 입술의 열기를 타고 함께 움직이며 그의 목을 감싸 안았다. 그의 숨결에서 달콤한 포도주의 향이 올라온다. 고작 몇 모금밖에 마시지 않았는데 머리가 몽롱해지는 이유가 취기 때문인지 그 때문인지 알 수 없다. 의자를 집고 있던 그의 손이 어느새 내 등허리를 어루만지며 흘러내렸다. 더 바짝 다가오는 그를 받아들이려고 몸이 점점 밀려 의자의 등받이에 어깨가 닿았다. 아, 그의 손이 바지 안에 구겨 넣은 셔츠를 헤집고 그 아래의 피부를 타며 위로 올라온다. 흠칫 놀라며 고개를 틀자 그가 낮아진 목소리로 부드럽게 채근했다.

"싫어?"

포도주, 자취방, 남녀, 밤. 떠올리지 않는 게 도리어 이상할 지경이야. 나는 고개를 도리도리 저었다. 다시 입술을 포개어 오는 그의 입가에서 웃음의 잔재와 미소의 흔적이 감돌았다. 그가 손을 셔츠 아래에서 빼더니 빼곡히 채워진 단추를 아래

470

에서 위로 하나하나 풀어 가기 시작했다. 한 번에 끌러지지 않는 단추와 그의 손가락의 움직임이 하나 되어 나를 당긴다. 순식간에 가슴까지 셔츠가 젖히자 그가 고개를 숙여 귓가 어딘가 섬세한 곳에 작게 한숨을 쉬었다. 한여름이라 분명 추울 리가 없는데 갑자기 오한이 등골을 타고 흘러내려 가서 그를 안은 두 팔에 힘을 주었다. 온몸의 근육이 바짝 조여 온다. 가까이 다가오는 그의 향기가 좋다. 그가 좋다. 그. 그가 좋다. 목을 감싸는 셔츠의 마지막 단추를 남겨 두고 그의 손이 순식간에 내 허리를 강하게 잡아끌었다. 얼떨결에 엉덩이가 거의 그의 의자에 걸쳐질 정도로 그와 나의 거리가 급격히 가까워졌다. 목을 따라 내려가며 입을 맞추던 그가 몸을 들어 나와 눈을 맞췄다. 아직 뭔가를 본격적으로 한 것도 아닌데 호흡이 비정상적으로 거칠어진다.

"침대로 가자."

그의 중얼거림을 온전히 이해하기 전에 내 허리를 감싼 두 팔이 엉덩이를 지지하더니 순식간에 그의 몸에 힘이 실렸다. 깜짝 놀라 그에게 몸을 바짝 붙이고 그의 허리를 두 다리로 감쌌다. 성공적으로 날 안아 올린 그가 성큼성큼 움직여 날 온전히 침대 위에 뉘어 놓았다. 감탄할 새도 없이 그의 손가락이 셔츠의 마지막 단추를 풀러 놓았다. 그를 도와 팔을 움직여 옷을 온전히 벗는 데 성공했다. 그의 시선이 가슴을 향한다. 한 번 경험했으면서도 두 볼이 붉게 달아올랐다. 시선이 얽혀들었다. 실내등을 등지고 있는 그의 얼굴이 그림자에 덮여 있다. 그런데도 저 등보다 그가 더 환히 빛나는 듯 보이는 걸 보면 나도 어지간히 그를 좋아하나 보다. 아니, 저번에 인정했잖아. 사랑한다고. 사랑.

엄마를 사랑해. 성아를 사랑해. 날 아프게 하지만 동시에 날 사랑한다는 걸 믿기에 애증해 마지않는 아빠도 사랑한다. 기묘하다. 피로 얽히지 않는 사람을 사랑한다고 느끼는 것은. 항상 나를 중심으로 돌았던 세상이 겨우 안 지 몇 개월밖에 되지 않는 사람에 의해 바뀌고 확장하고 시시각각 색을 달리한다는 건 정말로 이해할 수 없는 기묘한 일이다. 내 두 눈으로 바라보는 세상이거늘, 마치 그가 내가 된 듯 그를 중심으로 모든 걸 사고하게 된다는 것 역시 이해할 수 없다. 정말 이상한 감정이야. 사랑이란 정말 이상해.

오빠가 그 짧은 순간 내 가슴을 훑고 지나간 수많은 생각을 읽었는지 알 수는 없다. 그가 내가 느끼는 이 감정에 통감하는지도 알 수 없다. 다만 닫혀 있던 그의 입술이 벌어지고 달콤한 목소리가 내 영혼을 울렸을 때, 역시 그는 나라고, 우리는 같다고 인정할 수밖에 없게 되었다.

"사랑해."

나는 비로소 결핍에서 벗어났다.

❋

다음 날 아침, 오빠는 내가 샤워할 동안 침대 깔개를 손으로 빤 다음에 세탁기에 넣었다. 세탁기가 돌아갈 동안 나는 욕실에서 나와 냉장고를 뒤지고 또 뒤졌다. 오빠는 그런 나를 물끄러미 바라보다가 언제 샀는지 기억조차 까마득한 시리얼을 찬장에서 꺼냈다. 어쩜 이렇게 집에 먹을 게 아무것도 없을 수가. 어제는 극도의 흥분 상태여서 난 저녁까지 굶고 시나리오 작업을 했다. 이럴 줄 알았으면 어제 장 좀 볼걸!

"오빠, 우유도 없어요."

냉장고를 닫으며 한숨을 쉬자 그가 싱긋 웃었다.

"내가 가서 사 올게."

그가 주섬주섬 윗옷을 챙겨 입을 동안 나도 옷을 갈아입자 그가 나를 말렸다.

"몸은 괜찮아?"

사실 콕 집어 말할 수 없는 신체의 특정 부위에서 방사형으로 퍼지는 그 모든 곳이 뻐근하기는 한데 장 보고 올 정도는 된다.

"네, 아니면 우리 아예 밖에서 아침 먹을래요? 오빠 10시 반부터 수시 면접 스터디 있다면서요."

"아니야, 너 어차피 장 봐야 하는데 이왕 갈 거 나랑 같이 가."

대학가에 사는 덕에 근처에 개인이 하는 슈퍼치고는 규모가 좀 큰 자취생 전용 슈퍼마켓이 있다. 나는 현관문에서 신을 신는 오빠의 뒷모습을 보면서 어젯밤 일을 생각했다. 열기와 쾌락, 무서우리만치 섬뜩한 그 희열은 둘째 치더라도 내가 상상하지 못했던 파괴적인 경험이었다. 신체적인 결합이란 그런 것이었다. 나를 이루고 있는 그 견고하고도 비밀스러운 무언가가 타인의 침입으로 헤집어지는 느낌. 마음 깊은 곳에 감추고 있었던 나 본연, 인테그리티(integrity)의 침범. 감각을 경험한 적 없는 곳에서 그의 맥박을 느끼고 호흡을 함께하는 것은 사랑하는 사람과 하지 않으면 너무나도 무서웠을 경험이었다. 그여서 다행이라고 생각했다. 그여서 행복하다고 생각했다. 사랑이란 의미가 더 소중하게 다가와서 현관문에 걸터앉아 있는 그의 뒤로 조심스럽게 다가가 그를 안았다.

"사랑해요."

내 속삭임에 신발 끈을 묶던 그가 멈칫하더니 목에 둘러진 내 손을 잡아 손등에 짧게 입을 맞췄다.

"나도 사랑해."

나는 옷 너머 그의 온기가 내게로 전달될 때까지 한동안 그를 놓지 않았다. 나와 오빠는 장을 보고 10시가 거의 다 돼서야 자취방에 도착했다. 호박, 양파, 된장, 두부, 김치, 참치, 라면, 달걀 등 갖가지 음식에 걸맞은 식재료를 사 놓고 정작 시간이 없어 우유에 시리얼을 말아 줄 수밖에 없어 오빠에게 무척 미안했다. 오빠의 손에는 바나나를, 가방에는 남아 있는 흑마늘 엑기스를 넣어 주자 그가 덕분에 점심을 굶어도 끄떡없겠다며 함박웃음을 지었다.

"화이팅! 나중에 봐요!"

현관문까지 내려가 그를 배웅해 주고 집에 올라와 습관처럼 문에 다닥다닥 붙은 전단들 사이에서 옆집 여자의 포스트를 찾아보았지만 웬일인지 보이지 않았다. 점심 즈음 집주인으로부

474

터 문자가 한 통 왔다.

민아 학생! 내가 잘 타일렀으니까 앞으로 4O7호 학생도 조심할 거야. 잘 지내!

그게 도대체 무슨 말인지 몰라 갸우뚱했으나 '감사합니다.'라고 답했다. 왜 포스트가 보이지 않았는지, 집주인 아주머니의 말씀은 무슨 뜻이었는지에 대한 답은 그날 저녁이 되어야 알 수 있었는데, 문고리에 걸린 과자 한 봉지와 포스트가 모든 의문을 해결해 주었다.

어젯밤 친구와의 소음으로 밤잠을 방해 드린 점 죄송합니다. 앞으로 조심하겠습니다. 또 한 번 사과드립니다. - 4O7호 올림.

알고 보니 옆집 여자도 어제 남자 친구와 함께 광란의 밤을 보낸 모양이었다. 우리의 소음이 그들의 난리에 묻힌 건지, 아니면 우리의 소음까지도 옆집 여자의 탓으로 돌려진 건지 자세한 건 알 수 없으나 어제 꽤나 많은 사람이 주인아줌마한테 소음을 하소연했나 보다. 하긴 두 방에서 스테레오로 이상한 소리들을 내고 있는데 견디기 힘들었겠지……. 정작 나는 우리의 일이 바빠서 옆방에서 무슨 소리가 들려오는지 전혀 신경 쓸 겨를이 없었다. 옆방의 사정도 우리와 비슷했을 테다. 나는 본의 아니게 내 일까지 뒤집어쓴 옆집 여자가 측은해져서 앞으로

만에 하나 부딪히게 된다면(희한하게도 아직 옆집 여자의 얼굴을 본 적이 없다.) 상냥하게 인사라도 건네야겠다고 생각했다. 빌어먹을 방음이시여.

일주일에 다섯 번 오후 시간대에 잡힌 스무디 프린세스의 아르바이트를 위해 음료 이름과 들어가는 재료의 이름을 외우고 교육 받는 동안 시간은 금방금방 지나갔다. 오빠가 자고 간 그날 이후로 오빠는 꽤 자주 내 자취방을 찾았다. 나는 옆집을 염려해서 최대한 입술을 물었다. 소리 내는 남자는 옳다고 생각하며 나도 열심히 내 줘야지 생각했는데, 안타깝다. 처음에는 어색하고 두려웠던 순간도 곧 익숙해졌다. 내가 그를 따라 움직일 때면 그는 티가 나게 흥분하면서 나를 몰아붙였다. 오빠는 늘 우리가 사랑을 나눌 즈음에 내게 사랑을 고백하고, 사랑을 나눈 뒤에는 그의 품속을 파고드는 나를 꼬옥 안아 주었다. 여름인데도 그의 온기가 좋았다.

대망의 금요일, 나는 오빠의 응원을 받으며 이라임 감독님을 만나기로 한 카페로 향했다. 가는 길에 엄마로부터도 응원 전화가 왔다. 이왕 이렇게까지 된 거, 아빠의 의견이 무어가 중요하냐는 생각이 들었다. 당신 외에 모든 사람이 날 응원하는데도 날 반대한다면, 그 반대는 충고가 아니라 아집일 뿐이야. 이라임 감독님을 드디어 뵙게 되었을 때, 나는 황송한 마음에 몸 둘 바를 몰랐다. 예술 영화에 심취하신 감독들은 김기덕 감독처럼 자연과 하나 되어 현실에서 다소 벗어난 삶을 살 것 같다고 생각했는데, 이라임 감독님은 소탈한 카리스마가 있는 성공적인 커리어 우먼의 포스를 풀풀 풍겼다. 존경한다는 나의 말에 아직 막 시작하는 위치에 있다며 손사래를 쳤다. 거만하지 않은 모습이 마음에 들었다.

막연히 시나리오 작가를 꿈꿨을 때 '시나리오 작가를 꿈꾸는 사람들의 모임' 카페에서 보았던, 시나리오 작가가 되는 법들을 담은 책에서나 보았던 것들을 실제 업계에 깊이 몸담고 있는 분에게서 들으니 몽롱해졌다. 한 단어도 놓치고 싶지 않아 너무 집중해서인지 피로가 몰려왔다. 녹음기를 켜 놓지 않은 게 후회가 될 지경이었다. 소액에 시나리오가 넘어가지만 크레딧에 내 이름이 감독님 이름과 함께 각본 작가로 올라갈 것이라고 했다. 처녀작이니 감수해야 하는 부분이라고 생각했다. 일단은 이력을 만드는 게 중요하다. 반 압도당하고 반 홀린 상태에서 당연한 수순으로 계약서에 서명까지 하고 카페를 나섰다. 엄마에게 전화를 걸어 계약 현황을 알리자 엄마는 뛸 듯이 기뻐하며 덧붙였다.

— 주말에 내려와. 아빠랑 같이 그때 갔던 전집 가자. 밤막걸리 파는데 정말 맛있더라.

"아빠랑?"

인상을 찌푸리기가 무섭게 아빠가 엄마로부터 휴대폰을 낚아채 갔다.

— 민아니? 주말에 내려와라. 같이 전 먹으러 가자. 아님 지금 그냥 내려와.

전보다 훨씬 여유로워진 아빠의 목소리에 순간적으로 질끈 꼬였던 장기가 느슨해졌다.

"나 오늘 저녁에 약속 있어서 오늘은 안 돼."

스무디 프린세스에서 아르바이트한다고 엄마, 아빠한테 말을 안 해 놓았다. 오빠랑 저녁 약속이 있기도 하고.

— 약속? 그 남자애랑?

아빠가 처음으로 내게 오빠를 거론했다. 익숙지 않은 분위기가 당황스러웠다.

"아니. 다른 일이야."

왠지 오빠 때문이라고 아빠에게 말하기 민망했다.

— 그래. 그럼 내일 점심 전에 내려와. 엄마가 너 내려오면 좋아하는 피자 해 준다고 재료도 다 사 놨다?

상황이 이렇게 되니 내려갈 수밖에 없다.

"알았어, 내일 내려갈게."

— 그래, 엄마 바꿔 줄게.

나와의 오랜 통화가 어색한 아빠는 나와 볼일이 끝나면 서둘러 전화기를 엄마에게 돌렸다. 왜 부녀 사이의 통화가 이리 어색해야 하는 걸까. 성아와는 안 그러는 것 같던데. 아무리 나 사춘기 겪던 시절 우리 사이가 안 좋았을지라도 우리는 가족이고 난 성인이 되지 않았는가? 하지만 한편으론 나도 아직 철없는 아빠가 내게 가했던 옛 상처들을 세며 아빠를 향한 미움과 원망을 간직하고 있으니 그 심정을 알 것만도 같다. 전화상으로는 아빠의 기분이 좋아 보이니 내려가도 별 문제 없겠지. 나는 평생을 아빠와 살아왔으면서도 아빠의 기분이 얼마나 죽 끓 듯 변덕스러울 수 있는지 끝끝내 깨닫지 못했다.

✳

일요일 아침까지만 해도 집안 분위기는 괜찮았다. 아빠는 내게 축하한다는 말은 하지 않았지만 막걸리와 파전을 앞에 두 고 나를 처음 보는 사람 보듯 쳐다보며 이리 말했다.

"어떻게 시나리오 쓸 생각을 다 했냐. 신기하다, 신기해……."

내게 그런 재주가 있으리라고는 상상도 못 한 모양이었다. 돈은 얼마 받았느냐는 질문에 자랑하기조차 민망한 소액에 나 는 그냥 그렇다는 얼버무렸다.

"백 이상이야? 칠십? 팔십? 육십? 설마 이백?"

원고료를 가지고 업다운 게임을 시도하려는 아빠의 도발에 도 나는 넘어가지 않는 척 모르쇠로 일관했다. 아빠는 곧 택도 없는 배우 이름들을 거론하며 내게 그 사람들의 출연을 강요하 기도 했다. 국민배우하면 송강호지. 이병헌은 눈빛 연기가 좋 아. 아빠, 주인공들은 여자라니까. 여자? 그럼 수애 어떠냐? 수애 예쁘지. 옆에서 엄마가 '이영애도.'라며 거들었다. 나는 그런 사람들이 출연한 내 영화를 상상하며 어색하게 웃었다. 지명도 있는 아이돌이라도 출현해 줬으면 여한이 없겠다. 분명 영화에 대한 뜬구름 잡는 이야기를 나눌 때까지만 해도 분위기 가 참 좋았는데, 문제는 다음 날 서울로 올라가려 짐을 쌀 때

발생했다.

"너 나랑 얘기 좀 하자."

분위기를 보아 30분에서 한 시간에 걸쳐 조언과 잔소리를 쏟아 낼 것 같아 불안해졌지만 난 당당했기에 그 명령에 응했다. 아빠의 서재에 자리를 잡자 아빠가 심각한 얼굴로 이야기를 시작했다.

"너 시나리오 이거 계속할 거냐?"

나는 고개를 끄덕였다.

"그럼 이거 공부에 지장 없게 할 자신 있어?"

혼란스러워졌지만 고개를 끄덕였다. 공부라니? 무슨 공부?

"알아보니까 ××대랑 ○○대 대학원 지원이 10월부터 시작하더라. 그거에 맞춰서 교수님 연락하고 그렇게 해 봐."

가만히 그 말을 듣고 있다가 아빠에 대한 두려움을 이겨 내고 가까스로 물었다.

"××대? 내가 거길 왜 가?"

"왜 가냐니?"

이유를 감히 입 밖에 꺼내 놓아도 되는 걸까. 두려움에 피가 차갑게 얼어붙을 것 같다. 여태껏 단 한 번도 아빠가 제시한 길을 거절한 적이 없다. 그래서 무섭다. 아빠의 명을 거스르는 게 아빠와 나를 묶어 놓았던 끈을 끊는 짓이 될까 봐. 앞으로 내가 내리는 선택에 아빠가 관여할 수 없는 만큼, 쓰디쓴 실패까지 모조리 나의 책임이 되는 게 두렵기도 하다. 하지만 지금이 아니면 아빠를 거절할 기회가 없을지 모른다. 아빠의 그림자에서 벗어나려면, 내가 하고 싶은 일을 위해서는 희생이 필요하다. 피할 수 없는 위험 부담.

"나 대학원 안 갈 거야."

아빠는 말도 안 되는 말을 한다는 듯 두 눈을 부라리며 나를 바라보았다.

"그럼 뭘 할 건데?"

나는 자꾸 기어들어가려는 목소리를 가다듬어 내 뜻을 알렸다.

"시나리오 작업할 거야. 작가가 될 거야."

아빠가 코웃음을 쳤다.

"헛소리하지 마."

나는 물러서지 않았다.

"진짜야."

아빠가 자리에서 벌떡 일어섰다. 한마디라도 더 내뱉었다가는 근처의 연필꽂이로 내 머리를 내려칠 기세다. 어린 날 보았던 아빠라면 그런 짓을 하고도 남았다. 아빠가 숨을 가쁘게 내쉬며 이를 갈았다.

"너 지금 네가 쓴 그게 지금 뭔 이상한 감독 마음에 들었다고 자만하는가 본데, 너 그쪽 업계가 얼마나 배고픈 줄 알아? 너 그거 갖고 평생 먹고살 자신 있어? 네가 그거 쓴 거 말고 한 일이 뭐가 있어? 좀, 철 좀 들어라!"

나도 참지 못하고 자리에서 벌떡 일어섰다.

"아빠야말로 내 시나리오 읽어 보지도 않고 왜 그래? 그리

고 그 감독님 국제영화제에서 상까지 받은 사람이야! 각본으로
영화 작업 들어가는 게 아무나 하는 일인지 알아?"

"그래 봤자 프리랜서야. 사대 보험이 지급돼, 아니면 연금이
있어? 지금이야 푼돈 받고서 좋다고 하지, 나이 좀 더 들어 봐.
그게 직업이 되냐? 꿈 깨라."

"유명해지면 대학 강연도 다니고 책도 쓸 거야. 영화가 잘되
면 내 이름값도 올라간다고. 드라마도 쓰고 있단 말이야."

우리의 높아진 언성에 엄마가 걱정됐는지 근처에서 기웃거
렸다. 아빠의 얼굴은 점점 붉어지고 나는 아빠 근처에 있는 연
필꽂이를 주시하며 나도 모르게 근처에 잡히는 플라스틱 물통
을 잡았다. 아빠만 던질 수 있는 줄 알아? 나도 던질 수 있어.
어디 한번 던져 봐. 내가 전처럼 맞고만 있나. 나도 이제 성인
이야.

"시나리오 같은 거 손대기만 해 봐. 그땐 아주 다리뭉둥이가
부러질 줄 알어."

"할 거야."

아빠의 손이 날 협박하려 하늘 높이 올라갔다.

"민아 아빠."

엄마가 끼어들었지만 아빠는 멈추지 않았다.

"너 지금 그 김현수인가 뭔가 하는 그놈 아들 때문에 헛바람
든 모양인데, 이딴 식으로 할 거면 헤어져. 그딴 놈한테 휘둘려
서 이딴 식으로 헛소리할 거면 헤어지라고!"

오빠가 거론되자, 내 가슴 속에서 울분과 분노를 막고 섰던

마지막 무언가가 툭하고 부서졌다. 페트병으로 아빠를 가격하고 싶지만 아빠라서 그럴 수가 없다. 나를 저리도 공격하는 사람이 하필 아빠라서, 솟아오르는 눈물을 내리누르지 못하고 빽빽 미친 사람처럼 소리 질렀다.

"남자 친구 때문에 그런 거 아니야! 시나리오 쓴 지 일 년 넘었어! 내가 싫어하는 일 하면서 멍청하게 살기보다 내가 원하는 거 하면서 힘들게 살고 싶다고! 내 인생이니까! 그렇게 의사가 되고 싶었으면, 과학자 되고 싶었으면 아빠나 실컷 했으면 됐잖아! 왜 지가 못하고서 나한테 강요하고 지, 지랄이야!"

결국 나오고 말았다. 아빠는 내가 하는 말뜻을 듣기는 한 건지 마지막 단어에 집착하며 내게 달려들었다.

"뭐? 지랄? 다시 말해 봐. 야, 이 쌍년아, 다시 말해 봐. 어디 아빠한테 그딴 말버릇이야! 이 씨발년이!"

내게 달려드는 아빠를 엄마가 온몸으로 막아섰다.

"하지 마! 우리 딸 건드리지 마!"

울부짖는 엄마를 뒤로하고 나는 무작정 지갑과 휴대폰만 챙겨들고 집을 나섰다. 아빠한테 욕한 건 분명 잘못이다. 하지만 참을 만큼 참았어. 아빠의 일방적인 강요에 질릴 대로 질렸어. 나는 아빠의 분신이 아니다. 내게도 내 삶을 선택할 권리가 있다. 내 꿈과 희망이 아빠의 것과 일치했다면 더 바랄 게 없겠지만 싫은 걸 어쩌란 말이야. 그리 좋아하는 성아한테나 강요하든가. 왜 나한테만 그러냐고. 왜 나한테.

눈물은 주룩주룩 흐르는데 행여나 아빠가 정말로 몽둥이 같은 걸 들고 뒤를 쫓을까 봐 무서워서 빨리 걸음을 옮겼다. 전화가 왔지만 엄마여서 휴대폰을 껐다. 택시를 잡고 곧장 고속버스 터미널로 향해 그 길로 서울로 올라갔다. 무서웠다. 아빠한테 이런 식으로 반항한 적이 없어서 온몸이 사시나무 떨리듯이 떨렸다. 지금 와 생각해 보니 나는 늘 착한 딸이었던 것 같다. 아빠와 성격은 안 맞아도 아빠의 눈 밖에 나지 않으려 최선을 다했다. 그래서 성적에 더 집착했을지도 모르겠다. 내가 성아를 이길 수 있었던 건 공부밖에 없었으니까. 이제 나는 영원히 아빠의 눈 밖에 나게 된 걸까. 이렇게 아빠와 나의 인연은 끝나는 걸까.

멍한 정신으로 집에 도착해서 한동안 침대에 누워 꼼짝도 하지 않았다. 휴대폰을 켜서 오빠한테 전화하고 싶은데 휴대폰을 켜는 순간 아빠, 엄마의 전화가 올까 봐 무서워서 켤 수 없었다. 엄마한테 미안하다. 분명 엄마는 침대에서 엉엉 울고 있겠지. 아빠는 욕을 읊조리면서 부엌에서 온갖 식기를 엉망으로 만들고 있을지도 모르겠다. 어릴 적 아빠는 그런 사람이었다. 저 혼자 수가 틀리면 부엌의 식기를 이유 없이 바닥에 던지기도 했다. 그 소리를 들으며 나와 엄마와 성아는 두려움에 떨며 가까스로 잠자리에 들었다. 늙어 버린 아빠가 여전히 그런 식으로 화를 낼지 잘 모르겠지만 여전히 나는 아빠가 화가 날 때면 그때 으깨졌던 접시들의 신음을 떠올리곤 했다. 그 접시가 나와 같아서.

무슨 소리에 잠에서 불현듯 깨어났다. 나도 모르게 잠이 든 모양이다. 눈을 게슴츠레 뜨고 시간을 확인하려 휴대폰을 건드렸으나 꺼져 있었다. 누군가 "쾅쾅쾅" 하고 문을 두드렸다. 그제야 정신이 완전히 깨어났다. "띵동, 띵동" 하는 소리도 들렸다. 나는 황급히 자리에서 일어나 얼굴을 두 손으로 쓸어내리며 인터폰을 확인했다. 아빠가 여기까지 쫓아온 걸까? 아빠면 결코 문을 열어 주지 않을 테다. 하지만 흑백 화면에 담긴 사람은 아빠가 아니었다. 깜짝 놀라 현관문으로 달려가 문을 열어 주었다. 오빠가 잔뜩 상기된 얼굴로 나를 내려다보고 있었다.

"오, 오빠……."

그가 성큼성큼 집안으로 들어섰다. 그를 따라 저절로 문이 닫혔다. 그가 낮은 목소리로 감정을 꾹꾹 짓누르며 내게 물었다.

"왜 연락이 안 됐어? 내가 얼마나 걱정했는지 알아? 왜 휴대폰 꺼 놓은 거야."

이 상황을 어떻게 설명해야 할지 눈앞이 막막했다.

"아, 그게요…… 집에 내려갔는데……. 이번에는 진짜예요! 정말 내려갔어요."

더듬거리며 변명을 늘어놓으려는데 오빠가 내 말을 잘랐다.

"알아. 어머님한테서 전화 왔었어."

"어, 엄마요?"

그가 현관에서 신을 벗고는 식탁 의자에 앉았다. 그의 목소리가 피곤한 한숨처럼 파리했다.

"응, 네가 서울 올라간 뒤로 연락이 안 된다고."

오빠가 무엇까지 알고 있는지 갈피가 잡히지 않아 입술을 악다물었다. 오빠가 나를 힐끔 쳐다보더니 휴대폰으로 누군가에게 전화를 걸었다. 나는 본능적으로 그의 팔을 잡았다.

"너 안전하다고만 말씀 드릴 거야. 걱정 마."

전화 걸기가 무섭게 엄마가 전화를 받은 모양이었다. 엄마의 목소리가 웅얼거리며 전화기 너머로 들려왔다. 시험이 가까워져 마음의 여유가 없었을 텐데도 내게 계속 전화했을 그의 모습이 상상되어 가슴이 뭉클해졌다.

"네, 어머님. 네. 잘 있어요. 집에 있더라고요. 네. 아, 아니요. 괜찮습니다. 아…… 그건."

오빠가 나를 힐끔 쳐다보았다.

"네, 별로 받고 싶지 않은가 봐요. 죄송합니다. 네, 네, 알겠습니다. 네, 네, 나중에 찾아뵙겠습니다. 네, 안녕히 계세요."

다행히 통화는 내가 특별히 관여할 틈도 없이 끊어졌다. 한숨을 돌리며 침대에 걸터앉자 그의 시선이 온전히 나를 향해 좁혀 들었다. 무거운 침묵이 가라앉았다. 오빠는 나를 닦달하지 않았다. 그 침묵을 견디지 못한 내가 결국 먼저 말을 꺼냈다.

"내가 원래 이런 애가 아니거든요. 저 완전 착한 딸이란 말이에요. 그런데 이번에는…… 아, 모르겠어요. 왜 이런 건지."

"아버지랑 싸운 거야?"

부드러운 물음에 고개를 끄덕였다.

"시나리오 때문에?"

"엄마가 말했어요?"

그가 쓸쓸하게 웃으며 고개를 저었다.

"시나리오, 몰래 작업하고 있었잖아."

나도 그처럼 머쓱한 미소를 지어 보였다. 속이 쓰리다. 내가 말을 안 하니 다시 정적이 흐른다. 그는 나를 기다리고 있었다. 저번에 그는 내게 말했다. 나는 늘 중요한 것들을 그에게 숨긴다고. 이제 그를 정말로 믿어야 할 때가 왔다. 나는 한숨과 함께 오늘 있었던 일들을 천천히 오빠에게 털어놓았다. 오빠는 간간히 "응." "아⋯⋯." "그랬구나." 이런 군소리를 붙여 가며 내 말을 차분히 들어 주었다. 중간 중간에 감정이 격해진 것 같아 나도 모르게 숨을 참을 때도 그는 나를 닦달하지 않았다. 호들갑스럽게 맞장구를 치거나 아빠의 험담을 해 준 것도 아닌데 그가 날 온전히 이해하는 것 같아 차차 차분해졌다.

"그래서 아빠랑 대치 중이에요. 정말 왜 그러는 건지 모르겠어요. 왜 집착하는 걸까요? 도대체 아빠가 바라는 게 내 행복인지, 아니면 자기가 바라는 욕망의 투영인지 모르겠어요. 본인 나름대로의 콤플렉스가 있고 집안 사정이 있다는 건 아는데. 그 업보를 짊어져야 하는 게 자식의 몫은 아니잖아요? 밥벌이 걱정하는 건 이해하지만. 그래도 난 젊은데."

모든 하소연을 퍼내니 피로감이 몰려왔다. 오빠는 내 말을 곱씹듯 눈을 바닥을 향해 내리깔았다. 그의 시선을 따라 나도 바닥을 바라보았다. 오빠 의자 아래 내 머리카락이 보인다. 치우고 싶다. 오빠는 한참 뒤에 내게 물었다.

"그래서, 포기할 생각이야?"

나는 고개를 저었다.

"싫어요. 대학원도 싫고 의전도 싫고. 이젠 지긋지긋해요."

"그렇지?"

그가 빙긋 웃었다. 상황에 맞지 않는 미소인 것 같아서 당황스러웠지만 내색하지 않았다.

"그럼 간단하네. 포기하지 않으면 되잖아."

좀 더 깊이 있는 조언이 나올 줄 알았는데. 곤혹스러움을 숨기며 허탈하게 웃었다.

"오빠, 아빠가 반대를 하고 있는데 그게 그렇게 단순히 해결되지 않잖아요."

"하지만 아버님 말씀도 따를 생각이 없잖아. 네가 살고 싶지 않은 삶을 살면서 효녀 노릇을 할 건지, 아니면 네가 원하는 일을 할 건지 선택해야 하는데, 너는 네 꿈을 포기하고 싶지 않다고 말했잖아."

논리 정연한 그의 말에 딱히 잡을 만한 꼬투리를 생각할 수 없었다. 그가 말을 이었다.

"그리고 아버지는 변하지 않아. 그분들은 안 변해. 우리 아버지도 그렇거든. 언젠가 변할 거라고 생각했어, 나도. 자기 실수를 깨닫는 날이 올 거라고."

그는 마치 나와 같은 경험을 한 사람처럼 내게 동감했다. 벗어나고 싶은 아버지의 존재. 모두가 그런 아버지를 가진 걸까. 그럴 리가 없다. 그런데 많고 많은 사람 중 나와 오빠는 그런 아버지를 갖고 있었고, 이렇게 우리는 만났다. 한때 오빠에게 간접적이나마 우리 가족의 갈등을 털어놓았을 때 이런 고민을 했다. 같은 아픔을 지닌 사람들은 서로 더 크게 그 부족함을 느껴 수렁에 빠지게 되지 않겠느냐고. 아버지와의 관계를 깊이 생각하고 또 생각해 왔던 사람처럼 오빠는 거침없다.

"인정하기는 힘들겠지만 평생을 그리 살아오신 분들이야. 바뀔 수 있었다면 예전에 바뀌었을 거야. 네가 아버지를 위해 변할 수 없듯 그분도 널 위해 변하지 않아. 그러니까 때론 이기적인 선택을 할 수밖에 없어. 아버지의 존재라는 게 참 중요하기도 하지만 결국 우리는 서로 다른 인생이잖아. 언제까지 그분들의 그늘 아래 허덕일 수 있겠어?"

쓸모없는 고민이었다. 같은 아픔은 동질감의 계기를 만들어 주었다.

"그래서 오빠는 아버님이 더 이상 싫지 않아요?"

오빠는 잠시 생각을 정리하더니 이내 편안하게 웃으며 말했다.

"가끔 원망스러울 때도 있지만 요즘에는 그냥 그러려니 해. 다 본인의 사정이 있으셔서 그런 거니까. 그분의 모든 게 마음에 들지는 않지만 어쩔 수 없잖아. 가족이니까."

"그렇게 초연해지려면 어떻게 해야 해요? 오늘은 아빠의 말에 휘둘리지 않고 내가 살고 싶은 삶을 살아야지, 하고 생각하지만 만일 아빠가 내일 서울에 들이닥치면 그 결심이 흔들릴 것 같아 무서워요."

"음, 일단은 네가 하고 싶은 일을 하는 데 따르는 위험부담을 질 수 있는 리더의 마음가짐을 가져야 해. 그리고 아버지에 대한 객관적인 시선을 유지하려면……."

그가 맞댄 두 손의 손가락을 까딱이며 맞부딪혔다.

"너 자신과 아버지를 이성으로 평가해야 해. 가끔은 매정하다 싶을 정도로 냉철한 판단을 해야 결국에는 옳은 길을 선택할 수 있거든."

고작 세 살 차이밖에 안 나는 사람이 왜 나보다 열 살은 더 많은 사람처럼 성숙한 건지 모르겠다. 내가 무슨 눈을 하고 그를 바라보고 있었는지는 모르겠지만 그가 나와 눈이 마주치기가 무섭게 머쓱하다는 듯이 웃었다.

"리더의 마음가짐이라니. 고루의 결정체다."

나는 고개를 저었다. 상투적인 표현이 어쩔 땐 가장 효과적인 표현이다. 그의 귀 끝이 빨갛다. 그 모습이 너무 귀여워서 나도 모르게 입가에 미소가 걸렸다. 이 상황에서도 오빠의 매력에 빠지다니 정말 답이 없다. 갑자기 그가 뭔가 잊던 것을 기억해 낸 사람처럼 편 손에 주먹을 부딪쳤다.

"아, 맞다. 너 드라마 쓴 거 있다고 했지?"

얼떨결에 고개를 끄덕이자 그가 내 노트북에게 다가가며 말했다.

"나한테 보내 줘. 아버지한테 나중에 보여 드리게."

나는 깜짝 놀라 자리에서 튀어 올라 노트북을 사수했다.

"아, 아, 아버님께요?"

"응, 도움이 될 거야. 애석케도 이쪽 세계에는 인맥이 많은 걸 좌우하거든."

"아, 아, 그래도……. 이거 20대 여성용 로맨스 드라마인데요?"

어른(그것도 아줌마도 아닌 아저씨)한테 20대 중반 처자가 쓴 연애 드라마 시나리오를 보여 드린다는 그 생각 자체가 왜 이리 부끄러운지. 오빠가 걱정 말라는 듯 내 머리를 쓰다듬으며 경쾌하게 말했다.

"우리 아버지가 로맨스 드라마에 몇 번을 나오셨는데."

"그래도 좀……."

"네 극본에 앞으로 어른들은 안 나올 줄 알아? 네 드라마는 어른들은 안 볼 드라마야?"

내가 고개를 도리도리 젓자 그가 나보고 의자에 앉으라는 듯 등받이에 손을 얹어 손가락으로 리듬을 탔다.

"그럼 보내 줘. 어서."

보내서 도움 받을까. 시나리오로 영화 작업 들어간 걸로 내 능력에 대한 증명이 되는 걸까. 하지만 이번 스토커 사건으로 벌써 오빠 아버님께 큰 폐를 끼쳤는데. 이런 부탁까지 드리면 날 뭐로 보실까. 설사 그분의 도움으로 방송국에 발을 들이게 된다 한들 떳떳하게 작품 활동을 할 수 있을까? 나는 결국 고개를 저었다.

"안 돼요. 일단 저번 사건 때문에 저랑 오빠랑 구설수에 오른 마당에 아버님의 도움 받을 수도 없고 받아서도 안 될 것 같아요. 길게 보면 지금은 고생하더라도 저 스스로 커리어를 쌓아 나가는 게 맞을 거예요."

오빠는 두 눈을 깜빡이더니 결국 느리게 고개를 끄덕였다. 미처 생각지 못한 부분을 짚어 낸 모양이다. 대놓고 인맥을 이용해 데뷔했다간 이 바닥에서 결코 살아남지 못할 테다. 결국 내 힘으로 하는 수밖에. 겁나긴 하지만 정정당당한 리더의 마음가짐! 정의에 대한 의리!

"걱정 마요. 첫 작부터 승승장구하는 걸 보니 저 알아서 잘해낼 수 있어요. 그래도 오빠 마음은 고마워요."

그가 어쩔 수 없다는 듯이 웃으며 내게 다가왔다. 습기 찬 여름의 도로변 잡풀들이 한때 높게 자라 행인들에게 흩뿌리는, 숨 막히게 감싸오는 흐뭇한 향내가 있다. 너무나 예상치 못한 달콤함이라 절로 발걸음이 더디어지는. 젖은 토양의 온기가 향취에 담겨 주변을 에워싸 녹음으로 향한다. 그 향기로움을 닮은 그의 목소리가 정수리에서 따스한 햇살처럼 부서져 내렸다.

"그게 가장 너다운 방법이네."

그의 팔이 뒤에서부터 내 허리를 감았다. 우리는 잠시 그렇게 서로의 체온을 느끼며 눈을 감았다. 오빠가 한참 뒤 나지막한 목소리로 말했다.

"우리 부모님 뵈러 갈래?"

"오빠네 부모님요?"

"그냥, 저번 일도 그렇고 다시 정식으로 인사드리는 게 좋을 것 같아서."

상견례를 제안 받은 느낌이라 기분이 이상하다. 하지만 생각해 보면 오빠도 엄마를 만났잖아. 나도 오빠 부모님을 뵙는 건 당연한 거야. 병원비도 고맙다고 말씀드려야 하고. 그나저나 우리 사귄 지 얼마나 됐지? 지금이 8월 초니까……. 3개월 조금 넘었나? 맙소사. 몇 년은 사귄 느낌인데 고작 3개월밖에 되질 않았다니. 그 사이에 무슨 일들이 있었던 거야.

"알았어요. 오빠 시험 끝나고."

"응."

그가 내 볼에 오래 입을 맞추었다. 피부에 와 닿는 그의 부드러운 입술이 좋아서 나도 모르게 눈을 감았다. 입술을 뗀 그가 귓가에 속삭였다.

"여기서 자고 가도 돼?"

그가 일부러 속살거리면서 날 자극한다. 혀가 닿은 것도 아닌데 순식간에 뜨거운 기운이 몸 깊은 곳에서 피어 나와 심장을 꽉 쥔다. 나는 어깨를 움츠리면서 그를 흘겨보았다.

"부모님이 오빠 외박한다고 걱정 안 해요?"

"네 방에서 자는 거 벌써 다 아실걸."

청천벽력 같은 말에 깜짝 놀라 입을 벌리고 경악하자 그가 내게 두른 팔을 푸르며 얄밉게 깔깔대며 웃었다.

"아, 농담이야. 농담. 내가 직접 그렇게 말씀드린 적은 없어."

"직접 한 적 없다는 말은 무슨 뜻인데요?"

"그냥 논리적인 추론이잖아. 여자 친구 생긴 아들이 외박을 하면 어디서 하겠어?"

"아, 정말!"

내가 자리에서 벌떡 일어나자 그가 내게서 물러났다. 나는 곧장 그를 문을 향해 떠밀었다. 여성의 성 해방에 백번 동의하며 나도 당당하게 실천해야겠다고 아무리 마음먹은들, 막상 현실로 닥치니 여자는 처녀여야 하고 조신해야 한다는 머저리 같은 마인드를 가진 사람들의 평가가 두려워진다. 난 역시 모순 투성이다. 여성의 권리며 사회적 위치며 어쩌구를 논할 자격이 없다. 난 성숙한 사회인이 되려면 아직 한참 멀었어. 하지만 오빠의 부모님은 남의 시선에 비정상적으로 민감한 사람들이 아닌가. 그가 자고 갈 때 어째서 단 한 번도 그분들을 떠올리지 못했는지 알다가도 모르겠다. 이제와 후회한들 모두 무슨 소용이 있겠냐만!

"앞으로 집에 가서 자요!"

"민아야, 미안해. 아아, 나 내쫓지 마!"

"나 이제 오빠 부모님 어떻게 봐요! 난 우리 집에는 오빠 자고 간단 말 안 했는데!"

얼굴을 붉히며 씩씩 화를 내자 그가 내 두 팔을 포박하더니 나를 품 안에 꽉 안았다. 그에게서 벗어나려고 내숭 살짝 치우고 퍽퍽 그의 가슴을 밀어냈지만 그는 꼼짝도 않았다. 덩치 차이를 이길 수가 없다. 아, 이 남자 때문에 내가 못 살아!

"민아야, 미안해. 잘못했어, 내가 잘못했어!"

잘못했다는 사람치고는 즐거워서 미치겠다는 목소리에 부아가 치민다.

"난 이제 며느리는 틀렸어요. 며느리 감으로는 아웃일지도 모른다고요!"

결국 몸싸움을 포기하곤 뱁새눈을 한 채 그를 올려다보자 실실 웃던 미소가 굳더니 어느새 어정쩡하게 양 입꼬리를 올린 채 그가 나를 빤히 쳐다보았다. 내가 방금 한 말에 무슨 이유에선지 놀란 모양이다. 내 말을 곱씹는 듯한 반응에 나도 내가 한 말을 되짚어 보았다. 당황망조의 기색이 역력한 미소가 채 가시지 않은 얼굴로 그가 내게 물었다.

"진심이야?"

"네?"

"진심이냐고, 그 말."

뭘 진심이라 묻는 건지도, 왜 당황하는 건지도 모르겠다. 말 실수를 한 걸까?

"아, 그야…… 아예 아웃은 아닐지도 모르겠지만……. 좀 그렇잖아요. 어른들 정서가…… 그런 거에 대해서 관대할지……. 오빠네 부모님은 다르실 수도 있지만……."

"아니, 그거 말고."

그의 얼굴에 곧 화색이 돌았다. 그 화색이 피어나 마침내 만발했을 때 나도 모르게 헛웃음을 짓고 말았다. 세상에 이토록 사랑스럽고 어여쁜 걸 처음 본다는 듯한 눈으로 날 쳐다보던 그의 입에서 나온 말이 가관이었다.

"우리 결혼할래?"

순간 내 귀를 의심했다.

"네?"

"나 의전 붙고 너 대학 졸업하면. 음, 맞아, 내후년에. 그래, 내후년 어때? 괜찮겠어? 너 스물다섯, 나 스물여덟."

"자, 잠깐만요!"

이렇게 심각한 주제를 이리 장난처럼 충동적으로 쏟아내는 그의 진의가 궁금해 그의 품에서 빠져나오려고 용을 썼다. 진지한 대화를 위해서는 그에 응당한 사람과 사람 간의 거리가 필요하건만, 어째 그의 팔은 점점 조여 올 뿐 힘이 풀릴 줄 모른다. 종국에 그는 허리를 바짝 감아 날 번쩍 안아 올렸다. 절로 "꺅" 하고 비명이 터져 나왔다. 내일은 옆집 여자 대신 내가 문고리마다 과자와 사과문 쪽지를 달고 있을지도 모르겠다. 그가 날 침대에 앉히더니 바닥에 무릎을 꿇고서는 내 두 손을 잡았다. 초롱초롱 빛나는 두 눈을 보니 또 귀여워서 웃음이 나오려고 하긴 하는데, 잠깐만! 이놈의 미인계에 아무 때나 넘어가선 안 돼!

"그럼 그건 그때 얘기하면 되잖……."

"알아. 그런데 지금 답 듣고 싶어. 나 지금 진지해. 계속 생각했던 거야. 이제 생각한 지 좀 됐어. 너랑 사귀자마자 바로 알았어. 나 너랑 계속 함께할 거라는 거. 넌 어때? 너도 그렇게 생각했어?"

"나, 나는……."

갑자기 정신이 멍해진다. 근데 잠깐만. 이거 설마 프러포즈야? 나 지금 결혼 프러포즈 받고 있는 거냐고! 번쩍 정신이 들었다. 얼떨결에 내 허락을 받아 내려고 이 싸람이! 내 두 눈에 초점이 잡히자 그도 내게 무섭게 집중했다. 그에게 꼬리가 있었다면 미친 듯이 좌우로 흔들렸을 것 같다.

"정식으로 물어보기 전까지는 답 안 할래요."

새치름하게 강수를 두자 그가 벙쪄서 나를 멍하니 쳐다보았다. 아, 이 상황이 왜 이렇게 웃긴지 모르겠다. 미소를 참는데 입가가 아플 지경이다. 그가 잡았던 내 손을 놓더니 나라를 잃은 사람처럼 깊은 한숨을 내쉬었다.

"난 진심이었는데……. 너 방금 남자의 자존심을 뭉개 버렸어……."

"오빠랑 나랑 아직 스물여섯, 스물셋밖에 안 됐다고요."

"내후년엔 스물여덟, 스물다섯이라니깐."

"그리고 청혼 받기에 우리 아직 삼 개월밖에 안 사귀었어."

"뭐?"

그도 거기까지는 생각 못 했는지 잠시 주춤하다가 이내 따져 물었다.

"기, 기간이 무슨 상관이야!"

"그리고 만약 우리가 결혼을 전제로 사귈 거면 나 이제 앞으로 오빠한테 존댓말 안 해요."

그가 고개를 갸우뚱하자, 나는 그를 위해 친절히 설명을 덧붙여 주었다.

"부부라는 건 동등한 입지에 서서 함께 생을 꾸려 나가야 하는 거라는데, 내가 존댓말을 쓰면 오빠가 나보다 위에 있는 게 되잖아. 그러면 안 할 거야. 결혼은 연장자 우대 이런 거 다 없는 거라고."

내게는 퍽 중요한 문제인데도 그에게는 별로 중요치 않았는지 그가 내 허리를 감아 오며 바싹 다가왔다.

"그런 거야 상관없어. 어차피 전부터 반은 놨잖아. 내가 모를 줄 알았어?"

그의 말에 나는 짓궂게 웃는 수밖에 없었다.

"알았어."

"좋아."

"나도 좋아."

"오케이."

"오케이."

그의 말투를 따라 하며 킥킥거리자 그도 이내 심각한 척했던 표정을 풀고 편안한 미소를 지어 보였다.

"그럼 우리 지금 결혼 전제로 사귀는 거야?"

"응."

"그럼 나 여기서 자고 가도 돼?"

다시 원점으로 돌아간 문제에 내가 과장된 한숨을 내쉬자 그가 킥킥거렸다.

"오빠도 자취하면 좋았을 텐데. 부모님이 우리 사생활 모르게요."

나도 모르게 습관처럼 존댓말을 했다가 장난기로 가늘어지는 그의 두 눈을 보고 반사적으로 내 입을 막았다. 습관이란 게 참 무서워. 그가 씨익 웃더니 말을 이었다.

"우리 사생활이 어때서? 그리고 어차피 결혼할 거면 더 상관없지 않아? 연인끼리 사랑 좀 나누겠다는데."

부디 오빠 부모님도 그리 생각해 주셨으면 좋겠네요. 그를 흘겨보다가 그의 손목시계를 돌려 시간을 확인했다. 맙소사. 몰랐는데 벌써 12시가 넘었다. 차가 있으니 대중교통 막차를 걱정하지 않아도 되지만……. 아, 모르겠다. 어차피 내일 스터디도 학교에서 하잖아. 이 남자 앞으로 월세 반은 내야 돼.

내 안면에 흐리게 비친 포기의 뜻을 읽었는지 그가 양쪽 입가를 길게 늘이며 볼에 입을 맞췄다. 그의 수에 말려들어 간 기분이다. 정말 오빠 말대로 모든 게 잘 흘러가서 나는 시나리오 작가로 성공하고, 그는 원하는 의전에 붙어서 원하는 공부를 할 수 있게 된다면 얼마나 좋을까. 무리 없이 부모님의 허락을 얻고, 무리 없이 결혼해서 그냥 알콩달콩 살기. 알콩달콩 부분에서 왠지 유부남녀들이 코웃음을 칠 것 같다. 바라기엔 너무나 비현실적인 일일까? 그와 나란히 서서 이를 닦은 뒤, 불이 꺼진 방의 침대에 함께 누웠다. 사랑을 나눌 준비를 하는 그의 입술을 받아 내다, 문득 궁금한 것이 생겼다.

"오빠, 오빠 의사 되면 전공을 뭘 하고 싶은데?"

한참 전에 물어봤어야 할 질문인 것 같았다. 내게 밀려난 그가 씨익 웃더니 내 쇄골 근처 어딘가에 입을 맞추었다. 그의 입김이 부드럽고 따뜻하고 피부 위에 내려앉았다.

"정신과."

그에게 너무 어울리는 전공인 것 같아 나도 모르게 웃음을
터트릴 뻔했다.

❇

그 뒤로 시간은 빠르게 지나갔다. '결혼을 전제로' 사귀게
된 우리였지만 오빠는 정말 시험이 코앞으로 다가오자 더는
내 방에서 자고 갈 수 없게 되었다. 나는 그사이에 조금이라도
더 다양한 시나리오 작업을 해 놓으려고 아르바이트가 없는
시간에는 노트북을 붙잡고 원고와 씨름했다. 그 사이에 몇 번
인가 엄마로부터 전화가 왔지만, 오빠와의 대화 후에도 상한
감정이 온전히 풀리지 않았던 나는 받지 않았다. 오빠는 수시
원서를 접수한 대학의 1차 서류 과정에 합격해 무난하게 면접
을 준비할 수 있었다. 날짜는 의전 시험 일주일 뒤로 잡혔다.
그러던 8월 초 주말, 드디어 엄마가 서울로 올라왔다. 주말 맞
이 늦잠이 한참이던 나는 시끄럽게 울리는 도어 벨에 깨어나
부스스한 얼굴로 인터폰을 들여다보았다가, 화면을 가득 채운
엄마의 얼굴을 보고 깜짝 놀라 수화기를 들었다.

"아빠도 왔어?"

"아니. 문 열어, 이 나쁜 년아."

원망이 절절히 밴 엄마의 음성에도 아빠가 없다는 사실에만
안도했다. 엄마는 피곤에 찌든 나의 몰골을 보고서는 쯧쯧 혀
를 차더니 집안을 둘러보았다. 상상했던 것보다는 깨끗했는지

엄마는 의외라는 듯 나를 바라보다 이내 가늘어진 눈으로 날 의심했다.

"은수 여기 왔다 갔지?"

그게 마치 '너 네 남자 친구랑 여기서 이렇고 저렇고 이런 짓 하지?'라고 말하는 것 같아 나는 정색하며 고개를 저었다.

"엄마, 8월 말에 시험이야. 여기 올 시간이 어디 있어."

최근에 그가 자취방에 머물다 가지 않아 천만 다행이었다. 어디 보자. 쓰레기통 비운 게 이틀 전이었지? 엄마가 갖고 온 음식들과 물건들을 주섬주섬 풀어 놓을 동안 나는 안절부절못하며 엄마 주변을 맴돌았다. 많이 화났을까.

"엄마가 여긴 웬일이야."

"전화를 안 받는데 내가 와야지 별수 있니. 이 못돼 처먹은 년."

그리 말씀하시니 또 제가 할 말이 없어지네요.

"아빠가 나한테 화내니까 그렇지."

"내가 전화했지, 네 아빠가 전화했니?"

네, 어머니 말씀이 맞습니다. 내가 변명을 떠올릴 동안 냉장고 등 기타 자질구레한 소품 정리를 끝내고는 엄마가 한숨을 쉬며 식탁 의자에 앉았다. 내가 맞은편 침대에 앉자 엄마가 물었다.

"요즘 뭐 하고 살아?"

"뭐 하긴……. 시나리오 쓰고……. 아르바이트 하고."

"아르바이트?"

"스무디 프린세스에서 오후에 일해."

왠지 엄마에게까지 모든 걸 숨겼다가는 정말로 온 가족과 척을 지게 될 것 같았다.

"왜 그런 아르바이트를 해? 돈이 필요하면 과외를 하지."

"아니, 나도 대학생 때나 해 볼 수 있는 그런 아르바이트 한 번 해 보고 싶어서. 사회 경험이잖아."

"사회 경험은 취직하면 하게 돼."

"아니, 그냥 내가 하고 싶었다니깐."

모든 행위에서 논리적으로 납득되는 목적과 이유를 찾으려 드는 엄마의 이성적인 태도를 참지 못하고 짜증을 내자 엄마도 더는 아르바이트에 대해 언급하지 않았다. 대신 그보다 더 중요한 문제를 거론했다.

"너 정말 앞으로 시나리오만 쓸 거야?"

"응."

"전공 공부가 그렇게 싫어?"

"싫진 않아. 그런데 재미가 없어. 흥미가 없다고. 생명의 신비가 뭔지, 다음으로 개발되어야 할 획기적인 항암제가 뭔지 아무런 관심이 없단 말이야."

"그래도 불안하잖아. 시나리오만 가지고 어떻게 먹고살아."

"굳이 바로 취업 전선에 뛰어들 필요는 없잖아. 엄마, 나 다른 애들 다 하는 휴학도 한 번 안 했어. 졸업하고 내가 하고 싶은 일 하겠다는데, 그게 안 돼? 지금 시작이 좋잖아. 이 나이에 이런 제안 받는 게 쉬운 줄 알아?"

"이게 정규직도 아니고 그때마다 원고 써서 새로 계약 맺고 하는 건데……."

"1년만 줘 봐."

엄마는 말이 없었다. 어디선가 타협을 해야 한다는 건 알았다. 1년이다. 1년 안에 이 업계가 내 인생을 담보로 뛰어들 만한 곳인지 결정할 수 있을까? 사실 말이 쉬워 1년이지, 아빠의 귀에 들어갔다가는 어디서 1년을 허송세월로 보내느냐며 펄쩍 뛸 일이다.

"나 아직 스물셋이야. 1년 정도는 내가 마음대로 하고 싶은 거 할 수 있게 해 줘."

쉽게 허락할 수 없는 엄마의 심정이, 아빠의 심정이 이해가 지 않는 건 아니다. 그러나 나도 초등학교 입학하고부터 단 하루도 쉰 적이 없다. 초등학교 6년을 다니자마자 바로 다른 아이들을 따라 중학교를, 고등학교를 들어가고 곧바로 목표했던 대학에 입학했다. 대학 입학 후에도 인턴이며 영어 공부며 교환 학생이며 무언가를 향해 달려가는 것을 놓은 적이 없다. 내 눈앞에는 항상 획일화된 목표가 있었다. 지금에서야 그것이 부모님이, 사회가 임의로 내게 부여한 허상의 목표라는 걸 알았지만, 그에게서 벗어나는 것이 두렵지 않은 것은 아니다.

안전한 길을 가면, 보장된 길을 가면 주어지는 것이 많다. 모든 사람이 그 길을 가라고 장려하는 데는 이유가 있다. 실패의 확률이 낮다. 새로운 길을 개척할 필요 없이 닦인 길을 편히 걸을 수 있다. 하지만 그 길이 내게 맞지 않은 걸 아는데, 어떻게 내 삶이 다른 이의 잣대에 끼워 맞춰지는 걸 두고 볼 수만 있단 말인가? 물론 자신만만하게 내 길을 걷겠노라고 선언한 이 마당에도 그 진위가 의심스럽고, 위험 부담을 감수할 준비가 되어 있는지 마지막 그 순간까지도 나 자신을 되돌아보게된다. 하지만 가야 할 길은 결국 가야만 한다. 기회를 놓쳐 평생 후회할 순 없다. 엄마가 마침내 한숨처럼 물었다.

"시나리오가 그렇게 재밌니?"

"응, 자유롭게 내 세계를 구상하고 복합적으로 사람들을 설득시키는 과정이 좋아. 그게 화면으로 구현되어 살아 움직이는 걸 상상하는 게 너무 즐거워. 내 세계가 사람들을 감동시킬 수 있는 것만으로도 내가 세상의 주인이 된 기분이라고."

그 질문 덕에 시나리오를 고집하게 된 경위가 확실해지자 초조했던 마음이 본래의 위치를 찾았다. 엄마가 포기했다는 듯 힘 빠진 얼굴을 하곤 내게 말했다.

"시나리오 쓴 거 있어?"

나는 노트북을 켜고 파일 몇 개를 열어 엄마에게 보여 주었다.

"메일로 보내 줘. 읽어 보게."

"왜?"

"우리 딸이 얼마나 잘 쓰나 봐야지."

"잘 쓰면 허락할 거야?"

엄마가 화면에 하얗게 켜진 문서 화면을 뚫어져라 바라보더니 낮게 읊조렸다.

"응원해야지 어쩌겠어. 내 딸이 꼭 하고 싶다는데."

나는 진지하게 원고를 훑어 내리는 엄마를 바라보다가 엄마의 허리를 끌어안았다. 엄마가 작게 한숨을 내쉬더니 둘러진 나의 손을 토닥여 주었다. 엄마라도 있으면 됐다. 엄마라면. 내 인생을 보듬어 줄, 지지해 줄 사람이 부모 중에 한 사람만 있더라도, 그것만으로도 난 충분했다.

기범: 인간관계

어린 사랑은 '네가 필요하기에 널 사랑한다.'라고 말한다.
성숙한 사랑은 '널 사랑하기에 네가 필요하다.'라고 말한다.
— 에리히 프롬

고민아가 날 거부한 뒤, 내 안의 무언가가 끊어졌다. 민아와 아등바등 어떻게든 인연을 이어 나가려고 노력에 노력을 가했던 오기가 심지까지 타 버려 증발했다. 그간 나름대로 노력했다. 비록 겁쟁이였을지라도 끝없는 자기 연민과 이기심으로 똘똘 뭉친 슬픔의 굴레에서 벗어나려 노력했다. 하지만 결국 난 혼자 남겨졌다. 소심한 내가 싫다. 하지만 태생적으로 바꿀 수 없는 게 있는 걸까. 인간관계에서 벽에 부딪히면 도망가는 건 늘 내 쪽이었다. 고독의 동굴에 숨어 시름시름 앓다가, 상처가 마모되고 감각이 사라질 무렵에야 그 어두운 곳에서 기어 나왔다. 기어 나온 세상 속 사람들은 날 환대하지 않았다.

왜 마음대로 연락을 끊어? 우리가 우스워? 너 우리가 친하다고 생각하지 않는구나.

직접 전하지 않아도 들려오는 그들의 속마음을 난 벌써 알고 있다. 맞서고 타협하는 과정이 두려워 그 자리에서 웅크리고 마는 그 괴상한 습관은 내 피부 결 세포 사이사이에 스며들어 벗어날 수 없는 나의 일부가 되어 버렸다. 그 단점은 치명적이었기에 나는 그 대가로 늘 무언가를 잃었다. 아버지를 마주하지 않아 당신과 정상적인 부자의 관계를 이루지 못했다. 친구라고 부를 이는 주변에 많았지만 막상 괴로울 때 의지할 수 있는 막역지우는 없다. 고민아와 멀어진 뒤에야 뒤늦게 깨달았다. 고민아가 유일하게 막역지우라고 부를 만한 사람이었다.

동굴 안에서 숨죽인 동안 할 일은 많았다. 실험실은 늘 바빴다. 교수님께서 내게 도전해 볼 만한 주제를 지정해 주셨다. 교수님께서 얹어 주신 수많은 논문을 훑어보며 번잡한 감정으로부터 멀어졌다. 결국 어머니의 결혼식이 닥쳐왔을 때 꾹꾹 누르고 있던 설움과 후회가 넘치고 말았지만. 불미스러운 사건으로 마무리된 횟집에서의 대화 이후 찾아온 어느 주말, 민아의 조언에 따라 큰마음 먹고 아빠가 사는 오피스텔을 찾아갔다. 속옷 차림에 자그마한 텔레비전으로 시시콜콜한 오락 프로그램을 시청하던 아빠가 예상치 못한 나의 방문에 얼떨떨해하며 나를 방안으로 들이셨다. 오피스텔 문 밖에는 점심으로 시켜 드신 듯한 중국집 배달 음식 그릇이 놓여 있었다.

"네가 여기 무슨 일이냐?"

머리를 긁적이며 나를 맞이하는 아빠에게 아무렇지도 않은 척 어깨를 으쓱했다.

"주말이잖아."

산처럼 쌓인 설거지가 보였다.

"이런 건 제때 해야 나중에 고생을 안 해."

소매를 걷어붙이는 날 아빠는 뒤에서 바라보기만 하셨다. 말없이 접시들을 닦는 동안 아빠가 마침내 물으셨다.

"점심은 먹었냐?"

"라면."

"그런 거만 먹으면 쓰러진다."

"아빠도 짜장면이나 시켜 먹잖아."

아빠는 답이 없으셨다. 설거지가 끝난 뒤 나는 곧장 쌓인 빨래를 돌렸다. 빈 컵라면 그릇과 일회용 도시락 통이 가득한 쓰레기 봉지를 갖다 버릴 때 아빠는 말없이 청소기를 돌리셨다. 집안일이 하나하나 끝나 가며 점점 집이 사람 사는 곳으로 탈바꿈할 즈음 아빠는 혼잣말처럼 중얼거리셨다.

"아들놈한테서 이런 것까지 도움 받고 참⋯⋯."

걸레로 바닥을 문대는 왜소한 어깨가 애잔했다. 언제 아빠가 이렇게 작은 사람이 되었는지 모르겠다. 민아의 말이 생각났다.

'부모님을 인간적으로 이해하기란 어려운 것 같아. 항상 날 위해 존재하는 것 같았던 엄마가 실은 그냥 여자이고, 위압적이던 아빠가 실은 그냥 지친 남자라는 걸 깨닫기 힘든 것 같아. 이해하는 순간 당신에 대한 절대적인 신뢰도 무너지는 게 신기하고. 의지했던 존재가 우리의 보살핌을 요구하게 될 때 그 역

할의 변화를 인정하는 것도 힘들고.'

고민아의 말이 맞다. 그래, 어렵다. 어색하다. 절대적인 누군가에게 무작정 기댈 수 있었던 어릴 적 그때가 그립기까지 하다. 하지만 오랜 기간 고생하신 아버지에게 인생의 모든 허물과 실수를 홀로 짊어지라고 강요할 정도로 나는 매정하지 못하다. 집안일이 끝나고 나와 아빠는 나란히 소파에 앉았다. 아빠는 당신 취향의 골프 채널을 틀어 놓았다가 내게 리모컨을 건네셨다.

"네 방에 티비도 없지?"

나는 그것을 받아들며 고개를 끄덕였다.

"네 방에 티비 하나 들여놔야겠다. 보통 방에서 뭐하냐?"

"그냥 거의 잠만 자. 실험실에 하루 종일 있어서."

"실험실? 뭐 하는 데냐?"

"피부 세포 재생."

"대학원 갈 생각이야?"

"석사까지 하고 그때 취업 자리 알아볼지, 아니면 박사까지 할지 아직 몰라."

"실험실은 마음에 들어? 힘들진 않아?"

"괜찮아. 사람들도 좋고. 연구도 재밌어."

"다행이다. 자기 갈 길 잘 찾아가는구나. 네 엄마는 아냐?"

"저번에 말했어."

우리는 다시 아무 말도 나누지 않았다. 두어 시간을 텔레비전만 보았지만 어색하지는 않았다. 원래 대화가 많았던 사이가 아니었으니까. 저녁이 되기 전 신발을 꿰신는 내게 아빠가 넌지시 물었다.

"이제 가냐?"

나는 또 어깨를 으쓱했다.

"아니, 장 보러 가려고. 냉장고가 비었더라고."

말이 끝나기가 무섭게 아빠가 식탁 위의 차 키와 지갑을 챙겨 드셨다.

"그럼 차 타고 가야지. 가자."

마트에서 함께 장을 보는 부자는 우리 말고 없었다. 우리가 장을 보는 내내 아빠는 쉽게 만드는 칼국수 패키지 같은 것들을 들여다보셨다.

"너 이런 거 먹고 싶지는 않냐?"

"자취하면서 먹을 건 제대로 챙겨 먹냐?"

"이것도 하나 사 줄까. 유통기한도 괜찮은 것 같은데."

본인 드실 것 말고 자꾸 내걸 챙기려 드는 당신의 강요에 못 이겨 나도 몇 가지 먹을 것을 골랐다. 장을 보러 온 김에 푸드코트에서 저녁을 먹었다. 본인이 고른 돈가스 중 가장 큰 토막을 내 밥그릇에 올려놓는 당신을 보면서 왜 미리 이러지 않았나 생각했다. 정말 아버지는 외로움을 모를 줄 알았다. 매정할 줄 알았다. 상관없을 줄 알았다. 항상 밖에서 일을 하던 양반이셨으니까. 그럴 리가 없는데.

직장인이기에 앞서 한 가정의 가장이었던 그가 그리 생각할 리가 없는데 왜 나는 아버지를 그런 틀 안에 가두어 생각했

510

던 걸까. 아빠가 나름대로 노력했다는 걸 알고 있었으면서. 집에 돌아와 냉장고를 정리한 뒤 아빠는 사과 두 개를 씻어 와 내게 한 알을 건네주셨다. 우리는 사과를 먹으며 저녁 뉴스를 봤다. 잘 시간이 되었을 때 나는 여분의 이불을 위해 옷장을 뒤졌다.

"자고 가려고?"

"주말이잖아."

아빠는 이불을 펴며 내게 말했다.

"침대에서 자라."

"괜찮은데."

"난 요즘 허리가 안 좋아서 바닥에서 자는 게 더 편해."

건강을 변명으로 들자 나도 할 말이 없어졌다. 불을 끄고 자리에 눕자 굉장한 적막이 찾아왔다. 자취방에 홀로 있을 때조차 깨닫지 못했던, 그런 적막이었다. 아빠는 잠에 들면 코를 곯았다. 하지만 오늘은 조용하다. 나는 어둠을 향해 덤덤한 척 말을 건넸다.

"그냥 우리 같이 사는 건 어때?"

아빠 쪽 이불이 순식간에 들썩였다가 잠잠해졌다.

"네가 불편할까 봐."

"아파트 하나 구하자. 월세 이중으로 내서 좋을 게 뭐가 있어."

답이 없는 아빠를 향해 난 계속 입을 놀렸다.

"내일 부동산 가서 같이 알아봐."

아빠는 여전히 말이 없었다.

"안녕히 주무세요."

"잘 자라."

이리도 쉬운 일이었다. 이렇게 쉬운 일을……. 그간 너무 오랫동안 고민하며 질질 끌고 왔다. 말로 형용할 수 없는 이상한 감정에 가슴이 울렁거려 베개에 얼굴을 묻었다. 또 찾아든 침묵에 익숙해질 무렵, 아빠가 어색하게 날 향해 말했다.

"고맙다."

"네."

울렁이는 감정을 들키지 않으려고 속삭이듯, 잠결에 빠진 것처럼 대꾸했다. 나는 아빠가 코를 골기 시작하기 전에 잠이 든 것 같다.

❋

자취방으로 돌아온 뒤, 나는 큰마음 먹고 엄마에게 전화를 걸었다. 엄마가 비록 다른 사람의 아내가, 다른 아이들의 엄마가 되었다고 해서 내 근황을 몰라도 되는 건 아니다. 그간 늘 엄마가 내게 전화했지, 내가 먼저 엄마에게 전화를 건 건 퍽 오랜만이었다. 엄마는 내가 무작정 아빠의 오피스텔을 방문했을 때처럼 내 전화에 놀라워했다.

— 어! 기범아! 무슨 일이야?

무슨 문제가 생겨서 전화했다고 생각한 모양이다.

"아, 별일 아니야."

전화 너머로 아저씨의 딸이 뭐라고 말하는 소리가 들렸다.

"바쁘면 나중에 전화할게."

엄마가 화들짝 놀라 말했다.

— 아니야, 무슨 일인데. 안 바빠. 말해 봐.

아…… 이런 상황은 영원히 적응할 수 없을 것 같다. 나는 얼른 통화를 마치려고 곧바로 본론으로 들어갔다.

"나 아빠랑 같이 살기로 했어. 엄마도 알아야 할 것 같아서 전화했어."

— 그래?

뒤따른 엄마의 침묵이 이에 대해 긍정적으로 생각한다는 뜻 인지, 서운하다는 뜻인지 모르겠다. 만약 후자라면 엄마야말로 당신이 그럴 자격이 없다는 건 더 잘 알 테지. 엄마는 한참 뒤 에 어색하게 웃었다.

— 엄마가 미안해. 옆에서 챙겨 주고 그랬어야 하는데…….

왜 갑자기 그 말이 나오는데. 절로 인상이 찌푸려졌다.

"뭔 이상한 논리야. 난 엄마 아들이기도 하지만 아빠 아들이 기도 하잖아. 죄책감 가지라고 전화한 거 아니야."

본의 아니게 매정하게 나온 어투에 엄마는 또 한동안 말이 없었다. 난 잘못을 무마하려고 애써 입을 열었다.

"이제 엄마 원망 안 해. 나도 이해하니까. 엄마도 여자잖아. 아빠가 좋은 남편은 아니었다는 거 알아. 그래도 나한테는 아 빠니까 어쩔 수 없잖아. 하지만 아빠가 내 아빠이듯이 엄마도 내 엄마니까 내가 엄마를 밀어낼 일은 없을 거야. 그러니까 당당해져. 나한테 미안해할 시간에 후회하지 말고 잘 살아. 나도 인정할 건 인정하고 내 나름대로 살 테니까."

'엄마가 나 대신 그 아저씨를 선택하긴 했지만 나도 동등하게 사랑하는 게 맞지?'라는 질문이 터져 나올 것 같았지만 군대까지 갔다 온 남자가 할 말치고는 너무 유약한 것이라 속으로 삼켰다. 엄마의 숨소리가 가빠졌다. 엄마를 울린 것 같아 마음이 무거워졌다. 엄마가 가빠진 숨소리 사이로 내게 흐느꼈다.

— 넌 늘 내 아들이야. 내가 가장 사랑하는, 최고 아들이야. 우리 아들이 당당하게 살았으면 좋겠어.

목구멍이 조여드는 것 같은 찡한 긴장감이 온몸을 지배했다. 그래, 그 말이면 됐다. 서로 떨어져 살지라도 가끔은 나를 걱정해 준다는 말이면 됐다. 엄마는 아빠와 이혼한 거지, 나와 모자의 연을 끊은 게 아니다. 아빠와 나의 관계가 엄마와 별개이듯, 엄마와 나의 관계 역시 아빠와 아무런 상관이 없다.

"난 당당해. 끊을게."

— 알았어, 아들.

"어, 나중에 봐."

— 그래, 밥 꼬박꼬박 챙겨 먹고, 네 아빠도 잘 챙겨 드리고.

"알았어, 끊어."

— 사랑해, 아들.

더 말을 꺼냈다가는 어린애처럼 엄마에게 매달려 우는 꼴이 될까 봐 전화를 끊었다. 눈물을 참아야 했지만 후련했다. 안정이 찾아오며 그릇되었던 무엇의 일부분이 제자리를 찾은 것 같은 기분이 들었다. 그것이 정확히 무엇인지, 어디에 있는지까지는 모르겠다. 더 이상 의미 없는 아픔에, 집념에 매달리지 않을 테다.

나는 휴대폰을 책상에 아무렇게나 던져 놓고 침대에 길게 누웠다. 천장을 바라볼 일이 많지 않다. 고민아한테 지금 말할까. 네 말대로 아버지랑 같이 살기로 했다고. 엄마가 날 사랑한다고 했다고. 가슴이 심하게 오르내려 불편해졌다. 고민아, 고민아, 고민아…… 너는 마음의 구멍을 채워 줘서 좋아했는데. 그날 저녁 넌 날 위로하러 나오지 말았어야 했어. 결국 널 밀어낼 수 없게 만들어 버렸잖아. 그러고선 그 위험한 밤길을 혼자 걷다 병원 신세나 지다니. 날 말려 죽이려고 작정한 게 분명해. 그 죄책감으로 날 네게 옭아매려는 농간일지도 모른다는 생각마저 들었어.

그런데 네가 병원에 있던 그 시간이 지나고서야 차차 현실이 눈앞에 보이더라. 결국 네 곁을 지킨 사람은 그 남자였고, 나는 고작 네 안부만 물을 뿐이었어. 그곳에 내가 설 자리는 없었던 거야. 하지만 내 자존심 따위 만신창이가 됐을지라도 나는 너와 인연을 끊고 싶지 않다. 모 아니면 도 같은 극적인 인간관계를 고집할 필요는 없잖아. 사랑하지 않아도 걱정할 수 있고, 함께 있지 않아도 좋아할 수 있더라. 넌 날 사랑하진 않지만 걱정하지? 난 너와 함께 있지 않아도 널 좋아해. 항상 일에 매달렸던 아빠도 그랬고, 나와 함께 살고 있지 않은 엄마도 그랬으니까. 네가 바라는 우리의 관계가 여기까지니, 그렇게 둘 수밖에.

그녀와 나의 관계를 인정하니 마음이 편해졌다. 지켜보되 나아가자. 기다리되 벗어나자. 천천히, 자연스럽게. 지금의 마음을 부정해 나 자신을 괴롭히지 말자.

우리의 길

자식이 상상할 수 없는 세계로 향하는 것을 지켜보기란
부모에겐 너무나도 어려운 일이다.

― 앨리스 워커

의전 시험이 끝나고 8월이 끝나기가 무섭게 바로 2학기가 시작됐다. 우리는 마지막 학기를 장식하려고 전공 외에 지금껏 듣고 싶었지만 여유가 없어서 혹은 미처 생각지 못해 듣지 못했던 교양 과목 몇 가지를 신청했다. 일단 1학점짜리 스키 강좌를 넣고 평생 배울 일 없을 것 같은 스페인어 기초도 넣었다. 심심풀이로 심리학의 기초도 넣었는데 심리대 1학년 학생들과 듣는 전공 강의라 학점이 어떻게 나올지 도무지 자신이 없었다.

드디어 도래한 면접날, 수시의 마지막 관문을 거치고 대학 건물을 나서는데 현관문 앞에 민아가 나를 기다리고 있었다. 늦여름 햇살 아래 반짝이는 그녀에게 미소 짓던 순간 민아 옆에 선 어머니를 보고 깜짝 놀라고 말았다.

"여긴 어쩐 일이세요?"

웬만해서는 사람들 시선 의식한다고 바깥출입을 잘 안 하시는 분인데 선글라스에 챙이 넓은 모자까지 쓰고 당당히 나와 계신 모습에 얼떨떨한 웃음이 나왔다.

"그래도 아들 면접이라는데 응원은 나와야지. 마침 민아가 물어보더라. 같이 가자고."

나는 그제야 며칠 전 민아가 지나가듯 어머니의 번호를 물은 걸 기억해 내곤 민아를 멍하니 쳐다보는 수밖에 없었다. 평소 다른 사람들에게 깍듯이 "~씨", "~양"이라고 불러 대던 어머니가 민아는 이름으로 편하게 부르고 있었다. 민아가 내게 물었다.

"면접은 잘 봤어?"

"난 원래 면접은 자신 있어."

장난이었는데 민아는 정말인 듯 함박웃음으로 받아 줬다.

"하하, 그럴 것 같았어."

면접은 무리 없이 잘 진행됐던 것 같다. 문제는 의전 시험 점수가 생각만큼 잘 나오지 않았다. 수시로 지원한 대학은 의전 시험 점수가 커트라인으로만 적용돼 상위 30퍼센트 안에만 들면 상관이 없지만, 원래 입시라는 게 운도 정말 많이 작용하는지라 그 무엇도 장담할 수 없다. 수시에서 떨어진다면 정시를 노려야 하는데, 정시에는 의전 시험 점수가 끼치는 영향이 막강해 걱정이다. 민아가 자기 때문에 점수가 안 나온 거라고 자책하거나 부모님이 그리 오해하는 게 두려워 굳이 말하지 않았다. 나는 대신 시종일관 웃었다.

518

우리는 대학 근처 한식집에서 식사를 했다. 어머니는 한껏 신이 나서 민아에게 이것저것 말씀하셨다. 입시에 대해 말을 나누다가 잠시 이지은이 언급되기도 했고, 민아의 부모님 이야기가 나오기도 했다. 누가 학벌 콤플렉스 있는 사람 아니랄까봐 듣고 있기 민망한 질문들(부모님 고향은 어디시니? 아버지가 ××기업 이사시라면서. 아, 어머니는 중학교 선생님이었는데 지금은 그만두셨구나. 너는 외고를 나왔니? 공부 정말 잘했구나. 은수는 일반고 나왔어. 호호호, 은수가 더 잘한다고? 머리는 네가 더 좋은 것 같은데. 동생은 ○○대학? 동생도 공부 잘했구나. 아버지는? 아버지랑 어머니 두 분 다 □□대학에서 CC로 만나셨다고? 훌륭한 집안이구나! 등등)이 오갔지만 민아는 내색하지 않고 성심성의껏 답했다.

식사를 마치고 어머니는 본인의 차로 집에 돌아가시기 전, 민아를 붙잡고 다음 주 중에 우리 가족과 함께 식사하자며 초대하셨다. 민아는 티가 날 정도로 기뻐하며 곧 뵙겠다고 방방 뛰었다. 시댁 식구가 될지도 모르는 사람들을 만나는 일을 이리 반기는 여자가 또 있을까 싶었다. 나중에 들은 것이지만 민아는 우리 부모님으로부터 점수를 딸 기회가 생긴 게 기뻤다고 했다. 나도 조만간 민아의 아버지를 찾아뵈어야 할 텐데. 민아가 아버지와의 사이가 이렇게 틀어진 때에 어떻게 그분을 뵐수 있을까. 갈 길이 구만리였다.

우리 집을 찾아오기로 한 날짜는 빠르게 다가왔고, 그 날짜가 다가올수록 민아는 티가 나게 안절부절못했다. 어머니가 민아와 헤어진 뒤 집에 가서 얼마나 민아 칭찬을 했는지 알고 있는 나로서는 민아의 불안이 이해 가지 않아 괜찮다고, 우리 부모님이 너 좋아하니까 침착하라고 그녀를 타일렀다. '대망'의 날이 오기 하루 전, 민아는 나를 붙잡고 자신을 괴롭히는 질문들을 또 꺼내 놓았다.

"부모님이 좋아하시는 거 있어? 뭐 사 들고 가야 할 것 같은데. 옷은 어떡하지? 이거 어때?"

졸업 사진 찍을 때 입었다는 하늘색 정장 원피스를 옷장에서 꺼내는 민아 때문에 웃음을 터트리고 말았다.

"어디 결혼식 가는 것도 아니고, 편하게 입어. 왜 이렇게 긴장해?"

"아유, 어떻게 긴장을 안 해. 아버님이 이목 같은 거 많이 신경 쓰신다며. 한 번 이상한 일로 사고 친 이 마당에 조금이라도 더 조신하게 보여야 할 것 같은데."

순간 민아에게 괜히 아버지에 관한 것을 털어놓은 걸까 살짝 후회됐다. 내가 아버지, 어머니를 어렸을 때 원망했고 또 어려워했다고 해서 민아까지 아버지를 그리 생각하길 원했던 건 아니다. 하지만 한편으로는 아버지가 외관과 시선에 민감한 사람이라는 걸 민아가 미리 알고 있으니 추후 상처 받거나 충격 받을 불상사가 없음을 다행으로 여겨야 할까.

"깔끔하게만 입으면 돼. 넌 예쁘니까 다른 건 신경 쓸 필요 없어."

나는 그녀가 살피고 있던 원피스를 빼앗아 옷장 안에 넣었다.

"아무도 너 조신하지 않다고 생각하지 않아. 그건 내가 자신할게."

나도 모르게 손가락이 그녀의 앞머리를 옆으로 치우고 고개가 숙여졌다. 이마에 입술이 닿았다. 민아의 향기와 온기가 마음을 따듯하게 감싼다. 민아가 조용히 읊조렸다.

"그래도 과일은 사 들고 갈 거야."

"알았어."

그녀가 고개를 돌렸다.

"엄청나게 큰 걸로."

"박스로?"

"꽃도 들고 갈 거야."

"하하, 병원에서 받은 거 고대로 돌려주는 거야?"

"그 정도 구색은 갖춰야지."

"하하하."

그녀의 어깨를 꼭 껴안자 그녀가 슬금슬금 내 옆구리를 타고 손가락을 움직였다. 간지럽지만 참아야지. 복부 위쪽에 나긋나긋하게 와 닿는 폭신한 가슴이 좋다. 아, 별생각도 안 했는데 벌써 몸이 동한다. 참아야지. 아니, 참아야 하나? 힐끔 손목시계로 시간을 확인했다. 2시 40분이 좀 넘었다. 3, 4교시 강의 때문에 늦은 점심 후 민아가 집에 놓고 온 심리학의 기초를 위한 전공 서적을 가지러 온 거여서 애초부터 그리 여유가 있진 않았다. 내가 그녀를 안은 채 미동도 않자 그녀가 꼼지락대더니 나를 빼꼼 올려다보았다. '왜'의 의미로 눈썹을 들었다 올리자 그녀가 빨개진 얼굴로 흘겨보더니 손바닥을 펴 나를 밀어 냈다. 흥분한 나를 느낀 모양이다.

"하하하, 싫어."

내가 팔에 힘을 풀지 않자 그녀가 꿍얼거렸다.

"아주 파블로프의 개야."

"내가 개라고?"

좀 과격한 단어 선택에 되묻자, 그녀가 어느새 손을 내려 내 바지춤 어딘가를 쓰다듬었다. 나긋한 한숨 같은 속삭임이 입안 으로부터 굴리어져 희미하게 귓가를 간질인다.

"응, 개야."

저거 아주 못된 입이라고 항변을 해야 하는데 다물어진 입 술 사이에선 도리어 잠긴 목소리가 신음처럼 실려 나갔다. 나 와 맞댄 그녀의 부드러운 가슴이 크게 오르락내리락한다.

"그럼 그 개 교육 좀 시켜 줘."

조금만 발을 옮겼을 뿐인데 금세 그녀가 뒤에 있는 침대에 걸려 주저앉아 버렸다. 식탁으로 손을 뻗어 지갑에서 콘돔을 꺼낸 뒤 일단 입에 물었다. 바지 버클을 풀면서 맛있게 익은 그 녀의 두 볼을 바라보았다. 입에 문 걸 빼앗으려 하기에 이에 힘 을 주고 으르렁대자 그녀가 깔깔대며 웃었다. 턱에서 힘을 빼 자 그녀가 자그마한 손가락을 움직여 포장을 뜯었다. 시간이 한 10분 있나? 미칠 것 같다. 그녀가 내 바지와 속옷을 내려 주 었다.

내게 입혀 줄 생각인가 본데 시간은 촉박하고 그녀의 손은 너무나 부드러워서 기다려 줄 수가 없었다. 결국 여유 없는 손짓으로 내가 직접 해결을 본 뒤에 허겁지겁 치마 안으로 손을 뻗었다. 스타킹의 끝을 찾아 손을 움직이다가 급히 벗긴다는 게 결국 잘못 당겨서 찢어졌다. "두둑" 소리를 내며 길게 늘어나는 스타킹에 눈이 뒤집힐 것 같다. 민아가 엉덩이를 들썩이며 뒤로 고개를 꺾었다. 벗기길 포기한 치마가 배까지 올라가 사정없이 구겨진다. 애무고 뭐고 모르겠다. 아아, 무작정 속옷을 내리자 한쪽 발목에 아슬아슬하게 걸렸다. 두 다리를 벌리고 자리를 확보한 뒤 앞뒤 잴 생각도 못 하고 그대로 그녀에게 몸을 묻었다.

통증에 작게 신음을 토해 내다가 금세 입술을 무는 그녀에게 사과하고 싶었지만 척추를 타고 흘러내리는 쾌락이 아찔해서, 뜨겁게 달아오른 몸을 포기할 수가 없어서 나 역시 이를 악물었다. 등을 타고 송골송골 땀이 맺힌다. 전진과 후퇴를 반복하자 그녀가 두 다리를 내 허리에 감으며 소리를 참는다. 끙끙거리는 그 목소리가 사랑스러워서 절로 그녀의 옆에 얼굴을 묻게 된다. 귓가에서 가까이 울리는 그녀의 숨소리가, 그녀의 목소리가 좋다. 나만이 들을 수 있는 무방비.

미끄러운 스타킹 때문에 자꾸 흘러내리는 다리 한쪽을 잡고 강하게, 강하게 머릿속이 새하얗게 변할 때까지 밀어붙였다. 그녀의 숨소리가 가빠지더니 결국 절정에 다다른 애달픈 탄성이 되어 느리게 흐느끼듯 흩어졌다. 이를 신호로 나도 끝까지 갔다. 그녀가 날 안았다 놓았다 안았다 반복하며 경련한다. 아.

죽어도 좋을 것 같은 희열이다.

"사랑해."

몽롱한 정신 상태에서 거의 반자동적으로 가슴속에서 끓어넘치는 그 감정, 그 파편, 그 색깔과 같은 무언가를 내뱉었다. 민아가 희미하게 웃더니 내 귓가에 조심스레 입을 맞췄다.

"나도 사랑해."

가빠진 숨결이 고르게 변하고 서로를 꼭 안으니 시간이 느리게 흘러가는 것 같다. 민아가 꼼지락거리며 내 손목을 잡아 시간을 확인하더니 벌떡 자리에서 일어났다.

"3분 남았어! 옷 갈아입어야 해!"

옆으로 밀려난 내가 사랑의 흔적을 쓰레기통에 버리고 옷매무새를 가다듬는 동안 민아는 찢어진 스타킹을 뭉친 뒤, 그걸로 쓰레기통의 내용물을 덮었다. 그녀는 곧장 옷장에서 새로운 스타킹을 꺼내 침대에 걸터앉아 돌돌 말린 그걸 신속하게 날카로운 발끝에 맞춰 신었다. 그 광경이 또 묘하게 선정적이라 나도 모르게 팔짱을 낀 채 넋을 놓고 쳐다보고 있었나 보다.

그녀의 오묘한 시선에 정신을 차리고 얼떨떨한 미소를 지었다. 치마를 내리고 옷을 정리한 그녀가 옷장에서 갑자기 뿌리는 탈취제를 꺼냈다. 그걸 왜 꺼내느냐고 묻기도 전에 그녀가 칙칙거리며 사정없이 자칭 '바람 냄새'라는 그걸 내게 뿌려대기 시작했다. 사랑을 나눈 체취가 나는 걸 걱정하는 걸까. 예전의 나였으면 분명 신경 썼을 텐데, 지금은 잘 모르겠다. 그렇게 티가 날까? 민아는 자신에게도 뿌리더니 만족스럽다는 듯이 내 손을 잡았다.

"가자. 강의 늦겠다."

그녀에게 끌려가며 왜 갑자기 이 생각이 떠올랐는지 모르겠다. 그녀에게 스타킹을 종류별로 선물해 주고 싶다고. 이상한 생각이다. 이 여자 때문에 없던 페티시마저 생길 것만 같은 기분이 들었다.

＊

어머니는 하루 종일 싱글벙글 기분이 좋으셨다. 어머니는 살림을 하실 줄 몰랐기에 오전 10시부터 오후 6시까지 집에 계시는 아주머니가 요리를 담당했다. 집에 손님이 온다고 어머니가 신신당부해 놓으셔서 아주머니가 음식에 힘을 쓴 모양이었다. 잡채에, 아스파라거스 같은 것들을 사용한 퓨전 갈비에 꽃게탕에……. 누가 보면 내 여자 친구가 아니라 영화감독님이 오는 줄 알겠다. 오랜만에 신이 난 어머니 덕인지 아버지도 부엌을 기웃거리며 아주머니가 만든 음식들을 구경하셨다. 원래는 서재에 가만히 앉아 있을 것 같은 분이 저리 돌아다니시니 어린아이 같다는 생각이 들면서도 어느샌가부터 조금씩 달라지는 당신의 모습이 어쩐지 조금 슬프게 다가왔다.

함께 집에 가는 길 내내 그녀는 별말이 없었다. 집에 아주머니가 차려 놓은 음식이 어마어마하다는 말에 작게 웃을 뿐이었다. 긴장한 걸까. 그녀는 어제 내게 보여 주었던 그 하늘색 정장 원피스를 입고 있었다. 나와 우연히 같은 위치에 뚫었던 피어싱도 없었다. 단정한 진주 귀걸이만이 귓불에서 반짝일 뿐이었다. 그녀답지 않았다.

엘리베이터를 타고 올라가며 그녀의 손을 잡았다. 축축한 손이 걱정스러워 그녀를 내려다보자 내 시선을 느낀 그녀가 날 향해 씨익 웃었다. 우리의 등장에 거실에 앉아 있던 수진이가 벌떡 일어났다. 호기심 가득한 눈을 숨기고 요조숙녀인 척 힐끔힐끔 민아를 구경하는 모습에 웃음이 나왔다. 어머니와 아버지도 우릴 마중 나오셨다.

"오느라 고생했어요."

아버지가 내게서 과일 바구니를 가지고 가자 민아가 어머니께 꽃다발을 안겨 드렸다.

"뭐 이런 걸 사 오고 그래!"

"꽃집에 꽃이 너무 예뻐서요. 안녕하세요."

민아와 내가 신발을 벗고서 안에 들어서자 어머니가 서둘러 민아를 소파로 안내했다. 내내 '사람 좋은 미소'를 지우지 않는 아버지의 익숙한 모습을 보며 민아가 이번에도 아버지를 꿰뚫어 볼 것 같았다. 상대방이 눈치챈 가식을 유지하는 것처럼 유치한 건 없다. 수진이가 민아를 향해 꾸벅 목례를 했다.

"안녕하세요, 언니."

반짝이는 두 눈이 민아의 옷, 화장, 머리 같은 걸 샅샅이 하나하나 관찰한다. 반대할 꼬투리를 찾고 있는 거겠지. 수진이는 2년 전에 사귀던 여자 친구가 연예인 지망생이었다는 걸 알게 된 뒤로는, 내가 여자 친구만 새로 사귀었다 하면 오점을 찾으려고 득달같이 달려들었다. 고작 중학생인 여자애가 열 살 이상 차이 나는 오빠의 연애에 간섭하려 드는 게 웃기기도 하고 귀엽기도 하고 때론 기특해 보이기까지 한다.

"어머, 오빠 동생 너무 예뻐요! 안녕하세요, 이름이 뭐예요?"

마치 아이 대하듯 민아가 사근사근 대하자 수진이의 입 근육이 꿈틀대다가 평화로운 미소로 돌아갔다.

"오빠가 말 안 했어요?"

"네, 동생이 이렇게 귀엽다고도 말 안 해 줬어요."

"저기여, 언니. 저 중학교 '2'학년이에요. 헤. 헤."

중학교 2학년이라면 다 컸다는 항변이었다. 하지만 뼈가 담긴 가식적인 스타카토 웃음소리에도 민아는 기죽지 않았다.

"중2요? 완전 귀여울 나이인데요! 어머님 닮아서 미녀네요. 연예인 해도 되겠어요! 호호호!"

나는 민아가 말미에 내뱉은 수진이에 버금가는 가식적인 웃음소리에 깜짝 놀라 그녀를 바라보았다. 두 눈에 번뜩이는 열기가 내 앞에서 그렇듯 마냥 헤실헤실한 모습이 아니다.

"어머, 얘가 연예인은 무슨. 한창 공부해야지."

어머니가 기분 좋은 티를 숨기지 못하고 높은 목소리로 웃으셨다. 수진이가 민아가 저를 놀리는 건지 아니면 칭찬인 건지 혼란스러워할 사이 아버지가 민아에게 말을 걸었다.

"민아 양, 건강은 어때요? 괜찮아요?"

민아가 무의식적으로 두피 어딘가에 나 있는 상처를 손가락으로 가볍게 매만졌다.

"네, 의사 선생님이 걱정할 만한 건 없다고 하셨어요. 아버님, 어머님 덕분이에요. 잘 돌봐 주셔서 감사합니다."

"우리요? 우리는 한 일 없어요."

아버지가 날 돌아다보았다.

"이 녀석이 제가 한 일에 책임졌지."

"네?"

억지스러운 칭찬 아닌 칭찬이 될 것 같아서 순간 머쓱해졌다.

"병원비 다 은수가 냈어요. 우리 집 방침이 그래요. 자기 한 일에 자기 스스로 책임지는 거. 얘가 말 안 했어요?"

민아가 멍하니 날 바라보았다.

"처음 들었어요, 아버님."

"신경 쓰지 마. 네가 무사하면 그걸로 족해."

민아의 어깨를 짚자 그녀가 감동 받은 눈으로 날 쳐다보았다. 아버지께 감사하다고 말씀드리고 싶군. 아주머니가 거실로 와 우리에게 식사가 준비되었다고 알렸다. 집에서 출발하기 전보다 늘어 있는 접시의 가짓수에 나도 놀라고 민아는 더 놀랐다. 수진이는 아스파라거스 같은 것 싫다고 조그만 목소리로 투정 부리다 아버지께 엄하게 혼이 났다.

식사가 시작되기 무섭게 민아는 전에 레스토랑에서 어머니로부터 쏟아졌던 질문들과 비슷한 종류의 질문들을 또 한 번 아버지로부터 받아내야 했다. 어머니가 옆에서 '제가 벌써 다 물어봤어요.'라고 말려도 아버지는 꿋꿋이 '그래도 직접 묻고 싶어요.'라는 답변으로 일관했다. 중간에 민아가 말씀을 편하게 하시라고 했지만 '손님인데 어떻게 말을 놓아요.' 하며 정중히 거절했다. 민아의 제안에 단번에 응한 어머니만 겸연쩍어졌다. 다만 어머니가 물었던 것과 차이가 있는 질문이라면 바로 진로에 관한 것이었다.

"그래서 민아 양은 다음 학기에 졸업해요?"

"네, 오빠와 같은 학기로 졸업할 예정입니다."

내 것과 어머니 것과 수진이 것과는 달리 반도 채 비우지 못한 민아의 밥그릇을 보며 나는 아버지가 부디 적당히 끝내 줬으면 싶었다. 그러지 않아도 오기 전부터 긴장해 있는 상태였는데 밥이 코로 들어가는지 입으로 들어가는지 알고는 있으려나 모르겠다. 우연히 어머니와 눈이 마주치자 어머니가 '어쩔 수 없잖니.'라는 표정으로 나를 타일렀다. 나는 답변으로 쓴 미소만 지었다.

"그럼 졸업 후에 계획이 있어요?"

민아가 잠시 멈칫했다. 나는 슬쩍 손을 뻗어 허벅지 위에 주먹 쥐어져 있던 민아의 손을 손아귀 안에 넣었다. 움직이는 팔을 눈치챈 수진이가 눈빛으로 내게 말했다.

'으악! 오그라들어! 그렇게 좋냐?'

나도 눈으로 말했다.

'좋아 죽겠다.'

우리의 모습을 발견한 어머니가 쿡쿡거리고 낮게 웃었지만 아버지는 웃지 않았다. 민아가 심호흡을 하고 빙긋 웃으며 말했다.

"네, 시나리오 작가로 데뷔할 것 같습니다."

"시나리오 작가?"

아버지의 눈썹이 호선을 그렸다. 수진이의 눈빛이 매서워졌다. 연예인 지망생이었던 전 여자 친구의 악몽을 떠올리는 모양이었다. 그 친구는 우리 집에 오자마자 아버지께 자신의 꿈을 밝혔고, 말미에는 거의 아버지 앞에 무릎을 꿇다시피 하여 기회를 달라고 빌었다. 그 친구는 다시는 우리 집에 올 수 없었음은 물론 나 역시도 볼 수 없게 되었다.

"네, 이라임 감독님께서 제가 쓴 시나리오로 작업하고 싶다고 제안해 주셨습니다."

"아, 그래요? 이라임 감독이라면 그 젊은 여자 감독 말하는 거 맞죠? 《19세기 비망록》."

"네."

"나는 한 번도 못 본 감독인데, 어때요?"

아버지는 민아로부터 자신의 커리어와 관련된 이야기를 들으리라 생각은 못 했는지 전과 다른 호기심을 갖고 민아와 한참 더 이야기를 나누셨다. 아는 만큼 꼬박꼬박 답하면서도 아버지의 조언에는 감탄하는 그 모습을 보고 있자니 내가 굳이 중간에서 도움 주지 않아도 저 혼자 알아서 해내리라는 생각이 들었다. 기쁘기도 하고 동시에 이상하리만치 아쉬웠다. 내가 직접 아버지께 민아가 얼마나 재능 있는지, 가능성이 있는 사람인지 설명하고 당신의 허락을 구했으면 좋았을 것 같다. 내가 이런 여자를 좋아하고 있다고, 이렇게 열정적으로 자신의 꿈을 좇는, 자신의 길을 개척하는 여자를 사랑하고 있노라고 아버지께 말씀드리는 것도 퍽 좋았을 것 같다. 밥상에 앉아 식을 줄 모르는 대화를 나누는 두 사람을 뒤로하고 나와 어머니는 거실로 갔다. 수진이만 두 사람 곁에 붙어서 두 눈을 동그랗게 뜨고 그들의 이야기에 본 적 없는 집중력을 선보이며 앉아 있었다. 어머니가 소파에 앉아 식탁의 세 사람을 바라보며 말씀하셨다.

"수진이가 민아를 좋아하는가 보다."

"하하, 그래요?"

"그럼, 쟤가 언제 저리 네 아버지 옆에 앉아 있는 거 본 적 있니?"

나는 식탁 아래에서 살랑살랑 움직이는 수진이의 자그마한 발을 바라보며 말했다.

"수진이가 배우가 되고 싶다고 하더라고요."

처음 듣는 얘기라는 듯 어머니가 날 쳐다보셨다. 아버지는 집에서 바깥일을 잘 말씀하신 적이 없다. 나야 어렸을 때 몇 번 아버지의 촬영 장소나 무대 같은 곳을 구경 다녔지만 수진이는 단 한 번도 아버지의 일에 관여한 적이 없다. 아버지는 집안에서도 영화에 관한 이야기, 음악에 관한 이야기를 꺼리셨다. 어린 우리가 그 이야기들을 듣고서 주변에 잘못 입을 놀리고 다녀 아버지의 이미지를 손상시키는 걸 우려하기도 하셨겠지만, 그 외에도 나나 수진이가 아버지의 직업에 대한 환상을 품고 공부를 안 할지도 모른다는 생각에 그러신 게 아닐까 싶었다.
어머니가 혀를 찼다.

"네 아버지가 절대 허락 안 하실 텐데."

"왜 그렇게 생각하세요?"

"고생스러운 길이잖니. 너도 잘 알잖아. 어딜 가나 주목 받으니 항상 숨죽이고 살아야 하는 거. 네 아버지가 그걸로 얼마나 힘들어하셨는데."

"힘들어하셨다고요?"

천성인 줄 알았어요.

"그럼, 네 아버지가 처음부터 그러신 게 아니야. 주변 동료들 무너지고, 소문에 휩싸여서 망하고……. 네 아버지가 승환이를 얼마나 아꼈는지 알잖니."

고 최승환은 내가 초등학교를 입학할 즈음 악성 안티 팬 때문에 자살한 당시 잘나가던 젊은 트로트 가수였다. 잊고 있었던 이름에 정신이 번쩍 들었다. 맞다. 아버지와 어머니의 그 가식적인 습관, 그 성격에 염증을 느끼면서도 그걸 이해한다고 치부해 왔지만, 정작 아버지를 그렇게 몰아갔던 정황들은 온전히 파악하지 않았다. 충격이었다. 내 상처, 내 아픔, 내 원망에 사로잡혀 객관적인 사실조차 인지하지 못했다. 그러면서 민아에게는 냉철한 이성을 가져야 아버지를 한 사람으로, 개인으로 이해할 수 있다며 큰소리를 쳐댔다. 한심하다. 나는 한참 뒤에야 어머니와 원래 무슨 이야기를 나누고 있었는지 기억해 냈다.

"그래도 자기가 가고 싶은 길이면 결국에는 갈 거예요. 아버지도 고생스러운 길이었지만 결국 하고 싶으신 일이니까 쭉 하신 거잖아요."

어머니는 낮게 웃으셨다.

"저 양반이 다른 기술이 또 뭐가 있겠니. 무대 위에 서는 것 밖에."

"그래도 열정이 없었으면 지금까지 오지도 못하셨겠죠."

"그래, 네 말이 맞다."

"아버지껜 아직 말씀 마세요. 수진이도 자기가 생각이 잡히면 알아서 아버지랑 싸우겠죠."

"그래."

"그래도 가수 되지 않겠다는 게 다행이야. 저 음치를 그 누가 참아 주겠어."

내가 크게 웃음을 터트리는 바람에 이야기를 나누던 세 사람이 동시에 나와 어머니를 쳐다보았다. 아주머니가 때를 맞추어 과일을 깎아 가지고 왔다.

"와서 민아가 사온 과일들 먹어요."

어머니의 얼굴에도 함박미소가 담겼다.

민아는 오는 내내 심각하게 꾹 입을 다물고 있었다. 그녀를 집까지 바래다주려고 출발한 길, 러시아워가 지난 도로는 꽤 한적했고, 컴컴한 밤을 빛내 주는 가로등들이 박자에 맞추어

차창을 하나씩 차창을 훑고 지나갔다. 차 안에 감도는 침묵이 걱정스러워 이유를 물으려던 찰나, 민아가 먼저 입을 열었다.

"나 잘못 생각한 것 같아."

다짜고짜 등장하는 부정문이 내 불안에 불을 지핀다.

"무슨 뜻이야?"

하지만 내게서 흘러나오는 음성은 평온하다. 그럼 그렇지. 누가 아버지 아들 아니랄까 봐.

"아버님 말이야."

민아가 나를 바라보는 시선이 느껴졌다.

"가식적이고 이상한 분인 줄 알았거든. 근데 나는 오늘 너무 좋았단 말이지."

민아는 인상을 썼지만 나는 안도와 허탈이 섞인 한숨을 내쉬었다.

"다행이네. 깜짝 놀랐잖아."

"그래서 죄송했어. 섣불리 판단해서. 고작 몇 분 본 것 가지고 전부를 아는 척 으스댔잖아. 나는 아버님 정말 좋았어. 오빠 부모님 좋으신 분들 같아."

"하하, 그럼 내가 앞으로 부모님 험담하면 내 편 안 들어줄 거야?"

장난을 걸자 그녀가 작게 코웃음 쳤다.

"오빠 편 들어줄 것도 같아. 오빠가 아버님, 어머님의 어떤 면들을 싫어하는지는 알 것 같으니까. 하지만 아버님은 생각이 무척 깊으신 분이야. 아버님이 하시는 일을 허투루 판단하지는 않을 것 같아."

"아버지랑 나눈 영화 애기가 그렇게 감명 깊었어?"

농담으로 한 말이었지만 민아는 진지한 눈으로 날 쳐다봤다.

"영화 애기 말고 다른 애기도 했어."

"무슨 애기?"

"우리 연애하는 거."

"뭐라서?"

"헤어지는 게 좋지 않겠느냐고."

하마터면 브레이크를 밟을 뻔했다. 나는 민아가 더 무슨 말을 하기 전에 인도 쪽으로 차를 붙인 뒤 비상등을 켰다. 짧은 침묵이 내려앉았다. 진정하려고 심호흡을 하고 그녀를 바라보았다.

"뭐?"

민아가 아무렇지도 않은 척 짓궂게 웃었다.

"안 헤어진다고 했으니까 걱정 마."

"아버지가 너한테 그런 말을 왜 하시는데?"

민아 부모님의 직업도 합격이고 학벌도 합격이고 외모도 합격일 텐데 도대체 뭐가 문제지? 화가 난다. 조금 전까지만 해도 아버지를 이해하지 못했다는 죄송스러운 마음이 순식간에 증발했다. 어떻게 나한테 일말의 상의도 없이 민아한테 그런 걸 요구한단 말이야! 그녀가 말을 이었다.

"나 병원에 입원했던 일 말이야. 사실이 뭐건 간에 소문이 엄청 났을 거 아니야. 이대로 우리 사귀면 계속 이상한 말들이 뒤에서 오갈 건데 감당할 수 있겠냐고 하셨어.”

“그건 우리가 감당할 문제인데 왜 아버지가 신경을 쓰시는데?”

설마 또 당신의 이미지를 걱정하고 계신 거예요? 차마 민아 앞이라 이 말까지는 할 수 없었지만 그녀는 내 생각을 읽은 듯 답했다.

“아버님은 정말 우리를 걱정하고 계셨어. 정말이야. 난 눈치가 빠르잖아.”

내 침묵에 민아가 살포시 미소 지었다.

“오빠가 말한 것처럼, 우리가 감당하면서 지낼 거라고 걱정 말라고 말씀드렸어.”

“그랬더니 뭐라셔.”

민아가 비상등을 껐다.

“잘해 보라고.”

자기 이미지가 아니라 우리를 걱정했다는 민아의 말이 맞는 모양이었다. 나는 한숨을 내쉬며 차를 출발시켰다. 민아가 나를 쳐다보며 놀리듯 웃었다.

“헤어질까 봐 그리 겁이 나셨어?”

나는 코웃음 쳤다.

“말도 안 되는 소릴 하니까 그렇지.”

“나 아무래도 오빠 편보다 아버님 편이 될 것 같아.”

“넌 내 여자 친구잖아!”

“그렇다고 부자 관계가 오해로 점철되는 걸 가만히 지켜볼 수는 없잖아."

억울하다는 듯한 민아의 항변에 결국 "픽" 웃고 말았다. 여자 친구 하나 정말 잘 뒀다. 아버지와 대화를 나누던 그 자리에는 분명 수진이도 있었는데.

"수진이는 어땠어? 초반에 기 싸움이 장난 아니던데."

민아의 킥킥거리는 웃음소리가 낮은 엔진 음과 섞여 간다.

"다 내 손안에 있소. 수진이가 먼저 내 번호 땄는걸, 뭐."

"뭐? 언제?"

"아버님이랑 영화 얘기할 때. 드라마 시나리오랑 이번에 이라임 작가님이랑 계약한 거 말하는 거 듣더니 친하게 지내고 싶다고 따 가더라고."

"아, 그놈이 진짜……."

그때, 그 녀석도 양반이 못 되는지 갑자기 민아의 휴대폰이 울렸다. 민아가 문자를 확인하고서는 자지러질 듯이 웃으며 그 내용을 읽어 주었다.

"언니! 저 배우가 되는 게 꿈이에요! 저 잘할 자신 있어요! 저 캐스팅하면 돈 많이 안 받을게요! 아빠한테는 비밀로요! 저는 언니랑 오빠 만나는 거 찬성해요. 언니 예뻐요. 파이팅! 오빠 동생 너무 귀엽다!"

도무지 그칠 생각이 없는 민아의 웃음소리는 차가 떠나갈 듯 울려 퍼졌다. 나도 발칙한 동생의 행각에 어이가 없어 자꾸 헛웃음이 터져 나왔다. 쪼그만 게 저리 적극적이면 굶어죽을 일은 없을 것 같다.

"뭐라고 답할까? 난 캐스팅 권한이 없는데."

"그냥 미성년자는 부모님 동의서 필수라고 전해 줘."

"에이, 너무 꿈을 짓밟는 거 아니야?"

"걔 캐스팅 안 되면 너 나쁜 언니라고 난리 칠지도 모르는데."

"아! 오디션 보라고 하면 되겠다!"

민아가 문자를 보내는 사이 대학가에 진입한 나는 불타는 금요일에 맞춰 거리에 쏟아져 나온 대학생들을 물리치느라 천천히 차를 몰았다. 민아가 앞 유리로 건물 사이 하늘을 올려다보며 말했다.

"벌써 플래카드가 다 붙었네. 올해 애들은 센스가 좀 떨어진다. 저게 뭐야."

2학기에 있는 우리 학교의 대표적인 축제를 준비하는 플래카드들이 벌써 가로등 사이사이마다 길게 붙어 있었다.

"다 개그콘서트 유행어 패러디지, 뭐."

"나 1학년 때는 진짜 웃겼는데."

"××년도 때? 우리 때가 더 재밌었거든."

"올해 학교 축제 가기로 한 거 안 잊었지?"

"그럼, 시험도 끝났는데 가야지."

"나랑 같이 가."

민아의 자취방이 있는 코너를 돌면서 그녀의 말에 웃어 버리고 말았다. 학교 축제는 수시 합격 발표 다음 날이어서, 당락의 여부에 따라 내가 거짓말을 하게 된 꼴이 벌어질 수도 있지만 지금은 진심으로 가고 싶다. 민아는 학교를 다니는 동안

1학기 축제를 비롯해 2학기 축제까지 단 한 번도 결석한 적이 없다고 했지만 나는 아니었다. 1학년 때는 학과 단위로 몰려서 가니 두 가지 다 참석했지만, 그 뒤로는 봉사 활동 스펙이다 영어 공부 스펙이다 뭐다 하며 내내 의전 준비만 하느라 공교롭게도 늘 불참했다. 그랬기에 이번 학기는 꼭 참여하고 싶다.

학교에서의 마지막 학기다. 민아와 할 수 있는 마지막 학기다. 지금껏 대학 생활을 앞만 보고 질주해 왔으니 나도 다른 사람들처럼 여유를 갖고 주변을 둘러보고 싶다. 우리의 20대는 오직 지금뿐이고, 쏜살같이 지나간 후에는 돌아오지 않을 테니까. 민아는 말했다. 우리는 지금 낭만의 경계선에 서 있다고. 내가 정말로 낭만과 현실, 그 미묘한 경계선에 서서 현실로 나아가고 있다면, 그 흑백 사이 어중간한 곳에 서 있는 지금을 조금은 즐겨도 되지 않을까.

✻

수시 합격 발표 일자는 몸을 조여 오는 긴장을 채 늦출 새도 없이 순식간에 찾아왔다. 오후 4시에 발표하겠다고 한 학교는 그보다 더 빠른 2시 반에 벌써 합격 여부를 사이트에 공지해 놓았다. 사이트를 찾아가 이름을 쓰고 수험번호를 넣고 '확인' 버튼을 누른 뒤 잠시 눈을 감았다. 심장이 터질 것 같았지만 눈을 감고 수를 셌다. 수시에 불합격한다 해도 이게 끝이 아니다. 여태까지 차근차근 쌓아 놓은 이력이 있으니 비록 의전 시험 점수가 생각만큼 나오지 않았다고 하더라도 여전히 승산은 있다. 수시 결과에 연연하지 말자. 연연하지 말자. 눈을 떴다. 사이트에 쓰여 있는 수만 가지의 글귀가 들어오기도 전에 먼저 초록색 글자가 눈에 밟혔다.

합격을 축하합니다.

방문을 박차고 거실로 뛰쳐나가자 소파에 앉아 있던 어머니와 아버지가 동시에 자리에서 일어나셨다. 내 얼굴을 보자마자 아버지가 6년 전 내가 대학에 붙었을 때의 표정을 보이며 내 어깨를 끌어안으셨다. 6년 전과는 또 다르게 왜소해진 아버지를 안으니 당신의 어깨가 가볍게 떨려 왔다. 아버지는 6년 전 대학 합격 발표가 났던 그 날에도 정말 서럽게 우셨다.

"내가 ×대에 다니는 아들을 뒀어! 우리 아들이 ×대생이야!"

아버지는 우는 일이 없었다. 수많은 감정으로 점철된 아버지의 심장은 닳고 닳아 마모되어 차갑고 딱딱하게 변질되었다. 늘 강인하고 평온하여 그 속을 알 수 없다고 생각했다. 그 모습이 내 모습일 것 같아 두려웠던 적도 있었다. 아버지의 그 빈틈 없는 차가운 모습을 훗날 내가 자식들에게 보이게 될까 봐 두려웠던 적도 있었다. 그런 아버지가 나의 성공 앞에서 눈물을 보이셨다.

아버지는 상처가 많은 사람이었다. 그 상처를 한 번쯤이나마 가족 앞에서 내보일 수 있는 아버지가 좋았다. 민아는 자기 부모님의 부족함, 그 슬픔을 공감하기에는 너무나 지쳐 있다고 하소연했지만, 나는 아니었다. 당신의 온전한 지지를 받으니 당신을 포용할 수 있다. 분신 같은 당신의 아들로서 당신을 이해할 수 있다. 그러니 아버지, 이제 그만 그 가면을 제게 놓으셔도 돼요.

어머니도 옆에서 잔뜩 상기된 얼굴로 내 등을 토닥이며 두 뺨에 잔뜩 입을 맞춰 줬다. 상처 많은 부모님을 둔 것은 자식으로서 굉장히 부담스러운 일이다. 그 상처를 치유해 줄 사람이 자신밖에 없다는 걸 알고 있다면 더더욱 그렇다. 그 책임을 다른 누구에게 전가하고 싶어도 피로 이어진 끈을 놓기란 쉬운 일이 아니다. 의사가 되고 싶다고 마음먹은 이유에서 부모님을 배제했다고 당당히 말할 수 없다.

그렇기에 목표한 바를 이뤘다는 그 가슴 떨리는 기쁨과 동시에 새삼 민아가 대단하다는 생각이 들었다. 부모님이 내게 보이신 이 반응을 원치 않는 자식은 없다. 그럼에도 부모님의 뜻을 거스르면서까지 걷고 싶은 길을 걷는다. 그 길을 향한 욕망은 얼마나 치열하고 처절할까. 흐느끼는 아버지를 다독인 뒤 나는 민아와 통화하려고 안방으로 갔다. 아버지는 한참 동안 내 방 컴퓨터 모니터에 띄워진 합격 통보 페이지에서 눈을 떼질 못하셨다.

에필로그: 낭만의 경계선

우리는 모험을 멈추지 않을 것이며,
모험이 끝난 뒤에는 시작한 그곳으로 돌아와
탐험한 장소를 처음으로 마주할 것이다.
— T. S. 엘리엇

생명공학부 ××학번 동기들은 차은수 선배 및 그의 친구들과 함께 학교 행사에 참여하는 데 기꺼이 찬성했다. 그중에는 기범이도 있었다. 은수와 기범이는 서로 형식적으로 인사한 뒤 개인적으로 말을 나누지는 않았지만 서로에게 악감정은 없었다. 새로운 남자 선배들과 응원하게 된 민아의 여자 동기들만 잔뜩 신이 났다.

실험실에 다니는 기범이가 교수님으로부터 농구 티켓을 네 장 얻어 왔지만 함께 축제를 즐기기로 한 인원은 열다섯이었다. 기범이 표를 제하자 세 장이 남았다. 은수의 친구들은 농구를 안 봐도 된다며 극구 사양했지만 선배들을 위해야 한다는 후배들의 사명감 때문에 결국 가위바위보로 표를 나누기로 했다. 첫 판에서 하필이면 가장 어색한 조합인 성호와 은수, 정민이가 승리하는 바람에 가위바위보를 네 번이나 반복한 후에야 가까스로 성호, 서윤이와 혜영이가 함께하는 것으로 일단락됐다. 민아가 매번 승리하는 성호의 가위바위보 비결을 묻자 성호는 두 손을 꼰 후, 두 손 사이 작은 창이 보여 주는 모양을 보면 된다는 구시대적인 유물을 비법 아닌 비법으로 털어놓아 야유를 샀다.

야구와 축구, 럭비는 커다란 스타디움에서 공짜로 관람할 수 있어서 학과별로 마련된 좌석에 앉았다. 응원이 한창인 스타디움에서는 아직 경기가 시작하지도 않았는데 열기가 뜨거웠다. 후배이지만 그와 동시에 과 회장인 학생에게 점심때 나눠질 김밥이 마련되어 있는지 확인하고는, 한껏 기대와 설렘으로 가득 찬 이들은 맥주 몇 캔을 나누어 마셨다.

귀가 터질 정도로 커다랗게 울려대는 응원가의 홍수 속에서 학생들은 경기를 보는 둥 마는 둥 응원에 맞추어 열성적으로 몸을 흔들었다. 매해 새로운 응원가의 등장에 어리둥절해하는 것도 습관이 되어 이제는 당황하지 않고 응원단의 시범에 맞추어 얼추 리듬에 몸을 맡겼다. 애니멀 사운드, 발사! 경기가 끝난 뒤엔 마지막 학교 축제라는 생각에 본전을 뽑을 만큼 즐겨야 한다고 생각하면서 이틀 연속 스타디움과 대학가를 행진하며 떠돌았다. 서로의 어깨에 손을 얹고 길거리를 돌아다니다가 지나가는 동문과 눈이 맞으면 원을 만들어 빽빽 학교 응원가를 외쳤다.

이틀간의 학교 축제가 끝나 가는 밤, 남자들은 꽁치 구이가 안주로 나오는 술집에서 밤을 새우고 여자들은 민아의 자취방에 모였다. 다들 꿈같은 이야기를 나눴다. 우리 대부분이 올해 졸업해도 내년에 또 올 수 있겠지? 이틀 중 하루라도 날짜를 맞춰서 내년도, 그 다음 해에도, 우리 다 결혼해 애가 있어도 유모차를 끌고 와 자리를 빛내리. 토요일 정도는 시간 낼 수 있잖아. 다들 파이팅 좀 하자! ×대 파이팅! 민아는 농담 섞인 다짐들이 부디 농담으로 그치지 않길 바랐다.

✼

　대학의 마지막 학기는 순식간에 지나갔다. 생명공학도로서의 진로와 교대를 목표로 한 재수 사이에서 심각하게 고민하던 서윤이는 결국 수능을 다시 보기로 결심했다. 서윤이가 휴학한 날, 동기들은 그녀와 마지막 저녁을 함께하고 싶었지만 울적하고 심란했던 서윤이는 그 누구도 만나지 않고 학과사무실에 휴학서를 제출한 뒤 그대로 하교했다. 학기가 끝날 때까지 서윤이에게서 그 어떤 연락도 오지 않아 동기들은 쉽사리 서윤이에게 연락을 먼저 하지 못했다. 민아는 문득 이 현상이 기범이가 군대에 간 뒤 벌어졌던 연락 두절과 같다는 걸 눈치채고 어느 날 오후 서윤이에게 전화를 걸었다. 서윤이는 다행히 밝은 목소리로 민아의 전화를 받아 주었다.

　재수 학원에 등록했어. 나보다 나이 많은 사람도 있어. 머리가 굳은 게 느껴져. (어린애들 기 좀 받아서 회춘하라는 민아의 쓰잘데기 없는 농담에 1분 간) 으하하하, 그래도 휴학해서 다행이야. 떨어지면 돌아갈 곳이라도 있네. (그런 마인드 갖고 공부하면 위험하다는 민아의 말에) 알아, 별로 돌아가고 싶지는 않아. 그래도 학교 축제는 갈 거야. 약속했으니까.

몇 십 분의 통화로 서윤이가 걱정했던 것보다 씩씩하게 잘 지내고 있다는 걸 확인한 민아가 만족하고 전화를 끊으려던 찰나, 서윤이는 갑자기 생각났다는 듯 말을 덧붙였다.

이틀 전에 기범이도 나한테 전화했어. 둘이 내 얘기 한 거야? (깜짝 놀란 민아가 부인하며 왜 기범이가 네게 전화를 했냐고 묻자) 잘 지내나 궁금해서 전화했대. 괜히 미안한 거 있지. 우리는 걔 군대 갔을 때 한 번도 제대로 연락 안 했잖아. 그러고 보니까 너한테도 미안하다. 다른 애들한테도……. 그때 제대로 인사해야 했는데. 밥도 먹고. (아니야, 너한테 전화하길 잘했다. 너 잘 지내고 있는 거만 확인하면 돼, 라는 민아의 말에 서윤이는 또 습관처럼 웃었다.) 하하하, 이왕 시작한 건데 잘해야지.

기범이와는 겹치는 강의 때 만났으나 각자 너무 바빠서 깊은 이야기를 나눈 지는 한참 된 것 같았다. 그와 민아만 서윤이에게 연락했다는 사실에 민아는 묘하게 행복해졌다. 2년간 부재했던 우정으로 우리는 바뀌었구나. 친구와 같은 감정을 공유한다는 건 기분 좋은 소속감을 부여한다. 민아는 서윤이와 통화를 마치고 기범이에게 문자를 보냈다.

나 방금 서윤이한테 전화했어. 우리 애들이랑 언제 시간 내서 서윤이 응원하러 가자.

그러자는 기범이의 답변에 단체 메시지를 준비하는 민아의 손가락이 바빠졌다.

❀

자취방을 처분하고 집으로 내려오라는 아빠의 불호령을 무시하고 민아는 학기가 끝나자마자 (엄마의 보조를 받아) 고시촌에서 코딱지만 한 방을 얻었다. 아빠는 민아를 포기하지 못하고 고시원까지 쫓아와 버럭버럭 소리를 지르며 갖은 협박을 했다. 민아는 고시원 문을 걸어 잠근 채 없는 척 숨을 죽였다. 새로 다니게 될 대학원 근처에 오피스텔로 이사 간 은수가 자신이 있는 곳으로 피신해 오라고도 했지만 민아는 그랬다가는 괜한 불똥이 오빠에게 튄다며 한사코 사양했다.

민아는 그 대신 아빠에게 오랜만에, 아니 처음으로 장문의 우편 편지를 보냈다. 1년만 기회를 달라는 자신의 심정이 절절히 담긴 편지라면 고집이 소고집 같은 아빠라도 이해해 주겠지라는 생각에서였다. 하지만 그런 눈물 젖은 이해와 화해는 드라마나 영화에서나 벌어지는 일이고, 아빠는 민아의 편지를 찢어 쓰레기통에 처박은 뒤 곧바로 민아에게 전화해 "그래! 그 꼴 그대로 살다가 죽어라! 어디 한번 보자!"라며 소리 질렀다. 그러기를 한 달, 아빠도 드디어 민아를 포기했는지 더 이상 민아에게 연락하지 않았다. 아빠의 눈 밖으로 났다는 두려움과 아빠의 포기 선언을 받아냈다는 묘한 희열에 만감이 교차했다. 민아는 그 평온 아닌 평온이 끝나기 전에 부디 아빠에게 성공한 모습을 보일 수 있길 빌고 또 빌었다. 그런 민아는 훗날 공모전을 통해 당선된 그녀의 드라마가 첫 방영을 마쳤을 때 아빠로부터 이런 문자를 받게 된다.

드라마 잘 보았다. 네 또래 여자아이들이 좋아할 내용이었다. 남자 주인공이 잘생기고 돈이 많다는 설정은 이제 지겨운 것 같다. 더 혁신적인 내용을 찾아보거라. 아빠 가슴에 못을 박고서 쓴 대본을 보니 기분이 좋았느냐. 엄마한테 내일 전화해라. 네 영화는 언제 개봉하는지 날짜 알아서 전하도록.

평상시 말투와는 전혀 다른, 누가 80년대에 대학 나온 사람 아니랄까 봐 궁서체로 쓰면 딱 걸맞을 내용의 문자였다. 분명히 퉁명스러움이 가득한 내용인데도 민아는 신기하게도 기분이 상하지 않았다. 혁신적인 내용을 찾아보라는 둥, 당신의 가슴에 못을 박았다는 둥의 말이 쓰여 있었지만 이상하게도 인정받은 기분을 은수에게 자랑할 것이다. 아빠가 민아에게 때려치우라는 말은 하지 않았으니까.

2월 중에 시작하는 은수의 이른 학기를 대비해 민아와 은수는 시간이 허락하는 한 거의 붙어 다녔다. 전부터 누누이 말했던 시골로도 당일치기 여행을 갔다 왔고, 스페인으로 4박 5일 여행도 다녀왔다. 민아의 엄마는 처음에는 여행 계획에 반대했지만 곧 은수를 만나 이야기를 나누고는 못내 허락하고 말았다. 여행 사실에 대해 모르는 건 민아의 아빠뿐이었다.

스페인어를 열심히 배웠건만 정작 스페인 사람들이 대거 영어를 잘해서 두 사람은 생각만큼 많이 스페인어를 사용하지 못한 걸 아쉬워했다. 또 스페인의 유명한 클럽이 죄다 모여 있는 섬에 갔을 때도 광란의 파티를 기대했건만, 타투를 양팔에 한가득 새긴 사람들이 어설픈 박수와 함께 선량하고 어색하게 리듬 타는 걸 보며 유럽인이 의외로 참 순수하다는 걸 배웠다. 민아가 그곳에서 본 사람 중 가장 음란한 사람은 결국 차은수 씨밖에 없었다. 그렇게 정신없는 겨울 방학이 지나갔다.

✸

학교는 늘 2월 15일에 졸업식을 진행했다. 은수는 모교가 아닌 다른 대학원 의전에 진학했기 때문에 강의가 겹쳐 졸업식에 오지 못했다. 민아는 졸업식에서 가족처럼 가깝고 익숙하며 소중한 동기들과 만났다. 함께 졸업하게 된 친구들, 의전 재수를 하느라 마침 도서관에 있는 여유 없는 친구들, 친하지는 않은데 캠퍼스에서 마주치니 괜히 또 반가워진 친구들과 모여 사진을 찍었다.

졸업장과 졸업 앨범을 한 손에 드니 묵직했다. 그 무게에 지금껏 걸어왔던 시간의 소중함과 앞으로 나아갈 인생의 길이가 모두 느껴지는 것 같아 민아는 괜스레 서글퍼졌다. 성아와 엄마가 화장실을 가느라 잠시 자리를 비운 사이, 민아는 생명과학 서관의 계단에 섰다. 한손에 자그마한 꽃다발을 들고 다른 손에 이 학교 출신이라는 증거물이 든 종이 가방을 드니 두 손이 가득 차 더 이상 들 것이 없어 보였다. 그때, 누군가 민아를 불렀다.

"야."

민아가 고개를 들자 그녀의 시선 끝에 보도블록을 따라 그녀를 향해 다가오는 기범이가 있었다.

"엇, 너 학회 갔다고 하지 않았어?"

예상치 못한 그의 등장에 민아가 반가운 미소 짓는데, 그가 들고 있던 꽃다발을 아무렇게나 그녀의 팔에 안겨 주었다. 녹색 포장지 안에 들어 있는 꽃은 노란색이었다. 민아는 꽃의 이름을 잘 몰랐다.

"고, 고마워."

민아가 그 꽃의 의미를 우정 이상의 것으로 풀이하지 않으려고 노력할 동안 기범이는 무심한 목소리로 그녀에게 물었다.

"이제 가냐?"

민아는 고개를 끄덕였다. 기범이가 휴대폰을 들어 액정에 둘의 얼굴을 담았다.

"하나, 둘, 셋."

그의 구호에 민아가 억지로 입꼬리를 올렸다. "찰칵" 소리와 함께 두 사람이 화면에 담겼다. 새까만 학사모가 기범이에게 닿아 삐뚤어졌다. 기범이가 민아의 모자를 빼앗고 자신이 쓰더니 또 한 번 셔터를 눌렀다.

"나중에 보내 줘."

민아의 말에 기범이가 고개를 끄덕였다. 기범이가 민아를 바로 보며 모자를 씌워 주었다. 엉터리로 씌워 준 게 티가 나 민아가 그를 째려보며 모자를 바로 썼다. 기범이 너털웃음을 터트리며 휴대폰을 주머니에 넣었다.

"이제 어디 가냐?"

민망하고 어색한 웃음이 민아의 입가에 피어올랐다.

"1년간 시나리오 써 보기로 했어."

"올, 바쁘겠네."

"바빠야지."

미래에 대한 불안 때문에 민아가 쓴 미소를 짓자 기범이도 함께 웃었다.

"넌 잘할 것 같아."

"왜?"

"사람 마음 건드리는 거, 넌 잘하니까."

민아는 뭐라고 말해야 할지 몰랐다. 기범이가 뒤에서 다가오는 민아의 엄마와 성아를 보고 민아를 향해 손을 흔들었다.

"졸업해도 놀러 와라. 우리 학번엔 이제 나랑 성호밖에 없다."

"다른 애들도 있잖아."

"걔들이랑 별로 안 친해."

"효은이는?"

"야."

진절머리를 치는 기범이를 보며 민아는 깔깔대며 웃었다.

"어!"

"알았어! 나중에 연락할게!"

기범이가 마지막으로 손을 크게 흔들더니 뒤돌아 사라졌다. 엄마가 민아에게 다가오며 물었다.

"누구니?"

"아, 그때 병문안 온 친구."

성아가 한마디 거들었다. 상기된 민아의 얼굴을 보며 엄마가 고개를 갸우뚱하더니 장난스레 말했다.

"바람피우면 안 된다."

"아우, 갑자기 뭔 소리야!"

"그래, 너희 여행까지 간 사이야. 기억해."

이어지는 짓궂은 협박에 민아는 도대체 저게 엄마로서 할 말인지 웃어넘기는 게 맞는지 고민했다. 하여간 보수적이라니까. 성아는 그 사이에 눈치 없이 중얼거렸다.

"훈남이다."

"훈남이지."

"소개 콜?"

"공부나 해라."

냉정한 언니의 말에 성아는 "쳇, 욕심도 겁나 많네."라며 언짢아했다. 사라지는 기범이의 등 뒤로 노을이 따라붙었다. 눈이 시린 건 햇살이 부셔서 그래. 태양이 뜨거워서, 그래서 그런 거야. 그때 마침 은수로부터 전화가 왔다. 민아는 찡해지는 코끝을 문지르며 전화를 받았다.

"응, 오빠."

— 아아, 미안. 강의가 지금 끝났다. 지금 어디야?

"아직 학교야."

— 옆에 어머니 계셔?

"응, 성아도."

— 잘됐네. 지금 데리러 갈까?

"아냐, 오빠. 압구정 맞지? 우리가 거기로 직접 갈게."

"우리?"

딸의 대화를 엿듣던 엄마의 말에 민아가 잠시 휴대폰에서 볼을 뗐다.

"응, 엄마랑 성아도 우리랑 같이 저녁 먹자."

"난 싫다? 너희 데이트하는 데 내가 왜 끼니?"

"왜? 그럼 너는?"

"싫어. 남자 소개시켜 주는 자리도 아닌데. 내가 거기에 왜 껴."

"나는 성아랑 맛있는 거 먹을 거다. 너희 둘이서 알아서 놀아라."

엄마가 성아의 팔짱을 끼며 비웃음 아닌 비웃음을 날렸다.

— 여보세요?

"아, 엄마랑 성아가 우리랑 같이 안 논대."

— 정말? 괜찮은데. 오시라고 그래. 내가 사 드린다고!

"오빠가 사 준다는데도?"

"애한테서 뭘 얻어먹는다고. 우리는 더 비싼 거 먹을 거야."

결국 모녀의 고집을 꺾지 못한 민아는 은수와 둘이서 저녁을 먹기로 하고 홀로 지하철역 입구로 향했다. 그 길에 우연히 전단지와 함께 따듯한 캔 커피를 받은 건 우연이었을까? 커피를 마시지 않고 손안에서 쥐었다 폈다를 반복했다. 지하철역 입구에는 먼저 도착한 은수가 코트 주머니에 두 손을 넣은 채 그녀를 기다리고 있었다. 민아는 그를 놀랠 요량으로 조심스레 그에게 다가가 짠하고 커피를 내밀었다. 민아의 두 손을 캔 커피보다 더 따듯한 은수의 손이 감쌌다. 민아는 은수의 손을 맞잡으며 속으로 깔깔대며 생각했다. 나 비로소 낭만의 경계선으로부터 벗어나 새로운 시작, 그 도전의 발판에 두 발을 디뎠다고.

『낭만의 경계선』 끝

작가의 말

깐형! 꼬부기! 다은이! 세연 언니! 쏭! 홍녀! (가나다순 언급.) 글의 영감을 주신 모든 동기분께 감사드립니다. 때때로 정신 없고, 때때로 막막하고, 때때로 지루했지만 값진 시간이었습니다. 그대들 삶이 마음으로 그렸던 그 길을 따라 걷길 진심으로 바랍니다. 저 또한 열심히 살겠습니다. 제게 때로는 방향을, 때로는 의지를, 때로는 독립을 가르쳐 주신 부모님께 감사드립니다. 부모님 덕에 지금의 제가 있습니다. 제가 옳다고 생각하는 방향으로 삶의 주체가 되어 당당하게 나아가겠습니다. HK도 늘 있어 주는 것만으로도 고맙습니다. 심적으로 의지가 되어 주신 CNDL분들께도 감사드립니다. 나약하고 격정적이었던 저와 함께해 주셔서 고맙습니다. 글에 생명을 불어넣어 주신 파란미디어께 감사드립니다. 마지막으로 이 책을 손에 들고 계신 당신께 감사의 말을 전합니다. 당신의 인생이 그리는 청사진은 그 무엇이든······.

> 가장 진실한 삶은 깨어 있는 채 꿈을 걸을 때이다.
> — 헨리 데이비드 소로

조부경(AuthenticA) 올림

추천 곡

The All American Rejects − It Ends Tonight

Sam Tsui & Kina Grannis − Bring Me the Night

Richard Marx & Donna Lewis − At the Beginning

Labrinth (ft. Emeli Sande) − Beneath Your Beautiful

Keane − Somewhere Only We Know

작가 블로그

blog.naver.com/syduam2452

www.facebook.com/authentica1